UN SYSTÈME D'UNE BEAUTÉ AVEUGLANTE

DU MÊME AUTEUR

BIENVENUE DANS CE MONDE, Actes Sud, 2014.

Ouvrage traduit avec le concours
du Swedish Arts Council, Stockholm

Titre original :
Ett system så magnifikt att det bländar
Éditeur original :
Norstedts, Stockholm

ISBN 978-2-330-14393-0

Amanda Svensson

Un système d'une beauté aveuglante

•••

roman traduit du suédois
par Esther Sermage

Gaïa

Le baby blues ne tarda pas à faire son apparition chez la mère des triplés. Après les enfants, bien sûr. D'abord Sebastian, puis Clara, puis Matilda. Enfin, peut-être pas dans cet ordre-là – *a posteriori*, personne n'allait plus très bien s'en souvenir, car subitement, ce fut la débandade : les battements de cœur et la respiration de l'un des nouveau-nés s'arrêtèrent. Un médecin entra dans la chambre. Un enfant fut emporté à une vitesse supersonique. Un plateau-accouchement garni de tartines au fromage, de sirop d'airelles et de trois drapeaux suédois fut apporté (mauvais timing, on peut le dire) et un père – celui des triplés – se retrouva les bras ballants ne sachant que faire. Il prit une tartine pendant que sa femme, un nourrisson sur chaque sein, expulsait le placenta.

A posteriori, il allait évidemment se reprocher de ne pas s'être précipité après le médecin parti réanimer son troisième enfant. Il était peut-être en état de choc – c'est en tout cas ce que songerait plus tard sa femme – et, quoi qu'il en soit, l'enfant leur fut bientôt rendu, atterrissant brusquement dans les bras de son père ; petit, fripé, hors d'haleine, mais bel et bien vivant. Une seconde chance, en quelque sorte, se dit le père en baissant les yeux sur le crâne duveteux du bébé ; il décida d'en profiter. Car il n'était pas complètement idiot ; dès le jour où il avait fourré sa main dans la culotte de son hygiéniste dentaire, deux certitudes s'étaient imposées à lui. Premièrement : il n'avait pas les nerfs assez solides pour mener indéfiniment une double vie, et allait donc tôt ou tard devoir avouer cette aventure à sa femme – qu'en réalité, il aimait profondément ou vis-à-vis de laquelle, du moins, il entretenait une profonde relation de dépendance –, mais finalement, cela ne revient-il pas au même ? raisonna-t-il. Et puis deuxièmement : le meilleur moment pour s'acquitter de la tâche était le jour où elle endossait la responsabilité non pas d'un enfant, mais de trois, et ne pourrait donc pas raisonnablement envisager de s'en sortir seule ni, par conséquent, de le jeter dehors.

Ce calcul s'avéra tout à fait juste. La mère des triplés, par ailleurs pastoresse de la paroisse de Tous-les-Saints, à Lund, éprouva dans les minutes frémissantes qui suivirent la venue au monde de ses trois enfants, portés par une déferlante de sang et de douleur, une peur de l'avenir si intense qu'elle en occulta sa foi. Le fait que l'un d'eux faillit être emporté par ce que les médecins appelleraient plus tard *une asphyxie périnatale de cause indéterminée suivie d'une guérison complète* mit – sans surprise – de l'huile sur le feu. Alors que, pendant dix bonnes minutes, au lieu des trois enfants dont elle avait senti les pieds souples donner des coups contre ses mains à travers sa paroi abdominale, elle n'en eût que deux, elle éprouva un chagrin d'une cruauté si désespérante que tous ses chagrins à venir, y compris celui qu'allait lui infliger son propre mari, pâliraient en comparaison. Pendant ces dix minutes, elle s'était sentie prête à jeter Dieu avec l'eau du bain – car quel Dieu pouvait ainsi arracher un nouveau-né des bras de sa mère avant même qu'elle ait pu tenir sa petite main fripée ?

En comparaison avec cette trahison divine, la tromperie de son mari qui, la bouche pleine de baguette et de gouda, lui jura par tous les saints qu'il resterait auprès d'elle et des enfants – à la simple condition qu'elle ne lui tînt pas rigueur de ses tripotages dans la culotte de l'hygiéniste dentaire – lui apparut en quelque sorte comme une bagatelle.

Il n'est pas dit qu'elle ne pleura pas.

Ni qu'elle pardonna.

Mais elle s'en accommoda, et elle parvint à être heureuse. Merveilleusement, vertigineusement heureuse d'avoir des enfants, une famille, même un peu brimbalante, un peu ébréchée, un brin mensongère. Et de voir soudain tout l'or du monde revêtir des couleurs aussi franches : le café, les clémentines, les rideaux ondulant dans la chambre d'hôpital en cette journée d'automne exceptionnellement douce et ensoleillée, lorsque le petit Sebastian, pas toujours très commode, téta enfin comme il le fallait et but à satiété pour la première fois. Tout avait si divinement bon goût. Toutes les couleurs étaient si vives. Les perceptions corporelles, y compris les douleurs, étaient drapées d'une nouvelle dimension quasiment érotique. Pendant la semaine que la mère des triplés un peu maigrelets passa dans une montagne de fleurs odorantes – car à cette époque, c'est-à-dire la fin des années 1980, il était encore permis d'apporter des bouquets de fleurs dans les maternités –, elle retrouva, lentement mais sûrement, sa foi en Dieu et en l'amour céleste, auquel participait indubitablement le sentiment qu'elle éprouvait pour ses enfants.

Quant à celui, plus profane, qu'elle nourrissait pour leur père, sa vigueur était bien moindre. Pourtant, elle tint bon pendant deux décennies. Elle avait d'autres chats à fouetter. Programmes de diversification alimentaire. Tarifs des cours de musique. Secrets.

Le mariage allait tout de même finir par chavirer.

D'abord les triplés, puis le drame, les larmes, puis à nouveau le drame, avant un armistice de presque vingt-trois ans. Mais le jour vint où le dernier des triplés s'envola du nid – Sebastian, le premier-né qui, peut-être justement parce qu'il avait été le premier à quitter l'utérus, eut le plus de mal à quitter le foyer. Pas pour un très long envol, puisqu'il devait atterrir à la cité universitaire de Delphi, située dans la même ville de Lund. Ce jour-là, le père des triplés emménagea dans une chambre simple à l'hôtel Concordia. Sans minibar, certes, mais avec vue sur le ciel étoilé, autant dire l'espace infini. Il le contempla en songeant pour la première fois que l'univers était immensément grand et un être humain, en comparaison, vraiment très, très petit.

Ces événements eurent lieu en 2012. Les triplés étaient donc nés en 1989, au mois d'octobre. Cette année-là, en cadeau de Noël, leur père avait offert à leur mère un morceau du mur de Berlin acheté à un marchand ambulant devant le supermarché Ica Tuna. Dans l'idée, il devait symboliser la réconciliation. Elle le jeta dans un coin et reprit l'allaitement.

L'été 1994, le sud de la Scanie fut victime d'une invasion de coccinelles. Il y avait des points noirs sur fond rouge partout, jusque dans la fourrure du chien. Les triplés s'en souvenaient tous les trois, même s'ils n'en avaient jamais parlé entre eux.

L'été 1999, le chien mourut et fut presque insensiblement remplacé par un nouveau. Un terre-neuve femelle, exactement comme l'ancien. Elle fut baptisée Bernarda – aucun rapport avec García Lorca.

Par ailleurs, en 1994, Sebastian faisait pipi au lit en moyenne 3,2 nuits par semaine.

En octobre 1989, dans le même hôpital, naquit une fille qui fut baptisée Violetta. Elle avait les yeux remarquablement bleus, les membres remarquablement minces et une respiration remarquablement pénible.

À l'automne 1995, Clara apprit à faire de la bicyclette, mais pas Sebastian ni Matilda. En compensation, Sebastian et Matilda avaient tous deux, cet été-là, appris à nager, mais pas Clara. La question de savoir lequel des trois était le plus avancé sur le plan de la motricité demeura donc fort heureusement sans réponse.

En 2016, Sebastian partit à Londres, Clara, à l'île de Pâques et Matilda, dans le Västerbotten. Aucun des trois ne serait plus jamais le même. C'est à cette époque que leur mère se procura une parcelle dans les jardins communaux de Sankt Månslyckan. Un matin gelé, elle y rencontra un blaireau dont l'odeur piquante et les griffes acérées lui firent un instant penser que, tel Luther au château de Wartburg, elle s'était retrouvée nez à nez avec le diable. Depuis ce jour, elle appelait sa parcelle "le bienheureux effroi", un surnom qu'elle trouvait vivifiant. L'événement marqua également le début d'un processus de purification vis-à-vis de son Créateur qui, durant les mois qui suivirent, allait chambouler la vie déjà passablement compliquée de ses enfants.

En 2004, Clara et Matilda eurent toutes deux leurs premières règles, l'une en janvier, l'autre en février. Sebastian dut se contenter d'une PlayStation 2.

I
LONDRES

Toutes les histoires d'amour, aussi tordues qu'elles soient, commencent dans l'innocence. Voici celle de Sebastian et Laura.

Car il avait demandé : Laura Kadinsky ?

Et elle avait répondu : C'est moi.

Le cerveau humain est à la fois plus et moins compliqué que ne le pense l'homme de la rue. Ce n'est pas une machine, il ne possède que de vagues ressemblances avec un processeur informatique, mais peut engranger plus de données que la chambre chinoise. En déroulant ses neurones sur le sol, on ferait trois fois le tour de l'équateur. En supposant que l'homme de la rue parcourt environ dix kilomètres à pied par jour, il faudrait donc une demi-existence pour faire un seul tour de sa propre tête – et c'est sans compter que le cerveau, pour parler vaguement, est un sacré labyrinthe. Mais au bout du compte, malgré toute sa complexité, on peut quand même le représenter par les veines d'une feuille d'arbre qu'on poserait dans la paume de sa main. Il n'y aurait qu'à imaginer que la moelle épinière est une tige et le cerveau, une feuille posée dans sa paume. La vie serait l'eau, et l'âme, les glucides et la chlorophylle. Il circulerait de l'électricité dans les racines des arbres mais l'être humain, comme la plupart des vertébrés, a ses racines dans la tête. Certaines araignées, en revanche, ont le cerveau dans tout le corps. La sangsue en possède trente-deux. Dans les intestins humains, il y a autant de neurones que dans le cerveau d'un chat, mais nous ne sommes pas nombreux à vouloir l'admettre.

Tous les vertébrés ont un cerveau, mais tous les cerveaux n'ont pas la même constitution. Celui de l'être humain, par exemple, possède trois parties distinctes très étudiées – le cervelet, le cerveau et le tronc cérébral – alors que celui de la pieuvre géante évoque une bouée à travers laquelle l'animal pousse la nourriture déjà mâchée dans son corps. La principale différence entre l'être humain et les créatures moins complexes est une couche extérieure fine mais très compacte appelée néocortex, qui recouvre le cortex comme une dorure. Elle est présente chez de nombreux mammifères, c'est dans sa surface lisse que se mire l'être humain quand il voit un dauphin faire semblant de s'amuser dans son delphinarium, au zoo de Kolmården. Bref, le néocortex humain est tout à fait remarquable. En association avec le pouce préhenseur, il a élevé l'être humain au rang de Seigneur du Royaume, de Joyau de la Couronne, de Sommet de la Création : la seule espèce sur Terre à être incapable de se sentir pleinement satisfaite.

Ce sont principalement les femmes qui paient le prix de ce douteux privilège, sous forme de périnées lacérés suite à la lourde pression exercée sur la vessie par la tête surdimensionnée du bébé humain. Sebastian Isaksson, vingt-six ans, blond aux yeux bleus, ignorant sa propre déprime clinique, fils d'une pastoresse de l'Église suédoise et d'un inspecteur des impôts, frère de deux femmes qui ne se parlaient pas, provisoirement logé dans un studio miteux de la banlieue sud de Londres, avait toujours considéré le récit biblique du péché originel comme une métaphore de l'apparition du cortex disproportionné, voire grotesque, du cerveau humain. Ève, se disait-il, aspirait à des facultés cognitives supérieures à celles qu'elle observait chez son compagnon de vie et unique stimuli, un heureux cochon dénommé Adam ; mue par l'instinct évolutionnaire, elle avait tendu la main vers la pomme ; alors, Dieu avait dit : "Ève, je te donnerai un cerveau avec des facultés que, dans ton état semi-végétatif actuel, tu ne peux même pas imaginer, je te ferai don de ce qu'on appelle la pensée abstraite, le sens de l'orientation, le sens du temps, la conscience de la mort, l'angoisse généralisée, je t'offrirai tout ce que tu désires et plus encore, et tout cela jaillira de ce que j'appellerai ton NÉOCORTEX !"

Et Ève avait dit : "Ça me va."

Et Dieu avait dit : “Pour faire rentrer tout ça dans ton cerveau, je dois le laisser enfler comme de la pâte à pain jusqu’à ce qu’il ait doublé de taille ; quant à ta descendance, elle aura le même, et juste pour te pourrir la vie, je n’y adapterai ni la largeur de ton bassin, ni celle de ton canal pelvien.”

Et Ève avait dit : “OK. Comme tu veux.”

Et Dieu avait dit : “Puisque tu n’es pas encore douée de pensée rationnelle, tu n’es pas en mesure d’associer les deux phénomènes, mais je peux d’ores et déjà t’annoncer les conséquences : toi et toutes les femmes qui te succéderont donneront naissance à leurs enfants dans d’abominables souffrances.”

Et Ève avait dit : “Je n’ai pas peur.”

En réalité, elle avait les chocottes de sa vie.

Ainsi, par bravoure, elle se montra digne du don et, par bravade, du châtiment.

Mais le néocortex ne dirige pas à lui seul le comportement de l’être humain depuis l’intérieur du crâne. On peut se représenter le cerveau comme une pâtisserie sophistiquée de la Rome antique, une matriochka dans laquelle s’emboîtent des bestioles de plus en plus complexes, une souris dans un faisan dans un cochon. À la surface, une croûte dorée de lait et de miel et, caché au cœur du dispositif, un petit oiseau effarouché, encapsulé dans un œuf. S’il n’y avait pas tant de viande entre les deux, la croûte s’affaisserait. Sans le tronc cérébral, nous serions incapables de respirer ou de déglutir, et notre cœur ne battrait pas. Sans la petite boule située au-dessus de la nuque, nous ne pourrions pas nous tenir debout ni caresser d’un doigt la joue d’autrui. Sans les fonctions de la couche intermédiaire, l’existence humaine serait vide de sens : l’hippocampe (la mémoire), le bulbe olfactif (l’odorat), les ventricules (la gestion des déchets). Bref, fonctions primaires par-ci, fonctions primaires par-là – c’est tout de même du néocortex que nous vient ce que le genre humain a de plus humain et qui, d’une certaine manière, lui a donné la grosse tête. Le néocortex se tient en équilibre à la pointe de la pyramide. Le néocortex gagne le plus gros salaire du système cérébral et pompe 80 % de son énergie. Au boulot, quand il commet des erreurs bizarres, le néocortex fait porter le chapeau à ses subalternes. Autrement dit, le néocortex est le chef.

Sans grande surprise, la structure hiérarchique du cerveau se reflète dans la réalité physique qu'il a contribué à construire. À la place des forêts et des prairies, des cours d'eau boueux et des os de stégosaures croupissant se dressent des gratte-ciel et des pièces montées meringuées, des lampadaires et des grues, bref, tout ce que l'on a jugé haut, beau et fonctionnel. Le genre humain a construit le monde dans un mouvement ascendant en partant du bas, parce que c'est ainsi qu'il s'est lui-même construit. Donc, tout naturellement, le London Institute of Cognitive Science (LICS), à la pointe de la recherche sur l'univers qui se déploie entre synapses et syllabes, un joueur de premier plan sur le terrain de la science cognitive, était également organisé selon le schéma que l'on retrouve à l'intérieur du crâne humain.

L'Institut était situé au cœur de Londres, une ville qui, du moins par le passé, avait pu prétendre au titre de centre du monde. Le bâtiment en lui-même, une jolie tour de brique élargie et surélevée au fil du temps par d'incessantes nouvelles couches d'enduit et de métal, possédait une structure interne aussi complexe que strictement hiérarchique. Au dernier sous-sol, il y avait les animaux, littéralement parlant, et dans les nombreux étages intermédiaires, les employés – c'est-à-dire Sebastian et ses collègues. On faisait entrer les visiteurs par la façade avant, puis on les trimbalait à toute vitesse entre les étages en empruntant un réseau labyrinthique d'ascenseurs et d'escaliers. Nombreux étaient ceux qui n'en ressortaient pas, disait-on ; ils se consumaient comme des cellules nerveuses mal connectées, disparaissant à tout jamais.

Tout en haut, à l'avant de l'immeuble, avec vue sur le vénérable Russell Square, dans l'équivalent du cortex préfrontal du bâtiment, les chefs de l'Institut avaient leurs bureaux, alignés en rang, des attributions les plus basses aux plus élevées. Par une matinée chlorotique de janvier, devant la troisième porte en partant du bas, Sebastian Isaksson essayait de lisser décemment ses cheveux au-dessus de son front mouillé de transpiration. Après avoir échoué plusieurs fois, ce que lui fit remarquer en passant une femme de ménage, il finit par abandonner et frappa à la porte, les phalanges tremblantes.

Pourquoi Sebastian était-il si nerveux ? En partie, ou même peut-être entièrement, parce qu'il s'apprêtait à rencontrer son chef pour la première fois. Tout au long du processus de recrutement pour intégrer le programme de recherche du LICS, Sebastian avait eu affaire à de nombreuses personnes, depuis le dénicheur de talents universitaires qui avait surgi un jour à la cantine de la faculté des sciences et techniques de Lund, brandissant un panneau sur lequel était inscrit son nom, du même genre que ceux des chauffeurs de taxi qui attendent les hommes d'affaires en déplacement dans les aéroports, jusqu'au chercheur qui l'avait accueilli à son arrivée à l'Institut. Mais le grand directeur n'avait, jusqu'à ce jour, communiqué avec Sebastian que par pneumatique. En effet, à l'Institut, le chef était le seul à faire encore usage de l'ancien système de poste pneumatique – au lieu d'enfouir ses petites boulettes d'information dans le fameux nuage. Sebastian s'attendait au genre d'excentricité qui semblait assez répandue parmi les individus particulièrement doués. Et c'était justement sa deuxième cause de nervosité – une vie entourée de femmes excentriques lui avait appris que ce trait de caractère était particulièrement surfait.

La porte s'ouvrit d'un coup.

— Mon jeune ami ! Enfin nous nous rencontrons ! Asseyez-vous, je ne mords pas, tonna Rudolph Corrigan avec un accent distinctement américain, sa face rougeaude perchée au sommet d'une carrure de deux mètres dressée dans l'encadrement de la porte.

Puis il fit un pas de côté et, d'une main aussi grande que le scalp d'un enfant scandinave de deux ans, désigna une chaise. Sebastian s'exécuta, brusquement envahi par un intense bien-être – celui que l'on éprouve lorsque, s'étant jeté sans défense dans une situation redoutée, on s'aperçoit qu'on va malgré tout s'en sortir.

— Alors… Sebastian Isaksson. De l'université de Lund.

— Exact, *sir*.

— Un vénérable établissement, *is it not* ? Pas du niveau de Cambridge, *mind you*, mais c'est ce que vous avez de mieux en Suède, n'est-ce pas ? dit Corrigan en s'installant à son bureau.

— Je dois tout de même avouer que l'atout principal de Lund est sa faculté de sciences humaines. Les recherches médicales de pointe sont le privilège de l'Institut Karolinska, à Stockholm.

— Pourquoi n'y avez-vous pas postulé ?

— Pour des raisons d'ordre privé, *sir*.

— Par amour ?

— Par peur.

Le mot interdit lui avait échappé avant qu'il ne puisse l'arrêter. Glissant comme une anguille, il rampa en se tortillant à travers la pièce, se faufila dans la canalisation de tubes pneumatiques et poursuivit son chemin le long des synapses de la maison, atteignant bientôt chaque lobe, chaque employé, circulant comme un frisson le long de chaque colonne vertébrale, car il en est ainsi de certains mots, il ne faut pas les prononcer à voix haute ailleurs que dans le cabinet d'un psychologue. Mais Rudolph Corrigan était un gentleman. Rompu à la conversation française, il avait fait toute sa scolarité dans une école BCBG du New Hampshire. Il n'avait pas mangé de l'Eton mess et repassé son uniforme d'écolier pendant douze ans pour rien. Il ignora le faux pas de Sebastian et changea de sujet.

— Vous vous plaisez ici, chez nous ? Cela fait presque un mois que vous êtes arrivé, n'est-ce pas ?

— Beaucoup, *sir*. Je suis reconnaissant d'avoir eu cette chance.

— Vraiment ?

— Oui. Enfin, je suis sûr que je vais être très reconnaissant quand je comprendrai en quoi consiste cette chance. Mais je dois vous avouer que ce n'est pas tout à fait le cas. Encore. Mais je suis sûr qu'elle est formidable. Je veux dire cette chance.

— En effet. C'est assez mystérieux, n'est-ce pas ?

— Je ne comprends pas bien, *sir*.

— Ce que vous faites ici, Sebastian. C'est assez mystérieux, pas vrai ?

— Je ne suis pas certain qu'il soit nécessaire d'employer un terme aussi fort que “mystérieux”. Mais en effet, les choses ne sont pas très claires, je dois l'admettre.

— Pour moi, c'est clair comme de l'eau de roche.

— Je l'espère, dit Sebastian, qui se fendit également d'un sourire qui serait perçu, espérait-il, comme une touche d'humour, peut-être même comme une marque de collégialité.

Corrigan ne mordit pas.

— Écoutez-moi, Sebastian, soyez bien attentif, car je ne le dirai qu'une fois. L'époque où les neurosciences étaient considérées comme un domaine marginal de la médecine qui avait pour objectif de guérir des maladies et de dévoiler de petites énigmes du quotidien, par exemple la raison pour laquelle certains deviennent homosexuels et d'autres, déprimés, est bel et bien révolue. Nous sommes à l'orée d'une révolution scientifique. Je pense que vous voyez ce que cela implique. (Ce n'était pas le cas.) Et vous comprendrez certainement aussi qu'il faut que l'information reste là où elle est.

(Sebastian ne comprenait toujours pas, il avait l'impression de se trouver devant une équation dont le dénominateur fondamental lui demeurait inconnu.)

— Autrement dit, ce n'est pas pour rien que j'emploie ce vieux système très fiable.

Corrigan tapota chaleureusement son terminal de pneumatique et se cala dans son fauteuil en cuir noir.

— Nous vivons dans une société de surveillance généralisée, Sebastian. Je ne suis pas réactionnaire. Comme vous le savez, dans notre domaine, ce serait impossible, mais je préconise une certaine intégrité, aussi bien sur le plan privé que professionnel. J'ai essayé en vain de le faire comprendre en haut lieu, pour qu'on cesse de faire une confiance aveugle au fameux "nuage", mais enfin. Au fond, ici, en haut de l'immeuble, nous sommes tous d'accord pour préserver la confidentialité. Voilà pourquoi l'Institut ne prône plus la transparence. Au contraire, nous sommes en pleine réorganisation sur un modèle bien éprouvé par les réseaux criminels et terroristes. Pas parce que nous exerçons des activités criminelles, *mind you*, mais parce que dans ces secteurs, on s'est somme toute montré extrêmement efficace dans la lutte contre les fuites. Je pense en particulier à la division en cellules, chacune ne possédant que l'information nécessaire à l'accomplissement de sa mission. Dans le cas, disons, d'une mise sur écoute, d'un enlèvement ou autre, les dommages seront limités, puisqu'un membre d'une cellule particulière ne possédera qu'une ou peut-être deux pièces du puzzle qui constitue l'ensemble. Vous me suivez ?

— Oui, *sir*.

(Vrai. Et faux. Étant donné la situation de Sebastian quand il avait été abordé par le dénicheur de talents de l'Institut et qu'on lui avait proposé le poste, la description de ses futures missions lui était complètement égale, tout comme il se fichait que le soleil se lève le lendemain ou non. Il aurait accepté n'importe quoi, pourvu que cela l'éloigne de Lund. Car à Lund, il ne lui restait plus rien, et ne rien avoir est, d'une certaine manière, moins pénible dans un nouvel environnement. Enfin, aussi pénible, mais différemment.)

— *Good!*

Corrigan joignit les mains, l'air satisfait, puis se mit à farfouiller dans un tas de papiers sur son bureau.

— J'ai ici des rapports de Barázza… Il dit que vous faites du très bon travail. Barázza et vous faites partie de la même cellule… Mais vous l'aviez peut-être compris ? Son ton est très élogieux, à croire que vous êtes un génie polyvalent ! Enfin, il a du tempérament, Barázza…

— Un génie polyvalent, *sir* ?

— Nos collaborateurs les plus précieux, Sebastian, nos petits diamants, nos cerises sur le gâteau, nos nobélisables en puissance. Ce n'est pas un secret, on les connaît, ils gagnent des salaires 4,3 fois supérieurs au vôtre. Il s'agit de Childs, Harvey, Misomoto, Benutti, Jensen… Moi-même, bien sûr. Et Travis, évidemment, la ravissante Jennifer Travis ! Mais que sais-je, Sebastian, peut-être nous cachez-vous des facultés que nous n'avons pas encore constatées, c'est fort possible. Enfin, ça m'étonnerait, pour être tout à fait honnête.

— Non, sûrement pas, *sir*.

— Bref, Barázza écrit que vous apprenez vite, que vous êtes coopératif et, avant tout, que votre point de vue sur les spécimens sélectionnés est très pertinent. Je cite : "Un certain manque d'assurance initial semble avoir laissé place à une rare lucidité en matière de diagnostic, de catalogage et de prescription dans les cas de processus cérébraux anormaux constatés antérieurement par la cellule 12 chez des objets en observation. Je recommande *avec une ardeur passionnée* que le domaine de compétence d'Isaksson, c'est-à-dire les entretiens en vue d'établir un diagnostic, soit élargi au suivi, à l'évaluation et – si nécessaire – aux traitements expérimentaux de futurs spécimens dans les groupes d'expérimentation 3A, 3B et 3C. Cette mesure pourra être mise en œuvre sous la direction du soussigné rapporteur." Et voilà, Sebastian ! Votre première promotion est désormais une réalité, puisque je mets une petite patte de mouche sur cette feuille…

En coup de cravache, comme seuls le font les puissants, Corrigan apposa sa signature au document suscité et le tendit à Sebastian qui, sans comprendre ce qu'il était censé en faire, le saisit et le tint en l'air. Alors, son chef lui arracha la feuille, la plia et la lui repassa à travers la table.

— Vous n'avez qu'à donner ça à Barázza. Il vous fera un topo sur vos nouvelles fonctions et le degré de confidentialité qui s'applique aux résultats éventuels. Bon, ça se fête, non ?

Corrigan sortit un thermos de café et un paquet de *Jaffa cakes* – la version anglaise des Pim's – d'un élément de bureau. Sebastian qui, après seulement quelques semaines, avait déjà un faible pour ces biscuits reconnut la marque (plus chère que celle qu'il s'offrait d'habitude) et se sentit traversé, à son grand étonnement (ainsi qu'avec un effroi inarticulé), par une vague d'appétit pour la vie et pour cette marque particulière de *Jaffa cakes*, qui promettait un taux de cacao remarquablement élevé et de la marmelade d'orange vraiment amère. Un léger vertige lui titilla le ventre. Était-ce vraiment si simple ? Si peu de choses pouvaient-elles rompre le jeûne émotionnel qu'il s'imposait depuis *les événements* : quelques compliments, du sucre et du gras ?

— Enfin, servez-vous ! gronda Corrigan en agitant le paquet de biscuits sous son nez. Vous n'êtes tout de même pas de ces fanatiques qui considèrent le sucre comme de la came ? Je possède une solide expérience des deux substances, et je peux vous le dire : C'EST FAUX.

— Bien sûr que non, *sir*, dit Sebastian en prenant un biscuit dans chaque main.

Leur odeur était enivrante comme celle des cuisses d'une femme lorsqu'elles se frottent l'une contre l'autre à son passage. Il en avait les larmes aux yeux, de gratitude ou de chagrin, difficile à dire, mais quoi qu'il en soit, c'était gênant, et même affligeant. Il fut obligé de se gaver des deux biscuits pour ravaler ces pleurs déchirants et ne pas s'effondrer sur le bureau de Corrigan.

— Et avec le singe, comment ça va ? demanda celui-ci en faisant basculer son fauteuil dans une position adaptée à une conversation apparemment détendue avec un subalterne.

— Bien, parvint à répondre Sebastian après que son gosier et ses canaux lacrymaux furent décongestionnés.

— C'est une guenon très spéciale, Sebastian, il faut que vous le sachiez.

— Je m'en suis aperçu, *sir*.

— Ça m'étonnerait.

— Je veux dire, elle est extrêmement intelligente. Quasiment comparable à un être humain.

— Pas du tout ! Elle n'a rien d'un être humain, Sebastian ! Là, vous me décevez. Vraiment. Je dois le dire.

Corrigan actionna une manette de son fauteuil et, avec un claquement, catapulta son dossier en avant. La distance soudain réduite entre son visage et celui de Sebastian était incommodante.

— Écoutez-moi, Sebastian : la guenon dont vous devez prendre soin est intéressante parce qu'en dépit d'une intelligence élevée, mais pas exceptionnelle, elle manifeste des signes d'une caractéristique inconnue chez l'être humain. Elle a le sens moral, cette guenon.

— Beaucoup de primates…

— Oui, oui, je sais. Mais vous ne comprenez toujours pas : il s'agit d'une guenon très, très morale. Elle obéit à des règles bien précises, voyez-vous, et elle ne rogne jamais dessus. J'ai bien dit : jamais ! Je pense que vous serez d'accord pour dire qu'aucun être humain sur cette Terre peut se vanter d'un tel bilan. La plupart d'entre nous pensent par exemple… disons… qu'on ne doit pas manger ses semblables. Mais imaginez-vous sur une île déserte, entièrement privé de nourriture, en compagnie d'une dame âgée avec des implants sphéroïdes dans les deux hanches, la cataracte, du diabète et je ne sais quoi. Quand vous auriez suffisamment faim, vous la dégommeriez et vous en feriez des steaks, n'est-ce pas ?

— Non… Enfin, si. Peut-être. Je le ferais peut-être. Je n'en sais rien.

— Vous voyez ! s'écria Corrigan, satisfait. Rien n'est sacré pour nous, les humains, pas même la règle communément admise selon laquelle les individus de notre propre espèce ont un droit inaliénable à la vie, n'est-ce pas ? Mais cette guenon, elle ne rogne jamais sur rien.

— Et de quelles règles s'agit-il, au juste ? demanda Sebastian avec une sincère curiosité.

— Elle nous vient de la faculté de philosophie de l'UCL où elle a été utilisée dans une espèce d'expérience éthique, voyez-vous. On l'a entraînée à décoder les expressions faciales d'êtres humains confrontés à divers dilemmes classiques d'ordre moral. Elle semble donc avoir intégré une série de règles typiquement occidentales ou judéo-chrétiennes. Interdit de tuer, de voler, de désirer la femme de son prochain et ainsi de suite. Mais contrairement à nous, elle les applique servilement. Je me suis moi-même occupé d'elle dans le passé. Eh bien, je n'ai pas supporté la pression. Je vais être sincère avec vous, Sebastian : j'aime les femmes. Pratiquement toutes les femmes. Ne vous méprenez pas sur mon compte, je suis heureux en mariage, j'ai une épouse formidable, mais nous vivons en union libre. J'ai essayé de l'expliquer à la guenon. De nombreuses fois. Elle refuse de voir mon côté des choses.

Sebastian visualisa mentalement Corrigan et la guenon plongés dans une conversation animée en langue des signes, au cours de laquelle le même geste obscène était répété coup sur coup jusqu'à ce que Corrigan, à bout de nerfs, arrache une touffe de sa tignasse rousse.

— Temple et moi – vous savez, Tiffany au secrétariat – nous nous voyons environ une fois par semaine pour… eh bien, pour nous fréquenter. Rien d'étrange à cela, me dis-je, nous n'enfreignons aucun règlement puisque les secrétaires font partie de cellules parallèles sur lesquelles je n'ai aucune autorité. Où est le problème ?

Corrigan fit une pause, comme s'il attendait une réponse. Sebastian, dont les relations sexuelles n'avaient jamais été auréolées que de problèmes, en imagina au moins une douzaine, mais s'abstint de les énumérer. Il demanda cependant :

— Et qu'est-ce qu'elle a fait ?

— Temple ? Vous êtes fou ! Je ne peux pas vous raconter ça ! Encore une fois, Isaksson, les informations doivent rester là où elles sont.

— Mais la guenon, *sir*... Je voulais dire la guenon ! Qu'est-ce qu'elle a fait ?

— Exactement ce que vous faites.

— Je ne fais rien. Qu'est-ce que je fais ?

— Votre regard, Sebastian. Après chaque visite de Tiffany, je le voyais dans ses yeux. Elle m'ignorait. Elle refusait sa collation de l'après-midi, elle me jetait son morceau de concombre au visage. Une gestuelle typiquement simiesque, rien de très raffiné. Mais tout de même blessant.

— Comment savez-vous que sa contrariété était d'ordre moral ? Il pouvait simplement s'agir de jalousie, demanda Sebastian.

— J'y ai pensé, figurez-vous. Mais non. Elle n'avait rien contre ma femme, par exemple. C'était un positionnement moral, cela ne fait aucun doute.

— Mais à quoi elle vous sert ? La guenon, pas Temple.

— Je crains de ne pas pouvoir vous le dire. Vous n'êtes pas habilité à prendre part à cette information. Votre mission est de la nourrir et de la maintenir de bonne humeur. Rien de plus. Après, nous verrons. Nous verrons. Enfin, si un jour, eh bien...

Corrigan prit un air mystérieux, son regard se perdit à travers la vitre. Sebastian tourna également les yeux vers la fenêtre. Vu d'en haut, les eaux sombres du fleuve ressemblaient à un coup de pinceau, et les immeubles, à des tas de cendre. Ce n'était pas beau, mais susceptible d'émouvoir un homme adulte aux larmes, ce tremblement de l'air laiteux, qu'un seul rayon de soleil aurait pulvérisé en mille éclats dorés, une multitude de microparticules qui se seraient aussitôt désintégrés, avant même qu'on ait eu le temps de constater leur présence.

Sebastian eut l'illusion fugitive que Corrigan et lui, unis dans ce silence grisâtre, les yeux tournés vers le corps informe de la ville, vivaient ce que les filles de sa classe, dans son lycée de Lund, auraient qualifié d'*épisode extralucide* : un instant de communion silencieuse, de bienheureux effroi d'être en vie. Mais Sebastian ne tarda pas à comprendre que c'était un leurre car, en réalité, il n'avait pas la moindre fichue idée de ce qui occupait les pensées de Corrigan. On ne pouvait donc vraiment pas parler de communion. Le problème était plus général, bien sûr : l'impossibilité radicale de toute véritable compréhension mutuelle comme une des conditions fondamentales de l'existence humaine. Elle pouvait, dans quelques cas exceptionnels, être surpassée par un amour pur et éternel qui narguait ainsi toutes les règles de ce monde. D'ailleurs, songea encore Sebastian, le fait que Corrigan et lui ne soient pas à l'instant tombés irrémédiablement amoureux l'un de l'autre n'était pas forcément regrettable en soi. Mais tout de même. À l'idée que, par le jeu du hasard, deux étrangers regardent fixement le même panorama tragique et envoûtant, Sebastian fut traversé par un sentiment de profonde solitude.

Car seul, il l'était – d'une certaine manière, il l'avait toujours été.

— Bon, dit Corrigan en appuyant ses deux larges mains sur la table. N'ayez pas l'air si effrayé, jeune homme. Je crois en vous. Vous allez assurer comme un chef. Sinon, vous ne seriez pas là.

Sebastian avala sa salive. La réplique tenait plus de la moquerie que de l'encouragement – du moins est-ce ainsi qu'il la perçut.

— Sortez ! brailla Corrigan.

Sebastian se leva sans un mot et quitta la pièce. Se demandant plus que jamais ce qu'il faisait là, il retourna dans son bureau.

Ce n'était pas beau, mais quelle importance ? L'immeuble en lui-même, par exemple : il tanguait, gris sur fond gris, comme s'il ne faisait qu'un avec le ciel. Les oiseaux semblaient le croire, en tout cas, car ils s'écrasaient quotidiennement contre l'enduit de la façade et tombaient comme de la neige sur le sol. On aurait dit du sucre glace, leurs plumages déchiquetés.

Plus tard cet après-midi-là, Sebastian, dans son bureau, le front appuyé contre la vitre, se dit qu'il s'y habituerait sûrement – aux oiseaux morts, au bienheureux effroi, au sifflement du vol que l'oreille humaine n'a pas le temps de saisir avant la collision qui achève tout. L'identification à l'oiseau est alors totale, car l'observateur est simultanément saisi par la sensation enivrante de liberté et la brûlure d'un chagrin paralysant. Ensemble, elles font surgir toutes les émotions contenues dans le spectre. Sebastian allait bien s'y habituer, car c'est ce qu'on fait. On s'habitue. À presque tout : au goût des épinards, au goût du sang, au goût de la liberté, au goût du deuil. Au goût de la destruction. Tout cela était une simple conséquence de la plasticité cérébrale.

Ce n'était pas beau, mais quelle importance ? se dit-il sobrement. Il écrivit un nom dans la buée de son haleine, car le beau ne durait pas. Voilà ce que lui rappelaient les oiseaux, la brièveté des choses, la vitesse à laquelle tout ce qu'on avait construit pouvait être démoli. Pan ! Les plumes volaient dans l'atmosphère comme quand un sac de farine tombe par terre. Puis, à l'aube, des hommes et des femmes vêtus de gilets orange venaient balayer les restes sur le trottoir, et la vie renaissait ailleurs, les feuilles crissaient sous de petites bottes en caoutchouc, la file d'attente devant le kiosque à sandwichs au coin de la rue avançait par à-coups, et une nouvelle journée de travail commençait à l'Institut.

Dans ce contexte, peu importait que l'immeuble dans lequel se trouvait Sebastian tous les jours entre neuf et cinq heures soit de la même couleur que le visage blême de la mort. Il y avait tout de même des tables de ping-pong à la cave et des reproductions de Klimt à la cantine. Des singes, des poissons, des ténias, des amphibiens souffrant d'Alzheimer – leurs tissus cérébraux crissaient comme de la cellophane –, le tout dans l'enceinte de murs imprenables. Il y avait des cellules souches. Une organisation semblable à des cellules terroristes. Et la seule chose dont la recherche, tout comme la vie, avait vraiment besoin : la fuite en avant, le mouvement circulaire, bref, un quelconque déplacement que la mort ne pouvait atteindre. C'était tout ce que désirait Sebastian. Enfin, même si ça ne l'était pas, il en avait besoin.

Cela faisait plus de trois semaines que cet estropié sentimental et titulaire doctoral avait quitté l'Institut de neurosciences de l'université de Lund pour une place de postdoctorant au London Institute of Cognitive Science. Mais tandis que les trois semaines en question s'étiraient comme un élastique jusqu'au point de rupture, chaque seconde avait été lourde de sens – et, en même temps, complètement creuse. Trois semaines : un océan d'angoisse à basse tension, pleines d'écueils et de récifs professionnels. Sebastian ployait sous le poids des responsabilités dont on chargeait ses frêles épaules et, paradoxalement, s'en trouvait réhaussé – il mesurait pourtant déjà un mètre quatre-vingt-sept. Et il était beau comme Suzanne au bain. Enfin, en tout cas d'après sa mère, la pastoresse. D'autres le trouvaient également beau garçon – sans en tirer aucun bénéfice. Sebastian était venu à Londres pour plusieurs raisons, dont une seule portait un prénom de femme, et ce prénom-là était littéralement gravé dans la pierre.

Avec un soupir intérieur, il se détourna de la fenêtre et revint à son bureau, où sa promotion officielle le dévisageait à côté d'un tas d'anamnèses à moitié achevées. Il n'était pas entièrement satisfait d'être monté en grade. Les entretiens avec les demandeurs de soins lui paraissaient déjà suffisamment pénibles. Devenir réellement responsable d'eux, c'était plus qu'il ne pensait pouvoir supporter.

Dans le cadre du projet de recherche gigantesque et très diffus auquel il était rattaché, un important groupe de bénévoles était en croissance constante – malades pour la plupart, d'une manière ou d'une autre. Il fallait leur faire passer un entretien, puis un examen minutieux à l'aide d'IRMf et d'une batterie de tests expérimentaux sur mesure. Il incombait à Sebastian, en tant que recrue récente de l'Institut et en raison de son jeune âge, de mener les nombreux entretiens préliminaires en vue d'établir un diagnostic avec ces cobayes pleins d'espoir. Enfin, pas tout à fait, car le premier tri était effectué à la louche par un simple psychologue du nom de Benedict Katz, qui ne possédait que des connaissances rudimentaires en neurosciences. La direction de l'Institut avait jugé – Sebastian l'avait compris en discutant avec son supérieur Barázza – que le travail préliminaire consisterait en un tri sélectif à la chaîne, et séparerait les individus souffrant de réels troubles neurologiques du reste, refoulant efficacement les m'as-tu-vu et autres bavards. L'Institut n'avait que faire d'individus nécessitant un accompagnement thérapeutique ; on voulait des cerveaux défectueux, des cerveaux fantastiques, des comportements déviants à des années-lumière de ce que pouvait accomplir un cerveau standard.

Après que Benedict eut amputé le corpus des demandeurs d'environ 95 %, Sebastian avait donc rendez-vous avec les 5 % restants pour mener un entretien en vue d'établir un diagnostic. C'était nouveau pour lui. Jusque-là, il s'était tenu à bonne distance de toute dimension interpersonnelle, sachant qu'elle existe même dans les sciences les plus dures. Il y avait eu une époque où, comme tout jeune garçon de Lund, Sebastian rêvait de devenir médecin – rêve qu'au début de son adolescence, il avait nourri avec un désespoir aveugle, le même que celui qui pousse à arroser une plante dont les racines sont déjà toutes desséchées. Ce n'est qu'en voyant un épisode de la série télévisée *Grey's Anatomy*, d'une virulente popularité dans les années 2000, qu'il s'était rendu compte que pendant le XXe siècle, la médecine avait évolué : la direction spirituelle s'était ajoutée au diagnostic proprement dit. À l'âge de dix-sept ans, Sebastian savait déjà qu'il ne voulait pas passer sa vie professionnelle à soigner des âmes – dans ce domaine, il en faisait déjà bien assez sur le plan privé : il avait tout de même une sœur abonnée au service de pédopsychiatrie, une autre qui avait peur de son ombre et une petite amie qui n'acceptait de manger que les jours impairs. Il n'avait pas envie de réconforter des proches inquiets, car il était lui-même un proche inquiet en quête de réconfort.

Il décida donc d'emprunter une autre voie – au lieu de se consacrer à la neurochirurgie, il ferait de la recherche en neurosciences. S'il avait grandi dans une autre ville de Suède, on se serait certainement moqué de lui, considérant son projet comme chimérique. Autant annoncer qu'on veut devenir astronaute, dompteur de lions ou journaliste d'investigation. Sauf à Lund. Dans la ville des savoirs, des ambitions démesurées et des professeurs d'université à la retraite, les fils et les filles de chercheurs et d'architectes mangeaient des gaufres sur le toit de l'observatoire ou se prélassaient sur des tas de feuilles mortes sous les platanes, frottant leurs joues contre des pulls en laine vierge et murmurant : "Quand on aura notre bac, je deviendrai chercheur en neurosciences et toi, tu seras poète, on aura des enfants, des chiens et des doctorats d'honneur. Il ne nous arrivera jamais aucun mal tant que nous vivons du bon côté du chemin de fer." Lorsqu'un jeune faisait ce genre de déclarations intimes, il n'essuyait ni moqueries ni discours sur la lutte des classes. Au contraire, ses propos étaient accueillis par un gentil sourire, une douce caresse le long de sa joue et une réplique rauque et timbrée : “Sebastian, je crois que je t'aime.”

Autrement dit : Sebastian avait été soutenu par son entourage dans son nouveau projet de vie, surtout par sa mère et son père, car l'ambition était un trait de caractère bien moins marqué chez ses sœurs que chez lui. Du point de vue de Sebastian, Clara et Matilda semblaient avoir passé le plus clair de leur adolescence simultanée à se projeter ailleurs avec une énergie que, selon leur frère, elles auraient justement pu consacrer à partir, si c'était vraiment ce qu'elles voulaient (d'ailleurs, elles y parvinrent en temps et en heure : après plusieurs années d'activité dans l'aide humanitaire au Bangladesh, Matilda s'établit à Berlin, et Clara habitait depuis longtemps à Stockholm). Quant à Sebastian, son seul désir était de passer le restant de ses jours à Lund. De faire une carrière raisonnablement quelconque, de se marier et d'avoir des enfants sages.

Mais après *les événements*, tout avait changé.

Il est communément admis que les traumatismes peuvent redessiner le paysage intérieur, c'est-à-dire le canevas d'impulsions et d'émotions du cerveau, et même le bouleverser de façon dramatique. Sebastian avait précisément vécu le genre d'expérience qui fait exploser le cerveau comme un bâton de dynamite et exige qu'on rassemble laborieusement le puzzle – il en était bien conscient. La plupart des victimes consacraient leurs années de deuil à essayer de se reconstruire à l'identique, mais on pouvait prendre une autre voie ; par exemple bâtir quelque chose de nouveau à partir des débris. Ce qui, dans la vie de Sebastian, ressemblait fort à une catastrophe (et en était certainement une) pouvait se transformer – entre autres, car rien, dans la vie, n'est complètement univoque – en un catalyseur. Grâce à ses synapses brûlées par le chagrin, il pouvait devenir quelqu'un de différent, qui ne vivait que pour son travail, pour la science, pour ce que la mort ne peut pas atteindre.

Tous les matins, avant de quitter sa chambre de Tulse Hill, il s'arrêtait devant le miroir de sa salle de bains et répétait un mantra basé sur des constats irréfutables : l'étoile qui le guiderait dans sa nouvelle vie.

SOUVIENS-TOI
QUE GRÂCE À LA PLASTICITÉ DU CERVEAU
IL EST POSSIBLE D'APPRENDRE
ET DE RÉAPPRENDRE
TOUT AU LONG DE LA VIE

ET QU'AUCUNE CICATRICE
NE PEUT S'EFFACER
ET QUE QUAND LE MAL EST FAIT
ON NE PEUT PAS REVENIR EN ARRIÈRE

ET QU'AUCUNE QUALITÉ
NE PEUT DEVENIR SON CONTRAIRE

ET QU'AUCUNE PEUR
EST IMPOSSIBLE À ENRAYER

ET QUE LA VIE
PEUT ÊTRE VÉCUE AUTREMENT

Mais tous les jours, il concluait la séance par une grimace dédaigneuse à son reflet dans le miroir, puis s'en détournait pour reprendre le cours de sa vie exactement comme avant, c'est-à-dire à tâtons. Certes, le cerveau pouvait être reconverti, mais ça n'était pas pour autant facile.

En dépit du malaise général qu'il ressentait vis-à-vis des interactions sociales, les entretiens en vue d'établir un diagnostic se déroulaient tout de même, à son grand soulagement, de mieux en mieux. C'était une victoire, même minuscule, un petit pas en avant dans sa transformation en quelqu'un qui n'était plus touché par autrui, et ne le considérait plus que comme un objet d'étude. Il ne vomissait plus de nervosité à chaque fois qu'un inconnu déposait son cerveau entre ses mains, lui demandant de déterminer son état : sain ou non, normal ou anormal, beau ou grotesque. Ce qui ne veut pas dire qu'il trouvait cela amusant, ni même instructif. En fait, il n'avait qu'une envie : retourner à la cave, aux machines, aux écrans affichant des noix scintillantes de toutes les couleurs de l'arc-en-ciel, des cartes de l'intime, de l'extrême, des réponses aux sempiternelles questions sur la nature profonde de l'être humain, c'est-à-dire aux cerveaux. Il lui tardait de retrouver *les cerveaux* libérés de l'énigme de la chair mortelle : corps, mains, sueur, voix, yeux, volontés, peurs et exigences.

Sebastian s'assit à son bureau et, l'air sinistre, regarda sa promotion. Une évidence venait de se manifester dans son esprit : l'étude scientifique du cerveau n'excluait pas les contacts interpersonnels, ni le sens des responsabilités vis-à-vis des gens dont il disséquait les souffrances. Ses nouvelles fonctions lui permettraient enfin de pénétrer dans le laboratoire, mais il allait également nouer des liens encore plus étroits avec ces malheureux. Les demandeurs croiraient qu'il allait les aider, et lui seul – enfin, peut-être également la guenon moraliste, qui était vraiment très observatrice – saurait que c'était impossible.

Il fut tiré de sa torpeur mélancolique par un bip de l'intercom (encore une invention de Corrigan).

— Oui ? dit Sebastian.

— Ici Tiffany du secrétariat. On m'informe en haut lieu qu'à partir de maintenant, vous allez vous occuper de l'objet d'étude 3A16:1. C'est exact ?

Sebastian regarda l'heure. Il avait été promu exactement deux heures et sept minutes plus tôt.

— Heu, oui, sûrement. Si vous le dites. De qui s'agit-il ?

Tiffany baissa la voix.

— En fait, je n'ai pas le droit de vous en parler, mais j'étais là quand Benno l'a interviewée et… La vache ! Je peux vous dire que c'est une sacrée toquée.

Sebastian fixa le plafond. *Suis-je las à en mourir.*

— Monsieur Isaksson ? Voulez-vous que je vous transmette le dossier ?

— Oui, répondit-il avec un soupir. Par pneumatique, s'il vous plaît.

Objet d'étude 3A16:1, ci-après dénommé le "Bébé-toilettes" (BT)
Entretien avec Benedict Katz (BK), psychologue certifié, le 7 janvier 2016
Transcription de Tiffany Temple, assistante médicale

BT : J'ai rêvé que je donnais naissance à un enfant avant terme dans mes toilettes. Vous savez, comme les nanas qui font les gros titres du genre "CONSTIPÉE, ELLE A ACCOUCHÉ AUX TOILETTES : LA PRISE DE POIDS ÉTAIT UN FŒTUS" et on se dit : putain ! Grave dans le déni, celle-là ! Complètement malade ! Comment on peut faire neuf mois de grossesse sans s'en apercevoir ? Après, il y a l'inévitable photo de la fille dans son lit d'hôpital avec un sourire jusqu'aux oreilles, la surprise inattendue dans les bras, c'est-à-dire le gamin, et même si elle dit des trucs comme : "Au début, j'étais en état de choc, c'est vrai, mais la première fois que je l'ai regardé dans les yeux, par terre, aux toilettes pour dames de *The Fox and Bullhorn*, j'ai ressenti un raz-de-marée d'amour, c'était complètement magique, je suis follement heureuse", on voit dans ses yeux qu'elle est grave terrifiée et qu'en fait, elle se dit : "Si j'avais pas été aussi poule mouillée, j'aurais découvert il y a à peu près huit mois que j'étais enceinte et j'aurais avorté de ce petit monstre et maintenant, me voilà potiche de tabloïds, et ce que j'ai à espérer de mieux, c'est que Huggies trouve mon histoire émouvante et décide de me sponsoriser en m'offrant des couches." Eh ben, dans mon rêve, j'étais ce genre de nana, vous voyez. Entrée aux toilettes avec un petit mal de bide en croyant que j'allais faire un feu d'artifice, et qu'est-ce qui m'arrive ? Je sens quelque chose de glissant sortir de mon corps comme une anguille, visqueuse et froide. Et puis je regarde dans les toilettes et je le vois, je comprends que c'est un fœtus alors je me relève parce que je ne supporte pas la vision, mais après je regrette, il faut dire que je n'ai jamais vu de fausse couche, je n'ai jamais avorté de ma vie, croyez-le ou non. Et alors – ça va vous paraître au moins aussi prodigieux – le foutu gamin bouge au fond des toilettes ! Il remue ses petits bras et ses petites jambes, il fait le poisson avec sa bouche. Je me dis : "Merde, il est en vie", je plonge les mains dans la cuvette et je le sors. Il est plutôt petit, il doit mesurer à peu près trente centimètres, et il est tout maigrichon, mais son visage est genre achevé, vous voyez, comme les bébés dans les pubs pour des couches, et alors là, je... Eh ben... J'arrive à peine à le dire, mais j'ai ressenti... De l'amour. Pas du dégoût ; pourtant, il dégoulinait d'eau des toilettes et de sang, mais de l'amour. Et voilà que je berce le machin sorti de mon ventre sans que je sache que je le portais et, pendant quelques instants, avant de me réveiller, putain... Ma vie est géniale.

BK : Je ne vois pas très bien ce que vous pensez que je...

BT : Qu'est-ce que ça veut dire ? Merde ! D'habitude, je rêve de dauphins.

BK : Je ne peux pas vous donner de réponse. Nous ne faisons pas de psychanalyse, ici. Il y a peut-être eu un malentendu, désolé si c'est le cas. Nous étudions des problèmes neurologiques d'ordre strictement physiologique. Pour tout ce qui se rapporte à... Mon Dieu, j'arrive à peine à prononcer le mot... Au "subconscient", il faut vous adresser ailleurs.

BT : Mais non, il n'y a pas de malentendu. J'ai bien compris ce que vous faites. Des scanners et des trucs dans le genre. Et c'est ce que je veux.

BK : La question n'est pas vraiment de savoir ce que vous voulez, mais ce que vous apporteriez à l'Institut. Nous examinons seulement des spécimens, pardon, *des personnes* qui ont une symptomatologie très particulière. Je veux dire des déviances statistiquement avérées.

BT : Mais attendez ! Vous n'avez même pas entendu toute l'histoire. Ce rêve, ce n'est qu'une introduction haute en couleur.

BK : Ah bon ?

BT : Il y a mes capacités aussi, parce que ces derniers temps, je suis devenue vraiment trop cool.

BK : Vous pouvez préciser ?

BT : Eh ben, je ne sais pas trop comment l'expliquer.

BK : Pouvez-vous me donner un exemple de la façon dont vous êtes soudain devenue… vraiment trop cool ?

BT : D'accord. Je vais vous le dire en clair : je suis devenue une vraie Picasso. Je veux dire artiste. Je veux dire une artiste complètement démente. Je veux dire genre une artiste grave génialissime. Je veux dire…

BK : Je comprends. Depuis quand ?

BT : Depuis mon rêve ! C'est là que je voulais en venir. Je fais ce rêve de malade et, le lendemain, je trashe tous mes crayons à lèvres sur le mur blanc de ma chambre. Je dessine, vous pigez ? Je n'avais pas dessiné depuis la maternelle.

BK : Qu'avez-vous dessiné ?

BT : De l'art, putain.

BK : Pourriez-vous être plus précise ? Vous parliez de Picasso. Vous décririez votre art comme cubiste ? Ou plutôt classique ? S'agit-il d'impressionnisme ? D'expressionnisme ? De quoi ?

BT : Qu'est-ce que ça peut faire ? Le truc, c'est que c'est grave génial. Avant, je ne savais même pas dessiner un têtard. Avant le rêve. Vous pigez ? Vous voyez où je veux en venir ?

Le rêve symbolisait quelque chose qui était en train de m'arriver. Le gamin, c'était mon talent, qui est né aux toilettes. Et je me dis que je l'ai peut-être toujours eu à l'intérieur de moi sans le savoir, vous pigez, comme les nanas du genre : "En cloque, moi ? Impossible." Et qu'il s'est passé quelque chose dans mon cerveau qui a déclenché tout ça. Et je me suis dit que ça pourrait vous intéresser, que je pouvais contribuer à la recherche, vous rendre service, quoi, mais bon, d'accord, si mon cas ne vous intéresse pas, je peux me tirer. De toute façon, j'ai prévu de terminer des travaux manuels à la maison ce soir.

BK : Des peintures ?

BT : Non, de la couture. Je ne suis pas cousue d'or. Enfin, pas encore. Mon dealer dit qu'il peut me rendre riche et célèbre. En attendant, j'utilise les peintures à doigts de mon neveu. De toute façon, il n'aime que les jeux vidéo. Ma sœur croit qu'il est autiste, mais moi, je me dis que dans cette famille, c'est un peu le genre c'est-celui-qui-le-dit-qui-y-est, si vous voyez ce que je veux dire.

BK : Vous avez un dealer ? Ça signifie que votre talent est reconnu ? Par des spécialistes ?

BT : Mais oui, putain ! Ma mère, ma sœur, mon voisin, mon mec, tout le monde s'exclame : "Merde ! T'es vraiment grave géniale !" Alors j'ai appelé un mec avec lequel j'ai couché il y a longtemps, il travaille à l'école Goldsmiths, je vous le jure, quand on baisait, il était complètement normal, on avait genre quatorze ans, et après, il est devenu pédé et il a fait des études d'art, bref, je l'ai appelé et il a dit juste : "Putain, t'es grave géniale !" Et il a appelé son prof qui a appelé un dealer, et puis, ben, voilà, ils ont dit genre la même chose.

BK : Que du jour au lendemain, vous êtes devenue une artiste… grave géniale ?

BT : Putain, vous ne me croyez pas. Je le vois dans vos yeux. Attendez, je vais…

BK : Qu'est-ce que vous faites ? Vous êtes en train de gribouiller sur mon rapport.

BT : Plus maintenant. Maintenant, c'est de l'art.

BK : Merde alors…

Suite à donner au dossier conformément à la directive 11b.x : Examens en vue d'établir un diagnostic.

— Tu veux sortir ? C'est ce que tu essaies de me dire ?

La guenon, qui regardait Sebastian avec un large sourire sur son visage velu, haussa une épaule contre son oreille – un geste dont Sebastian, qui avait déjà passé quasiment six semaines à la soigner, avait compris qu'il signifiait "merci" (la guenon était évidemment très polie).

— D'abord, jette un coup d'œil à ça, dit Sebastian en pointant son crayon sur l'écran. Tu vois cette zone d'activité intense dans le lobe pariétal ? Au repos, ce n'est pas normal. Vraiment pas.

Sebastian sentit une légère exaltation. Cela faisait à peine un mois qu'il avait été promu à un véritable poste de chercheur et qu'on lui avait attribué sa première vraie patiente, Esmeralda Lundy, également connue comme "objet d'étude 3A16:1" ou sous le sobriquet de "Bébé-toilettes". Trois jours plus tôt, il avait enfin réussi à la coller dans le scanner – ce à quoi elle se montrait étrangement réticente. Sebastian ne comprenait pas. Il se fichait pas mal qu'on examine l'intérieur de son crâne à lui, puisqu'il savait déjà ce qui s'y trouvait : un trou béant qui dessinait un "y" et des orteils tournés vers le monde souterrain.

La guenon ne disait rien. Sebastian parvint enfin à quitter l'écran des yeux pour la regarder : elle détournait ostensiblement le visage. Il avait gaffé – la guenon respectait toujours l'intégrité d'autrui. La procuration signée par Miss Lundy, qui donnait à Sebastian le droit d'examiner les recoins les plus secrets de son comportement, ne stipulait rien sur un singe.

Avec un soupir, Sebastian ferma les images et se déconnecta, puis, se levant de son siège, sortit une laisse d'un tiroir de bureau. Une sensation étrange se répandit dans sa cage thoracique. Lorsque, la guenon sur le bras, il entra dans l'ascenseur pour descendre au sous-sol et aperçut son maigre visage dans le miroir, grotesquement noueux en comparaison avec la face calme et ronde du singe, il prit soudain conscience qu'il avait besoin de parler à quelqu'un. De préférence un être humain.

L'inconvénient, quand on était chargé de soigner une guenon plutôt que les ascaris de Nedielkos ou les cigales de Travis, c'était qu'elle demandait évidemment beaucoup plus d'attention. La plupart du temps, elle se déplaçait librement dans le bureau de Sebastian, sauf quand il était en consultation et que, pour des raisons de sécurité, elle devait rester dans sa cage. Dans ces cas-là, il fallait bien sûr la sortir quotidiennement. Corrigan avait prétendu n'être pas très à cheval sur cette histoire de sorties, mais la guenon ne se portait pas au mieux les jours où elle était privée de promenade. Sebastian avait pu le constater. Elle l'imitait de plus en plus, ou peut-être était-ce le contraire, il ne savait pas trop. Quoi qu'il en soit, ils finissaient souvent par fixer le mur en silence tous les deux.

D'habitude, Sebastian et la guenon faisaient une halte derrière l'Institut, sur la petite aire d'arrêt bitumée bordée de poubelles. Promener une guenon en ville, cela ne passait pas inaperçu, même à Londres, et Sebastian préférait éviter tout contact rapproché avec des inconnus. Ils se tenaient donc à l'écart. Un jour, cependant, il eut brusquement l'impression que la guenon avait besoin de dépaysement. Il la trouvait en manque de stimuli. Il passa donc la porte principale, tenant en laisse la guenon qui bondissait derrière lui, traversa la rue et entra dans le parc au milieu de Russell Square. Pour un mois de février à Londres, il faisait remarquablement beau – le ciel était parsemé de légers nuages, de gros bambins jouaient avec des nounous et des trottinettes sous les frênes et autour du jet d'eau. *Selfie sticks*, étudiants d'UCL joignant leurs têtes au-dessus de livres et de tablettes. Une serveuse essuyait une table de café. Sebastian fit un tour du parc, la guenon sautillant autour de ses pieds. Ils attiraient l'attention, mais personne ne leur adressa la parole. Sebastian se sentit à la fois soulagé et déçu.

Plus tard, il s'assit sur un des bancs qui bordaient l'allée et encouragea la guenon à tirer sur sa laisse jusqu'au maximum de sa longueur pour grimper. Comme toujours, il essaya de ne penser à rien. Tentative infructueuse. Par mégarde, il s'était assis à un endroit où il avait vue sur une petite famille proprette en train de pique-niquer. Il devait s'agir de touristes, sinon, les parents auraient été au travail. Ils n'avaient pas l'air au chômage. Ils avaient l'air heureux. Mère, père, enfant unique. Vestes élégantes boutonnées jusqu'au cou, sacs en plastique sous le derrière – manifestement, ils ne s'étaient pas préparés à ce qu'il fasse assez beau pour s'asseoir dans l'herbe. Mère et fille coiffées de bérets de laine. Le père ôta ses gants de cuir marron en tirant successivement sur tous les doigts, puis souleva le couvercle de son sandwich de pain de mie. À distance, Sebastian crut voir de l'œuf et du cresson – difficile de le distinguer avec certitude. Une impression, sans doute. L'enfant, une petite fille, mangeait des morceaux de mangue avec les doigts directement dans une boîte. Sa mère essayait de lui faire utiliser une fourchette en bois, mais elle refusait obstinément. Elle fit rire son père, qui lui retira son béret et lui ébouriffa les cheveux. La mère décida de la laisser faire et s'appuya sur ses coudes, à demi allongée en arrière, le nez en trompette. Elle était belle. Elle semblait joyeuse. Ayant mangé le dernier morceau de mangue, la fillette se jeta sur elle. Elles exécutèrent une sorte de tendre lutte. Sebastian regarda la guenon perchée sur la branche inférieure d'un arbre. Il espérait qu'elle descende d'un bond, attirant ainsi l'attention de la fillette. Ou pas. La petite semblait déjà parfaitement comblée.

Dans sa jeunesse, Sebastian avait beaucoup réfléchi au concept d'enfant unique – la fillette en était manifestement une. Il avait pu en observer dans sa classe, à la Svaneskolan, et constater, perplexe, que, contrairement à lui-même qui avait deux sœurs, et même *deux sœurs triplettes*, les spécimens étudiés ne semblaient jamais souffrir de solitude. Au contraire, leur position familiale unique et inaliénable en faisait des enfants extrêmement entourés, dorlotés – par leurs parents et le reste de leur famille, bien naturellement, mais aussi par leurs camarades – comme si leur présumée solitude constituait déjà un appel à l'aide si retentissant qu'en fait ils ne l'étaient jamais. Les parents d'enfants uniques craignaient tant que leur rejeton se sente seul, qu'ils auraient traversé l'épreuve du feu pour le rendre socialement attractif aux yeux de ses camarades ; à l'aide de divers marqueurs sociaux, bien sûr, mais avant tout en lui inculquant une saine envie de nouer des contacts et de s'entourer. À l'âge adulte, Sebastian avait fait de nouvelles observations. Les enfants uniques apprenaient très tôt ce que lui-même n'avait compris que lors de sa rencontre avec Violetta – à savoir que les êtres humains ont besoin d'autrui, que les rapports humains ne coulent pas de source et qu'il faut s'engager à corps perdu et miser tout ce que l'on possède pour les gagner, même si l'on ne possède rien.

Sebastian était issu d'une grande et bruyante famille, mais il doutait qu'elle fût heureuse. Dysfonctionnelle, sans aucun doute. Quelques années auparavant, le mariage des parents s'était définitivement brisé, mais il était déjà fêlé depuis aussi longtemps que Sebastian se souvenait. Son père avait déménagé, et c'était souvent Sebastian lui-même qui, appesanti par son sens du devoir, prenait de ses nouvelles.

L'homme n'avait pas excellé dans son rôle de père – il n'était pas devenu contrôleur du fisc par hasard. Il exigeait – appelons cela déformation professionnelle – que tout s'équilibre toujours parfaitement. Mais en ce qui concerne les gens, et en particulier les enfants, c'est malheureusement impossible. Le père de Sebastian, un homme très structuré, avait toujours un but et un plan d'action pour y parvenir, et si son plan échouait, il en élaborait aussitôt un autre – cela lui donnait le sentiment de ne pas perdre le contrôle de la situation. Le comportement généralement irrationnel des enfants le rendait nerveux. En leur compagnie, il devenait irritable. Évitant tant qu'il le pouvait de se retrouver en famille, il préférait se consacrer à ses taux d'imposition marginaux ou – Sebastian ne l'avait compris que récemment lorsque sa sœur Matilda, nettement plus observatrice, le lui avait raconté – à l'une ou l'autre de ses amantes moins compliquées.

Néanmoins, il n'avait pas été un aussi mauvais père pour tous ses enfants – Sebastian avait toujours l'impression de le rendre plus mal à l'aise que ses sœurs. C'était d'autant plus incompréhensible que le plus rationnel de la fratrie, c'était bien lui. Il avait de plus l'avantage d'être le seul garçon. Mais à part une ou deux parties de ping-pong au Gerdahall, Sebastian ne s'était jamais senti favorisé par son père – bien au contraire : lorsque sur le canapé, devant l'émission familiale du dimanche, un enfant se calait sous chacune de ses aisselles, il s'agissait toujours de Clara et Matilda, Sebastian se retrouvant généralement blotti contre sa mère.

En ce qui concerne la relation de Sebastian avec ses deux sœurs, impossible de dire si elle était bonne ou mauvaise, proche ou distanciée. Sebastian avait toujours fait office de zone tampon entre leurs tempéraments incompatibles : Matilda, extravertie et agressive, Clara, pensive et effacée. Entre ces deux pôles, Sebastian se percevait comme pâlichon, et avait souvent l'impression que ses sœurs, précisément à travers leur antagonisme, partageaient quelque chose de spécial et d'invulnérable.

Comme ce qu'il avait vécu avec Violetta à partir du jour où elle avait fait irruption dans sa vie. Jusqu'aux événements.

Petit à petit, Sebastian se mit à passer plus de temps

dans la famille de Violetta que dans la sienne. Le sentiment d'appartenance y étant moins évident, paradoxalement, il s'y sentait plus à l'aise. Par ailleurs, Violetta était enfant unique. Elle avait appris très tôt à exiger l'amour qui, pour Sebastian, coulait de source. Quitte à marcher sur des cadavres pour l'obtenir.

Sebastian se sentit soudain tendu. La petite famille en apparence si pleine de bonheur s'apprêtait à partir. Pour aller où ? Sans doute au British Museum regarder des chats momifiés. Sebastian s'y rendait parfois lui-même après le travail. Il aimait les artefacts – plus ils étaient vieux, mieux c'était. Il y avait quelque chose d'émouvant dans ces tentatives désespérées de conserver une matière intrinsèquement périssable. Il aimait le frêle anorak esquimau en tripes de porc, qui se serait effrité s'il n'avait pas été hermétiquement protégé par des parois de verre. La statue de pierre sauvée d'une quelconque île lointaine, à laquelle on ne permettrait jamais plus de se désagréger. Les urnes ébréchées soigneusement recollées, restaurées, placées sur des piédestaux. Un samedi solitaire, Sebastian avait pris le bus jusqu'au Horniman Museum de Forest Hill pour aller regarder des rangées de papillons épinglés dans des vitrines. Il trouvait fascinant qu'on puisse manipuler des créatures si fragiles avec autant de délicatesse et de cruauté.

En revanche, il évitait soigneusement les musées d'art. D'après son amère expérience, les productions esthétiques pouvaient avoir des effets destructeurs sur les êtres vulnérables. Il ne se considérait pas comme fragile, pas vraiment, mais mieux valait prendre ses précautions.

La famille se releva de la pelouse et brossa ses habits, ramassa soigneusement tous ses déchets, les mit dans un sac en plastique, et parcourut le sol à la recherche d'un éventuel objet oublié. La fillette bondit vers le jet d'eau, les adultes tournèrent le dos à Sebastian et se mirent en marche en l'appelant : Chloe ! La femme trébucha, peut-être sur une branche, l'homme lui attrapa le bras. Elle rit. Ils ne se retournèrent pas, et disparurent sans avoir remarqué à aucun moment la présence de Sebastian.

Il sortit son téléphone et le soupesa, envisageant d'appeler sa mère. Depuis son départ pour Londres, il n'avait quasiment pas reçu de nouvelles de sa famille, excepté Matilda, qui lui écrivait des lettres superficielles depuis Berlin, pleines d'anecdotes sur sa pénible famille recomposée, de remarques sur son projet de passer l'été dans le Västerbotten ou sur l'importance de respirer à partir du troisième chakra. Sebastian en avait honte mais, parfois, il écumait vite fait ses mails, comptant les mots pour s'assurer que Matilda était simplement d'humeur bavarde et qu'elle n'était pas entrée dans une phase de manie. Par sens du devoir, il répondait ensuite brièvement, par exemple à l'une des nombreuses questions qu'elle lui posait, puis cliquait sur "Envoyer". Ce n'était pas qu'il ne veuille pas communiquer avec elle, non, pas exactement, mais toute cette vitalité le fatiguait tellement ! Quant à lui, il avait l'impression d'être mort. Et peut-être, finalement, était-il un peu jaloux de cette vie qu'elle avait manifestement réussi à se construire, malgré tous les obstacles.

Matilda était la seule de la fratrie à avoir fondé une famille, même si, d'une certaine manière, elle l'avait volée à une autre. Enfin, volée, non, ce n'était pas le mot. Disons qu'elle en avait hérité. Son homme était, si Sebastian avait bien compris, déjà divorcé lorsque Matilda et lui s'étaient rencontrés. Il s'agissait donc d'une opération complètement réglo sur le plan moral – même la guenon moraliste était d'accord sur ce point (dans l'incertitude, Sebastian lui avait posé la question). Si Matilda avait eu le choix, elle aurait préféré qu'il n'y ait pas d'enfant compris dans la transaction – du moins était-ce la conclusion de Sebastian, qui avait analysé la situation ; cela dit, il n'était pas certain de ce résultat non plus, il fallait bien l'avouer. Quand Matilda évoquait Siri, c'était toujours sur le même ton de plaisanterie cynique qu'elle employait pour parler d'elle-même, comme si l'enfant était une adulte dont les vertus et les insuffisances pouvaient être mesurées sur la même échelle que les autres. Cette attitude laissait Sebastian perplexe ; il considérait les enfants comme énigmatiques et, possédant tout de même de réelles connaissances sur les bouleversements physiologiques et comportementaux qui secouaient le cerveau d'un enfant jusqu'à la fin de l'adolescence, il avait de bonnes raisons de le penser. Parfois, dans ses mails, Matilda lui parlait également de Clara – elle lui demandait s'il avait de ses nouvelles, si elle allait enfin se décider à communiquer avec elle. Les réponses aux deux questions étant négatives, Sebastian les éludait (il était le genre à trouver pénible de dire non). Il n'avait pas de nouvelles de Clara depuis de longs mois, à part les comptes rendus épars de sa mère. Et avec elle, c'est-à-dire sa mère, Sebastian n'avait parlé que rarement depuis son déménagement. Il y avait quelque chose dans la voix de sa mère qu'il ne supportait pas. Lorsqu'elle avait jeté leur père dehors, quatre ans auparavant, le changement s'était enclenché ; sa voix était devenue intransigeante et un peu esquintée, mais c'est seulement après *les événements* qu'elle avait vraiment commencé à mettre Sebastian mal à l'aise. Il avait l'impression que cette voix attendait quelque chose de lui et que, sans savoir de quoi il s'agissait, il ne pouvait pas le lui donner. Mais même s'il l'avait su, se disait-il, il n'était pas sûr de vouloir le lui donner. Et comme toujours, il trouvait plus facile de garder le silence que de dire non.

La guenon, redescendue de son arbre, s'approcha au petit galop de Sebastian et lui tendit la main. Soulagé, il glissa son téléphone dans sa poche et en sortit un sachet de chips de banane dont il tira quelques morceaux qu'il déposa dans la paume de la guenon. Elle haussa ostensiblement l'épaule. C'est alors qu'une sonnerie retentit dans la veste de Sebastian. Étonné, il ressortit l'appareil.

— Maman ? J'allais justement t'appeler, dit Sebastian.

Et il disait vrai. Enfin, plus ou moins. En tout cas, la guenon ne réagit pas.

— Sebastian ! Eh bien, franchement, je le sentais. Comme par télépathie.

— La télépathie n'a jamais été scientifiquement prouvée, tu le sais bien. Ça n'existe pas, répliqua Sebastian par automatisme.

Pourtant, depuis son arrivée à l'Institut, il avait entendu parler de phénomènes qui avaient ébranlé quasiment toutes ses certitudes sur les capacités du cerveau humain.

— Non, peut-être pas, dit sa mère joyeusement. Mais je ne suis pas très à cheval sur les preuves de l'existence de Dieu, tu le sais bien. Comment ça va, mon chéri ? Je n'ai pas eu de tes nouvelles depuis… Eh bien, depuis je ne sais pas combien de temps ! Ça te coûte cher d'appeler ?

Sebastian donna encore quelques chips de banane à la guenon et froissa le sachet pour l'enfoncer dans sa poche.

— Ça va. Je vais bien. Beaucoup de travail, mais passionnant. Mon domaine de responsabilité a déjà été élargi, enfin, d'une certaine manière.

Il imagina sa mère mettre la main sur sa bouche dans son geste habituel de surprise admirative.

— Sebastian !… Je suis très fière. Et qu'est-ce que tu fais ? Je ne comprendrai peut-être pas tout mais je vais essayer.

— Je… Je ne suis pas habilité à t'en parler.

— Tu veux dire que c'est secret ?

— Oui, plus ou moins. Enfin, je crois.

— Tu crois ?

— Oui, je crois, répondit Sebastian, puis, changeant abruptement de sujet : Et toi, comment tu vas ? Et le jardinage ?

— Mon petit chéri… dit sa mère en riant. La saison n'a pas encore commencé, tu devrais quand même le savoir ! Mais j'ai de beaux petits plants de tomates sur le rebord de ma fenêtre.

— Les tomates, c'est bon.

Silence. Sebastian attendit que sa mère dise quelque chose, mais elle resta muette. Voilà justement ce qu'il craignait, se dit-il. Ce silence. Il était certainement censé dire quelque chose, mais quoi ? Il chercha désespérément, en vain. Il lui avait déjà demandé comment allait le jardinage.

— Eh bien… Tu as parlé à ton père, dernièrement ? dit-elle enfin.

— Non. Comment ça ?

— Ah bon… Non, rien. Et Clara et Tilda ?

— Mouais, fit Sebastian, fuyant.

En comptant les mails de Matilda, pour la plupart restés sans réponses, oui. La guenon n'était manifestement pas d'accord. Elle tenta démonstrativement de grimper sur Sebastian. Il secoua la jambe dans l'intention de s'en débarrasser, tout en fouillant son cerveau épuisé à la recherche de quelque chose à raconter sur Matilda. Décidément, il dormait mal, dernièrement.

— Tilda est devenue très forte en corbeau.

— En corbeau ?

— C'est une posture de yoga, je crois. Difficile.

— Ah… Eh bien, je fais de la zumba, maintenant. Au Gerdahall.

— Tant mieux. Ils ont des prix compétitifs.

— Oui. Tu t'en sors, à ce niveau-là ?

— Comment ça ?

— Je veux dire financièrement. C'est cher, Londres.

— Je n'ai pas besoin d'argent, maman. Je travaille.

— Pauvre Clara… soupira-t-elle.

Sebastian essaya en vain de se rappeler à quoi pouvait bien faire allusion sa mère. Mais non, il n'était au courant de rien. Son regard était involontairement attiré par celui de la guenon, comme si elle pouvait l'aider. Mais elle le dévisageait, intraitable. Une statue de pierre. À l'autre bout du fil, la mère gardait le silence. Finalement, Sebastian ne put plus résister. Impossible d'entendre quelqu'un s'apitoyer sans s'enquérir de quoi il s'agissait, c'était contraire à sa nature.

— Qu'est-ce qu'elle a, Clara ?

Sa mère poussa un soupir déçu.

— Elle ne t'a pas raconté ? Pourtant, c'est arrivé il y a plusieurs semaines !

— J'ai été très occupé, dit Sebastian, sans vraiment mentir. On ne s'est pas parlé depuis… un moment.

— Elle a été virée ! Du journal. Réduction d'effectifs, ils ont dit. Bientôt, ils vont réduire le papier sur lequel ils impriment, ajouta-t-elle, désillusionnée.

Sebastian n'eut pas le cœur de l'informer qu'en principe, c'était déjà fait. À la place, il émit un marmonnement d'indignation, tout en notant mentalement qu'il fallait qu'il prenne des nouvelles de sa sœur. De ses deux sœurs. Le soir même. Enfin, quand il en aurait la force. Dès que les soirées seraient plus claires et les nuits, plus paisibles. Dès qu'il arriverait à ressentir quelque chose, peu importe quoi, enfin, tout sauf de la culpabilité.

— Elles se parlent ? demanda sa mère.

Sebastian fut si surpris que, pour commencer, il ne comprit pas ce qu'elle voulait dire.

— Qui ça ?

— Clara et Tilda.

— Eh bien, oui… Enfin… – la guenon enfonça ses griffes dans la jambe de son jean – Qu'est-ce que tu veux dire ?

— Pas la peine de faire semblant, Sebastian, dit gravement sa mère. Tilda évite le sujet et Clara ne raconte rien du tout, mais je sais bien qu'elles se sont fâchées après l'enterrement de Violetta et qu'elles ne se sont pas encore réconciliées. Et ça fait un bon bout de temps. Bientôt un an. Ça me fait de la peine, Sebastian. Je suis leur mère. Elles pensent que je ne le vois pas mais c'est faux, rien ne m'échappe.

Sebastian se permit d'en douter. Que quelque chose soit arrivé entre Clara et Matilda à l'époque de l'enterrement, il le savait aussi, mais la brouille datait de bien avant. Si l'on pouvait encore parler de brouille, puisqu'en réalité, il s'agissait d'une faille permanente, qui avait toujours existé.

Sebastian fixa les yeux sur un arbre qui projetait son ombre sur son banc. Il était incapable de dire de quelle espèce il s'agissait. Clara l'aurait su. Elle pouvait nommer tous les êtres vivants. Par mesure de précaution, disait-elle. En nommant les choses, on les rend inoffensives, disait-elle. L'arbre semblait en fleur. Il était couvert de petits boutons rose pâle, pas plus grands qu'un ongle d'auriculaire. Et là, tout en haut, un bourgeon avait éclos. Sur chaque branche étaient perchés de petits oiseaux grassouillets, et un bourdon pendait la tête en bas dans la corolle hérissée. La vision inspirait à Sebastian un certain malaise, de prime abord incompréhensible. Puis il se dit qu'on était en février. Malsain, d'une certaine manière. Déréglé. Mais également d'une beauté presque douloureuse.

— Sebastian ?

— Oui, maman ?

— Tu as parlé avec ton père ?

Sebastian sortit de sa torpeur, brusquement tendu.

— Non... Tu me l'as déjà demandé. Pourquoi ?

— Je te l'ai déjà demandé ? C'est fou, ça... dit sa mère avec un rire nerveux. Décidément, elle devient sénile, la vieille dame. Bientôt, c'est moi qu'on va licencier ! Eh bien, mon fils, c'est l'heure. Retourne à ton travail. Tu es au bureau, c'est bien ça ?

Sebastian regarda la guenon qui, s'étant éloignée de cinq mètres, c'est-à-dire la longueur de la laisse, semblait occupée à contempler son propre reflet dans l'eau du bassin.

— Oui, je suis au bureau.

— Je ne vais pas te retenir plus longtemps. Tu m'appelleras bientôt ? Pour me raconter un peu ta nouvelle vie ?

— Promis, mentit Sebastian.

— Très bien.

Silence. Sebastian attendit que sa mère raccroche pour ne pas devoir le faire. Finalement, il dit :

— Prends bien soin de toi.

Il crut entendre l'expiration de quelqu'un qui reprenait enfin son souffle après l'avoir retenu pendant très longtemps.

— Au revoir, mon chéri.
Clic.

La guenon se lassa du miroitement et revint en galopant tranquillement vers Sebastian. Il la prit sous les bras et l'assit à côté de lui sur le banc. Il avait la nette impression qu'elle lui voulait quelque chose – autre chose qu'une chips de banane. Il tenta quand même le coup. Elle jeta la chips sur le gravier.

— Je ne sais pas ce qu'elle veut, dit Sebastian. Maman.

La guenon poussa un cri furieux. Deux messieurs âgés qui passaient à ce moment-là de l'autre côté de la fontaine se retournèrent et les dévisagèrent. Sebastian ordonna à la guenon de se taire, mais elle continua à hurler.

— Bon, bon… D'accord… chuchota Sebastian. Elle veut que je m'occupe de notre famille. Parce qu'elle m'en croit seul capable. Voilà ce qu'elle veut, d'accord, je le sais. Et je devrais faire quoi, à ton avis ? Hein ?

La guenon ne répondit pas. Normal, car malgré sa grande perspicacité, elle n'était pas capable de produire un langage articulé humainement intelligible. Source de frustration, bien sûr, mais aussi d'un certain soulagement. Une forme de communication simplifiée, débarrassée de toute idée de transparence. Le désir que Sebastian avait éprouvé plus tôt, celui de parler à quelqu'un de vivant, à un être humain, s'était évaporé.

— Et tu sais quoi ? reprit-il furieusement. C'est peut-être ce que je devrais faire, mais ce n'est pas ce que je veux, tu piges ? Parce que je ne veux rien. Rien du tout.

La guenon pencha la tête sur le côté. Ses yeux brillaient, comme au bord des larmes. Sebastian se demanda si les singes étaient capables de pleurer ou si ce comportement demeurait une invention purement humaine.

— Tu ne me crois pas ? dit-il tout bas.

La guenon frotta la tête contre l'épaule de son soigneur.

— Je suis fatigué, dit Sebastian.

S'adressait-il au singe ou à personne ?

Ne suis-je pas morte de fatigue… Ce vers d'un poème dont il se souvenait à peine lui traversa soudain l'esprit. Sa mère le chantonnait-elle, le soir, quand la vaisselle s'empilait jusqu'au plafond, que son père demeurait introuvable, que Matilda chassait Clara à travers le jardin en brandissant, pincé entre ses doigts, un escargot des bois noir et gluant, que Sebastian restait recroquevillé sur le canapé, plongé dans une bande dessinée de poche Disney, seul à entendre le ricanement découragé de sa mère ?

— *Ne suis-je pas morte de fatigue, lasse, moulue, triste, malade et fourbue*, marmonna-t-il.

La guenon balança un bras en hauteur et lui enlaça le cou, ce qu'elle n'avait jamais fait auparavant.

— *Dites, où est mon doux ami, mon cher ami, mon seul ami en ce bas monde ?*

L'image telle quelle, accrochée sur le mur dans son musée de la mémoire : elle s'appelait Violetta. C'était son nom. Elle avait été sa petite amie pendant neuf ans. Puis il y avait eu *les événements*, c'est-à-dire sa mort.

À cause de Sebastian, en quelque sorte.

Mais auparavant, l'amour.

Voir la bulle de savon.

Laura Kadinsky était, comme tout le monde, tridimensionnelle. Et finalement, elle le savait, au-delà de tout soupçon. Lorsqu'elle posait sa main sur sa cuisse, la paume se courbait comme la lumière dans un tunnel, comme l'espace-temps se courbe autour d'une masse. Lorsqu'elle mettait son doigt contre son oreille, à l'épicentre des sinuosités, le doigt s'enfonçait. Il s'agissait de profondeur, elle le savait.

Pourtant, à chaque fois qu'elle se regardait dans le miroir, elle était assaillie par le doute.

Il convient de préciser que la vision du monde de Laura Kadinsky était fondamentalement esthétique, c'est-à-dire indifférente à la réalité. Elle avait toujours comparé son corps à celui de Nikè de la Victoire de Samothrace, les bras en plus, bien sûr – mais elle avait l'impression de les avoir empruntés à un mannequin dans les vitrines étincelantes de Selfridges. Autrement dit, selon elle, son corps possédait une certaine beauté, une pesanteur, il habitait l'espace ou encore, en d'autres termes, la réalité ; c'était un vrai corps aux courbes visibles et tangibles. Comme la plupart des femmes, Laura avait passé des éternités en face à face avec elle-même. Lorsque, désormais, elle se regardait dans la glace le matin, elle était donc tout à fait sûre qu'un changement déterminant s'était produit dans son visage, elle le savait avec autant de certitude qu'elle connaissait les coordonnées de chaque grain de beauté sur le dos de sa fille et remarquait immédiatement si le soleil en avait fait apparaître un nouveau. Mais qu'est-ce qui la narguait ? Pourquoi appuyait-elle de plus en plus souvent le front contre le verre froid, plongeant les yeux dans son propre regard comme dans des boules de cristal aux sinistres augures ? Elle ne le savait pas exactement, mais souvent, elle se surprenait à repenser à son voyage de noces à Paris, et au soir où son mari avait insisté pour que, place du Tertre à Montmartre, elle pose devant un peintre du dimanche qui avait découpé son profil dans du papier cartonné noir brillant. À leur retour chez eux, il avait accroché la silhouette sur le mur de son bureau et, à ce jour, passé plus de temps avec elle que face au vrai visage de sa femme.

Puis vint le jour où un vague pressentiment se transforma en quelque chose qui, du moins en surface, ressemblait à une certitude. Laura avait laissé une Chloe pleurant de rage à l'école, comme d'habitude, et, sur le point de franchir la grille de l'école Montessori, les sanglots furieux de l'enfant vibraient encore dans ses oreilles comme la houle – voilà ce que lui évoquaient les pleurs d'enfant : le tangage d'un bateau sur la houle, libre et rebelle, ivre. Il avait plu ; juste devant la grille, une flaque d'eau s'était formée, et Laura s'était arrêtée pour contempler son reflet ; elle avait vu son nez court et enfantin, sa coupe au carré brune, les taches de rousseur qui juraient avec ses couleurs naturelles et sa bouche légèrement surdimensionnée et un peu irréelle.

Son mari lui faisait souvent remarquer que son visage ressemblait à un collage sur le mur d'une chambre d'adolescente. Elle se disait alors : l'adolescente, c'était moi.

J'ai créé ce visage pour les hommes comme toi.

Les gens croient qu'on ne choisit pas son visage et qu'il n'y a pas grand-chose à y faire. Le patrimoine génétique est ce qu'il est. Eh bien, c'est faux. Les humains sont comme les plantes, ils contribuent à leur propre survie par la fécondation, en devenant un fruit que l'on cueille, mange, chie. Les préférences des différentes espèces varient : pour certaines, c'est la douceur qui prime, pour d'autres, l'acidité ; le mari de Laura, par exemple, aimait les filles aux corps comme des déesses grecques et aux visages comme des peintures de Picasso (période cubiste). Toute adolescente qui se respecte connaît cette caractéristique et, équipée de ciseaux et d'un magazine de mode, compose des images de femmes qu'elle pourrait devenir. Les jeunes filles dorlotent leurs visages comme des animaux de compagnie ou des plantes en pot, nourrissant les traits qui attireront les hommes de leur choix, elles arrosent leurs boucles de cocker et leurs yeux de biche lancent des regards câlins. Parallèlement, elles effacent ce qui ne va pas, affamant leurs joues, élargissant ou rétrécissant l'écart entre leurs incisives – ah ! cette frontière magique qui scinde l'humanité virile en deux : pour ou contre l'espace entre les dents (le mari de Laura était pour, bien sûr, car il appréciait plus généralement les failles, sauf dans l'âme) –, et, pour finir, quand tout est fin prêt, s'aventurent dans le monde en agitant leurs pétales, leurs pistils, bref, tout ce qui embaume et crépite.

Voilà le genre de visage que Laura avait vu dans la flaque miroitante, couronné d'un bonnet en tricot gris de type béret. En dessous : un cou blanc comme un lys, un pull-over en maille dans les tons marron, un manteau de qualité, un jean étroit, des bottines de pluie dont on ne voyait qu'un froissement à la surface de l'eau. Ce visage idéal qu'elle avait passé dix-sept ans à fabriquer, puis encore dix-sept ans à conserver en l'affinant – brusquement, elle ne pouvait plus le quitter des yeux.

Laura avait donc – un calcul simple permettait de le déduire – trente-quatre ans, elle n'était plus une rose matinale parsemée de perles d'eau mais un dahlia resplendissant quelque part entre le déjeuner et l'*afternoon tea*. C'était un bel âge pour une femme, il permettait de porter du rouge à lèvres au quotidien sans ressembler à une putain et, au prix de quelques efforts, on avait enfin les moyens de s'acheter des collants de bonne qualité, du type qui moire au lieu de faire de la poussière quand ils sont touchés par un rayon de soleil à travers la vitre d'un bus. Laura prenait le bus tous les jours depuis l'école de Chloe, à Camden, jusqu'à son travail de décoratrice dans un théâtre de Spitalfields. Le trajet prenait exactement trente-sept minutes à l'heure de pointe, et Laura avait ainsi amplement le temps de réfléchir à ses dilemmes classiques, par exemple qui d'entre Goya et Velázquez elle préférait vraiment, et quel genre de poème de Philip Larkin elle voudrait que son mari évite de lire à son enterrement. Son mari s'appelait d'ailleurs également Philip, un prénom qu'elle aimait – à la fois familier et élégant, il seyait à un homme qui accordait autant de valeur à sa famille qu'à sa carrière, et se rasait de près tous les matins sauf le dimanche, jour où il faisait frire du pain perdu.

Son Philip à elle était d'ailleurs tout à fait ce genre d'homme, globalement. Mais comme la plupart des hommes, incapable de se contenter du rôle pour lequel il était tout désigné, il faisait sans arrêt des caprices. Premièrement, il y avait la question du rasage : il arrivait de plus en plus souvent que, dans une période de travail intensif, il l'omette – il appelait ça "licence artistique". Peu importait combien de fois Laura lui faisait remarquer qu'il n'y avait pas de contradiction de principe entre la créativité et les joues bien rasées, regarde ta grande idole Philip Larkin, par exemple ! Il n'en faisait qu'à sa tête. Sur le plan de la sexualité, il laissait carrément à désirer – il n'était pas, de loin, aussi viril qu'un homme qui possédait ses autres qualités aurait dû l'être, mais Laura espérait encore vivement qu'il le devienne un jour. Ainsi, durant ses années de vie sexuelle appauvrie avec Philip, la peau de Laura avait accumulé une sorte de charge électrique qui ne la quittait plus jamais. Même quand il venait de lui faire l'amour et partait à la cuisine en sifflotant pour y avaler un piment frais – une de ses habitudes les plus excentriques – la peau souple de Laura bourdonnait sourdement de manque.

Peut-être, se disait-elle parfois, ne s'agissait-il pas de sexe mais d'une privation d'un autre ordre – de calcium, de soleil, de catastrophe ou de profondeur abyssale. Mais non. Car de quoi aurait-il pu s'agir ? Elle n'avait rien à craindre. Elle avait un enfant qu'elle aimait, elle possédait des bottines de pluie chic qu'elle aimait, son visage se reflétait dans une flaque d'eau, et Philip aimait ce visage autant que Laura aimait le sien. Qu'aurait-elle bien pu désirer de plus ? Elle n'était dévorée par rien, ni par une faim insatiable, ni par une soif impossible à assouvir.

Elle devait se dépêcher de rejoindre l'arrêt de bus, elle le savait ; ce jour-là, il était particulièrement important de ne pas arriver la dernière au théâtre. Le soir même aurait lieu la première d'une nouvelle pièce de Marius von Mayenburg, et Laura avait quelques doutes sur les décors. Certains détails ne collaient pas, il aurait fallu les corriger, peut-être. En toute honnêteté, ce n'était pas Laura mais le metteur en scène et le directeur du théâtre qui avaient des doutes, mais enfin. Laura avait la perception assez fine pour déplacer promptement la croix si cela s'avérait nécessaire. Autrement dit, elle était pressée. Alors pourquoi ne parvenait-elle pas à quitter des yeux son propre visage ? Qu'est-ce qui clochait ? Elle n'avait rien à craindre – quelle était donc cette peur qu'elle lisait au fond de ses yeux aqueux ?

Elle s'accroupit prudemment, s'approchant du reflet, et tendit la main pour le tâter. L'idée n'était pas tant de le toucher que de le détruire, de rompre l'enchantement, de se libérer de ce mauvais pressentiment de non-existence. L'eau est clémente, elle ne se stabilise que provisoirement, une réalité hypothétique toujours prête à être renégociée. En approchant son doigt de la flaque, elle prit soudain conscience du problème.

Elle était devenue plate.

Complètement plate.

Elle regarda sa main – bidimensionnelle comme celle d'une poupée en papier. Découpée avec soin, certes, peut-être avec des ciseaux à ongles très fins subtilisés dans le tiroir de la table de chevet d'une mère, mais tout de même : *irréelle*. Le pressentiment qui lui était apparu dans le miroir ces derniers mois s'était finalement réalisé. L'aspect lisse, plat et flexible qui avait d'abord entouré ses lobes frontaux et les ailes de son nez, avait désormais envahi tout son corps ; bizarrement, cela l'épouvantait sans vraiment l'étonner.

Par réflexe, elle agita la main, comme on le fait en se réveillant, les doigts engourdis après une nuit de sommeil trop lourd, mortuaire, elle secoua sa main deux, trois, quatre fois ; à chaque fois, celle-ci semblait récupérer un peu de ses contours naturels. Pouce, index, majeur, *daddy finger, daddy finger, where are you? Here I am, here I am, how do you do?* Elle examina chacun de ses doigts avec la curiosité d'un bébé de quatre mois.

Sa main était redevenue normale, son bras aussi, le reflet dans l'eau était plat, comme il se doit, mais cette étrange absence d'ombres désormais évanouies était précisément, s'avérait-il maintenant qu'elles étaient réapparues, ce que Laura avait trouvé *unheimlich* – une vague expression qui datait de ses études universitaires, et lui revenait désormais comme un écho des profondeurs de son cerveau, c'est-à-dire des deux galeries des horreurs en forme d'amande bien enfoncées dans les tissus poreux de son système limbique –, cette absence était subitement absente, autrement dit, les ombres étaient à nouveau présentes, et Laura put enfin s'éloigner de la flaque, prise d'un léger vertige, un peu gênée, comme on l'est généralement après une brève confusion des sens ayant permis à l'impossible de nous sembler possible, voire réellement tangible.

Qu'elle soit devenue plate !

Ridicule. Impossible.

Laura Kadinsky en poupée de papier !

Une idée pour le moins bizarre. Son cerveau avait simplement dû lui jouer un tour, comme lors d'un déjà-vu, c'était sûrement cela. Et pendant que Laura se dirigeait enfin vers l'arrêt de bus pour se rendre à la première de la nouvelle pièce de Marius von Mayenburg, elle se remémora la boulangerie dans son ancienne rue de Dalston, qui s'appelait la Déjà Vu Bakery, et les éclats de rire partagés avec Philip lorsqu'ils passaient devant – *Je n'ai pas déjà vu ce pain aux raisins quelque part ? Mais si… Non… Attends… C'est un déjà-vu !* Ce souvenir la fit sourire malgré elle, bien qu'après plus ample réflexion elle ne savait même plus s'il était réel ou inventé.

Couché dans son lit, Sebastian, à demi réveillé, pleurait comme un enfant. Oui, comme un enfant, car il *était* un enfant ; ses draps mouillés s'entortillaient autour de ses jambes glabres. Violetta le taquinait toujours, mais avec tendresse, à propos de sa pilosité d'enfant de cinq ans.

Quant à elle, avec le temps, elle était devenue velue comme une pêche. Puis elle s'était intéressée à la photo d'art en noir et blanc des années 1960-1970. Puis elle était morte. Fin de l'histoire.

Épilogue : Sebastian avait déménagé à Londres et s'était réveillé une nuit après avoir fait pipi au lit.

La deuxième fois qu'il se réveilla, il se trouvait dans sa baignoire. Perdu. Peut-être mort. Cette pensée lui traversait l'esprit presque tous les matins et, avec une certaine tristesse, il constatait à chaque fois laconiquement que ça n'aurait pas eu grande importance. En y réfléchissant de plus près, il se disait que, finalement, ce serait plutôt pas mal de se réveiller mort. Pas seulement pour lui personnellement, mais plus généralement en tant qu'expérience. La peur de la mort, c'était finalement la peur de l'anéantissement de sa propre conscience, rien d'autre. Tout le monde sait bien que c'est ce qui arrive, au fond, qu'il n'y a pas d'au-delà, pas de vie après. Se réveiller pour s'apercevoir qu'on est mort, ce serait en quelque sorte comme de découvrir qu'on est immortel, enfin, l'équivalent. Ce raisonnement, il ne le tint pas en entier ce matin-là. En revanche, il eut une pensée du style "tableau dans le tableau dans le tableau" et se dit : *Où suis-je. Mort. Non. Dans la salle de bains. Pourquoi suis-je allongé ici. Où est-ce qu'on allume la lumière. Ça sent l'urine. Je suis ici parce que j'ai fait pipi au lit. J'ai fait pipi au lit parce que j'ai rêvé que j'avais cinq ans et que j'avais envie de faire pipi et que je rêvais que j'avais cinq ans et que j'avais envie de faire pipi et que je rêvais que j'avais cinq ans et que j'avais envie de faire pipi et ainsi de suite, indéfiniment, mais quelque part au bout, là où l'infini prend fin, j'avais vraiment cinq ans et envie de faire pipi et je rêvais que j'avais cinq ans et envie de faire pipi et que je trouvais un pré fleuri dans lequel je faisais pipi, mais quand je me suis réveillé, j'étais un garçon de cinq ans qui avait fait pipi au lit parce qu'il avait rêvé qu'il avait cinq ans et fait pipi au lit et ainsi de suite… Et alors que j'avais à peine remonté toute la chaîne des événements, une mère est venue changer mes draps et m'a porté jusqu'au grand lit et mes sœurs aussi, toutes les deux, parce que ce n'était que justice, sinon, on se serait sûrement retrouvé avec trois mouilleurs de lit au lieu d'un et, bien sûr, le rêve s'arrêtait là, car je me suis réveillé, et il n'y avait évidemment ni mère ni sœurs, et j'ai pleuré, c'est bizarre, non ? J'ai pleuré fort, comme pour que quelqu'un m'entende…*

Une araignée perchée sur le loquet de la lucarne de la salle de bains était, autant que Sebastian puisse en juger, le seul être vivant dans ce sordide petit studio qui lui appartenait, enfin, en location – mais n'est-ce pas le cas de tout ce que nous croyons posséder dans la vie, même la vie elle-même ? Une location. Pas même les souris ne semblaient vouloir vivre dans ce taudis, pas même les plantes en pot, pas même les taches de moisissure. L'absence d'humidité était tout à fait extraordinaire pour un appartement londonien à ce prix-là, lui avait-on fait comprendre et même, en toute honnêteté, pour un appartement londonien en général.

Sebastian avait fait une concession à sa mère en emportant dans son déménagement de Lund une langue de belle-mère, mais celle-ci avait séché – une véritable prouesse pour une espèce aussi coriace. Il ne l'avait pas encore raconté à sa mère. Elle allait lui demander : *Comment va ma petite plante ?* Et il serait obligé de lui répondre : *Elle est morte.*

Depuis leur conversation téléphonique au parc, quelques semaines plus tôt, Sebastian n'avait pas reparlé à sa mère. Cette dernière l'appelait pourtant quasiment tous les jours, mais Sebastian ne répondait pas. Il n'avait pas non plus, malgré l'avoir promis tout haut, c'est-à-dire à lui-même et – indirectement – à la guenon moraliste, pris de nouvelles de ses sœurs. Il faisait des efforts désespérés pour ne pas culpabiliser à ce sujet. N'était-ce pas un choix conscient, voire une stratégie de sa part de décliner toute responsabilité vis-à-vis du vivant pour ne pas risquer d'être atteint par la mort ? Si. Était-ce un choix moralement justifié ? Peut-être pas. Sûrement pas. Mais nécessaire. Des affaires plus urgentes exigeaient l'attention de Sebastian, peut-être aussi plus importantes, difficile de le dire à ce stade.

Si Sebastian avait cru que sa promotion lui permettrait d'avoir une vision d'ensemble plus claire des activités du LICS – et il l'avait sans doute cru – ses espoirs furent rapidement déçus. Il ignorait encore le but ultime de leurs recherches, sauf en ce qui le concernait personnellement. La science pour la science. Collecte d'informations, organisation, structuration. Systématisation de variables inconnues. C'était à la fois beau et effrayant.

Au fond de lui, Sebastian sentait que quelque chose clochait à l'Institut, qu'en coulisses avaient lieu de sinistres manigances qu'il n'arrivait pas à saisir, qu'il ne parviendrait pas à cerner même s'il essayait. Il s'abstenait donc de trop y penser. Il observait le cours des événements, les objets d'étude qui allaient et venaient, les animaux qui criaient dans leurs cages, les documents scellés qui filaient le long des pneumatiques. Il se contentait de faire son travail avec autant de soin qu'il le pouvait. La stratégie fonctionnait, du moins dans le sens où elle l'occupait suffisamment pour qu'il ne puisse pas répondre au téléphone.

Pour finir, Sebastian sortit de la baignoire et changea de pantalon. C'était un jour ouvrable, il devait donc se rendre à son travail. Il devait donc se raser. Le rasoir contre la gorge, il songea soudain qu'il s'était produit quelque chose d'inattendu la veille au soir : Clara lui avait envoyé un mail. Sa sœur. Clara qui, contrairement à sa mère et à Matilda, n'avait pas donné signe de vie depuis qu'il avait quitté la Suède. Était-ce possible ? Il avait du mal à se le remémorer, le passage du jour à la nuit était toujours un peu flou. Si. Il avait reçu un mail de Clara, et il ne l'avait pas ouvert. Il l'avait aperçu juste avant d'être emporté par un sommeil induit par des cachets, le téléphone lui avait glissé des mains au moment précis où il déchiffrait les mots "BONJOUR//AU REVOIR" en objet du message.

En s'essuyant les joues à l'aide de la seule serviette éponge qu'il possédait, une chose élimée décorée d'un imprimé pâli représentant des perroquets qu'un occupant précédent avait laissée soigneusement pliée dans la seule bibliothèque Billy de l'appartement – comme s'il s'agissait d'un ustensile vital qui ne devait sous aucun prétexte manquer à l'inventaire quand le locataire suivant s'installerait –, Sebastian rejoignit son lit et se pencha. Le téléphone était bien là, sombre, silencieux et plat comme une minuscule pierre tombale profanée. Il le ramassa, l'attrapa entre ses dents pour enfiler son dernier T-shirt propre et s'allongea sur le canapé plein de bouloches, le seul grand meuble de la pièce à part le lit. En tenant le téléphone en lévitation au-dessus de son visage comme une soucoupe volante, il ouvrit le mail – pas par choix mais par automatisme ; il ne put s'en empêcher.

OBJET : BONJOUR//AU REVOIR

Clara Isaksson clara__isaksson@koolaid.com

Sebastian,

Comment tu te portes là-bas, franchement ? Désolée de ne pas avoir donné de nouvelles, mais comme tu le sais, ce n'est pas mon genre. Maman te l'a sûrement déjà raconté : j'ai été virée, donc. Je pars en Amérique du Sud, plus précisément à l'île de Pâques, pour écrire un reportage critique sur la société de consommation, la destruction de l'environnement et la fin du monde. Voilà pourquoi je t'écris, je voulais que tu le saches. Au cas où je ne reviendrais pas, je voulais aussi te dire au revoir.

Je devine ce que tu penses. Je dramatise. Cela dit, on ne sait jamais. Si quelqu'un avait eu besoin de moi, j'aurais pris une assurance-vie. Des avions disparaissent, parfois à tout jamais, et si, contre toute attente, on les retrouve, la boîte noire ayant peut-être disparu, les proches passent le restant de leurs jours dans une incertitude proche de la terreur. Des gens tombent d'une falaise et se cassent les jambes. Ensuite, ils ont beau crier, personne ne les entend parce que le vent souffle trop fort dans la mauvaise direction et ils meurent sur place, jambes cassées, mains lacérées, ongles arrachés, comme dans un polar d'Elizabeth George. Et je ne te parle même pas des voitures, des crimes et des maladies tropicales sur lesquels on ne fait pas suffisamment de recherche.

Tu sais, je vais passer deux jours à Santiago du Chili. Je ne sais rien sur cette ville, à part que Pablo Neruda y avait genre dix-sept maisons. Je ne parle quasiment pas un mot d'espagnol. Je pourrais m'aventurer dans un piège mortel maquillé en maison de Pablo Neruda sans la moindre idée de ce qui m'attend, et me retrouver avec une machette plantée dans le ventre. Bon, d'accord, je sais que c'est surtout en Colombie qu'on meurt de la violence liée au narcotrafic, mais quand même. D'ailleurs, en parlant de drogues, il ne faut pas oublier le risque de se laisser séduire par un jeune homme plein de charisme, aux dents anormalement blanches, qui vous demande d'apporter un petit paquet à sa sœur agonisante à Münster. Même si ça sent le roussi, on le fait, et on se retrouve dans une prison ignoble comme dans *Bangkok, aller simple*. Au ministère des Affaires étrangères, on fait semblant de s'arracher les cheveux, on annonce aux médias qu'on fait tout pour notre libération mais, en fait, on est surtout content d'avoir un citoyen au chômage en moins à entretenir.

Eh bien oui, comme je te le disais, j'ai été virée. Enfin, on m'a forcée à partir, pour ainsi dire. Le journal voulait me coller sur un projet débile et je me suis dit non, je refuse. Et, bien sûr, c'est ce qu'ils voulaient que je me dise. Alors j'ai fait exactement le contraire, pour être tout à fait honnête. J'ai accepté. J'ai passé un moment dans un garde-meubles Shurgard sur Kungens kurva. Bref, je suis pigiste maintenant. Tu as eu des nouvelles de maman, dernièrement ? De papa ? De Matilda ? Est-ce qu'elle est toujours avec le mec et son enfant ? Bon, tu vas me traiter de cynique, mais je ne crois pas que les enfants soient l'avenir du monde, vraiment pas. Ils grandissent eux aussi, tôt ou tard, alors, franchement, à quoi ça sert ?

À une prochaine,

Clara

Sebastian ferma sa boîte mail et fit une recherche sur l'île de Pâques. Il n'aurait pas cru que cet endroit existe réellement, enfin, ailleurs que dans une bande dessinée Disney qu'il possédait. Mais si, l'île était bien là, en tout cas sur la carte. Elle avait la forme d'une pirogue. Ou d'un os iliaque à l'envers, les articulations sphéroïdes des deux hanches étant représentées par deux… volcans ? Sebastian posa son téléphone sur son ventre et médita. Le fait que Clara se rende volontairement sur une île volcanique à trois mille cinq cents kilomètres de la terre ferme pouvait signifier deux choses : soit un bond remarquable dans son développement personnel, soit une crise d'aliénation violente. Il espérait que le premier cas de figure soit le bon mais, étant donné la contribution de la famille Isaksson à l'histoire de la folie, cela lui paraissait malheureusement peu probable.

Cela dit, que savait Sebastian de la vie de Clara, ces temps-ci ? Il n'avait pas vu sa sœur depuis une année entière, c'est-à-dire depuis l'enterrement. Peut-être avait-elle enfin décidé de s'occuper de ses phobies – la peur de voler en avion, la peur des lieux isolés, la peur de se trouver trop près de l'Équateur (une phobie, comme Clara l'avouait elle-même, vraiment très irrationnelle), la peur des volcans ou des situations gênantes issues de malentendus linguistiques. Manifestement, elle n'avait pas encore complètement dépassé sa peur d'être arrêtée pour trafic de drogue en faisant la mule, mais Sebastian plus que tout autre savait que le cerveau, cette créature obstinée, ne se laissait pas dresser en un tournemain. Il fallait y aller pas à pas.

Relevant son téléphone, il consulta l'heure et se rendit compte qu'il n'avait plus le temps de réfléchir à tout cela. Il devait se rendre au LICS. Il avait un singe à nourrir.

Que tout soit sa faute… Non. Cela lui paraissait injuste. Il fallait bien avouer que von Mayenburg n'était pas la meilleure réalisation de sa carrière. Elle s'en rendait compte, maintenant, elle avait buté contre des obstacles pendant tout le processus, des obstacles personnels et professionnels – enfin, il n'est jamais simple de situer la frontière entre ces deux domaines quand on exerce un métier artistique. Quoi qu'il en soit, elle avait eu des ennuis avec Philip, Chloe, ses collègues, et même avec Marius von Mayenburg lui-même, malgré son beau visage en papier glacé et son regard de chiot qui, durant des jours et des semaines, l'avait dévisagée depuis une affiche, provoquant en elle des fantasmes compulsifs qui la déconcentrait constamment. Et puis, bien sûr, il y avait la vision et du monde, elle se rendait désormais compte que le problème datait, sous forme plus ou moins latente, depuis bien avant qu'elle ne se le serait avoué le jour de la flaque d'eau.

Je m'excuse, mais le monde entier est devenu plat.

Elle n'allait pas annoncer cela. Vraiment pas, malgré les accusations dirigées contre elle par Karen Buller, la directrice artistique du théâtre, qui, assise sur le coin du bureau de Laura, balançait ses cheveux noir de jais en arrière.

— Nous avons fait un fiasco, c'est clair. On peut oublier le festival d'*Edinburgh Arts*, on ne sera pas invités cette année, ce qui, je dois le dire, est très, très ennuyeux. Très, Laura.

C'était deux semaines après la première, qui s'était si mal passée qu'on avait arrêté la production après seulement dix représentations.

— Avec tout le respect que je te dois, Karen, je ne crois pas que ce soit uniquement à cause de mon travail. C'était une mauvaise production, tout simplement, et nous avons tous notre part de responsabilité. Nous formons quand même une équipe.

Karen Buller balançait ses nu-pieds Prada.

— Bien sûr, Laura, absolument. Je suis heureuse de te l'entendre dire car, comme tu le sais, l'esprit d'équipe, pour moi, ça n'a pas de prix. Mais je dois quand même te rappeler, Laura, même si ça me fait de la peine, que je suis ta chef et que j'ai certaines responsabilités, particulièrement envers nos très généreux donateurs…

— Si tu trouves que j'ai fait du mauvais boulot, Karen, tu n'as qu'à le dire. Ce n'était pas ce que j'ai fait de mieux, je le sais bien, pas la peine de tourner autour du pot. Je… J'ai eu des soucis, ces derniers temps, des problèmes d'ordre privé, et c'est possible que ça ait influencé mon travail. Mais je vais m'améliorer, je te le promets, cette pièce de von Horváth, elle m'inspire beaucoup, elle me fait penser à Kokoschka, pas toi ?

— Non, je ne crois pas. Mais écoute. Je me dois d'insister…

— Je ne parle pas de la palette. Je me dis : bleu. Cobalt. Klein ! Toutes les nuances imaginables. Expressif… comme la mer !

— S'il te plaît, Laura, ne noie pas le poisson. La critique, c'est toujours douloureux, je le sais bien, je sors d'une réunion avec Leonard au département de recherche de financements, et j'en ai encore les oreilles qui sifflent, pour ainsi dire. Une certaine dame, tu vois de qui je veux parler, quelqu'un qui nous donne des sommes considérables tous les ans, eh bien, elle était très, très mécontente de… je cite : "l'interprétation complètement empotée de la dernière pièce de Marius von Mayenburg".

— Encore une fois, Karen, avec tout le respect que je te dois, que la troupe ait fait… je cite : "une interprétation empotée", ce n'est pas seulement ma faute. Tu devrais en parler à Kevin, c'est tout de même lui qui a trébuché sur la croix tous les soirs. Et si tu veux mon avis, la dame en question est certainement très contrariée par les bourdes de Kevin. Il la tringle régulièrement, ne l'oublions pas.

— Laura !

— C'est vrai !

— Ça n'a aucun rapport. Oui, Kevin a eu de gros soucis avec cette croix, tu as raison. Sa chute dans la trappe du souffleur, le soir de la première, c'était malheureux, on peut le dire. Je lui ai parlé de ses problèmes de coordination...

— De son ivrognerie.

— De ses problèmes de coordination. Mais Laura, tu sais bien qu'il ne s'agit pas seulement de lui. Tout le monde trébuchait sur cette foutue croix. Et dans la moitié des représentations, Macha est rentrée dans le pupitre, et les bassins d'eau, qu'est-ce qui t'a pris ? Le public était aspergé dès qu'un comédien brandissait les bras et, tu le sais aussi bien que moi, quand on joue du théâtre allemand, on brandit les bras sans arrêt ! Alors ça n'a rien d'étonnant, vraiment rien, que personne n'ait pu se concentrer sur le texte, les comédiens étaient obligés de manœuvrer à travers un véritable champ de mines.

— D'accord, la scénographie n'était pas optimale...

— Pas optimale ? C'était un piège mortel ! Merde ! Réjouissons-nous que personne n'ait été gravement blessé. Ce que je ne comprends pas, Laura, c'est pourquoi tu n'as pas écouté Lawrence pendant les répétitions, je sais qu'il t'a parlé de synchroniser les décors et la mise en scène très, très souvent, et qu'il t'a demandé, par exemple, de déplacer la croix...

— Et je l'ai fait !

— Mais tu ne l'as pas mise où il te l'a dit, n'est-ce pas ?

— C'est fort possible.

— Je ne trouve qu'une explication à cet échec : tu as sciemment ignoré les retours de Lawrence et de la troupe pour imposer ta ligne esthétique personnelle et ça, Laura, ça ne va pas. On l'a bien vu. Et nom de Dieu ! Même après une première aussi catastrophique, tu n'as rien fait pour régler le problème !

Laura avala sa salive. Tout ceci était vraiment injuste.

— J'ai essayé, répliqua-t-elle, renfrognée.

— Tu as essayé ?

— Oui, j'ai essayé. Mais ça n'a pas marché.

— Comment tu en es arrivée là ? Et pourquoi tu n'as pas réessayé ?

— Ce que... je... je ne sais pas quoi te dire de plus, Karen. Ça n'a pas marché et j'en suis désolée. Je te promets de ne pas placer de piège mortel dans la prochaine production. Pas d'objets sur lesquels on puisse trébucher, qu'on puisse heurter ou renverser. Je laisserai la scène complètement vide, je te le promets. Bleue. Comme du cobalt.

Karen Buller avait l'air contrarié.

— Ce serait un peu dépouillé, Laura. À mon avis. Il vaudrait mieux que tu fasses un effort pour t'adapter à la mise en scène. Ce n'est quand même pas si difficile ?

— Bien sûr que non, marmonna Laura.

— J'espère bien. Car je dois te dire, Laura, que même si nous avons été très heureux de t'avoir dans l'équipe cette année, tu sais aussi bien que moi que ce n'est pas l'usage de recruter une décoratrice en contrat à durée indéterminée. Je ne dis vraiment pas ça pour te stresser, mais enfin. Tu vois ce que je veux dire. C'est extrêmement important que tu fasses du bon boulot sur von Horváth.

— Sinon je serais virée.

— Je n'ai pas dit ça.

— Mais c'est ce que ça signifie.

— Nous faisons la première lecture demain. Si j'étais toi, j'arriverais à l'heure.

Elle rentra chez elle, tenaillée par la rage pendant tout le chemin. Non seulement elle avait dû rendre des comptes à

Karen Buller mais, à en juger par les regards qu'on lui lançait dès qu'elle se montrait dans un couloir, cette pétasse semblait en avoir abondamment parlé au théâtre. Des regards pleins d'une cuisante commisération. Cette pitié la brûlait de l'intérieur comme des doigts enduits de piment enfoncés dans un nez ou dans un sexe. Pouah ! Elle décida de faire le trajet à pied au lieu de prendre son bus habituel. Elle appréhendait la cohue, la foule des inconnus et ce qu'elle serait capable de leur faire, elle avait besoin de se défouler, d'évacuer la colère avant de rentrer, sinon, elle ne pourrait pas décemment essorer des épinards ni mariner des pois chiches avec le sourire.

Quelle injustice ! La vie était toujours injuste, particulièrement cette étrange maladie qui la frappait de plein fouet. Que savait Karen Buller de la peur ? Ou de l'angoisse qui serrait la gorge de Laura à chaque nouvelle crise. Lorsque le monde devenait une coulisse et que, brusquement, elle ne savait plus s'il était réel ni s'il ne l'avait jamais été.

Elle repensa à ce jour où, deux semaines auparavant, elle était restée bloquée au-dessus d'une flaque d'eau, devant l'école maternelle de sa fille, puis au soir suivant. Le phénomène s'était reproduit. Cette nuit-là, Philip, contrairement à son habitude, avait tâtonné à la recherche de son corps, soulevé et écarté ses jambes. Elle les avait tendues au-dessus de ses épaules et, inopinément, dans un rayon de pleine lune, avait aperçu ses pieds de poupée en papier dansant : deux à-plats derrière la silhouette sombre de Philip, comme remuée par la houle. Elle avait poussé un cri que Philip avait pris pour de la jouissance alors qu'il s'agissait de terreur.

Elle aurait tant voulu que son pressentiment se confirme, c'est-à-dire que seul son propre corps devienne plat – pas le reste du monde. “Me transformer en poupée de papier, songea-t-elle, ce n'est pas très grave. Ça ne changerait pas grand-chose à mon mode de vie actuel, mais je ne peux pas vivre dans un monde sans profondeur, sans ombres, sans beauté ni espace. Impossible. Il doit bien y avoir un moyen de me soigner les yeux ! Je suis peut-être en train de devenir aveugle… À l'aide !"

Elle s'arrêta, à bout de souffle elle avait parcouru tout le chemin jusqu'à Old Street en trottinant et, malgré la distance relativement courte, elle était épuisée, elle avait les jambes flageolantes, elle parvint à peine à lever le bras pour arrêter le bus qui était apparu au rond-point. Affalée sur une banquette, elle se rendit compte que la colère l'avait quittée. Un tout autre état d'esprit s'était emparé d'elle : l'examen de conscience – qu'elle n'avait que très peu pratiqué dans sa vie. Elle n'en voulait plus à Karen Buller, elle était fatiguée, voilà tout. Pas étonnant que sa chef se soit sentie obligée de lui remonter les bretelles ; franchement, son décor était complètement nul. Karen avait mille fois raison : à de nombreuses occasions, Lawrence avait demandé à Laura de faire des changements pour rendre l'espace scénique plus praticable, et elle avait essayé, vraiment, mais comment Lawrence et Karen auraient-ils pu comprendre qu'il est quasiment impossible de déplacer une chaise de deux décimètres en arrière quand l'arrière n'existe plus ? Ni de marquer des positions au scotch sur un sol mouvant ? Comment le leur expliquer sans perdre son travail sur-le-champ, être mise en congé maladie, déclarée morte ? Alors bien sûr, Karen l'avait trouvée nonchalante ou, pire, godiche, bien sûr qu'elle était montée sur ses grands chevaux, bien sûr qu'elle était entrée au trot enlevé dans le bureau de Laura et l'avait remise à sa place. Il était en effet grand temps que Laura se ressaisisse, qu'elle exige des réponses de son fichu ophtalmologue à la liste d'attente interminable, sinon, c'en était définitivement fini de sa carrière. Au moment précis où Laura pensait cela – merde, il faut reprendre les choses en main, retrouver le cap –, tandis que, d'un pas décidé, elle descendait du bus dans Parkway et traversait la rue mouillée sans trébucher ni se faire écraser, elle sentit l'ombre d'un doute lui chatouiller la plante des pieds, s'enraciner et, tels les filaments d'un champignon parasite, remonter le long de ses jambes – comment appelait-on cela, déjà ? Le "mycélium" ? Musli… Il fallait qu'elle achète du musli, il n'y en avait presque plus, tout juste assez pour le lendemain et si Chloe n'avait pas son musli, la nounou, sous prétexte qu'il n'y avait rien pour le goûter, irait faire les courses elle-même ; dans l'unique dessein d'agacer Laura, elle achèterait des Cheerios, soi-disant parce que Chloe le lui aurait demandé. En effet, Giselle considérait le parti pris de Laura vis-à-vis du sucre trop radical, Laura le savait bien, mais les enfants de Giselle étaient ronds comme des ballons de bains, Laura les avait vus en photo. Cela lui donnait tout de même raison, n'est-ce pas ? Laura entra dans l'épicerie Wholefoods, attrapa un panier, une mangue, un sachet de quinoa noir et une bouteille de bordeaux bio en promotion, puis dirigea ses pas vers le musli ; c'est alors qu'elle eut à nouveau cette sensation que le monde s'aplanissait comme une photographie, mais elle s'en aperçut trop tard et fonça tout droit dans l'étalage de céréales, croyant qu'il se trouvait beaucoup plus loin ; elle se fit une entaille au genou et se mit à saigner à grosses gouttes sur le sol tout en essayant désespérément d'attraper les paquets de céréales Dorset qui dégringolaient en avalanche le long de ses bras.

Sortie de l'épicerie bio, elle s'assit et se mit à pleurer. Elle pensa à son domicile, auquel elle n'avait plus la force de se rendre, à toute la beauté qui, lentement mais sûrement, était en train de perdre sa profondeur et son sens. Elle songea à la grosse bougie sur le rebord de la fenêtre, Giselle l'avait sûrement allumée, il faisait nuit depuis une heure déjà, elle devait l'attendre impatiemment, elle aussi voulait rentrer retrouver ses enfants. Laura se savait affreuse de rester là, mais elle était obligée de tout regarder d'abord, d'en faire l'inventaire avant que ça ne disparaisse.

Cela lui arrivait de plus en plus souvent, plusieurs fois par jour, dernièrement. Comment la vie pouvait-elle changer aussi vite ? Parfois le phénomène durait des heures. Il n'était plus possible de l'assimiler à une simple migraine. Elle dressa une liste de tout ce qui avait été beau, rond et animé. Chloe à sa naissance, bien trop tardive. Elle pesait déjà 4,4 kg et avait des joues comme des oranges. La vue depuis Primrose Hill et la ville qui s'étalait à ses pieds, quasiment jusqu'à l'infini dans toutes les directions. Il n'était peut-être pas encore trop tard ; si elle s'y rendait le lendemain, dans un moment d'équilibre, peut-être aurait-elle la chance de la voir une dernière fois ! Combien de temps lui restait-il avant que son état ne devienne permanent ? Des semaines ? Des mois ? Et ensuite : les symptômes s'aggraveraient-ils davantage ? Cela irait-il jusqu'à la cécité totale ? L'humidité du trottoir montait, imprégnant son jean ; des larmes visqueuses inondaient ses joues. Crépuscule et obscurité, collant troué au genou, sang coagulé sur ses bottines. Personne ne s'arrêta pour lui demander comment elle allait – à quoi bon ? Yummcha n'avait pas encore fermé, c'était plus sympa de prendre une tasse de thé.

Elle se releva et se mit lentement en marche. Arrivée devant la grille de sa maison, elle s'arrêta pour la contempler : la grosse bougie qui vacillait derrière la fenêtre du salon, les arbres qui tendaient leurs doigts fantomatiques vers le ciel. Bientôt arriverait un printemps qui répandrait des boutons roses le long des branches noueuses du magnolia. Laura aurait donné tout l'or du monde pour les voir, ces bourgeons gras, dégoulinants, pour saisir l'instant où ils éclateraient.

Le tas de cadeaux était parfaitement grotesque. Après vingt, Laura perdit le compte, comme lors de ses propres anniversaires – quel âge avait-elle, d'ailleurs ? Trente-trois ans ? Trente-quatre ? Trente-quatre, car elle en avait vingt-sept à la naissance de Chloe, et Chloe fêtait ses sept ans. Ses cheveux couleur de beurre fondu étaient soigneusement peignés, lisses, réunis en deux nattes à l'allure juste assez négligée ; elle portait une nouvelle robe à pois que Philip lui avait achetée, fidèle à la tradition. Il lui en offrait toujours une pour son anniversaire. Il s'était mis en tête que c'était son rôle de père, tout comme de lui ouvrir un compte d'épargne-logement alors qu'on venait à peine de lui couper le cordon ombilical.

Quand le bon usage de se restreindre à apporter un seul cadeau à une fête d'anniversaire s'était-il perdu ? Quand était-ce devenu deux, voire trois, en plus d'un bouquet de fleurs et d'une bouteille de vin pour les parents ? Laura se le demandait. Le nombre de paquets avait été en constante augmentation tous les ans. Pourtant, celui d'enfants invités était resté égal – onze – car Philip, lors du premier anniversaire de Chloe, avait décrété que les enfants, y compris sa fille, devaient être douze, ni plus ni moins, car c'est un nombre magique, porte-bonheur et donc, basta, crac, Philip avait mordu dans un piment, puis s'était mis à calligraphier les cartons d'invitation. Laura en gardait un souvenir rayonnant, solaire – en cette belle journée du premier anniversaire de Chloe, Philip avait monté un spectacle de marionnettes, une version de trente minutes de *Pierre et le Loup*, et refusé d'interrompre la représentation avant la fin tandis que les gamins rampaient à droite et à gauche comme des moisissures visqueuses épileptiques, ne témoignant évidemment aucun intérêt pour le théâtre, et que leurs parents se tortillaient, embarrassés, sur des chaises très chic et très dures. C'était au temps où Laura croyait encore que Philip faisait ce genre de choses pour divertir (sa femme) et provoquer (tous les autres) ; elle n'avait pas encore pris conscience qu'il ne faisait rien pour personne d'autre que lui-même, ni en bien ni en mal. En apparence, on pouvait croire à de la sollicitude – les sempiternelles robes d'anniversaire, par exemple – mais en fait, cela faisait partie de son continuel projet de réalisation de soi et de reniement de son passé indigent.

— Et Philip ? Où est-il passé ? demanda Emma, la maman d'Arthur, en penchant doucement la tête de façon que ses cheveux tombent le plus avantageusement possible sur son visage, qui arborait une empathie factice. James est venu quand même mais en réalité, il avait trop de boulot, tu sais, ils sont en train de restructurer la rédaction à Channel 4, alors je lui ai dit : tant pis si tu ne viens pas, James, ce n'est quand même pas ton enfant qui fête son anniversaire, n'est-ce pas ? Mais qu'est-ce que je raconte ? Je t'assure, je ne voulais pas...

Emma se couvrit la bouche, l'air épouvantée.

— Non, bien sûr que non ! dit Laura. Pas du tout... Tu sais, Philip, il a ses périodes. D'inspiration, je veux dire. Parfois, il est complètement absorbé. Mais après, quand il fait une pause, c'est un papa formidable pour Chloe. Enfin, tu le sais bien, il va souvent la chercher à l'école, même si on a Giselle...

— Ah, oui ! Vraiment souvent ! renchérit Emma.

Elle posa une main réconfortante sur le bras de Laura et exécuta un mouvement de va-et-vient, un peu comme si elle beurrait une tartine, ce que par ailleurs, Laura en était convaincue, elle n'avait pas fait depuis de longues années, voire jamais. Contrairement à la plupart de leurs amis, Emma et James ne se donnaient même pas la peine de faire semblant de connaître la réalité économique de la catégorie socioculturelle à laquelle ils s'identifiaient. D'ailleurs, Laura les admirait et les haïssait secrètement, étant malgré tout de l'avis répandu parmi les bohèmes nantis que la pauvreté rend plus nobles. Pas à long terme, bien sûr, car cela provoque du surpoids et des votes en faveur du Parti pour l'indépendance du Royaume-Uni. Cela incite également à trouver normal de hurler sur ses enfants en public sans aucune gêne. Mais sur une période limitée et révolue de l'existence, on peut considérer cela comme vertueux. Laura avait été pauvre et l'aurait sans doute encore été si elle n'avait pas épousé Philip ; lui aussi, d'ailleurs, c'est-à-dire avant l'an 2002, lorsqu'âgé de seulement vingt-huit ans, dans une même veine dorée, il avait vécu la consécration au Royal Albert Hall avec l'opéra *Laïka in Cyberspace* – pour lequel il avait écrit la musique ET le libretto : une composition dramatique formidablement émouvante et finement ciselée qui, même Laura était obligée de l'admettre, forçait l'admiration – ET réalisé la première d'une série de transactions immobilières lucratives en vendant l'appartement délabré qu'il avait acquis cinq ans plus tôt dans le quartier alors très décrépit de London Fields pour sept fois son prix initial. La même année, il avait également terminé sa biographie de Philip Larkin – pas exactement une vache à lait, mais la généreuse bourse qu'une mécène privée, veuve d'un armurier de Hull, lui avait attribuée pour réaliser le projet, n'avait pas été du foutage de gueule. L'enfance pauvre de Philip qui, contrairement à celle de Laura, n'avait pas été relative mais absolue – coupons d'alimentation, visites à domicile des services sociaux et papier journal dans les chaussures – l'avait-elle vraiment rendu plus noble de caractère ? On était en droit d'en douter ; elle avait plus probablement contribué à l'incurable égoïsme latent qui, ce jour, l'avait poussé à sortir faire un circuit de jogging – en contradiction totale avec ses habitudes – une heure avant le début de la fête. Deux heures plus tard, il n'était toujours pas rentré, ayant pourtant promis de se trouver aux côtés de sa femme, propre et rasé de près, à l'arrivée des premiers invités.

Emma jeta un coup d'œil aux enfants somnolents après avoir ingéré des mini-hamburgers, mini-pizzas, mini-crêpes, et quantité de pâtisseries également diminutives, suivis d'une gigantesque bombe glacée (les enfants réagissent bien au contraste, du moins d'après le personnel de l'école Montessori). À moitié affalés sur le sol du salon, ils contemplaient le sculpteur d'animaux en ballon engagé pour l'occasion qui, avec une panique croissante, tentait de satisfaire les souhaits de plus en plus compliqués des enfants, qui semblaient considérer le divertissement comme une espèce de concours. Pourquoi pas ? se dit Laura. À sept ans, on est assez grand pour commencer à apprendre la vie : une série de réalisations plus ou moins réussies ou plus ou moins ratées. Margoe, la meilleure amie de Chloe, voulut un okapi et poussa un rire cruel lorsque l'artiste fut forcé de lui demander à quoi cela ressemblait. Emma se tourna vers Laura, lui tendant son verre pour recevoir une nouvelle rasade du gin-tonic que Laura avait servi dans des carafes pour que les enfants ne comprennent pas qu'il s'agissait d'alcool.

— Tu vois, j'en connais un chapitre sur l'inspiration ; moi-même je m'isole complètement quand je suis absorbée par un nouveau projet. La Royal Academy of Arts m'a fait une commande, je t'en ai déjà parlé ? Je ne peux pas dire de qui il s'agit, c'est sensible, je veux dire sur le plan politique, enfin, de toute façon, tu as sûrement déjà deviné, n'est-ce pas ? demanda Emma.

— Oui, enfin… J'ai ma petite idée. Sympa.

— Si ça se fait… Ça va être vraiment impressionnant. Complètement. D'ailleurs, je monte une autre exposition en parallèle, une histoire de barjo, tu ne peux pas imaginer. L'artiste est un vrai singe savant. C'est en tout cas ce que prétend son agent, mais on n'a jamais de garantie. Entre les pitchs, les buzz et le reste, on ne sait plus à qui se fier, en ces temps post-post-postmodernes, pas vrai ? C'est un peu dommage, je trouve. Il n'y a plus d'authenticité, c'est presque devenu un gros mot. Enfin, cette fille, elle n'a aucune formation classique, à ce qu'ils disent. Et ça n'a pas forcément d'importance, il y a des gens qui sont doués, tout simplement, on peut très bien imaginer un performeur complètement inculte. Du moment qu'il a le truc. Je veux dire, tout le monde peut avoir des idées, mais ce qui se passe, avec cette fille, c'est qu'elle fait du classique. Je veux dire comme le Caravage, Rubens, Rembrandt, quoi. C'en est presque... effrayant. Que des gens pareils existent vraiment.

— C'est sûrement du bluff, dit Laura, légèrement ivre.

Les contours de son champ de vision étaient flous sans que cela n'ait rien de menaçant, contrairement à ce qu'elle appelait désormais, quand elle y pensait en silence, ses "halos" ; la griserie lui était familière, rassurante comme un ami intime, comme le corps d'un vieil amant dans le noir qui, malgré tous ses défauts, vous donne le sentiment d'être provisoirement protégé du monde extérieur. Elle repêcha un morceau de concombre dans son verre et se mit à le grignoter pensivement – quand il s'agit de Hendrick's, le concombre est incontournable, sinon, autant acheter n'importe quelle saloperie. Du coin de l'œil, elle vit James en compagnie d'une maman de l'école dont elle oubliait toujours le prénom – Siobhan ? Sheila ? Cheryl ? Ils étaient assis un peu trop près l'un de l'autre dans le canapé, regardant quelque chose sur le téléphone de James. Leurs genoux se touchaient. Malgré elle, Laura éprouva de l'excitation. Comme si elle participait à leur petit jeu coupable, y tenant un rôle d'une certaine importance puisqu'elle s'entretenait avec l'épouse, qui était loin d'avoir fini de parler de sa nouvelle protégée remarquable.

— Non, décidément, je ne crois vraiment pas que ce soit du bluff, Laura. Nous avons mené notre petite enquête. Nous avons approfondi les recherches autant que possible. Elle n'a été inscrite dans aucune des deux cents principales filières artistiques du pays, en tout cas pas sous son nom actuel, dont je sais que c'est le vrai, puisque j'ai vu tous ses papiers. Et très franchement, ça ne m'a pas étonnée, quand je l'ai vue noir sur blanc. Elle est… Comment dire ? D'un autre monde. Je veux dire sur le plan social. J'ai du mal à imaginer qu'elle aurait pu suivre une formation artistique et rester aussi… brute de décoffrage. Ce n'est peut-être pas politiquement correct de dire ça, mais c'est la vérité, tout de même.

— Hum… marmonna Laura en tentant de détourner le regard de James et Charlie – c'était son nom, ou du moins le surnom qu'elle préconisait, elle devait être baptisée Charlotte, comme toutes les princesses, Laura s'en souvint subitement – et de cesser de se représenter la salivation à l'intérieur de leurs bouches lorsqu'ils se regardaient ainsi.

Bien sûr, rien n'arriverait entre eux, la vie n'est pas une *telenovela*, et les gens qui ont la témérité ou la force de commettre une infidélité – ou qui ont suffisamment peur de la mort – sont bien moins nombreux qu'on ne le croie. Laura avait vu des statistiques à ce sujet, elle avait trouvé cela à la fois réconfortant et affligeant. Enfin, bref. Elle ne pouvait s'empêcher de les imaginer filer dans le jardin sous prétexte d'aller vapoter (Philip permettait uniquement qu'on fume du vrai tabac sous son toit, et seulement avant onze heures du matin, question de principe) : James ouvrant l'abri de jardin et enfonçant les doigts dans la chatte de Charlie avant même qu'ils aient eu le temps de refermer la porte derrière eux ; une araignée grimpant le long de la jambe de Charlie, passant par-dessus son collant Wolford à moitié descendu, lui chatouillant l'intérieur des cuisses alors que James…

— Laura ?

— Hum ?

Emma lui tapota le bras.

— Où tu étais passée ? dit-elle, offensée.

— Ah… pardon, dit Laura en posant – très délicatement – la main sur l'épaule d'Emma.

— Où tu disais avoir trouvé cette artiste ?

— C'est une drôle d'histoire. Elle avait décidé de se faire soigner, tu vois. Dans un institut de recherche. À Russell Square, je crois… Elle pensait qu'il se passait des trucs bizarres dans son cerveau. Et c'était le cas. Je connais quelqu'un qui travaille là-bas, un des grands chefs, en plus, et il m'a appelée. Dans ce métier, il s'agit d'avoir un carnet d'adresses.

— Un institut de recherche ? s'étonna Laura. Qui fait… quoi ?

Elle aurait voulu en savoir plus sur cet endroit où on s'occupait de cerveaux bizarres, mais elle n'eut pas le temps, Dieu merci, peut-être, de questionner encore Emma, car celle-ci était une vraie commère. La porte de la maison victorienne de trois étages de la famille Kadinsky s'ouvrit brutalement et Philip entra dans le hall. Laura l'entendit faire trois grandes enjambées, puis il apparut sur le seuil du salon.

— Mesdames et Messieurs ! dit-il en agitant des guignols qui avaient l'air tout droit sortis du musée Victoria & Albert – peut-être, d'ailleurs, était-ce le cas. Quelqu'un aurait-il envie d'un peu de théâtre ?

Objet d'étude 3A16:2, ci-après dénommé la "Femme sans profondeur" (FSP)
Entretien avec Benedict Katz, psychologue certifié (BK), le 4 mars 2016
Transcription de Tiffany Temple, assistante médicale

FSP : D'habitude, je fais du sport à Hampstead Heath. Dans les coins les plus sauvages, là où on ne croise même pas de joggeurs. Il me faut le silence complet, sinon, je perds ma concentration. C'est comme dans les images en 3D qu'on trouvait sur les boîtes de bonbons de notre enfance – on doit avoir à peu près le même âge, vous et moi ? Vous vous en souvenez ? Les petites boîtes avec des images en 3D à l'arrière ? Je suis obligée de faire à peu près la même chose avec mes yeux. Regarder fixement, avec beaucoup de concentration mais sans rien fixer, comme si je les déconnectais. Ils flottent devant moi, dans l'air, ils ne sont attachés à ma tête que par de petits filaments. Lentement mais sûrement, je parviens à faire fusionner mes deux yeux, à les faire se chevaucher, enfin... Ce sont plutôt les images qui se chevauchent, n'est-ce pas ? Je ne suis pas sûre... Quoi qu'il en soit, si j'arrive à ce stade, je les vois. Les arbres, c'est-à-dire leur position les uns par rapport aux autres, tout à coup, je vois que l'un se trouve devant l'autre qui se trouve devant un troisième et ainsi de suite. Sinon, je dois me fier à leur taille, mais ça peut être trompeur. Je veux dire qu'un petit arbre peut se trouver en avant et un gros en arrière-plan, la taille n'est pas toujours en rapport avec la perspective.

BK : Ça alors ! C'est exactement ce que j'essaie d'inculquer à ma femme !

FSP : Vous trouvez ça drôle ? Eh bien, ça ne l'est pas. Je suis prisonnière d'un trompe-l'œil permanent. Le monde est pour moi une tapisserie.

BK : Non, non, je comprends que ce soit problématique. Pouvez-vous m'en dire plus long sur vos expériences dans la forêt ? Combien de temps arrivez-vous habituellement à conserver votre vision tridimensionnelle ?

FSP : Ça dépend. Parfois deux minutes, mais le plus souvent, seulement quelques instants. C'est à cause de ma concentration, elle se rompt facilement. Un oiseau qui bat des ailes, mon téléphone qui sonne, une pensée hyper stressante, comme le fait d'avoir oublié de mettre les habits de pluie de ma fille dans son cartable, ou que mon mari devienne – à nouveau – obsédé par Philip Larkin, et s'enferme dans une bulle pendant plusieurs mois – car, dans ce cas, qui m'empêchera de devenir folle ? Et hop, tout redevient normal, je veux dire ce qui est maintenant normal. Tout est plat. Complètement plat. Comme la tapisserie de Bayeux. Des longueurs d'arbres stylisés contre un ciel dépourvu d'espace.

BK : Je vais être honnête avec vous : ça fait assez longtemps que je suis ici, à l'institut, et je n'ai encore jamais rencontré de cas pareil. À mon avis, ça pourrait être lié à des troubles du cortex préfrontal, mais à quoi c'est dû… J'aurais bien du mal à vous le dire. Cela étant, c'est plutôt une bonne nouvelle. Peu de choses nous réjouissent autant, ici au LICS, que quand quelqu'un qui présente des symptômes intégralement anormaux s'assied en face de nous et met son cerveau au service de la recherche. C'est déjà ça, non ?

FSP : Il n'est pas au courant. Je veux dire mon mari.

BK : Je n'ai pas d'avis à vous donner sur la façon dont vous conduisez votre vie privée, ce serait absolument contraire au règlement.

FSP : Est-ce que vous pouvez comprendre à quel point c'est pénible de ranger des habits de pluie dans un cartable quand on est incapable de déterminer où les objets se trouvent l'un par rapport à l'autre ? Rien que le fait d'enfoncer la main dans un tiroir est problématique. C'est comme de poser un verre d'eau sur une table en fermant les yeux. On a beau être très prudent, le contact avec la surface est toujours un choc. Si ça ne tenait qu'à moi, je me mettrais en arrêt maladie, mais je ne peux pas me permettre de perdre mon travail, vraiment pas. C'est la seule chose qui m'empêche de devenir folle. En plus, mon mari a toujours voulu que je reste à la maison avec Chloe, en réalité, même s'il ne le dit pas ouvertement parce que ce n'est pas, disons, socialement acceptable dans notre milieu, je veux dire d'avoir une femme au foyer. Mais s'il avait une raison de le faire…

BK : Juste une question. Excusez-moi de vous interrompre. Qu'espérez-vous apporter à la recherche ?

FSP : À la recherche ? Je me fiche bien de la recherche. Tout ce que je veux, c'est voir mes magnolias éclater.

Suite à donner au dossier conformément à la directive 11b.x : Examens en vue d'établir un diagnostic.

Car il avait demandé : Laura Kadinsky ?
Et elle avait répondu : C’est moi.

Elle aimait sa voix et son odeur. Pour une femme, parfois, c'est aussi simple que cela. Inutile d'aller chercher très loin pour le comprendre : il suffit d'avoir lu un magazine d'adolescente, ou encore d'être tombée amoureuse du père d'un camarade de maternelle, c'est-à-dire avec une précocité embarrassante, seulement parce que sa voix ressemble à celle de Tom Jones. L'attirance n'a pas le même fonctionnement chez l'homme que chez la femme. C'est lié au cerveau, bien sûr – Laura l'avait lu dans un numéro de la revue *National Geographic* – et à l'Évolution, à la Conservation de l'Espèce et à l'Animalité. Les hommes jaugent visuellement le degré d'attirance d'une femme : brillance et vitalité des cheveux, tour de poitrine, largeur des hanches par rapport au tour de poitrine et à la longueur des jambes – le tout pour optimiser ses chances que la femme qu'il assiège donne naissance à des enfants sains aux dents fortes, nourrisse lesdits enfants et survive pour faire encore des enfants.

Or l'odeur d'une femme est sans intérêt du point de vue de l'évolution, elle ne donne aucune indication sur son état de santé général et sera de toute façon, tôt ou tard, noyée dans le plus désirable parfum de tous, celui du lait et du miel, le jaune épais et le blanc fluet, les pertes à l'odeur de caramel et tous les autres principes vitaux sucrés. Voilà pourquoi il n'y a rien d'étonnant à ce que les femmes, dans leur âge le plus fertile, enfin, lorsqu'elles se soucient un tant soit peu de leur odeur, choisissent souvent des parfums sucrés : vanille, noix de coco ou pêche, des avant-goûts, pour ainsi dire, de ce qui attend l'intéressé.

Les femmes recherchent d'autres qualités que celles qui provoquent un bien-être strictement visuel – on l'expliquait également dans l'article du *National Geographic*, confirmant ce que Laura savait déjà d'instinct, à savoir que l'on peut sentir la véritable nature d'un homme à un seul endroit : ses aisselles. C'est ici qu'est produite la plus grande concentration de phéromones, ce certificat médical qui, saturé de testostérone, dit tout sur la force, la vitalité et le potentiel séminal. D'ailleurs, les hommes doivent bien le savoir, quelque part, sinon, comment expliquer leur irrépressible besoin de faire du sport en public ? Pourquoi tous ces footballeurs jetant leur T-shirt aux gradins, et ces stars du rock à un océan de spectateurs ? Pourquoi mettraient-ils si souvent les mains derrière la nuque avant de se pencher en arrière contre le dossier de leur siège quand il y a une femme dans la pièce ? Naturellement, il s'agit là d'une parade nuptiale et d'une déclaration de contenu.

Le jeune médecin, pour sa part, ne faisait rien de tout cela. Il restait immobile derrière son bureau, légèrement penché en avant sur le dossier de Laura, tambourinant des doigts sur la surface lisse de sa table. Ses ongles étaient d'une brillance un peu rebutante, comme ceux d'un guitariste classique – Laura avait, à travers son mari, rencontré tout un tas de guitaristes classiques et les considérait comme une catégorie masculine assez repoussante –, et ses yeux, d'une couleur indéfinie, troubles. À part cela, il était très, très beau. Ou peut-être simplement *pas moche*, Laura n'arrivait pas à se décider. Enfin, si, elle le trouvait beau, follement beau, mais elle en avait seulement pris conscience en l'entendant prononcer son nom pour la première fois. Dès lors, c'était pour ainsi dire fichu, les signaux ayant été transmis de son cerveau à ses nerfs effilochés, puis droit dans cette poche à l'intérieur de la poitrine, là où elle éprouvait toujours un pincement douloureux juste avant de tomber irrémédiablement amoureuse. Ça ne lui était pas arrivé très souvent dans sa vie, peut-être trois ou quatre fois (il y avait eu le papa Tom

Jones, puis son mari, et, entre-temps, quand elle était à l'université, une paire de jumeaux aux voix quasi identiques qui possédaient de plus le même défaut de prononciation ravissant, une sorte de bégaiement retenu – Laura n'était jamais vraiment parvenue à savoir duquel elle était amoureuse, et l'affaire s'était conclue par un *règlement de comptes* embarrassant – c'est ainsi que l'avait appelée le jumeau au penchant dramatique le plus marqué – suivi d'une expérience érotique physiquement très agréable, mais spirituellement exténuante. En somme, la question de savoir si l'aventure avec les jumeaux devait compter pour une ou pour deux demeurait irrésolue), mais c'était, Laura le savait très bien, une raison plus que suffisante de rester sceptique envers son propre jugement esthétique de l'objet de ses sentiments. Il était fort possible, et même probable, que son jugement soit déjà fortement biaisé par son attirance érotique considérable pour le trop jeune homme aux avant-bras remarquablement beaux qui, en cet instant, assis en face d'elle, suçotait sa lèvre inférieure comme un prostitué de Dalston Junction.

— Quel âge avez-vous ? demanda finalement Laura, puisqu'il ne disait rien.

— Vingt-six ans.

— Vous faites plus jeune.

— Je viens de me raser.

— Tout juste ? À l'instant même ?

— Oui. Je n'ai pas l'eau chaude chez moi. J'habite à Tulse Hill.

— Et moi, à Camden. Près de Mornington Crescent. Nous avons des tonnes d'eau chaude.

— Tant mieux.

— Vous avez de très belles dents. Je n'en ai jamais vu de pareilles.

— L'accès aux soins dentaires est parmi le meilleur du monde en Suède, dit le médecin en parcourant sa dentition du bout de la langue.

— Je me doutais bien que vous étiez scandinave.

— Je suis chercheur invité. De Lund. Vous connaissez Lund ? Ça se trouve dans le sud de la Suède. En fait, la *success story* des soins dentaires suédois a commencé à Lund, à l'institut dit de Vipeholm. Au début du siècle dernier, la population suédoise avait de très mauvaises dents, et on a réalisé une étude sur tous les appelés au service militaire. Celle-ci a démontré que 99,9 % avaient des dents gravement cariées. C'est à peine si on a trouvé une seule dent entière parmi toutes celles qu'on a examinées. Alors on a décidé de faire des recherches sur ce qui provoquait les caries. Une des théories mises à l'épreuve accusait le sucre. On a élaboré ledit caramel de Vipeholm, un caramel dur comme de la pierre et collant comme de la Super Glue, puis on l'a distribué en quantités illimitées aux simples d'esprit de l'institut de Vipeholm, croyant qu'ils étaient trop bêtes pour éprouver la douleur. Une expérimentation animale, en quelque sorte. Mais ils n'étaient pas des animaux, bien sûr. Ils eurent des caries aussi grandes que des cratères de lune et souffrirent le martyre. Dans l'industrie du sucre, on était très mécontent, on avait investi de grosses sommes dans l'expérience pour, en quelque sorte, se laver de tout soupçon, et voilà le résultat. C'est une histoire qui en dit assez long sur la recherche, je trouve.

Le regard du jeune médecin se perdit à travers la fenêtre.

— Et si on parlait un peu de vous, maintenant, dit Laura.

Il leva les yeux sur elle.

— Bien sûr. Laura Kadinsky...

— C'est mon nom, répliqua-t-elle sèchement, péniblement consciente que s'il le prononçait à nouveau avec le même vibrato éloquent, elle se pencherait en avant pour caresser son bras doré – de la couleur d'un cake nature tout juste sorti du four, Dieu seul savait à quel point Laura aimait le cake nature – et qu'un tel acte serait extrêmement difficile à justifier, gênant et certainement dévastateur lorsque, pour désamorcer la situation, elle serait obligée d'intégrer le tripotage à son anamnèse en tant que symptôme, ce qui pouvait bien sûr conduire le jeune médecin à établir un faux diagnostic, auquel cas tout le processus n'aurait servi à rien. Avoir touché du doigt le royaume des cieux ne rendrait pas plus acceptable de continuer à vivre ainsi, malheureusement, ou peut-être que si, elle n'en savait rien, elle faillit commettre l'acte mais il l'interrompit :

— J'ai lu votre dossier, mais j'aimerais quand même que vous m'expliquiez pourquoi vous avez décidé de nous consulter avec vos propres mots.

Laura reprit son souffle et s'assit bien d'aplomb sur sa chaise.

— J'ai perdu ma vision tridimensionnelle. Pour dire les choses simplement.

— Hum, répondit le médecin en fronçant les sourcils – une mimique que Laura ne put s'empêcher de considérer comme un peu théâtrale ; elle trouvait étrangement émouvant qu'il joue la comédie pour elle. Quand les symptômes ont-ils commencé ?

— Difficile à dire. C'est arrivé très progressivement. D'abord, il ne s'agissait que de courts instants de perte de réalité, comme des déjà-vu. Ensuite, les épisodes ont augmenté en durée et en fréquence ; j'ai commencé à trouver ça inquiétant. Enfin, je ne sais pas. Je me disais sûrement que c'était le stress.

— Le stress ?

— Tout est lié au stress, de nos jours. Ça donne même le cancer.

— Vous êtes stressée ?

— Non, dit Laura.

— Je vois.

— Bref. Ça ne fait qu'empirer.

— Le stress ?

— Non ! Les troubles de la vision ! Enfin, ce qui m'arrive. Je me suis dit que je devais avoir quelque chose aux yeux, alors je suis allée voir une ophtalmologue. Mais selon elle, ils sont en parfait état. Mes yeux. "À vrai dire, je n'ai jamais vu des corps vitrés aussi parfaitement constitués", elle a dit. À propos de mes yeux. Aucun nerf coincé ni rien d'autre.

— Ils sont marron… dit le médecin en sondant du regard les yeux de Laura comme personne ne l'avait plus fait depuis que Chloe, venant de naître, enduite de vernix caseosa, avait levé pour la première fois les yeux sur sa mère et vu ce qui allait, pendant quelques brèves semaines, représenter pour elle l'univers tout entier.

— Oui ? dit Laura.

— Vos yeux. En Suède, 60 % de la population a des yeux qu'on qualifie, en allant un peu vite, de bleus. Cela dit, souvent, ils tirent plutôt sur le gris. Rares sont les personnes à avoir les yeux vraiment bleus. Comme le bleuet ou comme un ciel d'été. De toute ma vie, je n'en ai rencontré qu'une. Bizarrement, elle s'appelait Violetta. Mais elle avait les yeux parfaitement bleus, pas violets.

— Pourquoi êtes-vous toujours aussi excentriques ? demanda Laura, sur la défensive.

— Qui ça ?

— Les hommes intelligents. Je suppose que vous êtes intelligent, non ? Vous êtes tout de même assis à ce bureau. Bien que vous soyez à peine plus âgé que ma fille.

— Quel âge a-t-elle ?

— Sept ans.

— J'en ai vingt-six.

— Vous voyez ce que je veux dire. Mon mari est pareil. Incroyablement intelligent. Il est pianiste. Et compositeur. Et homme de lettres et magnat de l'immobilier. Et affreusement excentrique. Au début, je trouvais ça charmant, mais on s'en lasse.

— Je ne suis pas excentrique. Pas du tout. Je suis juste nerveux.

En effet, il avait l'air très nerveux. Ce qui était touchant.

— C'est bizarre. Que vous soyez nerveux. C'est moi qui suis malade, quand même.

— Je ne voulais pas vous fâcher en vous parlant de vos yeux, Mrs. Kadinsky.

— Je l'espère bien, dit Laura. Comme je vous le disais, ce sont des yeux hors pair, en tout cas selon mon ophtalmologue. Mais en quoi ça peut bien m'aider si mon cerveau est en train de s'abîmer ?

Une larme étincelante, pas plus grande qu'une tête d'épingle, glissa involontairement à la surface de l'œil gauche de Laura et s'accrocha, tremblante, à ses cils inférieurs. Un instant, le jeune médecin eut l'air sur le point de se pencher en avant pour l'essuyer. Juste un petit sursaut de la main.

Il n'en fit rien et dit :

— C'est vrai, Mrs. Kadinsky, en quoi ça peut bien vous aider ? Ça ne fait aucune fichue différence, finalement.

— Appelez-moi Laura, dit-elle d'un ton suppliant qui l'étonna elle-même.

Lorsque, cinq minutes plus tard, Sebastian fut sorti et revenu avec un verre d'eau, Laura Kadinsky avait essuyé ses larmes et, devina Sebastian, remis du correcteur sur ses cernes. Il posa le verre sur la table, devant elle, et lui fit signe de le prendre, puis il s'assit et attendit qu'elle ait bu pour reprendre l'entretien.

Sebastian n'était pas quelqu'un de très bavard, en général. Il était plutôt du genre à écouter. Ses tirades inattendues sur l'histoire de l'accès aux soins dentaires et les statistiques des couleurs d'yeux en Suède étaient des signes, bien entendu : Laura ne le laissait pas indifférent. En fait, il ne savait pas si c'était lié à sa beauté relative (son visage ressemblait à un collage ! Et l'écart entre ses dents !) ou au fait qu'elle lui rappelait la chanson *Laura Laurent* de Bright Eyes, qu'il avait écoutée tous les soirs avant de s'endormir pendant la plus grande partie, voire la totalité du lycée. *Laura, you were the saddest song in the shape of a woman.* Mais peut-être ces deux choses revenaient-elles au même : son visage réel et son visage d'héroïne pop. L'attirance surgissait quelque part au fil des impulsions électriques vibrantes qui créaient le lien dans son cerveau... Depuis que Sebastian s'intéressait aux neurosciences, il devenait de plus en plus convaincu que tous les phénomènes importants se produisent dans les interstices, entre une pensée et la suivante, entre un signal et un autre.

Et avant tout, entre la vie de l'un et la vie de l'autre.

Voilà pourquoi, peut-être, au lieu de reprendre immédiatement l'entretien, il se contenta de rester là, silencieux, face à elle, la contemplant pendant qu'elle tendait une main tâtonnante pour saisir le verre, se concentrant tout entier sur cette femme dont l'ensemble des associations dépassait ce que son cœur – relativement – jeune pouvait supporter. Il ne faut pas se moquer. Il ne faut jamais, jamais se moquer de l'amour.

Cinq minutes plus tard, Laura Kadinsky n'avait toujours pas, malgré des tentatives répétées, réussi à atteindre le verre. Sebastian avait l'impression de voir une auréole d'effort intellectuel flotter autour de ses cheveux bruns comme une sorte de champ magnétique ; ses doigts visaient toujours le mauvais endroit, tantôt trop à droite, tantôt trop à gauche, parfois plusieurs centimètres devant ou derrière le verre, comme le ferait un tout petit enfant. Ses vaines tentatives, ses mains fines, tout cela donnait à Sebastian l'envie de pleurer, il se sentit finalement obligé de pousser un peu le verre dans la bonne direction pour qu'il glisse dans sa main. Laura l'entoura de ses doigts. Un instant, Sebastian eut la sensation d'accomplir lui-même le geste – la convexité froide sous sa paume au lieu de celle de Laura, non, en même temps que sous la sienne. Il avait lu beaucoup de choses là-dessus. On appelle cela "l'effet miroir", c'est une forme de synesthésie – le cerveau croise les connexions entre les sens et produit ainsi l'impression que ce que l'on voit arriver à la peau d'autrui arrive à la sienne. Seuls de rares individus sont sujets à ce phénomène ; quant aux autres, ils ne peuvent l'envisager que comme une abstraction – en le comparant par exemple à une forme approfondie d'empathie issue de la chair plutôt que de l'intellect. Si tu souffres, je souffre. Si tu jouis, je jouis. Pour Sebastian, l'expérience constitua un choc sensoriel assez semblable à celui d'un premier véritable orgasme. La sensation s'évanouit aussitôt, laissant sa paume vulnérable à l'abandon.

Ce genre de solitude, cette absence, il n'aurait jamais cru nécessaire de la revivre.

Il se racla la gorge et fit un tour entier sur sa chaise pivotante. En revenant à sa position initiale, il trouva Laura Kadinsky, le bord du verre pressé contre les lèvres, les yeux fixés sur lui, parfaitement immobile. Il attrapa la table pour freiner, gêné d'avoir fait preuve d'une telle frivolité spontanée. Il n'était pas quelqu'un de frivole. Il espérait qu'elle le comprenne. Lentement, Laura éloigna le verre de sa bouche – il vit qu'elle n'avait rien bu – et le tint dans la lumière.

— Le pire, c'est la transparence, dit-elle. Sans espace, savez-vous ce qu'il en reste ? Des ombres, rien de plus, des ombres fuyantes qu'on chasse en vain.

— Des soucis au niveau des couleurs ? demanda Sebastian en attrapant brusquement son bloc-notes.

— Non, ce n'est pas ce que je voulais dire, dit la femme qui lui avait demandé de l'appeler Laura.

Il détecta une certaine déception dans sa voix. À cause de lui ? L'idée lui était insupportable, il l'écarta.

— Bien. Avez-vous des difficultés à reconnaître les visages, y compris quand il s'agit de proches ?

— Non.

— Des éclairs ? Des scintillements ? Des noircissements ? Vision périphérique dégradée ? Angle mort et ainsi de suite ?

— Non.

— Mémoire immédiate ?

— Bonne.

— Mémoire différée ?

— Bonne aussi.

— Maux de tête ?

— Ça va, ça vient.

— Ça va plus que ça ne vient, ou le contraire ?

— Ça va. À peu près comme avant.

— Des douleurs nerveuses ?

— Comment ça ? Dans les yeux ?

— N'importe où.

— Non. Non, je ne crois pas. Comment les distingue-t-on des autres douleurs ?

— Ça pique.

— Non, rien ne me pique.

— Des sensations de brûlure ? D'urtication ? D'écorchure ?

— J'ai parfois l'impression d'être à l'étroit dans mes habits.

— Hmm.

Sebastian se pencha en arrière contre le dossier de sa chaise, comme il avait vu ses collègues le faire quand ils voulaient inspirer confiance. Il jeta un coup d'œil à son ordinateur pour voir s'il suivait plus ou moins ce que Barázza appelait "le cheminement diagnostique". Non. Laura Kadinsky n'était que son troisième objet d'étude, mais avec les deux précédents, il avait eu l'impression de contrôler la situation : il avait posé toutes les questions dans l'ordre, soigneusement dressé le petit dossier et établi un plan d'action en moins d'une heure. En quoi était-ce différent, cette fois-ci ? Certes, il trouvait Laura belle, mais c'était également le cas de la femme qui travaillait au *night shop* à côté de chez lui et qui, tous les matins, lui faisait signe d'entrer dans la boutique alors qu'il se rendait à l'arrêt de bus, tout cela pour lui donner gratuitement, sans un mot, une pêche – et ça ne le rendait ni nerveux, ni même distrait. En fait, le monde était plein de belles femmes et parmi elles, une seule l'avait fait échouer dans son projet.

Celle qui était morte.

Cela ne présageait rien de bon pour Laura Kadinsky, ni pour Sebastian.

Une heure et maintes questions plus tard, la consultation s'acheva et Laura fut escortée dans le couloir par un assistant. Sebastian se retrouva seul dans son bureau, désœuvré. Habituellement si efficace, il semblait avoir calé, déstabilisé par l'ambiance confuse ou, disons-le, carrément érotique qui avait imprégné tout son entretien avec Laura. Il ne faisait pas de distinction entre érotisme et confusion, les deux phénomènes étant pour lui intimement liés, d'une part parce que l'attirance sexuelle provoquait la confusion, mais aussi parce que, pour un individu aussi rationnel, scientifique au demeurant, peu de choses paraissaient aussi chargées d'érotisme que le chaos et l'incertitude, spécialement lorsqu'elles se manifestaient dans la présence d'une très belle femme. Il ne s'agissait peut-être que d'un conditionnement précoce. Peut-être était-ce malsain. C'était certainement malsain. Il le savait, tout comme il savait qu'il était censé reporter ses notes dans le dossier de Laura, puis poursuivre son travail du jour. Mais il n'arrivait pas à s'y mettre. Pour finir, il abandonna ses espoirs de parvenir à chasser sa silhouette de son champ de vision intérieur et décida de la remplacer par un visage moins dangereux. Il fourra ses notes dans un tiroir et sortit de son bureau.

Au sous-sol, l'air était empli de chants de cigales. Il ne s'agissait pas d'une chimère mentale mais de véritables cigales conservées dans le laboratoire d'insectes, de l'autre côté du couloir. À l'Institut, il y avait des animaux à tous les étages, une perte de temps constante de l'avis des employés qui auraient préféré que toutes les bestioles soient réunies dans un seul et même laboratoire comme le préconise la classification Laïka, un système bien établi pour l'expérimentation animale. Mais les créatures, éparpillées sur douze étages, tournaient selon un système de rotation à intervalles arbitraires – à ce qu'il semblait –, ce qui rendait quasiment impossible de savoir où se trouvait un animal donné à un moment donné, et provoquait de nombreuses allées et venues dans les escaliers et ascenseurs. Néanmoins, d'après le directeur de recherches, autrement dit Corrigan, le dispositif était conforme à une directive venue d'en haut ; il s'agissait d'améliorer la condition physique du personnel – Corrigan citait ici ce qu'on lui avait dit en haut lieu. L'exercice physique étant l'alpha et l'oméga d'un cerveau efficace, cela entraînerait forcément des résultats brillants. De plus, la proximité des animaux était quand même super sympa – Corrigan citait encore ici ce qu'on lui avait dit en haut lieu.

Le système de rotation des animaux selon un schéma arbitraire était parfois mal admis, bien que tout indiquât qu'il obéissait bien au hasard. L'argument principal de la phalange qui croyait en un ordre supérieur, c'est-à-dire principalement des collaborateurs britanniques de l'Institut et quelques chercheurs invités japonais et coréens, était le suivant : les Britanniques étaient trop à cheval sur les règlements pour qu'un manège animalier de la sorte, orchestré par le hasard, fût envisageable. Le leader unanime de cette phalange autochtone dénommée “équipe Bletchley” – une allusion à l'heure de gloire de la rationalité britannique – n'était autre que Jennifer Travis, petite-nièce du mathématicien Alan Turing, car, conformément à la hiérarchie interne de la phalange, elle était arrivée plus loin que quiconque dans l'élaboration du modèle sous-jacent qui présidait au manège des animaux. Parmi ceux qui préféraient croire au hasard, il n'y avait pas de leader désigné – logique – et l'argumentation pouvait paraître nettement moins cohérente. Mais peu importait. Dans une suite d'événements, l'absence de schéma étant impossible à démontrer tant que la série en question n'est pas achevée, l'équipe Gödel se sentait affranchie de tout travail dans ce sens, ce que l'un des membres les plus passionnés de la phalange – le professeur invité Álvaro Barázza – constatait en ricanant à chaque fois que le sujet revenait sur le tapis à la cantine, c'est-à-dire quotidiennement.

— Travis ?

Dans le couloir du sous-sol, Sebastian bipa pour ouvrir la porte du laboratoire des insectes et appela plusieurs fois Travis en tentant de hurler plus fort que les milliers de cigales chantantes.

L'un des plus remarquables génies polyvalents de l'Institut, Travis, jouissait de certains privilèges dont faisaient partie les cigales, ses petites protégées. Ses recherches sur elles étaient, de l'avis général, une excentricité, un travail de Sisyphe, voire de Frankenstein. Du point de vue neurologique, les cigales ne présentent aucun intérêt : elles sont dépourvues du raffinement des primates, du potentiel de l'ascaris ou de la commodité de la drosophile. Alors pourquoi donc les étudier ? Jennifer Travis s'opposait à cette vision des choses, non pas sur la base de résultats empiriques mais de considérations théoriques et, plus encore, à cause de la peur de ne pas être aussi brillante que tout le monde le croyait.

Pour commencer, elle avait obtenu une licence pour une centaine d'individus appartenant à une douzaine d'espèces, mais au fur et à mesure que les insectes se reproduisaient – à la manière des insectes, c'est-à-dire avec rapidité et obstination –, ils avaient atteint des quantités quasiment ingérables. Travis multipliait les terrariums – aux dépens des autres espèces. Naturellement, cela provoquait de l'irritation parmi certains collègues, mais personne ne voulait passer pour une balance ; tôt ou tard, de toute façon, une nouvelle rotation aurait lieu, et la réticence de Travis à imposer un contrôle des naissances à ses cigales arriverait aux oreilles de la direction, qui prendrait les mesures adéquates. Jusque-là, il régnait un accord tacite entre chercheurs : on la laissait faire, par respect pour son génie polyvalent ou par réticence à affronter les profondeurs abyssales de son psychisme – celles qui avaient engendré sa fixation sur ces insectes. Pour autant que Sebastian avait pu le comprendre jusque-là en glanant des commérages à droite et à gauche, l'obsession de Travis découlait d'un cluster de problématiques psychologiques centrées sur une mission dans laquelle elle échouait coup sur coup, et à laquelle les collègues ne faisaient référence que sous la dénomination de "puzzle", dans des allusions du style : "Elle n'est plus tout à fait elle-même depuis son premier tour avec le puzzle…" ou "Attendez seulement que le puzzle reprenne, elle en oubliera tout le reste".

Lorsque Sebastian trouva enfin Jennifer Travis dans un coin reculé de son laboratoire, elle semblait, quoi qu'on en pense, en parfaite harmonie. Des écouteurs rose fluo sur les oreilles et une braise satinée au fond des yeux, penchée au-dessus d'un terrarium, elle contemplait deux cigales de taille imposante en plein accouplement. Sebastian se racla la gorge et tapa un peu du pied pour, à une distance raisonnable, attirer son attention, bien qu'il eût mieux fait d'aller lui ôter ses écouteurs, il le savait bien. Travis était sans doute la personne de tout l'univers qu'il risquait le moins d'effrayer, en tout cas par le genre de stimuli extérieurs qui activent les amygdales chez la plupart des gens : bruits inattendus, contacts imprévus, ombres sur le mur. En effet, Travis manifestait une absence totale d'étonnement – et sans doute d'intérêt – vis-à-vis de quelconques changements triviaux dans son entourage. Que Sebastian soit entré dans son laboratoire ne la surprenait pas plus que s'il ne l'avait pas fait, et cet événement ne déclenchait donc pas la moindre peur irrationnelle. Lorsque, se retournant, elle l'aperçut en train de piétiner, elle lui fit un sourire aimable et retira ses écouteurs.

— Sebastian !

— Travis ! dit Sebastian, suivant ainsi la règle tacite qui voulait que les membres masculins de l'Institut soient appelés par leur prénom et les membres féminins par leur nom de famille, pour éviter de saper davantage leur autorité déjà fragile par nature.

D'après ce qu'avait compris Sebastian, cet usage était d'autant plus important qu'on s'adressait à une collègue qui, comme Jennifer Travis, avait un physique avantageux, c'est-à-dire – dans le contexte académique – défavorable.

— Viens voir B2 et B14. Ils sont si beaux quand ils font l'amour, dit-elle en replaçant une mèche blonde derrière son oreille.

Sebastian ne réagissant pas, elle lui tendit la main et le tira vers elle. Blouse blanche contre blouse blanche, Sebastian sentit la chaleur de son corps, qui le laissait complètement indifférent. Ses seins moelleux, ses larges hanches rondes sur lesquelles la toile blanche de modèle unisexe était tendue à se rompre, son haleine mentholée : aucun des attributs féminins de Travis ne parvenait à éloigner Laura Kadinsky de ses pensées. D'ailleurs, il ne s'y attendait pas ; enfin, il espérait sans doute quelque part qu'en rejoignant Travis au sous-sol, il parviendrait à remplacer une femme par une autre ou, du moins, à équilibrer les forces. Car il n'avait ni le temps, ni l'envie, ni l'énergie émotionnelle de tomber amoureux, mais si cela devait malgré tout arriver dans un futur proche, n'importe qui, il le sentait d'instinct, ferait une meilleure cible qu'une femme mariée infiniment triste, qui était de plus sa patiente.

Jennifer Travis resta, comme toujours, dans sa bulle.

— Ce n'est pas bien d'avoir des chouchous, dit-elle, les joues rougeoyantes comme des pommes d'amour, mais je ne peux pas m'empêcher de les aimer. *Cyclochila australasiae*. L'un des insectes les plus bruyants du monde. Tu aurais dû l'entendre hurler avant, ce B2, mais maintenant, il est content. Bientôt, B14 creusera un trou dans cette branche, là, et s'y enfoncera pour pondre ses œufs. Des centaines. Et quand tous les petits sortiront de leurs cocons, dans une quinzaine de jours, il y aura un sacré boucan ici. Je serai obligée d'en prendre quelques centaines et de leur couper la tête, si j'arrive à m'y résoudre. Un peu plus, et on croirait que j'y suis attachée !

Travis s'esclaffa et donna un coup de tête au bras de Sebastian, puis jeta un peu de nourriture aux cigales australiennes repues d'amour et s'approcha de l'unité suivante.

— Et toi, Sebastian, qu'est-ce que tu fabriques ? Tu commences à te familiariser avec les lieux ? Tu as vu ça, au fait ? Des *Megapomponia imperatoria*… Magnifiques, n'est-ce pas ? L'envergure d'U3, ailes déployées, est de vingt centimètres, je l'ai mesurée.

— J'ai reçu une femme en première consultation tout à l'heure, dit Sebastian, qui ressentait un besoin obsessionnel de parler de Laura. Elle ne voit qu'en deux dimensions. C'est vraiment bizarre. Je crois que c'est dû à un problème en V2, mais je n'en suis vraiment pas sûr.

— Je ne comprends pas comment tu peux supporter de t'occuper de gens, soupira Travis. C'est beaucoup trop chaotique. En plus, ça ne sert à rien.

Sebastian avait bien eu des pensées semblables, mais il éprouva tout de même le besoin de protester.

— Ça ne sert à rien ? C'est tout de même pour ça que nous faisons tout ceci, non ? Je veux dire les gens. L'existence humaine, c'est bien le but ultime de nos activités, non ? Enfin, peu importe, finalement, mais maintenant que nous avons abordé le sujet, j'aimerais te poser une question, toi qui es ici depuis plus longtemps que moi, etc.

Travis l'interrompit en levant la main en l'air. Elle plongea son autre main dans un terrarium et en sortit une cigale énorme, grotesque, peut-être la fameuse U3 – Sebastian n'aurait pas su la reconnaître –, et la laissa s'envoler vers le plafond. L'envergure de ses ailes, d'un marron brillant, était réellement impressionnante ; lorsqu'elles se déployaient dans la lumière des néons, on aurait dit un livre qui s'ouvrait. Jennifer Travis suivit la cigale du regard comme si elle essayait de la lire.

— Sebastian, le cerveau est une structure hiérarchique. Comme tu le sais déjà, naturellement. Les couches supérieures sont le résultat de ce qu'il y a en dessous, pas le contraire.

— Oui, bien sûr… tenta Sebastian, ne voyant pas où elle voulait en venir.

— Finalement, nous désirons ardemment que le cerveau humain soit un mystère, n'est-ce pas ? Nous, chercheurs, aussi, même si nous prétendons le contraire. Dans notre travail, nous aimerions tous atteindre le point limite, là où nous pourrons dire OK, la voilà, l'extrémité, le mystère, l'œuf d'or, l'énigme ultime, l'unique, l'âme. Alors nous creusons dans la déviance, nous scrutons l'exception, c'est-à-dire tous les cas qui contrediront ce que nous savons déjà sur le cerveau : sur sa structure logique, sur sa cohérence – une véritable équation. Assez complexe, certes, mais rien de plus. Voilà ce qu'est l'être humain. Un puzzle au nombre de pièces restreint, qui s'emboîtent parfaitement sans la moindre colle spirituelle.

Elle haussa les épaules et tendit la main. L'énorme cigale atterrit dessus comme un animal domestique.

— Dit comme ça, ça paraît un peu étriqué, fit remarquer Sebastian.

— Ça ne m'étonne pas que tu penses ça, l'ami, gloussa Travis en pinçant le nez de Sebastian de sa main libre. Évidemment. Tu es un *être humain*.

Sebastian prit sans doute un air soucieux, car Travis pencha la tête sur le côté et poursuivit sur un ton plus doux :

— Il y a un système dans la folie, Sebastian, c'est tout ce que je dis. Un système d'une beauté aveuglante.

Sur ces mots, elle lui tourna le dos et se mit à chantonner un air qu'il crut identifier : la comptine légèrement macabre *Ring Around the Rosie*. Il eut soudain le sentiment inattendu d'être puissamment aveuglé par le dos impeccablement blanc de Travis, et sortit du laboratoire à reculons jusqu'au couloir, où il fut obligé d'appuyer la tête contre la froideur souterraine du mur.

À peine une semaine plus tard, Laura Kadinsky percuta littéralement le jeune médecin Isaksson dans la roseraie de Regent's Park. Elle était contrariée, elle venait de se disputer avec Philip au téléphone. Cela leur arrivait rarement – Laura trouvait d'ailleurs remarquable que quelqu'un d'aussi doué que Philip en quasiment tout soit un aussi mauvais querelleur. Leurs rares disputes étaient, neuf fois sur dix, déclenchées par des banalités. Celle du jour avait commencé ainsi : Philip avait appelé pour lui annoncer qu'il quitterait son travail plus tôt que d'habitude pour emmener Chloe à une séance de cinéma muet au Hackney Picturehouse. Laura lui avait demandé s'il s'agissait d'un film pour enfants. Bien sûr que non, avait répondu Philip. C'était un Lois Weber. Laura, qui venait d'apercevoir une rose de toute beauté et de distinguer la coupe que formaient ses pétales, laissa tomber. Philip se mit alors à raconter qu'il avait lu une étude dans laquelle on prétendait que le lait était mauvais pour les enfants. Laura rétorqua que s'il n'y avait qu'une chose au monde sur laquelle il régnait un consensus, c'était justement que le lait était bon pour les enfants. Philip avait insisté : l'étude démontrait que le lait, contrairement à tout ce que l'on croyait jusque-là, ne renforçait pas l'ossature mais l'affaiblissait. Le calcium contenu dans le lait ne servait à rien, avait affirmé Philip (il l'avait dit en ces termes exacts) : "Le lait te suce les os et les vide de leur calcium." Il était donc d'avis qu'à partir de ce jour, Chloe devait manger ses Cheerios avec du lait d'amande ou même, de préférence, du lait d'avoine. Si possible fait maison. Il avait déjà acheté deux kilos d'amandes et un sac à lait végétal à Borough Market, et se préparait à en faire une première recette le soir même. Laura, qui ne voulait vraiment pas que Chloe prenne des habitudes aussi compliquées sachant qu'à plus long terme, elle se retrouverait seule à les gérer, lui avait rétorqué qu'un aliment valable pour un veau l'était également pour sa fille.

À partir de là, les choses s'étaient envenimées.

Laura avait reçu l'appel de Philip sur le chemin du retour. Que son mari ait décidé de consacrer sa soirée à Chloe plutôt qu'à Larkin (il travaillait sur une traduction de *The Whitsun Weddings* en persan, sujet peu abordé dans le couple car les connaissances en persan de Philip émanaient d'une relation de trois ans avec une beauté iranienne avant sa rencontre avec Laura) avait une conséquence immédiate : Laura pouvait faire ce qu'elle voulait de son après-midi et de sa soirée. Elle fut envahie par un sentiment de liberté enivrant, mais pas dans le sens habituel favorable du terme – au lieu d'avoir envie de faire les quatre cents coups, elle se sentit fatiguée, sans énergie, et fut prise d'un léger haut-le-cœur, comme si, après avoir bu deux verres de vin à jeun, elle venait, par inadvertance, de vider une salière entière dans sa marmite Le Creuset juste avant l'heure du dîner. Elle s'assit sur le banc le plus proche et prit une rose entre le pouce et l'index : une Ingrid Bergman aux pétales rouge sang, frêles et flexibles comme les ongles d'un nouveau-né. Laura se souvint qu'elle coupait les ongles de Chloe, bébé, avec les dents, elle se revit penchée au-dessus du lit d'enfant dans le noir pour que la petite, protégée par le sommeil, ne remarque rien. Désormais, Chloe se rongeait elle-même les ongles, malgré toutes les remontrances de Giselle. Sans doute une sorte de péché originel, se dit Laura. Elle trouvait réconfortant que sa fille soit toujours un animal, au fond, tout comme elle-même. Réconfortant et triomphal.

Laura traversait souvent la roseraie de Queen Mary pour rentrer chez elle, même si cela faisait un détour. Elle l'appréciait encore plus en hiver, quand on voyait les épines et les capsules de graines grasses et brillantes qui ne donneraient jamais rien puisque les roses, comme les pommes, doivent être bouturées pour produire des rejetons valables. Et parfois, comme par miracle (enfin, sans doute l'effet de serre, se dit-elle), on pouvait apercevoir une rose solitaire fleurissant sauvagement, désespérément, pendue au bout d'une branche que personne n'avait pensé à tailler, ou perchée, jambes croisées, en haut d'une pergola. Laura avait une image de soi suffisamment contradictoire pour pouvoir s'identifier avec ces survivantes aussi bien qu'avec les graines mortes et les épines.

Mais le printemps était là, et les roses se bousculaient sur les branchages, les tulipes tardives tournaient leurs mains potelées vers le soleil et les statues de pierre se recroquevillaient, pudiques, sur leurs piédestaux, comme pour se protéger du flux ininterrompu de touristes avides de selfies. Laura lâcha Ingrid Bergman ; elle sentait encore l'empreinte de la fleur dans sa main. Cependant, elle ne prit pas pleinement conscience du geste qu'elle avait accompli : saisir, cibler la base de la tige avec exactitude, sans aucun problème – en y réfléchissant, elle ne s'en serait pas crue capable –, car tout à coup, son attention fut détournée par quelque chose de bizarre : dans le scintillement de blancheur d'un fouillis de clématites, un peu plus loin dans l'allée, quelque chose bourdonnait et voletait, brillant comme de l'or. Une mouche ? Trop grand. Une libellule ? Trop bruyant. Un oiseau exotique avec un bec doré et un panache sur la tête ? Mais où était alors le panache. Surprise par sa propre curiosité, par cette soudaine et puérile envie d'explorer l'inconnu, Laura bondit du banc par pur réflexe et se mit en marche vers les clématites et l'insecte doré, car il s'agissait bien d'un insecte – cela aurait pu être une illusion d'optique, le concept ne lui était pas étranger, juste une tache mouillée sur la cornée ou un nouveau clou enfoncé entre les hémisphères de son cerveau. Avant qu'elle ne soit parvenue à l'arche florale, l'insecte s'était envolé, elle le vit raser l'herbe, s'élever vers le ciel, replonger dans une *centifolia* blanc crème, flotter dans les airs et disparaître dans un virage, là où l'allée contournait une boule de buis. S'élançant après lui, elle parvint à l'apercevoir une dernière fois : un petit point doré juste au-dessus de ses cils inférieurs, avant de percuter violemment quelqu'un.

Un instant plus tard, à son grand étonnement et à sa grande frayeur, Sebastian était assis en compagnie de Laura Kadinsky sur la terrasse du seul débit de nourriture de la roseraie, un kiosque à saucisses glorifié du nom de Regent's Pork. La façon exacte dont ils avaient atterri là n'était pas très claire dans son esprit, il en avait peut-être lui-même pris l'initiative (c'était le cas – mais il l'avait fait avec tant de subtilité que, plus tard, les deux considéreraient cette première rencontre en civil comme marquée par le sceau du destin). Il n'aurait pas cru revoir Laura avant sa première IRMf, et voici qu'ils se retrouvaient côte à côte sous un parasol rayé vert et blanc, mangeant de la saucisse. Ils en avaient commandé une chacun – de la même sorte, au romarin et à l'huile de truffe, pour éviter les échanges de politesses sur leurs expériences culinaires respectives lorsque les saucisses auraient été goûtées – en attendant, ils parlaient de la famille Windsor. Ils restèrent bloqués sur la reine mère.

— Une vraie garce, il me semble, dit Laura Kadinsky. Comme la plupart des mères forcées de vivre dans l'ombre d'un homme.

— Pas la mienne, en tout cas, dit Sebastian. Mon père a fait une grande carrière de comptable au trésor public, mais ma mère est quand même quelqu'un de très aimable.

Laura éclata de rire. Il l'entendait rire – grâce à lui ! – pour la première fois. Dire que c'était si facile... Avec Violetta, il avait dû tant lutter pour l'égayer ! Mais si Laura Kadinsky était vraiment joyeuse, alors pourquoi son rire sonnait-il comme de la pluie sur une vitre sale ?

— Vous avez des frères et sœurs, docteur ? dit-elle en faisant lentement ramper ses doigts à travers la table jusqu'à son verre de bière.

— Deux. Deux sœurs.

— Plus jeunes, plus âgées ou les deux ?

— Du même âge, en fait. Du même âge que moi.

Laura s'interrompit et fronça ses beaux sourcils, perplexe. Sebastian avait l'habitude de cette réaction. La plupart des gens avaient du mal à digérer l'équation génétique, sans doute, croyait Sebastian, parce que ses sœurs et lui n'étaient pas du même sexe. Quand on pensait à des triplés, c'était Casper, Jasper et Jonathan, un petit groupe homogène d'individus impossibles à distinguer entre eux. On ne s'imaginait jamais Sebastian, Matilda et Clara.

— Nous sommes triplés, dit Sebastian. Dizygotes. En fait, ce n'est pas si compliqué, sur le plan biologique.

— Ça me semble très compliqué, dit Laura. Je veux dire sur le plan psychologique.

Sebastian toussa. Il avait avalé de travers. Laura lui donna une tape dans le dos bien ciblée. Le système nerveux central de Sebastian n'était pas prêt à cet attouchement de la plus belle femme du monde (oui, quelques minutes auparavant, lorsqu'elle avait passé sa langue sur sa lèvre supérieure ondulante pour en décrocher une perle de bière, il avait décidé qu'elle était, sans aucune hésitation, la plus belle femme du monde, peut-être aussi la plus triste, mais cela revenait sans doute au même), ses nerfs se tordirent sauvagement, il fut traversé par une vague de chaleur et obligé de croiser les jambes.

— Je suis trop brusque ? demanda Laura en reposant sa main sur la table.

Sebastian remarqua ses ongles rongés ; une petite goutte de sang avait coagulé au bord de l'auriculaire.

— J'aimerais prétendre que ce n'était pas intentionnel, reprit-elle, mais ce serait un mensonge. Je trouve de plus en plus insupportables les bavardages creux – peut-être parce que je vais bientôt mourir. Autant aller droit au but.

— Vous n'allez pas mourir, dit maladroitement Sebastian. Je veux dire, pas tout de suite.

— Non, sans doute pas aujourd'hui, répondit-elle à la légère. Mais demain, peut-être. Dites-moi franchement : croyez-vous qu'il s'agisse d'une tumeur ?

— J'espère que non.

— Mais vous le croyez ?

— Non, dit franchement Sebastian. Je ne le crois pas. Mais c'est difficile à dire avant d'avoir fait la première IRMf. Je suis étonné que vous n'ayez pas eu recours au système de santé conventionnel. Je ne suis pas médecin, finalement.

— Ce n'est peut-être pas d'un médecin que j'ai besoin. J'en ai rencontré un tas dans ma vie, mon mari en connaît tout un bataillon. Et je peux vous dire qu'aucun d'eux ne s'est jamais intéressé à mon cerveau.

Et Sebastian se dit : en ce moment précis, ton cerveau est justement la seule chose au monde qui m'intéresse.

Lorsque Laura rentra enfin ce soir-là, le silence régnait dans la maison de Mornington Terrace. Philip dormait. Chloe dormait. Elle les vit comme deux images sur des timbres-poste aplatis dans un album. Philip s'était rasé. Ses joues brillaient comme des verres en cristal lavés à la main. Celles de Chloe étaient roses comme… Comme. Comme. Comme des joues d'enfant. On ne pouvait pas s'exprimer avec plus de précision, car rien n'est plus rose qu'une joue d'enfant, pas même une rose, c'est le Waterloo de la comparaison, un enfant est un enfant, il ne peut pas être décrit autrement que comme un enfant. Tout en lui est directement issu du monde des idées et on aura beau employer tous les mots raffinés qu'on voudra, ce sera toujours lui qui sera le plus proche du ciel.

Laura voulut toucher la joue de sa fille mais n'osa pas, de peur de la sentir froide et plate. Ils étaient allongés côte à côte dans le canapé, son mari et Chloe, l'écran de la télé figé dans un arrêt sur image : Winnie l'ourson pendu à un ballon rouge vif. Laura posa les yeux tantôt sur le téléviseur, tantôt sur sa famille, coup sur coup, s'efforçant de voir la différence. Entre la fiction gelée et le monde réel. Mais les deux manquaient de profondeur. Elle contempla Winnie l'ourson comme s'il était son enfant. Elle contempla son mari comme s'il était Winnie l'ourson. Puis elle fit demi-tour et alla dans la cuisine.

Il lui fallut un certain temps pour attraper la boîte de thé. Elle fut obligée de poser la main à plat sur la surface de tôle et parcourir doucement les quatre coins de la boîte, en avançant un doigt après l'autre. Enfin, elle sentit les bords dorés et put soulever la boîte. Ensuite, il fallut trouver la poignée arrondie du tiroir de la cuisine, et répéter la même procédure tâtonnante. Puis, la poignée de la bouilloire, celle du robinet, approcher lentement la bouilloire du jet d'eau car si elle le faisait trop vite, elle risquait de le manquer et de percuter le carrelage. Cela ferait un fracas retentissant et peut-être une craquelure sur la surface émaillée, réveillant Philip qui entrerait dans la cuisine et la verrait, la craquelure.

Pendant que l'eau bouillait, Laura alla jeter un coup d'œil au hamster de Chloe. Philip oubliait toujours de le nourrir, peut-être parce qu'il le détestait ; quant à Chloe, elle n'était qu'une enfant, on ne pouvait donc pas lui reprocher sa tendance naturelle à la négligence. Elle n'omettait pas par méchanceté, bien sûr, mais par incapacité fondamentale à différencier un être vivant d'un jouet. Que Philip déteste Essie the Escapist – ainsi se nommait le hamster – n'était pas non plus, au fond, l'expression d'une malfaisance intrinsèque. Après tout, même s'il possédait une oreille absolue, il était humain, rien de plus, et Essie the Escapist couinait faux, très faux. D'après Philip, son cri était situé quelque part entre un *do* et un *ré*, et ne se stabilisait pas sur le demi-ton relativement convenable de *do* dièse, mais plutôt dans une sorte de mouvement de pendule irrégulier entre les deux notes fondamentales, ne pouvant être décrit que comme insupportable. En tout cas pour une oreille bénie comme celle de Philip.

Le couinement d'Essie était particulièrement problématique la nuit, quand la maison était plongée dans le silence. Voilà pourquoi la cage du hamster était descendue à la cave tous les soirs quand Chloe dormait, et remontée dans sa chambre le lendemain matin avant son réveil. Une procédure compliquée qui s'effectuait, bien sûr, dans l'ignorance totale de la fillette, et devait demeurer ainsi. Dans l'univers, selon Chloe, la cave était l'endroit le plus effrayant qu'on puisse imaginer ; pas même un jouet n'y avait sa place.

Le hamster n'avait sans doute pas encore été porté à la cave, car Philip paraissait s'être endormi en même temps que Chloe. Laura se rendit donc dans la chambre de sa fille pour voir comment allait la petite boule au pelage brillant comme du bronze, qu'on avait baptisée Essie the Escapist parce qu'elle réussissait à s'échapper de sa cage plusieurs fois par semaine. Non pas à la manière habituelle des petits rongeurs, en se faufilant entre les barreaux, mais en ouvrant la porte, tout simplement. Comment elle y parvenait ? Cela demeurait un mystère, qui n'avait d'égal qu'une seconde énigme : une fois sortie de sa cage, Essie the Escapist ne témoignait aucun intérêt pour une fuite éventuelle. Elle se contentait de faire quelques tours de sa cage en trottinant, puis se couchait sagement à côté de la grille pour méditer sur sa liberté récemment gagnée. Laura ne la comprenait pas. Si elle avait été un hamster et que le monde s'était déployé devant ses petites pattes… Eh bien, merde ! Elle ne se serait pas arrêtée là en attendant d'être remise en cage.

Comme prévu, la cage était toujours à sa place à côté de la fenêtre, sur une table jaune décorée d'une banderole en papier sur laquelle Chloe, avec l'aide de Laura, avait écrit de ses plus belles majuscules, avec des feutres multicolores et un double point d'exclamation, ESSIE'S HOUSE. La cage parut à Laura aussi plate que le reste de la pièce, le lit fait à la va-vite et son couvre-lit jaune crème, les figurines de dinosaures sur l'étagère ; pourtant, elle eut un léger vertige en s'en approchant. Devant, ou peut-être derrière ou, plus vraisemblablement, à l'intérieur, Essie tournicotait, ses splendides rondeurs se déployant dans l'absolue totalité des trois dimensions. Laura s'approcha d'elle avec précaution, n'osant pas la lâcher des yeux. Eh bien si : Essie était tout à fait tridimensionnelle. Émerveillée, Laura s'agenouilla devant la cage, ouvrit la grille et enfonça doucement la main à l'intérieur. Elle tâtonna un moment, ayant l'impression, comme d'habitude, de passer la main sur une feuille de papier, puis, finalement, saisit le corps souple du hamster. Elle le tira vers elle et le tint dans ses mains en coupe, dévorant des yeux ses rondeurs.

— Je te vois, murmura-t-elle. Je te vois telle que tu es. Comme avec le docteur… Sebastian.

Le hamster la dévisagea de ses yeux brillants, bombés, interrogateurs, ne sachant pas, bien sûr, qui était Sebastian. Peut-être se demandait-il pourquoi Laura pleurait et la serrait si tendrement contre sa poitrine.

Objet d'étude 3A16:7, ci-après dénommé le "Photographe aveugle" (PA)
Entretien avec Benedict Katz, psychologue certifié (BK), le 11 septembre 2015
Transcription de Tiffany Temple, assistante médicale

PA : Tout d'abord, je voudrais vous dire que je suis diabétique.

BK : Pourriez-vous poser votre appareil photo ?

PA : Je suis obligé ?

BK : Oui.

PA : Je n'aime pas quand on me dit ce que j'ai à faire.

BK : De nombreux jeunes ont le même problème. Mais je dois pouvoir voir votre visage.

PA : Il est moche.

BK : Je ne me prononcerai pas là-dessus. Vous venez d'Allemagne, c'est ça ? Alors, vous avez fait un long voyage ?

PA : De Brême. Mais ça ne fait rien, que j'aie dû voyager. Je voyage constamment depuis que ça a commencé. Je veux voir autant de choses que possible.

BK : Et quand est-ce que ça a commencé, exactement ?

PA : Il y a deux ans. Quand j'ai passé mon *Abitur*. Je veux dire la cécité. Les visions sont apparues plus tard, peut-être un an après.

BK : Je comprends. Est-ce que depuis, vous avez consulté en psychia…

PA : Je suis ici pour les visions, pas la cécité, qui est une conséquence de mon diabète.

BK : Je comprends.

PA : Et elle n'est pas complète. Pas encore. Je vous vois.

BK : Tant mieux. Cela dit, pourrais-je vous demander…

PA : Je viens de vous photographier.

BK : C'est pour Facebook ou… ? Ha ha.

PA : Vous êtes fou.

BK : C'est intéressant que vous employiez ce mot…

PA : J'aimerais simplement savoir à quoi c'est dû. Le fait que je vois des choses qui vont arriver, et qu'ensuite, elles arrivent. La première fois, c'était de la neige qui tombait à gros flocons, gros comme des étoiles. Au mois d'avril. Et il s'est mis à neiger le lendemain.

BK : Vous savez ce qu'on dit des saisons, de nos jours : imprévisibles ! Bientôt, on pourra cultiver de la vigne le long du mur d'Hadrien. Enfin, on le faisait déjà au temps des Romains. Croyez-vous que les Romains se seraient souciés de l'Écosse, autrement ? La plupart des choses ont une explication logique, c'est notre intime conviction ici, au London Institute of Cognitive Science.

PA : J'ai vu ma sœur faire une fausse couche et, ensuite, elle en a fait une.

BK : C'est très courant en début de grossesse.

PA : Elle était dans sa 27e semaine.

BK : Décollement placentaire ?

PA : Je ne sais pas. J'ai des photos de son ventre quand il y avait encore un bébé dedans. Elle ne veut pas les voir.

BK : Et à part ça ? Qu'avez-vous vu de plus qui soit, pour ainsi dire, advenu ?

PA : J'ai perdu le compte. La plupart du temps, ce sont des choses qui arrivent dans un futur proche, comme une horloge qui avancerait un peu. Ça ressemble à des déjà-vu, mais grandioses et trop longs. Et puis, il y a des événements marquants, dans un avenir plus lointain.

BK : Hum. Dites-moi, jeune homme, vous avez toujours fait de la photographie ?

PA : Non. Enfin, je veux dire, si. Tout le monde fait de la photo de nos jours, tout le temps. Avec son téléphone et ainsi de suite. Mais personne ne voit rien.

BK : Mais vous, si ?

PA : J'en vois plus que je ne le voudrais.

BK : Et que voyez-vous de si inquiétant ?

PA : Je vois un incendie. Il va y avoir un feu, qui sera gigantesque. Et je vois une fille revenir d'entre les morts.

Suite à donner au dossier : Juste un jeune homme fou à lier. S'agissant d'un majeur de nationalité étrangère, nous ne sommes pas tenus de faire un transfert en psychiatrie. Prévenir éventuellement l'Agence nationale de sécurité antiterroriste ?

Sebastian faisait les cent pas dans une salle du service de radiologie de l'Institut. Il regarda l'horloge : encore pratiquement une heure avant l'arrivée de Laura Kadinsky. Que faisait-elle à cet instant précis ? Il se demanda si elle était assise dans le métro, le bus, si elle traversait Regent's Park, si elle s'était arrêtée dans un café italien pour prendre un petit expresso dans une minuscule tasse blanche, par exemple à Marylebone, ou si son mari la conduisait dans leur voiture, s'ils en avaient une et si, le cas échéant, c'était une Volkswagen. Il se demanda de quoi elle avait l'air nue, enfin, c'est-à-dire à l'intérieur de son crâne, quoique... Merde, évidemment non, il pensait à son corps, mais aussi à son cœur, oui, à sa couleur entre ses doigts – émettrait-il un rayonnement argenté ou un scintillement vert ? Il se posa toutes ces questions et encore d'autres, par exemple ce qu'il allait faire de son temps jusqu'à ce qu'elle arrive, puis il s'assit sur un coussin pelucheux dans un fauteuil vert inconfortable et attendit encore. Peut-être aurait-il dû en profiter pour passer voir la guenon, mais il se sentait trop agité pour s'occuper d'autre chose que de pincer des bouloches sur un accoudoir et passer coup sur coup les doigts dans ses cheveux.

Lorsqu'il ne lui restait plus que trente-sept minutes d'attente, son téléphone vibra. Il en fut si alarmé qu'il l'arracha de sa poche et balaya l'écran sans même vérifier qui l'appelait.

— Oui ? dit-il.

Il y eut un silence à l'autre bout du fil.

— Babou ? Merde ! Je ne croyais pas que tu répondrais.

— Tilda ?

— Évidemment !

— Ne m'appelle pas Babou.

— D'accord. Qu'est-ce que tu fais ?

Sebastian parcourut du regard la pièce baignée de lueur fluorescente. Devant lui, il y avait la couchette sur laquelle serait bientôt étendu le corps de Laura, une chaîne montagneuse accidentée contre un ciel très, très contrasté, comme offerte à un sacrifice, sur un autel. Autour du tunnel dans lequel il allait l'enfoncer, la soufflerie bourdonnait.

— Je suis au boulot.

— Mon pauvre. Et moi en train de réserver des billets pour la Suède, mais la page s'est bloquée. Alors je t'appelle.

— Tu vas rentrer ? Pourquoi ?

Sebastian s'inquiéta malgré lui. Ce serait vraiment typique de leur mère de tomber dans un escalier alors que son fils venait de trouver un minuscule fragment de beauté dans le monde.

— Non, pas à Lund. La famille de Billy a une maison en Norrland. Dans le Västerbotten. Il y va tous les étés avec Siri. Il veut qu'elle sente la présence de l'ours et du loup.

— Quoi ?

— Tu n'as jamais vu l'ours, mais l'ours t'a vu. Voilà ce qu'il dit toujours. Je lui ai expliqué que Siri a vu un ours au zoo, mais apparemment, ça ne suffit pas.

Sebastian regarda l'heure. Encore trente et une minutes. Autant en profiter pour bavarder avec Matilda. Plus tard, il pourrait le raconter à la guenon. Elle trouverait ça bien, et lâcherait peut-être un peu de lest par rapport aux sentiments peu catholiques qu'éprouvait son soigneur pour le crâne ouvert de Laura Kadinsky.

— Tu ne réponds jamais aux mails, Babou. Vraiment nul. La seule personne encore pire que toi dans le domaine, c'est Clara. J'ai dû lui écrire à peu près dix-sept mails depuis un mois et elle ne m'a pas répondu une seule fois. Tu crois qu'elle est morte ?

— Je crois qu'elle est à l'île de Pâques.

— À l'île de Pâques ? Tu plaisantes ! Où c'est, d'abord ?

— Dans le Pacifique.

— Incroyable. On ne me dit jamais rien. Elle est fâchée contre moi, pour une raison ou pour une autre. J'ai essayé de m'excuser pour toutes les raisons potentielles que je suis arrivée à trouver, mais manifestement, ça n'aide pas. Alors… Elle te parle ?

— Très peu. J'ai reçu un seul mail.

— Mon Dieu…

Matilda se tut. Sebastian l'entendit inspirer par le nez, puis expirer très longuement. Il crut qu'elle allait reprendre le fil de la conversation, mais elle répéta le rituel.

— Kathleen dit que la vie est une rivière qui coule sur nos pieds. Elle ne s'arrête jamais, même si parfois, nous en avons l'impression.

Kathleen était, si Sebastian avait bonne mémoire, la prof de yoga de Matilda.

— D'accord, dit Sebastian.

— Je veux dire, cette énergie-là, il faut en tirer le maximum, dit Matilda. Toi et Clara… Vous êtes pareils. Vous retenez tout ce qui est mauvais dans votre corps au lieu de l'évacuer. C'est très malsain. Ça peut rendre fou, je te le jure.

Sebastian lui fit remarquer que la seule de la fratrie à avoir été internée en psychiatrie, c'était elle-même.

— Bref, reprit sa sœur, ce n'est pas à cause de Clara que je t'appelle, ni à cause de toi. Vous êtes comme ça, un point c'est tout. Franchement, de temps en temps, j'ai l'impression que nous ne sommes même pas de la même famille. Je voulais juste te demander ce que tu penses de maman.

— Qu'est-ce qu'elle a ?

— Il se passe un truc louche, tu as bien dû le remarquer, non ? Sauf si tu ne lui parles pas non plus…

— Si… On a dû s'appeler la semaine dernière…

— Elle t'a posé des questions sur papa ?

— Oui. Deux fois, je crois.

— Ah ! s'exclama Matilda, triomphante. En plus elle m'a l'air un peu paumée en ce moment.

— Elle l'a toujours été, tenta Sebastian. Et puis, en plus, elle n'a pas l'habitude d'être seule, enfin, depuis que je suis parti.

— C'est justement ce que je veux dire, insista Matilda. J'ai peur qu'elle veuille se remettre avec papa. Ce serait une très mauvaise idée.

Sebastian rit malgré lui.

— Papa et maman ? Ensemble ? Ça m'étonnerait. Vraiment.

Sebastian eut l'impression que Matilda n'était pas convaincue. Sa gaieté impitoyable paraissait soudain forcée, nerveuse, mais c'était peut-être parce que la conversation tournait autour de leur mère et que cela rappelait à Sebastian les propos qu'il avait récemment échangés avec elle – une désagréable sensation de déjà-vu.

— Est-ce que ça va, Tilda ?

— Oui, oui, je fais de la respiration profonde, c'est tout.

— Ah, d'accord.

Sebastian regarda l'heure. Encore dix-sept minutes. Il en eut la nausée.

— Bon. Il faut que j'y aille, maintenant. J'ai une réunion. Si l'on peut dire.

— C'est une femme ?

Sebastian bondit. Matilda rit mais, juste après, un triste sifflement sortit de son nez.

— Babou... dit-elle d'une voix soudain sincère et enfantine. Tu te souviens des couleurs ? Je veux dire de ma synesthésie. Bref, hypothétiquement, à quoi est-ce qu'on peut s'attendre ? Que ça empire ou que ça s'améliore avec l'âge ? Ou que ça reste à peu près pareil ?

— Hypothétiquement, répondit Sebastian (quatorze minutes), je n'en ai aucune idée. Je ne pense pas qu'on le sache. Pourquoi tu me le demandes ?

Matilda poussa un soupir exaspéré.

— Ça ne te regarde pas, espèce de morveux. Bon, on raccroche ? Je dois faire les bagages de Siri. Elle va chez sa mère et Billy croit qu'elle est assez grande pour les faire toute seule alors qu'elle n'arrive même pas à mettre sa culotte à l'endroit.

Sebastian eut la nette sensation d'avoir quelque chose à lui demander mais fut incapable de rassembler suffisamment ses esprits pour se souvenir de quoi il s'agissait. Il avait déjà l'impression que cette conversation avec sa sœur n'avait été qu'un rêve, même s'ils parlaient encore. Douze minutes. Il transpirait dans les plis de l'aine.

— D'accord. Salut, Tilda. On se reparle bientôt, hein ? À bientôt.

— Oui. Et dis donc…

— Oui ?

— Si tu parles à Clara, tu n'as qu'à lui dire de faire un effort. Je veux qu'on redevienne amies. Kathleen dit…

Sebastian n'entendit rien de plus, car soudain, Laura Kadinsky apparut dans l'embrasure de la porte. Il rangea discrètement son téléphone dans sa poche.

— Sebastian ?

— Oui, Mrs. Kadinsky ?

— Laura. Appelez-moi Laura, je vous en prie.

— Laura. Vous êtes nerveuse ?

Sebastian baissa les yeux sur la silhouette de Laura, allongée sur sa couchette, toute de blanc vêtue, prête à se laisser coulisser sous la voûte grondante du scanner IRMf. Tant de confiance… songea-t-il. Comment serait-il capable d'en être digne ?

— Non, répondit Laura. Bien sûr que non. Mais j'aimerais vous raconter quelque chose. Avant que vous m'envoyiez dans ce truc. Et que vous le voyiez.

— Que je voie quoi ?

— Ma pauvre petite âme malade. Enfin, la chose.

Elle leva le bras et se toqua la tempe.

— L'âme… dit Sebastian. C'est un mot qu'on n'entend pas souvent entre ces murs.

Et c'était vrai. La question de l'existence de l'âme, de la quintessence de l'être humain, qui transcenderait et traverserait le corps, était, dans le domaine des neurosciences, l'équivalent de la querelle théologique de la transsubstantiation. Comme Sebastian l'avait insinué plus tôt dans sa conversation avec Jennifer Travis, il appartenait, peut-être à cause de son éducation religieuse, à la petite phalange menacée d'extinction qui ne pouvait se résoudre à faire le deuil de cette idée dépassée : l'être humain devait forcément posséder quelque chose qui ne soit pas mesurable. Appelez ça conscience, âme, esprit. Sebastian faisait pourtant tout son possible pour se libérer de cette croyance embarrassante. La plupart du temps, il y parvenait. Lorsqu'il échouait, il se consolait en se disant que le doute définit la raison – celui qui ne doute jamais de ses convictions est forcément aveugle et sourd à toute véritable rationalité. Quoi qu'il en soit, il ressentit un pincement au cœur quand Laura prononça le mot interdit. Un léger souffle d'inquiétude, une petite bouffée d'incrédulité, le battement d'ailes d'un papillon. Car de façon si ostentatoire, si touchante, elle pensait manifestement que la science, et donc Sebastian, était capable de déceler quelque chose d'aussi invisible que l'âme et ses contours.

En dessous de lui, Laura s'humecta les lèvres. Sa tête était fixée à la couchette et ses yeux, plongés dans ceux de Sebastian. Soudain, il vit qu'elle mentait. Elle était nerveuse. Et même plus : elle était terrorisée, complètement paniquée. De quoi avait-elle peur ? Il n'en avait aucune idée et n'aurait pas pu lui poser la question. Il s'appuya sur la couchette, à côté de son corps, et marmonna. Elle tourna les yeux vers sa main.

— Vous a-t-on déjà dit que vous avez de très belles mains ? Et de très beaux bras. Vraiment, excusez-moi de vous le dire.

À nouveau le battement d'ailes, mais cette fois-ci, à l'intérieur de sa cage thoracique, dans les plis de ses genoux, dans les plis de son pantalon, dans la zone de l'entrejambe et, pour finir, dans la main que les paroles de Laura avaient rendue belle. Ça aussi, c'était un genre de transsubstantiation, se dit Sebastian.

— Sebastian ?

— Oui ?

Laura Kadinsky haussait les sourcils avec une mine exigeante.

— J'avais quelque chose à vous raconter. Vous m'écoutez ?

Sebastian rougit.

— Oui, bien sûr. Évidemment. Que vouliez-vous me dire ?

— J'ai fait une découverte. Qui vous concerne. Et qui concerne le hamster de ma fille, mais surtout vous.

— Moi ?

Laura Kadinsky fit gravement oui de la tête, enfin, essaya – étant attachée à la couchette, elle ne put faire qu'un mouvement raide et mutilé.

— Vous avez quelque chose de spécial. D'abord, je n'en étais pas sûre, je me disais qu'il pouvait s'agir d'un hasard, mais maintenant, j'en suis presque convaincue. C'est pareil qu'avec Essie the Escapist !

— Essie the quoi ?

— Le hamster de Chloe. Ma fille. Je le vois aussi. En vrai. Je veux dire le hamster. Pas Chloe, malheureusement.

— Je dois avouer que je ne vous suis pas tout à fait, répondit Sebastian, indécis, cherchant un point sur lequel fixer son regard, autre chose que les yeux de Laura, grands, brillants et affamés.

Il tenta de penser à la guenon moraliste. Pour un peu, il aurait même souhaité qu'elle soit là. Bien sûr, on ne pouvait pas faire entrer d'animaux de laboratoire dans un milieu stérile comme celui-ci, mais enfin. La guenon aurait freiné les choses, c'était sûr. Car lui, en tout cas, n'y arrivait pas. Le verbe devenait chair, et la chair était faible. Il regarda ses mains. Belles. Il regarda Laura. Belle.

— Je vous vois, Sebastian. Je vous vois vraiment, en entier. C'est ce que je voulais vous dire.

— Laura… Mrs. Kadinsky…

Sebastian avait du mal à parler, sa gorge lui paraissait enflée.

— Que pensez-vous que ça signifie ? demanda fébrilement Laura.

— Que ça signifie ?

— Ce qui ne fonctionne pas dans ma tête ne s'applique pas à vous. Mon mari est toujours complètement plat, ça fait plusieurs semaines que je ne l'ai pas vu dans ses dimensions réelles, et Chloe… Mais vous, vous êtes une zone intacte dans mon champ de vision, le seul comédien devant des coulisses plates. Nous nous sommes seulement vus trois fois et, pourtant, j'ai l'impression que vous êtes la seule chose au monde qui existe vraiment.

— Moi et le hamster, c'est bien ça ? dit lentement Sebastian.

— Oui. Bizarre, non ?

— Inexplicable du point de vue neurologique.

Sebastian fixait son bloc et faisait semblant de prendre des notes pour éviter l'exaltation impérieuse du visage de Laura, qui attendait de lui une explication qu'il ne pouvait pas fournir ; d'ailleurs, il ne s'expliquait pas non plus pourquoi la Trinité mystique qu'elle venait de dépeindre entre un hamster, elle et lui paraissait si évidente.

— Vous savez, reprit Laura, quand Philip et Chloe sont endormis, sans bruit, je descends à la cave où Essie passe la nuit et je la prends. Parfois, je la laisse courir autour de sa cage, et puis je l'attrape pour sentir le lien parfait entre ce que je vois et ce que je sens. Pour vivre le monde dans sa plénitude, vous comprenez ? Je crois que vous comprenez ce que je veux dire. Il le faut.

Elle était réapparue, la peur, enfin la chose, la détresse, peut-être. Dans ses yeux. Elle réclamait sa compréhension, mais il ne la comprenait pas, pas vraiment. En revanche, il savait que quelque chose en elle avait besoin de lui, et l'avait désigné pour la sauver. Mais de quoi ? Mystère. Peut-être serait-il en mesure d'émettre des hypothèses quand il aurait vu les premières images des circonvolutions de son cerveau.

— Vous êtes prête ? demanda-t-il en indiquant la machine d'un signe de tête.

Un sourire énigmatique se dessina sur le visage frêle de Laura. Puis elle tendit la main et la posa avec vénération sur son bras gauche. Ses doigts étaient froids et légèrement humides, comme ceux d'une tabagique.

Pendant un fragment de seconde, un souvenir corporel surgit en lui, cinglant : la même froideur et la même humidité dans les doigts de Violetta la dernière fois qu'ils s'étaient vus. Elle était alors maigre comme un clou et vivait de cigarettes et de comprimés d'échinacée effervescents. Ils se trouvaient devant la bibliothèque Wrangel. Violetta étudiait l'histoire de l'art mais, en réalité, ça ne l'intéressait pas, disait-elle, c'était surtout pour passer le temps. Elle triturait le mètre ruban usé que, dernièrement, elle avait constamment sur elle – il lui avait demandé pourquoi, bien sûr, plusieurs fois même, mais elle avait haussé les épaules avec un rire, son nouveau rire luisant comme un bouton d'étain. Ce n'était qu'après les événements qu'il s'était souvenu de cette habitude obsessionnelle d'enrouler le mètre autour de son poignet pour le mesurer, comme d'autres consultent l'heure. Mais à leur dernière rencontre, devant la bibliothèque, alors que les lilas bourgeonnaient tout juste et que l'hiver venait de s'effondrer, elle n'avait pas mesuré son tour de poignet de plus en plus petit, mais les deux poignets joints de Sebastian, puis elle avait posé ses doigts froids sur sa joue et dit : "Surtout, continue à mesurer le monde, Sebastian. Ne t'arrête jamais." Elle l'avait embrassé sur la bouche et s'en était allée. Bizarrement, il ne l'avait pas suivie, il ne l'avait même pas appelée, peut-être parce que, pour une fois, elle semblait heureuse.

— Vous croyez aux âmes sœurs ?

Sebastian sursauta. Laura Kadinsky lui avait lâché le bras. Il s'aperçut alors qu'elle avait serré fort, si fort que pendant quelques secondes, une empreinte blanche apparut à l'endroit où elle l'avait tenu – une empreinte en forme de pirogue, ou d'os iliaque renversé avec des volcans à la place des hanches.

— L'île de Pâques, dit Sebastian en désignant la marque.

Laura rit. De la pluie sur une vitre. Une chatte sur un toit brûlant.

— Ne noyez pas le poisson. Répondez à ma question, dit-elle.

— En quelque sorte, oui, en quelque sorte, non.

— Réponse très insatisfaisante.

Sebastian haussa les épaules et se leva.

— Je crois qu'il est temps d'examiner votre âme, Mrs. Kadinsky.

— Dites mon nom. En entier.

Il hésita un instant.

— Laura. Laura Kadinsky.

— Merci, dit-elle en fermant les yeux, occultant tout ce qui se trouvait derrière, la faim, la détresse et, peut-être – même si Sebastian en doutait fortement –, la grâce.

S'approchant du tableau de commandes, il vérifia les réglages. Puis il attrapa un casque audio et l'ajusta doucement sur les oreilles de Laura, prenant soin de ne pas frôler sa joue. Elle fit un sourire las, les paupières toujours closes.

— Vingt minutes, dit-il en retournant dans la cabine.

Une fois la machine mise en marche, il se rendit compte qu'elle n'avait pas pu entendre ses dernières paroles. Tant de confiance… se dit-il encore. Un merveilleux abandon, une sensation dopante et dangereuse. Elle s'en remettait à lui, à ses belles mains. À travers la vitre, il regarda la couchette de Laura glisser lentement à l'intérieur du tunnel blanc, comme un cadavre s'enfonçant dans un four crématoire. Cette comparaison lui venait à l'esprit à chaque fois qu'il voyait quelqu'un coulisser dans le scanner. Dans ses moments de doute, il se disait même que l'idée n'était pas seulement issue d'une ressemblance purement visuelle entre les deux situations, mais plus profonde, en lien avec un noyau frémissant, le point de rupture entre matière et néant.

Sebastian se permettait ainsi de cultiver encore un doute interdit : acquérir des connaissances ne rend pas forcément plus sage.

Il regarda Laura Kadinsky : sa petite tête irrégulière s'enfonçant dans le grand tunnel parfaitement circulaire. Appuyant le front contre la vitre, il écouta le vacarme. On eût dit la mer.

À la cantine de l'Institut régnait une excitation fébrile. On était vendredi, une bonne semaine après que Laura avait touché le bras de Sebastian et lui avait demandé de dire son nom. Il l'avait prononcé des milliers de fois depuis, mais dans sa tête. Il savait pourtant que c'était dangereux. Il y a peu de choses qui entortillent autant les neurones que des déclarations verbales, et celui qui grave le nom d'une autre personne dans ses tissus cérébraux ne l'oubliera jamais. Les visages s'évaporent, mais les noms sont comme la roche ou les tissus cicatriciels : indestructibles.

Sebastian prit un plateau, le chargea de nourriture et balaya la salle des yeux à la recherche d'une table où l'on ne se formaliserait pas s'il ne disait rien. Ce n'était pas qu'il n'appréciait pas ses collègues, mais il se sentait bizarre et imprévisible, rempli à ras bord de soucis grands et petits qu'il avait peur de dévoiler dès qu'il ouvrirait la bouche. Il y avait évidemment Laura, dont il avait examiné le cerveau pétillant pendant une semaine sans apprendre quoi que ce soit de nouveau. Plus qu'une simple responsabilité, il était de plus en plus convaincu que ce cerveau était un don et un châtiment, et serait sa planche de salut. Il y avait également la guenon, qui semblait trouver tout ce qu'il faisait méprisable. Il y avait l'Institut, sa machinerie mystérieuse, les rouages, les manettes, des menaces à demi-mot qu'il confondait avec des promesses, la sensation qu'il se passait quelque chose sous ses yeux mais qu'il était trop épuisé, trop lâche ou trop bête pour le voir. Il y avait la douleur et le souvenir, les orteils pendus, les yeux les plus bleus du monde, les dix mille ampoules qui avaient explosé dans sa poitrine. Et puis sa famille, ce puzzle insoluble dépourvu de cadre. Matilda l'avait rappelé plusieurs fois, elle refusait de le laisser tranquille. Elle parlait de petites grenouilles bleues au zoo de Berlin, d'un film qu'elle avait vu avec l'ancienne enfant star Dakota Fanning, du plus grand rabot à fromage du monde qui se trouvait dans le Västerbotten et de leur père qui ne répondait pas au téléphone. La raison pour laquelle Matilda se donnait la peine d'appeler leur père était une chose à laquelle Sebastian n'avait même pas eu le courage de réfléchir.

Il comprit bientôt que l'agitation était en rapport avec la bataille en cours entre les deux phalanges, les équipes Bletchley et Gödel – les voix les plus marquantes des deux camps résonnaient entre les murs de la cantine, et Sebastian entendit des fragments de discours comme *"reductio ad absurdum"* ou "le deuxième problème de Hilbert". La seule personne qui ne semblait pas spécialement exaltée était Jennifer Travis. Dégageant une odeur de savon à la glycérine Pears, de marmelade d'orange et de chaussettes de laine humides, elle semblait s'ennuyer, assise seule à une table, aspirant bruyamment son thé tout en enroulant une mèche de cheveux autour de son doigt. Elle faisait penser à un oracle plein de sagesse et d'autosuffisance.

Sebastian s'assit à sa table.

— Un *Jaffa* ?

Travis fit glisser un plat de biscuits vers Sebastian et le regarda sous sa frange humide.

— Qu'est-ce qui ne va pas, Sebastian ?

Il haussa les épaules, regarda le plafond, poussa un soupir et baissa les yeux sur Travis. Quelqu'un auquel il n'était redevable de rien lui demandait ce qui n'allait pas sans rien exiger en retour, et il s'agissait d'une personne qu'il ne pourrait pas blesser quoi qu'il dise. C'était irrésistible.

— C'est ma famille, dit-il, hésitant. Ils attendent de moi des choses dont j'ignore si je suis capable de les leur donner. Tu as de la famille ?

Travis s'effondra de tout le haut de son corps, tapant son large front contre la table avec un bruit sourd. Sebastian ne put déterminer si le regard qu'elle posa sur lui en se relevant était amusé, contrarié ou simplement hébété.

— Excuse-moi, dit Travis. J'aurais dû être plus concrète. Je ne parlais pas de toi. Il y a sûrement quelque chose qui cloche chez toi, comme chez la plupart des gens. Je voulais dire : est-ce que tu vois ce qui ne va pas dans leur raisonnement ?

Elle agita la main en direction de Childs, Jensen et du reste de l'équipe Bletchley, qui venait d'arrêter de hurler sur l'équipe Gödel et s'était retirée dans son coin de la cantine où, avec des mines exaltées, ses membres dessinaient une espèce d'algorigramme au ketchup directement sur la table. Sebastian ne parvint pas à le déchiffrer, cela ressemblait à une peinture de Joan Miró, mais Travis secoua la tête avec méfiance.

— Ils sont complètement à côté de la plaque.

— Je croyais que tu étais d'accord avec eux sur le fait qu'il y avait un schéma récurrent, dit Sebastian.

Travis fit la moue.

— Oh, dit-elle. Bien sûr. C'est évident. Mais ils sont partis des dates impaires. Ils n'ont pas compris que les rotations qui ont lieu aux dates impaires suivent un modèle de décalage arbitraire. Il n'y a que les mouvements des dates paires qui sont statistiquement intéressants. Ça fait longtemps que je l'avais compris.

— Pourquoi tu ne le leur dis pas, alors ? demanda Sebastian en jetant un regard gêné vers la table en question.

Travis le regarda, sincèrement étonnée.

— Pourquoi je ferais ça ?

— Pour être sympa ?

— Ah ! Je vois ce que tu veux dire ! Mais ils n'auraient plus rien à faire. Ils tourneraient en rond.

Travis prit un biscuit et le rongea discrètement. Sebastian s'attendait plus ou moins à ce qu'elle le relance sur sa famille, maintenant que le sujet "équipe Bletchley" semblait épuisé, mais elle n'en fit rien. Jennifer Travis ne réagissait pas toujours comme un être humain ordinaire, Sebastian l'avait bien compris, mais il n'y était pas encore complètement habitué. Il tenta d'aborder le sujet sous un autre angle.

— C'est vrai qu'Alan Turing était ton oncle ?

— Tu me donnes quel âge ? Le frère de mon grand-père. Enfin, oui. Mais il était déjà mort quand je suis née, je veux dire Alan. Je crois que nous nous serions très mal entendus, pas toi ? Il adorait démontrer que les choses sont indémontrables.

Travis souffla pour éloigner une mèche de cheveux de son visage.

— De toute façon, il aurait détesté cet endroit. Il y a beaucoup trop de désordre, dit-elle, s'apprêtant à se lever.

Sebastian tendit la main et lui attrapa le poignet, brusquement convaincu que Travis, même si elle n'avait pas l'intention de l'écouter raconter ses problèmes de famille, pouvait l'aider à résoudre quelques autres questions qui le tracassaient. Travis regarda la main de Sebastian agrippant son poignet sans montrer aucun signe d'indignation. Sebastian la lâcha, se pencha vers elle et chuchota :

— Dis donc, il y a une question que je me pose. Enfin, plusieurs. Il paraît que tu es proche de Corrigan. Je veux dire… Tu es peut-être au courant. Tu connais peut-être le sens de ce qu'on fait ici. De tout ce qu'on fait.

— Qu'est-ce que tu veux dire ? demanda Travis en le regardant avec méfiance.

— Eh bien… Tu vois… Notre travail.

— Notre travail ? répéta Travis en jetant des coups d'œil discrets aux alentours. Tu sais bien qu'on n'a pas le droit de communiquer entre cellules, chuchota-t-elle.

— Mais pourquoi pas ? C'est complètement idiot. La recherche n'avance que si on partage ses résultats. C'est le monde à l'envers. En fait, il me semble qu'on marche sur la tête, ici.

Travis le regarda en se mordillant la lèvre.

— Mais ne dis rien à Corrigan, d'accord ? ajouta-t-il. Je veux dire : je suis évidemment très content d'avoir la chance de travailler ici. Et de me procurer une solide expérience professionnelle.

— Une expérience de quoi ? demanda Travis en baissant encore la voix. Tu as parfaitement raison, c'est la question. Je peux te faire confiance, Isaksson ?

Sebastian hocha discrètement la tête, même s'il avait depuis longtemps arrêté de se considérer comme une personne fiable.

— Passe-moi ton téléphone. Allez, donne.

Il sortit l'appareil de sa poche, le déverrouilla d'un coup de pouce et le tendit à Travis. Les doigts gigotant dans tous les sens, elle se mit à taper quelque chose à la vitesse de l'éclair. Ils gardèrent le silence pendant quelques minutes.

— Décidément, j'adore Candy Crush, pas toi ? dit-elle ensuite à haute voix, en lui donnant un petit coup de pied dans le tibia. Tu as raison, le 372 est difficile mais… Voilà.

Avec un sourire affable, elle lui rendit son téléphone.

— Je donne souvent un coup de main à Corrigan avec le jeu, il est nul.

Sebastian regarda son écran. Elle avait écrit un court message dans l'appli bloc-notes : SILENCE. NOUS SOMMES SÛREMENT SUR ÉCOUTE. JE NE SAIS PAS POURQUOI MAIS QQCHS CLOCHE DANS CE QUI S'EST D.I.T. LA RÉPONSE EST CIGALE. DE PLUS AMPLES INSTRUCTIONS SUIVRONT. NE M'APPELLE PAS, JE T'APPELLERAI. P.S TU ES VRAIMENT NUL EN CANDY CRUSH P.S.2. EFFACE CE MESSAGE.

Sebastian regarda Travis, qui s'était levée avec son plateau. Peut-être se trompait-il, mais il lui trouva l'air ravigoté.

— Au fait, dit Travis avec un signe de tête en direction du téléphone, tu viens de recevoir un mail de ta mère. Il paraîtrait que ton père a disparu. Enfin, lis-le toi-même, ça vaut mieux. C'est très difficile à comprendre avec Google Translate.

Sebastian regarda son téléphone, l'écran éteint, mort, plat comme une tache noire sur la table en mélaminé blanc.

— De ma mère ? Et tu l'as lu ? Mais…

Travis haussa les épaules, arrangea sa blouse blanche et fronça le nez avec mépris.

— La singularité est soi-disant à l'honneur, mais tant que les gens s'obstineront à communiquer avec ce que nous appelons "langage", on aura des soucis avec les algorithmes, je peux te le dire.

Sur ces mots, elle quitta Sebastian, qui eut ainsi le loisir de lire la dernière dépêche de sa mère.

OBJET : “LAISSEZ VENIR À MOI LES ENFANTS” (À PROPOS DE VOTRE PÈRE)

annika.isaksson@svenskakyrkan.se

Mon fils adoré,

J'irai droit au but : ton père a disparu. Je ne m'en inquiéterais pas trop si j'étais toi, il nous a habitués à ses caprices. Tu ne le sais sans doute pas, mais il a une femme à Berlin. Plus jeune, précisons-le, mais je ne sais pas exactement de combien de décennies. Elle est alcoolique, ce qui pourrait en partie expliquer l'affaire. D'après mon expérience de directrice d'âme, les femmes qui boivent ont tendance à avoir une relation compliquée avec leur père.

Quoi qu'il en soit, Sebastian, ça fait plusieurs semaines que je n'arrive plus à le joindre et notre Créateur sait que j'ai essayé. Il y a une chose dont j'aurais aimé discuter avec lui, une chose qui vous concerne, toi et tes sœurs. Je ne voudrais pas dramatiser à outrance, mais c'est difficile à éviter parce que l'affaire en question est terriblement dramatique.

Il sait de quoi il s'agit. Il l'a toujours su – ainsi, nous sommes aussi coupables l'un que l'autre. Cependant, parfois, je me demande s'il ne l'est pas plus que moi. Depuis que vous êtes assez grands pour le comprendre, j'ai voulu vous en parler, mais il a toujours refusé. Et je l'ai laissé faire. Je me disais peut-être qu'il avait raison. Ou par simple lâcheté – dans ce cas, c'est moi la plus coupable. Je préfère croire que son intention était bonne et qu'il pensait que ça valait mieux. Pour ma part, au contraire, j'ai toujours été convaincue que nous agissions mal. Mais je divague ! Tu dois croire que ta mère est en train de perdre la raison. Je t'assure que ce n'est pas le cas. Au contraire, lentement mais sûrement, je la retrouve.

Avoir des enfants, Sebastian, c'est devenir un animal. Toutes les valeurs, tous les principes qu'on a toujours portés aux nues sont brusquement subordonnés à une seule et unique nécessité : celle de protéger ses enfants du mal. Un paradoxe, car en s'écartant de ce qu'au plus profond de soi, on considère comme juste, on finit par mal agir. Je sais que vous avez eu une enfance différente, je le remarque à ce que vous êtes devenus et aux problèmes que vous affrontez. On ne peut pas dire que Matilda et Clara soient des jeunes femmes harmonieuses mais – je veux que tu saches – j'ai vu la même chose en toi, mon fils : la confusion, le besoin de stabilité. Ta relation avec Violetta était malsaine. Je sais que tu n'aimes pas m'entendre le dire, mais c'est vrai. Tu lui as tout donné sans rien recevoir en retour, et j'ai laissé faire parce que je n'avais pas le cœur de vous arrêter. La vérité, c'est que moi non plus, je ne voulais pas me séparer d'elle. J'éprouvais une immense tendresse pour elle, presque celle d'une mère. Quelque part, j'ai d'ailleurs toujours espéré que vous trouveriez des réponses en Jésus, comme je l'ai fait moi-même.

Est-ce que tu as parlé avec tes sœurs ? Clara dit qu'elle est à l'île de Pâques. À l'île de Pâques ! Incroyable. Elle qui a toujours été si craintive… Quant à Matilda, pour autant que je puisse en juger, elle semble bien se porter à Berlin. Billy était sans doute un bon choix, et elle paraît même se retrouver dans son rôle de belle-mère. Vous ne cesserez jamais de m'étonner, mes merveilleux enfants.

Je me demandais si ça vaudrait la peine d'envoyer Matilda à la recherche de votre père à Berlin, mais je ne crois pas. Je ne sais même pas comment s'appelle sa nouvelle femme et, de plus, ma décision est prise. Il m'a poussée à me taire pendant vingt-six longues années, mais maintenant, ça suffit. Zut… Voilà que je dramatise à nouveau ! Enfin, c'est la vie, je suppose : dramatique, sale et parfois affreusement embrouillée. Le vrai péché, c'est de refuser de l'admettre.

J'ai beaucoup pensé à Luther ces derniers temps, les cinq cents ans de la réforme approchent et, de plus, j'ai vécu une expérience hors du commun récemment dans mon jardin ouvrier. Je te la raconterai une autre fois. Enfin, ça m'a fait réfléchir à cette histoire d'encrier. Il a suffi à Luther d'admettre l'existence du diable pour que celui-ci disparaisse de son bureau : il a levé les yeux de ses écrits, a regardé son apparition maléfique droit dans les yeux et jeté l'encrier sur elle. Je me dis que ce mail, même s'il n'est pas rédigé à la plume d'oie mais à l'aide de "1" et de "0", sera mon encrier. Je vais aussi écrire à tes sœurs, mais je voulais t'en parler d'abord pour que tu m'aides à les convaincre de se réconcilier – entre elles, avec toi et avec moi. Je sais qu'elles ne s'entendent pas toujours très bien, et je crains que ce que j'ai à vous raconter ne fasse qu'empirer les choses. Elles vont avoir besoin de calme.

Bien entendu, je comprends qu'il soit vain de croire que je pourrai vous réunir tous les trois chez moi, même si c'est, bien sûr, ce que je préférerais. Mais avec trois enfants dans différentes parties du globe, je crois que nous devrons employer des moyens plus modernes. J'ai appris à utiliser Skype, comprends-tu : très pratique quand on dirige des âmes qui peuvent se trouver aussi loin qu'à Torna Hällestad. Je propose que nous fassions une visioconférence le plus vite possible. Tu pourras m'ajouter à tes contacts à l'aide de mon adresse mail, enfin, tu le sais déjà, bien sûr. Ta belle tête doit déjà bourdonner de questions, mais je ne peux pas en dire plus par écrit, il faut que tu le comprennes. S'il te plaît, réponds-moi et confirme que tu pourras participer, mais ne me pose pas de questions. Je ne sais pas encore tout à fait quoi te dire. Ces prochains jours, je parlerai du problème, et de bien d'autres, dans mes prières.

Souviens-toi que Dieu t'aime sans condition, tout comme ta mère.

PS. Cette histoire de Clara à l'île de Pâques est vraiment incroyable. Je ne vois décidément pas ce qu'elle est allée fabriquer là-bas.

II
L'ÎLE DE PÂQUES

L'île de Pâques. L'endroit le plus solitaire du monde. Un triangle de volcans peuplé de libellules situé à 3 501 kilomètres au large de la terre ferme chilienne, et à 2 075 kilomètres du territoire habité le plus proche. La vitesse du son à travers l'air marin étant comprise entre 330 et 340 mètres par seconde, avec des variations selon la température, une opération d'arithmétique relativement simple permet de faire le calcul : un appel au secours lancé depuis la côte rocheuse de l'île de Pâques n'atteint pas la terre ferme avant une bonne semaine. À ce stade, il est vraisemblablement trop tard pour rattraper celui qui tombe.

L'île possède huit cent quatre-vingt-sept statues de pierre gigantesques, chacune étant dotée d'orbites grosses comme des astres. Il y a quelques siècles, les habitants de l'île décidèrent de les ériger tout en négligeant leur propre approvisionnement en nourriture ; ils finirent par se remplir la panse de folie. Une histoire de dieux, d'obsessions, de croyance en un ordre supérieur. Comme on pouvait s'y attendre, tous moururent.

TOUS, SANS EXCEPTION !

À part trois ou quatre.

Ceux-ci eurent des bébés qui eurent des bébés qui grandirent en voyant les statues s'effriter. Et après ? On peut lire le reste sur Wikipédia. C'est ce que fit Clara Isaksson le soir où elle fut virée ; elle lut jusqu'à ce que ses yeux soient secs comme des raisins de Corinthe. Ensuite, elle pleura jusqu'à ce qu'ils retrouvent leur brillance, puis acheta des billets d'avion :

Stockholm – Francfort – Buenos Aires – Santiago – Rapa Nui. Une semaine à Buenos Aires pour s'acclimater, deux jours à Santiago, puis trois semaines dans l'endroit le plus solitaire du monde où le soleil, seulement quelques années auparavant, s'était entièrement éclipsé pendant trente longues minutes, occasionnant un accroissement spectaculaire du tourisme.

Il faut savoir que peu de choses attirent autant les touristes qu'un avant-goût de fin du monde.

Sur l'île de Pâques, il n'y a qu'une localité : Hanga Roa. Il y vit six mille personnes et c'est ici que se trouve l'aérodrome : le brouillard humide, les faibles lumières le long de la piste d'atterrissage, telles des lucioles, leurs petits culs luisants. Vue d'en haut, la piste ressemblait à une bande de scotch séparant la pointe sud-ouest du reste de l'île. Clara Isaksson, vingt-six ans, brune aux yeux bleus, exceptionnellement peureuse et consciente de l'être, sœur d'une piètre sœur et d'un frère – le centre du monde – qui fuyait une piètre vie, écrasa le nez contre la vitre pour voir ce qui se trouvait au-delà du large coup de pinceau de la piste, mais ne vit rien.

Que du noir.

Lorsqu'elle entra dans la lumière contrastée du hall des arrivées, elle fut envahie, pas pour la première fois et sûrement pas la dernière, par un fort sentiment d'aliénation vis-à-vis de ses congénères. Dans ce cas, il s'agissait de ses compagnons de voyage, qui n'étaient pas nombreux : des routards aguerris auxquels Clara ne pouvait vraiment pas s'identifier. Il régnait une odeur de désodorisant, le carrelage froid du sol était récuré jusque dans les joints esquintés sans être vraiment propre. Enfin, pas tout à fait. Car il bougeait. Il se déplaçait littéralement, couvert d'un tapis de scarabées qui ressemblaient à des cafards, noirs et cuivrés, flegmatiques, partout, une moquette ondulante de vermine. Clara cligna des yeux, se mit à transpirer, cligna encore. Était-ce possible ? Non, mais c'était pourtant vrai. Bien sûr, Clara avait déjà mis en scène toute sorte de vermine dans ses cauchemars : parasites, araignées grosses comme la paume d'une main aux pattes crissantes ressemblant à des cure-pipes ; avant de partir, bien sûr, elle avait lu toute la littérature existante sur les morsures de serpent et le comportement qu'il fallait adopter quand on se retrouvait au milieu d'une tribu de petits singes déchaînés ; bien sûr, elle s'était fait vacciner contre la malaria, le Borrelia et quelques autres maladies dont elle n'arrivait même pas à prononcer le nom, mais un enfer pareil, déjà ? Et pourquoi était-elle la seule à réagir ?

Elle resta figée devant les portes tournantes qu'elle avait franchies pour entrer dans le hall, cherchant en vain un chemin praticable à travers l'océan d'insectes. Elle respirait par le nez, comme le lui avait appris Matilda, avant que celle-ci ne se fâche contre elle et ne s'enfuie à l'autre bout du monde pour apprendre à lire aux fillettes du futur. Sebastian disait que le cerveau pouvait désapprendre à peu près n'importe quoi, y compris les crises de panique qui, finalement, n'étaient qu'une réaction physique à un schéma cognitif destructeur. Clara respirait donc par le nez, s'efforçant d'avoir des pensées constructives, comme le fait qu'une faune entomologique pleine de vitalité soit tout à fait naturelle et participe à la bonne santé de l'écosystème et qu'il fallait donc s'en réjouir, mais oui, il fallait applaudir cette population manifestement vigoureuse de... De quoi, au fait ? Clara rouvrit les yeux, hésitante, et tenta de focaliser son regard sur un individu dans le grouillement des scarabées, mais impossible, il y en avait vraiment trop. Contre le sol, leurs petites pattes, par centaines de milliers, sifflaient comme le vent. Les bestioles formaient des monceaux sous les chaises, grimpant involontairement sur le dos les unes des autres, caressant les pieds chaussés de tongs et de tennis.

— *Señora?*

Une main atterrit sur l'épaule de Clara, qui poussa un cri.

— *Señora, is there problem?*

Un homme en uniforme, on aurait dit un militaire et Clara ne les aimait pas, elle était pacifiste sauf éventuellement dans des situations de crise extrêmes – en était-ce une ?

Son cœur disait oui, mais il était trompeur.

— *No*, murmura-t-elle. *No, no problem.*

— Pourquoi restez-vous là sans bouger ? reprit le garde en espagnol.

Clara maîtrisait mal l'espagnol, mais parvint quand même à articuler quelque chose de compréhensible et, à son humble avis, de plausible.

— Je… J'attends valise.

— Les valises sont là, répliqua sèchement l'homme avec un signe de tête en direction de l'un des deux uniques convoyeurs à bagages du hall des arrivées. Il avait une calvitie naissante et observait Clara de ses yeux maléfiques. Elle eut honte : peut-être pas maléfiques, mais simplement noirs.

— *Of course, yes*, marmonna-t-elle en redressant le dos et en écartant de son front quelques mèches trempées de sueur. *Muchas gracias.*

Le garde, enfin, celui dont elle supposait qu'il était garde, émit un grognement ambigu et recula sans la lâcher des yeux. Il fallait se mettre en mouvement, c'était évident. Elle tenta de faire un premier pas en avant. L'océan de scarabées se sépara devant ses pieds, mais ne disparut pas. Prudente, elle fit un pas de plus, cherchant aux alentours un quelconque regard qui lui confirmerait que les insectes étaient vraiment là, que c'était une anomalie, qu'ils auraient dû étonner, dégoûter, mais en vain, les gens poursuivaient leur chemin vers la sortie ou la cafétéria, où ils commandaient du *café con leche* dans de petits gobelets en papier blanc et des sandwichs desséchés enroulés dans plusieurs couches de plastique, buvaient leur café, déroulaient leurs sandwichs, mangeaient, bavardaient, jetaient leurs emballages par terre, allumaient leurs téléphones, fouillaient dans leurs sacs, comme si tout se passait normalement et que le sol n'était pas un enfer. Clara continua donc à marcher. Elle avançait si vite que les scarabées n'avaient pas le temps de s'écarter ; ils étaient broyés sous ses pieds avec un crépitement qui confirmait leur présence bien réelle – tout de même un soulagement. On pouvait dire beaucoup de choses de Clara : par exemple que presque tout la paniquait, y compris les scarabées, les hommes en uniforme, l'échec professionnel, les relations stables, la fin du monde et tout type de météo extrême. Cela dit, elle n'était pas psychotique. Elle attrapa d'un geste triomphal son sac à dos sur le tapis roulant, le balança sur son épaule et se mit à faire de très grandes enjambées vers la sortie. Derrière les portes, il y avait la nuit noire et épaisse, cela sentait la mer, la verdure humide et un vague relent de poubelles ; le tapis de scarabées, qui s'étalait aussi au-dehors, ne prit fin que pour laisser place à la nature, c'est-à-dire à l'inconnu. Clara regrettait déjà d'être venue, mais les remords n'avaient pas leur place dans son projet.

Car Clara possédait tout de même un trait de caractère qui pouvait parfois représenter une force : elle allait toujours au bout de ce qu'elle entreprenait. Cela dit, il s'agissait plutôt d'une stratégie de survie que d'un talent. Les êtres craintifs et indécis de nature, groupe dont Clara faisait sciemment partie depuis l'enfance, doivent à tout prix éviter de changer d'avis ou faire des compromis, car, sans cela, ils passeraient leur vie à changer d'avis et à faire des compromis, ce qui n'est pas une vie. Clara savait que si elle n'allait pas au bout de tout, elle n'arriverait à rien. Cette certitude l'avait poussée à réaliser au fil des ans un certain nombre de projets téméraires, y compris ce voyage, y compris la fois où elle s'était allongée sur un lit de verre broyé et avait laissé un fakir amateur monter sur sa tête, y compris quand elle avait sauté des falaises à la carrière de Dalby, y compris toutes les aventures sans intérêt qu'elle avait eues avec des porteurs potentiels de maladies vénériennes, simplement parce qu'ils avaient de beaux yeux, et qu'elle avait décidé sur un coup de tête de s'exhiber nue devant eux.

Elle prit une respiration profonde et poursuivit son chemin vers les portes.

Brusquement, elle sentit une démangeaison dans sa nuque. Enfin, une démangeaison… Plutôt quelque chose de rampant, un petit-pas-petit-pas-pas-pas qui parcourait son épaule, puis son cou, jusqu'au pli de son oreille. Entre une vague prémonition et une prise de conscience conduisant à une réaction, il s'écoula moins d'une seconde. Clara arracha son sac à dos et le jeta par terre, se frappa la nuque, le cou, la tête, le visage, tout le corps, se donna tant de claques que ses paumes brûlantes en rougirent. Cela ne servit à rien, la chose se déplaçait encore sur sa tête, puis sous son pull ; sans réfléchir, elle l'arracha lui aussi et le jeta à côté de son sac. Elle n'arrivait plus à respirer comme Matilda le lui avait appris, son souffle était dominé par la terreur aveugle : dur, rapide, superficiel. L'oxygène n'arrivait pas plus loin qu'en haut de ses côtes où il s'amassait, effervescent, pendant que sa tête enflait et que les autres parties de son corps se mettaient à flageoler. Elle sentait encore le mouvement rampant lorsque, soudain, elle aperçut le coupable : l'insecte s'enfonça sous la bretelle de son soutien-gorge et ressortit, faisant le tour de son dos. Il avait dû se trouver à l'intérieur de son sac à dos, il y en avait peut-être d'autres, elle jeta un coup d'œil à ses rares possessions, la seule chose à laquelle elle pouvait s'accrocher en ce lieu inconnu : elle était perdue, elle n'avait plus rien, car elle venait de lâcher son sac et son pull par terre, ils ne lui appartenaient plus, ils furent avalés par la masse rampante de pattes et de carapaces qui fourmillaient dans tous les recoins. Clara se griffa frénétiquement le dos et ouvrit la bouche pour crier mais rien ne sortit ; une main s'abattit de nouveau sur son épaule comme un corbeau, des doigts s'enfoncèrent collectivement dans le creux entre sa clavicule et son épaule, elle était prisonnière.

— *Señora? Señora?*

Elle reçut une gifle sur la joue.

— *Señora, you on drugs? Narcotics? Señora, you have to come with.*

Désorientée, Clara secoua la tête. Le garde aux yeux noirs avait relâché prise, mais seulement pour mieux la retourner. Il saisit ses deux épaules et scruta son visage, comme s'il cherchait la solution à un sudoku.

— *Señora, look me in the eye. You okay?*

— *No, no*, balbutia Clara.

— *You on drugs, right? We don't accept drugs. You come with me now.*

— *No, no drugs, just bugs. Cucaracha, no se? Cucaracha?*

Clara avait le souffle court et bruyant, elle tentait d'agiter les mains vers le sol malgré l'emprise du garde. Elle sentait encore quelque chose ramper sur son dos, mais, prise en étau entre les mains de l'homme comme dans un wagon de montagnes russes, elle ne pouvait pas suffisamment se contorsionner pour atteindre l'insecte.

Le garde fit la moue, secoua la tête d'un air méfiant, jeta un coup d'œil par terre et éloigna distraitement quelques bestioles du pied.

— *No cucaracha*. Ce sont des cigales. C'est la saison des amours. Mais celles-ci sont mortes, vous le voyez bien ? *No flying, no singing.* On ne sait pas pourquoi. Elles meurent. *Big problem.*

Clara n'eut pas le temps de digérer l'information, car le garde l'attrapa brutalement par le bras et l'entraîna vers une porte sur laquelle un panneau indiquait : *ADUANAS – CUSTOMS*.

Une terrible pensée surgit dans son esprit.

Et s'il y avait vraiment de la drogue dans son sac ? Comment savoir ? N'était-ce pas envisageable, étant donné l'intérêt absurde que lui témoignait le garde ? Ne pouvait-on pas supposer que tout ceci soit un simulacre, que quelqu'un, par exemple un douanier chilien de mèche avec la police, ait dissimulé quelque chose dans son sac pour leur permettre de faire une saisie et de booster un peu les statistiques ? Horreur…

Clara se mit à transpirer, elle sentit un filet de sueur couler le long de son menton, un autre entre ses seins, double horreur, elle avait le torse à moitié nu, comment cela avait-il pu arriver ? Elle avait retiré son pull. Quel genre d'idiote enlève son pull dans un aéroport sud-américain ? Quel genre d'idiote perd la raison en voyant une couche d'insectes morts sur le sol – une très grosse couche, certes, mais tout de même ? Quel genre d'idiote part seule pour l'endroit le plus solitaire du monde et, une fois sur place, se laisse appréhender par la police ?

— *You don't understand*, marmonna-t-elle entre ses dents qui claquaient. *I have panic attacks, it's medical, okay? Not drugs. I am fine now, I am fine, please. Please!*

Le garde l'ignora et poussa une porte, Clara put jeter un bref coup d'œil dans la pièce à laquelle elle menait, vide, dépouillée, des fissures humides sillonnant des murs bleu pâle, une table mélaminée branlante, un écran d'ordinateur cubique et une machine à café, un poster représentant une statue moaï au nez épaté, les mamelons érigés comme des boutons ; Clara passa automatiquement son bras libre sur sa poitrine et son cœur emballé, tentant de cacher ses seins. Qu'allait-il lui arriver ? Allait-on l'emprisonner ou seulement la déporter ? La violer ? L'idée embarrassait Clara. Une vie d'effroi préventif l'avait préparée à beaucoup de choses mais, bizarrement, la contrainte sexuelle n'avait figuré dans ses cauchemars avec aucun zèle particulier. Peut-être, spécula-t-elle en essayant d'arracher les yeux des mamelons vulgairement bourgeonnants de la statue, lui avait-elle semblé trop banale. Trop prévisible. Sans imagination. Elle n'avait jamais pincé une clé entre ses phalanges en rentrant du métro le soir. Ni ressenti d'anxiété vis-à-vis de chauffeurs de taxi, ni fait demi-tour dans la cage d'escalier pour vérifier que personne n'avait inséré un pied de taille 42 ou plus dans le hall pour empêcher la porte de se fermer. Même dans les souterrains du garde-meuble Shurgard, pendant sa semaine déprimante à Kungens kurva, elle n'avait pas eu peur d'être agressée.

Mais le châtiment était enfin là.

— *Please...* geignit-elle une dernière fois avant que le garde, d'un coup dans le dos, ne la pousse dans la pièce.

Elle ferma les yeux, visualisant sa poitrine nue, le soutien-gorge arraché, la cage thoracique déchirée, elle vit l'intérieur de ses côtes comme un couloir de prison, les portes se refermant l'une après l'autre avec un claquement, laissant un tunnel d'obscurité ; elle se vit parcourir ce couloir tous les jours pendant le restant de son existence.

Mais aucune porte ne claqua.

Un timbre qui n'était ni le sien ni celui du garde résonna dans ses oreilles. Une voix américaine, rauque et épaisse comme celle d'une ancienne star de cinéma. Homme ou femme ? Difficile à déterminer.

— *Mister! Wait a second. Wait a second. I know this woman.*

Clara sentit mollir la poigne du garde autour de son bras, juste assez pour pouvoir pivoter le torse et apercevoir, du coin de l'œil, la personne qui avait réussi à la confondre avec une autre alors qu'elle ne se trouvait qu'à un mètre de distance. Cela l'agaça. Elle n'avait aucune envie d'attendre plus longtemps la catastrophe inévitable.

— *Excuse me?* dit le garde. *This woman belong to you?*

— *Well, I wouldn't say she belongs to me,* dit l'inconnue en tordant ses lèvres rouge vif en un sourire oblique (Clara était désormais relativement sûre qu'il s'agissait d'une femme). Je ne possède personne. Mais c'est mon amie. Il y a un problème ?

Clara chercha le regard de l'inconnue mais ne parvint pas à le croiser, car celle-ci portait des lunettes de soleil impénétrables dans un style hollywoodien vieillot. Elle avait reporté le poids de son corps sur une seule jambe et sa hanche étroite pointait comme un coude. Ses membres longilignes, flagadas et d'un bleu jaunâtre maladif, évoquaient à Clara des frites froides et molles ; ils étaient si maigres qu'un courant d'air les aurait secoués. Sa tête était encadrée de boucles noires et brillantes, sûrement soigneusement massées à l'huile d'argan. Le front haut, blanc, les joues rose layette. Elle avait les épaules larges comme celles d'un homme, mais des petites mains d'enfant.

Le garde jeta un coup d'œil ahuri à Clara, puis à l'inconnue.

— *What is your name, señor… a?*

— Elif.

— *Is that first or last name? What is your friend's name?*

Clara déglutit. Elle se demandait s'il était possible que cette personne, Elif, soit sous l'emprise d'un stupéfiant. Car à ce stade, elle aurait tout de même dû se rendre compte de son erreur. Clara n'avait pas, il est vrai, une très grande expérience de l'univers des psychotropes, mais enfin, elle était quand même journaliste – porter des lunettes de soleil à l'intérieur pouvait généralement être considéré comme suspect.

Au lieu de répondre aux questions du garde, la femme fit un pas vers Clara, posa une main sur son épaule et lui fit un sourire affable.

— *Honey, why don't you tell the gentleman your name?*

Clara eut un mouvement de recul, surprise par le geste, mais, sans tarder, un étrange calme se répandit en elle, depuis le point de contact sur son épaule, à travers chaque partie de son corps tendu à se rompre. Elle ouvrit la bouche comme un poisson :

— Clara. Clara Isaksson.

Elif se tourna vers le garde et se mit à parler un espagnol fluide et cliquetant, qui dépassait de loin la conversation de Clara.

— Vous comprenez, mon amie a des angoisses et des crises de panique. Ce n'est pas dangereux, elle n'est jamais violente. Elle a peur, c'est tout. En plus, elle a la phobie des insectes, et quand elle a vu toutes ces… ces cigales, ce sont bien des cigales ? Je m'en doutais. Quand elle les a vues, ça a provoqué une crise. Mais comme vous pouvez le constater, maintenant, elle s'est calmée. Nous allons rejoindre notre hôtel. Nous habitons à l'ÉcoVillage, vous connaissez, non ? C'est sympa, vraiment sympa. Je m'appelle Elif DeSanto. Vous avez peut-être entendu parler de moi… Ou vu un de mes films… Je suis venue tourner un clip vidéo ici, et Clara m'accompagne, nous sommes amies d'enfance, je la connais depuis toujours…

— Elle a l'air droguée, *señora.*

— Non, non, pas Clara. *Claralita, are you on drugs?*

Clara secoua automatiquement la tête.

— *She would never*, reprit Elif en secouant elle aussi la tête avec emphase. Vous comprenez, son frère…

D'un geste de la main, Elif fit mine de se trancher la gorge. Le garde se tortilla, embarrassé. Même sans chaussures, Elif faisait dix centimètres de plus que lui et avec ses talons aiguilles, elle pouvait poser le menton sur son crâne. Clara la vit mettre la main dans la poche de son short en jean délavé et, avec une discrétion affectée, en sortir quelque chose qu'elle tendit au garde en le cachant dans sa paume.

— Nous sommes assez pressées, alors j'apprécierais vraiment que vous laissiez partir mon amie. Où sont ses bagages ?

Ahuri, le garde leva sa grande main pataude comme par automatisme, car Elif lui avait tendu la sienne, toute petite. Elle enveloppa de son autre main la pogne poilue du garde et la secoua chaleureusement.

— *Muchas gracias, señor.* Je vous promets que mon amie ne vous causera aucun souci.

Le garde retira vivement sa main et l'enfonça dans sa poche avec un froissement. Puis, fronçant le nez, il fit un bref signe de tête à Clara.

— *Señora*, vous pouvez repartir avec votre amie. Mettez un pull.

Clara ne bougeait pas. L'inconnue lui tendit le bras comme à un enfant.

— Viens, Clara. Nous allons à l'hôtel. Il est garanti sans insectes, enfin, je l'espère, vu le prix !

Elif s'esclaffa, prit Clara sous le bras et l'entraîna vers la sortie.

— *My bags*… murmura Clara.

Elif fit un geste en direction d'un chariot sur lequel trônait le sac à dos de Clara, ainsi que son pull, soigneusement plié, au-dessus de trois valises aux motifs bien reconnaissables de Louis Vuitton. Clara attrapa son pull et n'eut pas la présence d'esprit de le secouer avant de l'enfiler.

— Ne t'en fais pas, il a été désinfecté, dit Elif en contrapposto, exhibant sa hanche pointue.

Pour la première fois, sa bienfaitrice inconnue semblait la regarder droit dans les yeux, même si, en fait, Clara ne distinguait pas son regard derrière ses verres noirs.

— Tu peux retirer tes lunettes ? C'est malpoli de ne pas regarder son interlocuteur dans les yeux, dit Clara.

— Mais je te regarde dans les yeux sans aucun problème, répondit Elif en penchant la tête sur le côté. Si quelqu'un est malpoli, c'est plutôt toi, puisque tu ne vois pas les miens. Enfin, c'est idiot de se disputer, on vient à peine de faire connaissance.

Clara suivit Elif jusqu'à la sortie du terminal, où celle-ci alluma une cigarette.

— Merci, dit Clara en goûtant l'air humide du soir et la fumée de tabac, sentant le chant des cigales encore vivantes résonner dans son corps. Combien tu lui as donné ? Je peux te rembourser. Je crois.

Elif rit et s'assit sur un banc de pierre.

— *Don't worry, sister.* Je suis riche.

— Tu es vraiment actrice ?

— Ça ne se voit pas ? Tu me vexes.

Le regard de Clara se perdit dans le noir. Quelques taxis avançaient lentement le long de la route dont le gravier semblait luire dans le clair de lune.

— Pourquoi tu m'as aidée ?

Elif écrasa sa cigarette sur le banc.

— J'ai vu beaucoup de crises d'angoisse dans ma vie, et quand quelqu'un commence à s'arracher les habits, je sais qu'il va très mal. En plus, j'aime acheter des choses. La liberté est un bien de consommation comme un autre.

— Je croyais qu'il allait me violer, dit Clara.

Elif haussa les épaules.

— Possible. Enfin, probablement pas, étant donné les tracasseries que ça aurait impliquées : des retards, des appels téléphoniques aux ambassades, de la paperasse et ainsi de suite. Il vaut mieux éviter. D'où tu viens ?

— De Suède.

— Exotique.

— Peut-être pour certains.

— Pour les Américains, tout est exotique. Tu habites à l'ÉcoVillage ?

— Non, dit Clara, qui ne savait même pas où ça se trouvait. J'ai un hôtel quelque part, je ne me souviens pas de son nom. Je crois que je vais prendre un taxi. Encore merci. Pour le… sauvetage, on peut dire. (Toujours aussi tiède, elle ajouta :) Sincèrement. Tu m'as vraiment rendu service.

— Même les mauvaises filles rendent parfois service. On partage une voiture ? J'en ai commandé une, elle devrait arriver dans un instant.

Mais Clara s'éloignait déjà. Elle secoua la tête sans se retourner et monta dans un taxi.

Elle avait réservé l'hôtel le moins cher de tous. Il était quand même beau, en tout cas vu de loin, en plissant bien les yeux dans la pénombre du soir, surtout si l'on venait d'un pays où tout ce qui est enrobé d'obscurité sans être glacial est considéré comme beau. En descendant du taxi, Clara posa les pieds sur un sol solide et immobile. Pas d'insectes vivants ni morts. Les palmiers se balançaient, les murs se balançaient, couverts de crépi blanc, une piscine brillait, turquoise, à la lueur d'une série de lanternes colorées et, dans un transat, un touriste était affalé, ivre mort : l'image d'Épinal du sommeil éthylique, à la fois décadent et innocent. Dans l'hôtel bas de plafond régnait une forte odeur de chlore émanant du sol carrelé. Clara compta en tout dix petites copies de statues moaï dispersées dans ce qui devait être le lobby et la réception – une supposition basée sur la petite sonnette en laiton posée sur le comptoir et le minibar réfrigéré contenant des bouteilles de bière et des tubes de dentifrice qu'on voyait à travers sa porte entrouverte. Clara fit tinter la sonnette, sa main tremblait encore ; soudain, elle remarqua les fissures dans les murs, les apparences qui s'écaillaient comme du vernis à ongles de la veille, les fourmis qui circulaient dans les joints des carreaux, sur le sol froid, les taches d'humidité sur les joues de la réceptionniste lorsqu'elle arriva en traînant ses savates, ayant lentement traversé un rideau aux couleurs passées.

On crée son propre enfer, avait un jour dit Matilda, assise sur le rebord de la fenêtre de la cuisine, dans leur villa jaune du campus des professeurs. C'était probablement sincère. Selon Matilda, on n'avait que ce qu'on méritait, il fallait récolter ce qu'on avait semé, bref, prendre en compte le karma, car le monde extérieur n'était qu'une manifestation physique du monde intérieur. Cela expliquait, toujours selon Matilda, que les gens puissent avoir des opinions aussi divergentes. "Concrètement, avait-elle dit en tirant une bouffée de son American Spirit, nous vivons tous dans des univers différents. À chacun de voir ce qu'il veut en faire." Sebastian, qui, ce soir-là, était un peu pompette, avait essayé de faire des numéros de skateboard dans la maison et s'était effondré sur le sol de la cuisine. "Pures divagations, avait-il dit. Des conneries. Aucun fondement scientifique. Les pires inepties que j'aie jamais entendues." Puis il avait ri. Matilda aussi, et même Clara. À travers la fenêtre, ils avaient vu le soleil se lever, mangé de la glace Big Pack directement dans la boîte et fumé toutes les cigarettes de Matilda. Les deux sœurs étaient allongées tête-bêche sur la banquette de la cuisine et Sebastian, perché sur la cuisinière, déjà si grand à l'époque qu'il se recroquevillait pour que ses cheveux ne se prennent pas dans la bouche de ventilation. Ils avaient seize ans et passaient un week-end entier seuls à la maison pendant que leur mère était en retraite de communion et leur père "en conférence" avec une éleveuse de bergers allemands rougeaude de Söderslätt. Clara se disait souvent qu'ils n'avaient jamais été aussi proches, ni avant ni après. Peut-être que sans Violetta, sans l'abonnement de Matilda au service de pédopsychiatrie et sans l'enfer personnel que Clara s'était créé, ils auraient encore pu être assis ensemble dans la même pièce comme si c'était la chose la plus naturelle du monde. Mais non : lettres, signaux de fumée, traces dans du marc de café et historique de recherches sur Internet. Île de Pâques, cet hôtel, l'enfer particulier de Clara – elle en était de plus en plus convaincue en suivant la réceptionniste maussade le long d'un couloir sombre éclairé d'ampoules qui clignotaient.

Elle rouspéta tant qu'on la changea trois fois de chambre. Comme son espagnol n'était pas excellent et que la réceptionniste parlait très mal l'anglais, en entrant dans la chambre qu'on lui avait attribuée, Clara faisait une crise de panique – moins intense que la précédente. Sentant une épaisse odeur de moisi, Clara sortait précipitamment dans le couloir en gesticulant en direction des autres chambres. La réceptionniste semblait rompue à l'exercice ; elle traînait ses savates jusqu'à une autre porte, et la procédure se répétait. Deux fois de plus. Puis Clara, fatiguée, s'avoua vaincue ; elle fit un hochement de tête à la réceptionniste, qui enfonça la clé dans la poche de sa cliente et lui tapota la joue de sa main rêche et ridée – un geste malgré tout très réconfortant.

Désormais vraiment seule, Clara s'accroupit par terre et pleura. Elle n'osait pas s'allonger, car des bandes de crasse et de moisissure noire rainuraient le sol. Ce genre de choses n'aurait pas ému sa sœur. Matilda avait passé deux ans au Bangladesh et vécu dans des conditions pires que celles-ci, ne se lavant pas pendant plusieurs jours d'affilée, frôlant la mort dans une crise de fièvre provoquée par la dengue et trouvant un scorpion dans la poche de sa robe. Clara était au courant, car même si elle ne répondait jamais, elle lisait religieusement les mails de sa sœur. Elle savait tout de l'homme que Matilda avait aimé et trahi, des conditions dans lesquelles elle avait quitté le Bangladesh, de son déménagement à Berlin, de son nouveau compagnon, de l'enfant, du travail au café, des grenouilles bleues venimeuses du zoo de Berlin, des dragons en papier bariolés de Tempelhof. Elle suivait la vie de sa sœur comme une *telenovela*, mais ne voulait pas y être mêlée. Ce voyage suffisait, avec l'ombre d'une lettre de l'alphabet dans la paume : J. "J" comme dans je-m'en-foutisme, jamais plus, jeu de dupes.

"J" comme dans Jordan.

Finalement, ses mollets furent pris de crampes. Elle avait les canaux lacrymaux endoloris à force de pleurer. Elle se leva, essuya son nez couvert de morve du revers de sa manche et décida de prendre sur elle. Sans vouloir se comparer à Matilda, elle était tout de même journaliste, merde ! Les journalistes adorent la misère et les privations. Les journalistes ne se sentent jamais mieux dans leur peau que quand des bombes éclatent juste sous leur fenêtre d'hôtel. Un peu de crasse ne les bouleverse pas. Serrant les mâchoires, les yeux grands ouverts, Clara ouvrit la porte du petit cabinet de toilette et inspecta implacablement la baignoire tachée de vert-de-gris, la douche constituée d'un tuyau moisi sans pommeau, la corbeille à papier encore pleine dont s'élevait une odeur suspecte de menstruation, le miroir et sa cassure de mauvais augure qui scindait son visage en deux. Elle se débarbouilla, les narines quasi engourdies par la forte odeur de chlore, se brossa les dents à l'aide d'une bouteille d'eau tiède qu'elle avait apportée et s'apprêta à se coucher dans le lit. Un bref instant, le courage lui fit défaut : elle s'allongea sur le couvre-lit. Une pensée prévisible surgit dans son esprit sur le point de s'endormir : *qu'est-ce que je fais ici ?* Avec effroi, elle se rendit compte qu'"ici" ne signifiait pas ce lieu, l'île de Pâques, ni l'hôtel infernal, mais la vie en général.

C'est alors qu'elle entendit le rat. Enfin, vu le type de raffut, c'en était sûrement. Ils avaient eux aussi le droit d'exister, Clara était prête à défendre leur cause, vraiment. En revanche, elle ne voulait pas dormir avec eux. Sans réfléchir, elle bondit hors du lit, attrapa son châle, se précipita dans le couloir, sortit par la porte d'entrée et contourna l'hôtel jusqu'à la piscine où l'ivrogne dormait encore dans son transat, comme un ange épuisé. Elle fit une caresse subreptice à sa joue mal rasée, puis s'allongea dans le transat à côté. Demain, se dit-elle, le soleil se lèvera, et sa lumière éblouissante purifiera le monde. Elle devait rendre visite à quelqu'un d'encore plus peureux qu'elle et qui avait, peut-être ou peut-être pas, perdu la même chose qu'elle. Elle s'endormit, son châle froissé en boule au creux de son cou comme un doudou.

Le lendemain matin, elle fut réveillée par le signal sonore d'un SMS. Son cerveau réagit au bip comme une mère tirée de son sommeil par les cris de son nouveau-né, conditionnée à parts égales par deux sentiments contradictoires et impérieux : la peur et l'amour. Peut-être tous les êtres humains modernes avaient-ils développé ce réflexe ; cela dit, Clara soupçonnait que dans son cas, c'était plutôt lié aux mauvaises nouvelles qui étaient arrivées sans répit sur son téléphone pendant plusieurs années, à intervalles irréguliers, mentionnant presque toujours sa mère en "expéditeur" et Matilda en "objet", ou encore Sebastian et sa petite amie mince comme un fil.

Somnolente, elle s'assit et regarda autour d'elle. L'ivrogne de la nuit dernière avait disparu, elle était seule au bord du miroir trouble de la piscine. Elle appuya son châle contre son nez et en respira l'odeur : plus tout à fait la sienne, il sentait maintenant la crème solaire, la sueur et les taches de lait tiède. Comme prévu, elle avait transité pendant sept jours à Buenos Aires, puis trois à Santiago, au total dix jours de Casa Rosada, de *café con leche*, de nuits tardives et solitaires sur des balcons d'hôtels. Lorsqu'elle avait visité La Chascona, la maison de Pablo Neruda, la disposition labyrinthique des pièces lui avait donné le vertige. Elle avait bu des *pisco sour* et s'était cachée pour échapper à un chien errant. Et maintenant, elle était là. Pour son premier voyage au long cours, elle avait choisi le bout du monde, parce que la fin approchait et qu'à ce moment-là, elle voulait que quelqu'un qui connaissait sa sœur lui tienne la main.

Avec un soupir, elle chercha son téléphone au fond du sac en tissu qu'elle avait tenu sous son bras pendant toute la nuit, en dormant. Elle inspira profondément avant d'allumer l'écran et reprit librement son souffle, car le message ne venait pas de sa famille. *Sry but must take care of someth. Same time tomorrow? X Jordan.* Clara en eut immédiatement mal au ventre. La seule chose qu'elle détestait plus qu'une interview était l'attente d'une interview. Il faudrait donc qu'elle passe encore une journée entière à appréhender la rencontre avant d'en être enfin débarrassée. Ce n'était pas qu'elle soit pressée, mais enfin. Elle n'aimait pas non plus les gens inconséquents dans leurs abréviations SMS, c'était à la fois maniériste et négligent ; le mal qu'ils se donnaient pour paraître nonchalants était inutile, puisque leur incohérence suffisait à révéler une nonchalance tout à fait réelle. Clara répondit par un bref "OK" et remit le téléphone dans son sac. Encore une journée en solitaire.

Elle avait été virée juste avant Noël. Il n'y avait pas que la Terre qui se trouvait dans une situation de précarité, le secteur de la presse écrite vivait désormais lui aussi sous l'épée de Damoclès. On avait demandé à un tiers des employés du journal, y compris Clara, de – sous-entendu – prendre ses cliques et ses claques et rejoindre le précariat pigiste grandissant. Il s'agissait là de leur contribution au sauvetage de la presse écrite. Autrement, c'était le naufrage assuré.

— Je n'ai sûrement pas besoin de te l'expliquer… avait dit le gérant du journal, qui ne ressemblait surtout pas à un gérant, car, dans le nouveau paysage médiatique, les patrons de presse étaient justement des gérants et non des hommes de presse – voilà pourquoi ils s'évertuaient à ne pas avoir l'air de ce qu'ils étaient réellement, des gérants empruntés au secteur privé pour tailler des diamants à la hache.

— Je n'ai sûrement pas besoin de te l'expliquer, avait dit le gérant, nous n'avons pas les moyens de continuer à faire du journalisme de qualité si ça implique de payer des gens pour le faire.

Le plus triste, finalement, c'est que Clara avait compris. Peut-être pas cet exemple en particulier, mais le principe général selon lequel on doit effectuer une analyse coût-bénéfice : si les coûts sont supérieurs aux produits, les risques sont supérieurs aux atouts – et un risque doit toujours être manipulé avec la plus grande précaution. Il faut le prendre avec des gants de soie, ou pas du tout. De préférence pas du tout. Son chef avait donc décidé d'éviter les risques encourus en cas de continuation des activités du journal, auquel Clara faisait de médiocres contributions en tant que reporter généraliste. Bien entendu, cela avait été très blessant et constitué un gros souci économique, mais ça n'avait pas heurté les principes de Clara.

— Nous avons une responsabilité vis-à-vis de nos lecteurs, je suis sûr que tu seras d'accord là-dessus, et nous devons continuer à lutter pour notre survie dans ce contexte de *fake news* infantiles et de blogs amateurs, avait dit le chef en se caressant la barbe.

Il avait disserté un moment sur le fait que le journal, en ces temps difficiles, avait besoin d'élargir sa vision de ce qu'était et pourrait être le journalisme. Qu'est-ce qu'un journaliste ? A-t-il nécessairement fait une école de journalisme ? Ne peut-il s'agir, par exemple, d'un entrepreneur plein de tonus dans le secteur des soins capillaires qui se passionnerait pour les questions de consommation ? Ou même d'un enfant qui, avec sa curiosité innée, demanderait "pourquoi" ?

— Excuse-moi de faire un peu de philosophie, avait dit le gérant, mais les mots "journaliste" et "être humain" n'ont-ils pas le même sens, au fond ? Tout être doté d'un cerveau et d'un cœur ne devrait-il pas avoir le droit d'exercer l'activité de journaliste ?

Clara n'était pas d'accord là-dessus, vraiment pas, mais que dire ? Elle marmonna son assentiment et on lui donna le choix : soit elle démissionnait volontairement, soit elle était affectée à un nouveau projet extérieur à la rédaction proprement dite. Il fallait digitaliser tous les courriers des lecteurs non sélectionnés des années 1972 à 2002 que l'on conservait dans les archives papier du journal. Ces lettres vieilles de plusieurs décennies – menaces de scientologues, de procéduriers, de meurtriers autoproclamés du Premier ministre Palme – allaient être utilisées pour produire un peu de tout : des quiz incitant à cliquer, des podcasts, des numéros spéciaux.

— Car la folie, avait dit le chef, est aussi vendeuse que le sexe, si ce n'est plus.

On estimait que le travail prendrait entre douze et dix-huit mois ; il devait se dérouler dans les quatre garde-meubles Shurgard que le journal utilisait depuis 2003 comme centre d'archives et débarras, situés dans la Kungens kurva. Bien entendu, il n'y avait aucune obligation, elle pouvait très bien refuser cette mission si, contre toute attente, elle ne la trouvait pas assez électrisante. Si elle voulait poursuivre ses activités journalistiques quotidiennes sans transition – celles qui "seront toujours au cœur du journal" –, elle en avait bien sûr la possibilité, mais en tant que pigiste.

Des soixante-douze employés menacés de réaffectation à Kungens kurva, soixante et onze avaient refusé et, en conséquence, démissionné. Une avait accepté : Clara. Parce qu'elle avait une peur panique des conditions de vie d'un pigiste et que, contrairement à de nombreux confrères, elle était sans prétention. De plus, les détraqués et autres obsessionnels l'intéressaient réellement. Elle n'avait supporté Kungens kurva que pendant une semaine. Trop d'ombres dans les coins, trop de poussière d'amiante dans les narines, trop peu d'issues au cas où le plafond s'écroulerait. Elle était retournée voir son chef pour lui demander de la jeter dehors dans le froid. Puis elle avait pris sa décision. Elle avait son propre théoricien de la conspiration à étudier, son propre hasard à suivre, son propre terrier de lapin à sonder à l'aveuglette.

Elle résista à la tentation de se rendre au campement pour l'espionner et passa la journée à flâner à travers Hanga Roa. Pour établir un bon rapport avec ces gens, il valait mieux ne pas commencer par se faire pincer en train de fouiner ou leur manquer autrement de respect. Voilà ce que se dit Clara – mais la raison profonde était certainement l'habituelle : éviter de pénibles interactions sociales.

On aurait pu la décrire comme brusque mais, en réalité, il s'agissait d'une façade, d'une construction de fortune pour cacher sa timidité. Clara craignait-elle les inconnus ? Était-elle misanthrope ? Elle n'en était pas très sûre. Le problème quand on évite systématiquement les gens (inconnus et autres), c'est qu'à terme, on souffre de solitude. Enfin, sauf si on se procure un animal domestique – mais Clara n'aimait pas non plus les animaux. Elle s'entendait avec les plantes, rien de plus. Elle aimait la mer, le vent, les arbres, les pierres et autres minéraux. Les grands mouvements, les plaques tectoniques, le monde en tant que système et organisme immortel.

Et maintenant, il allait mourir. Le monde. Impossible de l'ignorer. Ou plutôt, si, nombreux étaient ceux qui le faisaient. C'était justement le problème. Mais pas Clara. L'effondrement écologique était, malgré la concurrence, sa corde la plus sensible, sa source d'angoisse la plus virulente, son nœud le plus tendu et douloureux, comme une petite motte de terre gelée qui, contrairement au permafrost sibérien, ne fondait pas. Difficile de dire quand cela avait commencé, elle avait sans doute toujours éprouvé ce sentiment ; toutefois, ces dernières années, il y avait eu une escalade : depuis la première fois qu'elle avait aperçu la tache bleue sous le Groenland. Le bleu était la couleur préférée de Clara, mais certaines règles déterminaient l'endroit où il pouvait ou non se trouver : sur la bedaine ronde d'un oiseau, oui, dans les fines veinules à l'intérieur du poignet d'un bel homme, absolument. Mais pas au milieu du Gulf Stream. Et c'était là qu'on l'avait observée, la mystérieuse tache bleue qui, évidemment, n'était pas bleue, pas en réalité, seulement sur le diagramme du réchauffement climatique à la surface de la terre. Il y avait du rouge vif un peu partout, car le monde se réchauffait, ce n'était pas un scoop, mais là, sous le Groenland, la mer s'était refroidie. Bonne nouvelle ? Certainement pas. C'était effroyable car cela ne pouvait signifier qu'une chose : dernièrement, les glaciers avaient tellement fondu que leur ruissellement modifiait la structure complexe des courants sous-marins, à tel point que même le Gulf Stream se refroidissait.

Au cours de ses recherches obsessionnelles sur Google à propos de la tache bleue, elle était tombée par hasard sur Jordan. Il tenait un blog, comme si on était encore en 2007 (il possédait aussi une page MySpace – encore un signe que son horloge s'était arrêtée au cours des années 2000, sauf s'il s'agissait d'une espèce d'anachronisme rebelle). Il y écrivait des pensées sur la fin du monde. Pas en ces termes, enfin, pas tout à fait, il s'exprimait de façon plus sophistiquée, mais en substance. Il décrivait la peur, le chagrin, la difficulté d'accepter l'idée que le monde naturel était en train de mourir. Clara avait lu beaucoup de choses du même acabit, plus que de raison ; en fait, elle avait dévoré tout ce qui en valait la peine sur l'anthropocène, la sixième extinction de masse, le syndrome d'effondrement des colonies d'abeilles, le continent de déchets en plastique qui flottait sur le Pacifique. Mais elle n'avait jamais rien lu de pareil, d'aussi désillusionné, écorché vif, insensé – si par sens on considérait que pour faire passer un message écologique, il fallait y injecter un minimum d'espoir et de peps.

Ce Jordan semblait penser qu'il était trop tard, qu'aucune solution soi-disant climato-compatible n'empêcherait la catastrophe, que la foi en la technologie et les manches retroussées n'étaient qu'une nouvelle phase du jeu de dupes qui avait conduit l'espèce humaine au point où elle en était :

convaincue qu'elle détenait le pouvoir alors qu'elle était – de tous temps – complètement impuissante. La seule chose qui, aux yeux de Jordan, nous distinguait des autres espèces était notre capacité à nous mener nous-mêmes en bateau : une force, mais également une faiblesse, qu'il disait à la fois aimer et mépriser. Il l'avait détectée en lui-même pendant ses années de militantisme écologique et dans l'aide au développement et, pour finir, ne l'avait plus supportée. Il avait baissé les bras. Tout ce qu'il souhaitait, désormais, c'était trouver la paix en apprivoisant ses peurs et son chagrin. Il voulait être proche de la nature au quotidien, non pas parce que cela changerait quoi que ce soit, mais parce que c'était la seule fin digne qu'il puisse imaginer. La partie était perdue et, dans ces conditions, il valait mieux s'arrêter pour admirer le paysage que continuer à courir. Il s'était donc installé dans une cabane au fond du Vermont ; il y écrivait son blog, faisait du thé sur une cuisinière à bois et apprenait le nom de tous les poissons qui peuplaient le ruisseau tout proche. Il pêchait à la ligne et dormait à la belle étoile : une sorte de Thoreau sans idéaux ni espoirs, un prophète sans promesses, un apôtre de l'angoisse. Et à ce qu'il semblait, Clara n'était pas la seule à trouver un certain réconfort dans cette existence inconsolable : son blog avait un petit groupe de fidèles suiveurs, avec lesquels il interagissait de façon sporadique.

Clara lisait le blog de Jordan depuis un peu plus d'un an lorsque trois événements eurent lieu. Premièrement, il quitta l'Amérique. Sans vraiment donner d'explication, mais Clara (en digne fille d'un percepteur) comprit entre les lignes qu'il s'agissait d'une dette fiscale. Au même moment, le blog disparut, et Clara prit conscience du vide qu'il laissait en elle. Trois semaines plus tard, le manque était si grand que, à tout hasard, elle envoya un message à l'adresse mail retrouvée en bas d'une capture d'écran – initialement créée pour conserver un post sur les souches déracinées – et il répondit. Ils correspondirent. Ne sachant pas quoi dire d'autre – pourquoi elle l'avait contacté, ce qu'elle lui voulait –, elle s'était présentée comme journaliste. Et puis, c'était tout de même vrai, elle ne l'avait pas inventé. En tout cas, c'était aussi vrai que sa solitude, ses peurs et un pressentiment assez tangible qu'il existait un autre lien entre sa propre existence pitoyable et celle de Jordan. Elle avait demandé à l'interviewer. Il avait accepté, à condition qu'elle vienne le rejoindre là où il était.

Il se trouvait à l'île de Pâques et il n'était pas seul.

Elle avait répondu que c'était impossible. Puis, un deuxième événement avait eu lieu : son licenciement. Puis un troisième : Matilda lui avait envoyé un mail plus intransigeant que tous les précédents : *Il faut qu'on fasse la paix, maintenant. Merde à la fin ! Viens à Berlin, sinon c'est moi qui viendrai te chercher à Stockholm.*

Mais Clara n'était pas prête à faire la paix. Peut-être ne le serait-elle jamais. En fait, elle était convaincue que cette partie-là était perdue. Mieux valait admirer le paysage que courir, et se réconcilier avec son chagrin. Connaître son ennemi – ou la cause de sa terreur.

Elle aurait pu aller à Berlin voir sa sœur. Elle préféra partir à l'île de Pâques la retrouver dans le regard désillusionné d'un inconnu.

Hanga Roa ne ressemblait à rien de ce que Clara connaissait – c'est-à-dire pas grand-chose. Lund, Stockholm. Paris, une fois. Le sommet du Kebnekaise, dans ses rêves. Les fleuves Bhairab et Spree sur Internet.

Londres, sur Internet.

Nulle part Clara n'avait vu d'église peinte en léopard. Ni de calices de fleurs gros comme des mains, d'un rose intense comme celui d'un vernis à ongles. Dans aucun de ces endroits l'air n'avait eu le goût du poulet rôti et du Coca-Cola, de l'eau salée et du fruit de la passion, dont, comme Clara l'apprit au déjeuner, il existait plusieurs sortes. Elle n'en avait eu aucune idée. L'après-midi, elle découvrit qu'il était palpitant de suivre des chemins dont on ne connaissait pas la destination.

Mais le soir venu, elle avait encore peur. Et elle était seule. Elle repensa aux mails qu'elle avait envoyés à Sebastian avant de partir. Elle s'était efforcée de prendre un ton badin mais, malheureusement, son inquiétude suppurait certainement entre les lignes. Elle n'aimait pas l'idée que son frère soit accablé, ni maintenant ni dans le passé. Contrairement à Matilda, elle ne s'était jamais accaparé sa sollicitude. Voilà pourquoi, depuis *les événements*, elle avait décidé de le laisser tranquille. Il avait déjà assez à faire avec son propre chagrin ; s'il avait besoin d'elle, il le lui ferait savoir. Sûr.

Enfin, non, bien sûr que non.

Clara avait peur.

Peur du chagrin de Sebastian, peur du chagrin en général.

Elle avait donc fui, d'abord à Stockholm, puis à l'île de Pâques.

Au crépuscule, elle se rendit au bord de la mer. Les méduses scintillaient. On aurait dit le contenu d'un seau plein d'étoiles renversé dans l'eau. Clara marmonna ces paroles comme un mantra, encore et encore, tentant de se plonger dans un état de confiance par autosuggestion. Cela ne marcha qu'à moitié. Les étoiles qui la dévisageaient de leurs yeux maléfiques étaient en fait des méduses, elle ne le savait que trop bien. Elle repensa à ce jour où elle s'était endormie sur la plage de Falsterbo, ils avaient alors douze ou treize ans, fatiguée par l'instabilité hormonale, la croissance, toutes ces nouvelles cellules en construction, l'étirement des muscles ; Matilda avait alors surgi – elle ne l'ait jamais avoué, pas même une fois devenue adulte, mais c'était forcément elle – et les avait posées là, deux méduses bleues, une sous chacun des triangles qui couvraient la poitrine de Clara. Elle était repartie comme une fusée, et quand Clara avait retrouvé ses esprits, réveillée par la froideur visqueuse qui avait fait durcir ses mamelons (provoquant une honte qui, dans son intensité préadolescente, dépassait même la peur et le dégoût), il n'y avait plus personne. À part ses parents, ainsi que mille autres vacanciers qui, tous, se demandaient pourquoi elle hurlait.

Ce jour-là, elle ne cria pas. Elle était capable de voir la beauté de ces créatures. Belles et effrayantes – la comparaison avec les étoiles n'était pas tirée par les cheveux, car il n'y a, comme le sait tout être doué d'intelligence, rien de plus formidable ni de plus effroyable que l'énorme distance qui sépare deux étoiles. Elle savait aussi d'expérience qu'il fallait économiser ses cris. Autrement, le jour où la véritable terreur frapperait à votre porte, ils seraient peut-être épuisés. On devrait alors la laisser entrer, muet, la sentir lacérer son cerveau sans même qu'une tentative sommaire de communication avec le monde extérieur, un simple appel à l'aide, ne parvienne à quitter ses lèvres gercées. Une fois le cerveau réduit en lambeaux, elle s'attaquerait au reste. Bras, jambes, gosier, cœur. Tout serait irrémédiablement déchiqueté, réduit à ses plus petits composants. Il s'agissait de peur panique, ce n'était pas dangereux, elle le savait. Mais qu'est-ce que le danger ? Qui décide d'où vient la menace ?

Ce qui ne tue pas n'est pas forcément inoffensif. Demandez aux infirmes. Demandez aux pauvres. Aux délaissés, aux misérables. Demandez à ceux qui ont du chagrin. Demandez à celles qui ont donné naissance à un enfant mort. Demandez à ceux qui souffrent de stress post-traumatique. Demandez aux violés, aux exclus. À ceux qui aiment quelqu'un qu'ils n'auront jamais. À ceux qui sont aimés de quelqu'un qu'ils n'aimeront jamais. Aux fibromyalgiques, aux endométriosées, à celles qui souffrent de rhumatismes articulaires, de disjonction pubienne, d'herpès génital ou de l'une des centaines d'autres conditions douloureuses qui ne conduisent pas en soi à la mort. Demandez aux sans-abris. Aux insomniaques. Aux chômeurs. Demandez-leur : sur une échelle de 1 à 10, comment évaluez-vous la consolation que vous ressentez à l'idée qu'au moins, votre souffrance ne vous tuera pas ? Comptez les réponses. Faites un diagramme. Écrivez un compte rendu de recherche ou un reportage d'investigation. Essayez ensuite de regarder tous ces gens dans les yeux et de leur dire : vous n'avez rien à craindre.

Les méduses clignotaient comme des gyrophares. L'eau était noire. Le ciel, grand. L'horizon, lointain. L'obscurité, chaude et épaisse. Le sable, doux comme une peau de bébé au grain très fin. Clara aurait mieux fait de retourner à son hôtel, mais n'osait pas. Elle somnolait, debout sur la plage, mais redoutait de s'endormir. Il pouvait arriver un homme. Ou une femme. Une catastrophe. Un tsunami. D'ailleurs, dans ce cas, autant rester. Au moins, elle ne serait pas prise au dépourvu. Désemparée. Parfois, quand elle méditait sur ses choix de vie, quand elle se demandait pourquoi, par exemple, elle était devenue journaliste malgré le fait qu'elle avait si peur des autres qu'elle avait désappris à les aimer, elle se disait que la plupart du temps, ses décisions reflétaient principalement son désir d'éviter les mauvaises surprises.

Pourtant elle en était fréquemment victime. Les mésaventures semblaient quasiment inévitables. Il fallait toujours tourner le dos dans une direction ou dans une autre et se rendre ainsi vulnérable. Exhiber ses ailes pâles et rabougries à l'inconnu.

Comme à cet instant.

Quelqu'un s'approcha par-derrière le long de la pente humide qui se déroulait vers la plage, et Clara n'eut aucune chance de l'entendre. Deux mains parfumées de musc atterrirent sur ses yeux. Elle poussa un cri et fit volte-face, prête à se débattre.

— *Hey! Hey!* gloussa Elif en parant les coups désordonnés. C'est moi. Elif. Ne me dis pas que tu ne me reconnais pas !

Clara, qui était tombée en arrière dans le sable, se remit sur pied, haletante.

— Merde !

— Je t'ai vue du haut de la colline. Tu avais l'air seule.

— Nous sommes tous seuls.

— Ah ! Évidemment ! Pessimiste et misanthrope. Je le savais. Vous m'attirez, vous êtes ma drogue, c'est irrésistible. L'énergie négative me fait l'effet du sucre. C'est destructeur, je sais, mais regarde-moi, je suis un paradoxe ambulant. Ce qui tue les autres me rend imbattable.

Elif écarta les bras, invitant Clara à contempler son maigre corps. Un peu moins à cran, Clara vit ce qui lui avait échappé la veille : Elif était gravement anorexique – aucun doute. Son ventre, bien visible sous son T-shirt court, était creux comme un bol tibétain. Ses bras et ses jambes cliquetaient quand elle les agitait, comme ceux d'une danseuse du ventre.

— Combien tu pèses ? Quarante-cinq kilos ? demanda Clara qui, journaliste malgré tout, préférait toujours étayer ses suppositions.

— Quarante-deux, constata Elif, satisfaite. Tu n'étais pas loin.

— Mon frère sortait avec une anorexique.

— Qu'est-ce qui s'est passé ?

— Son visage est devenu poilu, et puis elle est morte.

— Elle ne se rasait pas ? Moi, je le fais. Ça irrite un peu la peau mais on peut facilement le cacher avec du maquillage.

— Peut-être que ça lui était égal.

Elif et Clara se toisèrent en silence pendant quelques instants. Clara n'avait toujours pas vu les yeux d'Elif mais, d'une certaine manière, désormais, cela lui inspirait confiance. Une garantie d'anonymat. Elle avait l'impression de ne pas se dévoiler, alors qu'en fait, c'était le contraire.

— Je regardais les méduses. Tu as vu ? Elles sont fluorescentes, dit Clara.

— Cool.

— En fait, non. Elles sont en train d'envahir le monde, tu le savais ? Enfin, en tout cas, les océans. Elles prospèrent dans les eaux saturées de nutriments. Bientôt, tout ne sera plus qu'un immense tapis de gelée.

— Ça aussi, c'est plutôt cool.

Elif enfonça la main dans la poche de son short en jean et en sortit un paquet de cigarettes. Elle s'assit sur le sable, deux cigarettes pincées entre ses lèvres rouges, et fit signe à Clara de la rejoindre.

— Assieds-toi, *baby*. Tu n'es pas pressée, quand même ?

Elif se mit à rire comme si elle venait de faire une blague. D'une certaine manière, c'était drôle car, bien sûr, Clara n'était pas pressée. On ne l'attendait nulle part. On ne fait pas tout ce chemin jusqu'à l'endroit le plus solitaire du monde quand on vous attend quelque part. Clara rejoignit Elif sur le sable, mais déclina la cigarette déjà allumée que celle-ci lui tendait.

— Maintenant, tu vas me dire que ton frère a eu une autre petite amie qui est morte d'un cancer des poumons.

— Non, mais ma tante, oui, dit Clara.

Elif se remit à rire. Pourtant, c'était vrai.

— La mort, c'est nul, dit-elle en tournant ses lunettes de soleil vers Clara. Mais tu sais ce qui est encore plus nul ? La vie. C'est pour ça que je suis en grève de la faim. Contre la vie. Je vaincrai, c'est inévitable, il suffit de tenir bon, de ne pas céder à l'ennemi, de ne pas avaler une seule bouchée de ce que la vie exige. En plus, quand on ne mange pas, on chie moins. Rien n'entre, rien ne sort. La pureté, quoi.

Elif écrasa ses deux mégots dans le sable et se mit à tambouriner sur la peau tendue de son ventre.

— D'ailleurs, je préconise les lavements rectaux.

Sans transition, elle raconta ses six rencontres avec la mort. Cela prit un certain temps mais, pour Clara, n'importe quelle raison de ne pas retourner à sa chambre d'hôtel était la bienvenue.

— À ton tour, dit enfin Elif. Qu'est-ce que tu fais sur cette île, au milieu de nulle part ?

— Je suis journaliste. C'est mon métier.

— Ça alors ! Tu fais des récits de voyages ?

— Plus ou moins. Enfin non, pas du tout. Je dois... rencontrer certaines personnes.

— D'accord.

— On peut dire qu'elles attendent.

— Comment ça ? Maintenant ?

— Non, non, demain. Je dois les voir demain. Mais c'est pour ça qu'elles sont là, elles attendent... je ne sais pas, la fin du monde ou quelque chose de ce genre, je crois.

Malgré les lunettes de soleil, Clara eut la nette sensation qu'Elif écarquillait les yeux. Enfin, impossible d'en être sûre. Il y eut en tout cas des soubresauts dans ses sourcils.

— Tu veux dire une secte ?

— Non, dit Clara, mal à l'aise.

Tous les rédacteurs auxquels elle avait tenté de vendre le reportage avaient eu la même réaction, et cela lui faisait un peu froid dans le dos. Elle ne doutait pas que Jordan puisse, d'une manière ou d'une autre, être considéré comme relativement timbré, mais un gourou meneur de secte, ça, non. Ou peut-être préférait-elle ignorer l'éventualité.

— Ils font juste... Je ne sais pas trop. Ce qu'ils font. Ils sont en deuil. Je suppose que c'est sur ça que je dois enquêter. Enfin bref. Qu'est-ce que tu fais ici ? conclut Clara en enfonçant ses orteils dans le sable.

— Je dois tourner dans un clip vidéo. C'est un groupe nul, mais quand on est une ancienne enfant star à la ramasse, on n'a pas vraiment le choix. On tourne des clips vidéo avec des groupes qui veulent engager une ancienne enfant star à la ramasse, et voilà. Ou alors on devient Macaulay Culkin. Mais, sérieusement, qui voudrait de ça ?

— Qu'est-ce que tu as fait, comme films ?

Elif alluma une cigarette et se pencha en arrière en s'appuyant sur ses coudes.

— J'ai joué mon premier rôle dans *Racing for Rhonda*. L'argent que j'ai gagné m'a permis de vivre pendant une décennie. Tu l'as vu, non ? Ne me dis pas que tu ne l'as pas vu, parce que là, je me suicide.

Racing for Rhonda… Clara en gardait un vague souvenir d'enfance, cela parlait d'une famille de skieurs de fond dans le Saskatchewan, au Canada ; ils s'inscrivaient à une compétition afin de gagner assez d'argent pour payer les frais de vétérinaire considérables de leur saint-bernard, Rhonda (qui, si Clara se souvenait bien, souffrait de diabète). Ce n'était pas un très bon film, rien de comparable avec *Babe, le cochon devenu berger* ; en tout cas, c'est ce qu'elle en avait pensé à l'époque. Et Sebastian avait dit que c'était un film de filles et qu'ils auraient dû louer *Les Petits Champions 3*. Au moment de choisir un film, Sebastian perdait toujours, car Clara et Matilda voulaient presque toujours le même, sauf quand Matilda décidait d'emmerder Clara et, dans ce seul et unique but, s'alliait avec Sebastian. Comme quand ils avaient loué *Jumanji*, dont Clara était sortie profondément terrorisée. Elle en avait perdu le sommeil pendant plusieurs semaines. Robin Williams prisonnier d'un jeu de société pendant plusieurs décennies : une métaphore de la vie adulte, Clara le comprenait désormais. Voulant se montrer gentille, elle dit :

— C'était un bon film.

Elif haussa les épaules.

— C'était un film. Ça n'est pas arrivé en vrai.

Clara ne sut pas quoi répondre à un constat aussi irréfutable. La conversation menaçait de tourner court, et elle avait une trouille bleue qu'elle s'arrête. Si sa nouvelle fréquentation à vrai dire assez agaçante décidait de poursuivre son chemin, Clara ne pourrait plus retarder son retour à son hôtel sordide. Elle fouillait désespérément dans sa banque de questions.

— Tu es venue seule, toi aussi ? demanda-t-elle enfin.

Elif garda le silence, puis dit :

— Ça dépend de quel point de vue, *señorita.*

— Vraiment ? demanda Clara, réellement perplexe.

Elle avait toujours considéré la solitude comme une condition relativement absolue.

— On peut dire que j'attends, moi aussi.

— L'équipe de tournage ?

— Aussi. Mais surtout ma némésis.

— Ta quoi ?

— Tu le sauras bientôt, crois-moi. Enfin, si tu es encore dans les parages. Combien de temps tu comptes rester ?

— Sur l'île ?

— Oui.

— Un petit moment. J'ai un vol de retour à Santiago dans trois semaines.

— Tu comptes infiltrer une secte en trois semaines ?

— Je ne vais pas l'infiltrer. Juste faire des interviews, ce genre de choses. Et ce n'est pas une secte.

— *Boring, boring…*

— De toute façon, ils savent déjà que je suis journaliste, alors il n'y a pas grand-chose à y faire.

— Mais enfin ! Sors un peu des sentiers battus ! Regarde-moi. Allez, regarde-moi. Est-ce que je n'ai pas l'air d'une épave prête à accueillir la fin du monde ? Est-ce que je ne suis pas la seule à avoir gagné trois Emmy avant l'âge de quatorze ans ? *Baby*, en cinq secondes chrono, je les enroule autour de mon petit doigt. Ils me raconteront tous leurs secrets malsains, leurs projets de suicide collectif, leurs orgies et ainsi de suite. Je te ferai des comptes rendus et toi, tu écriras.

— Ça ne m'intéresse pas, dit Clara. La presse à scandale. Je veux simplement connaître leur point de vue. Leurs idées. Leur vision du monde. Je veux qu'ils se confient.

— Les marginaux ne se confient pas à des journalistes, dit Elif avec un soupir exaspéré. Crois-moi ! Ils ne se confient qu'à d'autres marginaux. Exactement comme à Hollywood.

— Ce ne sont pas des marginaux. Enfin, je ne crois pas. Si c'est le cas, alors, moi aussi, j'en suis une.

— Absolument d'accord là-dessus, mais pas de la bonne sorte. Trop bien élevée. Avec des prédicateurs du jugement dernier, ça ne marchera pas. Enfin, fais comme tu veux.

— Merci, mais je crois que je m'en sortirai très bien toute seule. En plus, tu as de quoi t'occuper. Quand commence le tournage ?

— Aucune idée. L'équipe devait arriver aujourd'hui, mais ils ont repoussé, parce que le groupe n'est pas encore là. Apparemment, ils sont coincés à Katmandou. Un tremblement de terre, à ce qu'il paraît. Une bande d'amateurs, si tu veux mon avis. On reste toujours coincé à Katmandou, avec ou sans tremblement de terre. C'est débile d'y aller sans prévoir un peu de marge. Enfin, les gens. Les gens… Pas très futés, pour la plupart. Bon, il est l'heure. Il faut bouger. Tu viens ou… ?

Elif s'était relevée d'un bond, avait secoué son short en jean pour en faire tomber le sable et commencé à gravir la colline. Clara hésita quelques instants ; elle jeta un coup d'œil aux méduses. Puis elle se décida et suivit Elif. Arrivées à la route, celle-ci prit la direction opposée au centre-ville. Clara, qui devait aller dans le sens contraire, se mit à piétiner.

— Mais qu'est-ce que tu fais là-bas ? lui cria Elif lorsqu'après environ deux cents mètres, elle se retourna et découvrit que Clara était restée à la traîne.

— Je voulais te dire au revoir ! lança Clara, étonnée de la force de sa propre voix.

— Pourquoi ? cria Elif.

— Je vais par là !

— Ah, oui ! C'est vrai ! Il est bien, ton hôtel ?

— Non ! J'ai un rat dans ma chambre !

— Tu plaisantes ?

— Non ! Et des menstrues dans la salle de bains !

— Franchement ! Horrible ! Quelle déprime !

— Oui ! Mais il faut que j'y aille ! À une prochaine fois !

Clara fit demi-tour, mais sentit bientôt une main osseuse sur son épaule.

— Tu ne vas quand même pas partager ta chambre avec un rat ! Je connais, crois-moi, c'est assez répugnant. Viens dormir chez moi, au moins cette nuit. J'ai une suite. Tu n'auras qu'à prendre le canapé, il est confortable. Et demain, on te trouvera autre chose.

Clara hésita. Comme toujours. Cela dit, pour une fois, elle ne traîna pas très longtemps. Dix secondes, maximum vingt. Puis elle dit :

— Sûre ? Tu m'as déjà rendu service hier.

— Qu'est-ce que ça peut faire ? Enfin, ne te fais pas d'idées. J'ai fait vœu de chasteté.

— Pourquoi tu me sauves à chaque fois ?

Elif ricana.

— Rien de plus normal ! On se connaît quand même depuis l'enfance, toi et moi. Tu ne te souviens pas ? On est quasiment sœurs.

Dire qu'Elif s'était souvent trouvée en face à face avec la mort blême n'était pas une exagération : six fois en tout !

Vraiment complètement dingue, sans blague…

C'est comme ça, tu vois, quand on se met à fréquenter des stars de cinéma et des filles de joie cocaïnées dès le plus jeune âge : des drames à la pelle, des ambulances, des gyrophares rouges, des gyrophares bleus, des litres de sang, de vomi, des marques d'étranglement sur des cous pâles, mais qu'y faire ?

Des dahlias noirs par centaines et des cygnes blancs flottants dans la piscine…

Elif avait assez vite décidé qu'elle ne voulait pas devenir l'une d'elles, et avait donc toujours refusé les drogues dures et les cours de Pilates. Il n'y avait qu'à voir Kasey, sa meilleure amie, son prof de Pilates lui avait fait du chantage…

C'était Elif qui l'avait trouvée, elle s'était tiré une balle dans la bouche au fusil automatique, boum, elle n'avait pas supporté le stress – quel manque de féminité, quand on saigne, c'est par en bas, pas par les oreilles. Elif gloussa en le racontant, pas très finaud peut-être mais merde, Kasey, elle, était tellement bousillée, tellement bordélique, tellement merveilleuse…

Et Marisha qui avait attrapé le VIH de Dieu sait qui – bon, d'accord, tout le monde savait qui le lui avait refilé – et avalé soixante-dix Valium avec des boissons énergisantes – light, bien sûr, elle avait défendu ses principes jusqu'à la mort, chapeau bas ! Il y avait aussi eu Macha, la chatte norvégienne d'Elif, grande, chaleureuse et poilue, elle avait eu un cancer du sein et

Elif l'avait emmenée se faire piquer chez un vétérinaire vedette à Malibu. C'est ce qui arrive quand on donne la pilule à un chat, mais comment Elif aurait-elle pu le savoir ? Elle voulait seulement permettre à sa minette adorée de faire les quatre cents coups sans conséquences indésirables. Et puis merde ! Peut-être que ça en avait valu la peine quand même. Macha avait eu une vie courte mais heureuse. C'était plus qu'on ne pouvait en dire de la plupart des gens à Hollywood…

Il n'y avait qu'à voir Blanco. Il s'était écrasé dans l'Holland Tunnel complètement allumé, une mort aussi cliché, quelle horreur ! Enfin, c'était un cliché ambulant, avec son gros cul qu'on pouvait utiliser comme oreiller… Blanco, si gentil… Un type vraiment adorable, quel dommage… Il militait pour le WWF, surtout pour sauver les pandas… Du coup, il ne se consacrait pas beaucoup à sa carrière, cela dit, c'est vite arrivé quand la drogue prend le dessus…

Sauf quand on est comme Lucky ! Lucky, Lucky… ! Né avec une cuillère en or entre les jambes ! Oui, il faisait du porno, mais il aimait ça… Il n'aurait changé de métier pour rien au monde, vraiment… Il gagnait extraordinairement bien sa vie ; après seulement quelques années, il avait fait faire une statuette en platine de son pénis et l'avait mise sur sa cheminée, dans son chalet, à Chamonix, il avait aussi pu se camer autant qu'il le voulait et ça ne le rendait ni impotent ni incompétent, sérieusement, pas du tout. Quel bol il avait, évidemment, il fallait bien que la mort le rattrape, tôt ou tard, et même plus tôt que tard… Quand on a autant de chance, il faut bien compenser, sinon ça produit de l'injustice cosmique, c'est vraiment triste et dégueulasse que le pur bonheur ne soit pas de ce monde, pas même pour les gens beaux, on se demande à quoi on pourrait bien aspirer… D'ailleurs, la beauté de Lucky fut aussi sa chute, un petit ami jaloux l'avait démoli avec son propre pénis en platine, justice poétique, on peut le dire, enfin, ça n'avait été ni poétique ni juste mais bon…

Bref, changeons de sujet, stp.

En fait, ils formaient une sorte de bande… Elif, Kasey, Marisha, Blanco et Lucky, ils s'étaient tous rencontrés pendant le tournage de *Rhonda* et depuis… C'était vraiment triste en fait, vingt ans étaient passés, mais Elif ne s'était jamais autant éclatée qu'à cette époque, ils buvaient du thé glacé Snapple à volonté et se faisaient poudrer en permanence… C'est peut-être depuis ce temps-là qu'Elif adorait la poudre : sa finition mate et lisse qui faisait ressembler à une poupée…

Dakota n'était même pas née à l'époque et Ava, la belle, la magnifique Ava, était encore en vie, chez elle à Brawley, en Californie… Peut-être même qu'elle l'était encore, à vrai dire…

Bref, changeons de sujet, stp.

Pour la énième fois en peu de temps, Clara se réveilla dans une chambre inconnue en se demandant où elle était. Les circonstances et les aléas de sa réalité du moment lui revinrent progressivement à l'esprit sous forme de substantifs, d'abord monosyllabiques. Île. Mer. Rat. Enfant star. Hôtel. Elle se redressa, droite comme un cierge, dans ce qui s'avéra être un canapé. Elle regarda autour d'elle, le cœur battant. Elle se trouvait dans une suite dont l'une des portes était ouverte sur une chambre à coucher ; elle se leva en catimini pour y jeter un coup d'œil. Dans un lit matrimonial dont la largeur dépassait la longueur, sous un ciel de lit, derrière de longs rideaux de lin blanc à moitié tirés, dormait Elif. Une jambe luisante pendait du rebord du lit. Elle portait encore son short, son T-shirt court et ses lunettes de soleil, ses longs cheveux noirs lui barraient la bouche, elle ronflait. Clara constata calmement qu'elle-même était également habillée. Sans trop tarder, les souvenirs surgirent un à un.

Elles étaient arrivées à l'hôtel. Elif l'avait prise sous le bras et elles avaient traversé le lobby. Arrivée à la réception, Elif avait donné un grand coup dans la sonnette pour attirer l'attention du réceptionniste et lancé avec un vibrato retentissant :

— J'aimerais que vous notiez que cette femme est journaliste et pas prostituée. Elle écrit un reportage sur moi pour le magazine *Esquire* et va passer la nuit dans ma chambre. Bonsoir.

Elle contourna ensuite la réception en tenant Clara par la main, sortit par la porte du fond et la conduisit jusqu'à son bungalow et sa terrasse en bois huilé, sur laquelle elles s'étaient installées pour boire quelques bières et discuter du vêlage de glaciers au Groenland. En fait, une fois la gêne passée, c'était surtout Clara qui avait parlé, Elif ayant progressivement sombré dans une sorte d'état méditatif : assise en lotus, elle s'était mise à produire le même genre de sifflement qu'un purificateur d'air. Quand Clara avait constaté que sa camarade était complètement coupée du monde, elle était allée se coucher sur le grand canapé blanc, bien mou. Elle avait à peine eu le temps d'enlever ses chaussures avant de s'endormir comme une souche.

Elle se mit en quête de son sac à dos, qu'elle trouva sous la table basse du salon. Elle en sortit son téléphone : 11 h 20. Cela aurait pu être pire. Sa grasse matinée aurait pu ne jamais se terminer. Elle se demanda brièvement s'il fallait réveiller Elif, qui ronflait encore bruyamment dans sa chambre, mais décida de s'abstenir. L'ambiance risquait d'être bizarre. Clara n'aimait pas les ambiances bizarres, elle voulait du café, et pour avoir le temps d'en prendre un avant son rendez-vous avec Jordan au campement, au village, enfin, là où ils habitaient, elle devait partir immédiatement. Elle laça ses chaussures, écrivit un petit mot à Elif pour la remercier de son hospitalité et lui proposer de dîner ensemble le soir même, le posa à côté d'un vase contenant d'extravagantes fleurs coupées, puis sortit du bungalow à pas de loup.

C'est étrange, comme on se sent différente après une bonne nuit de sommeil au calme. Elle allait s'en sortir. Appelez ça recherches généalogiques ou journalisme, quête obsessionnelle ou représentation chimérique. Quel que soit le nom qu'on veuille donner à son projet, elle en arriverait à bout.

Vingt minutes plus tard, elle n'avait plus autant de peps. Assise en haut d'un mur devant le camping, elle regardait le soleil en plissant les yeux, une fleur d'hibiscus coincée entre les orteils. Elle avait dû l'arracher sans le faire exprès en grimpant, et n'avait pas eu envie de l'enlever, car les pétales roses et froissés tanguaient en cadence avec ses mouvements de pied. Elle se mordillait un ongle en tentant de calmer son pouls. Elle ne savait pas du tout de quoi Jordan avait l'air, mais pensait le reconnaître à son arrivée. Matilda avait parlé de grandes mains, de larges épaules, d'une aura rayonnante, d'yeux marron tachetés de jaune safran et d'ambre. L'apparence de l'homme en question pouvait, bien entendu, être complètement différente, probablement et même tout à fait vraisemblablement, se dit Clara pour se convaincre, tout en faisant et défaisant une tresse dans ses cheveux, puis en la tordant en chignon et en l'attachant avec trois épingles qui étincelaient comme du mica au soleil.

En penchant la tête en avant pour réunir quelques mèches rebelles dans sa nuque, elle entendit un froissement et aperçut un miroitement entre les pierres du mur, une fine queue et de petits yeux humides. Un lézard. Clara détestait les lézards. Elle bondit, son pied orné de l'hibiscus atterrit de travers sur le sol et elle s'effondra.

C'est alors que Jordan arriva. Il surgit entre deux bâtiments bas – sans doute la réception et d'autres installations. Il faisait presque deux mètres de haut, épaules larges, pieds nus, orteils bronzés, petites rides souriantes autour des yeux, peut-être dues à une vie au soleil. C'était étonnant : pour quelqu'un dont l'angoisse du changement climatique constituait le fonds de commerce et le passe-temps favori, il avait l'air vraiment très épanoui.

D'un geste maladroit, Clara leva la main pour le saluer et tenta simultanément de se remettre debout. Jordan, souriant, lui fit signe à son tour et la rejoignit en trottinant.

— Clara ! s'exclama-t-il avec enthousiasme en l'entourant d'un bras dans une espèce d'accolade pour la relever.

Elle eut le temps de sentir l'odeur de ses cheveux, de sa barbe et de sa chemise de bûcheron : pas fraîchement lavée, mais agréable. Une odeur de sécurité, de sueur, de peau d'ours et de vie forestière à Walden. Une odeur masculine, paternelle, de violence et de chaleur. Ça ne l'aurait pas étonnée que toutes ses adeptes soient des femmes. Comme celles de Charlie Manson. Ou de Helge Fossmo. Et s'il s'agissait réellement d'un gourou psychotique meneur de secte ? S'il ne se souciait pas le moins du monde des animaux ni de la nature, et n'avait réuni ses suiveurs ici que pour se venger des injustices dont il pensait être victime de la part d'autres femmes, éventuellement Matilda, car, à y regarder de plus près, il y avait bien une touche d'ambre et de défaite dans ses yeux, oui, n'avait-il pas l'air d'un homme qui, après avoir possédé le monde entier, l'avait perdu d'un seul coup… *Hardi, hardi, le miel et le lait, ne suis-je plus de ces terres le roi*… Clara fit taire la petite voix dans sa tête, exécuta un sourire qui se voulait professionnel et dit :

— Alors… C'est ici que vous vous douchez ?

Ce n'était pas l'entrée en matière qu'elle avait prévue. Vraiment pas. Agacée par cette balourdise de débutant, un trait de caractère qui ne refaisait surface que dans des situations professionnelles et la rendait folle de rage, elle partit au pas de marche tout en pointant la main vers les installations.

— Je voulais dire dans ce bâtiment. Il appartient au camping ? Enfin, je veux dire, comment vous vous organisez ? Vous pouvez m'en parler un peu ? Qu'est-ce que vous fabriquez ici, en fait ? Attendez, je vais juste sortir mon matériel d'enregistrement. Vous pourriez me tenir ça ?

Elle s'arrêta sur le gravier, fourra son sac à dos dans les bras de Jordan et se mit à chercher frénétiquement son iPhone. Il lui glissa des mains comme un poisson et Jordan demanda :

— Vous voulez de l'aide ?

— Le voilà !

Triomphante, Clara sortit enfin le téléphone, faillit le lâcher à nouveau mais parvint à le rattraper, reprit son sac à dos de l'autre main et le balança sur son épaule.

— C'est vraiment nécessaire ? demanda Jordan en indiquant le téléphone. Je me méfie un peu de la technologie. Ça me stresse. Toi aussi, on dirait.

Il fit un paisible sourire béat digne de Jésus.

— Évidemment, je pourrais prendre des notes… mais ça me fait très mal. J'ai les poignets fragiles. Une séquelle du tennis, mentit Clara en agitant sa main droite en guise d'illustration.

— Ah… Oui, ce serait embêtant, répondit Jordan. Bon, tu n'as qu'à enregistrer. Mais il faudra que tu demandes la permission à mes amis avant de leur parler. Beaucoup d'entre eux ont relégué l'ère digitale aux oubliettes.

— Mais pas toi, puisque nous avons échangé des mails, observa Clara.

— Non, dit Jordan en haussant les épaules. À ce niveau-là, je ne suis pas puriste. Mais il vaut mieux ne pas en être dépendant, je trouve. Ça rend un peu aveugle. D'ailleurs, on peut se passer de quasiment tous les gadgets de notre monde moderne. Nous ne le voyons pas, c'est tout.

Ils se mirent en route vers le camping proprement dit : quelques tentes éparpillées sur la pelouse tondue ras qui descendait vers la mer ; d'après Clara, il devait s'agir de touristes ordinaires, ce que confirma Jordan d'un geste de la main.

— Notre campement est plus bas, au bord de l'eau. Les tentes, là-bas, tu les vois ? Je me disais qu'on pourrait parler un peu en tête-à-tête d'abord, toi et moi. Pour faire connaissance, qu'est-ce que tu en penses ? Mon habitation est par là.

Il gesticula en direction d'un frêle bosquet évoquant de simples branches d'osier, qui entourait une tente de toile rouge vin fabriquée à la main. À l'extérieur, deux shorts étendus sur une serviette séchaient au soleil. Trois camping-gaz de modèles différents étaient soigneusement alignés à côté de l'entrée.

— Ces arbres, je les ai plantés moi-même, dit Jordan. Des hamamélis. Un vrai enfer pour passer la douane avec. Tu veux jeter un coup d'œil ?

Il écarta la tenture et l'invita d'un signe. Clara fit une référence involontaire, comme sur le seuil d'un lieu sacré, et se courba pour entrer. La tente, assez grande, possédait deux fenêtres équipées de moustiquaires dans le mur du fond. Elle mesurait environ trois mètres sur trois de surface et avait une hauteur de plafond qui permettait à son occupant de quasiment deux mètres de se tenir debout. Clara respirait lourdement dans le micro de son téléphone. Le décor évoquait un boudoir 1900 plutôt qu'un bivouac. Le sol était couvert de tapis orientaux, et le large matelas pneumatique qui constituait la couche de Jordan, décoré de coussins rouges et dorés. Des lanternes pendaient au plafond, accrochées à des chaînes de laiton, ainsi qu'une ancienne cage d'oiseau qui servait de bibliothèque.

— J'ai passé beaucoup de temps en Asie du Sud-Est, expliqua Jordan. Ça laisse des traces. Et selon moi, la beauté, ça ne fait pas de mal.

Il ouvrit un coffre en cuir et en sortit de petits bols dorés, en tendit un à Clara, puis ressortit en lui faisant signe de le suivre. Ils s'assirent sur le sol, Jordan alluma un camping-gaz et versa des feuilles de thé, de l'eau et un bâton de cannelle dans une casserole.

— Pourquoi tu en as trois ? demanda Clara en désignant les réchauds.

— Le survivalisme est un sport qui demande beaucoup d'équipement, tu n'étais pas au courant ? dit Jordan avec un sourire narquois. Enfin, blague à part, quand on vit comme je le fais depuis quelques années, on accorde de l'importance à d'autres choses qu'avant. Un bon camping-gaz, par exemple. Mais ils ne sont pas unitaille, tu vois, les différents modèles ont tous leurs qualités et leurs défauts. Ça dépend par exemple si on veut faire bouillir une grande quantité d'eau rapidement, ou faire frire un morceau de poisson à cœur et lui donner l'air vraiment appétissant. Ce genre de choses.

— Depuis combien de temps tu es ici ? demanda Clara – même si elle le savait déjà, bien sûr.

Cette question était une sorte d'échauffement, de préparation visant à détendre Jordan et à lui faire baisser la garde. Elle se révéla maladroite et inutile : il était déjà dans l'ambiance, et sembla plus agacé qu'autre chose qu'on lui coupe l'herbe sous le pied.

— Bientôt sept mois. Et toi ?

— Moi ?

— Oui, toi. Ça fait combien de temps que tu es sur l'île ? Un jour ? Deux ?

— Oui, c'est ça. Plus ou moins.

— Et qu'est-ce que ça te fait ?

— Ce que ça me fait ?

Avec une inquiétude croissante, Clara se rendit compte qu'elle était en train de perdre le contrôle avant même que Jordan ait mordu à l'hameçon. Il poussa un soupir sans discrétion et même, sembla-t-il à Clara, démonstratif, puis versa une grande quantité de sucre brun dans la casserole de thé et soupira encore avant de reprendre :

— Je me disais que tu devais avoir une motivation d'ordre privé pour venir ici. Qu'il ne s'agissait pas seulement de faire un reportage sur quelques marginaux du bout du monde. Corrige-moi si je me trompe, mais à ce que je sache, de nos jours, la presse ne déborde pas de moyens pour des déplacements professionnels extravagants comme celui-ci, alors je devine que tu as investi pas mal d'argent de ta poche dans le projet. Et de temps. Tout ça pour un papier qui, en toute franchise – même moi, je ne me fais pas d'illusions là-dessus –, ne gagnera aucun prix. Voyons… Manifestement, tu es dans la presse écrite, n'est-ce pas ? L'écrit est mort. Tu devrais faire un podcast. Sur un mec un peu timbré qui possède un nombre inquiétant de camping-gaz et attire des femmes sur l'île la plus isolée du monde. Tu n'as plus qu'à développer.

— Mais je ne veux pas faire de podcast… gémit Clara, offensée malgré elle.

— Alors qu'est-ce que tu veux, au juste ?

Je veux que tu me regardes dans les yeux et que tu me dises que le monde est perdu, mais que ce n'est pas grave. Je veux que tu me parles de ma sœur que j'ai déjà perdue, et que tu me dises que ça non plus, ce n'est pas grave.

— Tu es leur gourou ? S'il te plaît, dis-moi que non.

Jordan se mit à rire.

— Clara ! Je suis vraiment content que tu poses la question tout de suite, sans tergiverser. Comme ça, on est débarrassés. Non. Je ne suis pas un gourou. Je ne suis le dieu de personne. Je ne suis pas un chef religieux. Ceux qui sont venus me rejoindre ici l'ont fait pour des raisons personnelles, pas pour être avec moi.

— Mais tu les as conduits jusqu'ici.

— Sans contraintes ni promesses. J'étais là, je m'occupais de mes affaires. Je suis entré en contact avec ces gens sur Internet, comme tu le sais. Ils se connaissaient déjà entre eux, pour la plupart. Je suppose qu'ils ont trouvé cet endroit fascinant. Comme moi, avant d'arriver. Comme toi aussi, sûrement. C'est un acte symbolique, bien entendu. Nous aurions aussi bien pu nous retrouver ailleurs. Mais comme par hasard, dans l'histoire de l'île, la civilisation a déjà été anéantie une fois. Ici, on peut constater les conséquences ultimes de la présence humaine. Ils ont l'impression, je crois, que ça donne du sens à leur vie. Et puis ça stimule la créativité. Comme la pression d'une deadline, tu vois ce que je veux dire ? Eh bien, notre deadline à nous approche de jour en jour, nous en voyons les signes, nous en avons les preuves.

— Et… Combien de temps reste-t-il ? Jusqu'à cette deadline ?

— Tu veux que je te donne une date ? Une heure précise, aussi, peut-être ? Mon Dieu, ce que tu peux être prévisible…

— Une estimation me suffit.

Jordan éclata de rire. Il servit le thé brûlant dans les bols et en tendit un à Clara, qui l'entoura de ses deux mains.

— D'accord. Va pour une estimation. Ça aura lieu de notre vivant, à condition que nos deux vies, la tienne et la mienne, soient d'une durée à peu près normale. D'abord, nous aurons le pic pétrolier d'ici dix ou quinze ans. Il provoquera l'effondrement de l'économie mondiale, ce qui ne serait pas si grave si on ne prévoyait pas qu'à ce stade, le réchauffement climatique soit de quasiment deux degrés. La fête sera finie, il n'y aura plus d'argent. Comment crois-tu que ça se passera ? Comme un sympathique lendemain de bringue ? Gueule de bois, pizzas et câlins ? Sûrement pas. Il y aura la guerre. Des réfugiés climatiques. La famine. Les gens rigolent en parlant de l'apocalypse des zombies, comme si c'était une blague. Mais sérieusement, est-ce que tu as déjà vu des gens affamés et assoiffés ? Moi, oui. Et ils se comportent exactement comme des zombies.

— Tu veux dire que tu as vu des gens mourir ? demanda Clara.

Elle tenta de se rappeler si Matilda lui avait dit quelque chose sur des mourants. Bien sûr que non. Matilda était impassible devant la mort.

— Oui. Au Sahara occidental. Et jamais je ne pourrai oublier ces images. Je ne le veux pas, d'ailleurs, car ça m'a ouvert les yeux sur une chose que je crois avoir toujours sue, mais que je préférerais ignorer.

— Que nous allons disparaître ?

— Oui.

— Tu ne crois pas que tu souffres simplement de stress post-traumatique ?

— À ton avis ?

Clara se tut et mordilla une cuticule.

— Depuis quand tu te ronges les ongles ? demanda Jordan en éloignant doucement sa main de sa bouche.

— Je ne me souviens même pas quand j'ai commencé, répondit Clara en se reposant un instant dans la chaleur de ses yeux marron, avec leurs taches de jaune safran et d'ambre.

— Je m'en doutais, dit-il. Et tu me demandes ce que je fais là…

Après le thé, ils firent une promenade, s'éloignant du camping. Jordan voulait encore discuter avec Clara avant de lui présenter le reste du groupe. À bonne distance du camping, il sortit une pipe de sa sacoche, s'assit sur un banc en bois joliment sculpté avec vue sur la mer et se mit à fumer. Ses jambes étaient si longues qu'il pouvait presque faire faire deux tours à l'une autour de l'autre quand il les croisait. Clara se demanda s'il faisait du yoga. Pour un tas de raisons, cela lui sembla vraisemblable.

— Tu veux coucher avec moi ? lui demanda-t-il brusquement en lâchant une petite bouffée de fumée.

Clara sursauta.

— Quoi ? Non. De préférence pas, répondit-elle.

Elle disait vrai, mais rougit quand même – horreur. En effet, Clara ne couchait qu'avec des hommes qui lui paraissaient fondamentalement sans intérêt. C'était une sorte de mécanisme d'autodéfense : de cette manière, elle n'avait pas besoin de s'inquiéter qu'ils trouvent sa conversation ennuyeuse. Par ailleurs, elle ne tombait amoureuse que de gens qu'elle ne connaissait pas personnellement, par exemple Justin Trudeau, ou l'expert du Moyen-Orient au visage parsemé de taches de rousseur qui participait parfois à l'émission *Agenda*, à la télévision suédoise. Ainsi, pas besoin de craindre de gâcher la relation, puisqu'à strictement parler, il n'y en avait pas. Ça pouvait sembler triste mais, en ce qui la concernait, elle n'y pensait quasiment jamais. Pour elle, la notion d'amour renvoyait à son frère, à qui ce sentiment avait infligé des blessures plus profondes qu'aucune solitude ne pourrait jamais le faire. Assez pour refroidir les ardeurs de Clara.

— Tant mieux. Je soupçonne plusieurs des filles du groupe de vouloir coucher avec moi, et c'est usant de devoir sans arrêt les décevoir. Je ne couche avec aucune d'entre elles, tu comprends, c'est une question de principe, j'ai besoin de poser des limites claires. Et je ne coucherai pas avec toi non plus.

— Eh bien, ça ne me dérange pas, dit Clara qui, ne s'étant pas assise à côté de Jordan, cherchait une manière détendue de tenir ses bras.

— Puisque cette question-là est réglée, est-ce que je peux t'accompagner à ton hôtel ? Je voudrais utiliser Internet.

Jordan aspira une dernière bouffée de sa pipe, puis la vida en tapant quelques petits coups contre le banc. De minuscules braises tombèrent sur le rocher.

— Attention, ça peut provoquer un feu de forêt, dit Clara.

— Il n'y a pas de forêt ici, comme tu l'auras peut-être remarqué. C'est justement le problème de cette île. Je croyais que tu le savais.

Jordan se pencha en avant et lâcha un gros crachat sur le petit tas de cendre, puis les mélangea du doigt, produisant une bouillie humide.

— Contente ? Je peux venir avec toi ou pas ?

— D'accord, dit Clara en haussant les épaules. Mais c'est un vrai trou à rats.

— Comme je te le disais, j'ai passé pas mal de temps au Sahara occidental. Et au Bangladesh. Je crois que je supporterai un hôtel miteux. C'est lequel ?

— Il s'appelle Hare Miru Lodge. Enfin, je crois.

— Bien. Allons-y.

Ils marchèrent en silence pendant vingt minutes et arrivèrent à l'hôtel, où Jordan s'enflamma pour la piscine. Par pure politesse, Clara lui proposa une serviette au cas où il voudrait faire une baignade, croyant qu'il déclinerait l'invitation en voyant les insectes qui flottaient à la surface. Mais il accepta et ils passèrent le reste de l'après-midi sur la terrasse, à l'arrière de l'hôtel, Jordan flottant dans la piscine, Clara recroquevillée sur le transat dans lequel elle avait dormi la première nuit, notant fébrilement tout ce qu'il lui racontait pendant ses pauses entre des longueurs de dos et de crawl.

— J'appelle ça le monde total. La situation dans laquelle nous nous trouvons actuellement. C'est comme une œuvre d'art totale, mais qui engloberait le monde entier, tu comprends ? L'espèce humaine est destructrice, elle l'a toujours été. Par quoi commence la Bible ? Par l'histoire de la chute.

— Tu es chrétien ?

— Ce n'est pas le problème. Le problème, c'est que les chrétiens, il y a plusieurs milliers d'années…

— Techniquement parlant, ils n'étaient pas encore chrétiens à l'époque…

— Tu vois ce que je veux dire. Ceux qui ont écrit la Bible. Ils pensaient que l'instinct le plus fort de l'être humain est celui qui le pousse à détruire tout ce qui est beau et bon. Et ils avaient raison. Il n'y a qu'à voir notre histoire : nous refaisons toujours la même chose. Prends cette île, par exemple. Les civilisations vont et viennent. À chaque fois, c'est l'être humain qui provoque leur chute et leur avènement. Nous sommes entraînés dans une histoire cyclique, et nos erreurs sont prévisibles. Mais la différence, Clara, la différence, cette fois, c'est l'ampleur de la catastrophe. Elle est bien plus grande qu'elle ne l'a jamais été auparavant. Je veux dire sur le plan géographique, culturel, économique : toutes les parties du monde actuel sont reliées entre elles par un réseau si complexe que si une maille se casse quelque part, la toile se déchire. C'est ce que je veux dire par "le monde total". Nous nous tirons mutuellement vers le bas. Si l'un tombe, tous les autres aussi. Et nous allons tomber. Bientôt.

Jordan prit son élan contre le bord de la piscine et se propulsa, disparaissant comme une torpille chevelue sous la surface de l'eau. Clara mordillait le bout de son stylo ; elle tentait de dominer la vague de nausée provoquée par cette confirmation nonchalante de ses plus profondes angoisses. C'était un stylo bille en plastique ordinaire dont le bout est difficile à mâchonner. Elle aurait voulu avoir un crayon de papier jaune muni d'une petite gomme marron clair, des Crayola dans un paquet tout aussi jaune, un rouleau de papier à dessin, un grand taille-crayon fixé à l'aide d'une vis sur le rebord du bureau du maître. En mordillant ce type de crayon de papier, on pouvait appuyer le bout de la langue contre le petit disque froid de la mine, elle avait un goût frais comme la neige. Elle aurait donné n'importe quoi pour en mâchonner un, pour avoir encore huit ans et chanter *Cette nuit j'ai fait un rêve étrange* le jour des Nations unies, et écrire la GUÈRE É LA POLUTION après "Je déteste..." dans le carnet d'amitié d'une copine. La guerre était comme un doudou pour les enfants qui avaient grandi à Lund pendant les années 1990. Elle donnait de la profondeur et des contours à leur propre sécurité. Savait-on seulement où cette guerre abstraite se déroulait ? Clara n'avait pas le souvenir d'en avoir jamais parlé. La guerre était un phénomène étrange et mystérieux, pas vraiment de ce monde. La pollution, en revanche, c'était concret. Des bouteilles en plastique dans la nature, une marée noire dans la mer Baltique, un trou bien délimité dans la couche d'ozone.

— Qu'est-ce qui est arrivé au trou dans la couche d'ozone ? Il s'est refermé ? demanda Clara lorsque Jordan remonta pour reprendre son souffle.

— Bien sûr que non. Il a juste été supplanté par le réchauffement climatique.

— Je m'en doutais.

— Tu as l'air triste.

Clara lâcha son bloc et resserra ses jambes contre elle, se rendant soudain compte qu'elle n'avait rien mangé de la journée. Elle se sentait faible, la faim la rendait irritable. Ce n'était pas normal d'être aussi calme juste avant la tempête. Jordan ne souffrait peut-être pas de psychose, mais certainement d'un déséquilibre émotionnel. Pourquoi cela l'étonnait-elle ? Qui se ressemble s'assemble.

Elle attrapa le téléphone dans son sac. La seule manière de garder la tête froide était de travailler – sa méthode habituelle. Elle appuya sur le bouton d'enregistrement.

— Et tu n'éprouves aucun chagrin ? Tu as pourtant écrit beaucoup de choses à ce sujet. À propos du chagrin. Sur ton blog. C'étaient des mensonges ? Tu disais… s'interrompit Clara en remarquant que sa voix tremblait très légèrement. Tu disais que tu avais pleuré la première fois que tu avais vu la tache bleue sous le Groenland. C'était faux ?

Jordan s'appuya sur le bord de la piscine et se hissa hors de l'eau. Sur chacun des poils de sa poitrine, une gouttelette s'accrochait. Clara fut prise d'une soudaine envie de tendre la main, d'y tremper le doigt, d'attraper une gouttelette. Elle adorait l'eau, elle l'aimait intensément, pourtant, elle en avait affreusement peur : les profondeurs, la mort par noyade, le tombeau des marins ; elle était également terrorisée par le manque d'eau, la sécheresse, la terre craquelée, la soif. Elle adorait les gouttelettes et redoutait les océans.

Mais elle laissa sa main reposer sur ses genoux.

— Bien sûr que c'était vrai, dit Jordan en s'essorant les cheveux et la barbe d'un geste de la main ; une petite averse claqua sur les dalles de pierre et éclaboussa les jambes de Clara. Je suis américain, pas bouddhiste, j'ai eu beaucoup de mal à accepter l'idée qu'on ne puisse rien faire. Tu sais, nous sommes un peuple d'action. C'est d'ailleurs une des raisons pour lesquelles nous avons réussi à faire autant de dégâts dans le monde en aussi peu de temps. Jusqu'à une certaine époque, je suis resté optimiste. Et même idéaliste. Mais l'idéalisme, Clara, c'est une drogue, l'opium du peuple des temps modernes. On ne peut pas sauver le monde avec des ampoules LED. La technologie n'est pas la solution. Même des décisions politiques radicales et globales n'y feront plus rien. On pourrait éventuellement arriver à quelque chose en supprimant la moitié de la population de la Terre, en imposant une limitation très stricte des naissances et en retournant vivre dans des grottes. Mais ce serait du fascisme, n'est-ce pas ? Bref, Clara, il est trop tard. Nous avons mordu dans la pomme et nous devons en assumer les conséquences. Quand j'en ai pris conscience, j'ai arrêté de lutter. Et depuis que je suis ici, je n'ai plus peur. Vraiment. Mais j'ai toujours du chagrin. Parce que je ne pourrai pas léguer cette planète à des enfants que je n'aurai jamais.

— Vous parlez de ce genre de choses ? Je veux dire entre vous, dans le groupe ? De votre ressenti par rapport à… ce qui nous attend ?

— Oui, bien sûr. Mais pas seulement. Nous parlons beaucoup de ce qui viendra après.

— Après ?

— Après l'anthropocène. La planète ne va tout de même pas faire boum et disparaître. Il y aura encore de la vie sur Terre quand les humains se seront détruits entre eux. Des organismes plus adaptables, moins têtus, moins arrogants. Plusieurs membres du groupe sont très calés en théorie de l'évolution, nous avons aussi quelques philosophes… et un ou deux crétins. Le soir, quand les conversations autour du feu s'animent, c'est passionnant, tu verras.

— Quand ?

— Ce soir, si tu veux. D'habitude, nous dînons une heure avant le coucher du soleil. Nous le contemplons toujours ensemble. C'est une espèce de rituel, le seul que nous ayons, en fait. Comme je te le disais, nous ne sommes pas religieux. Nous avons des avis différents sur le monde, sur les causes et les effets, sur le sens de la vie. Notre point commun, c'est que nous ne supportons plus de vivre dans une société hypocrite qui veut nous faire croire que tout va s'arranger, alors que, de toute évidence, ce n'est pas le cas. Dis-moi, on peut manger ici ? Je meurs de faim.

Ils étaient sur le chemin du retour vers le campement, ou "l'enclos", comme l'appelait Jordan – une référence ironique à son prétendu rôle de berger –, lorsque Clara se souvint d'Elif et de la proposition qu'elle lui avait faite de dîner ensemble. Enfin, peut-être Elif était-elle du genre à manger tard. Ou à dîner tard sans manger. La petite amie de Sebastian faisait tourner sa nourriture dans son assiette dans un mouvement elliptique jusqu'à ce que les aliments soient suffisamment éparpillés pour sembler avoir été mangés. Cela dit, Elif ne se souciait pas tellement d'occulter ses troubles. Peut-être construisait-elle des tours. Sûrement. Pour le plaisir de les voir s'effondrer.

Le soleil bas frôlait l'herbe et les rochers – cette végétation coupée à ras qui donnait à toute l'île l'aspect de cheveux en brosse sur un crâne cabossé. Clara songea soudain qu'elle avait déjà passé deux jours sur l'île sans voir de moaï. Le lendemain, peut-être. Jordan pourrait-il lui montrer une des fameuses statues ? Il n'en avait pas parlé, mais il devait bien se positionner par rapport à elles d'une manière ou d'une autre.

En approchant du campement au bord de l'eau, ils entendirent des notes de guitare se répandre dans l'atmosphère. Quelque chose d'espagnol.

— Qui joue ? demanda Clara.

— Aucune idée. Bernie a une guitare, mais il ne joue que du Creedence.

Une douzaine de personnes de tailles et de couleurs de peau différentes, hommes et femmes, étaient assises en rond autour de plusieurs camping-gaz. Comme sur un signal, ils levèrent tous la tête à l'arrivée de Jordan et Clara. La personne qui jouait le *Prélude* en *mi* mineur d'Heitor Villa-Lobos n'était autre qu'Elif.

— Clarita ! s'exclama-t-elle gaiement. Nous sommes invitées à dîner !

Après le coucher du soleil, la plupart des campeurs se retirèrent dans leurs demeures provisoires : toiles fines, bâtons frêles. Clara ne put s'empêcher d'éprouver de l'admiration pour leur insouciance à l'idée d'une tempête éventuelle.

Quelques-uns firent un petit feu et continuèrent la veillée. Il y avait une jeune fille rousse venue d'Irlande qui, se dit Clara, avait à peine atteint la majorité sexuelle – sans doute une de celles dont Jordan s'imaginait qu'elles voulaient coucher avec lui. Clara n'en était pas si sûre : le regard de la jeune fille semblait tourné vers l'intérieur. Elle devait être à la recherche de quelque chose dans son propre crâne. Elle s'appelait Siobhan, un prénom qui, en association avec son langage corporel extralucide et ses cheveux étincelants, rappelait à Clara la figure de Jeanne d'Arc. Il y avait une jeune femme croate, Vedrana, qui aimait les arbres, le théâtre postdramatique et Sufjan Stevens. Bernie, qui n'était pas Bernie Sanders mais aurait pu l'être. Et puis une Australienne à la peau de crocodile et aux grandes dents tachées de tabac : Grace. Elle souleva son pull et montra ses quatre couteaux dans leurs fourreaux respectifs, tous fixés à sa ceinture.

— Celui-ci est le plus coupant, dit-elle en désignant celui de droite, puis, à gauche : Et celui-là, le plus émoussé. Tu vois, il y a un système.

Personne n'avait paru dérangé par la présence d'Elif, ni même étonné de son apparition qui, comme Clara l'avait compris plus tard, avait eu lieu peu après que Jordan et elle s'étaient mis en route pour l'hôtel. Elif s'était présentée comme une ancienne enfant star angoissée, désireuse d'accueillir la fin du monde avec des âmes sœurs, et avait été reçue comme un agneau égaré. Quelques membres du groupe, entre autres Grace, avaient carrément vu *Racing for Rhonda*. Dans une bonne ambiance, on avait passé le reste de la journée à questionner Elif sur les aléas de la vie hollywoodienne. Qu'elle n'ait contacté aucun d'entre eux avant de venir ne semblait pas les inquiéter outre mesure. Il y avait parmi eux de très jeunes gens qui étaient manifestement capables d'utiliser un ordinateur, mais Clara se rendit vite compte que leur vision de la société d'information ressemblait à celle de personnes très âgées. Ils semblaient en effet considérer Internet comme un réseau en lien télépathique direct avec la totalité de l'information mondiale. Quand on vit "connecté", comme le lui expliqua un jeune homme de Brême, on assimile un tas de données sans même en être conscient. Le cerveau, telle une éponge, absorbe tout sans distinction, dit-il, jusqu'à ce que, rempli à ras bord, il se mette à fuir.

— C'est à ce moment-là qu'on devient fou, chuchota-t-il à Clara.

Elif, assise à côté, hocha la tête pour exprimer son assentiment et dit :

— Ben oui, il suffit de regarder Kanye West.

Le jeune Allemand, songea Clara, avait déjà l'air un peu fou : il parlait beaucoup de sa capacité à voir des choses qui demeuraient invisibles aux autres.

Plusieurs habitants du campement semblaient prendre pour acquis que leur petite colonie, à ce stade, bénéficiait d'une notoriété publique et d'une couverture médiatique mondiale, un égarement dont Clara préféra ne pas les tirer puisque cela l'aurait obligée à admettre qu'elle-même n'avait pas connu leur existence grâce à une espèce de tambour de la jungle trans-médiatique, mais parce que, exactement comme eux, elle était volontairement entrée en contact avec Jordan après l'abandon de son blog.

Et que, en d'autres termes, elle était l'une des leurs. Bref, qu'elle appartenait à leur cortège endeuillé.

Contrairement aux autres, Jordan semblait légèrement étonné de l'arrivée d'Elif, mais il n'en fit pas un plat. Peu de choses paraissaient capables d'ébranler sa bienveillance naturelle. À l'heure où la plupart des veilleurs étaient allés se coucher, il ne pria pas Clara et Elif de partir, au contraire, il les encouragea à rester, leur proposant des bouffées de sa pipe et des gorgées de Madère douceâtre – il en avait sorti une bouteille de sa tente comme par magie – et à minuit, il fit bouillir du riz qu'ils mangèrent tous les trois avec les mains, directement dans la casserole.

— Tu as déjà vu les statues ? demanda-t-il à Clara en pointant sa cuillère en bois dans sa direction.

Elle fut obligée d'admettre que non.

— Je pensais faire une excursion en bus, dit-elle.

— Et engraisser le secteur du tourisme de catastrophe ? Sûrement pas. Je t'emmène. Demain.

— Hum hum, fit Elif en se raclant la gorge.

— Vous deux, bien sûr, ajouta Jordan. Il y a d'autres intéressés ?

Personne ne répondit, car ni Siobhan, ni Grace, ni Bernie, ni Vedrana, ni le jeune homme de Brême n'étaient encore levés. Ils s'étaient tout simplement couchés autour du feu et endormis, comme des enfants quand on leur éteint la lumière, avec le ciel pour couverture et les étoiles pour lampes de chevet, au crépitement lointain de l'océan telle une voix de mère qui s'éloigne peu à peu.

Elle fit un rêve dans lequel elle était un désert…

Une force de la nature…

Un cauchemar.

Elle fit un deuxième rêve…

Elle était une fillette, une tête duveteuse sur les genoux d'une grande sœur blonde à carreaux, elles souriaient à l'objectif…

Ava ! Elif !

Une voix d'homme les appelait, une carrure imposante…

C'était un père ! Un homme normal ! Il apportait des cerises dans un panier !

"Il y a une boîte de Stilnox là-dedans."

Mince ! Disparu…

Ava aussi…

Mais il y avait Dakota !

Elle regardait *Star Wars VIII : Les Derniers Jedi* – *nota bene* : logique onirique ! Un film tout récent, bien sûr…

Dakota était Rey et Elif, Kylo Ren, elles pouvaient entrer en contact l'une avec l'autre à travers le temps et l'espace.

C'était plus puissant que l'amour…

Plus puissant que tout.

"Je veux dire des cigarettes tartinées de beurre."

Taisez-vous, vous gâchez mon rêve…

Ne faites-vous jamais le genre de rêve…

Qui fait l'effet d'un habit frais sur la peau !

Mais qui êtes-vous ? Que me voulez-vous ? Qu'est-ce que je vous veux ?

J'ai juste besoin d'un peu d'éternité.

Vous n'êtes pas éternels…

Vous allez tomber amoureux, c'est tout.

Le lendemain, à l'heure du déjeuner, Jordan passa les chercher dans une vieille Land Rover Defender blanc sale empruntée au couple de patrons du camping. Lorsqu'il frappa à la porte de la suite où Clara avait, encore une fois, eu la chance de dormir sur le divin canapé en cuir blanc d'Elif, celle-ci dormait encore. Clara ouvrit et fit un geste impuissant dans sa direction.

— Impossible de la réveiller.

— Somnifères ? demanda Jordan.

— Peut-être.

Il s'approcha du lit et souleva l'une après l'autre les paupières d'Elif. Puis il entra dans la salle de bains, où Clara l'entendit ouvrir et refermer des portes d'armoire à pharmacie. Un moment plus tard, il ressortit.

— Il y a une boîte de Stilnox là-dedans. On n'a qu'à porter ton amie jusqu'à la voiture et la mettre sur le siège arrière. Il ne faut pas réveiller les gens qui ont pris ce type de somnifère, après, ils peuvent rester somnambuliques. J'ai testé le produit à une époque, c'était vraiment bizarre. Dans mon sommeil, je faisais des trucs que je n'aurais jamais faits autrement, même réveillé. Un matin, ma petite amie de l'époque m'a raconté qu'elle m'avait trouvé à la cuisine sur le point de manger des cigarettes beurrées. Je veux dire des cigarettes tartinées de beurre.

Clara sursauta.

— Ta petite amie ? dit-elle.

Ça lui avait échappé. Jordan la regarda en haussant un sourcil.

— Oui… J'en ai eu. Et même plusieurs. Tu es déjà jalouse ?

Clara lui tourna le dos et s'accroupit à côté d'Elif, puis tendit la main devant sa bouche comme pour vérifier qu'elle respirait encore. C'était le cas, bien sûr : une haleine chaude et humide dans sa paume. Clara serra le poing, essayant de trouver quelque chose à dire, une question modérément innocente qui ferait avancer ses recherches. Tout ceci allait trop vite. Elle ne se sentait pas prête.

— Et que pensent toutes tes petites amies du fait que tu te sois installé à l'île de Pâques avec un harem ?

Voilà tout ce qu'elle parvint à dire. Pas franchement innocent. Cela ressemblait à une tentative de drague.

— Rien de spécial, je suppose. Avec la dernière, ça s'est terminé longtemps avant que je vienne ici. En fait, elle m'a brisé le cœur. Nous étions mal assortis, on se ressemblait trop par certains côtés et pas assez par d'autres. Elle voulait sauver le monde mais pas se sauver elle-même et moi, le contraire. Elle était implacable vis-à-vis des sentiments des autres, vraiment terrible. Je ne crois pas qu'elle le faisait exprès, elle était comme ça, c'est tout. Mais sincèrement, ce n'est pas la raison pour laquelle j'exclus de coucher avec toi. Je m'abstiens vraiment par principe. D'ailleurs, en fait, tu es assez mignonne. Tu lui ressembles un peu. Vous êtes toutes les deux aussi brutes de décoffrage.

— Ne t'inquiète pas, rétorqua Clara. Je t'aime de moins en moins. Je m'en rends compte à chaque heure qui passe.

Ils s'entraidèrent pour traîner Elif jusqu'au siège arrière. Au grand étonnement de Clara, celle-ci ne se réveilla pas. Ses ronflements résonnaient dans la voiture, rendant le silence un peu moins tendu. Ils quittèrent le parking et s'éloignèrent de l'hôtel.

Après un moment, Clara questionna Jordan sur l'homme-oiseau, mais ça ne l'intéressait pas. Il préférait parler de l'effondrement des colonies d'abeilles. Clara savait déjà tout à ce sujet, peut-être même plus que Jordan lui-même, mais elle le laissa parler – cela semblait avoir sur lui un effet thérapeutique, ses traits s'adoucissaient quand il prononçait des expressions telles que "condamnés à mort" ou "irréversible". Ils parcoururent un chemin de terre, un promontoire rocheux, puis un autre. Clara avait vu sur une carte que la route d'Ahu Akahanga passait par le point le plus haut de l'île, situé à cinq cent sept mètres au-dessus du niveau de la mer.

— C'est qui, cette fille ? demanda Jordan avec un geste de la tête en direction d'Elif.

— Aucune idée, répondit Clara, ce qui n'était qu'en partie faux. Tu la connaissais ?

— Non, non… Elle est sortie de nulle part hier. Je ne l'avais jamais vue.

Il passa la main sur son menton barbu.

— Tu sais, je n'aurais jamais imaginé ça, dit-il. Que des gens viendraient me rejoindre. Je ne l'avais pas du tout prévu. J'étais resté en contact avec eux après avoir arrêté le blog. Je n'ai pas essayé de cacher l'endroit où je me trouvais, mais je n'ai jamais eu l'intention de les rassembler. Ils sont venus d'eux-mêmes. L'un après l'autre. Comme des sirènes qui sortent de l'océan. Sans me prévenir. À part toi.

— Qui est arrivé le premier ?

— Siobhan. Et puis Sytze. Horst en dernier. Enfin, ensuite, il y a eu toi.

— Je ne compte pas.

Jordan lui lança un regard amusé.

— Tu te crois vraiment différente ?

— Non, répondit Clara après un instant. Au fond, non. Mais je ne resterai pas, voilà la différence.

— Pourquoi pas ?

Elle haussa les épaules.

— Pour quoi faire puisque, de toute façon, tu n'as pas l'intention de coucher avec moi ?

À cet instant, Elif se réveilla, peut-être parce que les vitres tremblaient tellement Jordan riait fort. Telle une poupée dormeuse, elle ouvrit les deux yeux simultanément et sa bouche forma un "O". Puis elle cria. Surpris, Jordan faillit déraper mais parvint à maintenir le cap, tout en continuant à se poiler. Clara, qui avait été projetée contre la portière, jurait comme un charretier, on aurait dit Matilda dans un très mauvais jour. Elle avait envie de gifler Jordan sur la tête mais n'osait pas, de peur qu'il dérape à nouveau. Elif, en revanche, semblait s'amuser. Elle se pencha entre les sièges avant et siffla.

— Mon Dieu ! C'est vous ? Je me croyais victime d'un enlèvement. J'ai fait un rêve complètement dément, vous ne pouvez pas imaginer.

Elle retomba en arrière.

— Vous en faisiez partie, d'ailleurs, tous les deux. Vous tombiez amoureux et aviez treize enfants.

— Ah oui, c'est dément, dit Clara. Je me contenterais de douze.

Elif hennit.

— Tu es plus drôle que tu ne le crois, *sister*. Tu pourrais faire comique.

— Ne m'appelle pas comme ça.

— Comique ?

— Sœur.

Vingt minutes plus tard, ils s'arrêtèrent sur une petite aire couverte de gravier qui servait manifestement de parking. Dans quelques stands éparpillés aux alentours, on vendait de l'artisanat, du jus de fruits de la passion et des bâtonnets de glace sortis de congélateurs dont les bedaines étaient ornées d'affiches scotchées qui faisaient la promotion de marques aux couleurs passées.

— C'est mon endroit préféré sur cette île, dit Jordan en faisant taire le moteur. Enfin, je ne veux pas dire le parking. Mais là-bas.

Derrière la vitre baissée de sa portière, Clara tourna les yeux dans la direction que Jordan avait indiquée. Même paysage que partout ailleurs sur l'île : herbe verte en brosse érodée par le vent, puis rocaille en descendant vers la mer. De tout petits chevaux, un ciel immense.

Ils descendirent de voiture et avancèrent dans la *nada*.

— Elles sont où ? demanda Elif après qu'ils eurent marché un moment le long d'un sentier battu.

Ils étaient quasiment arrivés à la ligne de rupture, là où la terre rencontrait la mer.

Clara ne les distingua pas non plus, pas même quand Jordan les indiqua du doigt. Elle ne voyait qu'un amas de rochers pêle-mêle au bout d'une falaise.

— Ce sont ces pierres-là ? demanda Elif. Désolée, mais quelle déception.

Clara mit sa main en visière et plissa les yeux.

— Je crois que je m'attendais à plus grand, dit-elle.

— Moi, je les voyais debout, dit Elif.

— Je vois le genre… Non, mais sans déconner, c'est beau. Vraiment. Authentique. Vous croyez qu'elles ont toujours été debout ? En réalité, la plupart sont tombées. Avec le temps, tout tombe. Ce n'est que dans la seconde moitié du XXe siècle qu'on s'est mis à les relever. Pour faire des sites touristiques. De tailler de l'argent dans la pierre. Sauf ici, où on a laissé les choses telles quelles. En plus, ce sont les seules statues de l'île qu'on a le droit de toucher. Elles doivent être considérées comme moins précieuses que les autres, je suppose. Ils n'ont vraiment rien compris.

Jordan balança son sac à dos sur son épaule et se mit à marcher vers les pierres. À distance, elles ressemblaient à un amas organique ayant grandi sur place, recrachées au hasard par le sol. Mais en approchant, Clara remarqua un motif. Dans le plus grand groupe, des formes vaguement anthropomorphes étaient alignées. Jordan leur expliqua qu'on l'appelait la plate-forme du roi. Des personnages étaient également renversés aux alentours, certains encadrés par des pierres plus petites, d'autres seuls, abîmés, désarticulés. Ils avaient l'air d'avoir trébuché, ou glissé en sortant de la douche. Clara fut obligée de détourner le regard, c'était trop intime. Elle avait l'impression d'épier une personne âgée qui se traînait le long d'un trottoir à l'aide d'un déambulateur, ou quelqu'un de très enrhumé dans le métro : son nez n'arrête pas de couler et il essaie désespérément de le cacher derrière la manche de son pull.

Seule une des statues, couchée sur le dos, avait des traits humains. Son regard se perdait dans le ciel et ses yeux ressemblaient à des cratères de bombes. Potelée comme un bébé de six mois, elle n'évoquait pas une vie naissante mais une vieille mort. Jordan s'assit sur son ventre.

— Qu'est-ce que tu fiches ? s'écria Elif. Un peu de respect, je te prie !

Jordan rit.

— Le respect, dit-il, est un concept vraiment très abstrait.

Puis il raconta une histoire que Clara trouva réconfortante : assez belle, symbolique, le reflet d'un ordre universel et, en même temps, de mauvais augure, car il s'agissait tout de même de mort, de funérailles, d'êtres enterrés qui ne se verraient plus jamais. Le roi qui avait baptisé cet endroit, Hotu Matu'a, avait une sœur. Ils vivaient chacun à un point cardinal opposé, et leurs chemins se croisaient rarement. À la mort d'Hotu Matu'a, on l'enterra ici. Sa sœur, Ava Rei Pua, fut enterrée chez elle, de l'autre côté de l'île. On avait finalement compris que ce n'était pas un hasard. Des découvertes relativement récentes avaient dévoilé des liens cosmologiques et géographiques entre les deux lieux. Le jour du solstice d'été, le soleil se levait exactement au niveau de la sépulture de la sœur et, au solstice d'hiver, il se couchait exactement sur la tombe du frère.

De son doigt, Jordan parcourut le ciel – qui était bleu, bleu, immensément bleu.

— La sœur, le frère, l'été, l'hiver, dit-il. Reliés pour toujours, séparés pour toujours.

— Tu disais qu'elle s'appelait Ava ? dit Elif.

Deux jours et deux nuits après leur visite aux statues renversées, Clara mit son réveil à sonner à trois heures du matin, car ils devaient aller contempler le lever du soleil derrière le dos du roi, et il fallait, avait dit Jordan, que ce soit la plus belle chose qu'elle ait jamais vue. Clara en doutait. Elle avait tout de même vu quantité de belles choses dans sa vie – comme la plupart des gens. Un lever de soleil ? Un peu kitsch. D'après son expérience, la beauté supportait mal l'usure, il fallait sans arrêt la réinventer. Et surtout, le concept du beau était selon elle très éloigné d'un quelconque dégradé rose et or, aussi photogénique soit-il.

En fait, la plus belle vision qu'avait eue Clara dans sa vie avait été répugnante. Dans le coin d'une fenêtre, un jour, quand elle avait quinze ou seize ans, elle avait aperçu un papillon et une guêpe. Ils étaient l'un contre l'autre, enveloppés dans une toile d'araignée. Morts tous les deux. L'incertitude produisait le beau : impossible de déterminer lequel des deux était l'agresseur initial ni qui avait finalement, le cas échéant, tué son adversaire. La beauté émanait également du fait qu'il ne viendrait à l'esprit de personne d'imprimer ce tableau sur une carte postale. L'image avait retourné les tripes de Clara – ce qui la rendait encore plus belle.

Malgré tout cela, elle se leva, réveilla Elif, mit son meilleur pull, ocre jaune, pelucheux, beau à sa manière – parce qu'il lui rappelait Matilda : la couleur, les peluches, le fait qu'autrefois – eh oui – il lui avait appartenu.

Bien entendu, c'était douloureux. Encore un indicateur de beau.

Elif et Clara montèrent dans la Defender avec Jordan, Horst et Siobhan. Les autres s'entassèrent dans un minibus de location. Ils traversèrent la nuit comme un animal articulé, en deux parties, jusqu'à la pointe opposée de l'île où se situait Ahu Tongariki, la plus pompeuse des plates-formes monumentales. Dans la voiture, Jordan avait donné une nouvelle information à Clara : toutes les cent quatre-vingts statues avaient été orientées vers l'intérieur de l'île et non pas face à la mer, comme l'aurait cru Clara.

— Mais pourquoi ? demanda-t-elle.

Jordan haussa les épaules.

— Le nombril du monde, dit-il. C'est ce que signifie Rapa Nui. Peut-être surveillent-elles le centre. Pour voir s'il tient le coup.

Ce qu'il n'avait pas fait, bien sûr – ce qu'il ne ferait jamais.

Il faisait encore noir lorsqu'ils arrivèrent, peu après cinq heures du matin ; on n'apercevait qu'un étroit rai lumineux au-delà de la mer, quasi imperceptible, fin comme un trait au crayon. Ils se garèrent, grimpèrent par-dessus un mur, se prirent par la main et coururent dans l'obscurité à travers l'herbe rongée.

Droit dans les ombres, c'est-à-dire cette nuit encore plus noire que la nuit ordinaire qui lui échappe et, en même temps, lui appartient, comme l'obscurité d'une église ou d'un sein contre lequel on se presse. Les statues projetaient lesdites ombres. Il y en avait quinze, toutes énormes. Grotesques. Coiffées de chapeaux de pierre ; chacune semblait peser des millions de tonnes. Voilà exactement le seul type de beauté dont se souciait Clara : brutale, imposante, répugnante, une esthétique du déclin, bref, la seule beauté qui avait un quelconque rapport avec la vérité.

Si les statues projetaient des ombres, c'était parce que le soleil était en train de se lever. Il se levait parce que c'était son rôle, il continuerait à se lever encore pendant des millions d'années, quelle que soit la hauteur des constructions que l'on dressait devant lui pour l'occulter.

Ils s'assirent dans l'herbe. Puis s'allongèrent. Ils restèrent couchés sur le sol, regardant le soleil se lever.

Et Clara sentit qu'en cet instant, à cause du nouveau vieux soleil ou peut-être de la terreur qui accompagnait toute véritable expérience du beau et la suivait à la trace comme un terre-neuve mort, à cause de la peur que cette beauté se termine bientôt irréversiblement, elle sentit qu'en cet instant, toute parole devait être une absolue vérité. Elle sortit son téléphone, alluma le micro et le tendit à une femme à laquelle elle n'avait pas encore parlé.

— Raconte, dit Clara. Raconte-moi n'importe quoi.

Alicia, 53 ans, Salamanque, Espagne :

Quand je pense à la fin, je vois un incendie. Un grand feu crépitant. Tu connais le bruit que ça fait ? On entendra un grondement.

J'exagère, je sais, mais je vois aussi des oiseaux tomber du ciel. Je ne veux pas me trouver dans une maison quand ça arrivera. Tu imagines le bruit de leurs becs et de leurs griffes qui glissent le long des vitres ? Essaie un peu de l'imaginer.

Vedrana, 29 ans, Zagreb, Croatie :

Je veux planter des arbres, tu vois. Qu'est-ce qu'on peut faire au niveau individuel ? En fin de compte ? Je vais planter des arbres. Je veux y consacrer ma vie. Je ne suis pas naïve, je ne crois pas que ça changera quoi que ce soit. On ne peut pas sauver le monde en plantant "un arbre à la fois". C'est un slogan et, comme tous les slogans, il ment. Ma mère dit que je suis cynique. Mon frère aussi. Mais franchement. J'aime les arbres. Ça doit quand même vouloir dire que je ne suis pas un cas complètement désespéré.

Siobhan, 24 ans, County Galway, Irlande :

En fait, on ne devrait pas être là. On n'est pas chez nous. Chacun a sa place dans le monde. Là où il est né. Pour moi, c'est Galway. Pas la ville, mais les environs. Les arbres. Les rochers. Les pierres. Les prunes sauvages. Les embruns salés. Les *kissing gates*. Connais-tu le nom des arbres là où tu as grandi ? Moi, oui. Le peuplier. Le cendre. L'if. Et les fleurs.

Les oiseaux. Avant de venir ici, en fait, je n'étais jamais sortie de l'ouest de l'Irlande. Pourtant, je me suis reconnue dans le paysage quand je suis arrivée. En plissant les yeux, j'ai l'impression de voir les falaises du Connemara. J'aurais dû rester chez moi, je suppose. Enfin, je ne sais pas. Je ne sais pas très bien si je peux encore me sentir chez moi quelque part.

Jordan, 35 ans, Berlin, Vermont, États-Unis :

Il y a un intellectuel américain qui s'appelle Wendell Berry, un peu philosophe, un peu artiste. Il cultive encore la terre avec des chevaux.

Il a écrit un petit texte formidable sur un seau qu'il a trouvé accroché à une barrière quand il a acheté un terrain. Le seau était sûrement au même endroit depuis des décennies. Au fil des ans, des matières organiques se sont déposées au fond : des feuilles mortes, des brindilles, des cadavres d'insectes. La pluie s'écoulait par trois petits trous. Au moment où Wendell Berry a écrit le texte, trois centimètres d'épaisseur de terreau achevé s'étaient formés à l'intérieur.

Trois centimètres en un siècle.

Un enfant de cinq ans est capable de comprendre que nous sommes foutus.

Rosa, 26 ans, Viña del Mar, Chili :

Je suis biologiste marin. À la faculté de sciences maritimes de l'université de Valparaiso, à Viña del Mar. Une profession super déprimante, à notre époque. Au lieu de découvrir de nouvelles espèces, nous étudions leur mort. Ce n'est pas de ça que je rêvais quand j'étais enfant. Je voulais nager avec des dauphins. J'ai grandi à Valpo. Nous avons des lions de mer, beaucoup, beaucoup de lions de mer. En plus des maisons colorées, des rues en pente, des funiculaires et de la Sebastiana, une des maisons de Pablo Neruda, c'est notre principale attraction touristique. On prend un petit bateau pétaradant qui mène au large pour les regarder, comme on regarderait des prostituées. C'est indigne, mais c'est comme ça. Mais nous n'avons pas de dauphins, la première fois que j'en ai vus en liberté, j'avais dix-neuf ans. C'était au Mexique, où on trouve la plus petite espèce au monde, tout en haut du golfe de Californie. On les appelle *vaquitas*, ils sont plus petits qu'un être humain. Il n'en reste presque plus. Si quand j'avais onze ans, on m'avait dit que quinze ans plus tard, il n'y aurait plus que trente *vaquitas* dans le monde, j'aurais choisi un autre métier. Je te le jure.

Horst, 19 ans, Brême, Allemagne :
J'espère que je ne deviendrai pas aveugle. Ou si je le deviens, que ça arrivera vite. C'est tout ce que je veux. Que ça se termine et qu'après, ce soit fini.

Clara, 26 ans, Stockholm, Suède :
C'est ce que j'espère aussi. *(Silence.)* Enfin, pas vraiment.

Après l'excursion collective à Ahu Tongariki, Clara se tint à l'écart du groupe pendant quelques jours, dans une tentative de rassembler ses idées et ce qu'elle essayait de considérer comme sa "documentation".

Déjà sept jours sur l'île, et elle ne savait toujours pas ce que serait le sujet de son reportage – si elle parvenait même à l'écrire. Elif avait négocié avec la réception de son hôtel afin que Clara soit enregistrée comme invitée dans son bungalow ; Clara avait donc quitté son trou à rats, et passait désormais ses jours et ses nuits dans un luxe qui contrastait assez utilement avec le récit qu'elle élaborait lentement, au cours de son travail de transcription des entretiens avec le groupe. Elle s'installait habituellement sur la terrasse ; la plupart du temps, Elif lui fichait la paix. À quoi celle-ci consacrait-elle ses journées ? Cela demeurait assez mystérieux. Clara la soupçonnait de passer pas mal de temps avec Jordan et les autres au campement. En tout cas, elle ne parlait plus du prétendu tournage imminent d'un clip vidéo, et Clara ne l'interrogeait pas à ce sujet.

Le troisième jour, ressuscitée, Elif lui annonça au petit-déjeuner – le sien était constitué d'une brochette de papayes, de cigarettes et de café – qu'elle voulait louer un bateau et qu'il s'appellerait *Dakota*. Elle s'était manifestement lassée du zèle de Clara.

— Il y en a au port. Ils sont super beaux, on dirait des bonbons.

— Mais tu sais faire de la voile ? Moi, pas, dit Clara, qui se sentait comme un petit lièvre.

— On n'aura qu'à ramer.

— Et s'il y a du vent ?

Clara scruta la pente, le précipice et les cimes des palmiers chahutées par le vent.

— Allez… insista Elif en tiraillant la peau qui entourait la rotule de son genou. Vis un peu, quoi.

À l'agence de location, elle prit son temps pour choisir leur bateau. La flotte était constituée de petites barques qui, par leur forme et leurs couleurs vives, évoquaient effectivement des bonbons. On pouvait choisir à sa guise. Elif les parcourut une à une, puis s'arrêta devant une coque turquoise surplombée d'une voile rouge et blanc un peu sale et munie d'une paire de rames aux manches lisses, usés par de nombreuses mains.

— La voilà ! C'est *Dakota* ! pépia-t-elle, ravie, en jetant son sac à main à l'arrière.

Clara ne lui demanda pas pourquoi elle tenait tant à ce nom et ne lui fit pas remarquer que le bateau avait déjà, à en croire les lettres peintes à la main sur la poupe, un nom, et que ce nom était *Bernarda*. Elle ne lui raconta pas non plus qu'autrefois, elle avait justement eu un chien qui portait ce nom, et qu'il était mort dans d'atroces souffrances gastriques provoquées par l'ingestion d'un sachet de deux cents grammes de bonbons aux fruits et aux noix de la marque Marabou, que sa sœur Matilda avait oublié sur la table du salon. Elle se contenta de dire "OK", un mot qui lui venait de plus en plus facilement à mesure qu'elle passait du temps au soleil, puis descendit dans la bassine turquoise. Elif fit un signe vigoureux au loueur et, avant même qu'il ait eu le temps de venir les aider, plongea une rame dans l'eau, prit appui sur le fond et poussa pour les éloigner des autres bateaux et les propulser vers le large. À aucun moment elle n'eut l'air de vouloir toucher à la voile. En revanche, c'était une rameuse étonnamment forte et habile. Bientôt, elles furent loin de la terre ferme. Clara essayait de ne pas penser au fait qu'elles n'avaient ni moteur ni gilets de sauvetage. En tout cas, elles avaient une écope. Clara la tenait sur ses genoux comme un petit chat : une métaphore de la fragilité de la vie.

— Où as-tu appris à ramer ? demanda-t-elle à Elif.

— Au Canada. Je croyais que tu avais vu *Racing for Rhonda*. Il y a une scène d'aviron.

— Ce n'est pas une histoire de patinage ?

— Aussi. Les enfants canadiens sont très sportifs.

— J'imagine.

Du bout des doigts, Clara effleura le mât qui se dressait entre Elif et elle, scindant la silhouette de la rameuse en deux.

— Qui était cette Ava, au fait ? dit Clara.

Elif s'arrêta.

— Pourquoi tu me demandes ça, si je peux me permettre ?

— De temps en temps, tu dis son nom. Dans ton sommeil. Pas besoin de me raconter, si tu ne veux pas. Je me disais seulement… Je ne sais pas.

Clara haussa les épaules. Elle leva la tête vers le ciel et ne vit aucun oiseau. L'absence d'oiseaux l'effrayait. Le silence de la mer l'effrayait. Ne pas savoir s'il y avait de la terre ferme derrière son dos, ni si elles étaient parties pour ne plus jamais revenir l'effrayait. Elle se vit courant dans un univers laiteux : plage, mer, ciel, horizon flottant. Jordan lui avait décrit la sensation qu'on avait en courant sur l'île un jour de brouillard, quand le sable de l'estran était épais et saturé d'eau salée, et le ciel, si humide qu'il collait aux cheveux. Comme de courir dans le néant, avait-il dit. Dans un nuage. Dans un tunnel à travers sa propre tête. Pour lui, cela représentait une indicible liberté. Clara trouvait ça terrifiant.

— Ma première némésis, dit brusquement Elif en lâchant les rames dans l'eau avec deux ploufs syncopés qui tirèrent Clara de ses pensées.

Celle-ci poussa un petit cri de terreur :

— Mon Dieu ! Tu as dit qu'elle était quoi ?

— Ma némésis.

Elif se remit à ramer, Clara eut la vague impression qu'elle changeait de direction, mais n'ayant aucun point de repère à l'horizon, impossible de le savoir vraiment.

— Tu veux dire un genre d'ennemi ?

— Non. Une némésis est plus qu'un ennemi. C'est une partie de soi, quelqu'un auquel on ne peut jamais échapper et dont on ne peut jamais se libérer. Le côté obscur de soi-même, la personne qu'on aurait pu devenir.

— Je comprends, dit Clara en portant automatiquement ses ongles à sa bouche, comme elle le faisait toujours en pensant à Matilda. Je crois que j'en ai une. Ma sœur. Elle est assez maléfique. Mais je l'aime, bien sûr, enfin, d'une certaine manière, alors je ne sais pas si c'est valable.

— Faux ! s'exclama Elif, exaltée. Justement, c'est exactement ce qui définit une némésis ! On doit à la fois l'aimer et la haïr. Sinon, ça n'a pas de sens. La haine sans amour devient vite de l'indifférence, tout comme la haine sans identification.

Elif donna quelques puissants coups de rame et poussa un petit soupir théâtral, puis reprit :

— Tu ne piges pas la chance que tu as. J'ai passé ma vie à en chercher une nouvelle. Depuis que j'ai perdu Ava. Il y a eu d'innombrables candidates, mais toutes m'ont tôt ou tard déçue. Même Lana.

— Del Rey ?

— Mouais. Elle n'a pas suffisamment bon cœur.

— Tu viens de dire qu'une némésis devait être malveillante…

— Réfléchis un peu, ma chérie. On ne peut pas être toutes les deux la mauvaise jumelle, la relation ne serait pas productive, on se tirerait vers le bas, sans plus. Comme je ne peux évidemment pas être la bonne moitié, je dois trouver quelqu'un qui me ressemble en mieux. Quelqu'un de plus pur. Comme Ava. Comme Dakota Fanning.

— C'est qui ?

— Ma némésis.
— Je croyais que tu n'en avais pas…
— J'ai Dakota Fanning. Pour le restant de mes jours, dit Elif en caressant la proue du bateau d'un geste que Clara trouva plein d'une sensualité mélancolique.
Elif baissa la voix et murmura sur le ton de la confidence :
— Tu te souviens du soir où nous nous sommes retrouvées à la plage ? Quand je t'ai dit que j'attendais ma némésis. Je pensais à Dakota. Elle va venir. Je te le jure, elle est en route.

Soudain, sans que Clara ne comprenne bien comment, elles mirent à nouveau le cap sur la terre ferme, pas l'endroit où elles l'avaient quittée, mais la plage en contrebas du camping. Jordan les attendait, les pieds dans l'eau, le pantalon retroussé, tenant un harpon et un seau. Elif lui fit signe de ses deux bras maigres comme des allumettes, jeta la corde par-dessus bord et bondit dans l'eau, qui lui arrivait jusqu'aux genoux. Jordan et elle se firent la bise. Clara resta assise dans le bateau. Elle savait que le seau de Jordan contenait des poissons morts et ne voulait pas les voir. Plus haut sur la plage, Horst avait enfoui ses orteils dans le sable et tenait son appareil photo en équilibre sur ses genoux pointus. Clara s'étonna qu'il ne tombe pas. Vedrana était allongée sur le dos à côté de lui, plongée dans la lecture d'un livre de Naomi Klein.
Elif hurlait. Jordan la pourchassait, un poisson encore frétillant dans la main. Les yeux de l'animal, grotesques, ressemblaient à des bulles de savon sur le point d'éclater. Clara sentit son corps se rétracter sous son pull, elle se coucha sur le plancher de la barque. L'espace était étriqué mais pas claustro, non, presque cosy, avec une touche de mélancolie. Elle ferma les yeux en se demandant si le cordage tiendrait, et si elle allait les rouvrir en pleine mer. On ne pouvait pas toutes les deux être la mauvaise jumelle, avait dit Elif. Cette idée plaisait à Clara, elle satisfaisait son sens de l'ordre et de

l'équilibre. Mais si Matilda représentait le mal, cela signifiait qu'elle-même devait représenter le bien. Un peu dur à avaler. Elle ne s'était jamais considérée comme bonne ni mauvaise, et n'avait jamais aspiré à être l'une ou l'autre. Au contraire, elle avait toujours voulu n'être rien : un froissement à la surface de l'eau, un bouton à l'extrémité d'une toute petite branche. En même temps – inutile de le nier – elle aurait voulu être Matilda. Car finalement, ce phénomène qu'elle appelait le mal était, d'une certaine manière, une force de la nature.

Pendant un bref instant, elle sentit sa présence masculine, juste avant que le poisson n'atterrisse sur son ventre – c'est-à-dire trop tard. Lorsqu'elle rouvrit les yeux, la créature la dévisageait, immobile, c'était une espèce d'anguille, longue, visqueuse et encore vivante. Il y avait du désespoir dans son regard. Sans réfléchir, Clara attrapa le corps glissant et le jeta dans l'eau. Cela ne prit pas plus d'une seconde, pourtant, elle crut voir la bête montrer ses dents avant de claquer contre la surface de l'eau et disparaître.

— Qu'est-ce que tu fabriques ? s'exclama Jordan. C'était notre repas.

Il avait une main sur le bateau et l'autre sur sa hanche. Sa chemise était boutonnée de travers, il avait raté un bouton au niveau du cœur – d'ailleurs, Clara crut le voir battre à travers la fente. Elle posa sa main à l'endroit de la palpitation sous la peau bronzée et appuya très fort. Jordan vacilla mais ne tomba pas.

— Tu es complètement dingue ! vociféra-t-elle en essayant de se hisser hors du bateau.

Il lui tendit la main mais elle la repoussa brutalement. Jordan eut alors un rire qui dissipa les derniers doutes de Clara sur son identité : c'était forcément l'homme dont sa sœur avait brisé le cœur – même s'il semblait tout de même l'avoir assez bien rafistolé, elle le sentait encore au creux de sa paume. Ils étaient les enfants d'un même souffle, Matilda et lui. Rien de très étonnant à ce que ça n'ait pas marché entre eux.

— Tu as vraiment eu peur ? Ce n'était qu'un poisson. Et ne va pas croire que tu lui as sauvé la vie, il était déjà à moitié mort.

Clara ne répondit pas. Elle parcourut laborieusement les quelques mètres de mer qui la séparaient de la plage. Cela parut agacer Jordan.

— Où tu vas ?

— Occupe-toi de tes affaires.

— Clara, ne fais pas l'enfant. C'était une blague, d'accord ?

Clara stoppa net, les pieds dans l'eau. Vedrana, qui lisait tranquillement, ne semblait pas se soucier de cette petite dispute. Elif, assise sur un rocher, ressemblait à quelqu'un qui mange du pop-corn. Horst se cachait le visage dans ses mains comme un tout petit enfant qui croit disparaître en fermant les yeux. Clara fit volte-face.

— Non, pas d'accord. Ne me touche plus jamais, tu piges ?

Jordan laissa tomber ses bras le long de son corps. Un rayon de soleil, fendant un nuage solitaire, enveloppa ses épaules d'une cape d'airain. Un bref instant, il eut l'air de vouloir dire quelque chose, puis il desserra les mâchoires et haussa simplement les épaules.

— Désolé.

Clara s'entoura de ses bras et s'éloigna, luttant contre un vent qui n'existait pas.

Elle marcha sans but et ses pas la conduisirent au cybercafé. Plus tard, ce soir-là, avant de s'endormir sur son canapé blanc, alors qu'elle essayait de se convaincre qu'elle n'avait aucune obligation de répondre, elle se dit que le hasard l'avait guidée, un caprice du destin, elle était entrée sans le vouloir, avait commandé une petite bouteille de Coca en verre potelé, ouvert le navigateur de l'ordinateur Compaq suranné et s'était connectée à sa boîte mail pour la première fois depuis dix jours. Elle voulait seulement voir si quelqu'un lui proposait une pige, si, en repartant de l'île, elle aurait une chance de gagner sa vie. Et peut-être, peut-être, fit-elle semblant de s'avouer à elle-même, si, parmi ses fréquentations à Stockholm, on avait remarqué son absence, rien que ça. Avoir envie de manquer un peu à quelqu'un, c'était tout de même normal, ne serait-ce qu'à une vague connaissance.

Mais personne ne lui avait écrit. Sauf Matilda.

Bien sûr, elle s'y attendait. Autrement, pourquoi aurait-elle préféré l'anonymat d'un cybercafé plutôt que le Wi-Fi super performant du bungalow d'Elif ? Pour avoir la paix, pour lire tranquillement les histoires de sa sœur sur sa vie au loin, sa sœur adorée qui lui manquait.

Quatre mails, à deux jours d'intervalle. Tous avaient le même sujet : *Pardon ou je ne sais pas quoi (je radote mais, franchement, tu pourrais répondre ??)*. Clara pressa la bouteille de Coca fraîche contre sa joue tout en feignant d'hésiter à ouvrir les messages. Brusquement, elle se trouva elle-même lassante : un personnage qui poussait sans arrêt les autres à dire pardon. Un petit animal sans défense, une femme qui n'arrivait pas à être adulte. Elle plaça le curseur sur le premier mail et, sur le point de cliquer, sursauta. Un nouveau mail venait de tomber dans sa boîte sous ses yeux, chevauchant les autres.

Il n'était pas de Matilda, mais de leur mère.

Plus tard, Clara souhaiterait ne l'avoir jamais ouvert. Le texte enrubanné dans des formulations rassurantes la rendit immédiatement très inquiète. *Ma fille adorée, j'ai quelque chose d'extraordinaire à te raconter... Surtout, ne t'en fais pas, je veux simplement que tu saches que, depuis un certain temps, j'ai du mal à localiser votre père.*

Clara n'avait quasiment pas pensé à son père depuis plusieurs semaines, et qu'il reste injoignable ne l'inquiétait pas particulièrement – il était sans doute parti faire un voyage en amoureux avec une nouvelle rencontre et reviendrait sitôt qu'il se lasserait.

Ce mail ne représentait de toute évidence qu'un début ; qui était d'autant plus inquiétant. Quelque chose dans l'acharnement de sa mère à vouloir à la fois susciter de l'inquiétude et la minimiser indiquait à Clara que l'équilibre était rompu. Un grain de sable allait avoir d'énormes conséquences – l'effet papillon. Souffle sur une plume et tu récolteras la tempête.

Très à-propos, un nouveau mail apparut. De Matilda, cette fois, adressé à Clara et à Sebastian. *Elle a complètement perdu la boule, ou quoi ? C'est quand même moi qui souffre de maladie mentale dans cette famille, merde ! Dire que je me demandais d'où ça venait. J'ai peut-être enfin la réponse… Ou plutôt deux réponses possibles. Un : maman est folle. Deux : NOUS AVONS UN AUTRE PÈRE ET IL EST FOU !!! C'est bien ce qu'elle veut dire, non ? Sinon, qu'est-ce qu'elle bafouille ?*

Clara se rendit aux toilettes et vomit du Coca-Cola dans le lavabo. Puis elle se regarda dans la glace et, enfin, retourna à l'ordinateur.

Pendant des heures, elle regarda les mails tomber en cascade : Sebastian, Matilda, encore Sebastian…

Matilda.

Clara, merde ! Où tu es passée ?

Elle se mit à pleurer à gros sanglots : en fait, elle ne le savait pas. C'est-à-dire que concrètement, elle ne savait pas où elle était. Elle avait perdu tous ses repères, tout était chamboulé, elle ne savait plus si cela avait un sens d'indiquer un point sur une carte et de dire là, je suis à cet endroit-là, alors que toute carte est un mensonge, une représentation faussée de quelque chose de beaucoup trop grand pour qu'un seul être humain ne puisse jamais le cerner.

— Qui était cette Ava, au fait ?

Elle voulait le savoir ? Eh bien, merde ! Elle allait être renseignée, dans ce cas !

Ou pas, parce qu'il y a des choses dont on ne peut pas parler comme ça, sans façon… Elle aurait voulu dire : Ava était la plus belle, la plus gentille, la plus douce des tourterelles… Elle s'était quand même pris des raclées, son père la tabassait tellement qu'elle ne pouvait presque jamais se montrer en public. Toute bleue, comme un Schtroumpf ! Ces jours-là, quand le salopard s'était enfin écroulé, Elif grimpait par la fenêtre pour passer du temps avec Ava.

Elles jouaient surtout à des jeux de société… À part un Monopoly auquel il manquait presque toutes les cartes de chance – trop symbolique, hein ! – la famille d'Ava ne possédait qu'un jeu avec des verres à bière Simpson, mais elles trouvaient toujours un tas de façon d'y jouer ; appelons ça "intelligence", stp.

Une fois, le père d'Ava l'avait tellement rouée de coups qu'il lui avait cassé la hanche, Elif l'avait trouvée par terre dans sa chambre, dans une flaque de pisse et de merde – ce fut la première rencontre d'Elif avec la mort. Bon, d'accord, cette fois, la mort avait épargné Ava, tourné les talons, peut-être pour aller faire un tour au bistrot, mais Elif avait quand même compris qu'elle était passée par là… Son ombre traînait encore dans la pièce, elle se balançait au rideau de coton pâli… Elif courut chercher sa mère, Ava s'était retrouvée à l'hôpital et son père, en taule, c'était toujours mieux que rien, mais…

Après ça, les hanches d'Ava cliquetaient comme des castagnettes quand elle marchait.

Elles n'avaient que onze ans à l'époque ; ensuite, Elif avait décroché son rôle dans *Racing for Rhonda* et s'était éloignée, envolée comme un papillon, de quelques battements d'ailes… Ava était restée dans sa famille d'accueil à Brawley.

Où était désormais la belle tourterelle ? Aucune idée. Elif écrivait parfois son nom dans la petite fenêtre Google mais, jusque-là, elle n'avait pas cliqué sur le bouton de recherche.

Ava était comme un foutu chat de Schrödinger ! En même temps mort et vivant… Tant qu'Elif s'abstenait d'appuyer sur la touche *"Enter"*.

Finalement, peut-être que c'était tant mieux, parce que…

Appelons ça instinct de conservation, stp.

— On veut te montrer un truc incroyablement important.

Devant la véranda du bungalow d'Elif, Jordan, Vedrana et le jeune homme de Brême, dont Clara savait désormais qu'il s'appelait Horst Herbert Jacob, l'attendaient.

Clara referma son ordinateur et regarda le petit attroupement solennel sur l'herbe brûlée par le soleil. On était en plein milieu de la journée et la chaleur provoquait de petites perles de sueur sur sa lèvre supérieure. Elle les essuya du bout de la langue, but sa dernière gorgée de maté et emporta son ordinateur à l'intérieur.

— Je prends quoi, comme chaussures ?

Elle passa la tête par la porte et montra une paire d'espadrilles et une paire de chaussures de marche.

— Tu n'as pas quelque chose entre les deux ? dit le jeune homme de Brême, bizarrement contrarié.

— Non.

— Prends les chaussures de marche, dit Jordan. On va en montagne.

Appeler ça "montagne" était, bien sûr, exagéré – il n'y avait pas plus de véritable montagne à l'île de Pâques que de véritable pente de luge en Scanie, dans le sud de la Suède, ce dont Clara avait douloureusement pris conscience le jour où, durant une visite de ses cousins du Jämtland, elle leur avait fièrement montré la dénommée "côte céleste", une butte à proximité de la bibliothèque de Malmö qui, tous les trois ans, se recouvrait d'une fine couche de neige sale se prêtant aussi bien aux soucoupes qu'au *snowracer*. Ce jour-là, Clara avait compris que c'était normal d'avoir honte du plat pays scanien. Personnellement, elle trouvait à la fois beau et rassurant qu'on ne puisse ni s'y cacher ni s'y perdre. L'île de Pâques était, à bien des égards, comparable : sans forêt, sans chaîne montagneuse ni vallées profondes. Il y avait bien les sommets des volcans et leurs flancs en pente douce, ou les falaises qui se précipitaient dans la mer, mais on pouvait lire ce paysage à livre ouvert – pas de secrets. En route vers le plus haut sommet de l'île, le Cerro Terevaka, Clara tenta de se figurer de quoi l'île avait eu l'air lorsqu'elle était encore couverte de forêt. L'idée la fit frémir, et elle en tira également une étrange exaltation, comme de toute représentation vraiment très perturbante : méduses de la taille de trois terrains de foot, hommes atteints d'éléphantiasis, neurones miroirs, ce genre de choses.

Le silence régnait dans l'habitacle. Vedrana regardait par la vitre, Horst, assis à côté de Jordan à l'avant, écrivait quelque chose dans son carnet, appuyé sur ses genoux, les pieds sur le tableau de bord. Il était si penché en avant que sa frange touchait le papier et produisait un petit frottement à chaque fois qu'il faisait un mouvement de tête. Clara songea qu'ils auraient pu être une petite famille en excursion – une idée terrifiante.

Une famille suffisait largement.

Plusieurs jours étaient passés depuis que sa boîte mail, prise de combustion spontanée, s'était mise à cracher des messages de sa mère, de son frère et de sa sœur. Elle n'avait toujours pas répondu – le ferait-elle jamais ? Rentrerait-elle jamais ? Peut-être valait-il mieux disparaître. Couler comme une île dans l'océan, une ville engloutie. Dans un bref instant de laisser-aller, elle se demanda si elle leur manquerait – si elle ne revenait pas. Si elle restait sur cette île pour toujours. Dans toutes les familles, songea Clara, il y a quelqu'un d'indispensable et quelqu'un qui ne l'est pas, qu'on peut aussi bien perdre.

— Qu'est-ce que tu écris ? demanda-t-elle à Horst en s'appuyant contre les dossiers des sièges avant.

Il sursauta, se tapant la nuque contre l'appuie-tête.

— C'est juste une liste, dit-il en écartant sa frange.

Clara voyait ses yeux pour la première fois : leur couleur délayée, d'un gris laiteux comme de l'eau de pluie. Ses cils transparents. Il avait des taches de rousseur. Dans l'ensemble, son visage évoquait à Clara un fond marin.

— Une liste de quoi ? demanda-t-elle en se retenant de la lire en douce.

— De ce que je vois, tout simplement. On ne peut pas photographier à cause de la vitesse.

Horst tapota son appareil photo, qui se trouvait à côté de lui sur le siège : du beau matériel dans un étui en cuir avec une courroie.

— Horst est notre photographe de cour, ajouta Jordan. Cela dit, je ne sais pas ce qu'il vaut parce qu'il ne nous a jamais montré ses photos.

— Tu as un ordinateur ? demanda Clara.

Horst acquiesça.

— Mais seulement pour copier mes images, dit-il en s'excusant. Et puis j'envoie parfois des mails à mon père. Ma mère est morte, alors…

— Désolée.

— Elle est décédée à la suite d'un empoisonnement au glyphosate.

— Ce n'est tout de même pas scientifiquement prouvé, répliqua Vedrana sur un ton renfrogné. Que le glyphosate soit mortel.

Horst haussa les épaules et se remit à rédiger sa liste.

— Où est-ce qu'on va, au juste ? demanda Clara.

— Là, répondit Jordan en tournant abruptement à gauche sur une petite route.

Il s'arrêta sur le bas-côté et ouvrit sa portière d'un coup sec.

— Admire notre petit projet rédempteur, notre petite pénitence, notre réhabilitation symbolique de l'ordre naturel. Admire notre forêt.

Clara regarda par la vitre. Elle ne vit aucune forêt. Sous ses yeux s'étalait une pente parsemée d'une vingtaine de formations rocheuses un peu bizarres, des cercles de pierres empilés d'une hauteur de cinquante centimètres à un mètre, qui ressemblaient vaguement à des foyers.

— Il faut aller plus près, dit Vedrana, irritée, en la bousculant légèrement.

Clara ouvrit sa portière et descendit. Vedrana la prit fermement par la main et la conduisit au cercle de pierre le plus proche.

— Là. Un arbre ! dit-elle en indiquant le petit cratère au milieu.

Elle avait raison : à l'intérieur de la petite fortification de pierre poussait un arbre pas plus haut qu'un avant-bras, tendant ses quelques feuilles aux quatre vents avec une violente joie de vivre.

— Ils sont très fragiles, tu comprends… dit Vedrana. Comme des enfants. Une bourrasque, et ils meurent.

— Vraiment ?

— Tu as regardé autour de toi ? demanda Vedrana.

Clara leva les yeux. La végétation n'était jamais plus haute que la largeur d'une main.

— Autrefois, c'était couvert de forêt ici. Surtout des palmiers, dit Vedrana.

— Je sais.

— Mais c'était il y a quatre cents ans. Beaucoup de choses peuvent arriver sur la planète en quatre siècles. L'érosion a creusé les sols, la petite couche de terre fertile a disparu depuis longtemps. C'est extrêmement difficile de faire prendre racine à un arbre parce que le vent souffle très fort. Il doit rester à l'abri pour avoir une chance. Voilà pourquoi nous avons construit des murets. Nous avons creusé des trous, nous les avons remplis de terreau apporté du continent, et Trees for Life nous a fait don des arbres.

— C'est quelle espèce ?

— Des aïtos. Ils supportent bien le sel. Et ne se prêtent pas aux monocultures comme l'eucalyptus que nous avons sur la côte.

Clara jeta un coup d'œil à la voiture. Horst était parti. Elle l'aperçut plus haut dans la côte, son appareil devant l'œil, l'objectif dirigé vers Vedrana et elle-même. Elle leva la main, hésitante, et lui fit un petit signe maladroit. Il se détourna.

Jordan, qui avait fait le tour de la plantation, revint vers elles.

— Tout m'a l'air très bien, dit-il à Vedrana, qui hocha sévèrement la tête.

Clara n'avait jamais vu la jeune femme sourire. Pourtant, elle n'avait pas l'air malheureuse, enfin, pas exactement.

— Viens, on va commencer l'arrosage.

Clara jeta un coup d'œil incrédule alentour. Il n'y avait aucune source d'eau sur l'île de Pâques. Jordan comprit sa perplexité et fit un signe de tête en direction de la voiture.

— Nous avons de l'eau dans le coffre. Il faut les arroser jusqu'à ce qu'ils soient suffisamment enracinés. Mais les aïtos poussent bien, leurs racines s'enfoncent vite et assez profond dès le départ. Nous pensons devoir nous en occuper pendant encore environ un mois ou deux. Ensuite, il y aura les pluies d'hiver. Au printemps, ils pourront sans doute s'en sortir sans nous.

Jordan avança un peu la voiture et Vedrana alla ouvrir le coffre de la Land Rover, qui contenait en effet dix bidons de cinquante litres d'eau, ainsi que trois arrosoirs.

— Vous arrosez à la main ?

— Oui, et alors ? dit Vedrana.

— On aurait pu utiliser un système de pompage, mais sincèrement, sur le plan spirituel, ça fait du bien d'arroser à la main. Et c'est tout de même le but de l'opération, expliqua Jordan.

— Je croyais que le but était la reforestation, dit Clara.

— Tu as compté nos arbres ? Il y en a vingt-deux. Il en faudrait deux cent mille sur l'île pour arrêter l'érosion et rétablir l'écosystème naturel, enfin, si on veut dire par là l'écosystème qui régnait avant l'abattage frénétique des humains au XVIIIe siècle. Deux cent mille. Nous ne pouvons pas planter deux cent mille arbres. Le gouvernement chilien le pourrait éventuellement, mais ça ne l'intéresse pas. Les gens viennent sur l'île pour voir les statues – la moitié font du tourisme de catastrophe, l'autre moitié sont des Indiana Jones. Personne ne vient regarder des arbres. Alors pourquoi faisons-nous ceci ?

— Oui, pourquoi ? renchérit Clara en se mettant à fouiller dans son sac à main pour trouver son téléphone, tout en suivant Jordan qui allait ici et là parmi les arbres.

C'était incroyable à quel point elle était nulle comme journaliste, cela ne cesserait jamais de l'étonner. Elle n'arrivait même pas à faire semblant. Enfin, à ce stade, elle avait commencé à accepter la nature profonde de son reportage : un prétexte et un point d'ancrage, rien d'autre.

Vedrana, qui avait ouvert le robinet de l'un des bidons et rempli un arrosoir, repartit en titubant, alourdie par la charge, vers les arbres du fond. Elle appuya l'arrosoir sur son genou, le pencha contre le muret et fit ruisseler l'eau sur le sol qui cachait les frêles racines de l'arbre. Clara finit par trouver son téléphone, ouvrit l'enregistreur et appuya sur *"Play"*. *A contrario*, Jordan s'éloigna à nouveau vers la voiture. Elle le suivit, tendant le téléphone devant elle pendant qu'il prenait un arrosoir et le remplissait.

— Pourquoi ? répéta Clara.

Elle espérait en silence que le ruissellement ne couvre pas la voix de Jordan sur l'enregistrement. Elle ferait peut-être mieux de prendre aussi des notes. Mais où avait-elle mis son bloc ? Dans le sac en tissu qu'elle avait laissé parmi les arbres. Elle poussa un grand soupir. Jordan sourit.

— Tu disais que ton frère était chercheur en neurosciences, c'est bien ça ?

— Oui… répondit Clara.

Le lui avait-elle dit ?

— Dans ce cas, tu sais ce que sont les neurones. Et de quoi ça a l'air à l'intérieur d'un cerveau humain.

— Oui.

— Mais tu ne l'as jamais vu en vrai, tu peux seulement te le représenter.

— J'ai vu des images dans National Geographic, dit Clara, regrettant immédiatement cette réplique idiote.

— Évidemment. Ils abordent ce genre de sujet parce que ça fait vendre. Nous sommes tellement fiers de nous, tellement nombrilistes, rien ne nous fascine autant que notre propre cerveau parce qu'il est, en quelque sorte, la preuve ultime de notre complexité par rapport aux autres êtres vivants, de notre supériorité et de notre règne légitime sur la nature.

— Oui, oui… marmonna Clara.

Elle avait mal à force de tenir son téléphone à bout de bras et, en plus, il faisait chaud. Un filet de sueur se faufila entre ses seins – une sensation très désagréable, elle avait l'impression que c'était du sang.

— On peut s'asseoir ? demanda-t-elle.

— Pas question ! Il faut arroser. Pose ce truc et file-nous un coup de main.

Jordan lui indiqua le téléphone. Clara le remit dans la poche de son short, attrapa le dernier arrosoir, le remplit – mais pas à ras bord car elle avait peur de ne pas pouvoir le soulever – et suivit Jordan.

— En général, quand les gens pensent à des arbres, ça leur évoque le feuillage, dit-il. Des troncs très anciens, de l'écorce, de la verdure. Des nids d'oiseaux. Mais en fait, les arbres ressemblent à des icebergs, les parties cachées sous le sol sont aussi importantes que ce qu'on voit au-dessus. Tu ne crois pas que les gens auraient une autre conception de la nature si on avait autant de facilité à visualiser les racines d'un arbre que les impulsions électriques qui traversent notre cerveau ? Les arbres ont leur intelligence. Ils communiquent sous terre, leurs racines s'étendent les unes vers les autres comme des neurones, elles s'effleurent comme les doigts des amoureux, comme Dieu a touché Adam. La plupart des gens, aujourd'hui, n'ont pas la moindre idée de tout ceci. Ils ne savent pas que si tu arraches une feuille à un endroit de la forêt, cela peut se répercuter sur un buisson à l'autre bout. En fait, ça a des conséquences sur tout, y compris toi-même. On ne touche pas autrui sans devenir soi-même autre, n'est-ce pas ? Pourtant, nous croyons pouvoir nous déplacer dans la nature sans que nos pas ne laissent de traces en nous. Pourtant, elles sont au moins aussi profondes que nos empreintes dans le sol.

Jordan se tut et posa son arrosoir vide. Il retira sa vieille chemise en coton rouge délavé et l'utilisa pour s'essuyer le front. Clara eut l'impression qu'il considérait ce geste comme un cadeau qui lui était destiné. Elle détourna les yeux.

On ne touche pas autrui sans devenir soi-même autre, n'est-ce pas ?

Et qui deviendrait-on si personne ne nous avait vraiment jamais touchés, c'est-à-dire touché notre cœur.

— Où est passé Horst ? dit-elle pour interrompre le cours de sa pensée.

— Il court toujours à droite et à gauche, répondit Jordan. C'est un enfant.

— Il a dix-neuf ans, non ?

— Tu étais comment, à dix-neuf ans ? Moi, en tout cas, j'étais un enfant.

— J'avais peur du noir.

— Tu vois.

Ils firent encore plusieurs tours à la voiture pour chercher de l'eau. Chemin faisant, Jordan parlait de l'arbre comme du symbole ultime du contact perdu entre l'être humain et la nature.

— Tu sais, je viens du Vermont. Pour moi, c'est un défi de vivre dans un endroit comme celui-ci, sans arbres. Je crois que c'est difficile pour tout le monde : dans les villes, dans les paysages agricoles, partout où il existait autrefois des forêts maintenant disparues. Nous sommes quand même des primates, nom de Dieu. Nous venons des arbres. Pense à toutes les religions dans lesquelles le concept d'arbre est central, y compris le christianisme. Dans le jardin d'Éden, il y avait un arbre, il portait un fruit, Ève goûta le fruit et tourna le dos à l'arbre. À cet instant, elle cessa d'être un singe et devint humaine. Mais pour quoi faire ? Souvent, je me dis que nous n'aurions jamais dû descendre des arbres. C'était notre Éden. Après ça, tout n'a été qu'un long diminuendo.

— Alors vous essayez de construire un nouvel Éden ? Ici ? Avec vingt-deux arbres.

— Tu n'as pas écouté, Clara. Nous n'essayons pas de refaire le jardin d'Éden, et nous ne tournons pas une espèce d'émission de téléréalité à la con. Nous voulons seulement nous racheter un peu.

— Pour qu'on vous accorde une… indulgence ? Enfin, je crois que ça s'appelle comme ça, tu sais, dans l'Église catholique.

— Je ne suis pas pratiquant.

— Mais tu es religieux ?

— Ça dépend comment on définit le terme. Je crois que nous avons besoin de religion.

— Du genre : "croire en une puissance supérieure" ?

Clara dessina des guillemets en l'air. Pour la première fois, Jordan sembla authentiquement contrarié.

— Oui, c'est exactement ce que je veux dire. Peut-être que tu trouves ça niais, enfin, c'est ce que tu as l'air d'insinuer avec ton geste soi-disant ironique, mais sérieusement, qu'est-ce que ça signifie ? Croire en une puissance supérieure ? Supérieure à quoi ?

— À soi-même, je suppose.

— Exactement. Supérieure à l'être humain. Autrement dit : ça fait plusieurs milliers d'années que nous croyons en l'être humain comme supérieur à tout et en tout…

— Pourtant, répliqua Clara, pendant ces mêmes milliers d'années, la plupart des gens ont cru en un quelconque Dieu, non ?

— Oui, en théorie. Dieu en tant qu'être céleste, la vie après la mort, blablabla, mais toujours en plaçant l'humanité au centre. En tout cas dans le judaïsme, le christianisme et l'islam. Et où cela nous a-t-il menés ? Ici ! À un monde où, d'ici trente ans, New York risque la combustion spontanée s'il y a un été exceptionnellement chaud. Où, dans soixante ans, il ne restera pas suffisamment de terres arables pour nourrir la moitié d'entre nous. Et ainsi de suite... Tu peux sûrement énumérer autant de scénarios catastrophe que moi...

— Plus, dit Clara, sincère.

— Alors oui, et non : je crois que nous devons retrouver un lien avec quelque chose qui nous dépasse. Mais je parle de quelque chose qui nous est réellement supérieur. Je parle de cette foutue planète, des océans, des glaciers. Je crois que nous devons les laisser s'effondrer sur nous et nous écraser.

Haletante, Clara posa son arrosoir au pied d'un muret. Elle jeta un coup d'œil à l'arbre à l'intérieur. Il n'avait pas d'yeux, bien sûr, mais elle l'imagina quand même les paupières closes, comme un nouveau-né qui recherche la chaleur du sein maternel. Il tendait ses frêles feuilles vers le ciel, et quand Clara parvint enfin à hisser l'arrosoir sur le muret et que l'eau ruissela, elle aurait juré que les feuilles s'écartaient pour laisser couler les filets d'eau vers le pied de l'arbre.

— Imagine que vous puissiez vraiment planter deux cent mille arbres ici, dit-elle. Ce serait comme guérir une plaie.

— Franchement, dit Jordan, tu sais aussi bien que moi qu'il n'y aura aucun véritable changement avant l'effondrement des systèmes. En tant qu'espèce, nous serons peut-être exterminés mais, ensuite, le processus de guérison pourra commencer. C'est déjà arrivé, et ça arrivera encore. Seulement, nous ne serons plus là pour le voir. C'est comme ça. Quand on gâche la fête, on ne peut pas s'attendre à être invité la fois suivante.

— Je n'aime pas tellement les fêtes, dit Clara.

Jordan garda le silence pendant un court moment. Puis, d'une voix qui semblait venir de très, très loin, il dit :

— Moi, si, malheureusement. C'est justement le problème. J'aime beaucoup trop cette vie et maintenant, je ne sais plus où me foutre.

Il fallut presque une heure pour vider les nombreux bidons d'eau. Lorsqu'ils eurent terminé, Clara transpirait tellement qu'il y avait de grandes taches humides à l'avant et à l'arrière de son short et que ses pieds, dans ses lourdes chaussures de marche, avaient pris une texture spongieuse. Elle ressentait des démangeaisons aux aisselles et une légère douleur lombaire. Pourtant, l'idée de cette eau qui, déjà, se faufilait à travers les strates souterraines lui plaisait. Pendant que Jordan et Vedrana partaient à la recherche de Horst, Clara obéit à une impulsion. Elle grimpa au-dessus d'un muret pour rejoindre l'un des arbres, puis enfonça la main dans la terre humide. Elle pressa l'argile pâteuse, qui jaillit à travers ses doigts. Dans l'étroit espace entre l'arbre et le muret, elle fut obligée de contourner le maigre tronc en l'entourant quasiment de ses jambes pour trouver la place pour s'asseoir. Elle pencha le front contre l'écorce pâle, respira le parfum salé de l'arbre, si différent des odeurs sucrées et familières du bouleau et de l'orme poisseux, mais tout de même rassurant. Le repos après l'effort faisait battre lourdement son cœur. Elle avait l'impression de sentir chacun de ses nerfs : s'asseoir ainsi à l'ombre du muret dans un recoin humide, c'était comme de plonger les bouts fourchus de ses nerfs enchevêtrés dans de l'eau claire et tiède.

— On a fini maintenant, on va se baigner. Tiens, bois.

Clara leva les yeux, un peu perdue et très gênée. Au-dessus du muret, Vedrana lui tendait une bouteille en plastique à moitié pleine d'eau troublée par le soleil. Comme d'habitude, elle faisait une tête d'enterrement. Clara essaya de se remettre debout, mais n'y parvint qu'avec l'aide de la jeune femme, qui lui tendit sa main libre pour la tirer. Elle scruta les jambes boueuses de Clara, son short mouillé, but une gorgée d'eau et dit :

— Quand j'étais enfant, mon meilleur ami était un arbre. Je voudrais habiter dans un arbre.

— Sérieux ?

— Oui. Tu as lu *Le Baron perché* de Calvino ?

— Non.

— Tant mieux. En fait, ça parle de dompter la nature, ce qui est dégoûtant.

— Ah, dit Clara en collant le goulot de la bouteille à sa bouche.

L'eau avait un goût de gravier, d'herbe et d'assouvissement.

— Vous avez trouvé Horst ? demanda-t-elle lorsqu'elle fut finalement obligée de se séparer de la bouteille vide.

— Oui, il est dans la voiture avec Jordan. Allez, viens.

— Il n'aide jamais à arroser ? Enfin, je veux dire, il ne fait que photographier ? demanda Clara en enjambant le mur.

Vedrana soupira.

— Horst fait ce qu'il peut, mais il est presque aveugle.

— Je croyais qu'il disait ça comme ça.

— C'est vrai. Aveugle. C'est comme pour un chiot, mais à rebours. Bientôt, il ne verra plus que du noir.

Vedrana écrasa la bouteille en plastique et en fit une boule qu'elle enfonça dans son sac à dos.

— En plus, il a des visions. Il se croit extralucide.

Ils partirent se baigner à Anakena. Après avoir fréquenté la butte aride et les tout petits arbres, la sensation de se retrouver parmi des êtres humains était étrange. Des touristes : lunettes de soleil miroitantes, sacs à dos, bronzages, dentitions éclatantes, cigarettes électroniques, enfants en petite culotte, vendeurs de noix de coco et pêcheurs dans leur bateau, en train de tendre des filets. Un vent du large produisait de grandes vagues. Vedrana et Horst, "les enfants graves", comme Clara s'était mise à les appeler mentalement, bien que Vedrana eût bientôt trente ans et qu'elle fût donc plus vieille que Clara, se changèrent méthodiquement, lentement ; Jordan arracha sa chemise humide et se précipita dans l'eau. Son enthousiasme était contagieux, et Clara retira rapidement son short et son débardeur et lui emboîta le pas. Elle n'aimait pas se baigner seule, mais accompagnée, elle adorait se faire renverser par des vagues immenses, coup sur coup, sans jamais s'arrêter.

L'eau lui rafraîchissait les jambes. En courant vers le large, elle la vit rincer la terre et la boue, qui se dissolvaient dans l'eau écumante et disparaissaient. Une vague se cabra. L'eau salée ne disparaîtrait pas, se dit Clara. Quoi qu'il arrive. Les océans grandiraient, monteraient petit à petit, avaleraient les îles comme celles-ci, les îles comme Manhattan, Jersey ou les Caïmans, toutes les terres que l'être humain avait détruites en les couvrant d'or, de gratte-ciel, de verre, les éclats seraient broyés, emportés, polis contre le sable, transformés en galets doux et lisses, puis ils sombreraient au fond de l'océan comme de ténébreux joyaux. Le va-et-vient des vagues, leur schéma récurrent prédéterminé, continuerait. Voilà ce que signifiait le "ce qui viendra après" de Jordan. Clara éclata de rire – d'un rire sauvage, rebelle, presque heureux.

Elle se laissa submerger par une vague.

Celle-ci se retira, et Clara se remit d'aplomb, se frotta les yeux pour en retirer l'eau et leva son visage vers le soleil.

C'est alors que quelque chose s'agrippa à ses chevilles.

Prise d'une panique aveugle, elle cria ; elle cria encore plus fort quand son regard croisa celui de Jordan – il était à plusieurs mètres d'elle, du côté de la plage, ce n'était donc pas lui et, plus loin, elle vit également Vedrana et Horst patauger prudemment. Durant quelques instants de terreur pure,

Clara sentit la noyade lui serrer la gorge comme une main. L'inconnu allait la tirer sous la surface, il ne lâcherait pas prise avant que ses orbites soient pleines de vers annélides et de méduses. Elle s'en voulut d'avoir encore une fois cédé à la voix caressante et traîtresse du bienheureux effroi. Exactement comme au premier hôtel : derrière la photogénie, son enfer personnel l'attendait pour lui souhaiter la bienvenue. Elle tenta de reprendre son souffle et tendit les bras vers la plage, vers Jordan qui la regardait, vers les enfants graves qui, dans l'incompréhension, regardaient leurs propres pieds, comme le font toujours les enfants graves.

Alors, une tête encadrée de boucles noires fendit la surface de l'eau.

— Espèce de tarée ! hurla Clara en donnant des coups dans l'eau en direction d'Elif.

Celle-ci riait aux éclats, ses narines caves projetaient de l'eau.

— Tu as eu peur ?

Clara s'entoura de ses bras en faisant la moue.

— Qu'est-ce que tu fais ici ? demanda-t-elle.

Elif leva les mains et recula de quelques pas, l'air offensée. Difficile d'entendre ce qu'elle disait, le vacarme des vagues couvrait sa voix, mais cela ressemblait à : "Eh ben *fuck you* aussi."

Clara fut submergée par une nouvelle vague et lorsqu'elle se remit debout, Elif avait disparu. Clara l'aperçut sur la plage, elle ressortait de l'eau à l'écart des autres et ne semblait pas marcher vers eux, mais s'éloigner.

Clara eut un pincement au cœur : sans doute la mauvaise conscience. Dieu sait pourquoi, Elif avait toujours été vraiment sympa avec elle, et Clara n'avait pas fait grand-chose pour le lui rendre. Était-elle froissée ? Clara se mit en marche à grandes enjambées à travers l'eau, puis courut après elle sur la plage.

— Eh, dit-elle en posant la main sur son épaule.

Elif pivota lentement sur elle-même.

— Excuse-moi de t'avoir attrapé la jambe, dit-elle. Un enfantillage. Mais il faut que tu saches que je n'ai pas eu l'occasion d'en faire beaucoup pendant mon enfance. Du maïs ?

Elle fit un signe de tête en direction d'un vendeur. Clara se sentit déconcertée.

— D'accord, dit-elle.

Elif acheta deux épis et elles s'assirent côte à côte sur le sable. Elif retirait des grains jaunes du sien et les posait en équilibre sur ses orteils. Clara mangeait, elle avait faim.

— Tu sais, ce n'est pas grave, dit Clara entre deux bouchées, un peu hésitante. J'ai eu peur, c'est tout. Je suis assez… peureuse.

Elif gloussa.

— Le scoop de l'année ! Excuse-moi de te le dire, mais tu me sembles un peu tendue, ma vieille.

Clara se sentit légèrement offensée. Ce n'était tout de même pas elle qui portait des lunettes de soleil vingt-quatre heures sur vingt-quatre et faisait une fixette sur une actrice américaine comme une véritable harceleuse…

— J'ai pas mal de soucis en ce moment, dit-elle en posant son épi tout grignoté à côté d'elle. Des problèmes de famille, on peut dire.

Elif acquiesça.

— Crois-moi, je connais. Enfin, je connaissais, à l'époque où j'en avais encore une. Je veux dire une famille.

Elif fit claquer son gros orteil et voler un grain de maïs en l'air.

— On se ressemble, toi et moi. Tu t'en rends compte ? dit-elle en tournant vers Clara les surfaces sombres qu'elle avait à la place des yeux. Je l'ai senti dès la première fois que je t'ai vue. À l'aéroport. Tu faisais une de ces têtes… On aurait dit que quelqu'un était mort.

C'était vrai, mais Clara s'abstint de le lui faire remarquer. Quelqu'un était mort et avait emporté sa famille. Clara se contenta de faire un "hmm" neutre qui ne signifiait ni oui ni non. Cela lui parut absurde qu'Elif, qui ne ressemblait vraiment à personne dans la vie de Clara, revendique un lien de parenté spirituel avec elle. Mais finalement, c'était assez sympathique.

— Qu'est-ce qui est arrivé à ta famille ? demanda Clara avec prudence.

— Eh ben, ils sont tous morts. Sans exception. Ma vraie famille, je veux dire. Je te l'ai déjà raconté, tu ne m'écoutes pas ? Et les autres. Morts, eux aussi. Ma mère, mon père. Je n'ai pas de frères et sœurs. Compagnons, enfants, tout ça : pfuit ! dit Elif en agitant sa main dans l'air comme pour le balayer. Je n'en ai pas non plus, comme tu l'auras sûrement deviné.

— Mouais, dit Clara.

— Mais toi, tu as des frères et sœurs, non ? Une mère, un père, tout ça…

— Oui, répondit Clara de mauvais gré.

— Alors où est le problème ?

Clara hésita un instant. Puis elle lança :

— Mauvaise communication. On peut dire. Et certaines disparités.

— Et alors ?

— Des paroles sur lesquelles on ne peut pas revenir. Des actes aussi.

— *Sister*, ressaisis-toi, dit Elif en donnant un petit coup dans la nuque de Clara. Tant qu'il y a de la vie, il y a de l'espoir. Il suffit de dire pardon. C'est super facile.

— Pardon, dit Clara.

Elif éclata de rire et se mit à courir à travers la plage pour rejoindre les autres.

Lorsque Clara se déshabilla, ce soir-là, elle découvrit qu'elle avait toujours son téléphone dans la poche de son short, et qu'elle avait oublié d'éteindre l'enregistrement. Il s'était finalement arrêté de lui-même faute de mémoire, mais elle se retrouvait tout de même avec plusieurs heures de son, le bruissement de la mer, des voix, des rires. Elle se mit au lit avec ses écouteurs. En se concentrant bien, cela ressemblait au bruit d'une forêt vierge ou à des ébats amoureux.

Trois phrases se distinguaient très nettement dans le brouhaha :

On ne touche pas autrui sans devenir soi-même autre, n'est-ce pas ?

Ce serait comme guérir une plaie.

Tant qu'il y a de la vie, il y a de l'espoir.

Elle ouvrit sa boîte mail et écrivit : *Je suis là. On se parle mardi ?*

La mort. Généralement considérée comme le contraire de la vie. Les dieux : immortels. Les humains : mortels, évidemment. Les animaux : aussi. Les pandas, les tigres, les orques. Les cigales de l'île de Pâques qui n'arrêtaient pas de mourir, sans explication. Un chien qui mourait. Une femme – mais au fond, ce n'était qu'une fillette. Tout le monde mourait sans arrêt.

Sauf quand ils ne le faisaient pas.

Il était une fois un nouveau-né dont le premier cri resta coincé dans sa gorge.

Enfin, il sortit un peu plus tard. Avec un léger décalage.

Il était une fois trois frères et sœurs qui n'avaient jamais su lequel d'entre eux n'était pas le bon.

Ni qui était cet enfant qui avait échappé à la mort de justesse et vivait, pour ainsi dire, en sursis.

L'océan. Immortel.

Ce qui vit dans l'océan : hautement mortel.

La veille de sa conversation téléphonique avec sa famille, Clara était tellement nerveuse qu'elle grimpait littéralement aux murs dans le bungalow d'Elif. Elle avait aperçu une araignée, possiblement vénéneuse, dans l'un des coins du plafond blanc du salon, et avait décidé de l'expulser, coûte que coûte. En rentrant d'une promenade, chargée de bouteilles de verre, Elif trouva Clara en train de se hisser en haut d'une bibliothèque. Elle avait les ongles tout cassés, blancs de plâtre.

— Eh ben ! Je ne sais pas ce que tu fabriques, mais tu as besoin de te détendre, dit Elif en composant le numéro de Jordan.

Ils prirent un taxi jusqu'à Playa Ovahe, sur la côte nord, car Elif avait lu sur TripAdvisor que c'était la plus belle plage de toute l'île de Pâques. Quand Jordan lui avait raconté qu'il n'y était jamais allé malgré sa présence sur l'île depuis déjà plusieurs mois, elle en avait été effarée.

— J'en ai assez, de la beauté terrestre, avait-il répliqué pour toute explication.

Il était malgré tout parvenu à repousser les limites de ce qu'il pouvait supporter. En tout cas, dès que le taxi s'arrêta sur l'aire qui servait de parking, une lueur s'alluma dans ses yeux. La plage, entourée de roches volcaniques, ne faisait pas plus de deux cents mètres de long. Surtout, elle était complètement vide. Pas un chat, pas un parasol, pas un emballage de glace abandonné aussi loin que l'œil pouvait voir, c'est-à-dire très loin, car là où le sable s'arrêtait, la mer prenait le relais, claire, immense, parsemée de vagues écumantes si parfaites qu'elles évoquaient à Clara les nombres de Fibonacci, des coquillages, la tête lourde d'un tournesol juste avant que ses pétales ne tombent.

— *This beach is no good*, dit le chauffeur en comptant l'argent qu'Elif lui avait donné. *Falling rocks. Hit your head, you know? Not always, but sometimes. Go look fifteen minutes at sunset. Then I drive you back.*

Elif éclata de rire et donna au chauffeur un billet de plus.

— *We'll be okay. You can go.*

— *But it will get dark and in dark you don't see rocks.*

— Dans ce cas, nous mourrons sans y être préparés, dit Elif en ouvrant la portière. Allez, on y va, les filles.

À peine sorti du taxi, Jordan avait déjà arraché ses chaussures et s'était précipité dans l'eau. Elif lui emboîta le pas ; Clara se retrouva seule avec le chauffeur maugréant qui redémarra et s'éloigna. Les chutes de pierre ne l'inquiétaient pas énormément, le moyen par lequel ils allaient repartir plus tard, beaucoup plus. Le réseau téléphonique était défaillant et elle supposa que le soir, ce n'était pas un endroit où l'on pouvait espérer voir surgir un taxi ni, vraisemblablement, aucune autre voiture. Cela dit, que faire ? Il aurait fallu y penser avant. Avant de quitter la sécurité relative de Hanga Roa. Ou, mieux encore, avant de quitter la Suède, l'Europe, ou pourquoi pas encore plus tôt, avant de quitter sa chambre d'enfant ou le ventre de sa mère.

Elle se donna une petite claque sur la joue et se mit en marche.

Elle les rattrapa au bord de l'eau. Le point inférieur du soleil touchait à peine la ligne vaporeuse de l'horizon, une lumière rose et douce ruisselait à la surface des flots, comme un glaçage. Ils contemplèrent le coucher du soleil dans un relatif silence, laissant l'eau clapoter sur leurs orteils, leurs tongs, leurs chevilles. Jordan avait apporté une bouteille de bourbon dans son sac à dos, il la fit tourner tandis que des larmes coulaient le long de ses joues. Clara fut obligée de jeter un deuxième coup d'œil pour s'en assurer mais, si, il pleurait vraiment.

Il semblait en deuil, c'était plus que ne pouvait supporter Clara.

— Viens, dit-elle en lui secouant doucement l'épaule. On va se baigner.

En revenant de leur baignade, ils trouvèrent Elif jambes croisées en train de faire des bulles de savon. Elle sortit de son cabas souple un second tube à bulles et le lança à Clara, qui grelottait sur le sable, les épaules recouvertes d'une serviette de bain.

— Ouvre, dit Elif.

Clara dévissa le bouchon du tube multicolore et découvrit, avec une surprise qui découlait surtout du fait qu'elle était surprise de sa propre surprise, qu'il ne contenait pas une solution savonneuse épaisse et miroitante, mais une fine poudre blanche. Clara, qui n'était pas plus idiote qu'elle n'en avait l'air, comprit qu'il s'agissait de cocaïne ; elle n'était pas complètement innocente non plus, et avait déjà testé la substance à une occasion où la peur de paraître psychorigide avait dépassé celle de mourir à la suite d'une ingestion de stupéfiants.

— Allons, ne sois pas timide, dit Elif avec un signe de tête péremptoire vers le tube.

— Je ne sais pas… tenta Clara en se tournant vers Jordan, l'air quasi suppliant, dans l'espoir qu'il la guide.

Il attrapa le tube d'un geste désinvolte, versa un petit tas conique sur le dos bronzé de sa main et l'aspira sans même en faire une ligne. Évidemment, se dit Clara : Jordan aimait le monde entier et, généralement, ce type de personnalité affectionne aussi la drogue.

— Je te fais une ligne ? lui proposa-t-il.

Clara acquiesça en silence.

— Une petite, ajouta-t-elle. Ça fait longtemps.

Jordan lui fit un de ses sourires sécurisants et omniscients dont il avait le secret, puis versa un nouveau tas de poudre, plus petit, sur le dos de sa main, retira une épingle des cheveux de Clara et, avec une efficacité étonnante, l'utilisa pour former une ligne à peu près droite, puis il lui tendit sa main comme s'il attendait d'elle un baisemain. Gênée, Clara coinça derrière son oreille la mèche de cheveux qui était tombée lorsque Jordan lui avait retiré l'épingle et se pencha en avant. À mi-chemin, elle se rendit compte que quelque chose clochait.

— Tu n'as pas un billet de banque ?

— Tu n'en as pas besoin.

Clara se sentit bête, mais également sûre de son fait.

— Il m'en faut un, sinon, je ne pourrai pas.

— Mais si, tu peux. Ce n'est pas difficile. Pas la peine de le faire d'un coup sec. Ferme les yeux et inspire naturellement, tu verras, la poudre viendra toute seule.

— D'accord, mais je ne veux pas.

— Pourquoi pas ?

— J'ai besoin de contrôler le processus.

Il y eut un silence tombal, puis Elif gloussa. Elle se mit à fouiller dans son sac à main, manifestement intarissable, et en sortit un portefeuille en cuir de veau bleu layette.

— J'ai des billets, moi, *baby*. Combien tu veux ? Dix mille pesos ? Vingt mille ?

Agacé, Jordan agita sa main libre à l'attention d'Elif.

— Laisse tomber, Elif. Elle y arrivera sans.

Clara hésitait encore. Soudain, elle sentit une chaleur lourde dans sa nuque et des doigts qui se refermaient autour de son cou. Jordan conduisit sa tête vers le dos de sa main. Clara imagina son visage comme une fleur de tournesol, toutes ses pensées et ses peurs, des pétales qui tombaient sur le sol, son cerveau, un coquillage parfait plaqué de nacre miroitante, elle entendit les vagues qui roulaient à travers son corps, laissant une tache d'humidité involontaire dans le short de son bikini.

— Ça ira, murmura Jordan. Je te tiens. Ferme les yeux et respire. Tu es un être humain, pas besoin d'en faire plus. Il suffit de fermer les yeux et de respirer.

Clara ferma les yeux et respira, et quand elle les rouvrit, le monde avait des contours un peu plus nets, Jordan tenait sa main et celle d'Elif, ils couraient ensemble à travers la plage, ils se précipitèrent dans l'eau qui enveloppa Clara comme une bouche, une langue, des dents, et cela ne la terrorisa pas. Elle se dit : on flotte quand même mieux quand on s'abandonne à l'élément aquatique.

Ils flottaient. Nulle raison de s'inquiéter, d'ailleurs, il n'y en avait jamais eu. Bien sûr, ils trouvèrent un taxi. Bien sûr, ils arrivèrent sains et saufs au bungalow d'Elif et, bien sûr, ils remplirent le jacuzzi et s'enfoncèrent tranquillement sous l'eau, la tête légère.

Clara but plus que de raison, mais pas autant qu'Elif, qui ne tenait plus debout. Clara la prit sous l'un de ses maigres bras osseux et la conduisit dans sa chambre, où elle la coucha en position fœtale sur le couvre-lit rêche, d'un blanc éclatant au clair de lune.

Elle resta à son chevet un petit moment, écoutant sa respiration rauque, se demandant si c'était le sentiment qu'on avait en veillant un enfant. Si Sebastian avait éprouvé la même chose en veillant Violetta. Les gens croyaient-ils vraiment que veiller quelqu'un pouvait faire une quelconque différence ?

Elif ouvrit les yeux et prononça des paroles à peine perceptibles :

— Dakota, c'est toi ? Tu es enfin là ?

— Chhhh... dit Clara en écartant doucement une boucle de cheveux noirs poisseuse. Dors, maintenant.

Lorsqu'elle ressortit de la chambre à coucher, Jordan regardait par la fenêtre. Dehors, le ciel ressemblait à un rideau

– comme au théâtre, songea Clara. Il suffisait de l'ouvrir pour que l'univers s'effondre sur eux. Bien sûr, cela n'arriverait pas, mais elle ne parvenait pas à se débarrasser de cette impression qu'elle avait, enfant : la terre était une boule à neige, non pas ronde comme un ballon, mais plate comme une crêpe, protégée par la voûte céleste.

Un radio-réveil luisait dans le noir. 02.17. Il restait moins de six heures. Elle dessoûla d'un coup, éprouvant une fatigue intense.

— Salut, dit-elle en posant la main sur l'épaule de Jordan. Elle s'est endormie. Je l'ai mise en position latérale de sécurité.

Jordan prit la main de Clara. Ils restèrent ainsi un moment, le regard perdu dans la nuit, comme un vieux couple marié devant la tombe de leur enfant mort prématurément. La chaleur de la grande main de Jordan rendait Clara somnolente. Hantée par des insectes grouillants, certes, mais calme et décidée. Elle alla dans la salle de bains se brosser les dents et retirer les derniers restes de mascara qui s'étaient déposés sous ces cils inférieurs comme une fine membrane. En relevant la tête devant le miroir du lavabo, elle vit le visage de Jordan, en biais derrière son propre reflet.

Encore une fois, il se déshabillait.

— Qu'est-ce que tu fais ? demanda Clara en relâchant ses cheveux, qu'elle avait rassemblés dans une main pour se débarbouiller.

Elle tenta de rire avec légèreté, comme un oiseau.

— Viens, on va reprendre un bain.

Jordan indiqua le jacuzzi qui bouillonnait encore.

— Sans moi, dit Clara en actionnant la commande qui éteignait le bain. Il faut que je dorme.

Jordan ne se laissa pas convaincre. À moitié nu, avant que Clara ne puisse réagir, il la souleva et la relâcha dans le jacuzzi, tout habillée, vêtue de sa robe. Maintenant, Clara riait vraiment : il s'agissait de ce gloussement que font les filles quand des garçons les taquinent, ce même réflexe conditionné qui nous fait dire “hi hi” au lieu de “aïe” quand une personne de sexe masculin nous tire les cheveux.

En fait, ce n’était pas spécialement drôle. L’eau, qui bouillonnait depuis au moins une heure dans son système en boucle, était désormais tiédasse, voire froide et, soudain, Jordan ne portait même plus de caleçon. Sa bite qui, en compagnie d’Elif, sous l’effet d’un demi-gramme de cocaïne, était restée parfaitement impassible s’imposait désormais, pressante, presque menaçante, surtout lorsqu’elle se dressa lentement sous les yeux ensommeillés de Clara, comme un ponton gonflable de travers.

— Baisse-moi ça, marmonna Clara en agitant la main. Je croyais qu’on était d’accord.

Elle s’appuya sur le bord de la baignoire pour se remettre d’aplomb et se hisser hors de l’eau, mais s’interrompit lorsque, sans prévenir, Jordan posa sa bite sur le dos de sa main. En plein dessus. Il la laissa reposer là. Elle produisait sur la main de Clara une pesanteur douceâtre et absurde. Pas désagréable, il faut le dire, mais quelle importance ? Ce n’était pas prévu dans le scénario.

Elle ne dit rien. Jordan non plus. La situation devenait de plus en plus intenable. Clara sentit la colère monter en elle, pas particulièrement à cause des avances de Jordan en soi, mais parce qu’elles étaient exprimées avec une telle balourdise qu’elle ne pouvait y répondre ni favorablement ni défavorablement en préservant leur honneur à tous les deux – celui de Jordan aussi bien que le sien. Les secondes passèrent. Elle entendait sa respiration lourde d’excitation, de tension ou simplement d’ébriété, difficile à dire. Peut-être avait-il mal au genou ; vu sa taille, il était obligé de se recroqueviller légèrement pour effectuer l’étrange manœuvre.

Clara commençait à transpirer de la main et à se sentir mal à l’aise. Bizarre, se dit-elle lorsque Jordan se mit à faire un petit mouvement de va-et-vient sur sa main, comme une saucisse dans un pain. Pourquoi ne l’avait-elle pas pressenti ?

Que croyait-elle, au juste ? Qu'elle pourrait venir ici en tant que spectatrice de la vie de sa sœur sans être mêlée à son univers ni à sa folie ? Cela n'avait jamais marché dans le passé. N'était-ce pas justement la raison pour laquelle Clara avait pris ses distances ? Tout ceci – le voyage, la quête – n'était-il pas, au fond, une réflexion sur la vanité ? Un châtiment qui coulait de source ? La raison pour laquelle elle semblait incapable de retirer sa main et de sortir de la salle de bains au pas de marche ?

Elle n'aurait jamais dû venir.

La gêne, la honte, la confusion, le désordre et la négligence, toutes ces choses peuvent être évitées, il suffit de fermer les yeux.

Elle aurait voulu ne pas voir ce spectacle pitoyable. C'était indigne d'elle, indigne de Matilda. Indigne de lui.

Pourtant, elle ne parvenait pas à arracher les yeux du membre, de son va-et-vient, de ce glissement, des choses en mouvement, y compris les plaques continentales. Elle aurait voulu que Jordan remette sa chemise et qu'il se retrouve debout sur un rocher, l'air énergique ; qu'il ne soit pas humain, qu'il n'ait pas d'envies humaines, qu'il ne s'humilie pas ainsi, qu'il n'oblige pas Clara à se sentir responsable et à rétablir leur dignité.

Brusquement, ils se retrouvèrent face à face dans la baignoire. Il la saisit par les poignets et la hissa debout. Elle vacilla et faillit tomber, mais il la retint. Instinctivement, elle s'agrippa à ses bras. Il sembla interpréter ce geste comme un témoignage d'enthousiasme, pressa aussitôt sa bouche contre la sienne et retira d'un seul geste fluide sa robe mouillée, qui se déposa comme un nénuphar à la surface de l'eau, autour des genoux de Clara. Lèvres, lobes d'oreilles, cou, clavicule, seins, il enfonçait son visage dans le corps de Clara et le léchait comme un chien hirsute, haletant. Puis il tomba à genoux dans l'eau. Ventre, aines. L'image d'un chien approchant de son sexe dégoûta tant Clara qu'elle parvint à éloigner sa tête. Elle croisa alors un regard si pitoyable qu'elle faillit pleurer.

— Quoi ? Tu ne veux pas ? dit-il, mi-déçu, mi-incrédule, en caressant l'intérieur de ses cuisses. Je croyais que si.

— Non.

— Tu es sûre ?

Son visage était toujours à la hauteur du sexe de Clara, son haleine tiède déposait des perles d'humidité dans ses sombres boucles rêches. Un court instant, elle fut tentée de céder. N'avait-elle pas érigé en principe de ne coucher qu'avec des idiots ? Eh bien, elle en avait un à ses pieds, manifestement assez idiot pour croire qu'elle voulait de lui et que cela pourrait s'avérer constructif pour l'un ou pour l'autre. En tout état de cause, elle aurait dû vouloir de lui. Qu'en était-il de sa logique habituelle ? À son stade de somnolence, Clara était incapable de répondre à des questions. Mieux valait prévenir que guérir : elle repoussa d'une main le visage de Jordan et enjamba le bord de la baignoire. Les mains tremblantes, elle attrapa une serviette ; ses doigts rencontrèrent le tissu éponge moelleux – un choc, une réalité électrique, comme si toute sa vie se concentrait en ce seul instant, comme si toute sa colère retenue rompait la digue et se précipitait dans un impétueux flot d'adrénaline.

— Merde ! hurla-t-elle en jetant une bouteille de shampooing ridiculement petite sur Jordan qui, encore assis au bord de la baignoire, l'air perdu, la barbe ruisselante, tenait la robe de Clara réduite à un torchon trempé.

— Mais qu'est-ce que tu fabriques ? cria encore Clara.

Jordan lâcha l'habit pour parer le coup de bouteille et se mit à rire.

— Calme-toi. D'accord, tu ne veux pas. Je pige.

Jovial, il sortit du bain, attrapa une serviette et se mit à s'essuyer sans aucune hâte, méthodiquement.

— Tu piges ? Pas trop tôt ! dit Clara en resserrant sa serviette autour de son corps.

— Oui. Tu viens de me jeter un objet à la figure. Pour moi, c'est clairement non.

— Et quand je t'ai dit non ? Ce n'était pas clair, tu veux dire ? "Tu es sûre ?" dit Clara en imitant maladroitement le timbre sourd et profond de Jordan.

Elle ricana. Un bref instant, Jordan eut l'air d'avoir honte.

— C'est-à-dire que… C'était assez inattendu. Le fait que tu ne veuilles pas.

— Inattendu ? Tu sais ce qui était inattendu ? TA BITE SUR MA MAIN !

Il paraissait vraiment embarrassé.

— D'accord, ce n'était peut-être pas très élégant. Mais c'est arrivé, voilà tout. On ne peut pas tout prévoir. Il y a des situations inattendues, dit-il en cherchant son pantalon puis, l'ayant trouvé, en fermant l'un après l'autre les boutons sur son ventre poilu. J'ai mal compris tes signaux et je m'en excuse. Ça te va ?

— Tu es complètement malade, dit Clara en ouvrant la porte de la salle de bains d'un petit coup de pied.

— Si tu le dis, soupira Jordan en enfilant sa chemise par la tête. Mais moi, au moins, j'en suis conscient. Et je te le jure, je croyais que tu étais partante. Maintenant, je sais que non, alors…

— Sors d'ici.

Jordan soupira, jeta sa serviette dans le panier en bambou prévu à cet effet et se dirigea vers la porte, obéissant.

— Clara, pardonne-moi. D'accord ? Je vais me coucher sur le canapé. Je te laisserai tranquille, je te le jure. Enfin, merde… Je ne suis pas un monstre.

— Va-t'en. Je suis sérieuse. Retourne voir une autre des filles dont tu crois qu'elles veulent coucher avec toi. Tu verras bien si c'est vrai. En tout cas, tu ne resteras pas ici.

— Mais Clara, gémit-il, il fait encore noir ! Tu n'as qu'à partir, toi, si tu ne veux pas être dans la même suite que moi. Et puis, à strictement parler, tu n'habites pas dans cette chambre non plus, n'est-ce pas ?

— Et te laisser seul avec Elif ? Pas question.

— Mais enfin, Clara, qu'est-ce que tu crois ? Je ne suis quand même pas un psychopathe obsédé sexuel !

— Si !

Jordan écarta les bras et alla sans un mot dans le salon, où il s'assit démonstrativement sur le canapé. Clara passa devant lui sans lui accorder un regard, saisit son sac et se dirigea vers la porte.

— Je ne suis pas elle, d'accord ? dit-elle avant d'ouvrir grand la porte sur l'obscurité.

Il se releva d'un bond et se précipita à sa suite.

— Clara ! appela-t-il alors qu'elle descendait l'escalier qui conduisait à la terrasse, dans une traînée de clair de lune. Mais qu'est-ce que tu racontes ? Reviens ! Tu ne vas quand même pas sortir en serviette !

Clara s'arrêta, se rendant compte qu'il avait raison. Vaincue, elle se retourna vers le bungalow, dont les lampes à huile allumées projetaient des jeux d'ombre sur la terrasse – un bastion dans la nuit compacte. Jordan resta figé, jamais auparavant elle n'avait rencontré quelqu'un qui semblait avoir aussi peur du noir qu'elle-même. La voûte étoilée comme une couronne d'épines autour de sa tête, sa chemise en flanelle sale, boutonnée de travers, les bras tendus en signe théâtral de soumission, il évoquait à Clara Jésus sur la croix.

Lorsque, tremblante, elle fut allée jeter un coup d'œil à Elif pour vérifier qu'elle ne s'était pas étouffée dans son vomi, elle songea que cette comparaison faisait d'elle… Dieu.

Finalement, ils s'endormirent sans parler de Matilda.

Le soleil n'était pas encore levé lorsque Clara sortit du lit en traînant ses savates. Elle dut enjamber Elif, qui avait les bras étendus au-dessus de sa tête comme un nourrisson. Jordan était couché sur le canapé du salon. Tous deux dormaient profondément après les excès de la nuit ; Clara, en revanche, n'avait eu que quelques heures de sommeil agité. Elle avait inexplicablement rêvé de paons.

Sa peau était toute poisseuse de sueur ; impossible de sentir à l'odeur s'il s'agissait de la sienne. Cette incertitude la mit mal à l'aise et elle alla se rincer à la salle de bains. Lorsqu'elle ouvrit le robinet, il ne se passa rien. Elle eut beau dévisser : pas d'eau. La sensation de soif surgit quasi automatiquement. D'un coup sec, elle ouvrit la porte du minibar : à l'intérieur, à part du chocolat, il ne restait plus qu'un jus de fruit inconnu, peut-être de goyave. Elle le but goulûment et le regretta presque immédiatement. Les murs se mirent à tanguer. Elle fut obligée de sortir sur la terrasse.

Le lever du soleil était d'un rouge foudroyant. Après deux semaines sur l'île, elle ne s'était toujours pas habituée à la lumière apocalyptique qui, chaque matin, incendiait l'océan. Elle avait envie de pleurer, mais n'était pas encore prête. Les fulmars criaient tandis que leurs plumages étaient transpercés par les rayons écarlates. Ils se déplaçaient par volées, elle en compta quatorze qui montaient et descendaient au-dessus de la mer, le long des colonnes de vent.

Contrairement au reste de l'espèce humaine, Clara n'avait jamais rêvé d'être un oiseau. Planer librement dans les airs, sans défense, vulnérable. Merci bien mais sans façon.

À huit heures pile, le téléphone qu'elle tenait dans sa main devint effervescent. Elle s'assit en tailleur sur les lattes de bois et regarda l'écran clignoter. Cela faisait si longtemps qu'elle ne parlait pas à sa famille… Maintenant, elle allait leur parler presque à tous en même temps.

Pour qui le faisait-elle, au fond ? Pour elle-même, avait-elle cru, mais elle n'en était plus aussi sûre. Pour sa mère ? Peut-être. Quel que soit ce qui la tracassait, c'était à eux, ses enfants, de lui ôter ce fardeau. Dans toute famille, Clara le savait, il s'opère une transformation peu après que les enfants quittent le foyer, une redistribution des rôles de protecteur et de protégé. La responsabilité des parents vis-à-vis des enfants est inversée. Clara ne s'attendait pas à ce que cela arrive aussi vite. Peut-être était-ce là le début.

Eh bien, en avant toute.

Elle appuya sur le combiné vert. Ils apparurent chacun dans leur cadre : sa mère, Sebastian. Matilda. Sur l'écran trop petit, leurs têtes respectives n'étaient pas plus grandes que des ongles de pouce. Pourtant, à la vue de ces trois visages familiers, de leurs représentations grossièrement pixelisées, Clara sentit son pouls battre plus vite.

— Clara ? dit sa mère. Tu es là ?

— Je suis là. Vous me voyez ?

— À peine, dit Sebastian. Mais c'est quand même dingue. De te voir même un peu.

— Oui, c'est dingue, dit Clara, qui se sentait complètement invisible.

Matilda ne dit rien. Elle semblait distraite. Quelque part dans le fond sonore, au loin, Clara entendit un enfant gazouiller. Matilda disparut du cadre, une porte claqua. Brusquement, elle était de retour.

— Siri est soi-disant malade. Elle est restée à la maison, aujourd'hui. À en juger par son énergie, on ne le dirait pas. Comment vous avez fait pour en élever trois en même temps ?

— Vous étiez plutôt propres sur vous, répondit leur mère.

— Pfff… Babou et Clara, peut-être. Moi, j'étais vraiment trop emmerdante.

— Tu l'es toujours, rit Sebastian.

Clara manquait d'air.

— Alors… raconte, dit Matilda. Qui est notre vrai père ?

— Tilda ! l'admonesta Clara, que la franchise brutale de sa sœur étonnait toujours.

D'ailleurs, elle n'était pas en reste ; c'était tout de même la première chose qu'elle lui disait depuis plus d'un an.

— Ben quoi ? soupira Matilda. Autant aller droit au but, non ? J'ai yoga dans une heure.

Leur mère intervint.

— Je peux vous promettre que ça n'a rien à voir avec votre père. Enfin, si, bien sûr, mais…

— Où est-il ? demanda Matilda.

— Pardon ?

— Papa ? Sebastian dit qu'il est à Berlin.

— Ah bon, ça, je n'en sais rien. Enfin, c'est ce que je crois.

— Il a rencontré une femme ? Elle est comment ?

— Je ne sais pas grand-chose d'elle, vraiment pas. Elle est plus jeune, ça, c'est sûr, et même largement, et…

— Qu'est-ce que tu veux dire ? Elle a vingt-deux ans, ou quoi ?

— Non, non, pas à ce point. Trente-cinq ? Je ne sais pas trop.

— Ça fait longtemps qu'ils se voient ? Et pourquoi il ne m'a pas contactée s'il est en ville ?

— Je n'en sais rien, ma petite Tilda, vraiment. Nous ne nous sommes pas beaucoup parlé depuis le divorce. Il vit sa vie et je trouve ça plutôt bien. Mais…

— Tu essaies quand même de le joindre… reprit Matilda, pressante. C'est une histoire d'héritage ?

— D'héritage ?

— Oui. Une tante décédée dont nous ne connaissions pas l'existence ? C'est ce que pense Babou. N'est-ce pas ?

— Ce n'est qu'une hypothèse, contesta Sebastian.

— Ah… Non, non.

— Alors de quoi il s'agit ? Raconte-nous, maman. Nous t'écoutons, dit Clara, étonnée par sa propre audace.

Le franc-parler de Matilda était un héritage de leur mère. Voilà pourquoi ces tergiversations donnaient à Clara de mauvais pressentiments. Il y eut un silence. Personne ne disait rien. Finalement, leur mère se racla la gorge.

— Mes enfants… Je dois vous raconter quelque chose que votre père et moi savons depuis longtemps et que, pour diverses raisons, nous avons décidé de ne pas partager avec vous. Vous allez sûrement comprendre pourquoi. Nous vous aimons énormément, sachez-le. Autant tous les trois. Nous vous aimons. Tous les trois. N'en doutez jamais, promettez-le-moi. Si je vous en parle maintenant, ce n'est pas sur un coup de tête, non, ça fait longtemps que j'y pense, très longtemps, et je sens que le moment est enfin venu. Vous êtes devenus adultes et vous vivez vos propres vies, vous semblez avoir trouvé votre place après tous vos… Enfin, vous voyez ce que je veux dire. Quand tu as eu tes soucis, Tilda, avant de partir pour le Bangladesh… Ce n'était pas le bon moment. Et puis tout ce qui s'est passé avec Violetta, Sebastian, c'était un chapitre funeste à part entière… Mais maintenant que ces sombres épisodes sont loin, vous êtes arrivés à trouver votre place, malgré tout, pas vrai ?

Clara regarda autour d'elle et songea : J'ai la gueule de bois dans l'endroit le plus solitaire de la planète et j'attends la fin du monde en compagnie d'une enfant star au rebut et d'un jeune Thoreau à moitié abruti qui ne contrôle pas sa libido. Vraiment top.

Il y eut un nouveau silence. Clara évitait son frère et sa sœur du regard. Préférant fixer sa mère, elle se mit à compter ses cheveux blancs. Pour passer le temps.

— Maman ? dit finalement Sebastian.

Celle-ci éclata en sanglots. Leur mère, que seule l'histoire de Moïse dans les roseaux parvenait à émouvoir, pleurait comme une sirène d'ambulance.

— Mes enfants ! Je dois vous le dire. Il le faut, maintenant, je vais vous le dire, sanglota-t-elle sans s'expliquer.

— Alors ? vociféra Matilda. Vas-y, accouche !

— Sois gentille, Tilda, ne me mets pas sous pression.

— Maman, dit Clara, qui n'en pouvait plus. Ne te soucie pas de Tilda. Tout va bien. Quoi que tu aies à nous dire, tu peux le faire. Est-ce que… C'est ce que croit Tilda ? Papa n'est pas notre père biologique ?

Ces paroles produisirent, pendant qu'elle les prononçait, une sensation absurde dans sa bouche, pas comme les mots le font habituellement mais plutôt comme un corps étranger hérissé de piques, un concombre de mer ou des châtaignes entourées d'une grosse cosse verte. Une fois sorties, en revanche, elles ne lui parurent plus aussi menaçantes.

Logiques, en somme. Raisonnables dans leur déraison. Dans toutes les familles, il y a quelqu'un d'indispensable et quelqu'un qui ne l'est pas, qu'on peut aussi bien perdre – n'était-ce pas ce qu'elle s'était dit ?

— Non, non, ce n'est pas ça, soupira leur mère en se ressaisissant avec un reniflement. Enfin, c'est le père biologique de… deux d'entre vous. Mon Dieu… Ça y est, je l'ai dit. C'est incroyable, je me sens déjà beaucoup mieux. Voilà. C'est fait.

Il y eut un nouveau silence, mais d'une autre sorte. Le téléphone que Clara tenait entre ses doigts devint glissant. Elle ne comprenait plus rien et, pourtant, si. Elle comprenait tout.

Quelqu'un qu'on peut aussi bien perdre, en effet.

Mais ce n'était pas leur père.

Évidemment, Matilda fut la première à retrouver la voix.

— Qu'est-ce que tu veux dire ? Maman, on ne peut pas tomber enceinte de deux hommes à la fois, c'est impossible. Enfin, je crois… N'est-ce pas ? Mon Dieu, moi qui étais sûre de tout savoir sur le sujet… Sebastian, c'est toi le scientifique. Si on couche avec deux hommes dans un bref laps de temps et… Enfin, maman !

— Mais Tilda, je n'ai couché avec personne d'autre que votre père, ce n'est pas ce que je suis en train de dire.

— Jamais ? Wow !

— Enfin, Tilda ! Boucle-la !

C'était Clara qui avait parlé, enfin, non, crié. Comme après l'enterrement. Et comme elle ne l'avait pas fait à sa naissance.

Une troisième sorte de silence se répandit. Clara détourna les yeux de l'écran.

— Maman, explique-nous ce que tu veux dire, reprit Sebastian d'une voix lointaine et infiniment lasse.

— Comme vous le savez, votre naissance a été dramatique. L'un d'entre vous ne respirait plus, vous le savez bien, et puis les deux autres sont arrivés affreusement vite et c'est devenu une pagaille pas possible, du sang, des cris. Bien sûr, nous étions horriblement inquiets parce que la sage-femme, enfin, l'une d'entre elles, est partie en courant avec l'un d'entre vous, direction les soins intensifs et, ensuite, elle est revenue, l'enfant allait bien, vous alliez tous les trois bien, et nous avons enfin pu souffler un peu… Vous étiez si beaux, vraiment magnifiques…

— Je ne comprends toujours pas comment c'est possible que vous ne sachiez pas lequel d'entre nous ne respirait plus, dit Matilda, qui avait toujours eu de la peine à accepter ce mépris ostensible pour leur individualité.

— Donner naissance à trois enfants en même temps, c'est très spécial, ma petite Tilda. Tout accouchement est bestial, c'est ainsi que Notre Seigneur nous rappelle la fugacité de notre existence ici-bas, mais les accouchements multiples sont plus que cela : dans l'instant, on ne pense pas aux enfants comme à des êtres distincts, une chienne ou une truie ne le fait pas non plus. C'est la portée qui compte. Que tous s'en sortent. C'était notre seul souci, à votre père et à moi.

Elle fit une courte pause pour reprendre son souffle, puis continua :

— Enfin, en tout cas, pour ma part, c'est la seule chose à laquelle je pensais. Votre père… Eh bien, j'aurais voulu qu'il soit parmi nous pour nous le dire avec ses propres mots parce que, franchement, je ne sais pas très bien ce qui s'est passé, je ne l'ai jamais vraiment compris même si – Notre Seigneur le sait – j'ai essayé de lui faire raconter sa version des faits, enfin, bref, il dit... Oui, il prétend... que quand les infirmières sont revenues avec celui d'entre vous qui avait arrêté de respirer, c'était... un autre enfant.

— Tu te fiches... dit Matilda.

— Un *autre* enfant ? dit Sebastian.

Clara resta silencieuse.

— Mais pourquoi... ? reprit Matilda.

— Je sais que ça peut paraître étrange, mais c'est ce qu'il a dit. Un peu plus tard. Que l'enfant qu'elles ont ramené n'était pas le même que celui qu'elles avaient emporté. Vu la confusion qui régnait, il n'avait rien dit, il n'était pas sûr de son fait, il a pensé qu'il était peut-être en état de choc à cause de tout ce qui se passait, mais plus tard, il m'a affirmé qu'il en était sûr, tout à fait sûr.

— Mais qui... ? demanda Matilda.

— Nous n'en savons rien, hélas ! Mes chers enfants ! Nous n'en savons rien !

— Mais c'est impensable ! Vous devez quand même le savoir ! s'écria Matilda.

— Non, vraiment pas. Je vous ai expliqué comment ça s'est passé, c'était tout à fait chaotique. Des flots de sang, l'un d'entre vous qui ne respirait plus, les deux autres qui devaient être pesés, mesurés, nourris et... Ça faisait beaucoup, vous comprenez...

— Beaucoup ? C'est tout ce que tu as à dire ? Nom de Dieu ! s'exclama Matilda. On ne nous avait pas mis des trucs... des bracelets ?

— Si, si, après un moment... Mais tu sais, les hôpitaux n'étaient pas très à cheval sur ce genre de procédures à l'époque, on n'avait pas la même culture du protocole, on n'était pas aussi précis que maintenant, vous voyez. Et il y a aussi autre chose...

— Quoi ? dit Matilda. Vas-y, crache.

— Disons que votre père n'a pas toujours été très doué pour honorer le mariage. Si vous voyez ce que je veux dire. J'étais déjà bouleversée avant l'accouchement à cause d'une chose qu'il m'avait racontée. Voilà. J'étais un peu dans l'œil du cyclone, on peut dire.

Un bruit blanc ronronnait dans la tête de Clara. L'œil du cyclone dans la tête de Clara. De l'eau salée jaillissait de ses orbites. Sept jours. Il leur faudrait sept jours pour l'entendre si elle criait.

— Clara ?

C'était Matilda. Mais l'était-ce vraiment ? Qui était-elle, au fond ? Et où était-elle réellement ?

— Oui ?

— Pourquoi tu ne dis rien ?

— Je…

— Clara ?

Il lui avait glissé des mains. Ça. Tout. D'abord le téléphone. Comme un éclat de savon, il avait disparu entre les lattes de bois de la terrasse alors que leurs voix continuaient à jaillir à travers le haut-parleur, à travers le sol. *Clara ? Pourquoi tu ne dis rien ? Clara ?*

Que dire. Elle l'avait laissé là et s'était éloignée dans le bruissement tranquillisant des palmiers. Les fleurs de *tipanie* hochaient leurs humbles têtes dans le jour naissant. Un bref instant, elle s'était sentie transportée, en extase. L'ivresse après le choc initial. *Ferme les yeux et respire. Tu es un être humain, pas besoin d'en faire plus.*

Elle ne s'était donc pas fait d'illusions, tout était vrai. Logique, net, évident ! Eux, la famille ridicule, elle, le mistigri, le vilain petit canard, Cendrillon avec son nez barbouillé de suif. Ils marchaient sur les pavés, elle préférait les rochers et les prés. Ils s'aimaient, elle n'aimait personne. Il y avait un lien entre eux, elle était un astre, seul mais rayonnant. Désormais, elle pouvait faire n'importe quoi. Elle pouvait rester là pour toujours, ou partir très loin. Elle pouvait disparaître sans créer de vide et même : peut-être que le vide allait enfin se refermer. Ou du moins se faire oublier, remplacé par plus urgent.

L'euphorie perdura jusqu'à la plage. Puis vint l'angoisse, qui la submergea par vagues dans un va-et-vient incessant. Elle s'allongea sur le sable et regarda le ciel sans nuages, celui dont les gens se figuraient qu'il n'était pas le même que de l'autre côté de la planète. On pouvait laisser le ciel derrière soi et s'habituer à un autre, c'était simplement très, très douloureux. Elle le savait, car elle avait essayé et échoué. Et maintenant ? Là d'où elle venait, le ciel n'était plus le même non plus.

Elle creusa dans le sable jusqu'à ce que ses doigts atteignent une couche froide et humide. Elle eut l'impression de sentir frémir la terre. Elle se tourna, posa le front sur le sol et pleura.

À son retour, elle avait pris une décision. Elle ne pouvait pas rester là. Elle était allée à l'endroit le plus solitaire du monde, et jamais auparavant elle n'avait eu autant de problèmes relationnels sur le dos.

Elle pensa à son père – enfin, comment l'appeler, au juste ? – et à son absence de leur conversation, pas seulement dans le sens où il n'y avait pas participé – ils avaient parlé de lui comme si sa disparition n'avait rien de bizarre et que ce n'était pas la peine de s'énerver pour ça. Clara trouvait ça triste. Mais peut-être était-ce justement ce qu'il cherchait ? Il s'évaporait, et personne ne faisait de gros efforts pour le retrouver. Si Clara disparaissait, si elle se cachait à la vue de tous, se mettraient-ils à sa recherche ?

Sur le sentier qui conduisait au bungalow d'Elif, elle s'arrêta à mi-chemin. Finalement, qui se serait lancé à sa recherche ? Elle ne le savait même pas. Sa famille qui, somme toute, n'était pas sa famille ? Le groupe bigarré d'individus au bout du rouleau qui, ces dernières semaines, étaient devenus ses amis ?

À son grand soulagement, Elif semblait seule sur la terrasse du bungalow. Assise sur une chaise en bois – celle que Clara occupait quelques heures plus tôt –, elle balançait les jambes et buvait de l'eau de coco dans une noix à l'aide d'une paille en papier rayé. L'attention de Clara fut immédiatement attirée par ce détail. Autrefois, elle trouvait réconfortant qu'il existe des pailles en papier, des brosses à dents en bambou, des tampons hygiéniques en éponge naturelle. Désormais, cela ne lui faisait ni chaud ni froid qu'on essaie de trouver des solutions – toutes ces pitoyables tentatives de reprendre le contrôle de la situation, alors que tout était manifestement en train de s'effondrer, aussi bien du point de vue global que microscopique.

— Jordan est parti ? demanda Clara en rejoignant Elif.

— Oui, oui. Dès son réveil. Il avait l'air d'avoir une gueule de bois d'enfer. Et toi, comment tu te sens ?

Clara regarda ses mains. Elles tremblaient.

— Comme une merde, dit-elle.

— Ça se voit. Tiens, prends une noix de coco.

Clara s'assit. L'eau de coco tiède était vraiment dégueulasse – un liquide plus généralement ignoble, même si beaucoup de gens n'osent pas le dire tout haut.

— Pourquoi on boit cette merde ? demanda Elif. De la vraie pisse de chat. Je tuerai un flic pour un Coca.

— Elif, je dois repartir.

Vive comme l'éclair, Elif jeta sa noix de coco dans un buisson de laurier-rose en fleurs et releva ses lunettes de soleil sur le front. C'était la première fois que Clara voyait ses yeux : les plus bleus qu'elle n'ait jamais vus, à part peut-être ceux de Violetta. Clara fut si fascinée qu'elle ne se rendit pas tout de suite compte qu'Elif était réellement contrariée.

— Mais qu'est-ce que tu racontes ? hurla-t-elle.

— Je dois rentrer. Il se passe des choses. Dans ma famille.

— Quelqu'un est mort ?

— Non. Enfin, je ne crois pas. Mon père a disparu.

— Et tu vas partir à sa recherche ? C'est bien. Il faut se lancer à la recherche des pères qui disparaissent.

— Peut-être… dit Clara. Je ne sais pas. Il y a autre chose aussi. D'autres histoires. Je ne peux pas te l'expliquer, c'est un vrai capharnaüm.

— Je t'en prie, j'adore le capharnaüm.

— Pas moi.

Elif se leva de sa chaise et se mit à faire les cent pas sur la terrasse, rembrunie. Un cacatoès s'envola d'un buisson avec fracas. Sur les lattes lisses, une cigale solitaire errait, dorée dans la lumière du soleil. Elle traînait ses pattes arrière et ses ailes lourdes.

— Tu vois, c'est ça, ton problème. Le mien aussi, il faut bien l'avouer, dit Elif en sortant une cigarette et un briquet. Jusqu'à un certain point, j'adore le fouillis. Jusqu'à un certain point. Mais quand la limite est dépassée, c'est stop, je ferais n'importe quoi pour retrouver une existence ordonnée. Comme arrêter de manger.

— Ton analyse de ta propre maladie est vraiment pénétrante, dit avec lassitude Clara.

— Je suis comme tous les anorexiques. Tu nous prends pour des tarés ? Tu crois sérieusement que nous nous considérons comme de gros bouffis complètement nuls alors que notre poids corporel est moins important que ce qu'un Américain moyen consomme pour son petit-déjeuner ? Nous savons qu'il s'agit de contrôle. Mais je vais te dire une chose, déclara Elif en allumant sa cigarette derrière sa main en paravent, on ne peut pas en dire autant de tout le monde. Toi par exemple, avec tes phobies et ton désir d'anéantissement, tu as vraiment un gros, gros besoin de contrôle. Que tu ne supportes plus toi-même. C'est la raison de ta présence ici et c'est pour ça qu'au fond, tu espères que tes copains de la secte ont raison. Tu as envie de soufre et de cendre. Sans ça, tu n'arriveras pas à t'arracher à ce… à ce… SYSTÈME de phobies interconnectées que tu as toi-même créé pour t'éviter de vivre comme une saloperie d'être humain libre et indépendant.

— Et pourquoi ça, si je peux me permettre ? Je veux dire au départ. Tu es une fine psychologue, alors vas-y, dis-le-moi.

— Aucune idée. Enfance incertaine ? Ça laisse des traces, ce genre de choses, crois-moi.

Tout à coup, Elif s'anima : d'un bond, elle se leva de sa chaise et se mit à agiter sa cigarette fumante dans un geste qui évoquait à Clara un ruban de Moebius.

— Voilà ce qu'on peut dire, Claralita : qu'est-ce qu'une famille ?

— Des gens qui ont un lien… de sang ?

— Faux ! La famille nucléaire est un filet de sécurité, une sorte de système érigé en institution pour assurer les soins, l'approvisionnement et toutes ces conneries avant l'existence des États et…

— On croirait entendre Jordan.

— Tu veux écouter ce que j'ai à dire ou pas ? Et aujourd'hui, d'un point de vue général, tu vois, quand on regarde les pays civilisés comme celui dont tu viens, pas le trou du cul du monde qui est ma patrie, aujourd'hui, ce système est devenu inutile parce que vous avez genre un revenu universel, des bordels d'État et…

— Nous n'avons ni l'un ni l'autre.

— … Et les gens n'ont plus besoin de se rassembler dans des familles nucléaires pour survivre. Mais ça ne change rien, parce que la famille a aussi remplacé un autre système de protection sociale, je veux parler de la religion, et au lieu de fonder une famille pour des raisons pratiques, maintenant, les gens le font pour des raisons spirituelles. Ce que j'essaie de dire, c'est que la famille continue d'être le principal système de protection sociale dans le monde. Et quand, dans ce système, il y a des faux contacts, le petit être humain doit dès l'enfance trouver autre chose pour se sentir protégé. Moi, j'ai ma grève de la faim contre la vie, Clarita, une conséquence évidente de la famine émotionnelle que m'a fait subir mon père, et toi, tu as essayé de remplacer un système tyrannique et étouffant, c'est-à-dire la radieuse famille de classe moyenne, par un autre, c'est-à-dire, pardonne-moi cette formulation, tes phobies démentielles.

Elif s'arrêta et, satisfaite, posa ses mains sur ses hanches. Clara ne savait pas quoi dire. Elif se mit à rire à tel point qu'elle fut obligée de s'essuyer le coin des yeux avec la pointe de son châle à franges rose cerise.

— *Oh my God, Oh my God…* Tu devrais voir ta tête ! N'importe quoi… Vraiment n'importe quoi… C'était une petite variation sur un truc que j'ai dû apprendre pour une audition, un jour, une espèce de film de merde de ce gros nul d'Almodóvar. *Oh my God.* La psychologie de comptoir, vraiment, j'adore ça. Non mais sérieusement : la vie, c'est bordélique. Il faut faire avec. Et toi, Clarita, il faut que tu apprennes à vivre avec. Sinon, autant crever.

— Ça aussi, c'est tiré d'Almodóvar ?

— Non, du pur Elif. Alors ? Tu restes ?

— Quoi ? Non.

Elif appuya sa tête sur ses mains et soupira ostensiblement.

— Clara ! Tu ne peux pas partir ! J'ai besoin de toi.

— Franchement, non. Je ne suis pas ta némésis, si c'est ce que tu crois.

— Ma némésis, c'est Dakota et personne d'autre. Mais en attendant, tu fais l'affaire.

— Merci. Je suis émue aux larmes, dit Clara en se levant. Désolée que ç'ait été aussi bref, j'ai bien aimé… faire ta connaissance ? Et merci pour tous les services que tu m'as rendus. Me laisser dormir ici et tout ça. Je t'en dois encore un. Mais vraiment, je ne peux pas rester ici. C'est trop pour moi.

— Alors, d'après ce que j'ai compris, tu t'es tirée de chez toi parce que c'était trop bordélique, et maintenant, tu vas y retourner parce que c'est encore plus bordélique ? *Makes no sense, señorita.*

— Ici aussi, c'est un peu fouillis. Je me dis que ça revient à peu près au même.

— Comment ça, fouillis ? C'est le paradis. Il n'y a pas de problème entre nous deux, quand même ? Je ronfle ? Je peux te payer une chambre à part si tu veux.

Tout à coup, Elif eut l'air seule et pitoyable. Clara se laissa attendrir, comme un moelleux au chocolat entre les mains potelées d'un gros enfant unique qui l'écrasait.

— Ce n'est pas toi le problème… Bon, d'accord. C'est Jordan.

— Qu'est-ce qu'il a ?

— Il a essayé de coucher avec moi. Hier.
— Et alors ?
— Eh bien, je ne voulais pas.
— D'accord…
— Ça m'a mise mal à l'aise.
— Qu'est-ce que tu veux dire ? Il a été menaçant ?
— Non.
— Mais de quoi tu parles, alors ?
— Il a posé sa bite sur ma main.
Elif éclata de rire, l'air complètement hilare.
— Ce n'est pas drôle ! mugit Clara. Je n'y étais pas du tout préparée. Et tout à coup, elle était là. Comment voulait-il que je réagisse ?
— Avec enthousiasme ?
Clara soupira.
— Je croyais qu'il te plaisait, dit Elif.
— Oui, d'une certaine manière.
— Je veux dire qu'il te faisait mouiller.
— Peut-être. Mais quelle importance, maintenant ? Il a tout gâché ! Tu sais ce que c'est, le plus gros problème des hommes ?
— Il y en a tellement que je ne peux même pas les compter, *baby*.
— Ils ont l'air trop bêtes quand ils sont excités.
— Tu as repoussé Jordan parce qu'il avait l'air bête ?
— Non, espèce d'idiote ! Parce qu'il a posé sa bite sur ma main !
— Et combien de temps elle y est restée ?
— Plusieurs secondes !
— Et après, il l'a enlevée ?
— Oui, finalement. Et il a eu l'air vraiment gêné.
Elif se gondolait de rire et se tenait le ventre comme un personnage de comédie burlesque des années 1930.
— Morte de rire…
— Bref, dit Clara en se levant, bien décidée, cette fois. Je comprends que tu trouves ça futile, mais je suis venue ici faire

un travail et je ne vais pas y arriver, étant donné... Tout, finalement, tous, toi, Jordan... Je suis trop empêtrée dans cette pagaille, dans cette espèce de groupe. Ça donnera forcément un mauvais reportage.

— Mais un super podcast.

— Je ne veux pas faire de podcast, merde à la fin ! Je veux partir d'ici. Alors j'y vais. Maintenant.

— Maintenant ? Tu veux dire maintenant tout de suite ?

— Oui. J'ai changé ma réservation, je pars pour le continent dans quatre heures.

— Mais tu devais rester ! Tu avais dit que tu restais ! Sur la plage, tu l'as dit. Je ne t'aurais jamais laissée dormir ici si j'avais su que tu étais du genre à te tirer. Je ne suis pas une fille facile !

Elif dut hausser la voix pour terminer sa réplique car Clara était entrée dans le bungalow pour chercher ses affaires. Son sac à dos sur les épaules et son ordinateur sous le bras, elle parcourut une dernière fois le petit bunker de luxe qui ressemblait de plus en plus à un domicile permanent. Peut-être l'était-il devenu. Peut-être qu'Elif, exactement comme Clara elle-même, n'avait nulle part ailleurs où aller.

Laquelle des deux était la plus forte ? Elif, qui avait arrêté de faire semblant, ou Clara, qui essayait encore, envers et contre tout ? Difficile à dire.

Sur la terrasse, Elif sanglotait théâtralement. Clara lui donna un petit coup pour signifier son départ. Elle leva les yeux. Elle avait remis ses lunettes de soleil.

— Qu'est-ce que je dis à Jordan ? Que sa virilité était trop grande pour toi ? Que tu as été si choquée par son membre de cheval que tu t'es enfuie à toutes jambes ?

Clara eut l'air indignée.

— Tu ne prends jamais rien au sérieux. Moi, c'est le contraire, je prends tout beaucoup trop au sérieux. Il y a une très mauvaise dynamique entre nous, j'ai remarqué. Salut, Elif.

— Salut, espèce de rabat-joie. *Vaya con dios.*

Clara décida de ne pas passer faire ses adieux au campement. Elle aurait voulu dire au revoir aux autres, mais l'idée d'affronter Jordan en plein jour provoquait des soubresauts désagréables dans son ventre. D'habitude, c'était déjà assez difficile de devoir regarder quelqu'un en face le lendemain de la liquéfaction transgressive qui constituait le seul et précieux bénéfice d'un rapport sexuel occasionnel, en tout cas dans la vie hautement contrôlée de Clara (un point pour Elif/Almodóvar). Alors un homme avec lequel elle avait *à la fois* accompli et évité l'acte charnel, un homme qui était et n'était pas l'ex de sa sœur, c'était plus que ne pouvait supporter une personne aussi catégorique que Clara. Elle n'osait pas présumer qu'il ferait semblant de rien. Ni qu'il ne s'excuserait pas. Ni qu'il ne ferait pas de nouvelle tentative. Elle n'osait pas lui faire confiance, tout simplement – d'ailleurs, elle n'avait confiance en personne, y compris en elle-même. Elle alla donc directement du bungalow d'Elif à la réception, où elle leur demanda d'appeler un taxi.

Vingt-cinq minutes plus tard, elle entrait dans le hall des départs – le même que celui des arrivées. Cette fois-ci, le sol était dépourvu d'insectes, briqué, luisant comme de la glace. Le local était quasiment vide, car le seul départ du jour, c'est-à-dire son vol, ne partait pas avant plusieurs heures. En fait, à part un vieil ami – le garde de sécurité –, quelques employés de la compagnie aérienne et une femme de ménage dont la blouse rose crissait avec insistance, il n'y avait qu'une autre personne. Tranquillement assis sur un banc entre les deux convoyeurs à bagages, il portait sur ses genoux son gros appareil photo brillant. Clara, hésitante, leva la main pour lui faire signe, puis se dit qu'il fallait le rejoindre et échanger quelques paroles avec lui. Un au revoir, par exemple.

— Tu pars, constata Horst quand elle eut franchi les dix pas qui la séparaient de lui.

Elle ne s'assit pas.

— Oui. C'est un peu précipité, mais… Oui. Toi aussi ?

— Non. Je n'ai absolument pas ce genre d'intention.

— Mais pourquoi… ?

Clara se tourna vers le tableau des arrivées : vide. Elle demanda quand même :

— Tu attends quelqu'un ?

— Toi, bien sûr.

Clara eut l'impression que quelque chose rampait le long de son dos, peut-être un de ces fameux frissons, ou seulement le souvenir des innombrables pattes d'une cigale.

— J'ai parlé avec Elif, dit Horst.

Clara souffla. Évidemment.

— Je suis désolée de ne pas être venue vous dire au revoir, mais tu sais…

— C'est parfois mieux comme ça. Les adieux peuvent être difficiles.

— Oui.

— Ce n'est pas grave, dit Horst. Tu reviendras.

Clara rit.

— Non, je ne crois pas. Vraiment pas. C'est le genre de voyage qu'on ne fait qu'une fois.

— Tu reviendras. C'est déjà arrivé, parce que je l'ai vu. Et quand tu le feras, tout sera fini, tout continuera et tout recommencera. Je peux te photographier ?

Clara baissa les yeux et regarda les mains de Horst, bizarrement immobiles des deux côtés de l'appareil, comme deux oiseaux morts sur ses genoux. Soudain, elles s'animèrent et tournèrent leurs becs béants et affamés vers le monde.

Il leva son appareil et elle regarda droit dans l'objectif.

III
CIGALE

Kathleen avait coutume de dire : Imagine que tu aies une couleur en équilibre sur ton nez. C'est la couleur de la vie. Elle ressemble à un papillon. Tu ne peux pas la toucher sans la tuer. La seule chose que tu puisses faire, c'est t'ouvrir et te laisser émouvoir par elle. Imagine que tu sentes son parfum, qu'il se répande à travers tes narines, à travers ton visage, comme de la chaleur. Il sort de ton nez, s'étale sur tes joues, ton front, ta mâchoire, ton cou. Laisse-toi aller. Sens tes oreilles, sens la couleur réchauffer tes oreilles, ton scalp, ton visage se tourner vers l'intérieur de ton crâne et ta colonne vertébrale s'allonger. Imagine que la couleur soit un insecte qui bourdonne dans ton cerveau.

Au début du mois de juin, Jennifer Travis perdit la tête.

Pour Sebastian, la transition ne fut pas entièrement visible, peut-être parce qu'il était très occupé à essayer de réfréner une maladie mentale en éclosion qu'on appelle obsession sexuelle. Comme si ce n'était pas déjà assez lourd à porter pour un individu souffrant d'une dépression latente de basse intensité, il dépensait une grande partie de son énergie à essayer de trouver des moyens de sauver sa famille en pleine crise. L'état d'urgence durait, certes, depuis longtemps, mais la petite révélation de sa mère quelques semaines auparavant l'avait indéniablement porté à de nouveaux sommets.

Enfin, pas entièrement nouveaux.

Une chose n'était pas nouvelle, en tout cas, mais plutôt vieille comme le monde : on s'attendait à ce que ce soit Sebastian qui trouve une solution. Mais comment ? Il n'était même pas sûr de cerner la nature du problème.

Lorsque Travis, un lundi matin ensoleillé, surgit dans son bureau, les yeux grands comme des soucoupes et les bras griffonnés de code chiffré écrit, semblait-il, au crayon khôl, Sebastian se dit que le mystérieux phénomène appelé "le puzzle" avait dû commencer, et qu'il était témoin de son effet sur elle. La folie pleinement épanouie de Travis fut en quelque sorte surlignée par les premières paroles qu'elle prononça, enfin, non, vociféra :

— Je ne suis pas folle, Sebastian !

Jusque-là entièrement occupé à essayer de modifier le tracé neurologique qui associait Laura Kadinsky à des fantasmes de sexe oral et de cerisiers en fleurs en appliquant une méthode qui consistait à énoncer des phrases affirmatives sur un ton grave, avec une diction précise – conformément à la théorie selon laquelle le langage est un outil réversible qui, en plus d'exprimer l'activité électrique du cerveau, peut également la modifier – Sebastian fut agréablement surpris d'être ainsi interrompu par la déclaration douteuse de Travis sur sa propre santé mentale.

Passer voir Sebastian dans son bureau constituait un comportement anormal dans le schéma de Travis – une anomalie dans un tourbillon pourtant structuré de folie organisée. D'habitude, elle voletait le long des couloirs de l'Institut tel un papillon, sans but apparent, mais jamais sans idéal, tout comme le beau possède toujours un idéal inhérent et inaliénable, d'une clarté plus intense que la brillance des lucioles dans une obscurité tiède et humide. Travis possédait une qualité rare : elle semblait réellement se suffire à elle-même, et sa présence rayonnait, inaccessible, invulnérable, à travers son absence même, extensible comme un élastique, léger comme une plume, facétieuse comme une ombre sculptée dans un bloc de lumière. Elle était une bulle de savon qui n'éclatait pas, un paradoxe de chair et d'éther dont les dimensions surnaturelles n'avaient d'égal que la présence brutale de ses mains qui s'agitaient constamment.

Désormais assise en face de Sebastian, elle niait encore avec véhémence être folle. Comme s'il ne le savait pas déjà ; comme si, après tant d'années d'études de terrain, il ne savait pas reconnaître la vraie folie.

— Non, Travis, c'est plutôt moi qui suis fou. Pathétique, incapable et fou. Complètement à côté de la plaque, dit Sebastian en passant sa main à travers ses cheveux d'un geste las.

— Assez ! dit Travis en lui faisant signe d'arrêter. Je suis désolée, Sebastian, mais nous n'avons pas le temps de parler de toi. Plus tard, peut-être, quand je serai parvenue à passer le premier garde-fou, mais pour l'instant, il y a trop de choses en jeu. Tu comprends ?

— Non, répondit Sebastian avec un soupir de soulagement.

Car par quoi aurait-il bien pu commencer, dans le cas où Travis aurait effectivement voulu l'écouter ? C'était une véritable bénédiction de pouvoir se concentrer sur quelqu'un d'extérieur.

— Tu ne connais pas le puzzle ?

— Pas vraiment. Une espèce de concours de hackers, c'est bien ça ?

— NON ! cria Travis en projetant si fort sa chaise de bureau pivotante en arrière qu'elle faillit percuter la porte à l'autre bout de la pièce. Oh… Pardon. Excuse-moi, Sebastian, vraiment. Je vais me calmer. Ça me fait ça tous les ans, en tout cas au début, après, ça a tendance à retomber. Tu n'as qu'à demander à Jensen, je lui ai collé une grosse gifle l'année dernière.

Travis se mit à tourner lentement sur sa chaise, en levant en l'air un index pontifiant.

— La première version du puzzle des cigales a été créée il y a quatre ans. C'était ma dernière année à Cambridge. Tout à coup, il est apparu sur Internet. Son but proclamé était de recruter des individus d'une intelligence exceptionnelle… Pour qui ? Personne ne le savait. Rectificatif : personne ne le sait ! Encore aujourd'hui ! Peut-être la NSA. Le FBI, la CIA ou même le MI5. Ça a fait un gros buzz dans la communauté des mathématiciens. En fait, j'étudiais les mathématiques abstraites à l'époque. Je n'avais jamais rien vu de pareil. De si raffiné ! Nous étions toute une bande à tenter le coup… Childs, entre autres. On était à Cambridge en même temps, tu le savais ? C'est pour ça qu'il me déteste. On n'est jamais arrivés plus loin qu'au troisième puzzle. On est restés bloqués. Finalement, ce n'était pas si pénible que ça, un simple code en zigzag, mais on n'avait pas remarqué le truc des corrélats. Et que le puzzle existait aussi dans le monde physique. Du coup, c'était impossible. Et que savions-nous de William Blake ? Rien. Childs m'a accusée d'être responsable de la défaite et bien sûr, il avait raison. Je ne connais personne de plus intelligent que moi et, pourtant, j'ai échoué. D'ailleurs, ça me fait peur. Très peur. Ce qu'on peut rencontrer au-dehors. Mais c'est complètement idiot.

— Je ne trouve pas, dit poliment Sebastian. Et cette fois-ci, tu le résoudras certainement.

— Tu sais, s'exclama Travis, les yeux et les joues soudain embrasés, moi aussi, je le crois ! Tous les ans, j'arrive un peu plus loin. L'année dernière, j'y étais presque, j'en suis sûre.

— Qu'est-ce qui se passe quand on le résout ?

— PERSONNE LE SAIT ! s'écria Travis – des étincelles jaillissaient de ses yeux et sa poitrine se soulevait à un rythme saccadé sous sa blouse blanche. Officiellement, personne n'y est encore arrivé. Peut-être que les meilleurs ont un devoir de réserve. Peut-être qu'en ce moment même, ils sont dans un lieu secret en train de résoudre… *tout*. Tout le micmac.

— Ou alors c'est un énorme bluff, dit Sebastian, qui pensait tout haut. Peut-être qu'il n'y a pas de solution.

— Il y en a une.

— Comment tu le sais ?

— Il y a toujours une solution, Sebastian. Il suffit d'avoir la vue suffisamment ample. Tu as déjà contemplé le monde d'en haut ?

— Comme par exemple en avion ?

— Exactement.

— Je ne comprends pas bien.

— Ça ne fait rien. Peu de gens comprennent.

Travis arrangea sa blouse comme si elle s'apprêtait à partir, puis, s'avançant vers la porte, lança un coup d'œil indifférent à la guenon moraliste.

— Attends !

Sebastian se leva de son bureau, effaré à l'idée de se retrouver seul, confronté à ses propres pensées qui tournaient à vide.

— Qu'est-ce que tu voulais ? Pourquoi tu me racontes ça ? demanda-t-il au dos blanc de Travis en train de sortir.

Se retournant, elle lui lança un regard étonné.

— C'est évident, non ? J'ai besoin de ton aide.

— De mon aide ?

— Oui.

— Mais pourquoi ? Nous nous connaissons à peine.

Travis haussa les épaules et souffla pour éloigner quelques mèches de cheveux.

— Parce que je te fais confiance. Et j'ai besoin de quelqu'un de moins ambitieux que moi à mes côtés.

Sebastian ne sut pas quoi répondre.

— L'ambition, c'est de l'autoflagellation, Sebastian. Réjouis-toi d'en être dénué, dit-elle.

Puis elle sortit en papillonnant.

Le même jour, Corrigan convoqua Sebastian dans son bureau pour la deuxième fois depuis son arrivée. Après avoir terminé une séance avec un cobaye assez peu intéressant – une dame d'un certain âge victime d'un impétueux excès d'euphorie – Sebastian prit donc l'ascenseur jusqu'au sommet de l'Institut et frappa discrètement à sa porte.

— Entrez ! brailla Corrigan.

Sebastian s'exécuta. Assis à son bureau, un combiné de téléphone coincé entre l'oreille et l'épaule, Corrigan fit signe à Sebastian de s'asseoir. Marmonnant à l'intention de son interlocuteur invisible, il poussa un plat de *Jaffa cakes* vers Sebastian, qui en prit un et le laissa fondre sur sa langue.

— Oui, oui, bien sûr. Il est là. Je le lui dirai. Absolument. Tout le plaisir est pour moi, appelez quand vous voudrez ! Sincèrement. Formidable. Moui. Oui, c'est ça, au revoir. Au revoir.

Corrigan raccrocha avec fracas – c'était un téléphone en bakélite – et, posant sur Sebastian un regard songeur, garda le silence pendant longtemps. Sebastian sentit une bouchée de biscuit grossir dans sa bouche. "Il est là"… ? À qui parlait

Corrigan ? Différentes réponses défilèrent dans son esprit. La première – c'était toujours la première, à ce stade – fut Laura Kadinsky. Avait-elle déposé une réclamation ? Cela dit, il n'était rien arrivé, n'est-ce pas ? Rien du tout ! Sebastian transpirait. Finalement, Corrigan n'avait pas l'air en colère… Plutôt… gai, non ?

— Bien, dit finalement ce dernier. À ce que j'ai compris, vous avez quelques petits problèmes de famille.

Sebastian faillit avaler son biscuit de travers.

— Pardon ?

Corrigan fit un signe de tête distrait en direction du téléphone.

— C'était votre mère. Une femme formidablement aimable. Pourquoi ne m'avez-vous jamais raconté que vous êtes triplé, Isaksson ? Nous pourrions vous mettre en observation, ce serait fabuleusement intéressant. Cela dit, vu ce que votre mère m'a raconté, eh bien…

— Excusez-moi, mais… Ma mère ? Il est arrivé quelque chose ? Quelqu'un est…

Sebastian farfouilla dans ses poches à la recherche de son téléphone, qu'il avait éteint justement pour échapper un moment aux appels de sa mère. Corrigan secoua la main pour le rassurer.

— Du calme, du calme. Personne n'est mort. Elle voulait seulement me mettre au courant de votre situation. Une femme attentionnée. Bref, Isaksson, ce serait intéressant. De savoir qui va être écarté. Les triplés, c'est le *nec plus ultra*, bien sûr, mais les études sur les jumeaux sont intéressantes aussi, et plus difficile à réaliser qu'on ne le croie… Vous pensez que c'est vous ? Ou l'une de vos sœurs ?

Sebastian resta immobile, le téléphone à la main, tentant de comprendre de quoi parlait Corrigan.

— Votre mère dit qu'elle n'en sait rien… Ça paraît assez invraisemblable, indéniablement. Cela dit, les femmes… Un mystère.

— Un mystère, répéta Sebastian, hébété. Ma mère ? Vous a raconté ça ? À vous ?

— N'ayez pas l'air si surpris, votre mère est vraiment très bavarde, vous devez quand même le savoir. Et elle s'inquiète pour vous, Sebastian, vous devriez l'appeler plus souvent. Je sais de quoi je parle quand je vous dis que peu de choses font autant souffrir un parent que quand ses propres enfants l'évitent.

Corrigan se pencha derrière son bureau, disparaissant un instant pour attraper un thermos de café qu'il posa d'un geste fracassant devant lui. Il dévissa le bouchon.

— Vous avez des enfants ? demanda Sebastian en se disant que dans le genre contre nature, on ne pouvait pas faire mieux.

— Pas à proximité, non, répondit Corrigan en versant du café dans deux tasses. À la vôtre.

Sebastian leva sa tasse en l'air, un peu hésitant.

— Bien. Aussi captivants que puissent paraître vos petits soucis de famille, Sebastian – et honnêtement, vous devriez vendre votre histoire à la télévision, c'est mieux que *Coronation Street* –, eh bien, ce n'est pas ce dont je voulais vous parler.

Soudain crispé, Sebastian se redressa sur sa chaise. Peut-être s'agissait-il quand même de Laura Kadinsky.

— Travis, dit Corrigan en le regardant dans le blanc des yeux. Elle semble avoir perdu un peu les pédales. J'aimerais que vous gardiez un œil sur elle.

— Travis ? dit Sebastian.

— Oui. Ce puzzle qui l'obsède… C'est une impasse. Ça ne la mènera nulle part.

— Je ne vois pas très bien ce que je pourrais…

— Bah… Je ne vous demande pas grand-chose. Gardez juste un œil sur elle. C'est tout ce que j'attends de vous. Dites-moi si elle devient trop toquée. Paranoïaque. Vous voyez ce que je veux dire ?

— Non.

— C'est bien. Parfait.

Sebastian était embarrassé.

— Vous voulez dire que je devrais l'espionner ? osa-t-il.

— Non, non, non ! Bien sûr que non. Rien d'aussi… sinistre. Comportez-vous simplement en ami. C'est tout. En ami avec un devoir d'alerte. Travis est intelligente, Isaksson, mais c'est aussi sa malédiction. Je ne voudrais pas qu'elle se rende impossible.

— Impossible ?

Corrigan soupira lourdement. Puis, en articulant exagérément, il expliqua :

— Juste ce qu'il faut de discrétion. Juste ce qu'il faut d'ignorance. Une petite œillère de temps en temps. Il n'y a pas de mal, vous savez. Autrement, on peut facilement devenir cinglé. Étant donné votre nouvelle situation de famille, je serais tenté de croire que vous êtes d'accord. Bon. Ça marche ?

Sebastian hocha lentement la tête et Corrigan secoua la main vers la porte, sans doute pour signifier que la conversation était close. Alors que Sebastian se levait, quelque chose sembla néanmoins traverser l'esprit de Corrigan.

— Votre sœur, dit-il. Matilda, c'est ça ? Votre mère m'a dit qu'elle était synesthète et bipolaire. Vous devriez la faire venir. Je mentirais si je disais que je n'ai pas envie d'y jeter un coup d'œil.

Kathleen avait coutume de dire : Le corps est une métaphore.

Elle manquait à Matilda. Enfin, pas personnellement – au fond, elle ne la connaissait pas mieux qu'une fréquentation avec laquelle on entretient une relation ordinaire sur le plan spirituel – sans doute pas les mots que Kathleen aurait choisis, enfin, supposait Matilda. C'était sa voix qui lui manquait : américaine, un peu stridente, mais mélodieuse et bouillonnante d'humour. En fait, Kathleen n'était pas originaire des États-Unis mais du Canada – cela dit, quel Européen entend vraiment la différence ?

Ses mains lui manquaient – ce qui pouvait sembler érotique, songea Matilda. Peut-être l'était-ce. La sensualité n'avait pas de couleur précise ni de cible avérée. Kathleen aurait été d'accord là-dessus. Elle aurait dit que l'amalgame entre sexe et sexualité était une convention occidentale. Non, elle n'aurait pas dit ça. Pas en séance, en tout cas. Mais peut-être à l'extérieur du studio, si elles avaient été amies, assises côte à côte sur un canapé devant deux tasses de tisane d'ortie, à Sonnenallee ou dans quelque autre quartier où l'on aurait pu supposer que vivait quelqu'un comme Kathleen. Elle aurait dit que la véritable sensualité ne découle pas du désir sexuel, mais de la vitalité. "Tout désir qui jaillit du corps est sensuel, et il n'existe aucun désir qui ne jaillisse pas du corps puisque le corps et l'esprit ne font qu'un. Quand tu élèves ton cœur vers le ciel en *chakrasana*, la jouissance est du même ordre que celle que tu éprouves quand ton amant effleure tes paupières." Et Matilda aurait dit : "Mon amant n'effleure jamais mes paupières." Kathleen se serait penchée en avant et aurait doucement passé ses pouces sur les yeux fermés de Matilda. Sans en faire une grande affaire. Simplement, comme dans la vie, dans un mouvement de va-et-vient qui évoquerait des vagues.

Matilda cala ses plantes de pieds sur les lattes en bois de la terrasse, tendit ses cuisses et son ventre, leva ses hanches vers le ciel bleu et clair et ferma les yeux pour ne pas le voir. Mains derrière les oreilles, bras serrés contre la tête. Ses épaules se décollèrent du support ; un instant, elle se sentit comme un arbre qui surgissait du sol. *Chakrasana*. Ses bras étaient encore forts comme des troncs et flexibles comme des roseaux. Elle garda les yeux fermés et respira au niveau du diaphragme, comme le lui avait appris longtemps auparavant quelqu'un qui avait coupé les ponts.

Il ne s'agissait pas de Kathleen.

Matilda Isaksson, vingt-six ans, brune aux yeux bleus, tueuse de chien, poupée méchante et probablement échangée contre une autre à sa naissance, généralement domiciliée à Berlin, se trouvait pour l'heure sur le littoral du Västerbotten. Un endroit vraiment pénible où promener son corps et l'inquiétude renaissante qu'elle connaissait si bien, la couleur née en elle, toute nouvelle, mais elle faisait ce qu'elle pouvait pour se tenir à carreau. *Halasana*. Les fessiers en l'air, les orteils derrière la tête, touchant les lattes de bois tiède. Dans une position difficile, il fallait se dire que ça ne durerait pas éternellement. Un été, seulement un été, puis ils rentreraient chez eux. Plus de disputes, plus de migraines, plus de virées précipitées au supermarché Konsum de Robertsfors parce que Billy avait oublié d'acheter du tabac à priser quand on faisait les grandes courses. C'était, à bien des égards, ironique, se dit Matilda en respirant au niveau du cœur, que dans cette relation, ce soit elle qui possède un permis de conduire. Alors que lui avait grandi dans le Grand Nord, qu'il était l'homme, et quel homme, en plus de ça. Un gars qui portait des choses lourdes – car c'était son métier. Des amplis. Du lourd et même du très lourd. Des instruments. Des tables de mixage. Des adolescents en état d'ébriété, parfois, dans les mauvais jours. Il prétendait n'avoir jamais eu besoin de conduire une voiture. Il y avait toujours des copains. Et quand on ne prenait pas le volant, pas la peine de rester sobre. Il disait ça en ricanant quand on lui posait la question. Même la première fois, Matilda n'avait pas trouvé la blague très marrante – et elle l'avait entendue très souvent depuis. Pour sa part, elle avait passé son permis avant de partir au Bangladesh. Ce n'était pas exigé mais souhaité, et elle voulait faire le maximum, comme toujours. Autrement, à quoi bon vivre, à quoi bon d'être humain.

Ses bras se mirent à trembler légèrement sous l'effet de l'acide lactique. Elle respirait, inspirait, expirait... Elle ramena lentement ses jambes en avant et se déroula, une vertèbre à la fois, jusqu'à ce que son dos repose sur la terrasse en bois tiède. Elle étendit les jambes et les bras, se répandant comme un œuf cassé. *Shavasana*. "Il y a un soleil dans le ciel et un autre derrière le pubis", Kathleen l'avait dit un jour. C'était sans doute pour ça que Matilda l'avait sexualisée dans ses pensées. Kathleen parlait du verrou tout en bas du ventre, *mula bandha*, qui est comme un soleil qui s'élève du fond du bassin et se déplace à travers le corps en prodiguant son énergie vitale. Tout de même. Assez sexuel, comme explication. Matilda sentit une brise caresser ses mamelons comme une main, si sensibles, et une autre à travers ses cheveux, le soleil réchauffait l'intérieur de ses cuisses. Finalement, il n'y avait qu'un seul avantage à être ici, au bord de cette baie marine quasiment déserte : le yoga nudiste. Pas quand Siri était dans les environs, bien sûr, car Billy le lui avait expressément interdit, mais Siri et lui sortaient assez souvent en bateau ou en excursion dans la forêt et, dans ces moments-là, Matilda était libre de s'arracher ses vêtements. Elle n'avait jamais aimé les habits, ils lui écorchaient la peau.

Voilà peut-être pourquoi elle était attirée par les climats chauds. Sur ce plan-là, le Bangladesh était un endroit formidable. Des nuits à poil entre les draps. Des journées en robe – un carré de tissu à peine rassemblé par quelques points de couture aux épaules. Souvent, elle ne portait même pas de petite culotte. Sans réfléchir, elle l'avait dit à Billy, un jour au passage – une erreur. Depuis, il lui demandait souvent d'en parler quand ils faisaient l'amour – cela n'avait pourtant rien de sexuel ! Ou, en tout cas, pas dans le registre de la baise, comme il l'imaginait, même si, là-bas, il y en avait eu aussi. Juste une libération. C'est ce que le Bangladesh avait représenté pour elle, plus généralement. Cela devait avoir un rapport avec la gamme de couleurs beige-jaune-doré-marron : une palette qui lui faisait du bien. Peau bronzée. Terre sèche. Curcuma, cumin, bonnes actions. Les actions ne suscitaient pas seulement des émotions, elles avaient leur couleur, elles aussi ; les bonnes tiraient toujours sur le cuivré. Comme des boules chaudes qu'on pourrait tenir entre ses mains, palpitantes, réelles, terre à terre.

Les mauvaises actions, en revanche, étaient bleues.

Voilà pourquoi elle était si méchante ici. Forcément : la mer, la mer… Elle savait pertinemment qu'elle ne pouvait pas vivre au bord de la mer et pourtant, elle avait accepté de venir. “Seulement l'été, avait dit Billy. Fais-le pour Siri.” Siri n'étant pas la fille de Matilda, pas moyen de protester. Elle refusait de jouer le rôle de marâtre égocentrique. Si Billy jugeait nécessaire que Siri aille en Suède tous les étés faire la cueillette des myrtilles et des excréments d'ours, fêter la Saint-Jean sous une pluie battante et observer d'autres traditions typiques, eh bien, *okay*. Elle suivrait. D'ailleurs, elle ne manquait pas de sujets de réflexion, par exemple de récentes révélations bouleversantes. Peut-être le dépaysement lui ferait-il du bien. Le recul. S'était-elle dit.

Elle avait sans doute pris la mauvaise décision. Car si elle s'était installée à Berlin, c'est qu'elle avait ses raisons, et l'une d'entre elles était justement l'absence de mer. Rien que les eaux marron grisâtre de la Spree – qui, en plissant très fort les yeux, pouvaient carrément évoquer le Gange.

— Tilda, merde…

Sans crier gare, Billy avait surgi dans l'embrasure de la porte. Matilda ouvrit les yeux ; brutalement tirée de sa rêverie, elle sentit la réalité des lattes de bois. Pas optimal pour conclure une séance. Mais ainsi était la vie avec Billy : frénétique et impulsive. D'une certaine manière, elle aimait ça. Depuis toujours. Être prise au dépourvu, ne pas avoir le temps de dire non. D'ailleurs, leur rencontre s'était déroulée plutôt comme un accident de la route sanguinolent. Qui eût cru qu'il s'agissait du prologue d'une relation amoureuse de onze mois – déjà ? Matilda courait le long du Landwehrkanal lorsque ses genoux avaient plié, la précipitant sur le trottoir.

La chute fut bénigne mais entraîna une réaction en chaîne dramatique.

Elle avait été fauchée par une enfant de cinq ans en trottinette qui, bien sûr, était également tombée. La petite s'était égratigné les genoux ; Matilda se remettait péniblement debout lorsqu'un homme portant une barbe de hipster et – elle n'en crut pas ses yeux – un bracelet clouté, du genre que l'on arbore à Sweden Rock à Svedala, s'était dressé au-dessus d'elle en hurlant dans un assez mauvais allemand : les joggeuses qui fonçaient sur les enfants étaient vraiment des pétasses, pour qui se prenait-elle, croyait-elle que tout Neukölln lui appartenait ou quoi, comment pouvait-on haïr à ce point les enfants ? Eh bien, il tenait à lui dire que les âmes innocentes ne méritaient pas un tel traitement, mais peut-être était-ce justement pour ça qu'elle les détestait, parce qu'elle n'était qu'une sale égoïste, qu'elle considérait que seuls ses propres mollets, certes assez sexy, devaient occuper l'espace que tous étaient censés partager sur cette terre et sur cette promenade, et qu'elle avait la priorité sur son petit ange ? Hein ? C'était ça ? Matilda avait répliqué en hurlant dans un allemand tout aussi approximatif que c'était tout de même sa fille qui lui était rentrée dedans et qu'au lieu de se plaindre, il ferait mieux de reprendre son éducation en main mais que, cela dit, avec un père aussi violent, pas étonnant qu'elle fasse de la trottinette avec autant d'agressivité ! Et Billy – il s'agissait évidemment de lui – était devenu tellement furieux ou excité qu'il en avait perdu la parole. Il avait poussé un mugissement inarticulé et postillonné avec force, et lorsque la joue de Matilda avait été touchée par un crachat mêlé de ce tabac à priser typiquement suédois, elle avait compris, premièrement, qu'ils étaient compatriotes et, deuxièmement, qu'elle allait coucher avec lui le soir même.

Cependant, elle avait tort sur le deuxième point, car raisonnant comme quelqu'un qui n'a pas d'enfants, elle n'avait pas inclus Siri dans l'équation – du coup, ils n'avaient couché ensemble que trois jours plus tard, pendant que Siri était chez sa mère à Reinickendorf. Deux semaines après, Matilda résiliait sa location et s'installait chez Billy et Siri sur la Weichselplatz. C'était au mois de septembre et, la nuit, Matilda s'accoudait volontiers au balcon Juliette pour fumer de l'herbe en cachette et regarder les volutes blanches faire cause commune avec la brume humide qui recouvrait l'aire de jeux endormie, en bas.

Une robe atterrit sur son visage.

— Habille-toi, Siri va débarquer.

— Vous avez vu un ours ?

— Seulement Johansson. Il a acheté une nouvelle tronçonneuse.

— Qu'est-ce qu'on mange pour le déjeuner ?

— Je ne sais pas. Siri veut des crêpes.

— Je ne sais pas faire des crêpes, dit Matilda en retirant sa robe de son visage.

— Tu ne sais pas faire des crêpes ? Ce n'est pas possible.

— Je sais éclisser une jambe, construire une maison et courir un marathon. Je ne vais quand même pas m'excuser parce que je ne sais pas faire de la pâte à crêpe ! Franchement…

— Un un deux.

— Quoi ?

— Un œuf, une dose de farine, deux doses de lait.

— Quoi ?

— C'est aussi le numéro des secours. Le genre de choses qu'il faut connaître quand on est parent.

— C'est-à-dire ?

— Bon, je vais aller faire des crêpes. Mets une culotte aussi. Je crois que Siri veut s'entraîner à faire la roue avec toi.

— Tu peux aller m'en chercher une ?

— Non.

Contrairement à ce que Billy pensait peut-être, Matilda aimait Siri. Un peu, en tout cas. Spécialement quand, comme maintenant, elle tirait sur sa robe pour qu'elle lui apprenne tout ce qu'elle savait de l'art du cirque et de la survie. Matilda, qui avait les bras tout flagadas après le yoga, fut incapable de résister à l'enthousiasme sautillant de Siri ; d'un bond, elle descendit de la terrasse et fit trois roues de suite sur la pelouse jaune et desséchée qui débouchait sur une plage de sable.

Siri était vraiment à plaindre, ce qui la rendait d'autant plus sympathique aux yeux de Matilda. Sa mère possédait une combinaison de caractéristiques qu'on observe le plus souvent chez des sujets masculins dans le monde de la finance : elle était maladivement ambitieuse, alcoolique et, pire encore, plus ou moins fonctionnelle. C'est-à-dire qu'elle assumait son travail, avait un revenu et faisait le ménage chez elle tous les vendredis avant de se mettre à boire. Käthe, car elle s'appelait ainsi, était maquilleuse, ce qui exigeait d'avoir la main stable ; elle ne buvait donc jamais pendant la semaine. Elle travaillait à la ZDF depuis plusieurs années, et avait maquillé quasiment toutes les célébrités allemandes, y compris Angela Merkel, qui avait voulu qu'on lui mette trop d'eye-liner – mais Käthe avait dit stop. "Quand on prend son travail au sérieux, il faut oser, avait-elle expliqué en racontant l'anecdote à Matilda. Il ne faut avoir peur de personne. Pas même d'une chancelière fédérale." Travailler à la télévision, c'était pratique quand on était alcoolique : la plupart des tournages avaient lieu la semaine, et Käthe n'était appelée le week-end qu'à de rares occasions ; elle était alors prévenue plusieurs semaines à l'avance et pouvait reporter sa consommation et la garde de Siri à des moments plus propices. Si elle avait été free-lance, les choses auraient été différentes. "Des mariages et autres. Et qui se marie un mardi ?" Pas grand monde, avait admis Matilda la première fois qu'elle déposait Siri chez Käthe, en serrant fort sa main dans la sienne.

Sa stratégie concernant l'alcool n'avait pas été présentée en ces termes par Käthe elle-même, bien sûr. Billy en avait parlé plus tard ce soir-là, quand Matilda lui avait fait le compte rendu de la conversation en versant quelques larmes.

— Elle ne boit quand même pas quand Siri est là ? avait-elle demandé alors que des taches bleues glissaient le long de son champ de vision.

— Quand voudrais-tu qu'elle boive sinon ? avait répliqué Billy avec une moue de dédain. C'est quelqu'un d'efficace, mon ex, elle fait toujours plusieurs choses à la fois. Mais Siri a l'habitude. Elle a grandi avec, elle sait quand il est l'heure d'aller se coucher et qu'il faut laisser Käthe tranquille. Et s'il y a un problème, elle peut toujours m'appeler.

Matilda avait protesté : Siri n'avait que cinq ans, elle n'était quand même pas capable de passer un coup de fil. Billy avait maugréé que, manifestement, elle n'était pas au fait des habitudes téléphoniques des enfants de cinq ans. Impossible de le contredire là-dessus.

Quoi qu'il en soit, Siri était à plaindre car elle avait une maman ivrogne – qui ne buvait malheureusement pas assez pour que Billy la lui enlève une fois pour toutes. Siri habitait chez elle deux semaines sur quatre, et durant ces deux semaines, Käthe était donc soûle pendant au moins quatre jours, ce qui, du point de vue de Matilda, faisait quatre de trop. Matilda avait honte de sa propre impuissance à aider Siri, mais seul Billy était habilité à prendre des décisions à ce sujet, et tout ce que Matilda pouvait faire, c'était d'être – autant que possible – un modèle féminin fort pour Siri. Une femme qui savait faire la roue et ne se souciait pas tellement de son apparence, qui buvait de la limonade bio au lieu de vin et essayait, contre toute attente, d'être quelqu'un de bien. Facile avec Siri, puisqu'elle en avait besoin. Plus difficile avec Billy – il n'était pas à plaindre, lui.

— Tilda, tu sais, papa dit que tu sais marcher sur un fil mais je lui ai dit que je n'y croyais pas, alors tu sais ou pas ? lui demanda Siri en faisant semblant de marcher sur un fil sur un cordage du bateau à moteur échoué sur le sable.

— Oui, Siri.

— Tu as fait une école de cirque ou quoi ?

— Exact. Quand j'étais petite, je voulais devenir acrobate. J'essayais souvent de faire des numéros avec ma sœur et mon frère, des pyramides, des trucs comme ça, mais ils étaient tellement nuls que ça me mettait en colère.

— C'est pour ça que tu n'es pas devenue acrobate ?

— Non, dit Matilda. J'ai changé d'avis.

— Pourquoi tu as changé d'avis ?

— Parce que. Ce sont des choses qui arrivent.

— Ah, dit Siri en bondissant dans le bateau.

Elle grimpa et se mit à marcher en équilibre le long de l'étroit plat-bord de la coque en plastique. Soudain, elle s'arrêta, comme si une idée venait de lui traverser la tête.

— Pourquoi je n'ai jamais rencontré ton frère et ta sœur ? demanda Siri. Ils sont morts ou quoi ?

Matilda se raidit de la nuque au coccyx. Billy. Ce salopard. Il insistait lourdement. Comme si ça ne posait pas de problème. Mais utiliser une enfant pour faire pression, c'était moche. À la fois moche et élégant.

— Ils n'habitent pas à Berlin, répliqua vivement Matilda. Tu le sais. Sebastian habite à Londres, c'est très loin. Il faut prendre l'avion. Et Clara est de l'autre côté de la terre en ce moment. Je crois.

— Et alors ? On a pris l'avion pour venir ici, c'est SUPER FACILE ! cria Siri, qui bondit du bateau en battant des bras.

Matilda l'attrapa et lui fit faire un, deux, trois tours en l'air avant de la lâcher ; Siri s'effondra comme un petit tas hilare dans le sable. Matilda, à genoux à côté d'elle, se mit à la chatouiller – la meilleure manière de conclure une discussion, et de loin la plus simple – avec une brutalité rieuse.

Mais aïe. Merde…

Elle ressentit un pincement dans l'aine, un tiraillement quelque part dans sa prodigieuse mémoire corporelle. La sensation tendue d'un ligament étiré. Elle porta automatiquement la main au-dessus de son pubis avant d'en prendre pleinement conscience : cela ne pouvait tout de même pas… Non. Si ? Mon Dieu, non… Sa bouche se dessécha, elle s'oublia et, tournant le regard vers la mer, sentit un éclair bleu lui scinder le crâne. Siri secoua sa robe.

— Tilda ! Tilda, qu'est-ce qu'il y a ?

— Rien, l'amie, j'ai juste étiré un muscle. Mais ça va maintenant, je crois.

Elle releva prudemment ses hanches pour se mettre dans la position du chameau, *ustrasana*. Puis elle relâcha sa tête en arrière, les mains autour des chevilles, et sentit sa peau se tendre sur son ventre comme un tambour.

Impossible. Et pourtant, si, bien sûr. Possible, et si familier… Nom de Dieu…

Comme si elle n'avait pas déjà assez de soucis comme ça.

Quelques jours après le rendez-vous de Sebastian au bureau de Corrigan, par un jeudi lourd et nuageux, la chaleur devint invraisemblable. Partout, à la télévision, à la une des tabloïds clignotaient les mots : "MÉTÉO EXTRÊME". Les employés de l'Institut transpiraient sous leurs blouses et se bousculaient devant les distributeurs de bouteilles d'eau. À Kensington Gardens et Victoria Park, au village olympique de Stratford et devant la Somerset House, on avait ouvert les fontaines pour que les enfants puissent jouer dedans, bien qu'on fût encore à plusieurs semaines des grandes vacances. À Russell Square aussi – Sebastian, à la fenêtre de son bureau, regardait les jeunes *nannies* en tenues légères, lunettes noires sur la tête, courir désespérément après des gamins de trois ans munis de grosses couches flagadas pour les empêcher de flanquer leur chapeau de soleil par terre, lorsque, lui aussi, il sentit ses cheveux se mouiller. Perplexe, il leva les yeux vers le plafond. Le sprinkler automatique s'était mis à cracher de l'eau ; une seconde plus tard, le vagissement solitaire de l'alarme à incendie retentit, exhortant à l'action, mais Sebastian ne put se résoudre à bouger – il y avait quelque chose de magique dans ce soudain rafraîchissement, une grâce inattendue. Il sentit l'eau sur ses paupières.

La tranquillité ne dura que quelques instants car, bientôt, des bruits de pas se précipitèrent dans les couloirs, on entendit trois ou quatre sirènes de pompiers et un message enregistré à l'avance : *PLEASE EVACUATE IMMEDIATLY PLEASE EVACUATE*

IMMEDIATLY PLEASE EVACUATE. Sebastian comprit qu'il fallait sauver ce qui pouvait l'être. Il jeta une couverture ignifuge sur son ordinateur, pour le protéger non du feu mais de l'eau, car contre le feu, on ne peut rien. Il prit dans ses bras la cage de la guenon moraliste, qui hurlait encore plus fort que la sirène, et se dépêcha de sortir dans le couloir, où Childs arrivait justement en trottinette.

— Il y a vraiment le feu ? cria Sebastian.

— Aucune idée, dit Childs en s'arrêtant. Mais ça tombe à pic. Nous allons au pub. Tu viens ?

Sebastian secoua la tête.

— Tu sais où est Travis ?

— La dernière fois que je l'ai vue, elle était dans le labo "vermine". Mais laisse tomber, c'est un chat. Elle a neuf vies. Au moins !

Childs se remit à patiner vers l'issue de secours et Sebastian le suivit à toute vitesse, encombré par la guenon. Arrivé au rez-de-chaussée, il trouva une sortie à l'arrière du bâtiment, devant laquelle des membres du personnel brusquement libérés de leur travail étaient déjà rassemblés en petits clusters guillerets. Sebastian vit des cigarettes, des parcelles de peau nue et un ou deux pistolets à eau.

Lorsqu'il eut posé la guenon à côté d'un bac à ordures et écarté sa frange des yeux, il se rendit compte que l'incendie était réel – la fumée noire et grasse était expulsée par grosses bouffées d'une fenêtre du sous-sol. Trois camions de pompiers étaient garés en file indienne le long d'une rue transversale et des tuyaux jaunes serpentaient le long du sol, tenus par des pompiers invisibles, engloutis par la fumée. Soudain pris de panique, Sebastian compta les fenêtres : c'était le labo de Travis qui brûlait, il en était presque sûr, et lorsque, dans le nuage de fumée, il entrevit un scintillement doré et argenté, puis deux ailes transparentes mordues par le feu, ses derniers doutes se dissipèrent.

— Travis !

Sebastian se jeta dans le nuage noir et se mit à tirer un pompier par le bras.

— Il y a quelqu'un à l'intérieur, il y a quelqu'un ! cria-t-il. *Elle est vivante !*

Le pompier agacé bouscula Sebastian pour l'écarter.

— *Stay back, sir!*

— Vous devez envoyer quelqu'un la chercher, elle va mourir ! cria Sebastian.

Il n'eut pas le temps d'en dire plus avant que deux puissantes mains le saisissent par les épaules, le soulèvent et le déposent hors de la fumée. À l'instant où il parvenait à se libérer de l'emprise de cet autre pompier, il vit s'ouvrir une fenêtre au sous-sol.

Jennifer Travis en sortit, le visage barbouillé de suif et les cheveux ébouriffés, mais autrement, à ce qu'il semblait, saine et sauve.

Elle se mit debout sur le trottoir et, toussotant dans sa manche, aperçut Sebastian, qui lui trouva l'air plutôt pensive que bouleversée.

— Mon Dieu ! Travis ! s'exclama-t-il.

Il essaya de la rejoindre, mais fut à nouveau stoppé par un pompier. Au même instant, une ambulance apparaissait au coin de la rue. Deux ambulanciers en descendirent et mirent le grappin sur Travis.

Sebastian resta immobile, hésitant, incertain de ce qu'il était censé faire. Exiger d'accompagner Travis à l'hôpital ? Il avait du mal à croire qu'elle voudrait de lui à ses côtés. Offrir son aide dans le travail d'extinction ? Il risquait de gêner les secours.

Il comprit avec une certaine allégresse que dans ces conditions, il ne pouvait plus rien faire pour personne. Il prit donc son singe et s'éloigna.

Mais pour aller où ? L'idée de retourner à sa sinistre chambre de bonne de Tulse Hill, à son atmosphère épaisse et statique, brouillée par la poussière, ne le tentait pas ; il y faisait certainement une chaleur torride. Mais avec la guenon moraliste en remorque, ses possibilités étaient limitées. Plus que tout, il aurait voulu entrer au British Museum et coller sa joue contre le marbre frais des sculptures du Parthénon, ce qui était bien sûr impensable. Qu'on l'autorise à déposer un singe au vestiaire de la British Library, son deuxième choix, était également peu plausible. De plus, il sentait la fumée. Alors que, planté sur le trottoir de Great Ormond Street, il hésitait, la cage en équilibre sur sa hanche, un bus approcha. Direction : Camden.

Il fait chaud, se dit Sebastian. À Camden, il trouverait des boissons.

En descendant du bus, il vit un dalmatien pisser sur un lampadaire, les carreaux de la station de métro étincelaient, bleu cobalt au soleil. Il flottait des odeurs de gaz d'échappement, de pralines, de parfums de luxe sur des peaux de femme en sueur et de marijuana.

Sebastian était par nature quelqu'un de très sincère, il mentait rarement, à personne, même pas à lui-même – bien entendu, il savait pourquoi il avait fait ce trajet. Il voulait voir sa maison, sa porte, sa fenêtre, le magnolia dans son jardin, celui dont elle avait parlé avec une sorte de faiblesse dans les cordes vocales. Il voulait voir son enfant, peut-être. Son mari, ses cabas pour faire les courses, ses plantes en pot, si elle en avait. Il essaya de se convaincre qu'il ne s'agissait pas d'un comportement pathologique, mais il n'en était pas certain. Vouloir tout savoir de quelqu'un, qu'est-ce que cela avait de si bizarre ? N'était-ce pas l'essence même de l'amour ?

Et pourtant, il n'aimait pas Laura Kadinsky – de cela, il était assez sûr. Il voulait seulement savoir ce qu'elle mangeait au petit-déjeuner, l'odeur qui régnait dans son hall, si elle avait de la moquette ou du parquet et combien d'oreillers elle mettait sous sa tête pour dormir, bref quelque chose sur elle que personne d'autre ne savait. Et qui laisse une trace, quelle qu'elle soit, une petite marque indestructible sur le cervelet.

Il était sûr d'une chose : son adresse exacte, le 42 Mornington Terrace. Il savait que la porte d'entrée était vert menthe, car il l'avait vue sur Google Street View. Il savait aussi que le risque d'être surpris par Laura était négligeable, puisqu'elle devait être à son travail. Tant mieux, parce qu'il trimbalait quand même la guenon. Difficile de trouver des prétextes pour expliquer cette circonstance. D'ailleurs, la guenon s'impatientait – en cage depuis beaucoup trop longtemps, elle grattait la grille avec une irritation croissante. Il fallait qu'il la lâche bientôt quelque part, qu'il la nourrisse et lui donne à boire. Il quitta Mornington Crescent, prit la rue transversale dans laquelle Laura avait disparu le soir où ils avaient mangé des saucisses à Regent's Park. Elle débouchait sur quelque chose qui, de loin, ressemblait à une grève le long d'une espèce de canal mais qui, en fait, n'était qu'un muret qui séparait la chaussée des rails qui longeaient la banlieue nord de Londres jusqu'à King's Cross. Sebastian posa la cage sur le muret et ouvrit sa blouse qu'il avait – il venait de s'en rendre compte – oublier d'enlever. Il contempla les voies ferrées qui s'étalaient de l'autre côté en direction du centre de Londres. Au premier plan, la tour de British Telecom trouait le ciel – une sœur plus âgée et un peu pitoyable de la Fernsehturm à Berlin.

Il pensa à Matilda.

La veille, elle l'avait appelé de Suède, où elle passait l'été avec Billy et sa fille – comment s'appelait-elle, déjà ? Siri ? Comme la jeune femme du téléphone, celle qui vous passe votre coup de fil si on le lui demande gentiment. Intelligente, mais pas humaine – Sebastian ne savait pas s'il trouvait cette singularité fascinante ou seulement triste. Bref, il n'avait pas dit à Matilda que leur mère s'était permis d'appeler son chef – *son chef !* – et de s'épancher au sujet de leur problématique familiale insolite. Cette pagaille le laissait décidément perplexe. Il s'était d'abord dit qu'il devait appeler sa mère et lui demander exactement ce qu'elle avait dit à

Corrigan, et peut-être aussi lui suggérer avec délicatesse de s'abstenir à l'avenir de communiquer des circonstances privées de la vie de Sebastian avec autant de largesse à des personnes que ça ne regardait pas. Il n'était pas encore parvenu à le faire. Elle allait lui poser des questions sur Clara, c'était sûr, et alors, il serait obligé de lui dire que ni lui ni Matilda n'avaient réussi à la joindre depuis leur conversation familiale, ce qui l'inquiéterait certainement. Elle vivait dans l'idée que ses enfants étaient encore en contact constant les uns avec les autres, comme une trinité bien soudée. En fait, ils ne l'avaient jamais été, même pas tout petits. Devenus adultes, ils semblaient avoir tacitement convenu de continuer à entretenir l'illusion, parce qu'elle diminuait la pression individuelle exercée par leur mère sur chacun d'entre eux. "Vous prenez soin les uns des autres, c'est bien", disait-elle souvent, confiante, alors qu'en vérité, aucun d'entre eux ne prenait correctement soin de soi.

Sa blouse chiffonnée sous un bras et la cage sous l'autre, il se mit en marche. Il avançait lentement pour ne pas rater la porte. Le silence de Clara, qui ne répondait ni aux mails ni au téléphone depuis que leur mère avait lâché la bombe, n'avait pas paru rendre Matilda particulièrement soucieuse. Elle avait surtout semblé en colère. Clara avait toujours été beaucoup trop sensible, et même lâche, avait-elle dit. Ça lui ressemblait de disparaître de la circulation dès qu'il y avait une crise. Sebastian ne pouvait-il pas la *coincer*, où qu'elle se cache ? Non, il ne le pouvait pas, il avait essayé de l'expliquer à Matilda, Clara ne semblait pas vouloir lui parler non plus et franchement, il ne possédait aucun don surnaturel qui lui permettrait mystérieusement *d'obliger* Clara à répondre au téléphone. "Mais... avait dit Matilda, sincèrement stupéfaite, tu es quand même *toi* !"

Ce qui n'avait pas de sens.

De toute façon, ils n'avaient pas abordé la question centrale, c'est-à-dire l'identité de l'intrus, du traître, l'ombre de l'enfant perdu. Matilda pensait peut-être que c'était elle. Sebastian pensait peut-être que c'était lui. Ce que croyait, ou savait, leur mère leur resterait à tout jamais caché. Enfin, si elle ne le racontait pas à Corrigan, se dit Sebastian avec l'humour du désespoir. Mon Dieu, il avait envie de se frotter les tempes, car elles s'étaient mises à marteler sous le soleil de plomb, mais il avait les deux bras chargés d'un attirail absurde. Il s'arrêta.

Elle était là : la porte de chez Laura Kadinsky. Et le fameux magnolia qui avait perdu toutes ses fleurs – sous l'arbre, une petite pelouse couverte d'un matelas de végétation en décomposition rose pâle fumait au soleil. Une petite bicyclette, du genre munie d'une barre à l'arrière qui permet à un adulte de la diriger, était appuyée à la grille en fer forgé. Sur les marches en pierre qui menaient à la porte étaient posés des pots dans lesquels poussaient de la lavande et des fines herbes hirsutes. Dans la rue, devant la grille, était garée une BMW ; Sebastian se demanda si elle appartenait à Laura ou à son mari, et s'il supporterait de continuer à vivre sans jamais le savoir.

La guenon se mit à trépigner à nouveau dans sa cage et il dut se baisser pour la calmer. En se relevant, il aperçut Laura. Elle marchait de l'autre côté de la rue, lentement, comme sur un fil. Elle était seule.

Il baissa la tête et fit semblant de s'occuper de la guenon. S'il la croisait en marchant vite, discrètement, peut-être qu'elle ne le remarquerait pas, peut-être qu'elle ne tournerait pas la tête vers le trottoir d'en face et, même si elle le faisait, peut-être qu'elle ne les reconnaîtrait pas, ni lui ni la guenon, qu'elle se dirait : Tiens, voilà un jeune homme ordinaire qui emmène son chinchilla chez le vétérinaire. Il accéléra le pas et, au bout de la rue, aperçut – il s'y attendait puisqu'il l'avait déjà repéré sur Google Street View – un pub avec terrasse. Il se glissa dans l'établissement, persuadé de s'en être tiré.

Derrière le comptoir, une serveuse le suivit des yeux alors qu'il traversait la salle vide pour se rendre à la terrasse. Elle ne paraissait pas contente qu'il entre avec un singe. Sebastian jeta un coup d'œil à la porte.

— C'est écrit "chiens admis".

— Le chien est le meilleur ami de l'homme, dit la serveuse, impassible.

— Cela dit, le singe est le plus proche parent de l'homme, répliqua Sebastian et, voyant que ça n'arrangeait pas les choses : S'il vous plaît…

— Qu'est-ce que vous prenez ? répliqua-t-elle sèchement.

Sebastian s'assit dans un coin de la terrasse avec vue sur la rue. La serveuse attentionnée lui apporta sa bière et une gamelle pleine d'eau. Elle désigna la guenon d'un signe de tête.

— Je me suis dit qu'il aurait soif.

Sebastian la remercia et osa lui demander s'il pouvait la laisser sortir un peu. La serveuse se contenta de hausser les épaules, ce qu'il interpréta comme un oui. Il ouvrit la cage et la guenon escalada la grille qui séparait rue et terrasse. Elle s'accrocha à un rosier grimpant et se balança, manifestement satisfaite malgré les épines. Soudain, une expression de dépit se dessina sur son visage velu, elle tourna ostensiblement le dos à Sebastian et s'éloigna le long de la grille, dont elle descendit ensuite d'un bond pour se mettre à bouder entre deux pots de sauge.

— Décidément, cette guenon ne m'aime pas.

Sebastian tourna la tête à la vitesse de l'éclair. Laura Kadinsky se dressait au-dessus de lui, auréolée de soleil éclatant. Elle repoussa ses lunettes noires sur sa tête et s'assit en face de lui en se laissant à moitié tomber de façon assez disgracieuse.

— Mrs. Kadinsky…

— Je vous ai vu, dit Laura. Et vous, vous m'avez vue ?

— Oui, répondit Sebastian avec sincérité.

— Vous êtes venu m'espionner ?

— Oui, répondit Sebastian qui avait pourtant prévu de dire non.

— Je m'en doutais, dit Laura. Vous pouvez aller me commander une bière ? Comme vous le savez, le verre me pose des problèmes.

Sebastian s'exécuta ; une fois devant le comptoir, il se rendit compte qu'il n'avait aucune idée de quelle bière Laura voulait, alors il retourna sur ses pas.

— Je ne savais pas ce que vous vouliez…

— N'importe quoi sauf de la lager.

Sebastian retourna au comptoir en portant cet élément d'information dans son cœur comme s'il s'agissait de sa plus précieuse possession. Dès lors, il allait toujours connaître ce détail infime, peut-être, mais indiscutablement privé : Laura Kadinsky buvait n'importe quoi sauf de la lager.

À son retour, elle était en larmes. C'était la deuxième vision la plus triste qu'il ait jamais eue de sa vie.

— Pas la peine de me demander pourquoi je pleure, dit-elle en s'essuyant les yeux de la manche de son chemisier. J'allais vous le dire délibérément. De toute façon, je n'ai personne d'autre à qui en parler. Je pleure parce que je viens de me faire virer.

— Virer ?

— En principe.

Sebastian ne savait pas ce que signifiait se faire virer en principe, ni de quelle manière cela se distinguait de se faire virer en pratique, ni ce que l'on était censé dire dans les deux éventualités. Il fit donc ce qu'il savait le mieux faire : il se tut.

Laura saisit son verre à deux mains et, assoiffée, but trois grandes gorgées de bière. Puis elle croisa ses jambes sous la table – Sebastian sentait le bout pointu de sa chaussure cogner contre sa jambe quand elle remuait les orteils, ce qu'elle faisait frénétiquement.

— J'ai été radiée de von Horváth. C'est ce qu'elle a dit mot pour mot : "Laura, je suis désolée, mais je dois te radier de von Horváth, ça ne marchera pas." Et elle a tout à fait raison. Ça ne marcherait pas. Rien ne marche plus. Je ne suis même plus capable de tartiner correctement du pain. Et Philip ne remarque rien. Il n'a aucune foutue idée de ce qui se passe. Il croit que je me rase encore les jambes. Mais la vérité, Sebastian, c'est que je ne l'ai pas fait depuis trois semaines. J'ai trop peur de me faire une mauvaise entaille. Pourquoi croyez-vous que je porte des collants par ce temps caniculaire ? Avant, j'avais de belles jambes.

— Elles le sont certainement encore.

— Merci, dit-elle en écartant une mèche de cheveux de son visage. En revanche, est-ce que j'ai encore une carrière ? Manifestement pas. "Congés payés". Ce n'est pas une carrière, ça, c'est un autre terme pour "se faire virer". En principe.

Abasourdi, Sebastian regarda Laura se pencher en arrière et, d'un geste distrait, déboutonner le haut de son chemisier.

— Pourquoi m'espionnez-vous ?

— Je voulais en savoir un peu plus sur votre vie, dit Sebastian, qui avait pourtant prévu de changer de sujet.

Laura ouvrit la bouche et parut un instant avoir oublié comment la refermer. Ses yeux étaient également grands ouverts, d'un bleu rayonnant. Puis son visage se referma autour de ce noyau dur que Sebastian trouvait à la fois déchirant et irrésistible.

Se priver de quelque chose, année après année, cela demandait tout de même une force particulière, qu'il s'agisse de nourriture ou de bonheur.

— Vous savez, dit Laura avec un de ses rires cassants, je crois que vous en savez déjà plus long sur ma vie que personne d'autre. C'est un peu triste, n'est-ce pas ?

— Oui, dit-il. C'est un peu triste.

Il tendit le bras vers elle et toucha pour la première fois sa joue ; elle laissa sa main reposer sur sa peau pendant très exactement quatre secondes avant de la soulever et de la reposer délicatement sur la table.

— Merci, dit-elle sur un ton bizarre, manifestement peu habituée à prononcer ce mot.

Lorsqu'un peu plus tard cet après-midi-là, Laura rentra chez elle à Mornington Terrace, elle trouva sa fille en liquéfaction, déversant un déluge de larmes dans le hall, une petite Alice qui n'était plus si petite que ça – quand et comment était-elle devenue si grande et si fine ? Que fabriquait Laura quand cela s'était produit ?

Un instant, Laura resta immobile dans l'embrasure de la porte, témoin silencieux des sanglots éperdus de son enfant : Chloe, adossée au mur, le front appuyé contre ses genoux, ses cheveux bouton-d'or se balançant comme un rideau d'algues au-dessus du sol. Ces poignets étonnamment minces ne présentaient plus la moindre trace de ses anciennes rondeurs de poupon. Le temps d'un flash, Laura eut l'impression d'avoir sous les yeux une enfant non de sept ans mais de dix-sept, humiliée, désespérée, son âme puérile racornie, atrophiée. Laquelle des horreurs que Laura appréhendait depuis le jour où elle était née, rose ou furieusement rouge et enragée, l'avait finalement brisée ? Avait-elle été abandonnée, disqualifiée, délaissée ? Exposée, violée, agressée ? Avait-elle échoué à un contrôle ? Découvert qu'elle n'était pas invincible ? Qu'elle n'était pas meilleure en tout ? Avait-elle mal joué son rôle ? Perdu sa possession la plus précieuse ? Compris que son corps, un jour, la trahirait implacablement ? Son psychisme ? Qu'elle aussi deviendrait tôt ou tard un puzzle dont les pièces disparaîtraient une à une entre les fentes du parquet, à jamais introuvables ?

— Chloe… dit Laura plus bas que prévu.

Sa fille l'entendit quand même et leva les yeux. Laura sentit son corps parcouru par le soulagement comme par une pluie : le visage de Chloe était celui d'une enfant, les joues encore rondes, les yeux clairs et le nez retroussé.

— Maman ! Maman ! cria-t-elle en se jetant dans les bras de Laura avec une telle confiance que celle-ci faillit se remettre elle aussi à pleurer.

Mais elle était trop occupée à essayer d'arranger ses bras autour du corps de l'enfant, de trouver ses contours.

— Essie n'est plus là ! Elle s'est évadée !

Apaisée, Laura caressa les cheveux de Chloe et la laissa frotter son nez plein de morve sur son chemisier, qu'elle venait pourtant de rapporter du pressing.

— Essie s'évade sans arrêt, ma chérie. Elle est à la cave. Tu as regardé derrière la cage ? Parfois, c'est là qu'elle se couche.

— Je n'ose pas aller à la cave, mais Giselle a cherché et elle dit qu'Essie est morte parce qu'elle est quand même partie depuis hier et les Robertson ont un chat, maintenant, et les chats mangent les cochons d'Inde !

— Elle a disparu depuis hier ? Mais pourquoi tu n'as rien dit ?

— Eh ben, Giselle a dit qu'elle allait sûrement réapparaître comme elle le fait toujours, mais maintenant qu'elle ne l'a pas fait, elle a dit ah bon, alors elle est morte, maman et papa devront t'acheter un nouveau cochon d'Inde mais je n'en aurai pas de nouveau, hein ? Parce que papa déteste les cochons d'Inde !

— Enfin, Chloe, Essie est un hamster, tu le sais bien… marmonna Laura en se levant pour aller chercher Giselle.

Suivie de Chloe, elle se rendit à la cuisine, où Giselle, devant l'évier, faisait du vacarme.

— Giselle, Chloe dit qu'Essie a disparu et qu'on ne l'a pas vue depuis hier…

— Exact.

— C'est quand même vraiment bizarre.

— Pas tellement.
— Pourquoi vous n'avez rien dit ?
— J'en ai parlé à Philip hier.
— Et alors ?
— Et alors quoi ?
— Vous avez vraiment cherché partout ?
— Pratiquement. Il est l'heure, je dois rentrer.

Giselle mit le lave-vaisselle en route, détacha son tablier, embrassa Chloe sur la tête et lança, comme toujours, *"Bye, bye, liebchen!"* avant de se diriger vers le hall. Laura lui cria :

— Giselle ? Vous voulez prendre votre journée, demain ?
— Ma journée ? D'accord.
— Je dois travailler à la maison, je pourrai aller chercher Chloe. Vous pouvez revenir lundi ?
— D'accord. Passez un bon week-end.
— Bon week-end.

À la cuisine, Laura et Chloe restèrent immobiles, main dans la main. Puis, un doigt après l'autre, Laura se libéra, souleva sa fille encore bouleversée, la posa sur le plan de travail et commença, au son de bavardages inutiles et au prix de gros efforts de spatialisation, à préparer une moussaka nutritive et équilibrée.

Lorsque Philip rentra, à neuf heures et demie, Chloe s'était enfin endormie. Laura avait dû lui promettre qu'Essie réapparaîtrait et que, sinon, eh bien, on envisagerait de se procurer un chat et, oui, d'accord, dans ce cas, Chloe pourrait le baptiser Marmelade. Prononcé à la française, s'il vous plaît. Chloe s'entraîna jusqu'à l'endormissement – elle était dans une période de francophilie aiguë déclenchée par le film pour enfants *Ernest et Célestine* – à grasseyer ses "r" *(Marrrrrrmelade, Marrrrrrmelade !)* jusqu'à ce que cela se transforme en ronflement.

Philip entra en sifflant dans le hall, enleva ses chaussures d'un coup de pied comme il le faisait toujours quand il était de très bonne humeur, et sautilla, oui, sautilla littéralement jusqu'au salon où Laura, assise sur le canapé, buvait de l'amaretto à grandes lampées. Philip apportait l'été – des odeurs de poulet grillé, de glaïeul, de bière éventée sur de la peau chauffée par le soleil, de bitume, de pêches parfaitement mûres, de chichas, de cocktails au Pimm's et d'orteils aux pédicures un peu bâclées visibles dans des nu-pieds. On n'était qu'à la mi-juin mais l'été battait déjà son plein à Camden, il y arrivait toujours plus tôt que dans les autres quartiers – c'était d'ailleurs un fait notoire qui avait peut-être contribué à la hausse brutale de l'immobilier, surtout depuis que Frank Auerbach s'était mis à peindre Mornington Crescent en nuances de jaune.

— Bonne nouvelle ! lança gaiement Philip en allant chercher un verre à la cuisine.

— Toujours la même chose, marmonna Laura du bout des lèvres.

Elle se leva pour aller chercher la bouteille d'amaretto dans l'armoire-bar. C'était la boisson préférée de Philip, pas la sienne ; en fait, elle préférait un bon vieux gin-tonic, mais depuis qu'elle avait perdu la maîtrise de la troisième dimension, elle préférait faire simple. Un gin-tonic, cela demandait trop de bouteilles, de couteaux et de citrons. Ayant rapporté l'amaretto, elle parvint à le poser délicatement sur la table en teck et venait à peine de plier les genoux pour s'asseoir lorsqu'elle se rendit compte qu'elle avait mal calculé la distance entre son derrière et le canapé. Au même instant, Philip entra dans le salon, torse nu, un cigarillo fumant au coin de la bouche. Laura s'effondra par terre, atterrissant sur les fesses avec un bruit sourd, comme un nourrisson en langes qui vient d'apprendre à marcher. Philip ricana et lui tendit la main pour l'aider à se relever.

— Tu es soûle un jeudi, mon trésor ?

Elle repoussa sa main et se remit debout.

— Non, rugit-elle en se jetant sur le canapé, cette fois-ci avec plus de succès. Je suis en colère.

— Tu l'es constamment, ces jours-ci, soupira Philip sans paraître réellement soucieux ni amer. Qu'est-ce que j'ai encore fait ?

— Essie.

— Oui ?

— Elle a disparu.

— Eh bien, c'est tant mieux.

— Ce n'est pas drôle ! Giselle dit qu'elle t'en a parlé hier. Pourquoi tu ne m'as rien dit quand je suis rentrée ? On aurait pu la retrouver. Maintenant, c'est sûrement trop tard.

— Giselle ? Hier ? Oui, c'est possible. Tu sais, j'ai souvent du mal à comprendre ce qu'elle dit. À cause du zozotement, tu sais ?

— Giselle ne zozote pas.

— Tu es sûre ? Enfin, elle a quand même un défaut d'élocution.

— Enfin, merde ! C'est un accent étranger ! Un accent, ce n'est pas un défaut d'élocution, nom de Dieu !

— Un accent ? Mais d'où vient-elle ?

— Du Brésil. Tu le sais bien, quand même.

— Je croyais qu'elle était de Newcastle.

— Oh là là…

Philip haussa les épaules, prit la bouteille d'amaretto et remplit son verre à ras bord. Laura se tut et contempla la pilosité sur le poitrail de son mari, qui buvait comme un guerrier campé devant elle. Il était beau, certes, ses poils sombres poussaient en biais sur son large torse, merveilleusement symétriques, mais il la rendait folle. Elle ramassa un coussin et le lança sur son ventre. Il le lui relança.

— Tu veux faire l'amour ? demanda-t-il en posant son verre sur la table avec une puissance parfaitement calibrée, produisant un claquement théâtral qui fit résonner la table et le verre sans rien briser.

— Si je veux faire l'amour ?

— Oui. Tu as l'air tendue.

— Et alors quoi, tu vas te sacrifier ?

— Oui, je suis quand même ton mari, dit Philip avec un ricanement, en commençant sans ambages à déboutonner son pantalon. En plus, poursuivit-il en retirant une jambe, puis l'autre, je suis de bonne humeur, parce que j'ai de bonnes nouvelles et, d'ailleurs, tu ne m'as toujours pas demandé ce que c'était. Alors je vais te le dire sans me faire prier : j'ai reçu l'ordre de l'Empire britannique. Le plus haut grade. Et s'il y a une occasion qui se prête à faire plaisir à sa femme, c'est bien quand on vient de vous décerner un titre.

— Sérieusement ? Tu as été anobli ?

— Ça te surprend tant que ça ? Il y a même un *sir* Paul McCartney… Ce n'était qu'une question de temps. Mais avant quarante-cinq ans, admets que ça en jette, quand même.

Philip ôta son caleçon et monta triomphalement sur le canapé où il se mit à retirer méthodiquement le jean de Laura, puis son collant et le chemisier taché de la morve de Chloe. Il avait quand même une vague érection, nota Laura, et, bien que l'idée d'être baisée en guise de consolation par un membre de la noblesse britannique lui était en principe rebutante, elle n'eut pas la force de se relever. En fait, elle avait vraiment besoin d'être consolée et baisée. Dans ces conditions, peu importe l'honneur ni la gloire, n'est-ce pas ? En tout cas pour Laura Kadinsky. Mais en fermant les yeux et en soulevant ses hanches pour que son mari lui retire sa culotte, elle ne put s'empêcher d'imaginer d'autres mains, une autre bouche, une autre langue, un corps doré comme un quatre-quarts et imberbe comme un mannequin de vitrine. Alors que Philip la tenait sous le dos, elle referma ses jambes sur lui comme un piège à mâchoires.

Le lendemain matin, Laura emmena sa fille à l'école, puis rentra pour se mettre à la recherche du hamster – une mission désespérée à tous égards. Elle savait bien, au fond, qu'elle ne trouverait pas Essie – parce qu'Essie ne voulait pas être trouvée. Il faut être soi-même emprisonné dans une cage pour comprendre le bonheur de celui qui a recouvré la liberté en s'évadant. À tâtons timides et trébuchants, Laura chercha quand même : sous les escaliers, derrière les rangées de livres, sous les armoires, dans les armoires, sur les armoires, dans le jardin, dans la chambre d'amis, parmi le linge et les fils électriques, parmi les bols, les bolées et les moules à crème brûlée de Pillivuyt, parmi les calottes et les culottes, les roses et les griottes, et sous les grilles de chacune des trois cheminées. Elle ne s'arrêta que lorsqu'ayant glissé dans l'escalier de la cave, elle se retrouva à quatre pattes devant la cage vide d'Essie, paumes et genoux endoloris, des torrents de larmes ruisselant le long de ses joues.

La roue du hamster était immobile, tout comme l'air et le temps, et Laura, péniblement consciente de n'être plus qu'un débris d'être humain.

Il n'y avait aucune raison, vraiment aucune, de faire semblant du contraire. Elle se remit donc debout, essuya ses mains pleines de saleté provenant du hamster, remit résolument une couche de rouge à lèvres, pulvérisa un peu de sa propre angoisse parfumée derrière ses oreilles, ouvrit la porte et se mit en marche à travers son dernier été. À travers le grand parc verdoyant, les allées proprement ratissées, les insectes dorés, les pois de senteur rose layette et les clapotis, elle avançait à pas cadencés vers sa chute grandiose et futile.

Vois le rêve.

Tu rêves de lui, c'est un beau criminel tout en haut d'une tour de papier. Il s'arrache les cheveux, se frotte les pommettes et t'aime sans avoir le droit de le dire. Peut-être est-ce là son crime. De t'aimer et de se trouer la langue à force de la mordre pour éloigner les mots.

Les murs le rétrécissent : de plus en plus mince, il finit par s'évanouir, par devenir parfum et, à ton réveil, simple poussière.

Tu rêves de lui, c'est un beau biologiste marin. Il nage et les poissons l'accompagnent. Il nage dans le ventre de la baleine, qui s'avère être le sien. Il grimpe le long du gosier de la baleine, pointe l'index et dit : "Avez-vous jamais vu des intestins aussi complexes ? Je ne le crois pas."

Tu rêves de lui, c'est un beau panda. Caressant sa fourrure, tu murmures : "Bientôt, ce sera fini. Bientôt, vous n'existerez plus. Ça vous évitera l'angoisse de savoir que vous n'existerez bientôt plus."

Tu rêves de lui, il t'appartient mais c'est aussi une maison dans laquelle quelqu'un a posé une grenade à main sur la cheminée.

À l'Institut, l'air était statique derrière les portes closes. C'était le lendemain de l'incendie mais on avait déjà repris le travail ; le soir précédent, on avait reçu – chose rarissime – un mail de Corrigan exhortant l'ensemble des personnels à regagner leurs postes dès le jour suivant : *"Keep calm and carry on!"* L'incendie, expliquait-il, s'était très peu propagé. Il s'était déclenché dans un local ménage à l'étage du labo "vermine", sans doute suite au grignotage d'un fil électrique – les fortes émanations de fumée venaient d'un stock de nourriture pour hamster qui avait pris feu. Grâce à l'intervention rapide des pompiers et à l'excellent système de sprinklers, tous les animaux avaient survécu sauf certaines cigales de Jennifer Travis, en particulier celles qui se trouvaient dans le laboratoire le plus proche du foyer de l'incendie. On pouvait par ailleurs remercier Travis d'avoir entrepris une opération de sauvetage téméraire, voire écervelée, sans laquelle un nombre bien plus important d'animaux aurait succombé aux flammes. Elle avait, au mépris du danger, évacué trois cents cigales de la zone à risque. Cette action lui valait une interdiction de travail d'une semaine – un châtiment qui, Corrigan en était persuadé, allait se révéler cuisant pour la jeune accro à la recherche. Les pompiers avaient inspecté le reste du bâtiment et le rongeur de fil coupable avait été identifié (l'un des rats de Childs) – autrement dit, il n'y avait aucune raison de ne pas reprendre immédiatement le travail.

Sebastian avait accueilli la nouvelle avec soulagement : il n'aurait pas besoin de garder chez lui la très pénible guenon plus d'une nuit. Pour l'heure, il était à son bureau, comme d'habitude, compilant avec zèle des données sur les réactions de la guenon moraliste à la totalité des discours de Winston Churchill, Clement Attlee, Margaret Thatcher et Tony Blair durant leurs mandats respectifs. Il avait déjà eu le loisir de constater que la guenon sympathisait avec le parti travailliste. Le but de l'expérience était de découvrir quelles déclarations parmi les litanies de diverses couleurs idéologiques déclenchaient une réaction morale de la part de la guenon, d'évaluer l'influence éventuelle d'autres facteurs tels que le sexe, l'âge, le ton de voix, etc. et d'effectuer les ajustements nécessaires pour pouvoir tirer des conclusions définitives sur les liens entre politique et morale.

C'était reposant, songea Sebastian, de pouvoir se consacrer à quelque chose de concret : graphiques, statistiques, saisie mécanique de chiffres dans des colonnes. Il en retirait un sentiment d'ordre et de contrôle. Un questionnement surgit dans son esprit : était-ce le sentiment de son père vis-à-vis de son travail au fisc ? Il parlait souvent de la beauté inhérente à l'étude des déclarations d'entreprises – qu'un profane était évidemment incapable de comprendre. D'ailleurs, Sebastian ne l'avait jamais vraiment compris avant cet instant. Il frémit en songeant à ce que cela pouvait signifier – il n'avait d'ailleurs pas seulement hérité de la prédilection de son père pour les chiffres…

Il n'eut pas le temps d'approfondir davantage sa réflexion sur les liens entre les statistiques et la morale sexuelle, car un puissant courant d'air traversa la pièce, un coup de vent qui souleva tous les papiers posés sur son bureau et les colla comme des paumes en sueur contre les diverses parois de la pièce.

Sebastian leva les yeux. Dans l'embrasure de la porte, Laura Kadinsky était apparue, les yeux brillants et le regard fiévreux.

Tu rêves de lui et, un court instant, le rêve devient réalité.

La mer clignotait, un fourmillement de points lumineux tout en dégradé de bleus pailletés d'or. Parmi les branchages vert sombre pendaient des baies bleues gorgées d'eau, d'une lourdeur inattendue lorsqu'elles emplissaient des mains en coupe. Le ciel, bleu, la bicyclette là-bas contre le mur, bleue, le souvenir des grenouilles vénéneuses du zoo de Berlin, d'un bleu implacable comme celui du vernis à ongles, des cernes sous les yeux, des menuiseries de la maison, des nœuds du hamac, des perles dans les cheveux de Siri, tout était d'un bleu insupportable ! Les migraines aussi étaient bleues, toujours, aussi bleues que les douleurs menstruelles étaient marron, les chagrins d'amour, verts et la respiration consciente, dorée. Comme d'habitude, Matilda se demanda ce qui venait en premier : avait-elle mal à la tête parce que tout était bleu, ou tout était-il bleu parce qu'elle avait mal à la tête ?

— C'est ici que tu te caches ? dit Billy en crachant une boulette de chique par-dessus l'épaule de Matilda.

Après une trajectoire en forme d'arc, elle atterrit dans des buissons de myrtilles. Billy s'essuya la joue et s'assit à côté de Matilda sur la terrasse. Pourquoi n'avait-elle jamais remarqué qu'il avait les yeux si bleus ? Pourquoi son regard ne lui donnait-il pas systématiquement la migraine ?

— C'est trop bleu pour moi, ici, dit-elle en détournant le visage.

— Tu es complètement malade, dit Billy, mi-amusé, mi-tendre.

— Mon frère dit que c'est normal. Je souffre d'un trouble neurologique. Tu n'as qu'à le lui demander, ça s'appelle synesthésie et, en fait, c'est assez courant.

— Le lui demander ? Quand ça ? Je ne l'ai jamais rencontré. Pour ce que j'en sais, il n'existe peut-être même pas.

— La ferme, répliqua Matilda.

Siri courait le long de la plage, un dauphin gonflable sous le bras, un foutu dauphin, bleu, bien sûr, et les lèvres minces de la fillette étaient bleues comme celles de tous les enfants au mois de juin, puisqu'ils sont assez bêtes pour se baigner dans l'eau froide.

— Tu savais que les dauphins pratiquent le viol collectif rituel ? dit Matilda. Aussitôt que les femelles ont atteint la maturité sexuelle, les mâles partent en mer avec elles et, l'un après l'autre, les violent pour fêter ça.

— Non, je ne le savais pas.

— Je hais les dauphins.

— Mais enfin, ce sont des animaux. Qu'est-ce que tu veux qu'ils fassent ? Ça doit être programmé dans leur ADN ou un truc du genre, dit Billy.

— Les humains sont aussi des animaux. Nous aussi, nous sommes programmés. On préfère l'ignorer, mais c'est la vérité. Ben merde ! Voilà qu'elle fait des bisous au dauphin. Réagis ! Tu ne vas quand même pas laisser ta fille embrasser un délinquant sexuel en série ? demanda Matilda en fronçant le nez d'un air dégoûté.

— Mais qu'est-ce qui te prend ? répliqua Billy en la scrutant. Tu fais la gueule tout le temps en ce moment.

— Je te l'ai dit, c'est trop bleu pour moi ici. Ma tête va exploser.

— Eh ben, rentre te coucher un peu. La chambre n'est pas bleue, au moins.

— Mais les draps, oui. Tu l'avais oublié ?

— Ça dépend de comment on le voit. Le fond est quand même blanc.

— Je me fous du fond ! Entre les fleurs, il y a plein de petits points bleus, et les points, c'est ce qu'il y a de pire. Ça clignote comme des ampoules dans ma tête.

— Je peux changer les draps, si tu veux. Mais dans ce cas, il faudra prendre les draps Barbie de Siri parce qu'on n'en a pas d'autres.

— T'es bête, ou quoi ? On ne peut pas baiser dans des draps Barbie.

— Bon, écoute, j'abandonne, dit Billy en levant les bras, résigné.

Il ne partait pas au quart de tour ? Pourquoi cela ? Il le faisait pourtant toujours, d'habitude… Et Matilda, quant à elle, avait vraiment envie de se disputer.

— Je vais me reposer, dit-elle finalement, maussade. Profites-en pour dire à Siri d'arrêter de rouler des pelles à Jack le dauphin, c'est vraiment pervers.

— C'est toi qui es perverse, ricana Billy en tendant la main comme pour la toucher.

Elle ne voulait pas vraiment le repousser, mais le fit quand même. Quelque chose en elle ne pouvait pas s'en empêcher, un désir de violence, un désir de faire souffrir. Il lui voulait tant de bien ; il semblait ignorer le mal… Cela suffit à la pousser à bout ; elle prit d'assaut la chambre à coucher, même si tout était sa faute.

Elle enfouit son visage dans l'oreiller et glissa ses mains sous son ventre. Elle tâta sa ceinture pelvienne douloureuse. Quelques jours seulement. Il pouvait encore s'agir d'une erreur. Rien de spécial à raconter.

Contrairement à la conversation téléphonique qui avait eu lieu une semaine avant leur départ de Berlin et qui, d'un seul coup, avait à la fois tout clarifié et remarquablement obscurci.

La réaction normale de quelqu'un qui vient d'apprendre qu'il n'est vraisemblablement pas l'enfant de ses parents ni la sœur de ses sœur et frère, c'est bien entendu de le raconter à son compagnon, à plus forte raison quand ce compagnon a bon cœur, qu'il se montre généralement très lucide et possède la précieuse faculté de prendre la vie comme elle vient.

Mais Matilda n'était pas normale. Bien au contraire, elle se savait à moitié humaine, à moitié monstre. Elle était capable de commettre des actes de cruauté mais aussi d'en avoir honte par la suite. Tous ces hommes de bonne volonté qu'elle avait aimés – et aimait encore. Toutes ces choses qu'elle leur avait cachées de peur de les blesser. Tous ces hommes qu'elle avait blessés sans le vouloir. Pas étonnant que sa sœur et némésis lui ait tourné le dos, refuse de répondre à ses mails, s'enfuie à l'autre bout du monde et, finalement, à en croire Sebastian et leur mère, disparaisse complètement. Ils avaient essayé de la joindre, eux aussi – toujours en vain.

Matilda soupira dans son oreiller. Elle ne pouvait raconter rien de tout cela à Billy. Il minimiserait les problèmes. C'était une qualité qu'elle appréciait chez lui, sauf lorsqu'il s'agissait des fondements de son existence, de son identité, de ce qu'elle était réellement au plus profond de son âme pourrie. Merde ! Pas question. Peut-être cette capacité à dédramatiser était-elle une conséquence de son statut de parent, songeat-elle. Devant un enfant, il ne fallait jamais présenter un problème comme insoluble – pas même les mères alcooliques, les fausses sœurs, ni la putain de mort elle-même.

Ni les couleurs qui n'existaient pas mais existaient quand même. Les couleurs qui avaient flotté au-dessus d'un cercueil, s'étaient enracinées dans l'âme de Matilda et peut-être aussi dans son utérus. Des couleurs fantômes. Anormales.

Elle garda une main sous le ventre, ressortit l'autre et la posa sur l'arrière de sa tête, puis elle enfonça si profond son visage dans l'oreiller que toutes les couleurs du monde, normales ou pas, virèrent au noir.

Les marronniers et les églises, les lilas et les sirènes. Il ne s'habituerait jamais à ces dernières. La violence de leurs hurlements, leur façon de rappeler que le malheur ne finit jamais, qu'il est simplement redistribué, entre une jambe cassée et la suivante, entre un boutiquier cambriolé et un passant assailli, entre une femme couverte de bleus et un enfant frappé, un retraité tabassé et un cœur broyé, un gyrophare et des codes, et ainsi de suite, comme une procession aux flambeaux. Ne pas chanceler, pas même au son étourdissant des sirènes. Il chancela. Il monta dans un bus, sortit en titubant, entra en trébuchant dans un cimetière où les marronniers formaient des voûtes successives de béatitude oxygénée. Les hurlements des sirènes atteignaient même cet endroit reculé, mais en sourdine. Il avança en flageolant le long d'une allée qui disparut bientôt sous ses pieds, remplacée par des pierres tombales renversées en partie couvertes de lierre, il se prit le pied dans l'une d'elles et s'écroula de tout son long, se faisant une entaille au front.

Il tâta la blessure : du sang, du vrai. Il n'avait pas mal. Il en tira une conclusion un peu précaire : *Les endorphines ont un effet analgésique. Je ne ressens aucune douleur. Mon corps est donc vraisemblablement gorgé d'endorphines. Je suis donc vraisemblablement heureux, en tout cas provisoirement. Cette théorie est étayée par le fait que je viens de coucher avec une belle femme impétueuse qui…*

Il ne put y repenser sans rougir. Allongé comme un pont au-dessus d'une pierre tombale qui s'effritait, il tentait d'arrêter le saignement à l'aide d'une feuille de fougère, et son pouls galopant à l'aide de pensées sur – étant donné les alentours, c'était assez évident – *la mort*, un concept qu'il maniait généralement avec aisance.

Un clocher projetait son ombre sur son ventre, c'est-à-dire sur la blouse blanche qu'il avait oublié d'enlever : froissée, tachée, le col couvert de traces de rouge à lèvres, un bouton arraché, un parfum de soleil et de péché. Malgré lui, Sebastian ferma les yeux et, au lieu de voir un ignoble cadavre aux lèvres violettes, ce fut un corps palpitant de vie, celui de Laura, au-dessus de lui, au-delà, planant comme un dirigeable svelte. Dans son esprit, il se repassa coup sur coup les détails, obsessivement – inutile d'essayer d'écouter les asticots sous terre, les images surgissaient quand même, lacérées, sanguinolentes, comme arrachées à la chair du temps. Avec les ongles. Les ongles de Laura s'enfonçant dans son diaphragme… Saignait-il ? Dans la bouche, aucun doute. Ah ! La bouche… Sa bouche ! Et ses yeux quand il avait ouvert la porte, leur blanc clair et leurs pupilles sombres, tatouées à l'encre du diable. La puissance de ses bras, de ses cuisses, la force de son désir et du sien.

Désir de quoi ? Comme toujours dans un rapport sexuel entre inconnus, désir de créer du lien là où il n'y en avait pas, de tracer une nouvelle ligne sur la carte, de s'associer à une aventure au-delà du quotidien, du familier, du mortel.

Mais comme Sebastian n'avait pas l'habitude de coucher avec des inconnues, il ne savait évidemment rien de tout cela. Il le découvrait, cela lui paraissait nouveau et digne d'être consigné au registre, suivi d'un point d'interrogation. Il écrivit donc le nom de Laura sur son bras à l'aide d'une fougère trempée dans de la vieille eau de pluie. Après quelques secondes, les caractères se confondirent avec sa peau, invisibles – les dommages étaient pourtant irréversibles, il le savait.

Que fabriquait-il, au juste ? Laura Kadinsky, une femme mariée qui avait un enfant, une famille. Le fait que Sebastian n'en ait plus, ou que celle dans laquelle un caprice du destin l'avait fait naître, ou plutôt – s'il pouvait se permettre cette pensée (une pensée contre toute attente libératrice !) – dans laquelle il avait atterri par un hasard dramatique –, ne lui donnait pas le droit d'accéder à celle de Laura avec ses gros sabots. Cela résumait-il son acte ? Ou y avait-il d'autres forces en action ? Et n'était-ce pas elle – Laura Kadinsky ! – qui était venue le trouver dans son bureau ? La chose était-elle vraiment arrivée, en fin de compte ?

Quelque part dans la verdure, il entendit un raclement de gorge et un vague bourdonnement. Il se redressa sur la tombe, droit comme un cierge.

— Travis ? Mais qu'est-ce que...

Une tête surgit des buissons, encadrée de boucles blondes. Ces joues roses appartenaient effectivement à Jennifer Travis. Elle aussi portait encore sa blouse blanche – pourtant, d'après le règlement, ils n'y étaient pas autorisés dans un rayon de plus de cinq cents mètres de l'Institut. Quelques brindilles de merisier fané étaient pendues à ses cheveux, quelques boutons de sa blouse, ouverts, dévoilant un T-shirt mauve *My Little Pony : les amies, c'est magique* proclamant : *"Papa, je veux un poney"*. L'une de ses poches était bombée. C'est de là qu'émanait le bourdonnement. Jennifer Travis sortit des buissons et écarta les cheveux de son visage.

Elle semblait habitée par une douce folie.

— Sebastian, tu es seul ?

— Oui, dit celui-ci en jetant un regard perplexe autour de lui. En tout cas, c'est ce que je croyais... depuis combien de temps es-tu là ? Pourquoi...

— Juste un petit moment. Pas plus longtemps que toi. J'ai été obligée de me cacher dans les buissons le temps de vérifier que tu n'avais pas rendez-vous avec quelqu'un. C'est le cas ?

— Non. Pour être honnête, je ne sais même pas où nous sommes.

Jennifer Travis poussa un de ces rires ronronnants.

— Tu ne sais pas où nous sommes ! Tu me fais bien rigoler, Sebastian. À Abney Park, bien sûr. Mais l'heure n'est pas à la plaisanterie.

Comme si Sebastian l'ignorait. Il appuya sa tête dans ses mains et soupira.

— Travis, j'ai fait une grosse, grosse bêtise. Quelque chose qui risque de me faire licencier. Potentiellement, ou plutôt définitivement. En plus, c'est immoral.

— Garde ça pour quelqu'un d'autre, je suis nulle en morale. Et regarde plutôt ça…

Travis sortit une boîte de sa poche bombée. À l'intérieur, il y avait une cigale cuivrée de taille moyenne, toute recroquevillée. Travis tapota sur le bord de la boîte et l'insecte déploya ses ailes.

— Tu veux voir ?

Elle tendit l'écrin à Sebastian, qui mit un moment à comprendre ce qu'il était censé regarder.

— Tu vois le motif sur son aile gauche ? En posant deux ailes gauches côte à côte, ça forme un "M". C'est le premier symbole du code d'entrée. J'en ai trouvé quatre autres : "x" minuscule, "q" minuscule, "l" minuscule, "A" majuscule. Encore trois, et je serais prête à passer au premier code proprement dit. C'est terriblement frustrant, cette première étape, tellement banal, je crois que le seul but est de lasser les participants, comme si on voulait les empoisonner… Enfin. Changeons de sujet. Je t'ai suivi parce que je suis bannie de l'Institut pendant une semaine. C'est de ça que je voulais te parler. J'ai apporté des bananes : l'aliment le plus viril du monde.

Travis rangea la boîte à insectes, s'assit et sortit, comme elle l'avait annoncé, une grappe de bananes d'un cabas qu'elle portait sur son épaule. Elle en cassa une pour elle et une pour Sebastian, puis posa soigneusement les autres entre eux deux, sur la tombe, avant d'avaler son fruit en trois bouchées.

Sebastian mangea également le sien, qui avait un goût de lever de soleil, comme le premier fruit dans le premier jardin.

Autrement dit, de péché.

Sebastian cligna des yeux pour écarter la pensée. Ivre de son intrigue amoureuse, il avait presque oublié que Travis avait failli brûler vive dans l'incendie de la veille.

— Au fait, qu'est-ce qui est arrivé ? Hier ? lui demanda-t-il.

Travis se mordilla nerveusement la lèvre inférieure. Elle jeta d'abord un coup d'œil au-dessus de son épaule gauche, puis de la droite. Un léger craquement dans les feuilles mortes, quelques mètres plus loin, lui fit lever son joli petit nez en l'air, mais ce n'était qu'un oiseau. Il semblait s'être blessé une aile, qu'il traînait après lui comme un boulet à la patte.

— Tu savais qu'on coupe les ailes aux corbeaux de la Tower ? dit Travis au lieu de répondre à la question. Pour qu'ils ne s'envolent pas. Tu connais l'histoire, on raconte que s'ils quittent la Tower, ce sera la fin de la monarchie et de toute la haute culture britannique.

— Ils font ça pour les touristes. Mais dis-moi…

— C'est ce qu'on voudrait nous faire croire ! D'ailleurs, peut-être qu'ils y croient eux-mêmes. Que c'est juste une vieille tradition. Mais tu sais, en fait, je crois qu'ils ont peur. La famille royale et leurs acolytes. Je crois qu'ils ont peur de disparaître, vraiment. Peur de leur propre chute. Couper les ailes de quelques corbeaux, c'est un prix modique à payer pour mieux dormir la nuit, dit Travis qui, désormais, murmurait presque. S'ils savaient…

Les rayons du soleil de juin avaient du mal à percer dans le cimetière et Sebastian commençait à avoir froid au derrière.

— Et si on allait quelque part ?

— Bientôt, bientôt. On va aller se bourrer copieusement la gueule dans un pub, Sebastian, mais d'abord, laisse-moi le temps d'en venir au fait. Très bien. Je suis prête.

Elle inspira profondément, puis se serra contre lui et lui murmura à l'oreille :

— J'ai découvert des choses. Des irrégularités. À l'Institut. Des choses qui m'effraient au plus profond de mon âme, ce qui n'est pas peu dire, puisque d'après des méthodes d'évaluation éprouvées, je n'en ai pas. Ces derniers temps, je me suis rendu compte que nous n'étions que des pions dans un jeu diabolique, Sebastian. Toi, moi, les autres, nous ne savons pas ce que nous faisons. Seuls les plus haut placés sont au courant et la question, c'est s'ils sont vraiment conscients de tout ce que ça implique. S'il te plaît, ne me prends pas pour une folle, parce que je ne le suis pas. Corrigan et moi, nous avons une relation très spéciale…

Sebastian eut un mouvement de recul involontaire à l'idée de la "relation très spéciale" qui liait Travis à Corrigan, une pensée doublement repoussante quand il la croisa avec des scènes de sa propre "relation très spéciale" avec Laura Kadinsky. Travis gloussa et lui donna un coup amical sur le bras avant de poursuivre en chuchotant :

— Pas ce genre de relation, tête de pioche ! Il y a une connexion intellectuelle entre nous, un peu comme dans un rapport père-fille, c'est juste que… enfin… poursuivit Travis d'une voix de plus en plus enrouée. En tout cas, c'est ce que je croyais. Jusqu'à ce qu'il essaie d'incendier mes cigales.

— Corrigan ? Mais non. Non, Travis. C'était un accident.

Elle leva les yeux au ciel.

— Un accident qui tombe à pic, dans ce cas-là. Et juste au bon endroit.

— Mais pourquoi voudrait-il…

— Le puzzle, Sebastian. Le puzzle.

— Je ne comprends pas…

— Laisse tomber, dit Travis. C'est peut-être aussi bien. Et plus sûr pour le moment. Le principal, et la raison pour laquelle j'ai besoin de ton aide, Sebastian, c'est que Corrigan me tient à l'écart. Il ne se confie plus à moi comme avant, il s'est même mis à exprimer du mécontentement à mon égard quand je me trouve dans des endroits où, selon lui, je ne devrais pas être. Maintenant, il vocifère : “Travis, retournez à la cave !” C’est vexant, je veux dire théoriquement parlant, mais surtout, c’est inquiétant du point de vue humain. Il se passe quelque chose et je n’ai plus aucun moyen de l’arrêter.

— Et qu’est-ce que je suis censé y faire ? demanda Sebastian, qui s’enlisait dans sa vie d’agent double.

— Ne dis pas de bêtises ! Corrigan t’aime bien, c’est évident. Étant donné la vitesse à laquelle tu obtiens de l’avancement… Tu pourrais me remplacer…

— Mais je ne suis pas un génie polyvalent.

— Pas la peine. Tu es un homme.

— En plus…

— Il t’a déjà offert du café et des biscuits ?

— Oui.

— Voilà comment il opère. Mais c’est bien, Sebastian, c’est même très bien. Maintenant, c’est toi et moi contre eux. Je vais créer un code que nous utiliserons pour communiquer, ça vaut mieux. Il faudra que tu mémorises la clé, mais ce ne sera pas très difficile, je pourrai t’apprendre quelques techniques. Tu prendras des notes en code, et tu me les enverras par le système postal ordinaire, je veux dire la Royal Mail, à une de mes boîtes postales…

— Mais qu’est-ce que je dois…

— Tout, Sebastian. *Tout.*

L’heure avait tourné. Sebastian et Jennifer Travis, assis à la terrasse du pub *The Jolly Butchers*, consommaient de la Kriek. Travis était déjà bien imbibée et la boisson avait la même couleur que ses joues rougeaudes et le sang bouillonnant de Sebastian. Ils avaient passé plusieurs heures à boire, toujours la même bière, et le trop-plein doux-amer de cerise dans le gosier de Sebastian lui provoquait des relents nauséeux. Il avait le tournis, mais peut-être était-ce dû au sentiment de perdre le contrôle.

Cela dit, comme c'était agréable ! Perdre le sens du jugement, se laisser aller à des indiscrétions, ne plus se sentir responsable, pas même de Travis. De toute façon, il ne s'agissait que d'un jeu, d'un jeu ensorcelant – elle n'y croyait tout de même pas vraiment ? Non, impossible. Des conspirations. Un incendie criminel. Ha ha ! Sebastian était ivre et incapable de se souvenir à quand remontait sa dernière cuite de cette ampleur. C'était très amusant d'être soûl.

— J'ai fait quelque chose de sacrément irresponsable, Travis, si tu savais. Complètement *irresponsable* ! dit-il en riant tout haut et en écartant les bras dans un geste si ample qu'il faillit mettre une baffe à Travis.

Elle eut un mouvement de recul et gloussa, puis, sans transition, se frappa la tête contre la table.

— Ah, oui, ça ! Tu ne pouvais pas faire plus irresponsable ! rit-elle. Mais tu sais quoi ? Ça ne m'intéresse pas !

— Quoi ? Moi ? balbutia Sebastian, malgré tout un peu vexé.

— Non plus. Ce que je voulais dire, c'est que ce que tu as fait ne m'intéresse pas.

— Même si c'est tellement grave que je pourrais me faire virer sur-le-champ si on l'apprenait ? Même si c'est *scabreux*, comme dirait ma mère, enfin, je veux dire ma pseudo-mère ? Regarde ! Le ciel !

Travis tourna la tête vers l'horizon, où le soleil était tout juste en train de descendre derrière les maisons de Stoke Newington High Street. Les façades de briques s'embrasaient, l'horloge de St Mary's sonna dix coups, les marronniers jetèrent leurs fleurs comme des confettis dans un coup de vent, contre un ciel d'une couleur que même Matilda n'aurait pas su décrire avec des mots. C'était si beau que Sebastian en eut le souffle coupé. Quant à Travis, elle se contenta de hausser les épaules.

— Tu ne vois pas ? cria presque Sebastian. LA BEAUTÉ ! C'est vraiment irresponsable de la part du monde d'être aussi beau alors qu'il est aussi menteur et angoissant. Il suffit de gratter un peu la surface pour le voir. Tu ne trouves pas ? Ça ne te fait pas *mal* quand tu regardes tout ça en sachant que ça va se terminer ? L'amour, la vie. Les gens qui trompent, trahissent, blessent et sont blessés. Que nous allons tous mourir… Et ainsi de suite ?

Travis haussa les épaules et but une gorgée.

— Ça fait longtemps que j'ai arrêté de penser à ce genre de mièvreries, Sebastian.

— Des mièvreries ? Comment tu peux dire ça ? Tu n'as jamais aimé, jamais…

— Non, constata Travis, très *matter of fact*, comme si ce n'était pas une raison pour s'énerver – l'amour, la mort *et ainsi de suite.* Tout le monde n'est pas comme toi. Tout le monde n'est pas humain.

— Eh oh ! Tu t'emballes ! Bon, d'accord, tu es un peu cinglée, Travis, mais tu…

— C'est exactement ce que je ne suis pas. Cinglée. *Ex-cen-tri-que*. C'est faux.

— Pardon, je ne voulais pas…

— Il n'y a pas de mal. Je sais, je suis un peu différente, mais c'est justement parce que je ne suis *pas tout à fait humaine.* Du point de vue biologique, peut-être, oui. Je suis née d'une femme. Mais il se passe quelque chose là-dedans, dit Travis en donnant de petits coups sur sa tête, quelque chose de *profondément inhumain.* Tu sais comment je le sais ? J'ai fait le test et j'ai échoué.

— Quel test ?

Sebastian ne la suivait plus.

— Le test de Turing, bien sûr.

— Mais on l'utilise pour évaluer…

— L'intelligence artificielle, oui. Mais pourquoi ça ne marcherait pas dans le sens inverse ? Tu sais, quand on emploie la notion d'intelligence artificielle, en fait, on parle du *contraire,* de la dimension émotionnelle, irrationnelle, bref, humaine. J'avais environ quatorze ans, tu sais ce que c'est d'avoir quatorze ans, on pense beaucoup à des mièvreries. L'existence, l'identité, l'âme, tout ça. Qui suis-je. Je n'arrivais pas à me débarrasser de l'impression que j'avais quelque chose de différent…

— C'est typique de cet âge-là, non ?

— Ça ne veut pas dire que ce ne soit pas vrai. Pour certains. Je n'ai jamais été comme les autres, mais à l'époque, c'est devenu plus tangible. Là où les autres adolescents voyaient de la vie, je voyais des schémas. Là où les autres voyaient du mouvement, je voyais des liens de cause à effet. Quand un garçon témoignait de l'intérêt pour moi, je ne savais pas si je devais éprouver de la joie ou de la colère puisque je ne comprenais pas sa motivation, c'est-à-dire ce qu'il voulait. Et, sans fondement logique, je ne peux pas ressentir d'émotions. Ça m'inquiétait de plus en plus que, malgré les apparences, je ne sois pas humaine. Parce que c'est quoi, un être humain, au fond ? Un assemblage d'éléments, de schémas neurologiques. J'étais persuadée d'être privée de certains d'entre eux. Ça n'avait donc pas d'importance que mon corps soit de chair et d'os et que j'éprouve les mêmes besoins physiques que les autres. Ce n'est pas le corps qui nous rend humains.

— Mais… protesta Sebastian, contrarié dans ses convictions chrétiennes et humanistes. C'est un raisonnement fasciste ! Que la valeur humaine soit soumise à condition.

— D'une certaine manière. Enfin, je ne dis pas que je n'ai pas le droit de vivre parce que je suis comme ça. Non humaine. Que ma valeur serait moindre. Beaucoup de gens ne sont pas humains dans le vrai sens du terme. Les comateux. Les personnes souffrant de certaines lésions cérébrales. Les nourrissons. Je ne dis pas que nous n'avons pas le droit à l'existence. Dans ce cas, je me serais suicidée. Mais je crois qu'il y a une ligne de démarcation entre toi et moi. C'est ce que le test a démontré : je ne suis pas humaine. Je suis une *machine.*

Sebastian dévisagea Travis. Elle lui rendit son regard scrutateur avec un léger sourire. Il émit un petit rire mais elle ne l'imita pas.

— Tu vois ? dit-elle calmement. Un *être humain* aurait été blessé par ton rire. Pas moi. Et tu vois, je vais même te payer encore une bière. Kriek ?

Trois jours après que Laura et Sebastian s'étaient pour la première fois unis dans la chair, les bourgeons du magnolia éclatèrent.

Pour la deuxième fois.

C'était tout simplement un miracle, car le magnolia avait déjà fleuri et fané, et sa saison était passée depuis longtemps. Laura, assise sur le perron, une tasse de thé en équilibre sur les genoux, était fascinée par la désespérante facilité avec laquelle, soudain, elle distinguait la porcelaine des rayons de soleil qui la caressaient, glissait la main dans la fente entre lumière et matière et portait la tasse à sa bouche – une bouche qui venait de percer des trous dans la peau d'un autre.

Ses narines s'étaient emplies des odeurs du monde. Son monde s'était vidé de gens. Chloe, à l'école, Giselle, en congé pour la journée en raison d'un rendez-vous chez le médecin, Philip, quelque part où des hommes arborant des barbes de trois jours se donnaient des tapes dans le dos et vendaient ou achetaient des parcelles de Marylebone. La chaleur estivale régnait partout en maître. Pour la première fois depuis que ses ennuis au théâtre avaient commencé et qu'elle s'était fait virer – virer ! –, son état de désœuvrement ne lui semblait pas foncièrement menaçant.

Peut-être, après tout, pouvait-on vivre ainsi : dans l'instant, sans projet ni but, sans se concentrer sur autre chose que ce qu'on avait dans les mains, qu'il s'agisse d'une tasse de thé ou des organes génitaux d'un très bel homme. Si le présent constituait potentiellement une source infinie de satisfaction et de plénitude, quelle importance que tout le reste soit plat ? C'était à peu près ce que pensait Laura Kadinsky, lorsqu'elle entendit un petit craquement gras, suivi d'un autre, puis d'un autre, puis d'un autre. Elle leva les yeux et là, devant elle, comme des taches de couleur sur un panneau bleu ciel, les bourgeons potelés s'ouvrirent l'un après l'autre, formant un petit ciel rose, une carte postale au motif abstrait, un Jackson Pollock dans la palette mièvre d'une chambre de fillette.

Laura resta d'abord stupéfaite. Puis, les larmes lui montèrent aux yeux ; elle était envahie de tristesse, d'enchantement et – tout de même – d'une certaine humilité. Elle avait vu le magnolia fleurir cinq printemps de suite, mais jamais ainsi. Cette fois, c'était magique, un nouveau printemps alors que l'ancien venait tout juste de s'achever. Peut-être une sorte de compensation, songea Laura, pour la saison qu'elle venait de manquer. Soudain, le manque de profondeur de la scène ne lui sembla plus un handicap, mais un don. Faire à nouveau l'expérience du monde ! Comme une enfant ou une folle ! Comme une artiste ! N'y avait-il pas de quoi éprouver de la gratitude ? Bouleversée, pleine de vénération pour les mystères de l'univers, Laura se leva d'un bond – la tasse de thé, qui était encore posée sur sa cuisse, tomba et se fracassa contre les dalles de pierre, c'était de toute façon une babiole en grès assez laide que Chloe avait peinte pendant sa première année à l'école Montessori – et tendit les bras vers l'arbre ; elle avança en titubant et s'écrasa finalement contre le tronc rugueux. Elle enlaça l'arbre et sentit son parfum aigre. Puis elle pleura, s'écorchant les joues contre l'écorce.

— Mrs. Kadinsky ? Laura ?

Elle rouvrit les yeux. Devant la grille, Mr. Robertson, le voisin au chat relié à un cathéter, roulait dans son fauteuil en posant sur Laura un regard interrogateur.

— Tout va bien ?

— Mr. Robertson ! Oui, très bien. Enfin, pas tant que ça. Vous voyez, je cherche le hamster de Chloe, mentit Laura. Essie. Elle s'est évadée.

— Je ne crois pas que les hamsters grimpent aux arbres, dit Mr. Robertson.

Laura cligna des yeux pour en évacuer les larmes et se déhancha légèrement, une posture qui donnait "de l'allure" et plaisait généralement aux personnes âgées.

— C'est ce que j'ai dit à Chloe, figurez-vous. Mais elle a insisté. Elle est folle de ce hamster et, maintenant qu'il a disparu, elle est perdue. Vous avez vu, au fait ? Le magnolia. Étrange, non ?

Laura fit un signe de tête en direction de l'arbre mais n'obtint pas la réaction attendue. Elle leva alors les yeux : les fleurs avaient disparu. Toutes à la fois, tombées à l'instant où elles avaient éclos – la floraison la plus brève du monde.

— Vous êtes sûre que tout va bien, Laura ? Vous m'avez l'air un peu pâle, dit encore Mr. Robertson.

— C'est semaine de répétition au théâtre. Fatigant, dit lentement Laura. Il faut que j'y aille.

La première affirmation était mensongère, la seconde, non : Laura avait effectivement rendez-vous avec Sebastian à l'Institut.

Elle pensa aux mains du jeune homme qui s'ouvraient à elle comme des pétales.

À peine une heure plus tard, elle arriva à l'Institut, des miettes de goudron encore collées au front. Pour éviter d'être à nouveau retenue et mise en doute par Mr. Robertson, elle avait tenté une sortie rapide de Mornington Crescent, balayant les éclats de tasse derrière un pot de fleurs, verrouillant la porte d'entrée et se précipitant dans l'allée pour franchir aussitôt la grille. Elle s'était tout de même retournée pour faire signe au voisin, qui gravissait la rampe jusqu'à sa maison. Cette dernière entreprise s'avéra téméraire – lorsqu'elle se retourna vers la rue, le monde la frappa de plein fouet comme une porte qui vous claque au visage, et elle fut précipitée sur le trottoir, face la première. Pendant la chute, elle crut voir du coin de l'œil une boule marron pelucheuse ; elle tendit la main pour attraper l'animal, mais trop tard. Essie, s'il s'agissait bien d'elle, avait déjà disparu dans les buissons.

À l'instant où le regard de Sebastian croisa le sien dans le couloir, elle en oublia sa mésaventure – il arrivait à pas pressés dans le sens opposé. Quant à elle, elle avançait prudemment, à tâtons, le cœur trébuchant. Sans un mot, il lui ouvrit la porte de son bureau et, d'un geste, l'invita à entrer. Elle se glissa à travers le silence tendu et s'affala sur la chaise prévue à cet effet. Lorsque son genou effleura par mégarde la table, tout son sang se précipita d'un coup dans son sexe. Sebastian s'assit en face d'elle. Toujours en silence, il se pencha en avant et retira délicatement quelques miettes noires de son front. Puis il passa le doigt sur sa joue, là où l'écorce du magnolia l'avait égratignée, produisant une toile d'éraflures et d'entailles. Laura plissa les yeux. Une nappe grise de pollution érotique flottait lourdement dans la pièce, épaisse, opaque. Tout semblait flou, comme dans l'ivresse, mais cette saleté vitale avait des facettes dorées, elle semblait parsemée de petits grains d'éternité, d'immortalité, de pureté.

Qu'ils fleurissent, se dit Laura.

Tout à coup, Sebastian se détourna, tapota sur son clavier et se racla la gorge.

— De nouvelles remarques depuis la dernière fois, Mrs. Kadinsky ?

— Sebastian, arrête.

— Laura, dit-il sèchement.

— Oui ?

— Ce qui s'est passé entre nous n'aurait pas dû arriver.

— Si, dit fermement Laura. Si.

— En tant qu'employé de cet Institut, j'ai des responsabilités, et l'une d'entre elles consiste à ne pas entretenir de relations sexuelles avec mes objets d'observation. C'est expressément stipulé dans mon contrat. Cela concerne tous les objets étudiés, qu'ils soient humains ou animaux. À mon avis, cette règle vise principalement à protéger la seconde catégorie, mais le fait demeure : tu es dans une position de dépendance vis-à-vis de moi et il serait malvenu de ma part d'en abuser. En plus, tu es mariée.

— Seb…

— Stop.

Sebastian leva la main en l'air. Dans un coin de la pièce, Laura entendit un gargouillement aigu et contrarié. En tournant la tête, elle aperçut la fichue guenon.

— Tu peux la faire taire ?

— Non, dit Sebastian. C'est exactement ce que je ne peux pas faire. Et c'est justement le problème. Laura…

— Arrête de dire mon nom si tu n'as plus l'intention de me baiser. Je ne le supporterais pas.

— Ce n'est pas simple pour moi non plus. Je ferais plus que volontiers…

— Oui ? dit Laura en braquant les yeux sur lui. Quoi ?

La guenon vagissait. Sebastian se boucha les oreilles, puis, sans un mot, se leva et se dirigea vers la cage. Il sortit la guenon et l'emporta hors de la pièce. Quelques minutes plus tard, il revint les mains vides, non, pas vides, pleines d'elle, de Laura, elle le voyait, elle se leva, s'avança vers lui et referma la porte. Il lui embrassa les doigts.

— Tu ne te sens pas coupable ? marmonna-t-il.

Coupable ? Peut-être un peu. Mais qu'est-ce que ça pouvait bien faire, un soupçon de culpabilité ? Un peu de crasse sous les ongles, voilà tout. Le bord noir de l'existence qui, sans cela, manquerait de contours.

Lentement, elle enfonça ses doigts dans la bouche du jeune homme.

Les vitrines du café de Dalston où Jennifer Travis avait donné rendez-vous à Sebastian n'avaient pas été lavées depuis longtemps – lorsqu'il apparut de l'autre côté et la regarda, derrière les stries de crasse, elle lui sembla rayée comme un vieux papier peint terni auquel on aurait arraché des bandelettes.

Il ne voyait que la moitié de son visage. Son seul œil était fermé, elle avait la tête renversée en arrière sur le dossier d'un fauteuil en velours rouge. Un genou contre la poitrine, son chemisier en satin rose dragée de travers, le scintillement concentré d'un rayon de soleil se reflétant dans une bague autour de son doigt. Elle lui raconta plus tard que l'employé du café la lui avait donnée. Elle était suspendue avec d'autres breloques à une chaîne au comptoir ; il avait simplement tendu la main pour l'arracher et la lui avait donnée, en lui expliquant que c'était une antiquité, alors que d'évidence, elle était en plastique. Il l'avait ensuite passée à son doigt.

— Pourquoi il a fait ça, d'après toi ? demanda-t-elle à Sebastian, l'air sincèrement perplexe.

“Parce que tu es belle, bien sûr, songea Sebastian. Parce que c'est ce que font les jeunes hommes pâlots qui travaillent dans des cafés à la décoration ironiquement bohémienne lorsqu'ils se retrouvent face à face avec une beauté fragile : même pantois, ils font du charme. Ils voudraient toucher, émouvoir.” Mais Sebastian s'abstint de dire tout cela, Travis n'avait pas besoin d'une trame de plus à travers laquelle filtrer le monde.

Quand Sebastian ouvrit la porte du café, il y eut un tintement, Travis leva immédiatement la tête et agita sa main baguée. Ses doigts laissaient des sillons, des déchirures dans la poussière dense qui flottait dans l'atmosphère épaisse. Il régnait une odeur bizarre. Comme si on essayait de camoufler la puanteur d'un cadavre en décomposition en l'étouffant avec du pot-pourri. Travis avait laissé tomber l'un de ses escarpins par terre et quand elle se pencha pour le ramasser, Sebastian aperçut un chat couleur marmelade sous son fauteuil ; il le dévisageait, dédaigneux. Le décor était-il censé paraître cosy ou évoquer un film d'épouvante ? Difficile à dire. Sebastian s'installa dans le fauteuil en face de Travis et demanda, sans aucune intention de faire de l'humour :

— Tu viens souvent ici ?

Travis le scruta, perplexe.

— Ici ? Bien sûr que non.

Elle regarda autour d'elle comme si elle prenait tout juste conscience de se trouver en un lieu physique : une salle encombrée d'une décoration racoleuse. Bibelots occultes, animaux empaillés, coussins brodés de petits chats en point de croix, tasses à café ébréchées et aquarelles pornographiques d'époques incertaines – un bric-à-brac m'as-tu-vu qui témoignait d'un immense besoin de reconnaissance.

— Attends, tu vas voir…

Travis fouilla dans son sac à main tout en faisant des mouvements de sourcils pour signaler au serveur anémique de s'approcher. Elle commanda deux *cream tea* sans même consulter Sebastian, puis secoua la main pour éloigner le serveur comme si elle s'adressait à un chat. Finalement, elle sortit triomphalement ce qu'elle cherchait dans son sac : un très gros livre de poche. Étant donné sa taille, Sebastian se demanda comment elle s'était débrouillée pour ne pas le trouver tout de suite. Elle le lui jeta, il l'attrapa juste à temps pour éviter que l'ouvrage ne percute une étagère suspendue juste au-dessus de son fauteuil et les récipients médicaux en verre revêtus d'une épaisse couche de graisse poussiéreuse dont elle était chargée. Le volume, *The Complete Poems: Philip Larkin, edited by Archie Burnett, Farrar Strauss and Giroux*, une édition moderne à la reliure usée, tombait en morceaux après, semblait-il, une étude approfondie.

— Larkin… marmonna Sebastian en tentant de mettre le doigt sur un souvenir en rapport avec ce nom fuyant.

Violetta n'avait-elle pas… ? Non. Peut-être pas.

— Larkin n'a aucune pertinence. Passé de mode, pour ainsi dire. Je voulais seulement que tu comprennes. Tu vois…

Travis se pencha en avant et feuilleta rapidement jusqu'à la page 84. Les marges étaient couvertes de griffonnages : de longues séries de chiffres et de lettres. Le regard de Sebastian glissa le long du poème auquel les notes codées faisaient référence au moyen de flèches, de surlignages et de petits cœurs. Il était intitulé "The Building", et se déroulait manifestement dans un hôpital. Sebastian eut brusquement l'impression que le texte parlait de son entourage immédiat :

Higher than the handsomest hotel
The lucent comb shows up for miles, but see,
All round it close-ribbed streets rise and fall
Like a great sigh out of the last century.
The porters are scruffy; what keep drawing up
At the entrance are not taxis; and in the hall
As well as creepers hangs a frightening smell

There are paperbacks, and tea at so much a cup …

— Sebastian. Concentre-toi ! Tu vois ça ?

Travis tapota du doigt le bas de la page où quelqu'un – elle ? – avait griffonné, sous le numéro de page et le titre du recueil, *"84 HIGH WINDOWS"*, en majuscules d'imprimerie : *"48 BALL SPONDRD"*. *"48 Balls Pond Rd"* était l'adresse du café et, pendant un très bref instant – avant de se dire que seule la parole de Travis (car pour sa part, il était incapable de détecter des schémas mathématiques là où il ne voyait que de la poésie) l'incitait à croire que quelqu'un essayait de communiquer avec elle à travers un livre –, il ressentit comme un léger picotement dans un point de convergence à l'intérieur de son cerveau.

— J'ai mis plusieurs jours à le déchiffrer, Sebastian. Je suis arrivée à l'étape suivante. À Londres ! Il n'y a jamais eu d'indices ici auparavant, alors qu'est-ce que ça signifie ? Peut-être rien. Peut-être tout. Ça reste à voir, bien sûr. Tiens, voilà nos scones. *Thanks, love.*

Travis éloigna le jeune anémique en secouant la main et poussa vers Sebastian une assiette de scones aux raisins, dégoulinants de beurre. Il était sur le point de prendre une bouchée – à contrecœur – lorsque Travis lança :

— Que sais-tu de Francesca Woodman ?

Sebastian sursauta, ses jambes et ses poignets furent pris de soubresauts spastiques et il lâcha son scone sur ses genoux. Il le laissa là, bras ballants, pendant qu'une ombre grasse se répandait sur son pantalon, comme un corps peint sur un plancher en bois dans une image qu'il avait vue un jour mais qu'il avait du mal à se remémorer clairement, brouillée, comme toutes les illustrations que Violetta lui avait montrées, par la dernière, celle qui lui était parvenue dans une petite enveloppe par la poste le lendemain *des événements*, après qu'on l'a retrouvée pendue, raide, les orteils tournés vers le monde souterrain.

— Je trouve cet endroit malsain, dit Sebastian. On dirait une chambre funéraire. Ou le monde souterrain. Cette odeur de fleurs, elle me rappelle Hadès et Perséphone, la pourriture et la décomposition.

— Tu n'as pas vu le sous-sol, dit Travis. On sent carrément l'humidité couler derrière les papiers peints. Mais tu sais, les artistes aiment ce genre de trucs. Apparemment, ils organisent des expositions et autres événements en bas. Il y a aussi un aquarium sans poisson. Je trouve ça bizarre. Enfin, j'ai vu l'image en bas.

— L'image ?

— L'image de Woodman. Tu ne m'as pas répondu. Tu connais ? Woodman ?

— Oui, dit Sebastian. Mieux que je ne le voudrais.

— Pour ma part, j'ai été obligée de faire une recherche Google, dit Travis en tapotant son téléphone posé sur la table, entre eux, de l'ongle de son index.

L'écran s'alluma et Sebastian sentit tous ses muscles se raidir, s'apprêtant à souffrir. Mais il n'apparut qu'un fond d'écran représentant un bébé endormi, bouffi comme une brioche. Sebastian ne demanda pas à qui il appartenait. Travis lui communiqua l'information malgré lui, en se mettant à écrire sur l'écran.

— Elle est mignonne, hein ? C'est le premier résultat d'une recherche Google sur les mots "bébé mignon endormi". Je ne connais pas son nom mais je l'appelle Beanie. Je me dis qu'un bébé devrait susciter certaines émotions, tu vois ? J'ai pensé qu'en la testant pendant un moment, je verrais ce qui arrive. Si je la regarde plusieurs fois par jour. Jusqu'ici, ça ne marche pas très fort. Merci de m'avoir posé la question, au fait. Enfin, je ne baisse pas les bras.

— Quel rapport avec Woodman ? demanda impatiemment Sebastian.

— Aucun. L'important, c'est Woodman. Le bébé n'est qu'une fausse piste. Woodman est l'étape suivante. Il y a d'autres éléments aussi, bien sûr, par exemple le code.

Elle tendit l'écran à Sebastian : un fond noir criblé de signes du genre qu'on trouve généralement dans les rangées extérieures d'une calculatrice très sophistiquée. Ensemble, ils constituaient une sorte de "y" un peu de travers, dont le bas tirait à gauche et formait ainsi une courbure organique qui lui donnait l'air quasiment vivant, en tout cas plus artistique que mathématique.

— Tu comprends ? dit Travis. C'est la troisième étape, Mais franchement, ça ne sert vraiment à rien d'essayer de la résoudre avant de trouver le corrélat. Il faut toujours trouver le corrélat. Et le corrélat, c'est Woodman. Peut-être l'image au sous-sol, ou bien une autre. Vraisemblablement une autre. En rapport avec la mort, des anges et des bouleaux. Chacun est libre de l'interpréter à sa manière, et en même temps pas. C'est un vrai casse-tête pour moi, ce que je trouve le plus difficile, en fait. L'intelligence émotionnelle, comme on dit, enfin, personnellement, je n'appellerais même pas ça intelligence. Sebastian… dit Travis en se penchant vers lui et en saisissant ses genoux des deux mains comme si sa vie en dépendait et qu'il était son canot de sauvetage. Y a-t-il une logique dans l'art ? S'il te plaît, dis-moi oui ! Sinon, je suis perdue.

Mais Sebastian n'était qu'un banal réceptacle humain, fragile par nature. Il repoussa les mains de Travis d'un geste légèrement agressif, car il avait compris de quelle image elle parlait. Sans un mot, il se leva, traversa le café endormi, suivit un panneau *"DOWNSTAIRS SEATING AND GALLERY SPACE"*, descendit un étroit escalier et pénétra dans une pièce où le plafond semblait reposer directement sur sa tête. Un aquarium bouillonnait à contretemps avec le sifflement sourd et cadencé d'un déodorant Air Wick qui, à intervalles réguliers, crachait un jet de parfum synthétique de lilas. Partout, il manquait quelque chose. Les poissons dans l'aquarium. L'ampoule dans la lampe Tiffany ébréchée sur son piédestal, dans un coin. Des clients dans les fauteuils d'une mollesse perverse, revêtus de satin rose dragée – de la même nuance que le chemisier de Travis : si elle s'était assise sur le canapé, sa tête aurait semblé détachée de son corps. Mais le coin salon était vide et, à en juger par la couche de poussière qui recouvrait la table basse, garnie de numéros jaunis de *National Geographic* et de vieux livres de poche Penguin, il était inoccupé depuis longtemps. Le long du mur, entre une bibliothèque pleine de poupées dormeuses vêtues de robes en crêpe de Chine et un palmier en plastique enfoncé dans un vieux tonneau de bière, des piles de vinyles entassés dans… Sebastian ne put admettre la vision qu'après un moment d'incompréhension… Dans un cercueil blanc de la taille d'un enfant, garni d'une doublure en satin rose pâle portant des lacérations.

L'image pendait au-dessus.

Aussi petite que la première fois qu'il l'avait vue, à peu près 12 × 12 cm. Elle sautait aux yeux, son noir et blanc cristallin tranchait avec les douzaines de photographies, d'affiches et d'illustrations criardes qui encombraient le mur. Exactement comme dans son souvenir. Les hexagones sombres du sol dont on pouvait sentir la froideur marmoréenne sous ses pieds rien qu'en les regardant. La chaise en bois poli, ses ornements lourds, couleur brou de noix, comme si elle avait été fabriquée pour un confessionnal. L'interrupteur, les fils, la table, l'image, la note sur la porte où il était écrit : rien.

Et puis le corps, suspendu dans l'ouverture de la porte qui n'en était pas une car celle-ci était fermée – cette forme en “Y” un peu de travers dont le bas tirait à gauche.

Les orteils tournés vers le monde souterrain.

— Tilda ?

— Oui ?

Matilda leva les yeux du bol de sucreries. Billy, debout dans l'embrasure de la porte, essuyait ses cheveux noirs mi-longs à l'aide d'une serviette. Il ne portait qu'un short – hormis ses tatouages.

— Siri veut aller voir mon père, il paraît qu'il a acheté un trampoline. Je lui ai dit qu'il allait le regretter quand tous les enfants du voisinage seraient au courant, mais enfin. Il voulait le faire pour Siri. Tu veux venir ?

Matilda eut un moment de flottement.

— Venir ?

— Chez mon père. Manger du gâteau Tosca. Tu aimes ça, les amandes caramélisées.

— Ah… Non, merci.

Billy fronça les sourcils.

— Qu'est-ce que tu as ? Tu es absente, ces derniers temps.

Matilda repoussa le bol de sucreries, se pencha en arrière dans le canapé et fit un effort surhumain pour sourire comme quelqu'un de normal.

— C'est juste une migraine, dit-elle. Salue Greger de ma part.

Lorsqu'elle eut entendu s'éloigner les bicyclettes de Billy et de Siri sur le chemin forestier, elle se replongea dans le bol de sucreries : elle était toujours là. La couleur. Enfin, s'il s'agissait bien d'une couleur. Un bonbon coincé entre un réglisse traditionnel et un cube blanc apparemment appelé "sucre" qui faisait cinq fois la taille d'un morceau de sucre ordinaire. Matilda enfonça les doigts dans le bol et en sortit l'énigmatique bonbon. Banal en apparence, régulier, les coins pointus, la surface brillante, un peu collant sur le bout des doigts. Il sentait le citron. Il eut donc été logique qu'il fût jaune. Eh bien, non. Ni vert, ni blanc, ni orange, ce qui aurait également pu sembler envisageable pour un goût citronné. Ni rouge, ni rose, ni violet, ni bleu, ni marron, ni noir – elles aussi possibles puisque ces couleurs *existaient réellement*. Le bonbon n'était pas non plus transparent, il ne s'agissait pas d'une bulle de savon, d'un arc-en-ciel, ni d'un trou noir.

Il avait la couleur de la vie, ou peut-être celle de la mort. Dieu seul le savait…

La première fois que Matilda l'avait vue, c'était au cimetière, quand le cercueil qui contenait le corps d'une fille – ironiquement – baptisée du nom d'une couleur avait été plongé dans la terre froide. La couleur flottait au-dessus comme un petit nuage.

Matilda avait eu la certitude immédiate qu'elle lui voulait quelque chose. Difficile de savoir quoi. Plus tard, au moment de la dispute et des pleurs, elle l'avait presque oubliée.

Voilà pour la première fois. La deuxième eut lieu plusieurs mois plus tard, après son déménagement à Berlin et sa rencontre avec Billy. Ils étaient allés au cinéma voir un film dont elle ne se rappelait plus le titre. D'ailleurs, elle ne s'en serait probablement pas souvenue du tout si – coïncidence – l'actrice qui jouait le rôle principal, c'est-à-dire Dakota Fanning, n'était pas justement entrée dans le bar de la Weserstraße où Matilda et Billy prenaient une bière après la projection. Sa robe – une robe à pois – avait précisément cette couleur. "Regarde", avait dit Matilda en montrant Dakota Fanning. "Complètement dingue", avait dit Billy – le ton de sa remarque ne laissait aucun doute : ce qui était dingue, c'était Dakota

Fanning elle-même et non sa robe surnaturelle. Sinon, il y aurait plus d'effroi dans sa voix.

La troisième fois, c'était par une nuit de printemps. Elle et Billy couchaient ensemble sur le canapé, dans leur appartement. Les fenêtres ouvertes donnaient sur les marronniers au-dehors, et la couleur s'était faufilée à l'intérieur comme une brume autour du grand pot en terre cuite du monstera. Était-ce arrivé ainsi ?

Trois fois, pas une de plus. Cependant, elle voyait désormais que sa relation avec toutes les autres couleurs du monde était devenue de plus en plus tendue au cours des mois précédant la conversation, la grande révélation de leur mère. Puis Billy, Siri et elle étaient partis dans leur maison de campagne. Mais dorénavant, voilà que l'étrange couleur surgissait un peu partout…

À chaque fois que sa mère appelait, c'est-à-dire souvent, presque tous les jours.

À chaque fois qu'elle écrivait un mail à Clara, qui ne répondait jamais.

À chaque fois qu'elle vomissait ou qu'elle essayait de réfléchir sérieusement à ce qu'elle allait faire de l'enfant incertain dans son ventre et de cette enfant du passé qui était peut-être elle. Le changelin. Sa mère niait toujours catégoriquement. Mon Dieu, Tilda, je n'en ai vraiment *aucune* idée.

Ne parlons même pas de l'enfant Clara, cette espèce de bébé Cadum.

Assise dans le canapé, Matilda regardait le bonbon. Gâteau Tosca. Oui, elle adorait ça, moelleux, jaune d'or comme de la mélasse. Ce bonbon, en revanche… Il la narguait. Que lui voulait-il donc ? Hein ? Merde à la fin ! Elle le fixa des yeux comme si, par l'action de sa pensée, elle pouvait lui faire changer de couleur. Évidemment, cela ne marcha pas. Sebastian lui manquait, et même énormément. Billy ne comprendrait jamais ; si elle lui annonçait de but en blanc qu'elle voyait une couleur qui n'existait pas, il l'emmènerait sur-le-champ aux urgences psychiatriques. Elle avait déjà avoué sa maladie à Billy, elle lui avait raconté ses effondrements psychiques à répétition, ses crises de dimensions épiques – elle avait fait le bon choix en jouant cartes sur table, mais cela ne la rendrait pas plus crédible pour autant.

Sebastian, en revanche, il la comprendrait. Il saurait même peut-être déjà pourquoi son cerveau lui jouait ce genre de tours – comme si elle n'avait pas assez de soucis comme ça. Sebastian, songea-t-elle en levant le bonbon à hauteur de ses yeux, pourrait tout résoudre s'il le voulait.

Mais il était loin. Il n'y avait qu'elle ici. Hésitante, elle ouvrit la bouche et, à contrecœur, y enfonça le bonbon, referma les mâchoires et se mit à mastiquer opiniâtrement. Ses dents crissaient de plus en plus fort.

Un samedi, peu après l'insolite rencontre au café de Dalston, Sebastian reçut une lettre de Travis. Complètement incompréhensible. Il l'ouvrit dans sa cage d'escalier, devant les boîtes à lettres et, perplexe, tourna la feuille dans tous les sens pour essayer de percer le mystère des lettres rondes tracées avec soin dans une écriture d'écolière. Après quelques minutes, il abandonna et remit la feuille dans l'enveloppe. S'apprêtant à monter, il entendit frapper. À travers la porte d'entrée de l'immeuble, il aperçut Travis vêtue d'un *shalwar kameez*, un accoutrement que Sebastian ne put interpréter que comme une tentative de déguisement.

— Tu as reçu ma lettre ? Laisse-moi entrer, vite.

Travis se faufila dans la cage d'escalier en bousculant Sebastian, ôta ses énormes lunettes de soleil façon croisette et laissa tomber l'étole dont elle s'était entourée la tête.

— Tu me trouves ridicule, c'est ça ? demanda-t-elle, penaude.

— Je n'ai rien dit.

— Il y avait un homme à Peckham Rye. Il me regardait. Avec insistance. J'avais vraiment l'impression que quelque chose clochait. Il avait une barbe rouge.

— Une barbe rouge ?

— Comme Corrigan.

Travis se mit à monter l'escalier tout en retirant le haut brodé de son *shalwar kameez*. Une fois entrée chez Sebastian, elle ôta également son large pantalon et déposa son costume bien plié à côté des deux uniques paires de chaussures de Sebastian.

— Tu as du thé ?

Pendant que Sebastian remplissait la bouilloire, Travis se jeta sur le divan. Une journée chaude, encore une – elle ne portait qu'un short et un chemisier à moitié transparent modèle Carmen – à travers, Sebastian entrevit un haut de bikini décoré d'un motif de cocotiers. Il se demanda, comme à chaque fois qu'il voyait Travis en tenue civile, quels mystérieux principes présidaient à sa garde-robe apparemment complètement arbitraire. Il jeta des sachets de thé dans deux tasses brunies et dit :

— Tu veux dire que l'homme à la barbe rouge serait un espion envoyé par Corrigan parce qu'ils ont la même couleur de cheveux, ou qu'il y aurait un lien de parenté entre eux ? Et tu n'aurais pas envisagé, poursuivit Sebastian, irrité, que ce raisonnement puisse paraître complètement déjanté ? Et que l'homme te regardait sûrement parce que tu as des cocotiers sur les lolos ?

— Ça se voit ? demanda Travis, surprise.

Sebastian posa les tasses avec fracas sur sa seule table, produisant des éclaboussures irisées dans le soleil poussiéreux du mois de juin, et demanda :

— Travis, qu'est-ce que tu fais ici ? Tu m'envoies une lettre totalement incompréhensible et, à l'instant où je la trouve, tu frappes à ma porte comme si tu me l'avais livrée toi-même ? Pourquoi tu es partie en courant de la station de Peckham Rye ? Pour t'acheter un *shalwar kameez* qui te permettrait de passer inaperçue et de semer un homme à la barbe rouge ?

Travis se leva du divan et s'assit à table en poussant un lourd soupir.

— La lettre, je te l'ai envoyée hier. Je venais de la poster, quand je me suis rendu compte que je ne t'avais pas briefé sur le code. Alors je me suis dit : autant aller le voir directement pour le faire. Je veux dire t'apprendre le code. Plus tard dans la soirée d'hier, j'ai fait une découverte capitale sur le front Woodman. J'ai trouvé le vrai corrélat ! C'est-à-dire la bonne image. Et puis…

— Prise à la colonie ? *Sans titre ?* Celle avec les bras et l'écorce de bouleau ?

Cela lui avait échappé. Travis, stupéfaite, se couvrit la bouche.

— Sebastian !

— Oui ?

— C'est exactement ça ! Comment tu le savais ?

— À cause de ce que tu m'as dit… Les bouleaux, la mort, les anges, je ne sais pas, j'ai parcouru toutes les photos que j'ai pu trouver sur Internet et j'ai eu l'impression que ça devait être celle-là. Difficile à expliquer. Je me suis dit que c'était émotionnel, parce qu'elle me rappelle… quelqu'un. Alors tu veux dire que c'est *bien* celle-là ?

— Oui. Le motif… elle est si belle. Vraiment géniale. Tu comprends pourquoi je suis devenue un peu parano ? Écoute, je vais te raconter quelque chose que je ne t'ai pas encore dit. J'ai mes soupçons.

Sebastian soupira.

— Attends, je devine : une conjuration d'hommes roux complotent pour établir un ordre mondial fasciste basé sur des principes mathématiques ?

— Ha ha, très drôle. Non mais franchement, c'est quelque chose du genre. Je crois… Ne me regarde pas comme ça. Je crois que Corrigan est le cerveau du puzzle.

— Corrigan ?

— Pas tout seul, bien sûr, je veux dire l'Institut. La direction. Les gens du dernier étage. Ils ont un plan, c'est évident, avec tout le travail qu'ils nous font faire. Je parie ma fortune que c'est quelque chose de hautement inavouable. Un cerveau exceptionnel est une arme puissante, Sebastian. Le projet des biologistes raciaux de l'Allemagne nazie n'est rien en comparaison avec ce que pourraient accomplir les neurosciences en matière de purification de l'espèce humaine. Et personnellement, ça me semble très, très malsain…

— Travis, arrête. Arrête, s'il te plaît.

— Réfléchis ! Personne ne sait ce que nous fabriquons à l'Institut. Personne ne sait à quoi sert vraiment le puzzle…

— C'est vraiment ténu, comme lien.

— Il a essayé de tuer mes cigales !

— C'est ce que tu crois, oui. Mais est-ce que tu as des preuves ?

— Pas encore, mais bientôt, j'en aurai. Toi et moi, on va résoudre l'énigme ensemble. Au fait, tu savais que Corrigan prend le thé avec la reine de temps en temps ?

— La reine aussi est fasciste, maintenant ? Travis, laisse tomber.

Sebastian s'approcha de son bureau bricolé – quatre caisses de bois vides qu'il avait récupérées dans un container derrière Borough Market et qui avaient un jour contenu du salami (elles sentaient encore un peu le rassis) et une vieille porte en bois d'origine incertaine que l'occupant précédent avait laissée dans le logement – et se mit à tripoter distraitement des crayons et des post-it. Rose, jaune, rose, jaune, il disposa les bouts de papier en rang sur la table, se demandant si oui ou non il allait les montrer à Travis. Ils n'avaient pas grande signification, en fait : des mots, des noms, des gribouillis, une ébauche au crayon des sourcils de Laura Kadinsky – des pensées éparses qui avaient ruisselé de sa main comme de la pluie pendant qu'il était occupé à autre chose : parler avec sa mère ou Matilda au téléphone, faire frire un œuf dans sa kitchenette, se taper la tête contre le mur à quatre heures du matin, lorsque le sommeil lui faisait encore défaut bien qu'il ait pris la dose maximale de somnifère.

Mais il savait que Travis ne le verrait pas de cet œil.

Elle étudierait les notes, les bavures de graphite sur les troncs de bouleaux, les anagrammes des noms de ses sœurs, les orteils tournés vers le monde souterrain et *ce jour où leur père avait dit : "Ils ont quand même tous les yeux bleus"*, les quatre traits qui marquaient le nombre d'appels passés à Clara, toujours accueillis par son répondeur – et elle détecterait quelque chose qu'il était incapable de voir. Enfin, peut-être cela n'avait-il pas d'importance que tout soit un mensonge. Travis était désaxée, certes – et il lui enviait sa folie. Il lui semblait réconfortant de pouvoir assembler tous les éléments défectueux dans un récit en constante expansion où rien n'était jamais un hasard. Travis jetterait un coup d'œil à sa collection de post-it et, sans hésiter, lui donnerait une réponse à sa question, quelle qu'elle soit. *Qui est le canard boiteux, moi ou l'une de mes sœurs ? C'est évident, regarde ça. Pourquoi Corrigan s'intéresse-t-il tant à mes problèmes de famille ? Parce qu'en fait, c'est ton père biologique ! Qui est alors ma mère ? Pfff... La reine, évidemment. Pourquoi Violetta s'est-elle suicidée ? Parce qu'une ampoule a explosé dans son cerveau, parce que tu n'as pas su l'en empêcher, parce que comme il ne lui restait plus aucune graisse sous la peau, elle ne pouvait plus se pincer pour voir si elle était encore réelle. Laura couchera-t-elle encore avec moi ? Oui. Quittera-t-elle son mari pour moi ? Non. Clara reviendra-t-elle ? Si tu la trouves. La trouverai-je ? Toutes les pièces se retrouveront-elles à leur place, comme dans un puzzle ?*

— Sebastian ?

Travis était debout à côté de lui.

— C'est quoi, ça ?

Il glissa un vieux numéro de *Métro* sur ses notes les plus énigmatiques et haussa les épaules.

— Rien. Je réfléchissais, c'est tout.

— Eh bien, réfléchis plutôt à ça : tu te souviens que je t'avais dit que Corrigan me tenait à l'écart ?

— Oui, dit Sebastian.

Il se demanda – avec un pincement de culpabilité – s'il devrait raconter à Travis que Corrigan lui avait demandé de l'espionner mais, redoutant ce qu'elle serait capable de faire de cette information, il s'abstint.

— Devine quand ça a commencé.

— Quand… le puzzle a commencé ?

Travis acquiesça gravement.

— Exact.

Sebastian se gratta la tête. Certes, il avait une longue pratique des femmes au bord de la crise de nerfs, mais Travis était un cas à part. Il avait du mal à se décider : vaudrait-il mieux lui faire doucement remarquer que ses neurones attisés par le puzzle la rendaient peut-être un peu susceptible, ou jouer le jeu délirant de ses théories du complot ? La première solution était sans doute la plus raisonnable, mais la seconde lui semblait étonnamment tentante. Ne préférait-il pas se consacrer à la folie de Travis plutôt qu'à celle de sa propre famille ? Si : il avait envie de s'y plonger tout entier, d'y disparaître, de passer des nuits blanches dans le labo de Travis à faire des calculs sur les murs en mangeant des conserves de haricots blancs à la sauce tomate.

Si moi aussi, je disjoncte, ma famille s'en remettra-t-elle ? Arriveront-ils à se sortir seuls de leur merdier ? La guenon dit que non.

— Alors ? demanda Travis, impatiente, en posant les mains sur ses hanches.

Sebastian se rendit soudain compte qu'il retenait sa respiration. Il souffla bruyamment et, fidèle à lui-même, opta pour la voie médiane – celle qui revenait à tourner autour du pot, à prendre les choses en douceur, à rassurer, à faire preuve d'une certaine indulgence, bref, la manière la plus sûre de provoquer le moins de dommages possible – à court terme.

— Honnêtement, je ne crois pas que Corrigan ait quelque chose à voir avec le puzzle ni avec une quelconque neurorévolution fasciste, mais je vais garder l'œil sur lui, d'accord ? Il est louche, en tout cas. Là-dessus, je suis d'accord. Tout est louche.

— Tout est très, très louche, renchérit Travis sur un ton pontifiant. J'ai lu quelque part que c'est la condition fondamentale de la vie humaine.

— Comment tu… avances ? Je veux dire avec le puzzle ? Tu vas… Nous allons gagner ?

Travis s'esclaffa.

— Gagner ? Ce n'est pas le but du jeu ! Mais puisque tu me poses la question, je vais te répondre. C'est écrit dans la lettre. Voici la clé du code. Apprends-la par cœur et brûle-la, dit Travis en enfonçant une feuille de papier pliée plusieurs fois dans la main de Sebastian, puis en attrapant son *shalwar kameez* et en enfilant le haut par la tête. Retrouve-moi *tu sais où* mardi à la même heure. Sois discret et ne dis rien à Corrigan.

— À propos de quoi ?

La tête de Travis jaillit du vêtement.

— Rien sur rien, dit-elle en fronçant le nez.

Elle attrapa son sac, lança un bisou en l'air et sortit de l'appartement.

Sebastian resta seul dans son étroit vestibule, pencha la tête contre le chambranle de la porte et poussa un long soupir. Il était onze heures du matin, un samedi : encore deux jours avant de se laisser à nouveau absorber par l'Institut, se noyer dans le bourdonnement du scanner IRMf, sans avoir à penser à quoi que ce soit d'autre qu'à des cerveaux scintillants, laids ou beaux. Il se demanda comment faire passer le temps. Rappeler Clara, sans doute. Parler avec sa mère et lui promettre, encore une fois, que rien n'avait changé, que dès que ses sœurs se calmeraient un peu, tout redeviendrait comme avant. Laver ses deux seules tasses, rincer son seul visage à l'eau glaciale.

Il ne fit rien de tout cela (sauf la dernière chose, et il changea également de caleçon), car sur le rebord de la fenêtre, son téléphone se mit à grelotter et, lorsqu'il souleva l'écran miroitant, il vit un numéro qu'il ne reconnut pas.

— *Hello?*

— Sebastian ?

Encore un cerveau disjoncté à gérer, une folie dans laquelle sombrer et disparaître.

— Laura ?

— C'est idiot de ma part de t'appeler. C'est idiot ?

— Non.

— Philip, je veux dire mon mari, est parti de façon un peu inattendue. Il a emmené Chloe. Dans le Warwickshire. Il connaît quelqu'un qui a une propriété et quatre terrains de tennis là-bas. Il voulait exercer son revers.

— Ah bon. Hum.

— À mon avis, ce n'est pas vraiment nécessaire, c'est un as du tennis.

Il y eut un silence. Sebastian fixait ses pieds nus sur le plancher. Il avait décidé de ne pas répondre. S'il gardait le silence, rien ne serait sa faute.

— Sebastian ? Laisse-moi venir te voir.

Comme dans un accès de fièvre, mais pas tout à fait. Elle fut obligée de poser la paume de sa main contre la fenêtre humide – en simple vitrage – pour pouvoir évaluer sa propre température corporelle. Était-il vraiment allongé à ses côtés, était-ce vraiment sa main, à qui appartenait celle qui était sur la vitre, était-ce vraiment celle de Laura… Oui. Cette chambre inconnue, qui ressemblait tant à une autre dans son souvenir, son premier studio à Dalston sur Balls Pond Road, à l'époque où le quartier était bon marché, délabré, où la pénurie de produits laitiers bio était criante, où il y avait des souris dans la cuisine et où elle avait le même tempérament que sa gazinière, tantôt allumée, tantôt éteinte, *infiniment capricieuse*. Et maintenant : sa main posée sur une vitre semblable, un peu plus sèche, un peu plus noueuse, la main, ornée d'or, plus précisément d'une bague en or qui tintait contre la vitre. Et s'il se réveillait… Elle ne le voulait pas. La vitre était fraîche malgré la chaleur estivale au-dehors, la condensation coulait le long de ses doigts. Elle ne voulait pas qu'il se réveille, elle aurait voulu qu'il tâtonne à sa recherche dans son sommeil, qu'il couche avec elle sans ouvrir les yeux, qu'il soit *surnaturel*, un simple rayonnement le long duquel filaient des pulsations de chaleur. Elle aurait voulu qu'il soit à la fois réel et irréel, comme tout le reste en ce bas monde – était-ce trop demander ? Que l'amour, la luxure, le manque, bref, ce sentiment indéfini, quel qu'il soit, suive les mêmes lois que le reste de cette foutue vie humaine ?

Il ne se réveilla pas. Il ne paraissait pas non plus spécialement enclin à se repaître de câlins dans la zone grise du crépuscule. Finalement, Laura fut obligée de se redresser, de méditer sur le choix des draps, de se miroiter dans les murs nus. Ils étaient blancs et légèrement crasseux ; dans un coin, des griffures témoignaient d'une infestation de souris. Il y avait le lit étroit, un bateau ivre dans lequel ils naviguaient tous deux. Combien de temps ce matelas avait-il servi de lieu de repos et de baise ? De combien de corps pourrissants avait-il supporté le poids ? Elle préférait ne pas y penser, mais elle ne put s'empêcher de faire une évaluation : quinze ou vingt ans de bons et loyaux services rendus à un nombre à peu près équivalent de corps. On n'habite pas plus longtemps qu'il le faut dans un endroit pareil. Lui aussi allait disparaître, lui aussi allait, tôt ou tard, souscrire un crédit, prendre une femme et se procurer un springer anglais. Quelqu'un d'autre emménagerait ici et jetterait son pantalon sur le divan poussiéreux. Quelqu'un d'autre rangerait ses bidons de lait dans le frigidaire jauni.

Le frigidaire. Elle le scruta.

Incroyable. Le frigidaire, à côté de la minuscule kitchenette, sous un carré plus clair dans le papier peint où avait probablement pendu, pendant la plus grande partie du XXe siècle, un portrait de la reine. Elle cligna des yeux, détourna le regard, contempla le corps endormi de Sebastian, puis à nouveau le frigidaire, qui jaillissait du mur comme un gros cube, la colline vert mousse du divan, les galbes des radiateurs, la coupelle arrondie de la plante morte, la cavité du bow-window, sa *cavité* !

— Sebastian !

Laura lui secoua l'épaule, tout à coup fébrilement impatiente qu'il se réveille et témoigne du miracle qu'ils constituaient ensemble, lui et elle, et de la puissance manifeste de l'union de leurs deux corps.

Il ouvrit les yeux. Hurla. Laura eut un mouvement de recul jusqu'au pied du lit alors que Sebastian se levait d'un bond ;

sa poitrine se rétractait comme un accordéon, son regard se perdit pendant un instant, puis deux, puis quatre. Laura ne put s'empêcher de se sentir offensée.

— Je suis si laide que ça le matin ? se surprit-elle à marmonner pendant que Sebastian revenait progressivement à lui et au corps à demi nu de Laura, dans la pièce et dans le temps.

— Je croyais… Pardon… Laura. C'est toi. Tu es là. Nous avons… Hum.

— Oui, dit-elle en plongeant machinalement la main dans son sac. Nous l'avons refait. Mais je ne suis pas sûre que ça se reproduira si tu ne te comportes pas un peu plus normalement.

Laura, qui avait trouvé au fond de son sac une poignée de nounours en gelée pelucheux, des restes d'une monnaie d'échange avec Chloe, les enfonça un à un dans sa bouche avec un certain agacement.

— Tu m'as prise pour quelqu'un d'autre, ou quoi ?

— Non. Bien sûr que non. C'est-à-dire, je ne le croyais pas vraiment, pas dans ce sens-là…

— Tu as parlé d'elle dans ton sommeil. Viola ou quelque chose comme ça.

— Violetta. Elle s'appelait Violetta.

Laura n'aimait pas le ton de sa voix quand il prononçait son nom.

— "S'appelait" ? Elle est morte ? Tu veux un nounours ? Ils sont à Chloe. Mais je les mange. Voilà le genre de mère que je suis.

— Non, merci.

Sebastian se mit à faire les cent pas. Laura l'avait-elle blessé en parlant de cette femme ? Ce n'était tout de même pas déraisonnable de se demander de qui rêve son amant la nuit, se dit-elle, boudeuse.

— Il ne faut pas continuer, Laura, dit-il. Ce n'est pas bien. Tu veux du café ? De toute façon, je vais en faire.

Laura éclata de rire.

— Quoi ? dit Sebastian en enfilant un caleçon et un T-shirt. Je suis chercheur en neurosciences, tu crois que je n'arriverai pas à faire du café ?

— Ce n'est pas ça. Fais-le, ton café. Mais écoute. J'avais oublié quand tu t'es levé en criant, mais, maintenant, ça me revient : tu sais pourquoi je t'ai réveillé ? Je voulais te montrer quelque chose. Enfin, pas te montrer, te dire.

— À propos de ta fille ? demanda Sebastian. Parle-moi d'elle, je t'en prie. Et de ton mari. Parle-moi d'eux.

Laura n'en avait aucune envie. Pourquoi voulait-il qu'elle lui parle d'eux ? Essayait-il de lui donner mauvaise conscience ? Dans ce cas, c'était incroyablement énervant. Et incroyablement éloigné du sens profond de leur relation. Ne le comprenait-il pas ? Décidément, non.

— Il ne faut pas continuer, répéta-t-il.

— Tu veux bien te taire un moment ? dit Laura. Au contraire, c'est exactement ce qu'il faut, c'est ce que nous devons faire. Écoute : tu te souviens que je te vois ? Comme personne d'autre ?

— À part le hamster.

— Oui, à part le hamster. Eh bien, tu sais quoi ? Quand je me suis réveillée, je voyais tout. Je veux dire *tout* autour de moi dans cette pièce : le frigidaire, les radiateurs, tout ! Comme si j'étais *guérie.*

Sebastian versa du café dans un percolateur taché de calcaire et le mit sous le jet d'eau du robinet.

— Guérie ? dit-il. Je ne comprends pas…

En effet, il se sentait perdu, corps et âme. Être bousculé ainsi entre les rôles et les sujets de conversation – amant, chercheur, briseur de famille – c'était plus que ne pouvait supporter son cerveau à peine réveillé, il n'eut qu'une seule pensée à peu près claire : il avait eu les yeux plus gros que le ventre et bientôt, il allait s'étouffer, le percolateur se remplissait sans qu'il le remarque et déborda, du café dégoulina le long de sa main comme la condensation sur celle de Laura contre la vitre, mais ça, il ne pouvait pas le savoir, ça s'était passé quand il dormait encore, rêvant du corps de Violetta pendu en biais dans l'encadrement d'une porte, seulement à moitié comme elle l'aurait voulu.

Et pourtant, il existait entre Laura et lui une symétrie plus parfaite que tout ce qu'il avait vécu avec Violetta – une symétrie si merveilleusement schématique qu'elle donnait envie de pleurer.

— Moi non plus, je ne comprends pas, murmura Laura, qui, brusquement juste à côté de lui, essuyait les traces de café sur ses mains à l'aide d'un torchon sale. Je ne comprends ni le pourquoi ni le comment. Mais je crois que tu me *guéris*. Grâce à ce que nous faisons ensemble, je redeviens entière.

Alors, le monde rougit, puis noircit, elle lécha son cou en sueur de sa langue inopinément large.

Pour le dîner, ils mangeaient des rouleaux de pain polaire garnis de saucisses de soja et de purée de pommes de terre. L'art culinaire de Billy, digne d'un père célibataire, demeurait simpliste. Il disait souvent qu'il fallait avoir une compagne pour se consacrer à des fanfaronnades avec des casseroles en acier carbone et des rouleaux de printemps, "nous, parents isolés d'enfants en bas âge, nous devons apprivoiser les produits semi-préparés et en faire nos meilleurs alliés". Lorsque Matilda lui rappelait discrètement – enfin, avec une certaine aigreur – qu'une compagne, il en avait tout de même une, et qu'il cuisinait aussi mal les jours où Siri était chez sa mère, il émettait un marmonnement inaudible et lui donnait une tape amicale sur le front. D'ailleurs, en toute sincérité, la gastronomie trash de Billy ne dérangeait pas Matilda. Cela aurait été bien pire s'il avait été du genre à convaincre sa fille qu'un smoothie aux épinards remplaçait avantageusement les bonbons, ou à surnommer les baies de goji "bébés goji", comme elle l'avait un jour entendu faire une maman aux halles de Lund, alors que sa progéniture scrutait sa boulette crue d'un air suspect. Enfin, de toute façon, ça ne la regardait pas. Billy n'avait qu'à élever Siri comme il l'entendait, Matilda n'était pas sa mère.

Elle prit une saucisse et la posa dans son pain, puis une louche de purée de pommes de terre, dont elle fit deux jolies boules. Elle saisit le flacon de ketchup, fit quelques joyeuses éclaboussures sur la saucisse et écrivit en travers du sandwich : "Miam !" Levant les yeux, elle croisa le regard de Billy.

— Quelle maturité, dit-il.

Matilda attrapa le bocal d'oignon frit, puis une grosse poignée de copeaux d'oignon secs et en saupoudra généreusement ses deux boules de purée.

— Voilà, maintenant, il ressemble au tien.

— Comment ça ? À celui de papa ? Moi aussi, je veux dessiner. Donne-moi le ketchup !

— Non, Siri, ça suffit. Tu en as déjà mis plein, dit Billy en lançant un regard assassin à Matilda.

— Mais je n'ai pas fait d'image !

— Pas besoin d'image, c'est de la nourriture. Tilda plaisantait. Maintenant, elle va manger.

— Évidemment, dit Matilda en étalant ses boules de purée sur son pain avant d'en faire un rouleau. C'est un rouleau "miam". Hop ! Dans la bouche. Slurp !

Billy ricana lorsque Matilda engloutit la moitié de son rouleau en une bouchée.

— C'est bon ?

Enthousiaste, Matilda acquiesça, mâcha et avala. Puis, ayant gobé d'un coup l'autre moitié, elle tendit la main pour attraper une nouvelle galette. Elle avait une faim de glouton. Cependant, alors qu'elle s'apprêtait à entamer son deuxième rouleau, elle eut un violent haut-le-cœur. Elle lâcha le sandwich, qui retomba sur son assiette, et se précipita aux toilettes où, sans même avoir le temps de s'agenouiller, elle vomit dans le lavabo, prise de convulsions saccadées qui s'apaisèrent dès que la saucisse eut été rendue. Levant la tête du lavabo, elle se vit dans la glace. Grands yeux écarquillés, regard fixe, joues pâles, front en sueur. Deux abcès lancinants à la place des seins. À pas de loup, elle ressortit par la porte mi-close.

— Tilda ? Tu es malade ?

— Non, Siri.

— Mais alors, pourquoi tu vomis ?

La voix de Billy retentit à travers la maison.

— Siri, reviens ici ! Laisse Tilda tranquille ! Elle a la migraine !

Elle avait la migraine. Trop de bleu pour elle ici, décidément.

— Tu veux que j'aille te chercher un peu d'eau ? demanda Siri de sa voix la plus attentionnée, celle qu'elle employait quand elle voulait qu'on la félicite pour sa gentillesse.

Une petite comédienne, exactement comme Matilda. Finalement, c'était assez bizarre que Siri ne soit pas sa fille tellement elles se ressemblaient, surtout au niveau du comportement. Matilda l'avait observée à l'aire de jeux : descendant d'une balançoire pour l'offrir noblement à un autre enfant et faisant une mine offensée quand l'autre ne disait pas merci. Le caillou pointu qu'elle cachait ensuite au fond de la chaussure de l'autre, oubliée dans le sable. Enfin, peut-être que tous les enfants se ressemblaient, qu'il fallait beaucoup de temps pour comprendre la valeur intrinsèque de l'altruisme et en faire un automatisme. Mais combien ? Vingt-six ans, ça faisait un peu long. Matilda écarta des mèches de son front et fit un sourire à Siri.

— Non, pas la peine. Va retrouver papa. C'est l'heure d'aller se coucher, non ?

Matilda sortit son téléphone de sa poche de derrière : neuf heures passées.

— Mais il fait encore jour, rouspéta Siri.

— Comme tous les soirs depuis qu'on est ici. Ça s'appelle le soleil de minuit. Quand ton père était petit, tous les étés, il se couchait avec cette lumière du soir.

— Mais c'est bizarre. Je veux que le monde soit tout noir quand je dors.

— Siri… dit Matilda, hésitante, avant de lâcher avec cette jouissance particulière que l'on ressent quand on se laisse aller à une irrésistible cruauté : le monde est toujours noir, jour et nuit. Dis à Billy que je sors.

Elle marcha le long du sentier forestier en direction de Jönsviken, autrement dit la "baie des andouilles". En comparaison avec la moyenne des toponymes norrlandais, c'était assez clément, même pour les quelques habitants du lieu. Le soleil suspendu au-dessus des sapins pointus comme une rayonnante pièce en or poli répandait une lumière jaune orangé entre les arbres. Ainsi, les myrtilles, dans leurs buissons à hauteur de cheville, prenaient une nuance pourprée qui les rendait supportables. Matilda ne connaissait pas bien la forêt mais fin juin, c'était quand même très tôt pour que les myrtilles mûrissent, non ? Anormal. Monstrueux, presque. Apocalyptique.

Comme toujours quand elle sortait seule dans cette nature sauvage, elle se mit à fantasmer sur l'ours. Billy, moqueur, lui disait de le saluer de la part des ours polaires qui se baladaient sur les pavés de Lund. Il n'y a que les gens du Sud qui ont peur de l'ours, disait-il. En croiser un est à peu près aussi courant que d'apercevoir un farfadet. Il n'avait pas tort. Malheureusement. Il y avait tout de même un malentendu : Matilda n'avait pas peur de l'ours. Pas du tout. Au contraire, une éventuelle rencontre constituait pour elle un fantasme érotique qu'elle invoquait quand elle avait besoin de sentir sa vitalité pulser le long de sa colonne vertébrale. Kathleen avait coutume de dire que chacun possédait un esprit animal. Enfin, non, bien sûr, Kathleen ne ferait jamais une déclaration aussi banale. Mais l'idée plaisait à Matilda. Le sien aurait été celui de l'ours… non, pas du tout. À qui voulait-elle faire avaler cela ? La femelle de l'ours est connue pour une seule et unique chose : un instinct protecteur féroce vis-à-vis de ses petits. La seule ressemblance entre Matilda et une ourse était sa chevelure brune hirsute. Mais en voir un, tout de même… Se retrouver face à face avec une pareille force physique… Nue, attendant le coup de patte. Dans le "virage aux hiboux", qui s'appelait ainsi parce que Siri y avait un jour vu un hibou, elle pressa le pas, contourna la pierre erratique qui ressemblait à un gorille, s'écarta du chemin et traversa la coupe rase jusqu'à la mer, de l'autre côté de la pointe. Un banc s'y dressait au milieu de nulle part. Pas d'habitations, c'était l'un des rares endroits autour des criques où l'on ne pouvait être vu sans voir avant, soit que la personne approche par la mer, soit par la terre. Matilda y emmenait parfois Siri ; elles s'y baignaient nues en cachette de Billy, qui était un peu prude. Elles l'appelaient la "plage secrète".

L'eau était épaisse comme une fuite de pétrole et calme comme la neige dans l'étrange lumière qui n'était ni jour ni nuit. Matilda avait marché vite ; en sueur, entourée d'un essaim de moustiques, elle s'affala sur le banc. De la paume de la main, elle écrasa quelques insectes qui s'étaient posés à l'intérieur de sa cuisse exposée, puis étala leur sang comme une coulure depuis son sexe.

Mais cela ne trompait personne, surtout pas elle-même.

Rien depuis elle ne savait combien de semaines, en tout cas plus de quatre.

En soi, ce n'était pas exceptionnel. Elle avait tellement maigri depuis l'apparition de la couleur… Elle était presque parvenue à se convaincre que c'en était la cause. D'ailleurs, la dernière fois aussi. L'appareil reproducteur féminin est si fragile… Chez certaines, plus capricieux qu'une orchidée ; ses règles n'avaient jamais été très régulières, quelques saignements par-ci, par-là, et puis, soudain, trois mois étaient passés, au moins trois, peut-être quatre, et il ne sortait plus que des sécrétions visqueuses, claires et transparentes. Les ligaments tendus, les mâchoires tendues, mon Dieu… Elle enfonça la main dans la poche intérieure du vieil anorak Fjällräven qu'elle avait depuis ses treize ans et en sortit un sachet contenant trois joints déjà roulés qu'elle avait apporté de Berlin, au cas où. Cela faisait un mois qu'elle n'avait pas fumé, mais là, merde ! Elle allait se défoncer et siffler comme le sommet des pins, scintiller comme une nymphe et crépiter comme une vague.

Elle alluma un joint et se réfugia dans le lieu le plus secret de tous à la plage secrète : deux vieilles remises à bateaux dont la peinture s'écaillait. Disposées à angle droit, elles offraient un abri et une cache potentielle. Elle s'assit les jambes croisées, *sukhasana*, aspira par la bouche, retint son souffle, un, deux, trois, et relâcha la fumée par le nez. Kathleen avait coutume de dire : trouve une faille dans le temps et élargis-la au moyen de ta respiration. Aurait-elle considéré que l'herbe était un adjuvant inutile ? Certainement. Mais l'effet était le même, alors pourquoi s'en soucier ? Le temps se déploya comme un accordéon, l'instant devint un gif, un mouvement simple se reproduisant à l'infini, un éternel ping-pong, repoussant le moment où il faudrait tout révéler à Billy.

Tout ? Oui, tout. En tout cas s'ils décidaient de le garder. Il faudrait en parler à la sage-femme allemande. *Die Hebamme*, avec ses grandes mains chaudes et ses teintures homéopathiques – c'était en tout cas ainsi que Matilda se la représentait. Elle inspira une nouvelle bouffée, la retint un, deux, trois, puis relâcha. Ils n'avaient jamais parlé d'enfant. C'est-à-dire d'en faire un ensemble. Un enfant qui ne serait pas Siri. Enfin, si, Billy avait mentionné le sujet au passage, un jour, au printemps dernier, après avoir fait du cerf-volant avec Siri à Tempelhof et aperçu une maman qui poussait vraiment la notion de parent poule à son paroxysme. Un bébé sur le ventre et un sur le dos (sans doute des jumeaux), elle tenait également par la main deux enfants un peu plus âgés. Lorsqu'elle – ou plutôt, la tribu – se fut installée sur une couverture de pique-nique à proximité, Billy et Matilda virent qu'elle allaitait l'enfant de devant directement dans son porte-bébé. Après un moment, il sembla repu, et la femme, par une manœuvre quasiment magique, fit tourner les porte-bébés et se mit à allaiter le nourrisson numéro deux. Billy avait pincé Matilda à la hanche et chuchoté : "C'est comme ça que devaient faire tes parents, hein ? Mais trois… Quel cirque ! Pas étonnant que tu sois un peu secouée." Matilda lui avait donné un petit coup de boule pour plaisanter. "C'est héréditaire, le truc des triplés ? avait-il demandé alors. Je veux dire, il vaut mieux savoir à quoi on s'engage." Elle ne se souvenait plus de ce qu'elle avait répondu. Peut-être rien, surtout si elle avait été sauvée par l'heure – c'est-à-dire l'heure de rentrer avec Siri – et eu la possibilité d'éluder. Quoi qu'il en soit, c'était la seule fois que le sujet avait été abordé, même fugacement. Enfin, rien de très étrange à cela. Après onze mois de relation, rien ne pressait, et elle n'avait même pas trente ans. Pour sa part, elle n'y pensait pas encore, enfin, pas sérieusement, et elle prenait pour acquis que Billy non plus. En plus, il avait déjà Siri.

Mais nom de Dieu… Elle avait fait une grossière erreur d'interprétation, elle en prenait brutalement conscience : inconsciemment, elle s'était toujours dit que Billy n'aurait pas spécialement envie d'avoir un enfant avec elle parce qu'il en avait déjà un. En fait, c'était exactement le contraire ! La garantie absolue qu'un homme ne veuille pas d'enfants, c'est qu'il n'en ait pas ! Ceux qui en *ont*, par contre, sont manifestement intéressés. Un parent veut toujours plus d'enfants, comme en témoignait l'exemple significatif de cette mère avec ses quatre gamins à Tempelhof. Évidemment, Billy en voulait plus ! De préférence des triplés ! Était-ce la raison pour laquelle Matilda avait été attirée par lui ? Ne lui avait-elle pas raconté assez tôt dans leur relation qu'elle était triplette ? En général, elle ne tardait pas à le faire. Nom de Dieu, voilà qu'elle cédait à la paranoïa. Elle avait fumé trop vite. Elle aurait dû y aller mollo après une si longue interruption. Ou ne pas fumer du tout, si les choses s'avéraient telles qu'elles étaient sans doute. Enfin, peut-être. Bref, cela n'avait d'importance que s'ils le gardaient. Le garderaient-ils ? Probablement. Billy le voudrait sûrement et elle ne pourrait pas… Pas encore une fois. Et surtout, elle ne voulait pas perdre Billy, pas après tant d'échecs, jamais de la vie.

Kathleen avait coutume de dire que le corps est une métaphore. Tout changement qui trouve sa source dans le corps transformera ta vie entière. Elle en parlait comme d'un processus bénéfique. Ce qu'elle voulait dire, c'est que si on traitait son corps avec amour et clémence, on devenait quelqu'un de meilleur, de plus clément avec soi-même et les autres. Selon elle, chaque mouvement physique produit des ondes circulaires comme quand, d'un mouvement de la main, on jette une pierre sur une surface miroitante.

D'un mouvement de la main, Matilda jeta une pierre sur une surface miroitante. Le choc produisit un son déchirant, un plouf ridicule qui narguait le silence humide de ce soir d'été suédois. Elle se mit à rire tout haut. Des triplés ! Comme s'ils allaient avoir des triplés, alors que, finalement, elle n'était pas une triplette !

Qu'est-ce qu'elle était, au fond ? Un point d'interrogation. Ça non plus, Billy ne le savait pas, et il faudrait le lui raconter. Elle écrasa son mégot et rentra attendre un ours qui ne se montrerait pas.

Le mois de juin arriva et l'état de Laura Kadinsky s'améliora effectivement. Pas énormément, mais le changement était quand même visible. Sebastian tenait scrupuleusement son journal, comme le lui avait enseigné Barázza, et comme il avait appris à le faire auparavant par ses propres moyens, quand Violetta avait encore besoin de lui. Il s'agissait d'une double saisie dans une double intention : l'une, scientifique, l'autre, adultère ; l'une, intellectuelle, l'autre, sexuelle ; l'une, utile, l'autre, au secours. Aidez-moi. Quelqu'un. Il sortait le mètre que lui avait autrefois offert Violetta et mesurait régulièrement la circonférence du cœur, de la bouche, des mains et de la peau de Laura.

Dans son dossier, il notait l'ensemble de ces observations. Des extraits :

"Un soir qu'elle dansait nue sur une reprise jazzy d'*Ashes to Ashes*, elle trébucha sur ses propres pieds et emporta un rideau dans sa chute. En se relevant, elle avait néanmoins les joues roses et du bonheur dans les yeux."

"Un matin, ses mains trouvèrent le visage de Sebastian alors qu'elle fermait les yeux."

"Un autre matin, elle exigea qu'il lui laisse repasser toutes ses chemises (elle rit lorsqu'il lui avoua n'en posséder que trois) et parvint à faire des plis parfaits sur chacune d'elles."

Après un moment, elle ne parla même plus du hamster de sa fille, ni de Philip, ni de son emploi perdu. En guise de sujets de conversation, elle leur préférait Lorca (parfois), Frank Auerbach (de temps en temps) et Goya (souvent). À propos de Goya, elle disait : *Ce que j'aime chez lui, c'est qu'il n'a pas peur du noir.*

Quand ils baisaient, elle ne lui perçait plus le cou de ses dents comme un animal assoiffé de sang et jetait désormais la tête en arrière, les yeux tournés vers le ciel – enfin, vers les plafonds fendillés et humides qui constituaient le ciel de lit de leur amour, les bannières étoilées des chambres d'hôtel, le firmament taché du studio de Sebastian.

Elle balançait moins les pieds quand elle était assise sur un tabouret de bar. Le 7 juillet, elle mangea une viennoiserie à la crème anglaise. Le 13, elle lui raconta une histoire drôle qui n'avait pas de chute. Le 22, elle le laissa caresser ses cheveux quand elle avait la tête sur son ventre. Le lendemain, elle fuma une cigarette sans évaluer la probabilité de mourir d'un cancer, en tout cas pas à haute voix – il était néanmoins possible qu'elle l'ait fait mentalement, Sebastian savait mieux que quiconque que le crâne humain est une barrière infranchissable, une muraille de Chine aussi haute que longue et, à chaque fois qu'il la regardait dans les yeux, cela lui rappelait une vérité simple mais tragique : un être humain ne peut jamais vraiment savoir ce que pense un autre.

Que Sebastian ne comprenne toujours pas ce qui clochait chez Laura était la seule fêlure dans un gobelet qui semblait autrement rempli à ras bord de lait et de miel. Il faisait de gros efforts, c'était indéniable – il se consacrait à Laura comme objet d'étude et d'amour avec une intensité qui ne passait pas inaperçue parmi ses collègues.

Le 29 juillet – un mercredi –, l'équipe Bletchley tenait une réunion formelle. Toujours aussi animées, elles se déroulaient désormais le plus souvent dans un pub pas très à cheval sur l'hygiène, pour des raisons selon Travis "évidentes" et que Sebastian n'avait jamais comprises. L'établissement était situé juste à côté de l'Institut royal des aveugles dans Judd Street. L'allégresse qui régnait lors de ces réunions découlait en partie du fait qu'on y consommait de l'alcool en quantité non négligeable, mais également que Travis adorait taper sur la table en utilisant un de ses escarpins en guise de marteau, et encourageait ainsi – ou même provoquait – des discussions qui exigeraient forcément une intervention musclée. Peut-être était-ce la raison pour laquelle elle laissa Childs insinuer que Sebastian entretenait une relation inconvenante avec l'une de ses patientes… Oui, bien sûr, c'était la raison. Que l'accusation puisse être fondée et donc mériter d'être débattue, cela ne traversa jamais l'esprit de Travis qui, avec sa méconnaissance habituelle de la nature intrinsèque de l'amour, croyait qu'un homme victime des griffures d'une passion sauvage se comporte comme Madame Bovary plutôt que comme Sebastian Isaksson.

Quoi qu'il en soit, ce fut Childs qui, après une vaine palabre sur la relation éventuelle entre certaines décimales du nombre pi (plus précisément les décimales 37 à 204) et le schéma temporel des rotations l'année précédente, se tourna vers Sebastian et, avec nonchalance, lui demanda :

— Quelle est cette femme que tu vois si souvent ?

Sebastian avala sa brioche de travers et, dans une vaine manœuvre de diversion, coinça son crayon protocolaire derrière son oreille.

— De qui veux-tu parler ?

— Mince. Brune. Riche. Elle passe sans arrêt à ton bureau. Elle repart les habits froissés.

— Ah ! Oui… Il doit s'agir d'un de mes objets d'observation. Kadinsky. Un dossier extrêmement complexe.

— Tu m'en diras tant, répliqua Childs en prenant une gorgée d'ale qu'il conclut par un claquement de lèvres. Les riches le sont toujours. Il n'y a qu'à voir Travis.

— Je ne suis pas riche, rétorqua Travis en agitant les orteils de son pied déchaussé. Seulement relativement aisée.

— Riche, snob, bref… Cela dit, Sebastian, elle craque pour toi ? Je la vois vraiment très souvent dans ces foutus couloirs.

— C'est confidentiel, non ? plaisanta Sebastian avec peu de naturel.

En guise de sommation, Travis frappa son talon contre la table.

— Tu n'écris pas ! Tout doit être inscrit au procès-verbal.

— Mais, Travis… Ça n'a aucun rapport…

— C'est ce que tu crois. Mais qui sait ?

— Tu disais Kadinsky ? s'exclama Childs en regardant Sebastian d'un air que celui-ci ne put décrire autrement que *songeur*.

— Oui…

— Je la voulais. C'est celle qui a des troubles de la vue, pas vrai ? Un désordre de la tridimensionnalité ?

— Je crois que c'est plus compliqué que ça, mais oui, répondit Sebastian.

— Moi aussi, je crois. C'est pour ça que je la voulais. Benedict m'a montré son entretien, tu le connais, incapable de la fermer. C'est pour ça qu'il est resté tout en bas de l'échelle, mais en fait, c'est un assez bon diagnosticien. Enfin, bref. Je suis allé voir Corrigan et je lui ai demandé de l'ajouter à mon cluster. Elle me semblait intéressante. Pour être franc, c'est le genre de cas qui donne vraiment envie de le résoudre, tu vois ce que je veux dire ? En ce moment, je ne peux pas exactement comparer mes dossiers à un escalier d'airain qui me permettrait de gravir la hiérarchie. Mais il a refusé.

— Dommage.

— Il a refusé parce qu'il voulait te la donner, Sebastian. Pas à Harvey. Ni à Travis, ce qui aurait été le choix le plus logique puisque c'est la plus méritante. Toi. Qu'est-ce que tu en dis ?

— Bizarre, répondit Sebastian, qui le pensait vraiment.

Il n'avait jamais envisagé que le hasard n'ait pas présidé à l'entrée de Laura dans sa vie. L'invraisemblable éventualité que Corrigan l'ait choisi pour traiter un cas qui, précisément, à en croire Childs, contrastait avec la plupart des cerveaux dégénérés qu'il distribuait à ses équipes le mettait mal à l'aise.

— Il t'a à la bonne, c'est clair, dit l'habituellement très taciturne Charles Harvey en regardant Sebastian d'un air que celui-ci ne put décrire autrement qu'envieux et quelque peu menaçant.

Charles Harvey ressemblait assez à son homonyme – nom de famille : Manson – et l'on racontait que ses animaux de laboratoire étaient, de tout l'Institut, ceux qui atterrissaient le plus fréquemment dans la catégorie : "cause du décès : inconnu" – allez savoir ce que cela signifiait.

— Et si c'était le contraire ? tenta Sebastian. Il veut peut-être que j'échoue ! Ha ha !

— Si tu crois ça, tu devrais peut-être demander une réattribution du dossier, dit Childs sur un ton objectif. Ça ne me dérange pas de la prendre.

— Moi non plus, ajouta Harvey.

— Non ! cria Sebastian qui, pris de panique, incapable de canaliser la crainte de perdre un être cher de plus, renversa par mégarde son verre de bière. Elle est à moi !

— Oui, oui, calme-toi. On plaisantait. Elle est à toi.

— Elle est à moi, marmonna encore Sebastian en essayant vainement d'essuyer des taches que personne d'autre ne voyait.

Travis l'interrompit en mettant un coup de chaussure retentissant sur la table.

— Question suivante à l'ordre du jour : organisation d'une surveillance vingt-quatre heures sur vingt-quatre de SKL. Sebastian, tu notes ou je demande à Harvey de le faire ? Tu sais bien qu'il n'a plus d'index à la main droite.

Après la rencontre, il avait rendez-vous avec Laura dans un hôtel au milieu de la poussière des chantiers de démolition derrière la gare de King's Cross. Sebastian n'aimait pas la voir à l'hôtel, cela lui procurait une sensation de souillure et d'infection, pour ne pas parler de trivialité, mais c'était difficilement évitable – Tulse Hill était tout simplement trop éloigné pour que Laura puisse s'y rendre durant quelques heures, entre le moment où Sebastian pouvait quitter l'Institut lorsqu'il était en horaire flexible et l'heure où Laura ellemême devait rentrer chez elle pour entretenir l'imposture selon laquelle elle avait toujours un emploi et continuait de se comporter en mère responsable. Le fait qu'elle n'ait pas avoué son licenciement à Philip lui permettait parfois, comme ce jour-là, de repousser son retour de quelques heures sous prétexte qu'elle devait travailler tard – de toute façon, Philip ne remarquerait rien, mais c'était important vis-à-vis de la nounou, d'après ce qu'avait compris Sebastian.

Son estomac délicat supportait mal la banalité de cet argument.

Allongé sur le lit, il la regarda s'habiller. Slip, soutien-gorge, collant fin. Jupe qu'elle zippait par-devant et faisait ensuite tourner pour replacer la fermeture éclair à l'arrière. Colonne vertébrale évoquant une crête montagneuse. Grains de beauté noirs, nuque en forme de vague surmontée d'une crête, cheveux traversés d'un peigne. Petits coquillages en or sur les lobes d'oreilles, petites oreillettes en forme de coquillages, scintillantes comme de l'or ; cérumen et poudre. Elle se tourna pour ramasser son débardeur par terre. Son regard se planta dans les yeux de Sebastian ; elle sourit, puis se tourna à nouveau vers le miroir.

— Est-ce que j'ai grossi depuis la première fois que tu m'as vue toute nue ?

Non, songea Sebastian. Tu étais déjà maigre, translucide, crissante comme le papier d'une lanterne chinoise. Pourtant, tu voulais maigrir encore. Je t'ai laissée faire, je ne savais pas comment t'en empêcher. J'en étais incapable.

— Tu es parfaite, dit-il.

— Ce n'est pas ce que je te demandais. Bon, de toute façon, ce n'est pas grave, je m'en fiche, mais tu comprends, je ne peux pas le voir moi-même parce que je ne distingue pas mes contours. C'est dingue, non ?

— Pas la peine de souffrir des mêmes troubles que toi pour être incapable d'évaluer son propre poids.

— Philip m'a dit hier que j'avais le visage plus rond. Je ne sais pas ce que ça signifie. D'après lui, je devrais faire plus d'exercice pour, je cite : “le plaisir et les artères coronaires”. Je ne sais pas non plus ce que ça veut dire. Lui, il ne fait du sport que quand il cherche un prétexte pour ne pas être à la maison. Et puis, en se rendant à son studio, il court dans les escaliers du métro de Covent Garden à l'aller et au retour. Ça fait deux cent vingt-trois marches. Il les additionne dans un carnet et quand il en sera arrivé à dix mille, il fera don d'autant de livres à Oxfam.

— Une belle somme.

— Il ne fait pas les choses à moitié. Sauf peut-être m'aimer.

Il y eut un silence. Laura enfila son débardeur par la tête, ramassa le carré de chocolat qu'ils avaient trouvé sur l'oreiller en entrant dans la chambre – il avait dû tomber par terre lorsqu'elle avait tiré le couvre-lit –, déplia le papier brillant et mit la douceur sèche dans sa bouche. Elle était oiseau et perle, doublement belle parce qu'elle allait bientôt devenir laide. Drôle, méchante, sûrement intelligente, mais trop occupée par ses projections personnelles pour l'exhiber ou l'exploiter. À de nombreux égards, l'antithèse de tout ce que Sebastian avait appris à valoriser en ce bas monde. Peut-être était-ce justement la raison pour laquelle, en cet instant, il ressentait pour elle un amour plus grand qu'il n'avait jamais éprouvé pour quiconque, jamais, plus fort que celui qu'il vouait à ses sœurs et au chien de son enfance, Bernarda, et même à Violetta.

— Ça te blesse que je parle de Philip ?

— Un peu.

— Tant mieux.

Elle le rejoignit dans le lit, s'assit au bord et passa lentement sa main sur les hanches encore nues de Sebastian. Puis elle se pencha vers lui et chuchota à son ventre, d'une voix ténue, comme fêlée :

— J'aimerais avoir deux vies pour vivre l'une avec toi.

— Tu en as deux. Et c'est ce que tu fais, dit Sebastian. On appelle ça double vie, justement.

— Ce n'est pas une vie, c'est un état d'urgence.

— Mais tu es différente quand tu es avec moi. En tout cas, c'est ce que tu dis. Si ce n'est pas une deuxième vie, alors je ne sais pas comment appeler ça.

— Touché, dit-elle d'une voix infiniment triste qui fit immédiatement regretter ses paroles à Sebastian.

Elle releva la tête et regarda par la fenêtre même si on n'y voyait rien parce que les rideaux étaient tirés.

— Tu t'es déjà demandé ce qui se passerait si, pour une raison ou pour une autre, tu mourais ? demanda-t-elle. Je ne pourrais pas venir à ton enterrement. N'est-ce pas ? Les gens trouveraient ça bizarre. Et si je pleurais, je ne pourrais avouer la cause à personne. Peut-être que je ne serais même pas au courant de ta mort, jamais. Qui m'en informerait ?

— L'Institut, j'imagine. Il faudrait te proposer d'autres rendez-vous. Mes collègues se bagarreraient pour récupérer ton dossier.

— Je suis si anormale que ça ? Oh… Et puis, ne réponds pas. Je parle de l'avenir. Quand rien de tout ceci n'existera plus. Quand tu ne seras plus qu'un homme que j'ai aimé autrefois. Il pourrait se passer des mois, ou même des années, tu sais. Peut-être que je ne le saurai jamais.

— C'est ce qui va se passer, tu crois ?

— Non. Je mourrai avant toi. Le problème ne se posera pas.

— Ne dis pas ça.

— C'est pourtant vrai. C'est la seule issue possible à ma situation. Si ce n'est pas aujourd'hui, ce sera demain, n'est-ce pas ? Quelque chose est en train de me manger le cerveau à la petite cuillère. Quand il n'en restera plus rien, je mourrai.

— Pas si tu guéris avant.

Elle se leva et s'affaira avec sa poudre, son rouge à lèvres et son téléphone.

— Mais je ne guérirai pas, Sebastian.

— Avec moi, tu guéris. Tu le dis toi-même. Et tu vas beaucoup mieux depuis quelques semaines, non ?

— Ma vie ne peut pas dépendre uniquement de ta présence.

— Pourquoi pas ? C'est pourtant ce qu'on peut souhaiter de mieux. Tu pourrais quitter Philip et vivre avec moi.

C'était la première fois qu'il le disait tout haut.

— Ce n'est pas ce que tu veux. Et moi non plus. Je t'aime, mais je ne pourrais pas vivre avec toi. C'est très étrange.

— Pas tant que ça, dit Sebastian, morose, se disant que tout cela était d'une banalité affligeante – la triste vérité.

Laura ferma son poudrier avec un clic sonore, le rangea dans son sac à main et enfila ses chaussures.

— Nous ne pouvons pas assumer le chagrin de l'autre, Sebastian. Nous ne sommes pas suffisamment altruistes pour ça, ni toi ni moi.

Elle sortit sans l'embrasser, et le vide qu'elle laissa derrière elle lui parut familier. Il s'habilla lentement dans la pénombre. Lorsqu'il sortit dans la rue, la lumière du soleil était si forte que tous les passants semblaient sans visage.

En Västerbotten aussi, le mois de juillet arriva dans une chaleur vibrante qui embaumait les buissons de myrtilles et les aiguilles de pin ; la sécheresse rendait les baies toutes fripées. Le matin, Matilda se réveillait en sueur, à bout de souffle, nauséeuse, minée par l'angoisse.

Ce matin-là ne faisait pas exception. S'étant levée de son lit, elle n'avait franchi la porte de la chambre que pour se recoucher sur la terrasse en bois, les deux jambes contre le mur. *Viparita karani*. Les positions tête en bas n'étaient peut-être pas l'idéal dans son état, mais rien d'autre ne la soulageait, rien d'autre ne calmait suffisamment la nausée pour lui permettre de prendre le petit-déjeuner en faisant comme si de rien n'était. L'exercice apaisait également la colère. Kathleen avait coutume de dire que le sang qui coule dans nos veines peut être de feu, d'eau ou de terre. Celui de Matilda était presque toujours de feu.

Celui de Clara, d'eau.

Celui de Sebastian, de terre.

À l'époque où elle vivait encore dans l'illusion que leur sang provenait de la même source, Matilda trouvait réconfortante l'idée que l'univers ait réparti les trois grandeurs entre trois enfants, et qu'il les ait ensuite placées dans le même utérus. Comme une sorte de canular cosmique. Cela lui donnait l'impression que sa famille avait un sens. Mais elle s'était manifestement trompée sur le sens de la plaisanterie – ha ha – car un feu d'origine inconnue coulait dans ses veines.

Quand elle se sentit apaisée, elle laissa glisser ses jambes le long de la paroi, roula sur le côté et se releva lentement. Puis elle marcha le long de la terrasse en bois qui contournait la maison jusqu'à la façade avant, où Siri et Billy avaient servi le petit-déjeuner.

Ce jour-là, Siri se comportait de façon particulièrement énervante. Elle était toujours débordante d'énergie mais là, elle bondissait littéralement sur sa chaise. En voyant arriver Matilda, elle faillit tomber.

— Tilda ! Tilda ! Tilda, tu sais quoi ? hurla-t-elle.

— Chut, ma puce. Calme-toi un peu, dit Billy en présentant une chaise à Matilda.

Depuis quand lui présentait-il sa chaise ? Ce n'était vraiment pas son genre. Mauviette. Matilda prit un pain polaire, le plia en deux et l'engloutit sans même le beurrer. Siri fit un effort surhumain pour attendre qu'elle ait fini de mâcher et, lorsqu'elle ne parvint plus à se retenir :

— Tilda, je vais avoir un CHIEN !

Matilda faillit avaler de travers. Elle recracha le pain sur son assiette en plastique rose fuchsia – une couleur agaçante – et tourna les yeux vers Billy.

— Billy ? Que vient de dire ta gamine ?

— Un chien, Tilda ! Un très gros, peut-être un rottweiler ! Un labrador ! Un berger allemand ! Un… un…

Siri fronça les sourcils en essayant de trouver encore d'autres espèces de grands chiens. Matilda fixait toujours Billy.

Il haussa les épaules, l'air vaguement désolé.

— Tu n'as pas voulu qu'elle ait de lapin nain et, maintenant, tu lui promets un CHIEN ?

— Oui… Je me suis dit que cette famille aurait bien besoin d'un chien.

— Tu t'es dit ? Que cette famille ? Aurait bien besoin d'un chien ?

— Tu n'aimes pas les chiens !? piailla Siri, abasourdie.

Matilda serra fort l'assise de sa chaise.

— Siri, ma puce, va jouer, sois gentille.

— Vous allez vous disputer ?

— Oui, Siri, répondit Matilda d'une voix sombre. Nous allons nous disputer.

Siri bondit de sa chaise, insouciante, et fila dans la maison. Dès qu'elle eut disparu, Billy leva les mains dans un geste d'apaisement.

— D'accord, admit-il. C'était peut-être un peu vite dit. Mais allez… un chien. Tu aimes les chiens, non ? Tu n'en avais pas un quand tu étais petite ?

Ah oui, elle en avait eu un. Bernarda, Bernarda. C'était justement le problème. Entre autres.

— Ça n'a rien à voir, merde ! vociféra Matilda. Le truc, c'est que tu aurais dû me demander mon avis d'abord ! Où tu veux qu'on mette un chien ? Qui va le sortir ? Lui donner son bain ? Lui brosser les dents ? Le nourrir ? Faire en sorte qu'il ne se blesse pas ? Hein ? C'est toi qui le feras ? C'est Siri ?

— Oui, lui rétorqua Billy, vexé. J'ai quand même élevé un enfant. Tu ne me crois pas capable de m'occuper d'un vulgaire clébard ?

— D'un *vulgaire clébard* ? répliqua Matilda. C'est comme ça que tu parles d'un futur membre de notre famille ? Parce que je peux te dire tout de suite que dans ces conditions, pas la peine d'agrandir cette famille.

Billy se leva si vivement que sa chaise se renversa en arrière, percutant avec fracas la véranda. Ses yeux marron habituellement si doux, si tendres, même quand il était en colère, avaient brusquement noirci.

— Mais qu'est-ce que tu as, à la fin ? Tilda ! Hein ?

— Moi ? Qu'est-ce que j'ai ? Ce n'est pas moi qui prends cette famille à la légère ! Comme s'il s'agissait d'un jouet ! Allez, hop ! On prend un chien ! On a un bébé ! Un de plus ou de moins, après tout… Une amante ! Oups ! Un des enfants a tué le chien ! Oups ! Divorce ! Qu'est-ce que ça peut bien faire ? On s'est quand même bien amusés entre-temps.

Matilda s'était levée, elle aussi. Un éclair éclata quelque part derrière la tête de Billy. La couleur. La vision de Matilda se troubla et Billy devint flou. Mais elle l'entendit très distinctement :

— Qui a parlé d'enfant, Tilda ? Qui a parlé de tout ça ? Il ne s'agit que d'un chien. Un chien.

— Ça commence toujours comme ça, répondit froidement Matilda. Par un *vulgaire clébard.*

Billy poussa la table de côté. Sans violence, mais avec fermeté. Il fit un pas en avant dans le vide ainsi créé et répéta, comme pour lui-même, d'une voix douce et tâtonnante :

— Qui a parlé d'enfant, Tilda ?

Il tendit le bras pour lui toucher l'épaule. Elle leva la main pour le repousser, mais il avait prévu le coup. Il saisit son poignet et le retint en l'air. Elle sentit le pouls de Billy marteler à travers sa paume qui l'enserrait. Les pulsions filaient le long de ses propres veines.

Elle était de feu. Billy aussi.

Ils restèrent ainsi jusqu'à ce que la couleur disparaisse et que les yeux de Billy redeviennent marron.

Le mois d'août arriva et l'état de Laura se détériora. Il la nourrissait de son corps mais l'effet ne cessait de diminuer. Dans le dossier de Laura, il ne notait quasiment plus que des dégradations.

Quelques échantillons :

Elle arrêta de prendre le métro sous prétexte qu'il y faisait trop chaud l'été mais, un soir, alors qu'elle avait bu plus que de coutume, elle avoua craindre de faire un faux pas et de tomber entre le train et le quai, ce qui aurait pu avoir pour conséquence que sa jambe soit sectionnée au niveau de la cuisse.

Quand il lui faisait un compliment, elle répondait désormais : "Tu fais de l'ironie, là ?"

Et quand elle voyait une rose fanée : des larmes.

Les tests cliniques ne donnaient toujours pas de résultats probants. Si, au même moment, Sebastian n'avait pas progressé sur ses autres dossiers, par exemple celui du Bébé-toilettes, il aurait sérieusement douté de ses perspectives d'avenir dans le domaine des neurosciences. Il se mit donc à douter de celles de Laura. Elle se plaisait à répéter qu'elle était condamnée à mort et lui, à le démentir mais, au fond, il lui donnait raison. Selon toutes ces analyses, aucune cause clinique n'expliquait ses troubles de la perception. Dans tous ses autres dossiers, les pathologies avaient été faciles à cerner, les cerveaux s'étaient déployés comme des cartes géographiques nettes et détaillées sous les doigts de Sebastian. Celui de Laura, en revanche, demeurait labyrinthique.

Au fond de lui, Sebastian savait que, tôt ou tard, il devrait avouer à Corrigan que dans son travail sur le cas 7C : Kadinsky, L, il n'arrivait à rien. Mais Corrigan la lui enlèverait ! Et ce serait encore un échec retentissant dans la seule mission qui rende un être humain digne de sa place sur terre : apporter du bien-être à quelqu'un.

Il continua donc à faire ce qu'il pouvait : l'aimer crûment et tendrement, pas de tout son cœur mais de tout son corps. Il lui administrait sa personne comme un médicament, en augmentant constamment les doses, en réponse aux souhaits et aux besoins de la patiente.

Il ne disait jamais non.

Quand elle l'appelait d'une chambre d'hôtel au beau milieu d'une journée de travail pour lui demander de venir, il lâchait tout ce qu'il avait entre les mains et arrivait en courant, le pantalon déjà défait. Lorsqu'elle lui envoyait des SMS énigmatiques la nuit, il répondait immédiatement, feignant d'être déjà réveillé, ce qu'il était d'ailleurs souvent – ses insomnies s'amplifiaient au même rythme que sa relation avec elle. Il s'étirait comme une toile d'araignée sur ses jours, écartant tout le reste : ses sœurs, sa mère et même Travis. En fait, c'était une occasion bénie de se priver, de se sacrifier, d'avoir enfin le moyen de racheter les crimes qu'il avait un jour commis sans en être conscient.

Encore un exemple :

Un jour, Laura l'appela et lui raconta que Philip et Chloe allaient partir en Islande pendant presque une semaine. "Reste avec moi pendant ce temps, lui avait-elle demandé. Vis avec moi pour de vrai."

Puis elle avait poussé un rire retentissant, criard, comme une hyène qui plante profondément ses dents dans de la chair morte.

À Bygdsiljum, on trouve le minigolf le moins racoleur de Suède : une fausse pelouse verdâtre, sale et usée, située entre les deux préfabriqués jaunes d'une auberge de jeunesse. Le sommet topographique de ce paysage lunaire feutré arborait certain nombre de pistes en béton craquelé sans la moindre fioriture.

Billy lui trouvait du charme.

— Esthétiquement, ça fait très RDA, dit-il, satisfait, en faisant tournoyer son club de golf entre ses doigts comme un bâton de majorette. Imposant ! Crasseux ! Et les joints fissurés !

— Tu veux dire très Suède, répliqua Matilda. L'esthétique suédoise, c'est ça, Billy. Voilà l'héritage paternel de Siri.

— Oui ! Génial, non ? s'exclama Billy en faisant à Siri un guili au ventre. Le dernier arrivé au numéro un commence en dernier !

Matilda suivit Billy et Siri en traînant ses savates alors qu'ils sprintaient jusqu'à la première piste, tout au fond du champ de bataille. Dieu merci, la crasse enlevait du piquant à la verdure. Le vert, c'est à moitié du bleu : la deuxième couleur la plus pénible pour Matilda. À son réveil ce matin-là, elle avait eu un instant l'impression que la journée s'annonçait bien, pleine de sérénité et d'une riche méditation. Une brume clémente donnait au ciel une teinte grise, son lit semblait flotter, bien chaud, et son corps était étonnamment souple et détendu. C'est alors que la porte de la chambre s'était ouverte avec fracas. Siri s'était précipitée vers elle et, accomplissant une sorte de saut en longueur, avait atterri en travers de son ventre. Instinctivement, Matilda l'avait repoussée le plus loin possible, peut-être pour protéger le bébé – une interprétation bienveillante – ou pour se protéger elle-même, et tenter de sauver la bulle de calme qui, un instant, avait dansé sous ses yeux.

— On va faire un minigolf ! On va faire un minigolf ! MINIGOLF !

— Tu as déjà joué au minigolf, Siri ? lui avait demandé Matilda en dépliant son corps dans son lit, la sempiternelle nausée lui serrant la gorge, un fantôme dans l'âme.

— Non. Mais c'est super sympa !

— Oh ! Non… Crois-moi. C'est aussi ennuyeux que le Yahtzee.

— Mais le Yahtzee, c'est amusant. Hé ho ! Tu m'avais dit que tu aimais ça !

Vexée, Siri attrapa un oreiller et le jeta sur Matilda. Mon Dieu… Une enfant d'alcoolique assoiffée de stabilité et de vérité venait de dévoiler son mensonge et il n'était même pas encore neuf heures du matin.

— J'abandonne. Le minigolf, c'est super sympa. Le Yahtzee aussi. Je plaisantais.

— Papa dit que le minigolf, c'est ce qu'il y a de plus génial au monde.

— À ce point…

Billy aimait le minigolf – enfin, pas vraiment, mais avec cette ironie que Matilda trouvait si pénible, surtout depuis qu'elle avait rencontré Kathleen et décidé de devenir quelqu'un de meilleur, de plus sincère dans son rapport au monde et de moins cynique. Comme par hasard, Billy aimait également le bingo. À Berlin, il fréquentait régulièrement une salle – probablement la seule – près de Rathaus Schöneberg, où il faisait du charme aux dames d'un certain âge qui portaient du vernis à ongles bleu écaillé et gaspillaient frénétiquement leur retraite en remplissant des grilles, comme si la scène se déroulait dans une ville industrielle britannique en l'an 1979. Un jour, dans les débuts fougueux de leur relation, Matilda y avait accompagné Billy et provoqué un scandale en l'accusant de discrimination sociale et de tourisme hipster. Billy lui avait fait remarquer que lui, contrairement à elle, était réellement issu de la classe ouvrière et avait passé de nombreux samedis avec sa mère, une joueuse modérée, dans la salle de bingo de Sollefteå, un lieu dont il gardait par ailleurs de très chaleureux souvenirs d'enfance, mais cela n'avait pas pris. Une dispute aussi violente que brève avait éclaté entre eux. Puis, ils avaient acheté des beignets à Dunkin' Donuts et fait quelques roulades sur la pelouse où Kennedy avait tenu son discours *"Ich bin ein Berliner"* en s'embrassant avec une telle ardeur que Matilda s'était légèrement entaillé la lèvre. Mais cette fois-ci, songea Matilda, il n'y aurait ni dispute ni baisers.

Les trente kilomètres en voiture depuis leur maison jusqu'à Bygdsiljum furent, comme toujours en compagnie de Billy et Siri, bruyants. Les frères Lindgren tournaient à fond sur l'autoradio. Matilda éprouva une migraine latente dès la deuxième reprise de la chanson préférée de Siri : "Le feu aux fesses". Décidant de ne pas rouspéter, elle regarda fixement par la vitre. De toute façon, cette journée ne lui appartenait pas.

Difficile de ne pas provoquer Billy, dont les tentatives de l'embrasser avec une haleine de chique lui donnaient des haut-le-cœur. Dégoûtée, elle s'écartait autant que possible. En plus, le ciel gris s'était dégagé, désormais d'un bleu aussi éclatant que les jours précédents. Difficile de ne pas s'énerver contre Siri qui, armée de son mini-club, planifiait chacun de ses coups avec une méticulosité que lui aurait enviée un astrophysicien et qui, pourtant, échouait systématiquement. Il fallait alors la consoler, l'encourager et l'acclamer comme si elle n'était qu'une satanée enfant – ce qu'elle était justement. L'agacement de Matilda finit par devenir disproportionné, noir, implacable. Lorsque la partie se termina enfin, Siri – elle avait gagné, incroyable mais vrai – voulut aller à l'aire de jeux attenante. Billy accepta sans consulter Matilda, s'assit sur un banc, sortit son téléphone et passa le reste du temps scotché à Instagram ou à quelque autre réseau social asocial.

D'habitude, Matilda aimait bien les aires de jeux ; l'acrobate qui sommeillait en elle appréciait les défis qu'elles offraient, par exemple grimper sur des structures adaptées à des corps moitié moins grands que le sien. Généralement, elle relayait volontiers Billy pour jouer avec Siri. Mais ce jour-là, elle constata avec une ardente irritation que Billy s'était habitué à cet ordre des choses et ne faisait pas la moindre tentative pour participer. Siri s'obstinait à grimper dans un tuyau inaccessible – pas même une femme élastique comme Matilda n'aurait pu y entrer – et à exiger que Matilda se précipite d'un bout à l'autre pour l'attraper.

Matilda se sentait rongée par l'ennui. Les horloges semblèrent s'arrêter. Une soudaine envie de déjeuner réduisit en lambeaux ce qui lui restait d'endurance. Les lambeaux se transformèrent en rideau qui, lorsqu'il s'ouvrit, lui dévoila son futur : le bout circulaire d'un tunnel d'aire de jeux long de dix kilomètres.

Tableau : elle-même, six ans plus tard, tenant en laisse un petit singe provocateur de cinq ans et traînant la préadolescente boudeuse d'une autre femme tel un très lourd boulet au pied.

Un homme qui ne voulait plus coucher avec elle que quand il était soûl et un loyer berlinois en croissance exponentielle à cause de tous les jeunes dynamiques de vingt ans qui, les poches pleines des liasses de billets de leur papa, talonnaient implacablement les honnêtes fainéants comme Billy et Matilda – n'était-ce pas ce qui les attendait irrémédiablement ?

Un cerveau que l'herbe et les couleurs avaient transformé en purée.

Et, tôt ou tard, le déclin : séparation, disputes entre les enfants – car les liens les plus forts peuvent être coupés avec une facilité déconcertante.

Les parents, songea Matilda alors que Siri se propulsait encore une fois dans le tube, avaient coutume de dire que leurs enfants les avaient rendus meilleurs. Dans la majeure partie des cas, Matilda n'en doutait pas. Billy s'était certainement bonifié quand il avait eu Siri, Matilda avait pu le constater grâce à une fouille archéologique dans son profil Internet – après avoir raclé des couches successives de statuts pseudo-politiques et d'images de Siri en T-shirt Hertha Berlin, Matilda était finalement arrivée au temps qui avait précédé la naissance de l'enfant. Il lui avait suffi de jeter un coup d'œil au post "Comment ouvrir une porte avec sa bite" pour tourner le dos à cet abîme, fermement décidée à ne plus jamais regarder en arrière.

En ce qui concernait la mère de Siri, c'était différent – la naissance de sa fille ne semblait pas, d'après les récits de Billy et ce que Matilda avait pu voir de ses propres yeux, avoir changé son comportement, ni dans un sens ni dans l'autre.

Puis, finalement, il y avait les gens qui semblaient destinés, tel Judas – ou Matilda –, à devenir les boucs émissaires de toute la traîtrise et la perfidie potentielles de l'être humain, des gens qui restent parfaitement impassibles devant des vidéos de bébés paresseux sur YouTube et ont spontanément envie de donner un coup de pied à un chien qui a le malheur de se trouver en travers de leur chemin, des gens qui ne peuvent pas distinguer un nez d'une cuisse sur une échographie parce que ça ne les intéresse pas, qui ne peuvent s'empêcher d'exploiter les faiblesses d'autrui dès qu'ils les remarquent, qui ne mentent jamais par gentillesse mais toujours pour leur profit personnel, qui se fichent des allergies des autres (ou qui, pour être tout à fait honnête, mettent carrément en doute leur véracité), qui prétextent un syndrome prémenstruel trois semaines par mois, qui n'ont jamais eu l'idée de simuler un orgasme, qui ne cèdent jamais la dernière viennoiserie ni la plus grosse pomme, qui fument à côté d'une poussette, écrasent leurs mégots dans les plates-bandes publiques et repoussent leur propre sœur sans tenter quoi que ce soit pour sauvegarder la relation.

Le genre de personnes qui ne devrait pas avoir d'enfants.

Ces gens-là n'avaient qu'à expier leurs péchés autrement. C'était comme pour tout le reste : quand on faisait un régime, il fallait choisir ; toutes les méthodes ne convenaient pas à chacun. Matilda était du type "macro". Elle ne pouvait agir bien qu'à grande échelle, pas dans les cas particuliers. Billy, en revanche, était l'homme des petits miracles.

Voilà pourquoi il allait vouloir garder l'enfant.

Mon Dieu…

Pendant qu'elle essayait en vain d'attraper les pieds de Siri, elle comprit qu'il n'y avait aucune chance. Le raisonnement lui sembla incroyablement familier, clair comme de l'eau de roche. Aucune chance qu'elle ne donne naissance à cet enfant.

Ils se rendirent ensuite à Westman's pour acheter à Siri une pâtisserie en forme de grenouille. Le salon de thé attirait des visiteurs de tout le Västerbotten car on y trouvait dans le jardin deux paons dénommés Göran et Anitra.

Prétendait Billy.

À leur arrivée, ils découvrirent qu'il ne restait plus que Göran. L'automne précédent, Anitra s'était un jour couchée sur le sol et laissée mourir, leur raconta sèchement la serveuse adolescente qui s'affairait au comptoir. Syndrome de résignation, avait dit le vétérinaire ; la jeune fille leur fit comprendre sans grande subtilité que c'était une façon détournée de dire qu'Anitra n'était pas parvenue à se réaliser.

— De toute façon, les paons femelles n'ont pas grand intérêt, alors la plupart des touristes se contentent de celui qui reste, ajouta-t-elle en versant du café brûlé dans deux mugs blancs. À part ceux qui viennent de Sundsvall. Mais vous n'êtes pas de là-bas, hein ?

Matilda, que Billy avait laissée s'occuper de la note, confirma qu'ils n'étaient pas de Sundsvall, saisit le plateau et sortit dans le jardin, où Billy et Siri occupaient déjà une table sous des bouleaux, juste au bord de la plage de Bygdeträsket. Le soleil implacable faisait clignoter les volumes bleus vacillants de l'eau miroitante et instable. Matilda plissa les yeux en s'approchant de la table, posa le plateau et poussa Siri du doigt. Celle-ci s'était assise sur la seule chaise qui tournait le dos au lac.

— Descends, ma puce. Je voudrais m'asseoir là.

Billy fronça les sourcils.

— Mais enfin, Siri a déjà pris cette place. Tu n'as qu'à en choisir une autre.

— S'il te plaît, ne fais pas d'histoires, supplia Matilda. Elle peut s'asseoir ailleurs, non ? De toute façon, elle ne tiendra pas en place plus de cinq secondes.

— Eh bien dans ce cas, ce n'est pas grave, tu pourras t'y installer quand elle se lèvera.

— Hé ho ! cria Siri. Ne parlez pas de moi comme si je n'étais pas là ! C'est de la "discrimination envers les enfants" – *KINDERN ZU REDUZIEREN* – , non ? Tu l'as dit toi-même, Tilda.

— Quoi ?

— À maman. Et après, tu as fait exactement la même chose, parce que tu lui as dit que je suis très intelligente et que je comprends qu'elle est une *BETRUNKENE FRAU OHNE BESCHÜTZERINSTINKT*, une "ivrogne sans instinct de protection". Exactement comme si je n'étais pas là !

Billy éclata d'un rire un peu forcé, comme quelqu'un qui essaie de balayer sous le tapis un sujet de conversation épineux. Matilda savait exactement ce que signifiait ce rire : "On en parlera plus tard, *Süße*, mais ne t'imagine pas que tu échapperas à une explication en bonne et due forme." Selon un accord tacite entre eux, Matilda n'était pas autorisée à critiquer Käthe en présence de Siri. Matilda trouvait ça tout à fait raisonnable mais, parfois, même les limites du raisonnable devaient être transgressées.

Les pâtisseries suintaient au soleil. Un pavillon suédois battait à l'arrière d'un bateau. Des abeilles rampaient sur une bouteille de soda vide que quelqu'un avait renversée dans l'herbe à côté de la table voisine inoccupée. Siri avala une fourchetée de grenouille et fit un sourire solaire, comme si elle ne venait pas de mettre Matilda dans une très mauvaise posture vis-à-vis de Billy. "Sale petit diable, songea Matilda. Elle sait très bien ce qu'elle fait." Depuis combien de temps prévoyait-elle ce coup-là ? Depuis quand ruminait-elle cet écart de conduite somme toute assez conscient de Matilda ? Pourquoi choisissait-elle justement ce jour-ci pour la trahir ?

— Judas… marmonna Matilda en se jetant sur la chaise libre.

Billy garda le silence. Siri demanda à jouer à Toca Town sur son téléphone. Il refusa. Elle bouda pendant cinq secondes, puis s'illumina :

— Il est là ! Göran !

Matilda tourna la tête et scruta les alentours du bâtiment. Un paon mâle venait justement de le contourner avec lenteur et suavité, traînant sa queue derrière lui comme un voile de mariée. "Il a l'air désespéré, songea spontanément Matilda." Puis : "Il a l'air idiot."

Comme tous les paons mâles, il était également d'un bleu très intense. Éclatant. Rayonnant. Difficile de trouver des mots assez forts pour décrire la puissance bleue et brillante de son corps gras et luisant. Matilda détourna rapidement les yeux mais le mal était fait ; les ciseaux, déjà plantés entre les lobes de son cerveau. Elle avait envie de hurler de douleur et d'angoisse, mais garda son air renfrogné et marmonna qu'elle devait aller aux toilettes, puis se leva de sa chaise. Elle n'aurait pas dû, elle avait le tournis. Siri fit une mauvaise interprétation de son geste et, croyant qu'elle voulait l'accompagner regarder Göran, lui attrapa le poignet.

— Viens !

— Non, ma puce, je vais juste aux toilettes.

— Allez ! Tu n'as qu'à te retenir ! Les adultes peuvent se retenir aussi longtemps qu'ils le veulent. Viens !

— J'ai dit non, Siri. Billy ?

— Quoi ? dit Billy en levant les yeux de son téléphone.

— Ta gamine ne me laisse pas aller aux toilettes.

— Eh ben retiens-toi. Tu es adulte, quand même.

Siri tirait de toutes ses forces. La nausée se précipita comme un accès de fièvre le long des bras et des jambes de Matilda. Elle tenta de détourner les yeux de Göran, et son regard resta bloqué sur le carré azur du drapeau suédois, le scintillement de l'eau, le firmament bleu profond. Elle fixa ses pieds qui lui semblèrent gonflés, énormes, puis se concentra sur son univers intérieur : vide.

— Il écarte ses plumes de derrière ! Viens, Tilda ! Viens !

Siri tira si fort que Matilda eut l'impression que son bras allait lâcher. Elle perdit l'équilibre et fut obligée de trébucher après la gamine opiniâtre.

— Il vient vers nous ! Regarde, Tilda ! Regarde !

Impossible de résister plus longtemps – mais le voulait-elle vraiment ? Peut-être qu'elle attendait le moment de pouvoir enfin dépasser les bornes. De laisser jaillir tout son dégoût, toute sa colère embrasée.

Elle leva les yeux, fixa le corps brillant de l'oiseau, une pierre précieuse de chair et de plumes, bleue, étincelante comme le couvercle du Polly Pocket sirène qu'elle avait un jour volé à Clara et enterré sous le plus beau camélia de sa mère.

— Comme il est beau ! Tu ne trouves pas ?

Matilda se tourna vers Siri, qui la fixait de ses grands yeux ronds. Ils avaient quelque chose de bizarre. Leur couleur avait changé. Ils n'étaient ni marron – comme d'habitude –, ni verts, ni bleus, ils avaient la couleur… Celle qui n'existait pas.

— Tilda, qu'est-ce qu'il y a ? Tu ne vas pas bien ? C'est parce que tu as un bébé dans le ventre ? Papa dit qu'il le croit mais que je n'ai absolument PAS le droit de te poser la question… OH NON ! Je l'ai fait quand même !

Garce. Petite garce.

Elle ne savait pas si l'insulte s'adressait à Siri, Billy ou les deux.

La main.

L'enfant.

L'oreille.

Des milliers d'yeux de paon qui la fixaient.

Le soir où Philip et Chloe rentrèrent d'Islande, le métro était en grève. Le mouvement était annoncé depuis longtemps mais, avec son optimisme habituel, Philip était resté convaincu que le problème se résorberait. Évidemment, ça n'avait pas été le cas et, en arrivant à Paddington, impossible de continuer en métro ni de trouver un taxi, même pour Philip. De plus, tous ses amis propriétaires de voiture refusaient résolument de répondre au téléphone (pas folles, les guêpes). En conséquence, il força Chloe à faire tout le trajet à pied depuis Paddington. Pour un simple mortel, cela aurait dû prendre une heure, pour Philip, s'il avait été seul, une demi-heure, mais accompagné d'un enfant de sept ans et chargé de deux valises vintage, cela prit deux heures et treize minutes, sans compter les pauses pipi, les jurons, les pots-de-vin sous forme de bonbons et – à en juger par l'haleine de Philip – au moins deux doubles whiskys sans glaçons.

Lorsque père et fille gravirent enfin les marches du 42 Mornington Terrace, Philip était énervé. Laura le vit immédiatement : son sourcil gauche tressautait – c'était l'unique signe visible d'irritation que Laura n'ait jamais détecté chez l'homme qui, durant treize ans, ne s'était pas mis une seule fois en colère devant elle. D'ailleurs, ce mouvement de sourcil incontrôlable était un spectacle relativement rare – la dernière fois qu'elle l'avait observé, c'était cinq ans auparavant, lorsque son amie d'enfance Denise était venue leur rendre visite et, au passage, dans une proposition subordonnée, avait remis en question l'aptitude de la duchesse de Cambridge à porter un enfant. Philip avait un faible pour Kate Middleton, Laura le savait – sans doute cette histoire de fêlure.

Depuis que Sebastian l'avait quittée, au crépuscule, elle ne s'était pas habillée. Ni donné la peine de faire le ménage ou même débarrasser un peu. Elle avait essayé, bien sûr, mais une heure après le départ en catimini de son amant par la porte de derrière, l'effet de sa respiration toute proche sur ses capacités motrices s'estompait déjà, laissant place à une défaillance physique toujours plus aiguë. Laura n'était pas très experte en drogues – elle avait fumé de l'herbe à quelques reprises à l'université et testé une fois de la cocaïne, ce qui, à sa grande déception, lui avait surtout donné l'impression d'avoir mâché trois aspirines effervescentes sans eau. L'expérience lui avait laissé un goût amer dans le gosier, un vague écoulement nasal et elle n'avait bénéficié que d'une légère, très légère euphorie. Elle présumait néanmoins que ce qui lui arrivait ce jour-là était comparable à une sombre plongée dans la toxicomanie.

Elle résista à l'impulsion d'appeler Sebastian et de lui demander de revenir, au moins pour l'aider à faire le ménage. Des gens se pointaient souvent à l'improviste chez eux – seulement les amis de Philip –, selon le vieil usage classique : sans passer de coup de fil pour prévenir, sans apporter de bouteille de vin et la plupart du temps en pleine journée. Les visiteurs portaient des accessoires : mouchoirs amidonnés, éventails, chapeaux, un Rimbaud en langue originale dans la poche et, parfois, un violon sous le bras. Si on ne les laissait pas entrer, ils se vexaient et se vengeaient, non pas en coupant les ponts mais en donnant des nouvelles deux fois plus souvent. Le dimanche, pour échapper à la corvée, Laura s'absentait généralement de la maison avec Chloe – c'était le jour préféré des visiteurs – mais cette fois, ayant mis au moins un quart d'heure à enfiler un débardeur, elle se demanda par quel miracle elle arriverait à éluder les apparitions inopportunes, voire à les empêcher de s'introduire dans la maison. Autrement dit, impossible de rappeler Sebastian.

Au prix d'un effort surhumain, elle parvint néanmoins à changer seule les draps et à se laver l'entrejambe. Cette prouesse de coordination œil-main lui donna tellement le tournis qu'elle fut obligée de s'allonger sur le lit. Elle s'endormit et ne se réveilla que lorsque le crépuscule dégoulinait le long des vitres. Peu après, elle entendit Philip et Chloe sur le perron ; en slip et débardeur, ébouriffée, elle vit le sourcil de son mari tressauter en syncope à travers l'embrasure de la porte d'entrée chiche.

— Tu es malade ? lui demanda-t-il en jetant ses deux valises à l'intérieur alors que Chloe, épuisée, s'effondrait sur une marche et penchait la tête contre la jambe de sa mère.

Laura laissa tomber une main et, soulagée, sentit les cheveux de Chloe sous ses doigts. Elle caressa délicatement son crâne soyeux.

— J'ai la migraine. Dieu merci, aucun de tes fidèles écuyers n'est passé aujourd'hui.

— Si, Charles, mais personne ne lui a ouvert. Il m'a envoyé un message, il était très remonté. Tu étais sortie ?

— Non, je dormais. Je n'ai rien remarqué.

— Tu dormais ?

— Oui.

— En plein jour ?

— Oui.

— Le jour, on est réveillé.

— Pas forcément. Si on a la migraine.

— Tu n'as jamais la migraine.

— Toutes les femmes ont la migraine. Où veux-tu en venir ?

Philip ne répondit pas, il se contenta de soulever Chloe sur son épaule et de la porter à l'intérieur. Laura ferma la porte derrière eux et les suivit, mais trébucha sur une valise et tomba par terre.

— Qu'est-ce qui se passe ? s'exclama Philip depuis la cuisine.

— Je crois que maman est encore tombée.
— Laisse-la où elle est. On va faire des toasts.

Une heure plus tard, Philip avait fait manger Chloe, lui avait brossé les dents, enfilé une chemise de nuit propre et l'avait bordée. Quand il s'était mis à lui chanter *Le Roi des Aulnes*, elle s'était endormie en un clin d'œil. Laura s'était toujours réjouie – et considérait comme sa réussite personnelle en tant que mère – que Chloe non plus ne supporte pas Goethe au coucher. Elle s'endormait systématiquement, par pur instinct de conservation. Pourtant, ce soir-là, Laura aurait aimé que Philip continue un peu plus longtemps. En entendant la voix sourde de son mari à travers le mur, en sentant le parfum de la nuit d'été monter de la rue et la douceur soyeuse des vieux draps contre sa peau, elle avait une étrange sensation – tellement inhabituelle, à vrai dire, qu'elle fut obligée de fouiller dans sa mémoire pour en trouver le nom : le *réconfort*.

Mais bientôt, elle entendit le plancher grincer ; Philip apparut sur le seuil de la chambre, bras ballants, tenant l'oreiller supplémentaire en mousse à mémoire de forme sur lequel il s'asseyait pour chanter sa berceuse à Chloe, col déboutonné – il portait une chemise Eton bleu clair que Laura adorait repasser lorsqu'elle en était encore capable… C'est-à-dire de repasser et d'adorer.

— Laura, c'est complètement surréaliste de devoir te poser cette question après treize ans de vie commune mais…

— Non !

Philip se raidit.

— “Non” quoi ? Ce démenti général te donne quand même l'air très, très coupable.

— Non ! Quelle que soit la question !

— J'allais te demander si tu prends de la drogue et, le cas échéant, laquelle ou lesquelles, et ce que tu comptes faire pour te désintoxiquer, enfin, si tu en as l'intention, ce dont je doute.

— Mon Dieu…

Laura, qui avait levé la tête pour regarder droit dans les yeux sa propre trahison, la laissa retomber, frustrée, sur l'oreiller. Si elle avait espéré que Philip la mette au pied du mur concernant une infidélité présumée – et elle n'était pas sûre de l'avoir effectivement espéré – l'occasion était ratée. Philip, comme si souvent auparavant dans leur vie conjugale, avait choisi de faire l'autruche, non pas en enfonçant sa tête dans le sable mais dans son propre anus, où il avait trouvé un schéma explicatif qui correspondait au comportement de Laura : parfois irrationnel, scintillant comme du mica, aussi enchanteur que toc. Laura eut autant envie d'en rire que d'en pleurer – ce que, d'ailleurs, elle fit.

— Chloe dit que tu n'arrêtes pas de perdre des choses. Tu t'absentes à des heures bizarres de la journée sans que personne sache où tu es. Giselle m'appelle sans arrêt pour me demander quand est-ce que tu vas arriver ; tu sais bien qu'elle doit rentrer chez elle retrouver ses enfants. Et puis, tu fais une fixation sur ce hamster. J'ai croisé Robertson à Paddington ce soir, par hasard, et il m'a dit que tu étais passée chez lui, que tu avais sonné et demandé s'il avait vu le hamster. Le lendemain, il t'a espionnée et vue en train regarder à travers le soupirail de sa cave. Tu te conduis vraiment bizarrement, Laura. Je veux dire en général.

— Tu te rends compte que ce ne sont que des rumeurs ? Qu'est-ce que ça signifie, à ton avis ?

— Tu nies ?

— Non. Je dis seulement qu'en tant qu'époux, tu mérites une très mauvaise note. Fonder des accusations sur les observations de personnes extérieures alors que tu n'es jamais à la maison pour constater par toi-même la prétendue toxicomanie de ton épouse.

— J'en suis conscient, Laura. Mais franchement, je suis un mari absent depuis le jour de nos noces, alors j'ai du mal à croire que c'est ce qui t'a poussée à te droguer.

— Mais enfin, je ne me drogue pas ! Je suis simplement malheureuse !

— Parce que je suis trop absent ?

Laura soupira.

— Comme tu le disais toi-même, tu n'as jamais été beaucoup là. D'ailleurs, c'est un des piliers de notre vie commune. Sincèrement, je ne crois pas que nous serions encore mariés si tu étais plus présent. Donc, non, ce n'est pas la raison.

— Alors quoi ? Si ça n'a rien à voir avec moi.

Laura inspira profondément.

— Je suis malheureuse parce que je me suis fait virer.

Voilà, c'était dit : l'échec ignoble, honteux, qu'un homme comme Philip ne comprendrait jamais parce qu'il n'avait jamais échoué de sa vie.

— Virer ?

— Oui.

— Quand ça ? Pourquoi ?

Laura se cacha la tête sous la couverture pour lui signaler que la conversation était close. À travers l'obscurité, elle l'entendit s'arrêter sur le seuil de la porte.

Il ne sait pas quoi dire, songea-t-elle. Lui qui a pourtant toujours le dernier mot… Elle en retira un sentiment de triomphe, mais également de tristesse.

Finalement, elle l'entendit se racler la gorge.

— J'ai réservé un séjour à Madrid. Là-bas, il y a un homme qui a construit un piano atonal. Il veut que je vienne en jouer. J'ai accepté, parce que je sais que tu adores le musée du Prado et que tu aimes boire du vin dans des verres carrés.

— C'est vrai, marmonna Laura sous la couverture.

— Et moi, je t'aime.

Une larme se détacha du coin de l'œil de Laura, qui pressa son visage contre le matelas, chuchotant pour ne pas être entendue :

— C'est vrai, je crois que tu m'aimes, Philip. Mais franchement, je ne comprends pas pourquoi.

Le jour où la guenon moraliste disparut sans laisser de trace, Sebastian, bouleversé, ne sut ou donner de la tête. Cependant, son désarroi fut en quelque sorte compensé lorsqu'une autre personne qui avait elle aussi, d'une certaine manière, disparu – Clara – donna enfin de ses nouvelles. Elle lui écrivit une lettre tout à fait réelle, manuscrite, que Sebastian trouva parmi son courrier en rentrant chez lui après une longue journée passée à chercher la guenon dans tous les recoins de l'Institut.

Oui, la guenon avait disparu sans crier gare. Sebastian ne comprenait pas. Cela s'était produit en un clin d'œil. Il ne s'agissait pas seulement de la guenon : la cage entière s'était volatilisée. Bon, ce n'était peut-être pas arrivé aussi vite, disons en quelques minutes, car Sebastian avait brièvement quitté son bureau pour parler avec Laura au téléphone, mais enfin, tout de même : l'affaire d'un instant. Sebastian avait, bien sûr, immédiatement été trouver Travis. Ensemble, ils avaient cherché partout, même s'ils savaient tous deux pertinemment que leur quête n'aboutirait pas. Le singe avait difficilement pu partir avec sa cage sous le bras. Il n'avait pas les bras si longs que ça.

On l'avait donc volé.

Mais qui ? Pourquoi ? Évidemment, Travis avait une réponse toute faite à cette question : Corrigan, qui d'autre ?

Oui, qui d'autre. Peut-être Childs ou Harvey, songeait Sebastian. Pour lui attirer la disgrâce de Corrigan et récupérer le dossier de Laura ? Ou en guise de canular ? La guenon réapparaîtrait-elle le lendemain comme si de rien n'était ?

Au fond de lui, il savait que non.

Il y avait une logique dans cet incident, même s'il était incapable de la voir. Tout disparaissait. Tôt ou tard. Il finissait toujours par perdre les êtres qui lui étaient chers. Le schéma attendait simplement de devenir récurrent et de se répéter encore et encore, à l'infini. Inutile de chercher pourquoi la guenon avait disparu, ce n'était pas la clé du problème.

Elle avait disparu et ne reviendrait pas, voilà la clé.

Sebastian,

Je t'écris surtout pour que tu dises à maman que je ne suis pas morte, enfin, quelque chose du genre. Et aussi pour que tu le saches, je veux dire peut-être, si tu t'en soucies, je ne sais pas. Si, sûrement. Tu t'es toujours soucié des autres, trop, c'est ce que je me dis parfois en tout cas.

Tu sais qu'il y a du plastique dans les nuages, Sebastian ? Dans les nuages. De toutes petites particules. Tu as sûrement entendu dire que les gens sont faits de poussière d'étoiles. À l'avenir, il faudra expliquer à nos enfants que les gens sont faits de microparticules de plastique. Au lieu des étoiles dans le ciel, on leur montrera des constellations de plastique et on dira : "Regarde, tu as vu ? Tu es fait de la même saloperie !"

Excuse-moi. C'est déprimant. Je ne suis pas déprimée, je te le promets, ne t'inquiète pas. D'une certaine manière, je suis heureuse, même si tout sera bientôt fini. De toute façon, nous faisons partie d'un système qui me dépasse, qui te dépasse, qui nous dépasse tous. Là où je suis, les choses sont logiques, même si les cigales meurent beaucoup et que les personnes qui m'entourent croient que le monde tel que nous le connaissons va être anéanti.

Mais elles n'ont pas peur, je veux dire il y a un garçon presque aveugle mais ça n'a pas l'air de l'effrayer plus que ça, finalement. Même les plumes de paon pendues en l'air ne semblent pas les effrayer. Moi non plus. Je crois que je ne rentrerai plus jamais. Je voulais seulement que tu le saches.

Je t'aime,
Clara

Sebastian, devant la porte du bureau de Corrigan, ne se sentait vraiment pas bien. Il savait pertinemment pourquoi il était convoqué, du moins en apparence : la guenon, qui, à ce stade, avait disparu depuis une semaine entière – et c'est avec une certaine appréhension qu'il frappa.

— Isaksson ? Entrez ! brailla Corrigan derrière sa porte fermée.

Comme d'habitude, il était assis à son bureau, les pieds sur la table. Des tressaillements parcouraient ses moustaches.

— Vous vouliez me voir ? dit Sebastian.

Corrigan balança ses pieds par terre et dressa son imposante stature devant lui.

— Vous êtes au courant que votre guenon a disparu ?

— Oui.

— Et vous n'avez pas jugé nécessaire de m'en faire part ?

— Je me suis dit que l'information vous parviendrait de toute façon.

— Bien vu. Toute information est par nature susceptible de mouvement et atteint tôt ou tard sa destination. Mais dans ce cas précis, j'aurais bien voulu qu'elle me parvienne un peu plus tôt, si vous voyez ce que je veux dire.

— Je vous demande pardon. J'ai eu beaucoup à faire, ces derniers temps. Étant donné mes missions supplémentaires.

— Ah oui, Travis… Je dois vous avouer que je suis déçu, vous avez été plutôt avare de comptes rendus. Je suppose que c'est elle qui a pris le singe…

— Je… J'aurais du mal à le croire, *sir*.

— Dans ce cas, qu'est-ce qui a bien pu se passer ?
— Nous ne le savons pas.
— Bon, commençons par le commencement : quand a-t-elle disparu ?
— Travis ?
— La guenon.
— La semaine dernière.
— Attendez... Travis aussi a disparu ?
— Non. En revanche, mon père, oui. Et ma sœur Clara... Elle m'a écrit mais je ne sais pas où elle se trouve. Je veux dire géographiquement parlant. Vous le savez ?
— Votre discours est incohérent, Isaksson. Vous allez bien ?
— Pas du tout, en fait.
— Je vois ça. Une femme ?
Sebastian ne vit pas l'utilité de lui mentir.
— En partie. Et puis toutes ces histoires avec mes sœurs...
— Ah, oui, vous en avez deux. Il y a aussi Matilda... Comment va-t-elle, ces temps-ci ? Elle est synesthète, n'est-ce pas ? Un phénomène intéressant, même s'il est plus commun qu'on le croit.
Les doigts de Corrigan tambourinaient sur la table.
— Quelle panade, Isaksson.
— Oui.
Sebastian basculait d'avant en arrière sur ses pieds. Le sol ne produisait aucun son. Il aurait préféré qu'il grince, ne serait-ce qu'un peu. En fait, il aurait préféré s'en aller.
— Je comprends que vous vous inquiétiez, Isaksson, parce que moi aussi. Je veux dire pour Clara. Cela dit, je ne crois pas qu'elle ait perdu la boule. Ces histoires de cigales, de microplastique, de garçon aveugle et ainsi de suite... De paon. Ce n'est pas une raison de se faire du mauvais sang. Je comprends votre réaction, une sœur complètement barjo, ça suffit amplement, on peut le dire, d'ailleurs, c'est plus que ne supportent la plupart des gens. Mais deux ? Sans parler

d'une mère un peu toquée et d'un père disparu. Mon petit gars, franchement, vous avez de quoi faire des insomnies.

Sebastian déglutit, mais il n'avait pas de salive à avaler. Il devait y avoir une explication rationnelle… Si Clara avait écrit la même chose à leur mère, et que leur mère… Ou que la guenon… Mais la guenon avait disparu. Pourquoi tout ce qu'il touchait disparaissait-il…?

— Gardez la tête haute, Isaksson ! Je vous promets que Clara va bien. Elle fait des crises de temps en temps, mais ça reste bénin. Elle ne doit pas avoir la vie facile, en ce moment. Découvrir ainsi, brusquement, qu'on est un changelin… Mais ça passera. Elle a des amis, ils prennent soin d'elle, et vous verrez que…

Sebastian sursauta.

— Que dites-vous ? Pourquoi s'agirait-il de Clara ?

Corrigan haussa les sourcils.

— J'ai dit ça ?

— Oui, vous avez dit que Clara était un changelin.

Au lieu de répondre, Corrigan ouvrit un tiroir et en sortit quelque chose qu'il jeta sur la table.

— Nous avons reçu ça pour vous. Comme vous le savez, ici à l'Institut, nous appliquons une censure très stricte, je l'ai donc évidemment lu. De toute façon, je n'aurais pas pu m'en empêcher. Comme vous le voyez, il s'agit d'une carte postale. Allons, prenez-la.

Tremblant, Sebastian tendit la main vers l'objet : une véritable carte postale. Était-elle de Clara ? Non. Elle représentait Mornington Crescent à la lueur de l'aube. De Laura ! Sûrement… Tout à coup, il eut le tournis, il fut envahi par la joie, il se sentit quasi euphorique. Il était donc démasqué, sa carrière, finie, il allait devoir quitter son poste mais… Et alors ? On pouvait dire beaucoup de choses de Laura mais pas l'accuser d'être bête, elle ne lui aurait pas envoyé pareil courrier à cette adresse sans vouloir lui annoncer quelque chose de spécial, elle devait savoir qu'on les démasquerait, mais pourquoi, eh bien, pour mettre fin à l'imposture, naturellement, pour leur permettre de vivre ensemble…

Sebastian passa le doigt sur l'image. Toutes les bizarreries que Corrigan lui avait dites fondirent comme de la neige sur une peau nue, quelle importance, plus rien n'avait d'importance : il allait s'enfuir avec Laura et ils vivraient heureux jusqu'à la fin de leurs jours. Ses sœurs, sa mère, Travis et Corrigan, ils allaient tous devoir se débrouiller seuls. Il n'était pas responsable d'eux.

Il tourna la carte.

Lieber Sebastian;
Es gibt ein System, das so großartig ist, dass es blendend ist.
Deine Schwester wird bald zurück sein.

Einmal, am Rande des Hains,
stehn wir einsam beisammen
und sind festlich, wie Flammen –
*fühlen: Alles ist eins**.

Horst Herbert Jacob

---

* "Cher Sebastian ;
Il y a un système tellement génial qu'il en est éblouissant.
Votre sœur sera bientôt de retour.

Une fois, au pied des arbres,
Nous nous sommes rassemblés, solitaires
Et festifs comme des flammes
- Un sentiment : tout ne formait plus qu'un."

À l'instant précis où Sebastian, la mystérieuse carte en poche et la tête pleine de questions qu'il n'avait pas posées, quittait en vacillant le bureau de Corrigan, son téléphone sonna.

C'était Laura.

Il n'aurait pas cru qu'elle soit chez elle.

Cinq jours auparavant, l'air contrite, elle était sortie à reculons d'une chambre d'hôtel située derrière la gare de Paddington, en lui annonçant comme si de rien n'était qu'elle allait faire un voyage en famille à Madrid où, en cette fin août-début septembre, il faisait certainement une chaleur étouffante, mais dégouliner de sueur importait peu tant qu'il y avait des jets d'eau, des oranges et l'ombre des platanes dans le parc du Prado. Elle avait trébuché et il avait dû l'aider à se relever.

— Laura… Quelque chose ne va pas ? Je te croyais partie…

— Demain. Nous partons demain matin. Mais je dois te voir avant, sans cela, je n'y arriverai pas. Philip et Chloe vont voir un spectacle de marionnettes. Ils ne rentreront pas avant neuf heures.

Elle sembla percevoir l'hésitation de Sebastian – contrairement à lui-même ; depuis la toute première fois qu'il avait prononcé son nom, sa foi avait été teintée d'incertitude à son égard, mais il n'en prendrait conscience que bien plus tard.

Elle le supplia donc.

Elle voulait aller à Hampstead Heath. Se promener jusqu'au sommet de la plus haute colline et admirer la vue sur Primrose Hill, bras dessus bras dessous. Elle voulait voir s'il était encore possible de distinguer les contours épineux des arbres, une dernière fois. Ensuite, elle voulait manger du *bubble and squeak* au Spaniards Inn, et puis prendre un taxi jusqu'à un hôtel, n'importe lequel, et faire l'amour jusqu'à l'évanouissement. Elle dit :

— Sois gentil.

Il accepta.

Ils convinrent de se retrouver à Camden Lock et de faire une promenade à travers Camden et Belsize Park. D'un pas lourd, Sebastian se dirigea vers le métro. Il acheta deux croissants aux amandes dans une boulangerie Paul et emporta le sachet taché sous terre. Les pâtisseries représentaient une sorte de témoignage d'amour. À l'idée de nourrir Laura de gras et de sucre, d'enfoncer des doigts maculés de beurre dans sa bouche satinée et de la sentir les sucer, il retrouva un instant ses forces ; il courut et bondit dans un wagon juste avant que les portières ne se ferment.

Deux heures avant l'heure de pointe, le train était à moitié vide ; il s'affala sur un groupe de quatre sièges inoccupés. Quelque chose lui égratignait le cœur. Il enfonça la main dans sa poche intérieure et le sortit, c'est-à-dire le cœur, ainsi que la carte postale qui lui faisait mal. En fait, il n'avait même pas besoin de la regarder pour la voir, il en connaissait chaque coup de pinceau ; le motif ornait l'agenda de Laura, il l'avait vu des milliers de fois sur la couverture, croyait-il – en fait, cela faisait très exactement dix-sept. À chacune de leurs séparations après un rendez-vous amoureux, elle le sortait de son sac à main, le feuilletait délicatement jusqu'à la semaine suivante et cherchait, le doigt flottant, des créneaux appropriés dans son emploi du temps pour y inscrire un éventuel futur rendez-vous. C'était un faux-semblant, bien sûr, car Laura était très peu occupée depuis qu'on l'avait licenciée, et la plupart de leurs rencontres avaient lieu exactement comme ce jour-là, après un coup de fil intempestif, lorsque Laura exigeait de Sebastian qu'il la rejoigne quelque part une demi-heure plus tard. Cela dit… Il n'avait rien contre ce rituel, au contraire, et elle semblait en avoir besoin. Elle n'écrivait jamais rien dans son agenda, pas même un "s", une croix ou un mot de code, elle était vraiment très méthodique, trop au goût de Sebastian. Ne l'avait-il pas entendue répéter qu'au fond, les infidèles – en tout cas ceux qui vivaient des liaisons assez longues et passionnées – désiraient en fait être démasqués, et commettaient donc inconsciemment de petites erreurs qui les accusaient et, tôt ou tard, s'avéraient déterminantes ? Un reçu d'hôtel dans une poche, des traces de rouge à lèvres sur un col de chemise, des téléphones qui émettent des bruits de coït. Mais Laura ne laissait jamais traîner des restes de cadavre incriminants. Sans corps, pas de crime, sans corps, pas de sueur, pas de baisers, pas de convoitise. Tout juste un chercheur et son patient, des néons, une pathologie.

Il passa le doigt sur l'image. Mornington Crescent dans des jaunes embrasés. La main de Laura fouillant dans son sac. Lorsqu'ils étaient ensemble, en plus du temps qu'elle passait en position horizontale, elle consacrait la moitié de leurs rendez-vous à chercher des affaires dans son sac. Rouge à lèvres. Bonbons. Cigarettes, parfois, mais seulement quand Philip était en voyage. Collants de nylon neufs dans des paquets encore scellés. Téléphone. Petits flacons de parfum. Crème pour les mains en petits tubes lisses.

Et puis la couverture jaune de l'agenda.

Il l'avait questionnée à ce propos, elle lui avait raconté que c'était une peinture d'un dénommé Frank Auerbach. Né en Allemagne en 1931, il avait vécu pratiquement toute sa vie à Camden, après son arrivée en Angleterre avec le *Kindertransport* en 1939. Il avait passé un demi-siècle à peindre le même motif : Mornington Crescent dans différentes lumières, les arbres de Primrose Hill, des portraits de quelques rares amis et connaissances.

Sebastian parcourut le motif du bout des doigts : les ombres orangées, le ciel inversé – jaune citron là où il aurait dû être bleu, bleu dans un coin où un enfant aurait placé un demicercle ensoleillé. Des bâtiments qui s'étiraient vers le ciel, sauf un qui semblait pencher, en train de s'effondrer. Deux taches rouges et un trait pour former une fenêtre, mais aussi un visage – une fois qu'on l'avait détecté, impossible de voir l'image autrement. Elle en devenait comique, ridicule. Pourtant, la ville entière semblait planer dans les nuages. Union du sublime et du puéril. Tiens, se dit Sebastian, cette description correspondait assez bien à Laura.

Mais la carte n'était pas d'elle. Il s'était trompé. Laura n'avait pas essayé de communiquer avec lui par ce moyen étrange. Il s'agissait d'un dénommé Horst Herbert Jacob qui lui écrivait en allemand. Ou peut-être s'agissait-il de plusieurs auteurs ? Un ou trois ? Une personne qu'il avait rencontrée à l'Institut, un objet d'étude peut-être, ou simplement un drôle de canular ? Et que signifiait le texte, qui s'était brouillé sous ses yeux dans le bureau de Corrigan ? Sebastian baragouinait l'allemand, rien de plus, mais il connaissait le mot *Schwester*. Cela signifiait "sœur". Et *zurück*, "retour".

Matilda avait-elle écrit la carte ? Elle habitait en Allemagne. C'était sa sœur. Mais elle n'avait pas besoin de communiquer avec lui par d'énigmatiques cartes postales ; elle l'appelait tout à fait normalement au téléphone.

Il retourna pensivement la carte pour scruter le texte. *Es gibt ein System.* "Il y a un système." Était-elle de Travis ? Ce serait tout à fait son genre. Il laissa errer son regard jusqu'au tampon, dans le coin. *Isla de Pascua.*

Elle avait été envoyée de l'île de Pâques. Clara. Mais ce n'était pas son écriture. Sebastian poursuivit son examen en quête d'indices. Il lut l'information imprimée en petits caractères au sujet de l'image, tout en bas à gauche : *Francesca Woodman: Untitled, Rome, 1977-78. © George & Betty Woodman.*

Il cligna des yeux plusieurs fois. Comment ça ? Impossible. Il retourna la carte : Mornington Crescent. Il y eut une secousse dans le wagon. Les pensées de Sebastian tourbillonnaient ; il eut même l'impression qu'elles ruisselaient à travers ses doigts poisseux comme du sable. C'en était trop. Il n'en pouvait plus. Pourtant, il se mit à racler obsessivement le bord de la carte, guidé par une impulsion bestiale de déchiqueter cet objet absurde, de rétablir la cohérence. Et justement, Mornington Crescent tomba comme une feuille morte, une tache jaune sur le sol : en dessous, encore enduite de la colle qui avait assemblé les deux cartes, il découvrit la scène qu'il revoyait dans tous ses rêves, toutes les nuits depuis la première,

celle où il l'avait trouvée pendue,

pendue,

un mètre ruban autour du cou en guise de nœud coulant.

Levant les yeux, il vit son visage en sueur dans la vitre sombre et, soudain, tout s'illumina, ils entraient à King's Cross, les gens se déplaçaient dans les couloirs, essayant de se presser vers l'avant, chargés de grosses valises. À travers la vitre, des affiches publicitaires défilaient, floues : l'une représentait un corps de femme nu derrière un mur de papier déchiré, enroulé autour de son ventre – c'était lui qui attirait le regard, le ventre dur et musclé. Elle faisait la promotion d'une sorte de poudre en vrac inconnue de Sebastian, il n'était pas expert en force musculaire mais savait tout des installations vidéo de Francesca Woodman ; et l'une d'entre elles ressemblait justement à ça : l'artiste nue derrière du papier qu'elle déchirait en lambeaux jusqu'à ce que l'image d'elle-même apparaisse clairement, entière, tellement plus nette que si elle avait montré son corps nu dès le départ.

Comme un puzzle.

Dans les haut-parleurs, une voix générique de femme britannique pontifiait : *Next stop King's Cross St Pancras, change here for Victoria line, Metropolitan, Circle and Hammersmith & City line and for international rail services, alight for the Royal Institute of the Blind.* Il se leva et se faufila hors du wagon, autour de lui, tout semblait obscur et flou, *alight for the Royal Institute of the Blind, of the blind, of the blind…*

Il gravit quatre à quatre l'escalier mécanique, courut vers la sortie, trébucha dans le portillon automatique, parvint malgré ses doigts glissants à sortir sa carte de transport et la passa sur le lecteur, grimpa les marches, se retrouva au soleil et tenta de fixer le regard sur quelque chose, n'importe quoi.

Travis. Il fallait qu'il lui parle. Immédiatement. Il composa maladroitement son numéro.

— Sebastian ! Ceci n'est PAS une ligne sécurisée.

— Il faut que je te parle.

— Point de rencontre 17B dans quarante-cinq minutes.

Jennifer Travis était entourée d'un cercle de lumière bleue, devant une vitrine encadrée de béton blanchi. Elle se reflétait dans le verre et dans l'objet qu'il abritait ; ainsi, Sebastian voyait simultanément l'arrière de sa tête blonde, son visage grave et celui de la machine. Impossible de différencier les trois images. À travers le visage de Travis, il lisait : *LOGICAL COMPUTER*. La machine aux joues roses le regardait de ses grands yeux innocents. Elle souriait.

— Sebastian !

— Travis.

Il la rejoignit et déchiffra la plaque.

— C'est beau, n'est-ce pas ? dit Travis en effleurant délicatement le verre. C'est la plus belle machine que je connaisse. Si pure. Rudimentaire, bien sûr, mais c'est justement ce qui me plaît. Souvent, quand je suis survoltée, je viens ici la contempler. Et en ce moment, je suis horriblement survoltée.

Pourtant, Sebastian lui avait trouvé l'air exceptionnellement calme et harmonieuse, presque modérée, mais il détectait désormais une expression désabusée sur son visage, une tension qui creusait des ombres aux coins de ses yeux ; elle passait sans arrêt la langue sur sa mâchoire supérieure dans une sorte de tic anxieux.

— Tu voulais me voir ? dit-elle en se mettant en marche le long du hall.

En ce jour de semaine ordinaire, juste avant l'heure de fermeture, ils étaient quasiment seuls dans la partie du Science Museum dédiée à l'exposition permanente de mathématiques.

— Oui…

Sebastian passa la main dans ses cheveux, ne sachant par où commencer. Se confier à Travis lui avait paru comme la seule chose raisonnable – et supportable. Dorénavant, il ne savait dans laquelle de toutes ses terminaisons nerveuses effilochées il devait tirer.

— Eh bien, il s'agit de Corrigan… Je sais, je ne t'ai pas toujours cru en ce qui le concerne… Je veux dire quand tu me disais qu'il était mêlé à cette histoire. Le puzzle et ainsi de suite. Ça semblait complètement fou, en fait.

Stressé par les révélations en cascade, Sebastian avait d'abord pris le mauvais chemin et s'était retrouvé coincé dans le département mal aéré des tremblements de terre et des éruptions volcaniques ; cette salle fraîche et vide pleine de circuits imprimés et de sextants lui parut donc extrêmement reposante. Ils s'arrêtèrent devant une construction qui évoquait un énorme jouet en plastique, du genre que les enfants apportent à la plage : une merveille des mathématiques, un engrenage de roues dentées et de pales surmonté d'un entonnoir dans lequel on versait de l'eau qui, en théorie mais rarement en pratique, coulait vers le bas et faisait tourner le dispositif. Cette machine, dont Sebastian lut qu'elle s'appelait "Moniac" et avait été conçue en 1952 par un chercheur de la London School of Economics pour illustrer le circuit économique de la Grande-Bretagne, "un outil fascinant pour enseigner les sciences économiques en trente minutes", était constituée de centaines de composants.

— Paréidolie, dit Travis en laissant errer son regard le long des roues à pales.

— Quoi ?

— La folie dont tu parles. Elle porte un nom clinique. Corrigan dit toujours que j'en suis atteinte. Enfin, d'une forme mutante de paréidolie, multipliée par un millier de battements d'ailes.

— Je ne connais pas.

— Les tests de Rorschach, les ordinateurs qui apprennent à reconnaître des visages, c'est le même principe. La tendance à distinguer une forme familière même là où il n'y en a pas. Le cerveau humain a un tel besoin de systématiser qu'une fois que nous avons distingué un schéma, nous ne pouvons plus nous empêcher de le voir partout en marche.

Un bref instant, Sebastian crut que Travis était brusquement devenue capable d'autocritique et avait, selon une espèce de règle d'équilibre cosmique entre débit et crédit dans le compte en banque de la folie, retrouvé la raison que Sebastian avait lui-même perdue. Mais non. Elle reprit avec un ricanement.

— Il se trompe, bien sûr. Le monde n'est pas à l'image du cerveau, c'est le cerveau qui est à l'image du monde. Si nous voyons des schémas partout, c'est parce qu'ils existent. D'ailleurs, les mathématiques l'admettent, mais les sciences humaines, pas toujours.

Sebastian s'impatientait.

— Travis, écoute : je ne sais pas ce qui se passe ni quel rôle bizarre Corrigan joue dans tout ça, je veux dire dans ma vie et ma famille, mais je sais qu'il faut en finir avec cette histoire parce que je n'en peux plus, tu m'entends ?

Un garde posté à la sortie consulta sa montre et fit un "hum" dont les échos retentirent dans la salle vide. Travis ne sembla même pas le remarquer.

— J'ignore si nous arriverons un jour à la fin, Sebastian. Du puzzle et de tout le reste. C'est justement ce qui me déprime. Regarde cette machine. Formidable, mais beaucoup trop simpliste. Quoi qu'il en soit : je ne suis pas folle. C'est le monde qui est trop grand.

— Je le sais bien, Travis ! Enfin, maintenant, je le sais. Je crois. Écoute, j'ai reçu une lettre. De Clara. Une vraie lettre, sur du papier…

— Mais je me sens vraiment découragée. Je crois que je peux me tromper, cette fois. Tu as sans doute raison.

— Elle m'écrit que la fin approche.

— Ça n'a rien à voir avec Corrigan. Le puzzle, rien du tout.

Sebastian donna un petit coup de coude agacé à Travis, dont le regard s'était perdu quelque part entre les imports et les exports de produits coloniaux.

— Hé ho ! Je te parle. De Clara !

— Je suis désolée, Sebastian, mais malheureusement, je n'éprouve rien pour ta sœur. Parce que comme tu le sais très bien, je n'éprouve rien pour personne. Voilà pourquoi je peux difficilement m'intéresser à elle. Qu'est-ce que tu disais ? La fin de quoi ?

Travis se détourna du jouet mathématique et se dirigea vers d'autres machines qui, de loin, ressemblaient aux entrailles d'une armoire électrique.

— De tout. Et en ce qui concerne Corrigan, il…

— De tout ?

— C'est ce qu'elle m'écrit. Mais je ne sais pas ce qu'elle veut dire.

— Elle doit vouloir dire ce qu'elle dit. Tout.

Sebastian saisit le bras de Travis et la força à s'arrêter.

— Nom de Dieu, Travis, écoute ! Elle m'écrit qu'elle ne pense plus jamais revenir. Elle parle d'un aveugle et d'un schéma qui la dépasse. De constellations, de paons et de cigales. De *cigales* !

— Et alors ?

Travis réagit malgré elle à cette information. Sebastian se pencha vers elle et saisit son visage des deux mains pour l'empêcher de se dérober.

— J'ai eu un entretien avec Corrigan. À propos de la guenon. Et il SAVAIT. Tout ce qui était écrit dans la lettre, il le savait déjà ! Je veux dire en détail, j'ignore comment. Comme s'il avait tout orchestré. Il m'a donné une carte postale, et…

Travis se mordilla la lèvre.

— Continue, dit-elle, hésitante.

— Elle était en allemand. La carte postale. Je ne connais personne qui parle allemand, peut-être Corrigan, mais elle avait été postée à l'île de Pâques. Enfin, le plus bizarre, c'est qu'il y en avait deux, je veux dire deux cartes postales collées ensemble... Je t'ai parlé de Violetta ? Je ne t'ai pas raconté, n'est-ce pas ? Et autre chose aussi, mes sœurs... L'une d'entre elles n'est pas des nôtres, et Corrigan dit que c'est Clara, mais comment le sait-il ? Sauf s'il connaît ma famille depuis longtemps, depuis que c'est arrivé... Je crois que c'est peut-être son père, même si ça me semble très, très bizarre... Il est quand même américain. Cela dit, il s'intéresse beaucoup à Lund, tu ne trouves pas ? Et pourquoi ils sont allés faire du recrutement là-bas ? Pourquoi m'ont-ils recruté ? Hein ?

Étreignant encore les joues de Travis, il se rendit soudain compte qu'il la serrait si fort qu'elle avait pratiquement décollé du sol. Le garde, qui leur lançait des regards soupçonneux, sembla sur le point d'intervenir. Sebastian lâcha prise.

— Sebastian ! dit Travis en posant l'index sur la bouche de son collègue exalté. Du calme. Respire. Ce que tu racontes est très intéressant, mais je n'y comprends rien. Recommence depuis le début. Pourquoi diable Corrigan serait-il le père de ta sœur ? Dans ce domaine de la biologie humaine, je ne suis pas exactement experte, mais j'aurais cru que cela impliquait qu'il serait aussi... le tien.

Sebastian avait des palpitations. Entrevoyant le reflet de son propre visage dans une vitrine, il se rendit brusquement compte que tout ceci était vraiment insensé, une paréidolie multipliée par un millier de battements d'ailes, mais tant pis, il était si bon de lâcher prise, et Travis semblait maintenant s'intéresser à son récit, il le voyait aux commissures de ses lèvres, elle voulait l'entendre ! Et il lui raconta : le père disparu, la mère qui s'était soulagée d'un lourd secret, la confusion à la maternité, Clara qui l'avait mal pris, très mal, Matilda qui harcelait Sebastian pour qu'il "trouve" Clara, comme si c'était chose facile, Corrigan qui savait tout et cette fichue carte postale... Il s'arrêta. Il garda le silence sur Violetta et ses orteils tournés vers le monde souterrain, sur Laura et

Mornington Crescent dans la lumière dorée du matin, Travis avait déjà avalé plus d'informations qu'elle n'arriverait à digérer en ce laps de temps relativement court, c'est-à-dire les minutes qu'il restait à Sebastian avant de devoir repartir, car Laura… Elle l'attendait, bien sûr ! Depuis combien de temps ? Il consulta sa montre mais les chiffres lui apparurent sens dessus dessous…

— Hum, dit laconiquement Travis, puis plus rien.

— Qu'est-ce que tu en penses ? demanda Sebastian, qui n'arrivait pas à contrôler son exaltation. Je crois que Clara sait qu'il s'agit d'elle et, maintenant, elle ne reviendra plus. Cette carte… J'ignore ce qu'elle signifie, mais ce qui y est écrit, je n'y crois pas, je connais Clara, elle est très susceptible et…

Il y eut un déclic dans le regard de Travis, comme lorsqu'un afficheur numérique s'arrête finalement sur le bon numéro. Elle se tut, puis dit lentement :

— Mais en fait, ce n'est pas Clara.

Sebastian se mit à faire les cent pas entre les vieux ordinateurs, c'est-à-dire les armoires électriques, il lisait les plaques, *RECONNAÎTRE DES SCHÉMAS RÉCURRENTS : en 1950, Alan Turing, qui s'est rendu célèbre en déchiffrant des messages codés pendant la Seconde Guerre mondiale, formula cette question : les machines sont-elles capables de penser ? Trois décennies plus tard, l'appareil situé à votre gauche fit ses débuts à la télévision nationale. La réponse allait, semblait-il, bientôt devenir affirmative.*

Sebastian fit volte-face.

— Qu'est-ce que tu as dit ?

L'un des signes distinctifs de l'intelligence est la capacité à reconnaître les schémas récurrents. La machine s'était d'abord exercée sur des représentations des visages de ses créateurs. Puis, les chercheurs du laboratoire s'étaient successivement assis face à une caméra connectée à la machine chargée de déterminer si leurs visages correspondaient aux types faciaux préalablement enregistrés.

— Je ne sais pas ce que croit ta sœur, mais étant donné qu'il ne s'agit pas d'elle, son lien avec Corrigan apparaît sous un nouveau jour. Enfin, ça ne veut pas dire qu'elle ne soit pas mêlée à l'affaire, elle l'est évidemment, la question, c'est comment… Et le puzzle ? Qu'est-ce qu'il veut, à la fin ? Je crois, Sebastian, que tout ça, je veux dire toute cette… Disons… "Situation familiale", dit Travis en agitant la main d'un geste légèrement rabroueur, comme si elle pensait déjà à autre chose, ce qui était bien sûr le cas, eh bien, ça s'arrangera si nous trouvons la solution du puzzle. Tu ne crois pas ?

Le garde surgit entre deux vitrines et tapota impatiemment sa montre.

— Madame, Monsieur, nous fermons. Merci de bien vouloir vous diriger vers la sortie.

Travis tenta de l'éloigner d'un geste de la main, mais il ne se laissa pas intimider. À contrecœur, Sebastian la prit par le bras et l'entraîna vers l'escalier. En entrant dans le musée, il avait vu la morosité de Travis sous la lumière froide des néons et, en y repensant bien, elle semblait d'humeur sombre depuis plusieurs jours, peut-être même plusieurs semaines. Mais cette sourde mélancolie dont Sebastian savait, quelque part au fond de son cerveau en effervescence, qu'elle découlait d'un manque de confiance en soi s'était brusquement évanouie ; Travis descendit l'escalier et traversa la vaste exposition sur l'espace à pas de danse – les astres suspendus au plafond illuminaient ses cheveux et Sebastian dut se retenir de la saisir et de la secouer pour l'obliger à répondre.

— Travis ! pesta-t-il pendant qu'il récupérait leurs sacs au vestiaire. Pourquoi tu dis que ce n'est pas Clara ?

La porte tambour les recracha dans l'escalier. Sous leurs pieds, dans le large hall du musée, le flux continu de la foule se précipitait vers la station de métro de South Kensington. Des familles chargées de dinosaures en peluche et de loupes, des hommes aux chapeaux bizarres vendant des glaces et des animaux en ballon des couples d'âge mûr portant des sacs du musée V&A, en chemin pour un traiteur italien. Bientôt, ce serait l'automne, mais il faisait encore chaud, tout l'été avait été torride, à tel point que les arbres étaient entièrement dénudés, toutes leurs feuilles, brûlées, étaient tombées dans les caniveaux, parfaitement immobiles dans l'air stagnant. Sebastian entraîna Travis sur le trottoir, puis dans un passage, à côté d'un mime.

— Pourquoi es-tu si sûre qu'il ne s'agit pas de Clara ? Réponds, je t'en prie.

Travis souffla pour éloigner une mèche de son visage et leva les yeux au ciel.

— Faut-il vraiment tout t'expliquer ?

— De préférence.

— Bon. À condition que ta mère ne mente pas à propos du déroulement de votre naissance, eh bien… dit Travis en claquant des doigts. C'est très simple : le plus petit dénominateur commun et ainsi de suite. Tu as dit toi-même que votre père n'avait pas exactement inventé le fil à couper le beurre. Bref, il faut vraiment qu'on se concentre sur l'essentiel. Corrigan…

Sebastian ne l'écoutait plus.

Elle avait raison.

C'était très simple.

Le plus petit dénominateur commun et ainsi de suite.

Il y avait vraiment beaucoup de monde.

Mains dans les poches, il se mit en marche.

Travis le rattrapa et posa sa main sur son bras, mais il la repoussa.

— Où tu vas, Sebastian ? Nous avons encore du travail, tu ne comprends pas ? Nous sommes si près du but, c'est incroyable… On va résoudre l'énigme, trouver ta sœur et puis…

— Je vais appeler ma mère.

Il la laissa plantée sur le trottoir, s'enfonça dans la foule et disparut.

Elle les reconnut tous et énonça le nom de chacun d'entre eux. Puis on fit entrer un chercheur que la machine ne connaissait pas. "INTRUS ! INTRUS !" cria-t-elle. "L'ordinateur repère immédiatement l'élément extérieur, dit le présentateur de télévision, avec les conséquences évidentes que cela implique en matière de sécurité."

Attends sur le pont.

Vois la bulle de savon sombrer vers sa destruction. Vois la beauté d'une couleur indéfinie. Vois le soleil de septembre illuminé les cheveux de ton amant qui n'est pas avec toi et qui, cette fois, ne viendra pas. Vois l'odeur du henné flotter sur Camden Lock, cette mélasse qu'on peut inciser comme un crâne et trouver vide. Vois la beauté du vide et des pulls soyeux parfumés au haschisch. Vois la convexité poisseuse qu'on ne peut toucher sans se salir les mains. Vois les sept secondes durant lesquelles la perfection peut exister en dehors de ton corps. Vois sans détourner les yeux cet instant que tu as volé à ton enfant, qui est encore avec sa nounou dans le canapé, devant la télévision, une bague de céréale Cheerios enfilée sur chaque doigt, ignorant que son tube de liquide à bulles n'est plus à sa place sur l'étagère, dans l'entrée, et que les pieds de sa mère ne s'approchent plus d'elle en claquant le long de la rue car ils sont enracinés ici, sur le pont de Camden Lock sous un ciel d'été pourtant idéal pour sortir avec les enfants. Admets que tu n'es qu'une usurpatrice, une traîtresse de la pire espèce, une kidnappeuse, une criminelle, une arnaque aqueuse, une plagiaire et une agresseuse. Vois tous tes attributs volés à l'enfant que tu n'as jamais été et que tu n'as plus le droit d'être parce qu'il est trop tard. Vois Clara, la sœur de ton amant, même si tu n'es que vaguement consciente de son existence, se lever d'un canapé dans un hall d'hôtel anonyme de l'île de Pâques au Chili et dire froidement à un voyageur représentant de commerce formidablement ivre transportant des échantillons de serviettes en papier : “Nous empruntons cette terre à nos enfants, *señor*, vous ne le comprenez pas ?” Vois l’autre sœur de ton amant pleurer à la mémoire d’un oiseau mort qu’elle a vu un jour à Volkspark Hasenheide. Éprouve le bonheur fugace du fin fond de l’orgasme. Regarde dans les yeux la femme qui s’arrête en face de toi sur le pont alors qu’elle sort deux cigarettes d’un paquet, les allume à l’aide d’une flamme et t’en tend une avant de poursuivre son chemin en silence, une femme dont tu ne connais pas le nom, que tu ne reverras jamais plus et dont tu as du mal à déterminer l’âge. Fume la cigarette, mâche du chewing-gum, ne me demande pas d’où je tiens ce droit de te donner des ordres ni d’où vient ma voix, car je n’en sais rien. Vois en moi une espèce d’évolution et détourne les yeux. Tourne les yeux vers toi-même, regarde-toi à travers les yeux de ton amant, une lamentation provisoirement incarnée en femme. Vois une nouvelle bulle de savon, puis la suivante, regarde-toi les souffler doucement afin que chacune devienne encore plus grande que la précédente, ce qui, si tu étais le genre de femme à te faire ce genre de réflexion, pourrait être considéré comme une métaphore de la société de consommation. Vois un père promener un enfant dans une poussette et s’arrêter près de toi. Vois l’enfant empoigner le téléphone de son père pendant que celui-ci parle avec un hippie qui vend peut-être de la drogue, vois l’enfant, les yeux écarquillés, fasciné que tant de choses tiennent dans un si petit objet et défilent sur l’écran. Vois le père se pencher en avant et appuyer sur quelques boutons.

Regarde à travers les yeux de l’enfant.

Vois un chat jouer du piano sur YouTube.

Vois des milliers de chats qui n'ont rien demandé à personne jouer du piano sur YouTube.

Accepte que cette fois-ci, il ne viendra pas. Qu'il a plus important à faire que venir à ta rencontre, que tu n'es pas le centre du monde.

Revois la bulle de savon, une boule de cristal, regarde-la éclater en millions de pixels dont chacun représente un minuscule arc-en-ciel insignifiant.

— Maman, c'est moi, n'est-ce pas ?

— Sebastian…

Elle semblait fatiguée, mais pas surprise. Tendre, clémente. Comme quand il était enfant et posait des questions beaucoup trop vastes pour sa petite tête blonde. *Combien y a-t-il d'oiseaux qui n'existent pas ?*

— Je t'ai déjà dit que je ne le savais pas, reprit-elle. Il n'y a aucune raison de ruminer là-dessus.

— Arrête ! Je sais que c'était moi, et je sais que tu le sais. Il suffit de raisonner de façon logique.

Il l'entendait marcher à l'autre bout du fil. De lointains chants d'oiseaux. Des vers de terre creusant des tunnels à travers le sol, des feuilles mortes lâchant prise et tombant de leur branche avec de petits craquements secs comme des coups de foudre. Elle était au jardin du "bienheureux effroi", Sebastian en était aussi sûr que s'il y avait été lui-même. Dans son nouvel état d'illumination, il avait l'impression que tous ses sens étaient aiguisés, soudain dotés d'une force surnaturelle ; il entendait et voyait absolument tout.

— Si c'est papa, dit-il, si c'est lui qui l'a découvert, la différence entre l'enfant qui a été emporté et celui qui a été ramené devait vraiment sauter aux yeux, sinon, il n'aurait pas été aussi sûr de son fait. Et…

— Tu sous-estimes quand même un peu ton père, Sebastian.

— Mais enfin ! Il n'arriverait pas à distinguer un corbeau d'une poule ! Tu ne te souviens pas quand on était en route vers Öland…

— Si, si, bien sûr, c'est vrai, il n'a jamais été très doué pour les choses de ce monde…

— Et la seule différence qui n'échapperait même pas à papa, à mon avis, maman, c'est le sexe. Le sexe ! C'était bien ça, non ? Ils ont emporté une fille et sont revenus avec un garçon. Bon, d'accord, ç'aurait pu être le contraire, mais en y réfléchissant, le plus petit dénominateur commun et ainsi de suite… Je suis quand même blond, merde !

— Sebastian…

— C'est ce qui s'est passé, non ?

Sa mère soupira à l'autre bout du fil invisible.

— Tu as toujours été intelligent, Sebastian. Trop pour cette famille en tout cas, ça, c'est sûr. Je ne veux pas dire de mal des capacités intellectuelles de tes sœurs, mais…

— C'est donc vrai ?

Sa mère poussa un nouveau soupir, encore plus lourd. Il l'entendit s'asseoir : en jean sur le sol humide, les yeux tournés vers la maternité de Lund.

— Quand il me l'a dit, c'était déjà trop tard, il faut que tu le comprennes. Une semaine était passée, Sebastian. Une semaine. Sais-tu combien l'amour grandit dans le cœur d'un parent pendant la première semaine de la vie de son enfant ? Infiniment. Je suis sincère, infiniment. Et pour tout te dire, Sebastian, ton père ne me l'a pas raconté de son plein gré. J'ai récupéré le dossier médical, tu comprends. Et franchement, ça me dépasse qu'ils n'aient pas réagi, là-bas, parce que c'était écrit noir sur blanc.

— Qu'il s'agissait de trois filles ?

— Non, non, de deux filles et d'un garçon. Mais en lisant les passages en petits caractères – comme tu le sais, je le fais toujours – on apprenait aussi que la première-née, la fillette numéro un, ne respirait pas à sa naissance. En ce qui concerne les suivants, la fillette numéro deux et le garçon, il planait un certain doute car tout s'était enchaîné très vite et les deux sages-femmes de service consacraient toute leur attention à la fillette numéro un.

— Hum…

— C'est ce que je me suis dit aussi. Car quel que soit l'ordre dans lequel étaient nés les suivants, j'étais quand même sûre et certaine que l'enfant revenu des soins intensifs trois heures plus tard était un garçon. Je savais aussi pertinemment que les deux enfants que je tenais contre mon sein étaient des filles. Je me suis dit qu'ils avaient dû faire une erreur dans le dossier, tu comprends, et comme ils l'ont bien souligné, c'était vraiment la pagaille. Clara et Matilda étaient sorties très vite l'une après l'autre et même moi, je ne sais pas bien qui est arrivée la première, enfin, je crois que c'était Clara, parce que le dernier enfant est le seul à avoir crié, et quand vous étiez bébés, Matilda criait toujours le plus fort. À l'âge adulte aussi, d'ailleurs, je pense que tu seras d'accord là-dessus. Alors j'ai lu le dossier à haute voix à ton père. Claes, j'ai dit, il est écrit ici qu'ils ont emporté une fille aux soins intensifs. Il m'a répondu : "Oui, c'est exact." J'ai insisté : "Mais enfin, ils sont revenus avec Sebastian." "Oui, il a dit, ça aussi, c'est exact."

Sebastian garda le silence.

— Comment tu expliques ça ? je lui ai demandé. Je ne peux pas, il a répondu. Tu remarqueras, Sebastian, qu'il n'a pas évoqué une quelconque erreur. Ni sur une confusion ou un échange. Pour lui, il ne s'agissait pas d'une erreur. Je crois que quand il te regardait, il voyait tout simplement son fils, un point c'est tout. C'est un émotif, je ne t'apprends rien. Pour ma part, je suis plutôt méditative, mais lui, c'est un homme d'action, voilà tout. Dieu sait que ça n'est pas toujours la panacée mais, dans cette situation précise, je crois quand même que ça a été une sorte de bénédiction. Car nous t'avons eu, n'est-ce pas ? Notre fils. Je suis sûre que nous aurions eu les mêmes sentiments pour une fille si nous l'avions eue, mais ça n'a pas été le cas. Et j'ai malgré tout suffisamment confiance en Notre Seigneur pour croire que tout ça avait un sens. Je suis bien obligée, car le contraire serait renier notre amour pour toi. Et je peux te dire qu'après sept jours, on t'aimait si fort qu'il était hors de question de faire quoi que ce soit pour t'échanger. Tu étais notre fils et tu l'es toujours.

— Maman, c'est de la folie. Ce que tu viens de me raconter est complètement insensé, tu dois quand même t'en rendre compte ?

— Oui, oui. C'est assez tiré par les cheveux, je dois bien l'admettre. Mais tu sais ce qu'on dit sur les voies du Seigneur, Sebastian.

— Impénétrables, marmonna-t-il, renfrogné.

— Oui, ça aussi. Mais surtout, elles sont tortueuses. Il est compliqué, Dieu – comme tous les hommes. Pourquoi faire simple quand on peut faire compliqué ? Il faut bien donner un peu de fil à retordre aux théologiens, n'est-ce pas ?

— Mais voler l'enfant d'autrui… Ce n'est tout de même pas un problème théologique, bon sang ! C'est un crime !

— Nous n'avons pas volé d'enfant, Sebastian. Nous avons simplement recueilli l'enfant que Dieu nous a donné. Moïse était un changelin, lui aussi, comme tu le sais.

Sebastian ferma les yeux.

— Et les autres… Les autres parents ? Mes parents ? Je veux dire biologiques. Ils ont bien dû le remarquer. Qu'ils avaient récupéré une fille au lieu d'un garçon.

— Sûrement. Enfin, je sais qu'ils l'ont remarqué. Mais ils ont dû raisonner comme nous. Se dire que c'était bien ainsi. Je ne sais pas, en tout cas, à la maternité, personne ne s'est manifesté. Sinon, tu imagines, ça aurait fait un sacré scandale. Et plus tard, eh bien… Les choses étaient déjà établies. La biologie n'est pas tout, vraiment, Sebastian. Joseph aimait Jésus comme sa propre chair et son propre sang.

— Jésus était le fils de Dieu, je trouve que c'est un peu différent.

— Toi aussi, tu es le fils de Dieu, Sebastian. Nous le sommes tous.

— Je ne sais pas quoi faire de cette révélation, maman.

— Tu la digéreras, j'en suis sûre. Laisse passer le temps, et tu verras que ce n'est pas si bizarre.

— Je veux dire concrètement, maman. Est-ce que je dois le raconter à Clara et Matilda ? Le déclarer aux autorités ? Est-ce que je dois essayer de retrouver mes parents biologiques ? Clara et Matilda voudront-elles rencontrer leur sœur ? Est-ce qu'on sera quatre, à partir de maintenant ? C'est déjà compliqué d'être trois ! Mon Dieu…

Quelque chose lui revint brusquement à l'esprit.

— Qu'est-ce que tu voulais dire par : "Je sais qu'ils l'ont remarqué" ? Mes… parents biologiques ?

— Pardon ?

— Tu as dit : "Je sais qu'ils l'ont remarqué." Comment tu le sais ? Vous avez été en contact ?

— Ah… ça. Oui, enfin… Oui.

— Ce n'est pas ce que tu nous as dit à tous les trois. Quand on en a parlé la dernière fois. C'était un mensonge ?

— Oui, je veux dire… C'était plus tard. Bien plus tard. Vous étiez déjà adultes.

— Mais dans ce cas, tu les connais ?

— Oui, oui.

— Et ?…

— Et quoi ?

— Qui sont-ils ? Où habitent-ils ? Est-ce que je les connais ?

— Je trouve que c'est un peu trop tôt pour en parler, Sebastian. Tu as déjà beaucoup de choses à digérer. Est-ce que tu es sûr de vouloir le savoir ? Ça fait énormément d'informations à intérioriser d'un coup, vraiment. Et ça n'a pas d'importance…

— Bien sûr que si ! Je ne suis plus un enfant, je sais que papa et toi, vous êtes mes parents, pas eux, ce n'est pas ça. Mais j'ai tout de même besoin de savoir !

— Alors, tu vois, c'est simplement… un peu compliqué.

— Comment ça, "compliqué" ? Ils ne veulent pas que je le sache ? Vous en avez déjà beaucoup parlé, ou quoi ? Vous êtes encore en contact ?

— Non, je n'irai pas jusque-là, non. Mais… Je ne sais pas quoi te dire, Sebastian. Je ne veux plus te mentir, je me le suis promis à moi-même et, en même temps, je sais que cette information va te faire du mal. Ça, je peux te le garantir. J'aimerais vraiment que nous fassions ça sous une forme un peu plus encadrée, que tu rentres à la maison, qu'on se réunisse tous, on pourrait peut-être demander l'aide d'un directeur d'âme, ou pourquoi pas d'un psychologue si ça vous convient mieux… Ce n'était pas mon intention d'aller aussi loin. Je voulais seulement que vous sachiez… Entre vous. Mais pas nécessairement à propos d'elle. Doux Jésus… Sebastian…

— Qui "elle" ? Ma sœur ? Enfin, je veux dire leur sœur. La sœur de mes sœurs.

Il eut un grand rire creux.

— Je n'arrive pas à croire que nous ayons une pareille conversation. En plus, je suis assis sur un banc devant chez William Hill.

— Qui est William Hill ?

— Ce n'est pas quelqu'un, c'est une chaîne de boutiques. Qui vend des jeux.

— Tu joues ? Tu sais que je n'aime pas ça.

— Ne noie pas le poisson. Tu l'as rencontrée ?

— Qui ?

— La troisième fille !

— Oui, oui, en effet.

— Plusieurs fois ?

— Oui, on peut le dire. Mais mon chéri, je crois…

— Souvent ?

— Oui, mais à l'époque… Comment aurais-je pu le savoir ? Elle ne vous ressemblait pas. En tout cas pas d'après moi. Enfin, maintenant, je le vois, peut-être, mais pas à ce moment-là… Et pas comme Clara et Matilda se ressemblent. Bien sûr, il y avait un air de famille, tu dois savoir que dès le début, j'étais contre, mais je ne comprenais pas pourquoi, je te le promets. Sebastian, j'espère que tu ne me détestes pas.

— Non, bien sûr que non. Mais…

— Vraiment, je te jure que je n'en savais rien. Et après, quand ses parents ont pris contact avec nous, c'était déjà trop tard… Enfin, je veux dire… Nous en avons parlé et ils ne pensaient pas non plus…

Sebastian sentit soudain une espèce de tiraillement dans ses terminaisons nerveuses, un picotement sous sa peau, quelque chose de rampant, des fourmis. Les antennes dressées en l'air.

— Ils ne pensaient pas quoi ? Qui "ils" ?

— Depuis le début, je trouvais ça malsain que vous vous ressembliez tant, je veux dire de caractère… Et que vous soyez quand même si différents. Je pense que quelque part, inconsciemment, je savais que vous étiez liés, comme la lumière et l'obscurité. Une fratrie de l'ombre. C'est ce que je me suis dit. Et je crois que tu l'as ressenti aussi, c'était la raison pour laquelle vous étiez si attirés l'un vers l'autre. Une liaison aussi forte, ce n'est pas normal à cet âge, vraiment pas.

— Maman… dit froidement Sebastian. Maman, dis-moi de qui tu parles.

Son téléphone fit trois bips. La batterie était morte.

Au réveil, il avait la joue fripée et des croûtes aux coins des yeux. Les sept premières secondes, il n'eut qu'une idée en tête et ce n'était pas, étrangement, ce qu'il avait appris la veille : qu'il n'était pas le frère de ses sœurs ni l'enfant de ses parents. Il ne s'agissait pas non plus de la certitude glaçante que son âme sœur avait été l'ombre sinistre de sa vie pour plus d'une raison. Rien de tout cela : il avait trahi les yeux tristes de Laura Kadinsky.

Elle l'avait attendu, et il n'était pas venu. Au lieu de se jeter dans le métro pour la rejoindre, il était resté assis sur son banc devant la boutique William Hill jusqu'à ce que le crépuscule tombe et que les rues se vident lentement. Puis, il avait parcouru le chemin à pied jusqu'à Russell Square, était entré par la porte de derrière et avait marché à tâtons jusqu'à son bureau dans le noir. Il s'était affalé sur sa chaise de bureau, avait posé la tête sur sa table et s'était endormi.

Son unique pensée avait été pour la guenon, qui lui manquait.

Elle aurait su la bonne conduite à adopter face à ces révélations. Elle n'aurait laissé aucune place au doute. Mais elle avait disparu.

Et désormais, Laura aussi. Comment avait-il pu la laisser attendre en vain ? Où était-elle, maintenant ? À l'aéroport de Heathrow, tenant Chloe sur ses genoux, deux bagages cabine familiers à ses pieds, devant un double mocha frappuccino que Philip lui avait acheté au prix d'une longue attente dans une file de touristes mal réveillés ? Non, corrigea Sebastian dans son imagination, Laura ne voudrait pas de ce genre de café plein de sucreries, il le savait désormais, elle aimait son café comme ses coïts : sans fioriture. Mais Philip le savait-il ? Et s'il lui avait quand même apporté un latte au caramel saupoudré de chocolat ? Et si elle songeait à ce moment précis : *Personne au monde ne se soucie plus de moi, pas même Sebastian ?* Ou s'il ne lui avait pas acheté de café, si elle avait été obligée de le faire elle-même, qu'elle avait renversé son gobelet et brûlé ses belles mains ? Ou encore – c'était plus plausible – si Philip lui avait apporté exactement le café qu'elle désirait, lui avait fait un bisou sur le front et dit : "Je suis tellement heureux que nous partions ensemble, j'ai été un mauvais mari ces derniers temps, j'en suis conscient, mais ça va changer, dès à présent, je prendrai soin de toi comme tu le mérites" ? Et si Laura avait alors porté le gobelet à sa bouche sans aucun problème, souri et répondu : "Et moi, j'ai été une mauvaise femme, mais c'est fini maintenant. Désormais, il n'y a plus que toi et moi."

Sebastian se livra un moment à ce fameux paradoxe émotionnel, tiraillé entre des forces contradictoires : d'un côté, il désirait ardemment que Laura devienne suffisamment malheureuse dans sa vie de couple pour décider d'en changer (de préférence en partageant sa vie avec lui) et, de l'autre, il ne supportait pas l'idée de détruire une construction familiale manifestement un peu bancale mais belle, une vie que Laura avait elle-même choisie et allait continuer à choisir, si seulement ses mains arrêtaient de rater systématiquement leur cible. Était-ce possible, se demanda Sebastian avec la nouvelle lucidité qu'il semblait avoir acquise quelque part entre ses entretiens avec Corrigan, les yeux levés au ciel de Travis et les aveux nonchalants de sa mère, qu'en réalité, depuis tout ce temps, Laura tendait désespérément les mains vers Philip et que seules ses illusions d'optique les aient fait atterrir sur Sebastian à la place ?

À cette idée, sa gorge se dessécha, et il eut comme une régurgitation. Il consulta sa montre : 11 h 15. Il devait parler à Travis, au moins pour lui ôter immédiatement de l'esprit que Corrigan puisse être son père – une idée qu'il lui avait suggérée par mégarde et, lui semblait-il désormais, trop hâtivement. En tout cas, quel soulagement que ce ne soit pas le cas.

Il se rendit aux toilettes dans le couloir, où il se débarbouilla le visage et les aisselles. Puis il souffla de la buée sur la glace pour faire disparaître son visage et il retourna dans son bureau, où il enfila sa blouse posée sur une chaise ; il était sur le point de ressortir lorsque le voyant bleu de l'intercom se mit à clignoter. Étrange… D'habitude, le voyant était rouge lorsqu'on recevait un appel extérieur, vert lorsque quelqu'un avait laissé un message et jaune si l'appel provenait du standard ou d'une ligne interne. Encore plus étrange : le clignotement ne demeurait pas bleu mais changeait intempestivement de couleur. À la fin, la minuscule ampoule semblait d'une couleur indéfinie : du blanc, du rien. Pourtant, elle brillait bien par intermittence, elle émettait des signaux clairs et nets, voire hautement inquiétants. En sueur, Sebastian appuya sur le bouton pour l'arrêter.

— Sebastian ? Ici Benedict. Tu es occupé ? Il y a une femme dans mon bureau qui demande à te voir. Elle est, disons, très obstinée, et semble franchement un peu folle, alors je ne sais pas quoi faire. Je te l'envoie ?

Il serait exagéré de dire que le cœur de Sebastian s'arrêta de battre, mais c'est pourtant ce qui arriva (rien à faire, l'amour est une exagération). Elle n'était donc pas partie ! Elle était encore là ! Elle ! La femme la plus mélancolique du monde dont il était le seul à pouvoir assouvir la bouche affamée !

— Laura Kadinsky ? demanda Sebastian dans le micro. Dis-lui de monter.

— En fait, elle dit être ta sœur, répondit Benedict.

Les épaules de Sebastian s'affaissèrent.

— Kadinsky ? C'est ma patiente.

— Attends un peu… Non, il ne s'agit absolument pas de Mrs. Kadinsky. Elle dit s'appeler Matilda et être ta sœur et… Attends…

Sebastian retomba contre le dossier de sa chaise.

— Matilda ?

— Oui.

— Ma sœur Matilda ?

— Oui, en tout cas d'après ce qu'elle a déclaré.

— Ici ?

— Comme je te le disais.

— Eh bien, fais-la monter !

— Elle a l'air folle, Sebastian, elle a quelque chose dans les yeux. Je crois qu'il vaut mieux que tu descendes.

Lorsque la fratrie était âgée de quatorze ans, pendant la préparation à la confirmation, la maladie de Matilda montra pour la première fois sa face diabolique. Avec une précocité inhabituelle, dirent les médecins ; en général, elle n'apparaissait qu'à la fin de l'adolescence, mais enfin, plus tôt, ce n'était pas exclu.

Concrètement, voici ce qui arriva : Matilda devint obsédée par ses propres insuffisances morales et celles de son entourage. Sa mère accusa le pasteur qui, selon elle, leur avait trop parlé de péché, de honte et de pénitence, et pas assez du message d'amour chrétien. Il était membre de "Oui à la vie !" et un soir, après le catéchisme, Matilda rentra en tenant une carte postale représentant le petit poing serré d'un fœtus avorté. Tantôt pleurant, tantôt hurlant, elle exigea que leur mère lui explique comment Dieu, s'il existait vraiment, pouvait permettre qu'on invente une horreur comme l'avortement. Sa mère lui fit une réponse confuse sur la théodicée, l'émancipation des femmes, Elise Ottesen-Jensen et les nuances de gris dans le domaine de la morale, sur la limite entre la vie et la responsabilité personnelle et sur la nature forcément humaine de l'erreur – un enfant n'était, certes, jamais une erreur mais enfin, quand est-ce qu'on pouvait vraiment le considérer comme un enfant ? Une question scientifique et philosophique, mais pourquoi Matilda pensait-elle à cela, tout à coup, avait-elle quelque chose à leur raconter ? Cela ne servit à rien.

L'escalade se poursuivit. Matilda s'engagea d'abord dans les Jeunesses de l'Église puis, ayant été convaincue par un camarade de classe humaniste militant que la religion provoquait beaucoup de souffrance en ce bas monde (des guerres, la circoncision des petits garçons, etc.), elle régla brusquement ses comptes avec ses croyances d'enfant, refusa de faire sa confirmation et rejoignit Amnesty, Greenpeace et – probablement sans bien connaître les origines chrétiennes de l'organisation – la Croix-Rouge de la Jeunesse.

Elle interrompit abruptement toutes les activités qui lui procuraient du plaisir, y compris ses ateliers de cirque, pour consacrer tout son temps de veille en dehors de l'école à ses missions bénévoles. Elle participa à un cercle d'études sur la guerre des Balkans à la Croix-Rouge de la Jeunesse et se rendit en Bosnie, où elle visita les tombes blanches de Srebrenica. "C'était comme une forêt, une forêt de la mort", avait-elle dit à Sebastian. C'était le moment où, d'une certaine manière, elle avait disparu. Elle s'était égarée. Matilda se confiait beaucoup à lui à l'époque – et elle le faisait encore ; en fait, elle ne parvenait pas à distinguer les sphères du privé et du public, pas seulement à cause de sa maladie, Sebastian en était sûr. C'était son caractère, tout simplement. Excessif. Désinhibé. Bavard. D'ailleurs, Sebastian l'aimait comme elle était, même si parfois cela pouvait lui sembler effrayant.

Il se rappelait encore le jour où elle lui avait raconté un épisode de son voyage dans les Balkans : ses grands yeux noirs, deux gouffres bleutés assez puissants pour engloutir la lumière familière et sécurisante que sa lampe de chevet faisait tomber sur le lit où ils étaient allongés tête-bêche, lui et sa folle de sœur. Le groupe avait rendu visite à une association de mères qui avaient pleuré. Dans une salle éclairée au néon, ils avaient regardé un film dans lequel on voyait Ratko Mladić agiter une mitraillette. En ville, il n'y avait plus d'enfants, rien que des cigarettes qui coûtaient moins cher que le pain et des vieilles femmes aux foulards délavés. Sur le chemin du retour vers Sarajevo, Matilda, épuisée, s'était endormie, la tête contre la vitre du bus. Plus tard, à son réveil, cette même vitre lui avait parue couverte de sang, alors qu'il ne s'agissait que de la buée de sa propre haleine. Pas même la perte de sa virginité, le même soir, dans une cour intérieure de Sarajevo, avec un défenseur de la Palestine de dix ans son aîné, si soûl qu'il avait allumé ses cigarettes serbes par le mauvais bout, ne sembla la secouer suffisamment pour la remettre sur une voie moins malsaine, par exemple celle de l'égocentrisme ordinaire d'une adolescente de son âge.

Au contraire, se souvint Sebastian, ses sentiments brutalement enflammés pour ledit défenseur de la Palestine l'avaient précipitée dans un brusque militantisme pour la cause palestinienne. La guerre des Balkans était terminée, certes, mais il y avait encore des choses à accomplir au Moyen-Orient. Une fois rentrée en Suède, en plus de ses occupations précédentes, elle s'était mise à militer dans un groupe propalestinien, une organisation de défense du droit d'asile et Action Sahara occidental, dans lesquels le défenseur de la Palestine était également actif.

Durant cette période, Sebastian ne la voyait pas souvent, elle n'était presque jamais à la maison et lui non plus – il passait ses après-midis et ses soirées au café Ariman à jouer aux échecs avec un jeune sympathisant du parti libéral, un dénommé Max Friedberg, à écouter The Radio Dept. et à attendre l'amour.

Celui-ci allait encore tarder deux ans. À ce stade, Matilda avait déjà été internée plusieurs fois en pédopsychiatrie. Diagnostiquée, sous traitement, elle avait désormais une vision plus nuancée du monde.

Et maintenant, elle était là, assise dans le fauteuil de Benedict. Plus maigre encore que dans le souvenir de Sebastian, vêtue d'un pull en tricot jaune pâle qui donnait à son teint une nuance de poudre cendrée. Il tenta de se rappeler quand il l'avait vue pour la dernière fois en vrai, dans ses trois dimensions. À l'enterrement de Violetta ? Oui. Cela faisait donc un peu plus d'un an. Peu auparavant, elle avait rencontré Billy et emménagé avec lui et son enfant. Billy, que Sebastian n'avait jamais rencontré et qu'il se fichait de rencontrer, ce qui n'avait rien à voir avec Billy ni avec Matilda. Avant d'arriver à Londres, il ne voulait rencontrer personne. Ensuite, il y avait été obligé. Mais c'était contre son gré et, ce jour-là, il ne voulait surtout pas rencontrer Matilda, qui n'était pas au courant des dernières révélations familiales.

Qui ne savait pas que la dernière fois qu'ils s'étaient vus, c'était à l'enterrement de sa propre sœur.

Si la chose n'avait pas été aussi grotesque, cela aurait pu être drôle. Tout ce qu'il avait lui-même récemment appris comparé au peu que savait encore Matilda alors que, franchement, c'était la seule de la fratrie à vouloir réellement démêler cette situation familiale insolite dans laquelle ils se trouvaient tous inopinément. Enfin, c'est-à-dire, à vouloir que Sebastian la démêle. Depuis leur discussion de groupe, Matilda qui, durant ses deux années passées au Bangladesh, lui avait à peine envoyé une carte postale l'appelait désormais plusieurs fois par semaine – il avait cru que son penchant pour le drame trouvait là un apport d'oxygène, qu'elle jouissait de cette histoire sordide, qu'elle ne pouvait plus s'arrêter d'en parler parce que c'était le genre d'intrigue dont la partie maniaque de son cerveau – ou encore, lorsqu'elle était privée de traitement, sa capacité naturelle à monter en épingle à peu près n'importe quoi – se repaissait. Que la mort de la famille nucléaire, qu'elle revendiquait depuis toujours en politique et avait maintenant l'occasion d'expérimenter en pratique, lui permettait de se sentir vivre.

Cela dit, songea Sebastian dans l'embrasure de la porte, en contemplant la plus forte et la plus fragile de ses sœurs, se pouvait-il qu'il ait été injuste à son égard ? Peut-être s'était-elle sincèrement inquiétée sans qu'il puisse l'aider, ce qui expliquerait pourquoi elle était désormais assise en face de lui comme un ange gardien prêt à être sauvé.

Mais le pouvait-il ? La seule chose qui pouvait sauver cette famille, c'était que tous connaissent la vérité. Cela dit, Matilda n'avait jamais été très douée dans le maniement de la vérité, et celle-ci allait sans doute la briser.

Comme elle était maigre. Et comme sa ressemblance avec l'ombre sinistre qui pendait derrière elle, au-dessus de sa tête, était malsaine – l'ombre sinistre que seul Sebastian pouvait voir.

— Matilda, dit-il, tu n'as pas l'air d'aller très bien.

Elle écarta de son visage ses mains emmitouflées dans les manches avachies de son pull.

— Tu te souviens de Bernarda, Sebastian ? demanda-t-elle. Tu te souviens quand papa a été obligé de l'amener à la clinique vétérinaire parce que j'avais oublié un gâteau au chocolat dans le salon et qu'elle l'avait mangé ? Eh bien, je ne l'avais pas oublié. Je l'avais fait exprès, parce que je voulais qu'elle souffre. Et maintenant, j'ai frappé un enfant.

IV
L'ÎLE DE PÂQUES

Seule 0,1 % de la biomasse totale de la Terre est constituée d'êtres humains : dents, mains, cœurs, pieds. Pourtant, ses mains, ses dents, ses cœurs et ses pieds ont exterminé plus de quatre cinquièmes de toutes les autres espèces de mammifères : piétinées, écrasées, broyées, déchiquetées avec les dents, l'une après l'autre. Arraché les ailes des oiseaux pour garnir des oreillers. Détaché des pétales des boutons d'or pour les frotter contre ses dents. Fabriqué la plus grande dentelle de meringue du monde, le plus grand *weihnachtsstollen* du monde et le plus grand rabot à fromage du monde (Sjöbo, Dubaï, Ånäset). Déposé un homme sur la Lune (la Lune) et arraché les herbes avec leurs racines (partout). Filtré du plancton entre ses dents, scié des dents d'éléphant, fait passer des chameaux par le chas d'une aiguille, cultivé des millions d'hectares de plaques de pelouse, de plaques d'amiante.

Il était une fois une enfant qui croyait que le chèvrefeuille ne fleurissait qu'à des dates irrégulières. Elle cultivait alors une foi inébranlable dans le pouvoir du calendrier grégorien sur la nature. Elle possédait un livre sur les animaux préhistoriques. On leur avait donné de si jolis noms – le cheval de l'aube, l'oiseau-terreur – qu'on pouvait s'estimer heureux qu'ils n'existent plus, car ils n'auraient pas su être à la hauteur de leurs propres mythes.

Il n'y avait qu'à voir l'être humain.

13 % de la totalité de la vie sur Terre est incrustée dans la croûte terrestre sous forme de bactéries. Nous les y

laissons reposer, peut-être comme une espèce d'assurance vie. Dans chaque literie pleine de chaleur humaine vivent un milliard de toutes petites créatures qui se nourrissent de notre corps. Là-dessus, en plein pullulement – victimes inconscientes –, nous couchons nos nourrissons. Nous contemplons une boule de pissenlit et décidons de souffler, juste pour cette fois.

Il était une fois une enfant qui dormait toujours la fenêtre ouverte, même si elle redoutait tout ce qui vivait la nuit. Couchée dans son lit, elle chuchotait une comptine absurde pour supporter la peur. *Nuit brumeuse, nuit brûlante, chapeau fermé, chat tôt rentré.*

Eau vivante.

Il était une fois une enfant qui avait du mal à se brosser les dents parce que l'eau était pleine d'êtres vivants microscopiques qu'elle ne voulait pas laisser pénétrer dans son corps. Sa sœur disait que les bactéries qu'on avait sur les dents étaient encore pires parce qu'elles mordaient.

Il s'agissait donc d'échanger une forme de vie inquiétante contre une autre. C'était une sorte de jeu à somme nulle.

83 % de la vie sur Terre est constituée de verdure. Ce chiffre ne diminue pas ; en fait, les arbres sont de moins en moins nombreux alors que les cultures de maïs augmentent. Le bois mort n'a pas le temps de pourrir dans les forêts mais il y a encore des planches rabotées, des tomates d'hiver, des orchidées dans des globes en verre placés sur des rebords de fenêtres blancs. Ça aussi, c'est une sorte de jeu à somme nulle dans lequel le facteur opérationnel est justement le chiffre zéro. Rien n'est perdu mais tout se perd.

Il était une fois une enfant qui était un nourrisson qui était un agresseur avant même d'avoir pris sa première respiration. Tous les enfants le sont, car le pouvoir de destruction que possède n'importe quel nouveau-né est équivalent à celui d'un très vieil atome d'uranium. Il était une fois un nourrisson caractéristique qui avait été échangé contre un autre à la maternité. Elle avait beau tourner le problème dans tous les sens : impossible de réduire l'incident à une interversion insignifiante de grandeurs équivalentes. Elle voulait se considérer comme une fourmi ou une abeille ouvrière, un minuscule rouage dans un mécanisme qui, un jour, se gripperait, tousserait ou, tout simplement, se tasserait, auquel cas ça n'avait pas d'importance. De savoir qui faisait la paire. Ni qui ne le faisait pas. Ni les yeux de qui était de la même couleur que la tache sous le Groenland.

Il n'existe plus de drontes mais il y a des poèmes et des colombes, ce qui revient pratiquement au même (les poèmes et les colombes). Il y aura toujours des colombes, et peut-être des poèmes. Éventuellement de la musique aussi, même si ce n'est pas sous forme de chants de baleines. Il existe encore des quantités quasiment infinies de bactéries au grand potentiel, gelées dans les glaciers polaires, ainsi que des mûres. Partout dans l'hémisphère Nord, lorsque tout sera brûlé et démoli, il y aura encore des mûres, des rats et des pandémies.

Il était une fois une enfant qui avait peur de tout. Devenue femme, elle essaya de se convaincre que c'était tant mieux, que c'était aussi bien. Il existe tout de même plus de huit cents espèces de mûres sauvages. Et des herbes si résistantes à l'action humaine qu'on s'y coupe quand on essaie de les arracher à mains nues. L'été, elles donnent des épis avec de grands plumeaux ; l'automne, ses épis tombent et, si le vent souffle assez fort (les ouragans continueront d'exister, peut-être pas toujours mais encore pendant longtemps), les épis tombent. S'il existe encore un être humain sur pied, il pourra les récolter et découper les tubes creux en tronçons. Avec un peu de bonne volonté, il pourra ensuite se fabriquer un objet similaire à une flûte de Pan.

Après l'atterrissage, il était là. Sur le même banc, dans le hall du terminal, exactement là où il était assis lorsqu'elle était partie, deux mois plus tôt. Comme s'il n'avait pas bougé. Elle n'avait pas précisé quel vol elle prendrait, mais peut-être était-il vraiment resté au même endroit pendant tout ce temps. À attendre. Sauf s'il disait vrai : le futur était un miroir qu'il tenait dans sa main. Après ce qu'elle avait vu à Berlin, rien ne paraissait plus invraisemblable à Clara.

Tout d'abord, il ne parut pas la voir, les yeux fixés sur ses mains croisées. Pas avant qu'elle ne lâche son sac à dos à ses pieds. Alors, il leva la tête.

— Tu es revenue, constata-t-il, complètement immobile, sauf sa bouche.

— Eh oui, dit Clara.

— Tu es allée à Berlin, dit Horst.

— Oui. Comme je te l'ai écrit.

— Mais tu n'as pas trouvé ta sœur.

— Non.

La correspondance électronique entre Clara et Horst avait été laconique. Il lui avait décrit la folie, la destruction et la perte de sa vue qui, d'après lui, était imminente. Il lui avait dit que le jour où il la perdrait entièrement, *tout se terminerait*. Un store baissé, en quelque sorte ; pas une mort mais une anti-naissance. Une fille ferait son apparition, la peau diaphane et ainsi de suite, puis, tout deviendrait noir. Il lui avait écrit qu'elle devait revenir. *Du mußt zurück kommen.*

Alles kommt zu einem Ende und ich habe keine Kamera. Clara avait longtemps fixé le mail. Le dernier constat ne pouvait être qu'un mensonge. Horst possédait un appareil photo. En ce qui le concernait, c'était une des rares choses dont elle se souvenait clairement, à part ses boucles blondes et soyeuses comme celles d'un enfant, sa longue frange et sa timidité. Qu'il possédait un appareil photo, un bel objet cher, et qu'il l'utilisait sans aucun respect pour l'espace vital de ses sujets.

Un jour, il avait lu un roman, écrivait-il dans son mail, à propos d'une fille aveugle à New York qui prenait constamment des photos, mais sans savoir de quoi. À la fin, le protagoniste, qui aimait peut-être la fille, la trouvait morte, pendue au plafond, *wie schlafen*. Comme endormie, mais elle ne dormait pas, avait-il conclu.

Le même soir, Clara avait retrouvé sa sœur, mais pas la bonne.

Et en plus.

Sie waren tot.

Alors elle avait répondu qu'elle reviendrait aussi vite que possible. Qu'elle n'avait pas trouvé celle qu'elle cherchait et qu'elle n'avait plus aucun lien avec de quelconques coordonnées géographiques.

Qu'elle pouvait aussi bien se trouver sur une île au milieu de l'océan, parce qu'elle était une île au milieu de l'océan.

En sortant du terminal, Clara dirigea automatiquement ses pas vers la file de taxis. À sa grande surprise, Horst la prit par le bras et lui indiqua un véhicule familier : la Defender noire était garée un peu plus loin.

— Jordan t'a accompagné ? demanda Clara, confuse.

Elle n'était pas prête à le revoir. Pas encore.

— Il me l'a prêtée, dit Horst. Il s'en voulait peut-être d'avoir perdu mon appareil photo.

— Mais tu es quasiment aveugle ! protesta Clara. Et qu'est-ce que tu veux dire par là ? Jordan a perdu ton appareil photo ?

— Par mégarde. *Vielleicht*, répondit Horst en haussant presque imperceptiblement les épaules – il lui faisait penser à un petit oiseau qui ébouriffait ses plumes, un moineau ou un roitelet des haies. Ou alors, c'est quelqu'un d'autre, *weiß nichts*. Il se passe des choses bizarres ici. Des choses sournoises.

— Sournoises ?

— Des gens qui rôdent sournoisement. Qui prennent des affaires. Qui en font apparaître d'autres. Je vais te montrer.

Clara jeta un bref coup d'œil à la voiture.

— N'aie pas peur, dit Horst. Beaucoup d'aveugles savent conduire. C'est simplement qu'ils n'ont jamais essayé.

— Je n'ai pas peur, dit Clara, sentant brusquement que c'était plus ou moins vrai. Je n'ai presque plus peur de rien.

Il la conduisit à la plantation d'arbres sur le flanc du Cerro Terevaka. À travers la vitre, Clara compta les tout petits chevaux qui arrachaient l'herbe. Elle perdait sans arrêt le compte, ils se ressemblaient tous : bai brillant, haut comme la largeur d'une main. Avaient-ils rétréci pour mieux résister au vent ? Ils étaient tous génétiquement reliés – une grande famille nombreuse de girouettes.

— Il paraît que c'est beau, dit Horst quand ils se furent arrêtés à l'endroit habituel. Je veux que tu me dises si c'est vrai. Je veux que tu me décrives ce que tu vois.

Il n'avait pas l'air d'avoir l'intention de bouger ; Clara descendit seule de voiture et se mit à marcher vers les arbres. De loin, tout semblait comme avant. Les maigres troncs surgissaient du sol comme des tiges, suivant un schéma faussement arbitraire. Mais finalement, à quoi s'attendait-elle ? Peut-être à une catastrophe mineure. Un petit incendie de forêt ou les vestiges d'un violent coup de vent.

Mais elle vit. Une mer toute neuve d'un bleu bluffant. Des objets pendus qui se balançaient, qui miroitaient entre les branches. Qui tournoyaient dans le vent comme des attrape-rêves. Qui les avait accrochés la ? À qui appartenaient les rêves ?

Elle s'immobilisa un moment, à bonne distance. Un spectacle de toute beauté, en effet, et un peu sinistre. Les arbres avaient un faux air d'oiseaux et les oiseaux, un faux air de plumes. Encore une fois, les frontières étaient abolies. Elle sentait l'odeur du bleu sans le voir, elle se répandait dans ses narines, dans son crâne, le long de sa colonne vertébrale. Une couleur à la fois froide et chaude. La couleur de l'eau telle que la dessinerait un enfant. La couleur du ciel tel que le voyait l'œil humain. La couleur qui nous rendait humains, se dit Clara en rouvrant les yeux.

C'était aussi celle du paon. Et les plumes pendues étaient bien des plumes de paon, elles clignaient en la fixant, bleues et brillantes. Comme elle le vit lorsqu'elle finit par s'aventurer parmi elles, il y en avait plusieurs dans chaque arbre.

De loin, le spectacle était grandiose mais de près, il devenait cocasse. On avait noué plusieurs douzaines de plumes de paon dans les branches cassantes des maigres arbres. Quelqu'un du campement, supposa-t-elle. Peut-être Vedrana, qui semblait entretenir une relation spirituelle avec les arbres. Peut-être Siobhan la hippie. Peut-être Horst le médium. Perplexe, Clara songea qu'il n'y avait pas de paons à l'île de Pâques. L'auteur de ce spectacle avait donc dû atterrir avec une valise pleine de plumes. Bizarre, bizarre.

Une brise souffla à travers les branches et les herbes. Les yeux bleus tournoyaient. Clara se sentait observée, pas seulement par les plumes.

En se retournant, elle découvrit Horst juste derrière elle. Il paraissait si nu, ainsi privé de son appareil photo… Pour la première fois, il ressemblait vraiment à un aveugle dont le chien se serait évadé.

— Qu'est-ce que tu vois ? demanda-t-il.

— Des plumes, dit Clara. Qui…

— Seulement des plumes ?

Clara se tourna à nouveau vers les arbres. Un, deux, un, deux, des yeux d'un bleu surnaturel. Les avait-elle déjà à sa naissance ou étaient-ils apparus avec le temps ? Comme une boucle, un bouclier, un détail éblouissant pour éviter d'être reconnue.

Ni Sebastian ni Matilda n'avait les yeux si bleus. Ni elle-même, bien sûr.

— Des yeux, dit Clara. Je vois des yeux.

— Les yeux de qui ?

— Seulement des yeux, mentit-elle.

Horst fit un sourire béat.

— Moi aussi, même si je les vois à peine. Il paraît que ce sont des plumes, mais rien n'est seulement une chose à la fois, n'est-ce pas ?

— J'ai froid. On peut partir, maintenant ?

— Si tu veux. Je me pose juste une question. Je me demande si tu sais à qui sont ces yeux.

Cette fois, Clara dit la vérité.

— Oui.

— C'est elle qui les a pendus là.

Clara ricana.

— Elle est morte.

— C'est une façon de voir les choses. On peut aussi dire qu'elle vient de naître.

Quelques minutes suffisent à un cerveau pour effacer le monde entier. Maximum vingt, si le monde est constitué de ton propre visage qui se reflète dans un ou plusieurs miroirs. D'abord, tu deviens monstrueuse. Puis tu disparais complètement, tu fonds comme de la cire.

Autrement dit : d'abord, tout fout le camp. Puis tout se termine.

Mais si on part du principe que le monde est constitué de taches de couleur pastel, il suffit de se concentrer pendant trente secondes sur le centre de son champ de vision pour que tout devienne blanc. On appelle cela l'effet Troxler, mais Clara n'en savait rien. D'ailleurs, pour elle, le monde ne devenait pas blanc, mais violet tacheté d'un bleu très pur.

La chose arriva à Berlin, où elle s'était rendue en quittant l'île de Pâques, deux mois plus tôt. Elle revint avec son nouveau visage distordu, et s'étonna que personne d'autre qu'elle ne le voie, sauf peut-être Horst qui, de toute façon, ne voyait rien.

Ne voie qu'elle n'était plus la même.

Ne voie qu'elle n'était plus seulement elle-même.

Les faits se déroulèrent dans une galerie de Kottbusser Tor où elle ne se trouvait pas volontairement. Elle avait sonné à une porte dans une autre partie de la ville et personne ne lui avait ouvert. Plus exactement chez sa sœur. Elle avait sonné chez sa sœur avec tant d'insistance qu'un voisin avait passé la tête par sa porte et l'avait informée que *der Herr* et *die Frau* étaient en vacances. En vacances où ? *"Schweden"*, avait répondu le voisin en serrant dans sa main une orange. Vêtu d'un veston en tricot, il avait lentement reculé pour retourner dans son appartement et refermé sa porte, dans un geste qui ressemblait à celui d'une taupe. Clara avait redescendu l'escalier. Le tapis poussiéreux, fixé aux marches à l'aide de clous brillant comme de l'or, était un chemin tortueux dont elle pensait savoir qu'il ne la mènerait nulle part.

C'était décidément une idée idiote de rendre visite à Matilda. Elle ne voulait voir ni sa sœur, ni son père, ni personne d'autre dans cette ville. Elle ne voulait pas se trouver à Berlin et, pourtant, ça faisait plusieurs semaines qu'elle y était, elle y avait passé tout cet été étouffant, et les nuits qui succédaient aux jours torrides étaient aussi douces et mouillées que quand on se baigne nue dans un lac sombre. C'était la première fois qu'elle séjournait à Berlin – elle était persuadée que ce serait aussi la dernière. Elle n'aimait pas la façon dont tombait la pluie berlinoise, plus drue, plus mouillante et plus lourde qu'ailleurs. Elle n'aimait pas ces surfaces béantes entre les quartiers, comme des cimetières, inattendus et déserts. Elle n'aimait pas ce sentiment d'imiter une vie qui n'était pas la sienne mais celle de Matilda.

Clara préférait l'univers familier des orties et des animaux en voie d'extinction que les marquises rayées des marchés, les jets d'eau et les enfants qui jouent. Elle se sentait étrangère aux galeries tamisées qui exposaient des installations vidéo de chats qui jouaient du piano, pourtant, c'est bien dans une galerie de ce genre qu'elle avait atterri, tentant de se changer les idées après l'anti-climax devant la porte muette de Matilda, la plaque écrite à la main portant les trois noms M. ISAKSSON M. KARLSSON S. KARLSSON-NOLDE disposés autour d'un diamant stylisé, elle avait marché aussi loin que possible dans des rues identiques bordées d'immeubles fin-de-siècle décrépits et de restaurants de nouilles. Elle n'avait fait qu'une seule pause, devant une façade sur laquelle des rosiers grimpants étiraient leurs branchages jusqu'au ciel.

Lorsqu'elle avait tendu les doigts pour les toucher, elle s'était rendu compte qu'il s'agissait d'une fresque. Elle en avait gardé des miettes de plâtre sous les ongles. Plus tard, à la galerie, elle avait essayé de les retirer à l'aide d'un cure-dent.

Par mégarde, elle avait bousculé un homme en costume de satin vert. Voilà comment elle s'était retrouvée dans le recoin le plus sombre de la galerie. Il l'avait retenue par le bras pour l'empêcher de se vautrer sur le trottoir. Riant, il l'avait entraînée dans un escalier et lui avait collé entre les mains un verre de vin blanc. Elle avait aperçu un papillon sur une petite barrette dans ses cheveux et croisé beaucoup de gens qui mangeaient trop peu. Il s'était présenté, il était l'Artiste – en anglais, mais elle entendait bien qu'il était scandinave. Elle n'avait rien laissé paraître.

Il avait parlé de tout ce qui peut arriver si on se regarde de trop près dans une glace. Ses œuvres reflétaient en effet l'obsession de l'humain moderne pour son propre reflet, à la fois concrètement et sur le plan métaphysique. Elle n'avait pas compris si la répétition du mot "reflet" était une ironie consciente ou seulement une inadvertance qui confirmait sa thèse.

Il lui avait suggéré de s'asseoir dans une salle et de ne pas en ressortir avant vingt minutes. Il s'était proposé de rester garder l'entrée pour s'assurer qu'elle ne tricherait pas. Elle s'était assise sur une chaise et on avait tiré un rideau derrière elle. Une ampoule solitaire s'était allumée au-dessus de sa tête, jetant une lueur rougeâtre. Sur une table, devant elle, trois miroirs étaient disposés en triptyque. Elle y voyait sa tête sous tous les angles saufs de derrière et, pourtant, son regard était inexorablement attiré vers un point dans le miroir du milieu. Lorsqu'elle n'eut plus la force de parcourir l'œuvre des yeux, elle le fixa. Il se trouvait juste au-dessus de son nez. Elle contempla ses yeux, d'un bleu diffus, ses sourcils, deux traits sombres dont chaque poil devenait plus net à mesure qu'elle les observait.

C'était la première fois qu'elle se regardait attentivement dans une glace depuis qu'elle avait appris que son visage avait été modelé par un patrimoine génétique inconnu. Très mal à l'aise, elle n'avait pourtant pas été capable de quitter son siège ni de fermer les yeux. Envers et contre tout, elle cherchait dans son propre reflet des traces de Matilda et de Sebastian, de leur mère, leur père, ce qui l'avait profondément agacée. Dans le brouhaha de la galerie, derrière elle, quelqu'un avait crié "je t'aime" en allemand, manifestement sans le penser.

Puis il s'était passé quelque chose dans l'intervalle entre ses sourcils. De grosses gouttes s'étaient mises à couler comme de la glace fondue le long de sa bouche et de son menton. Son nez avait enflé puis disparu. C'était l'expérience la plus étrange qu'elle ait jamais faite. Elle n'avait pas pu décoller les yeux du miroir. Après un moment, son visage s'était transformé en un orifice béant au contour déchiqueté ; prise d'un haut-le-cœur, elle avait fermé les yeux pour en finir avec cette vision.

Lorsqu'elle les avait rouverts, son reflet était toujours défiguré. Voulant le tâter, elle avait découvert que ses bras étaient ligotés à la chaise. Elle avait crié intérieurement, car désormais, ce visage était à nouveau le sien, mais également celui d'une autre – les deux physionomies, la vivante et la morte, étaient juxtaposées et leurs doigts enchevêtrés. Elles partageaient le même cou, entouré d'un cordon ombilical.

Puis, tout s'était craquelé ; ses phalanges s'étaient mises à saigner.

Tumulte et confusion. Quelqu'un avait ouvert le rideau avec fracas, quelqu'un d'autre lui avait bandé la main à l'aide d'un foulard fin portant un imprimé de paons et un troisième l'avait filmée en murmurant que ça ferait d'excellentes images, vraiment excellentes. Un participant avait suggéré de faire venir un médecin, un autre qu'on attende de voir, un troisième lui avait demandé comment elle s'appelait.

Pour toute réponse, elle leur avait fait un large sourire insolite.

Dans un vase posé sur une longue et étroite tablette, un lys avait perdu son dernier pétale desséché. Sur un post-it jaune fluo accroché au mur, il était écrit : rien.

Clara voulait se débarrasser le plus vite possible des inévitables retrouvailles avec Jordan, et quand Horst la déposa finalement au croisement entre le campement et l'hôtel, elle dirigea résolument ses pas vers sa tente. Elle écarta brutalement la tenture et passa sa tête à l'intérieur, il eut l'air modérément étonné. À demi allongé, appuyé sur le coude, il lisait un livre – le même ouvrage de Wendel Berry que deux mois plus tôt. Il le referma tranquillement, le jeta dans un coin et s'assit en tailleur.

— Clara, constata-t-il en tapotant l'espace libre à côté de lui, sur son sac de couchage, pour l'inviter à s'y asseoir.

— Je préfère rester debout, dit-elle, la moitié du corps encore à l'extérieur.

— Dans ce cas, on peut sortir.

Clara recula et Jordan la suivit. Quelque chose avait changé dans son langage corporel, il s'était adouci. Même sa barbe de trois jours paraissait plus soyeuse, et sa grosse chemise de bûcheron, souple et élimée. Il lui manquait un bouton, remarqua Clara lorsqu'il s'étira comme un chat. Il était pieds nus.

— Tu devrais mettre des chaussures, dit Clara en jetant un coup d'œil à la mer. On va aller sur les rochers.

— Pas de problème. À ce stade, j'ai l'habitude.

Il lui sourit ; elle fut obligée de détourner le regard. Elle avait toujours du mal à concilier le digne et bienveillant ermite et la créature glapissante, mi-chien mi-humain, qui avait tenté de la prendre d'assaut dans un jacuzzi ; pourtant, ils ne faisaient qu'un, elle le savait bien – d'ailleurs, on ne changeait pas ainsi, radicalement ; en vérité, les gens ne se transformaient jamais, en tout cas pas de façon déterminante. Quand on pense noter un changement chez quelqu'un, on a le plus souvent découvert un trait de caractère jusque-là caché.

Arrivée au pied des rochers, Clara grimpa jusqu'au point le plus élevé et fit signe à Jordan de venir la rejoindre, exactement comme il l'avait fait lui-même quelques instants auparavant. Il s'assit, obéissant. Ils gardèrent le silence, les yeux fixés sur l'horizon. Elle pensa aux multiples horizons qui se cachaient derrière celui-là, aux lignes qui se succédaient à l'infini. Une infinité d'horizons mais aucun futur pour les découvrir : cette pensée lui fit monter les larmes aux yeux et elle prit la parole de façon complètement spontanée, quasiment sans s'en rendre compte. Elle fut donc étonnée d'entendre sa propre voix déchirer l'atmosphère, stridente comme le cri d'un oiseau marin.

— Jordan, je suis vraiment dans la merde en ce moment. Ma vie est une vaste blague. Parfaitement grotesque. Je ne sais même plus qui je suis. Pathétique, non ?

— Oui, c'est évident.

Elle lui lança un regard courroucé. Il leva les mains pour se dédouaner.

— Mauvaise réponse ? Je croyais que c'était une question rhétorique.

— Elle l'était, mais dans un autre sens.

Il ricana.

— Écoute, je suis désolé de t'avoir agressée. Ça manquait d'élégance. Mais c'était un malentendu. Et sincèrement, tu n'étais pas obligée de partir. Tu as réagi de façon un peu mélodramatique, quand même.

Clara fit une moue dédaigneuse.

— Dans ce cas, je vais te libérer de ta mauvaise conscience. Je ne suis pas partie à cause de toi. J'avais des problèmes personnels, comme je te l'expliquais. Des histoires de famille.

— Mince, alors… Et tu les as réglées ?

— Non, dit-elle sèchement. Je me suis rendu compte qu'ils étaient insolubles.

— Dans ce cas, tu es à la bonne adresse. Horst t'a parlé du jugement dernier ? Il arrive, vois-tu. Enfin, ce n'est pas un scoop. Mais maintenant, il y a urgence, en tout cas, de l'avis du jeune médium.

— À ce point ?

— C'est complètement fou, Clara, dit Jordan en secouant la tête. Je crois que la plupart des gens le prennent réellement pour un voyant.

— Et s'il l'était ? Si le jugement dernier approchait vraiment ?

Il la regarda longuement, d'un air scrutateur.

— Ne dis pas ça.

— Pourquoi pas ? Je croyais que ça te réjouirait. D'avoir raison.

— Je n'ai jamais adhéré à un quelconque catastrophisme apocalyptique punitif, tu le sais bien. Toi non plus, d'ailleurs. Et pour l'instant, sur cette île, ça fait de nous les avocats du diable. Ou la voix de la raison. Des défenseurs du rationalisme.

— Je crois que tu surestimes mon rationalisme, dit Clara en tripotant une petite fleur mauve qui surgissait, desséchée, d'une fente entre les rochers.

On aurait dit de l'armérie maritime, ce qui était, en principe, impossible. Il y avait également d'autres plantes dans la crevasse ; elle en compta quatre sortes. C'était irresponsable de les cueillir, certes, mais elle ne put s'en empêcher ; tout à coup, elle fut prise d'une envie irrésistible de les arracher avec leurs racines et de les dompter pour en faire une couronne de roi. Elle en ramassa un tas entier qu'elle déposa sur ses genoux, puis se mit à les tresser maladroitement.

— Qu'est-ce que Horst a prédit exactement ? Nous n'avons pas eu des échanges très exhaustifs.

— Et tu es revenue quand même ?

— Sur un coup de tête, oui. J'étais à Berlin. Je vivais des choses horribles. Sans entrer dans les détails, des parties de moi se sont brisées et je ne pourrai jamais les réparer. Et puis, Horst m'a envoyé un mail pour me demander de revenir. Je me suis dit : ben merde, pourquoi pas ? Ça m'a coûté mes dernières économies, alors maintenant, je suis là pour de bon.

Difficile d'observer les sentiments que suscita en Jordan cette explication puisqu'elle n'osa pas le regarder en la prononçant. Quoi qu'il en soit, il ne fit aucun commentaire, ce qui, étonnamment, déçut Clara.

— Franchement, personne ne le sait, dit-il simplement. Je veux dire ce que Horst a dans le crâne. Enfin, s'il a quelque chose dedans. En tout cas, il n'est pas du genre chrétien. Les scénarios restants sont donc la météorite, le tremblement de terre gigantesque ou la guerre atomique. Et à ce que je sache, Horst n'est ni séismographe ni espion. Tu vois ce que je veux dire. Personne ne pige. Mais tout le monde croit. D'ailleurs, tu sais, il parle d'une femme qui devrait venir. Ce serait toi ? Tu es venue anéantir le monde ? Ou seulement moi ?

— Tu n'as plus l'air de t'inquiéter beaucoup pour le monde.

— Bien sûr que je m'inquiète. Enfin, merde ! Clara... Je me ronge les sangs depuis la première fois que j'ai vu un champ de soja au Brésil. J'étais en avion, tu sais, le genre monomoteur, en route entre São Paulo et Cuiabá. J'avais dix-sept ans et je me rendais à un tournoi international de tennis de table. À cet âge-là, je brûlais d'impatience de voir la forêt vierge. Et je croyais que j'allais la voir. J'avais le nez écrasé contre la vitre, comme un enfant. Résultat ? Un tout petit bout d'Amazonie aperçu du coin de l'œil et des champs de soja. Parfaitement carrés, gigantesques, à perte de vue. Ça finissait par donner le mal de mer, exactement comme au large, quand on n'a aucun point de repère pour fixer le regard. C'était l'époque de la moisson. Tu sais à quoi ressemble le soja mûr ? À la mort. Des brindilles sèches qui surgissent du sol. On avait donc transformé l'un des espaces naturels les plus foisonnants de la planète en désert.

— Touchant, comme histoire, dit Clara.

Elle regardait la mer. Une centaine de mètres après la plage, une ligne se dessinait entre lumière et obscurité.

— Pour moi, c'était le Gulf.

Jordan haussa les sourcils.

— Le golf ? Je ne t'aurais pas crue golfeuse. Tu n'as pas la dégaine.

— Le Gulf Stream, espèce d'idiot. La tache bleue.

— Sous le Groenland.

— Oui.

Jordan garda le silence et Clara continua à broder. Sans s'en rendre compte, elle s'était mise à chantonner dans sa tête une vieille chanson sur une couronne d'aubier pour la Saint-Jean, *de farandoles en cabrioles au-dessus du fer rouge, Ull-Stina, Kull-Lina* et ainsi de suite. L'ouvrage qu'elle tenait entre ses mains ne ressemblait absolument pas au genre qu'on faisait pour la Saint-Jean, mais à une couronne d'épines hérissée, sèche, tachetée de couleurs qui n'avaient pas leur place dans la nature qui lui était familière, d'une tendre verdeur, d'une pâle blancheur, le cerfeuil sauvage dans les fossés, le bouleau, le merisier et le lilas. Les cytises dans le Stadspark, les primevères sous les bancs, *le monde est pavé de chagrins, tout ce qui brille n'est pas or*, d'où lui venaient tous ses vers, *Autrefois d'un royaume j'étais roi, hardi ! Où coulaient le miel et le lait, Des récoltes dorées je fauchais,* c'était sa mère qui pépiait ces poèmes en la tenant sur un genou et Matilda sur l'autre. À contrecœur, Clara ne put s'empêcher d'y penser : sa mère avait-elle jamais ressenti le manque de l'enfant disparu, celui qu'elle n'avait jamais connu ? Cela avait-il influencé ses sentiments pour l'intrus, le traître, le faux enfant dont le plus grand malheur était d'ignorer qu'il l'avait trahie ? De quelle couleur était l'aubier ? Elle n'en savait trop rien. Comme du merisier ? Ou peut-être du sureau… Était-ce la plante qu'on appelait aussi "faux sureau" ? Le sureau du traître.

— À quoi tu penses ? lui demanda Jordan.

— Aux choses qui ne sont pas ce qu'elles paraissent.

— C'est un peu vague.

— Tu ne trouves pas le moment bien choisi pour faire une nouvelle généralisation sur la marche du monde ? Je devine : rien n'est ce qu'il paraît être.

— Décidément, tu me connais bien. Comment ça se fait ? répliqua Jordan en feignant l'indignation.

— Psychologiquement, tu n'es pas très profond.

Clara leva la couronne au soleil, qui tenait tout juste dans le trou. On aurait dit qu'elle l'avait tressée pour lui.

Jordan soupira.

— Tu as sûrement raison. Ça expliquerait que je n'aie plus aucune autorité ici. Ce qui ne me dérange pas du tout, parce que je ne l'ai jamais cherchée. Tu crois que je voulais devenir une sorte de gourou, mais c'est complètement faux. Je voulais seulement un peu de compagnie pendant mon processus de deuil, quelques voix de plus pour entonner en chœur le lent chant du cygne de la terre, c'est tout. Et maintenant, je les ai tous perdus au profit d'un adolescent allemand à demi aveugle qui a des visions. Personne ne m'écoute plus. Même pas Elif.

Étonnée, Clara lâcha sa couronne sur ses genoux.

— Elif ?

— Oui.

— Elle est toujours là ?

— Bien sûr. Enfin, je crois. On ne la voit plus très souvent. Je ne sais pas ce qu'elle fabrique. En tout cas, elle ne participe pas tellement au campement. Sincèrement, Clara, tu devrais lui parler.

— De quoi ?

— J'en sais rien. Mais elle l'a vraiment mal pris quand tu t'es tirée. Je ne préfère pas te dire de quoi elle t'a traitée.

Jordan s'étendit sur le dos à même les rochers, bras écartés sur les côtés. Clara posa sa couronne de fleurs sur sa tête… de travers, et lorsqu'elle essaya de l'arranger, une épine lui griffa le front, y laissant une égratignure. Une goutte de sang jaillit ; Clara l'essuya doucement.

Elle aurait dû bouillonner de colère, elle le savait. Il avait dépassé les bornes, il méritait son mépris. Pourtant, elle n'éprouvait qu'une étrange gratitude de le voir encore là.

— Clara, Clara, Clara… dit-il en lui saisissant le poignet. Pourquoi tu nous as abandonnés ? Tout a déraillé quand tu es partie.

— J'avais des choses à régler dans ma propre vie. Enfin, c'est ce que je croyais. Finalement, elle ne se trouvait pas là où je pensais.

— Impossible. On n'a qu'une vie et c'est celle-ci. Elle nous appartient. Et nous en sommes responsables.

— Et toi, pourquoi tu n'es pas parti ? Puisque tout tournait mal ici.

Jordan se mit à rire. Aux éclats.

— C'est si drôle que ça ? maugréa Clara.

— Tu veux savoir pourquoi je suis resté ?

— Oui, merci, je veux bien.

— Parce que Horst répétait sans cesse que tu reviendrais.

— Et tu l'as cru ?

— Oui. C'est drôle, non ?

Elle laissa Jordan au bord de l'eau pour aller déplier sa tente parmi celles des autres. Pas en tant que journaliste, cette fois, mais en tant qu'elle-même et une des leurs ; elle s'installait donc tout naturellement parmi eux. Après lui avoir brièvement souhaité la bienvenue, les autres retournèrent à leurs occupations. Personne ne se proposa pour l'aider, ce qui la soulagea et, en même temps, l'attrista.

Alors qu'elle luttait avec les piquets – Clara n'avait jamais campé de sa vie – elle nota certains changements dans le campement. Ironiquement, alors même qu'on s'y préparait à sa propre extinction, la colonie avait perdu cet air provisoire de festival et ressemblait désormais à un habitat beaucoup plus permanent. Des fils sur lesquels séchait du linge avaient été tendus entre les palmiers, on avait fabriqué une espèce de composteur et pérennisé la cuisine collective en plein air en y aménageant un foyer et en installant des tables et des bancs sommaires mais stables pour le travail de préparation, le tout entouré d'un paravent d'une hauteur d'un mètre et demi. La plupart des campeurs avaient construit des extensions à leurs tentes à l'aide de mâts et de bâches. Certains avaient même cultivé de petites plates-bandes de fleurs et d'aromates.

En venant de l'aéroport, Horst avait raconté à Clara qu'ils avaient obtenu l'autorisation de cultiver une parcelle aux abords du camping en échange d'un fermage hors de prix. Les propriétaires, avait dit Horst, s'étaient montrés très compréhensifs et avaient soutenu leur projet jusqu'au bout – mus par une authentique sympathie pour leur cause, quelle qu'elle soit, ou par l'appât du gain qu'elle représentait, Horst ne le précisa pas, mais Clara devina qu'il s'agissait de la seconde raison. Lors de son précédent séjour, le camping ne grouillait pas exactement de touristes. Désormais, il n'y en avait plus un seul. Elle s'était demandé si le mouvement avait racheté l'établissement ou si le mois d'août était la basse saison – le mois le plus rude, relativement parlant, de l'hiver chilien. Quoi qu'il en soit, les propriétaires avaient de quoi se réjouir de leurs colons. De toute façon, depuis son arrivée, Clara n'avait jamais vu les patrons ; l'accueil était vide, tous feux éteints, et le souci de régler son loyer pour les deux mois à venir avait donc été repoussé au futur.

Enfin, si futur il y avait.

Cela faisait deux semaines que Clara était revenue sur l'île lorsque les premières contractions de l'anéantissement firent insensiblement trembler le sol sous sa main. On était déjà en septembre, au début d'un automne sans feuilles mortes, un automne qui n'en était pas un, une sorte de printemps, finalement, et Clara était obligée de se le rappeler tous les matins en se réveillant dans sa tente lorsque, pendant un fragment de seconde, elle croyait sentir des odeurs de pommes pourries sur une pelouse, de peur, de cannelle, les relents poussiéreux d'un radiateur allumé pour la première fois depuis de longs mois. Elle se trouvait ailleurs, mais aussi dans un autre temps – cette pensée lui traversait l'esprit plusieurs fois par jour. Une autre vie, en miroir. Je ne suis pas vraiment ici. Mais je n'étais pas vraiment dans mon ancienne vie non plus. Je l'avais empruntée, et celle à qui elle appartenait a reçu la mort en échange.

Tranquillement, comme il était de coutume dans le groupe, on avait pris son retour comme une évidence. Peut-être parce que, tout comme Jordan, on avait cru Horst lorsqu'il affirmait obstinément que la famille n'avait pas définitivement perdu Clara. D'ailleurs, elle avait commencé à penser à eux en ces termes : une famille. Chacun avait son rôle, sa position, ses habitudes et ses rituels. Ils partageaient un amour prudent, l'esprit frêle qu'ils se passaient entre eux le soir autour du feu. Jordan était la figure rassurante du père, non, du grand-père – il avait fondé cette famille mais n'en était plus le chef. Aussi étrange que cela puisse paraître, c'était Horst, discret mais perçant, qui avait endossé le rôle du père. Bernie et Rosa partageaient le rôle de la mère, Siobhan était le bébé, Vedrana, la grande sœur blasée, une distribution qui devint quelque peu pénible pour Clara lorsqu'elle découvrit que Vedrana et Horst habitaient désormais sous la même tente. Les relations incestueuses étaient un sujet auquel Clara préférait ne pas trop réfléchir, et elle rétrograda immédiatement le rôle de Vedrana à celui de l'amante – Dieu sait que dans de nombreuses familles, cette classe de personnages avait également droit de cité.

Elle n'était pas encore parvenue à déterminer sa propre place dans la constellation. Peut-être était-elle le chien. Présent mais pas trop, apprécié mais pas irremplaçable. Cette position périphérique sécurisante lui convenait d'ailleurs très bien, elle la préférait nettement au centre. En cas de crise, il est plus facile de fuir quand on est près de la sortie – elle l'avait déjà observé dans le cas de son père.

Les journées passaient suavement, douces et interminables – le calme avant la tempête –, mais chaque soir, c'était encore le choc. L'espace infini de la mer, la lumière juste avant que le soleil ne se faufile derrière l'horizon comme dans un sac de couchage et que le firmament noircisse.

Ce soir-là, Clara n'avait pas envie de faire la veillée autour du feu avec les autres. Elle avait accompagné Vedrana à la plantation et passé l'après-midi à arroser les arbres ; ses muscles bourdonnaient d'épuisement. Fatiguée, elle se glissa dans sa tente et sortit son téléphone de la poche hermétique de son sac à dos. Elle avait presque arrêté de l'utiliser, ne lisait plus ses mails et ne consultait absolument plus rien qui *pushait*, *tweetait* ni ne s'écoulait en flux continu. Parfois des informations, et puis, surtout, la météo – plutôt une obsession qu'un réel besoin car la plupart des journées sur l'île se ressemblaient, qu'il pleuve ou fasse soleil, et les fluctuations de température et d'humidité étaient assez faibles pour paraître insignifiantes. Mais Clara avait été accro aux bulletins météo depuis le jour où elle avait entendu parler de "phénomène climatique extrême". Finalement, l'expression pouvait induire en erreur, car elle englobait bien d'autres types d'événements qu'une forte sécheresse ou un orage aux grêlons gros comme des poings. Tous les petits changements plus ou moins infimes, les températures moyennes qui augmentaient d'une décimale à la fois – tout cela faisait également partie des phénomènes climatiques extrêmes.

Et c'était sur le point d'arriver : un épisode extrême dans sa forme la plus extrême.

Un ouragan.

Recroquevillée, elle sortit de sa tente, ne ressentant plus la moindre fatigue – en effet, l'adrénaline crépitait dans son corps –, et se rendit à la cuisine où Jordan, Horst et Bernie étaient assis autour du feu en train de griller du poisson et des courgettes.

— Où sont les autres ? demanda Clara.

Jordan haussa les épaules.

— Il faut les trouver, dit Clara en faisant signe à Siobhan, perchée en haut d'un des rares arbres du campement où elle lisait un livre à la lueur d'une lampe à huile périlleusement pendue à une branche. Il va y avoir une énorme tempête cette nuit. Ça peut commencer dans trois heures.

— Comment tu le sais ? demanda Bernie en levant son index en l'air. Il n'y a quasiment pas de vent.

Clara agita son téléphone. Bernie ricana.

— Ah, oui ! Tu es encore accro, il te faut ta dose quotidienne d'informations inutiles, j'avais oublié.

— Au contraire, il me semble assez utile de savoir que nous allons nous envoler dans quelques heures si nous n'évacuons pas.

— Si nous n'évacuons pas ? dit Bernie. Pour aller où ?

— On peut toujours se réfugier dans un hôtel. Ils vont quand même nous laisser entrer si nos vies sont en péril.

— Nos vies ne sont pas en péril, dit Horst. Pas cette nuit. Mais je vous en prie.

Clara regarda Jordan, qui restait étrangement silencieux. Il se grattait la nuque en suçant sa lèvre inférieure. Exactement comme le jour de leur première rencontre, quand il avait nagé dans la piscine de ce fichu hôtel, Clara fut prise d'une envie quasi irrépressible de le toucher, de lui retirer sa lèvre de la bouche, de poser la main sur sa joue comme – s'imaginait-elle – sur celle d'un enfant qui n'arrive pas à s'endormir. Les derniers vestiges de dégoût la quittèrent comme par magie. Il avait peur, le tonnerre l'épouvantait.

— Il y a aussi le bâtiment, dit-elle. Jordan ? Qu'est-ce que tu en penses ?

— On va être un peu à l'étroit, reprit Bernie, sceptique.

— C'est ce qu'il y a de mieux, dit Jordan en recrachant sa lèvre et en se levant d'un air décidé. Il est stable. Nous y tiendrons tous. Il y a quand même cent vingt-quatre millions d'habitants à Java. Histoire de relativiser un peu.

Le projet de passer la nuit dans le bâtiment vide du camping ne fut pas sans obstacle. Pour une raison impénétrable, on avait en effet confié la clé à cette tête de linotte de Siobhan et lorsqu'ils parvinrent – trop tard – à la faire descendre de son arbre et qu'elle fouilla dans sa poche, celle-ci était vide. Elle avait perdu la clé, elle ne savait pas où, sans doute à la plantation lorsque Rosa et elle avaient labouré pour planter du quinoa. Clara resta aux commandes : Jordan et elle allaient chercher la clé pendant que les autres rassemblaient le groupe, démontaient les tentes et sécurisaient autant que possible le matériel contre la tempête. À sa grande surprise, personne ne protesta. Les campeurs semblaient avoir pris conscience que, contrairement à l'ambiance de déclin diffus qui régnait habituellement au campement tel un bruit de fond, cette menace-ci était tangible, on pouvait s'y préparer, la contrôler. L'indolence fit place à une activité fébrile. Même

Siobhan sortit un moment de sa propre tête pour accompagner Bernie en ville et y rassembler, tels des chiens de troupeau, les agneaux égarés du groupe.

Seul Jordan ne participait pas à l'animation générale. Il entra en silence dans sa tente et en ressortit avec deux lampes frontales. Projetant chacune un faisceau de lumière pâle qui rebondissait à leurs pieds, ils se mirent à arpenter le camping dans le noir complet. Au-delà de la route, ils apercevaient les lumières infiniment lointaines de l'hôtel ; comme toutes les nuits, Clara eut l'impression qu'elles se trouvaient de l'autre côté d'un miroir trouble. Elle crut entendre un rire, mais il disparut si vite qu'il aurait aussi bien pu s'agir du vent qui soufflait de plus en plus fort, du carillon de la rue principale, des colibris agonisants dans la vitrine de la boutique de souvenirs.

Peu avant d'arriver au bosquet qui protégeait la plantation des violents vents d'ouest, Jordan, le visage étiré par le faisceau de sa lampe frontale, posa la main sur le bras de Clara pour l'arrêter.

— Je voudrais te dire un truc.

— Et qu'est-ce qui te fait croire que je voudrais l'entendre ?

Le ton était plus sec qu'elle l'aurait voulu. Cela dit, elle devinait ce dont Jordan voulait lui parler et elle n'était pas sûre d'être prête à avoir cette discussion. C'était déjà assez pénible comme ça d'éviter sans arrêt de penser à Matilda.

— Tu es humaine, non ? Donc, tu es curieuse, comme tout le monde. Allez, viens.

Clara se remit en marche mais trébucha sur une racine. Jordan la rattrapa. Un bref instant, elle resta suspendue en l'air, dans le noir, incapable de distinguer le haut du bas – une expérience spatiotemporelle si brutale et effrayante qu'elle poussa un cri. "Sept jours, songea-t-elle. Sept jours avant qu'on entende mon cri à Santiago."

— Chut, dit Jordan en la remettant sur pied.

Il saisit son visage entre ses grandes mains chaudes comme des gants de cuisine, puis, prenant soudain conscience de ce qu'il faisait, il la relâcha immédiatement. Ses mains absentes résonnèrent comme une douleur sourde à l'intérieur de Clara.

Elle ravala une grosse bouchée de larmes et de morve, lui tourna le dos et se fraya un chemin entre les arbres.

— Viens. Il faut qu'on trouve la clé.

Ils cherchèrent pendant au moins vingt minutes. Ils passèrent la zone que Siobhan disait avoir labourée au peigne fin, puis le reste de la plantation – un travail pénible et sans grand espoir. Paradoxalement, Clara aurait voulu que Jordan reprenne la parole.

— Qu'est-ce que tu voulais me dire ? demanda-t-elle enfin.

Grand prince, Jordan ignora son retournement de veste.

— Un jour, j'ai mis une fille enceinte, dit-il en cachant son visage dans l'obscurité.

Clara s'arrêta net. Elle s'était souvent imaginé cette conversation, bien plus qu'elle n'aurait voulu l'admettre, mais jamais ce détail, jamais – car elle ne le connaissait pas. De tous les mots que Matilda lui avait écrits sur des avions en papier envoyés à travers l'océan, que Clara avait lus et remisés au fond des archives de son cerveau, pas un seul ne l'avait préparée à ceci.

Elle déglutit dans le noir, déglutit du noir, avala une bouffée de la tempête qui soufflait de plus en plus fort, battant joyeusement les arbres grêles tout autour d'eux.

— Bon, dit-elle. Merci pour l'information.

— J'étais prêt à devenir père si elle l'avait voulu, reprit Jordan, dont Clara ne voyait plus du tout le visage, tout juste la lumière crue de sa lampe frontale qui lui piquait les yeux. Mais manifestement, elle ne le voulait pas. Pourtant, je le croyais. Elle est partie et n'est jamais revenue. Elle m'a juste appelé pour m'annoncer qu'elle avait avorté. Elle m'a dit que l'enfant avait le syndrome de Down.

Clara maugréa une réponse inaudible. Elle ne voulait plus rien entendre. Mais elle voulait tout savoir.

— Enfin, je ne la juge pas, ajouta-t-il rapidement. Elle ne devait pas être prête. Ni à ça, ni à avoir un enfant en général, si ça se trouve. Tu sais, je suis pour l'avortement, vraiment. Mais ça m'a rendu triste. Pas pour elle ni pour moi, mais pour l'enfant. Parce qu'il ne verrait pas le monde. Malgré tout ce que je sais. J'ai pleuré parce qu'un enfant qui n'existait pas n'existerait jamais. J'y pense souvent. À ce que ça signifie.

— Pourquoi tu me racontes tout ça ? dit Clara sur un ton accusateur.

— Parce que j'aimerais que tu comprennes, Clara. Parce que je crois que tu comprends déjà. Les autres... Ils ne comprennent pas que ce qui arrive est réel. Même pas Horst. C'est pour ça qu'ils prennent les choses avec autant de calme. Pour eux, tout ça, c'est un jeu : les préparatifs, la simplicité volontaire – tout droit sorti d'un livre pour enfants. En fait, ils savent très bien que leur délire de Robinson Crusoé se terminera dans un bâillement d'ennui. La plupart s'en sont déjà lassés, c'est pour ça qu'ils inventent toutes ces salades à propos des visions de Horst et d'un cataclysme imminent. Et quand ça n'aura pas lieu, ils pourront tranquillement repartir. Reprendre leur vie d'avant et oublier qu'ils ont frôlé du doigt quelque chose de vraiment sinistre.

— Tu les sous-estimes. Je crois qu'ils aiment être ici. À peu près pour les mêmes raisons que toi et moi.

— Quelles raisons ? Pourquoi tu es là, toi ?

Clara ferma les yeux. Le prétendu moment de vérité était arrivé – si seulement elle la connaissait, la vérité... Impossible d'émettre un seul son.

— Tu es là parce que tu aimes ce monde, reprit Jordan. Tu l'aimes tellement que ça te fait mal. Tu voudrais qu'il soit éternel et, au fond de toi, tu es convaincue qu'il l'est, contre toute vraisemblance, contre toute logique, tu le crois quand même, à tel point que tu envisages de mettre au monde des enfants...

— Je n'ai jamais voulu avoir d'enfants, répliqua Clara. Je n'en vois pas l'utilité.

Décidément, elle n'aurait pas dû se lancer dans cette conversation.

Jordan s'immobilisa.

— Mais en théorie, Clara, tu vois ce que je veux dire, en théorie. Voilà, c'est tout ce que je voulais que tu saches. Finalement, toi et moi, on se ressemble. Nous aimons le vent mais nous redoutons la tempête. Les autres, ils cherchent seulement le grand frisson.

Il s'était approché d'elle dans le noir, de plus en plus, à tel point qu'elle fut éblouie par sa lampe, puis le faisceau glissa au-dessus de sa tête et elle ne vit plus que les ombres et les contours de son visage, un paysage lunaire accidenté.

Voilà comment il aime le monde, se dit-elle.

Une violente rafale de vent les traversa comme s'ils n'avaient plus de chair sur les os. Tels des brins d'herbe, ils vacillèrent l'un contre l'autre ; pendant ce temps, de l'autre côté de la terre, quelqu'un écrivait une lettre désespérée, une de plus, l'enfonçait dans une bouteille et la jetait à la mer, puis se tenait le ventre et la bouche pour s'empêcher de crier, les yeux clignant dans la nuit bleue.

— Tu sais, on ne trouvera jamais cette foutue clé, dit Clara en reculant brusquement. On va devoir casser une vitre.

À leur retour au campement, les campeurs étaient rassemblés : certains étaient rentrés de leur propre chef, d'autres avaient été retrouvés – tous sauf Elif, ce qui n'étonna pas Clara. Après deux semaines sur place, elle ne lui avait toujours pas rendu visite. Elif rôdait autour du campement comme un chat, mais jamais quand Clara s'y trouvait. Clara l'avait aperçue du coin de l'œil une ou deux fois, sinon, elle l'aurait crue repartie malgré ce qu'on lui avait dit. Mais un soir, quelques jours auparavant, en passant devant l'un des nombreux restaurants touristiques de la rue principale, Clara y avait aperçu Elif, recroquevillée sur une chaise en plastique vert, tournant le dos au monde, une bouteille de bière Quilmes en équilibre sur le bout de son doigt comme un ballon de basket. La bouteille était tombée et Clara s'était empressée de poursuivre son chemin avant de l'entendre s'écraser contre le carrelage.

Pourtant, elle se remémorait très nettement le fracas de quelque chose qui se brisait.

Personne ne parlait de l'absence d'Elif, ce qui n'avait rien de très étonnant. Si on considérait les campeurs comme une famille, Elif était comparable à une voisine. D'après Jordan, elle habitait encore à l'ÉcoVillage. Difficile de savoir ce qu'elle pouvait bien faire de ses journées. Personne n'avait entendu parler d'un quelconque tournage de vidéoclip. Depuis son retour, Clara avait l'intention de passer voir Elif à son hôtel, ne serait-ce qu'en souvenir du bon vieux temps, et parce que ça lui donnait le cafard de savoir que quelqu'un lui en voulait sans qu'elle comprenne pourquoi, mais les jours passaient, et elle ne trouvait pas le courage de le faire. Le fait de prendre instinctivement la fuite en voyant Elif à la terrasse avait achevé de lui confirmer que leur brève histoire d'amitié devait sans doute être considérée comme terminée. Pourtant, Clara ressentait une espèce de manque en se remémorant le visage ricanant d'Elif, ses mouvements de bras dégingandés et son habitude agaçante de l'appeler *sister*.

Une fois qu'ils se furent assurés que les campeurs étaient au complet, les tentes, démontées et coincées dans des recoins et des trous, tous les feux, éteints et toutes les étoiles, encore à leur place dans le ciel, pour l'instant du moins, la petite troupe se mit en marche vers le bâtiment principal, chargée de sacs à dos et autres petites affaires personnelles. Vedrana enroula une serviette autour de son poing et brisa une vitre. Lorsqu'ils eurent cassé toutes les pointes acérées, elle se faufila à l'intérieur et déverrouilla la porte. En entrant, ils firent un tas de sacs à dos et commencèrent à s'installer.

Puis ils restèrent assis, douze personnes sans autre dénominateur commun que d'être là, de vivre à cet endroit, à ce moment-là – on pouvait d'ailleurs, songea Clara, en dire autant de toute l'humanité, partout, quelle que soit la situation dans laquelle se trouvaient les gens. Le sol carrelé était lisse et froid sous les fesses des campeurs. Des courants d'air marin glacé traversaient les fentes dans les murs et balayaient la pièce. Le bâtiment n'avait pas la solidité d'une habitation. Les planches que Jordan avait clouées par-dessus la vitre brisée grelottaient violemment à chaque fois qu'une rafale s'abattait sur elles ; bientôt arrachées, songea Clara. Ils avaient allumé des camping-gaz au milieu de la pièce pour la réchauffer ; Alicia et Horst préparaient du maté. Clara se rappela qu'enfant, elle avait souvent fantasmé une évacuation. Cela semblait si chaleureux, si sécurisant – en fait, c'était tout le contraire. Se rassembler dans un gymnase ou une église, de préférence une église, sans que les adultes ne se disputent entre eux, emmitouflés dans des plaids, et s'endormir tête-bêche avec des enfants inconnus, bercés jusqu'au sommeil par de lointains éclats de bombes et de grenades… Un peu comme de dormir dans un compartiment de train de nuit, mais en plus grand, en mieux.

En fait, leur situation lui paraissait tout sauf chaleureuse – parce qu'elle était désormais adulte et responsable ? Parce qu'elle se trouvait dans l'endroit le plus solitaire du monde ? Ou simplement parce qu'elle avait froid aux fesses ? Quoi qu'il en soit, c'était inconfortable et ennuyant. Et puis où était passée Elif ? Une pensée vaine qui ressurgissait néanmoins coup sur coup dans l'esprit de Clara. Vraisemblablement en sécurité dans son hôtel, se souciant peu du fait que le monde tremblait et que la mer aspirait tout ce qui n'était pas bien enfoncé dans une boîte. Pourtant, Clara ne pouvait s'empêcher de retourner à la seule fenêtre encore entière du bâtiment pour parcourir du regard le camping vide qui, dans la nuit, aurait pu être n'importe quoi, par exemple une forêt. Elle s'attendait à surprendre Elif en train de rôder à l'extérieur comme un loup aux dents acérées et aux yeux jaunes couleur de pisse infectée. Rejetée par le monde, désavouée par Dieu.

Ou morte, pendue au firmament, les orteils tournés vers le monde souterrain. Elle cligna des yeux. Non. Elif n'était pas son problème – n'en avait-elle pas suffisamment ainsi ?

Deux sœurs perdues, c'était déjà bien assez.

Ils aménagèrent des couches sur le sol à l'aide de tous les plaids qu'ils possédaient, posèrent leurs sacs de couchage dessus, s'allongèrent et écoutèrent le monde. L'un après l'autre, ils s'immobilisèrent, jusqu'à ce que seuls Jordan, qui avait refusé de se coucher, et Clara fussent encore éveillés. Jordan était debout devant la fenêtre barrée, il y avait passé presque toute la soirée, silencieux, soufflant de la fumée de tabac à travers une fente dans les planches. Personne n'avait eu le cœur de s'en plaindre, peut-être parce que sa nuque était si tendue et sa main libre, si raide, collée à son corps comme pour le retenir. Elle l'observa. Sa hanche pendait, comme accrochée à des gonds arrachés, et pointait sous sa chemise remontée. On aurait dit un aileron de requin. Clara se glissa hors de son sac de couchage et le rejoignit à pas de loup.

— Donne-m'en une.

Il sortit son étui de cigarettes roulées – Clara ne l'avait jamais vu les fabriquer, peut-être faisait-il des stocks dans sa tente, la nuit, quand il n'arrivait pas à dormir –, lui en tendit une et l'alluma. Clara, qui n'avait pas fumé depuis qu'elle avait passé son bac, aspira une grosse bouffée et, à son grand étonnement, ne toussa pas.

Mais elle eut le vertige.

— Dis-moi… ce que tu m'as raconté avant… dit-elle sans le regarder.

— Oui ?

— Sur… Sur ta petite amie. Qui est tombée enceinte.

— J'avais compris de quoi tu parlais, dit Jordan en tambourinant sur le mur. Tu crois que cette baraque va tenir toute la nuit ?

Clara reprit son souffle et son élan, crispant ses orteils.

— Tu vois, j'ai une sœur…

— Ah bon ? Je ne savais pas.

— Enfin, c'est un peu mouvementé. Entre nous. Bref, nous sommes trois… Nous avons aussi un frère… Et je crois qu'elle… Qu'elle aussi… Je veux dire que ce que tu m'as raconté…

— Elle a avorté ? Comme des millions de femmes. J'insiste, Clara, sur le fait que je n'accuse mon ex-petite amie de rien du tout…

— Non, non, je comprends. Mais attends, laisse-moi t'expliquer…

Elle n'en eut pas le temps, car un coup de tonnerre assourdissant s'abattit tout près d'eux, sans crier gare, sans roulement préalable au loin, comme s'il était apparu *ex nihilo*.

— Mon Dieu ! Mon Dieu !

Jordan se jeta sur Clara, la renversa par terre et enfouit son visage dans le creux de son épaule. Son corps vibrait tout entier, il était en proie à une angoisse si pure et si violente que ses propres peurs et névroses disparurent d'un coup.

Aucun des autres campeurs ne se réveilla ; pourtant, le tonnerre roulait encore au-dessus de leurs têtes – ils dormaient si paisiblement que Clara se dit que l'orage devait leur appartenir, à Jordan et à elle, à personne d'autre. Il resta pressé contre elle tant que le ciel grondait, elle le serrait dans ses bras, non pas comme un adulte témoigne de l'affection à un autre adulte, ni même à un enfant, mais comme un mortel enlace un autre mortel, sans consolation ni réconfort mais le cœur battant, bien vivant.

ARCHIVE //: OBJET : COUCOU LA COMPAGNIE

Coucou ma sœur inexistante, c'est encore moi. Puisque tu ne réponds pas à mes questions D'UNE GRANDE SINCÉRITÉ sur ton état après ce qui s'est passé, puisque tu as POUR AINSI DIRE semblerait-il DISPARU (ce qui, franchement, est quand même carrément merdique, je veux dire si c'est volontaire, vu le chaos qui règne dans cette famille [je t'ai dit que maman m'appelait trois fois par jour pour me demander où tu étais ? mais sois tranquille, je mens, je lui dis qu'on se parle très souvent, cela dit, c'est vraiment PÉNIBLE alors…]. Bon, d'accord, le chaos, c'est beaucoup dire. On dirait que Sebastian prend les choses avec ce qu'on a coutume d'appeler SÉRÉNITÉ, il ne pipe pas un mot, autrement dit : il n'y a RIEN à tirer de lui sur RIEN – je le soupçonne d'être a) amoureux ou b) déprimé parce qu'il dit des choses vraiment bizarres au téléphone, tu vois, comme quand il avait le mal des transports, dans le temps, bref, tu vois ce que je veux dire, tu me manques. Voilà, c'est tout. Où que tu sois, j'espère que tu vas bien et que tu as quelqu'un à serrer dans tes bras quand le tonnerre gronde. Maintenant, il faut que j'aille vomir – pas de questions, *please* <— trop drôle : de toute façon, tu ne m'en poses jamais !!!

XXX M

PS : Reviens vite, s'il te plaît.

Clara fut réveillée dès l'aube par la lumière du soleil qui filtrait à travers un nœud évidé dans le mur, lui piquant les yeux comme une aiguille. Elle tendit l'oreille. Quel silence… elle n'entendait que des gazouillis et des respirations. Dos au rayon de soleil, elle ouvrit les yeux. Les autres étaient couchés le long du mur comme de petits dolmas. Jordan au milieu, les mains croisées sur la poitrine, Horst et Vedrana enchevêtrés, ressemblant à un symbole d'éternité, Siobhan, une strie de cheveux roux en travers de ses lèvres gercées. Clara se glissa hors de son sac de couchage, étira sans bruit ses orteils et ses bras, puis, à pas de loup, avança jusqu'à la porte. Ses pieds, conservant la chaleur du sac de couchage, collaient aux carreaux gelés et produisaient un petit bruit de succion gémissant à chaque fois qu'ils se soulevaient. Elle sortit sur le perron.

À en juger par la position du soleil, il devait être presque neuf heures, mais le corps de Clara n'était pas d'accord : l'atmosphère ressemblait à celle que l'on respire très tôt le matin, un jour de printemps suédois : humide, verdoyante, frisquette, pleine de roucoulements de pigeons. Elle s'assit sur une marche et tourna son visage vers le soleil. Difficile de croire qu'une tempête était passée par là. Les palmiers avaient la même stature imposante que d'ordinaire et à l'horizon, la mer était turquoise et paisible, quelques barques colorées du port de plaisance voguaient déjà. Seul signe de désordre : une bouteille de Fanta vide qui dévala la pente. Clara parcourut du regard le chemin qu'elle avait dû suivre.

Sur la route, le gravier, déjà sec, avait repris son habituelle texture poussiéreuse. La bouteille était tombée d'une poubelle renversée par le vent, là-haut.

C'est alors qu'apparut Elif. Sa démarche semblait surnaturelle, elle avançait lentement le long de la route poudreuse, puis elle tourna et dévala la pente, creuse comme la bouteille en plastique. Son mouvement ressemblait à celui d'un détritus. D'ailleurs, elle était comme auréolée de déchéance, de déclin – elle que Clara associait habituellement à la spontanéité intempestive et aux coups de tête. Clara la salua d'une main hésitante. Elif lui répondit avec autant d'indécision. Après un moment d'incertitude, elle dirigea ses pas vers Clara et vint s'asseoir à côté d'elle sur le perron, puis sortit une cigarette, l'alluma et se pencha en arrière, appuyée sur ses coudes.

— Belle matinée, dit-elle en soufflant un filet de fumée.

Sa bouche ressemblait à un trou de serrure.

— Vous avez tous survécu ? poursuivit Elif en tournant ses lunettes de soleil vers Clara.

— On a évacué. Les autres dorment encore à l'intérieur.

— Bien. Bien, bien. Pas la peine de mourir trop tôt. On risquerait de rater le spectacle.

Clara fit une moue de dédain.

— Tu ne crois pas sérieusement à ces histoires.

— Peut-être pas. Mais je crois en Dakota.

De quoi parlait-elle ? Clara n'en avait aucune idée.

— Qui ? dit-elle, puis, comme pour elle-même : Tout ceci n'est qu'une comédie. En tout cas d'après Jordan. Il n'y a que lui qui soit "authentique". Encore faudrait-il savoir ce qu'il veut dire par là.

Elle avait fait des guillemets en l'air et le regretta immédiatement : ce geste lui parut idiot et hypocrite. La peur de Jordan était authentique, Clara l'avait toujours su puisque c'était ce qui l'avait attirée au départ.

— Clarita, dit Elif en écrasant sa cigarette à moitié fumée. Pourquoi tu es revenue ?

— Pourquoi tout le monde me pose la même question ? répliqua Clara, irritée. Pour la même raison qu'aucun de vous n'est parti, je suppose. Peut-être que *j'aime* la comédie.

— Faux, dit Elif en étirant ses longues jambes, qui craquèrent. Tu es une des personnes les moins artificielles que je connaisse. Sincèrement.

— Ça ne veut pas dire grand-chose. Tu as quand même passé la plus grande partie de ta vie à Hollywood.

Elif ricana.

— Tu m'en veux ? demanda Clara.

— Pourquoi est-ce que je t'en voudrais, Clarita ?

— Je ne sais pas. Parce que je me suis tirée.

— Ha ! Toi et tous les autres. *Baby*, je suis revenue de tout, je connais la chanson, les gens qui m'entourent crèvent comme des mouches dans le seul but de m'échapper, ils mangent ma nourriture, prennent mon argent et se cassent avant même que mon cadavre ait refroidi et…

— J'ai bien l'intention de te rembourser, dit Clara, vexée. Pour tout ce que tu as fait. En ce moment, je suis un peu dans l'embarras, mais tu vois…

Elif se leva d'un bond et tendit un index accusateur vers Clara.

— L'argent, c'était une métaphore, Clarita ! Mon Dieu, je croyais que tu étais dans le business des mots ! Tu ne me dois rien, pas un seul fichu centime. Mais si tu te demandes pourquoi ça m'a légèrement vexée que tu te tires, eh bien, je peux te dire qu'en effet, je croyais sans doute que toi et moi, on avait une espèce de connexion, un genre d'amitié, pour ainsi dire, et dans ce cas, il est d'usage qu'on envoie une petite carte postale quand on a pris ses jambes à son cou et qu'on a fui le champ de bataille, par exemple pour confirmer qu'on est en vie, qu'on va bien, le genre d'attention qu'on peut qualifier de politesse ordinaire. Enfin, peut-être que ce n'est pas votre truc, en Europe.

Clara resta muette. Puis elle dit lentement :

— C'est plutôt que… ce n'est pas mon truc à moi.

Les épaules crispées d'Elif s'affaissèrent et elle se rassit à côté de Clara.

— OK, OK. Je sais. Je sais que ce n'est pas ton truc. Et c'est nul, si tu veux mon avis. Si j'avais quelqu'un qui se souciait de moi rien qu'un tout petit peu, je lui enverrais des SMS et je l'appellerais carrément tous les jours, je me cacherais devant sa maison avec une longue-vue comme un harceleur dans la nuit, je ferais…

— Je suis ta némésis, maintenant ?

— Ah ça… Pas question. La place est, comme tu le sais, déjà prise.

Clara retrouva enfin la mémoire.

— Dakota Fanning ? Et ça avance, cette histoire-là ?

— Ce n'est pas une histoire, mais merci de me poser la question. Cela dit, il y a des hauts et des bas, il faut bien l'admettre.

Elif se pencha vers Clara et baissa la voix. Son haleine sentait la menthe et l'ammoniaque, ou peut-être les violettes.

— Bilan positif : elle est ici. Elle est ici, Clara, sur l'île. Je le sais. Elle a arrêté de m'écrire il y a plusieurs semaines, mais c'était seulement pour venir ici.

— Ici ? dit Clara en regardant par réflexe autour d'elle, comme si l'actrice hollywoodienne à la chevelure blonde et duveteuse allait surgir à tout instant. Elif…

Celle-ci leva la main pour l'interrompre.

— Tu crois que j'invente. Ça va, je comprends, pense ce que tu veux. Mais moi, je sais. Il est arrivé beaucoup de choses depuis que tu es partie, des trucs très bizarres. Le genre de machins qu'elle trouve drôles. Appelons ça des espiègleries, des petites bêtises, des mauvais tours. Elle est comme ça. Joueuse, comme une enfant. En ce moment, c'est un jeu de cache-cache. Et elle est douée, très douée, parce qu'à chaque fois que je crois savoir où elle s'est fourrée, c'est une fausse piste.

Clara ne savait plus quoi dire. Une image lui traversa l'esprit comme un éclair : la plantation, des centaines de plumes de paon qui se balançaient au vent. Sous ses paupières, la vision lui fit mal.

— Bref, bilan négatif : je commence à m'impatienter. Tu sais que je suis impatiente par nature. Je trouve qu'il est temps qu'elle se dévoile.

— Je comprends, dit Clara, toujours à bout d'inspiration.

Après les années yo-yo de Matilda, tous ses hauts et ses bas, comme sur des montagnes russes, Clara aurait sans doute dû savoir comment se comporter avec prudence et délicatesse face aux égarements d'autrui, mais la vérité, c'est que quand Matilda faisait des crises trop violentes, Clara avait toujours fui. Elle avait fui sa méchanceté. Aime-moi encore plus fort quand je le mérite le moins – une belle citation à accrocher au mur, mais difficilement applicable en pratique.

— Enfin, dit Elif, évitant ainsi à Clara de parler, dès que Horst sera aveugle, elle se montrera. C'est ce qu'il a dit, en tout cas. Ne me demande pas comment ça se fait, mais ce mec-là, il a des pouvoirs. Il a par exemple toujours dit que tu reviendrais. Et tadam ! Te voilà.

— Oui, me voici, dit Clara avec un léger sourire.

Pour le meilleur et pour le pire.

— Tu ne m'as toujours pas dit pourquoi ?

— Pourquoi je suis revenue ? Mais pour toi, bien sûr.

Elif lui donna une tape sur l'épaule qui surprit Clara par sa force.

— C'est ça, espèce de garce ! Si tu veux qu'on redevienne amies, il va falloir arrêter de te moquer de mon petit cœur solitaire. Personne ne traverserait un océan pour moi, sauf Dakota. Encore moins deux ou trois ou quelque chose du genre ! Alors pourquoi ? Jordan ? Tu as quand même envie de sa tu-sais-quoi ?

Sentant une rougeur embarrassante se répandre sur ses joues, Clara décida de se cacher derrière la vérité, en tout cas partielle, c'est-à-dire celle qui pesait le plus lourd dans son corps, tournait en rond et exigeait de sortir s'aérer un moment entre les mains de quelqu'un d'autre.

Elle inspira profondément.

— Tu veux vraiment le savoir ?

— Vas-y, raconte. Divertis-moi.

— Je me cache.

Elif haussa un sourcil.

— La mafia ?

— Pire. Tu ne le croirais pas. C'est un vrai navet.

— Toute ma vie est un navet. Je suis un navet.

— C'est vrai, dit Clara. D'accord. Écoute. La dernière fois que j'étais là… Juste avant de partir. J'ai appris que mes deux triplés et moi, nous ne sommes pas frère et sœurs. Enfin, plutôt, que deux d'entre nous le sont. Le troisième a été échangé à la maternité. Je suis convaincue que c'est moi.

Elif siffla, plus pour satisfaire aux exigences du rôle que parce qu'elle était réellement interloquée, à ce qu'il semblait.

— Ben merde alors…

— Et ce n'est pas tout. J'ai aussi cru comprendre que l'enfant qui manquait, c'est-à-dire le bébé échangé, a quand même fait partie de notre famille pendant très longtemps, enfin, d'une certaine manière. Parce que… Parce que… s'interrompit Clara alors qu'une boule d'angoisse lui obstruait la gorge, bloquant ses paroles. Parce qu'elle est devenue la petite amie de mon frère.

Cette fois, Elif en resta vraiment bouche bée.

— Alors ton frère… et ta sœur, enfin, celle dont vous ne saviez pas qu'elle était ta sœur… Oh là là… Ben merde alors !

— Donc, tu vois pourquoi j'ai été obligée de couper les ponts avec mon frère. Il faut à tout prix éviter qu'il le découvre, et je ne sais pas comment je pourrais le voir sans… Tu l'as dit toi-même, je suis très mauvaise actrice. Alors je me cache. C'est pour ça que je suis là. Parce que je n'ai nulle part ailleurs où aller.

Clara jeta un coup d'œil à la porte derrière elle. Toujours pas un bruit à l'intérieur. Jordan dormait encore. Elle se demanda comment il se comporterait à son réveil. Admettrait-il avoir pleuré sur son épaule quand le tonnerre grondait et s'être blotti au creux de sa nuque comme un petit animal réfugié dans sa tanière ? Sans doute pas. Mais il s'en souviendrait. C'était bel et bien arrivé, quelque chose entre eux aurait changé, quelque chose se serait débloqué, songea Clara. Enfin, ça n'avait aucune importance. Pas tant qu'il y avait Matilda.

Il y eut un court moment de silence, uniquement perturbé par le froissement de la cellophane qu'Elif arracha en ouvrant un nouveau paquet de cigarettes. Elle souleva en l'air le plastique transparent. Pendant quelques secondes, elle le laissa s'agiter au vent. Immobile, Clara fixait des yeux le déchet alors qu'elle aurait dû l'attraper avant qu'il ne soit trop tard, avant qu'il ne s'envole et ne se coince dans le gosier d'un petit goéland ou d'un fulmar innocent. Mais elle n'en avait pas envie. Elif le lâcha, il s'éleva dans les airs. Elles le suivirent des yeux jusqu'à ce qu'il disparaisse de leur champ de vision.

Elif sortit une cigarette, la tapota contre une marche, la coinça entre ses lèvres et dit :

— La famille, je te jure. Ça devrait être interdit.

— Je t'avais dit que mon père a disparu, non ? Apparemment, il est en cavale avec une Allemande de vingt ans de moins que lui.

Elif rit.

— Un homme à femmes ? Comme mon père. Il en ramène une nouvelle toutes les semaines. Les gens de cette génération-là n'ont aucun respect pour la famille nucléaire.

— "Il en ramène" ? Je le croyais mort, dit Clara.

— Non, non, mon père n'est pas mort. C'est ce que je t'ai dit ? Dans ce cas, c'était une métaphore. Il se porte très bien.

— Alors pourquoi tu as dit qu'il était mort ?

Elif leva les yeux au ciel.

— Parce que pour moi, il est mort, tiens ! Je voulais dire qu'on ne se parlait plus depuis longtemps. J'ai repris contact avec lui au printemps, mais c'était la première fois depuis que j'avais quitté la maison quand j'avais quatorze ans, dit Elif en secouant sa cigarette d'un geste dépréciateur. Il est homophobe. Un vrai psychopathe. Avoir un fils dans le showbiz qui gagnait plein de fric, c'était sympa, mais avoir un fils qui commençait à ressembler à une fille et voulait coucher avec des gars… Ça n'est pas passé.

Clara se mordit la lèvre.

— Elif, je suis désolée…

— Finalement, le fric, il n'en avait pas besoin. Mon père a toujours palpé. C'est une grosse tête. Super intelligent. Neurochirurgien.

Elif laissa résonner le dernier mot. Clara n'était pas très sûre de ce que ça pouvait signifier.

— Je vous croyais pauvres, dit-elle mollement.

— Pfff… Les enfants de pauvres ne deviennent jamais des vedettes, c'est impossible, tu dois bien savoir ça, quand même. On avait des voisins pauvres, ça, c'est vrai. Ma meilleure amie et première némésis, mon Ava, c'était une vraie miséreuse. Nous, par contre, on avait une villa de luxe. Mon père travaillait à UCLA. C'était à peu près à l'époque où j'ai commencé à ressembler à ça, dit Elif en balayant ses cheveux de la main. Il a pété les plombs. Il voulait faire de la recherche sur moi, bref, m'utiliser comme rat de laboratoire.

— De la recherche ? Comment ça ?

— Eh bien, il croit que la pédérastie, c'est dans la tête. Et qu'en trouvant le centre névralgique de la tare, on peut convertir le patient.

— Mon Dieu…

— Alors je me suis tirée. Ensuite, ma mère m'a raconté qu'on lui avait proposé un super poste à Londres.

Elif ricana et reprit :

— Tu veux savoir le plus délirant ? Ne te fâche pas, je te jure que je viens de l'apprendre. Je crois que c'est le patron de ton frère. Et d'après ce que j'ai cru comprendre, ton frère perd un peu les pédales. Alors tu as raison, poursuivit-elle, pensive, ce n'est sans doute pas le moment de lui raconter qu'il a baisé avec sa propre sœur.

ARCHIVE //: OBJET : TU RÉPONDS OU QUOI

SŒUR SŒUR SŒUR SŒUR SŒUR SŒUR SŒUR SŒUR SŒUR SŒUR SŒUR SŒUR SŒUR SŒUR SŒUR SŒUR SŒUR SŒUR SŒUR SŒUR SŒUR SŒUR SŒUR SŒUR SŒUR SŒUR SŒUR SŒUR SŒUR SŒUR SŒUR SŒUR SŒUR SŒUR SŒUR SŒUR SŒUR SŒUR

SŒUR SŒUR

SŒUR SŒUR

SŒUR SŒUR

TU RÉPONDS OU QUOI

Je suis en route pour Londres, s'il te plaît viens aussi

signé : ta méchante triplette

Il avait fallu un moment à Clara pour comprendre toutes les implications de ce qu'elle avait découvert à Berlin. Étendue sur le sol de la galerie, elle n'avait pensé qu'à une chose. Lorsqu'autour d'elle, les gens et l'obscurité s'étaient dispersés, quand elle était sortie dans la rue en titubant, que le ciel s'était crevé au-dessus d'elle, vomissant une brusque averse lourde, mouillée, étouffante comme la langue d'un chien, elle ne pensait encore qu'à une seule chose : elle-même. À son éventuelle place dans le monde, puisqu'à ce stade, il fallait bien admettre qu'elle n'en avait plus.

Quelques heures plus tard, elle s'était rendu compte que cette vérité, si elle était dévoilée au grand jour, aurait des conséquences bien plus sinistres pour Sebastian que pour elle. Elle avait erré dans les rues pendant des heures, Kreuzberg, Schöneberg, Tiergarten, traversé des cours d'eau et des routes, entrevoyant Violetta à chaque coin de rue, dans chaque bus, en reflet dans chaque vitrine obscure.

Finalement, fatiguée, elle était entrée dans un café encore ouvert et s'était allongée toute droite dans un canapé muni de gros coussins rouges. Puis elle avait pensé à un autre café, ailleurs, dans un autre temps, la première fois qu'elle avait vu Violetta.

Cela avait eu lieu dans la salle du fond d'Ariman, où on s'installait quand on avait l'intention de traîner au café pendant très, très longtemps. C'était avant que Violetta et Sebastian ne soient ensemble, durant sa première année de lycée, croyait-elle. D'ailleurs, à ce moment-là, ils ne se connaissaient même pas encore. Clara était arrivée seule au café, avait commandé son breuvage habituel, moitié café, moitié lait dans un grand verre, et s'était frayé un chemin jusqu'au fond. Elle devait écrire une dissertation sur le changement climatique – à l'époque, c'est-à-dire au milieu des années 2000, le sujet était encore assez nouveau. Elle espérait travailler en paix. À la maison, impossible ; Matilda, en pleine crise, n'arrêtait pas de se précipiter dans sa chambre pour débiter des harangues véhémentes sur la deuxième intifada.

Mais pas de bol : dans le meilleur fauteuil, une fille, les pieds repliés sous ses fesses, lisait Rimbaud, une tasse de thé disproportionnée en équilibre sur l'accoudoir. Clara s'immobilisa sur le seuil, hésitante. S'asseoir dans l'autre coin salon en vieil osier sec, celui dont les sièges trouaient implacablement les collants, ou aller dans une autre pièce ? La fille avait l'air calme et la laisserait sûrement tranquille, mais sa présence la mettait inexplicablement mal à l'aise. La salle familière lui paraissait soudain étrange, il y régnait une odeur bizarre, peut-être d'ordures, de parfums capiteux, de vieux livres gondolés par l'humidité. Ces odeurs ne pouvaient pas émaner de la fille, impossible.

Pourtant, c'était bien le cas.

Clara se souvenait d'avoir pensé que cela sentait la mort.

La fille avait levé la tête et regardé Clara droit dans les yeux. Clara en gardait une image très nette : l'apparence de Violetta à cet instant. Les plumes de paon qui jaillissaient d'un vase derrière sa tête, de la même couleur azur que ses yeux. Elle était très maigre et assez mignonne, immensément belle mais affreusement renfrognée. Elle arborait une coupe au carré brune, un polo et un rouge à lèvres très foncé qui jurait avec le bleu de ses yeux. Tenant son livre sur ses genoux, elle prit avec une lenteur insoutenable sa tasse de thé et dit :

— Tu peux entrer si tu veux. Je ne suis pas dangereuse.

Clara tourna les talons et s'en alla sans un mot.

Lorsque, quelques mois plus tard, Sebastian leur présenta sa nouvelle petite amie, Clara mit un moment à la reconnaître. Elle n'avait pas changé, bien sûr ; d'ailleurs, elle portait même un polo et pourtant, elle semblait complètement transfigurée. La fille que Clara avait vue au café Ariman avait cent ans. La petite amie de Sebastian était une enfant. Elle gloussait, le bleu intense de ses yeux était traversé d'étincelles dorées, elle avait les joues roses – elle était sans doute amoureuse. Elle fit semblant de ne pas reconnaître Clara – ou pas –, Clara ne dit rien non plus. Pendant les neuf ans que dura la relation entre elle et Sebastian, Clara fut plusieurs fois tentée de lui demander si elle se souvenait de leur première rencontre mais, à la dernière minute, elle se retenait toujours. Au début, parce qu'elle avait peur d'invoquer le cadavre ambulant qui se cachait en Violetta et dont elle seule connaissait l'existence ; puis, plus tard, lorsque la mort réapparut peu à peu, dans une tentative désespérée de la refouler par la simple action du silence.

Bien sûr, elle avait échoué. Personne n'en avait été capable. Violetta était morte, Sebastian l'avait trouvée pendue dans l'encadrement d'une porte. Clara n'était pas parvenue à éloigner sa mort à coups de silence, elle n'avait pas su épargner ce chagrin à Sebastian. Mais elle pouvait lui épargner le dégoût, l'angoisse et la honte. Elle pouvait se taire, avait-elle songé, seule et sans fratrie, allongée dans un café berlinois, puis elle s'était cachée sous des coussins. Elle allait se taire jusqu'au jour où il ne resterait plus rien d'autre que son silence, lourd comme une pierre au fond de la mer.

Clara avait été la première à se douter de quelque chose. Après la tempête et les retrouvailles, Elif avait fréquenté plus régulièrement le campement. En fait, elle passait le plus clair de ses jours avec le groupe et, avec la même évidence qu'on avait accueilli Clara à son retour dans la communauté, on accueillait désormais Elif. Elle s'était même mise à participer au travail – elle aidait souvent Jordan à la pêche. Mais ce jour-là, elle ne vint pas, et Clara dut gentiment prendre sa place.

Jordan avait un nouveau projet : pêcher du homard. Sur l'île, ce crustacé était autrefois, disait-il, une denrée de première nécessité et, même si les stocks étaient désormais très amoindris, il était encore possible de trouver dans une crevasse un ou deux spécimens de ce charognard arachnéen aux énormes pinces noires. Il arrivait même que les populations d'espèces dont l'être humain se désintéressait augmentent – il n'y avait qu'à voir le cœlacanthe. Clara se demandait si cette obsession du homard était un signe de mal du pays, d'ailleurs, elle lui posa la question, Jordan venait tout de même de Nouvelle-Angleterre. Il avait démenti avec véhémence.

— Le peuple a faim ? Qu'il mange du homard thermidor ! avait-il ricané en enfonçant un casier fait maison sur la tête de Clara.

Lorsqu'arriva l'après-midi, Clara commença sérieusement à s'inquiéter de ce qu'il avait bien pu arriver à Elif. Assise en tailleur devant sa tente, elle écossait des petits pois dans un bol. L'absence d'Elif provoquait en elle un malaise flou dont elle avait du mal à cerner la cause exacte. Elles s'étaient tout de même vues pas plus tard que la veille au soir. Clara fit coulisser son ongle le long d'une cosse et laissa s'écouler les petites boules vertes entre ses doigts comme une chute de perles. Elif était égale à elle-même, se dit-elle. Rien à signaler. Peut-être un peu plus joyeuse que d'habitude. Clara sentit son cœur se serrer. Cette fièvre qui brillait dans ses yeux, ne l'avait-elle pas déjà vue ailleurs ? L'extase de la dernière poussée d'énergie. Sebastian avait dû la percevoir aussi, sans avoir su l'interpréter.

Clara tenta de dominer son inquiétude, qu'elle savait irrationnelle. Difficile, cependant, car Horst avait commencé à lui tourner nerveusement autour ; il faisait les cent pas derrière sa tente comme un revenant auréolé d'une énergie anxieuse.

— Horst, dit Clara en jetant la dernière cosse sur le tas. Qu'est-ce qu'il y a ? Tu m'as l'air énervé.

Horst contourna la tente et s'approcha, son appareil photo entre les mains.

— Il n'avait pas disparu ? lui dit Clara en montrant l'appareil.

Horst hocha gravement la tête.

— Si. Mais ce matin, il a réapparu.

— Comment ça ?

— Elif l'avait.

— Elif ? Tu l'as vue ce matin ?

— Oui. Brièvement. Mais ce n'est pas elle qui l'avait pris. Elle l'a trouvé. Cette nuit. En revenant à son bungalow. Sur la table.

Clara fronça les sourcils.

— Tu l'as crue ?

Horst haussa les épaules.

— *Vielleicht*. Elle a dit qu'elle savait qui l'y avait déposé, mais qu'elle ne voulait pas en dire plus. Et que je le savais aussi, mais plus maintenant.

Clara avait sa petite idée de ce qu'avait pu s'imaginer Elif, mais ça n'expliquait pas comment l'appareil avait atterri là.

Enfin, si Elif disait vrai, c'est-à-dire si elle n'avait pas elle-même subtilisé l'objet.

— Tu sais où elle est ? Elif ?

Horst secoua la tête.

— Je voulais justement te poser la question. J'ai un mauvais pressentiment.

Clara se leva en brossant son jean, attrapa le bol de petits pois et l'emporta à la cuisine. Horst la suivit. Autour du feu, seule une personne leur tournait le dos, solitaire.

— Jordan, tu as vu Elif aujourd'hui ? lui demanda Clara.

— Non. Elle n'est même pas venue m'aider avec les casiers.

Clara regarda Horst, qui hocha la tête, l'air soudain renfrogné.

— *Wie schlafen*, marmonna-t-il.

Quelque chose de froid effleura le cœur de Clara.

Moins d'une heure plus tard, ils se mirent en route. Clara et Jordan voulaient commencer par les buvettes habituelles d'Elif : hôtels, bars de la rue principale, plage de Hanga Roa, mais Horst, qui avait repris des couleurs, insista : ce n'était pas là qu'on la trouverait. Brandissant son appareil en l'air, secouant ses boucles blondes, il haussait le ton, répétant coup sur coup, avec une telle conviction que cela donnait à Clara la chair de poule, qu'Elif était en danger *quelque part entre pierre et mer*. Clara et Jordan finirent par céder. Clara demanda aux autres d'aller fouiller des lieux plus plausibles, puis ils se serrèrent tous les trois dans la Defender et se lancèrent dans une battue frénétique. Ils chercheraient aussi longtemps qu'ils en auraient la force, qu'ils y verraient clair, et s'ils n'avaient toujours rien trouvé à ce stade, ils appelleraient la police. Ils se déplaceraient le long de la côte, dans le sens contraire aux aiguilles d'une montre, parcourant les endroits où la pierre rencontrait la mer et que l'on pouvait atteindre sans véhicule particulier, autrement dit, les sites touristiques desservis par les transports en commun. Leur plan était sans espoir, perdu d'avance, mais enfin, c'était tout de même un plan.

De plus, Clara n'était pas entièrement convaincue qu'Elif soit réellement en danger. Si Violetta lui évoquait un oiseau, non, quelque chose de moins vital qu'un oiseau, une simple plume, un duvet flottant au vent, Elif lui rappelait surtout un chat : immortelle et invincible. Il n'y avait vraiment aucune comparaison.

Enfin, si, d'une certaine manière : une vague sensation dans ses tripes.

En plus, Elif n'avait-elle pas elle-même prétendu s'être retrouvée face à face avec la mort six fois ? Qu'arrivait-il au chat la septième fois qu'il tombait d'un toit ? Clara ne se souvenait plus très bien du nombre de vies qu'un chat était censé avoir mais, quoi qu'il en soit, elles étaient en quantité limitée. En plus, Elif l'avait sauvée à plusieurs reprises, en accomplissant des exploits de moindre envergure, mais quand même… N'avait-elle pas tiré Clara de son propre enfer personnel ? N'avait-elle pas toujours fait preuve d'une incroyable gentillesse envers elle, à sa manière explosive ? N'était-ce pas au tour de Clara de lui renvoyer l'ascenseur ? Au fond, tout le monde n'avait-il pas besoin d'être sauvé de temps à autre, et n'était-ce pas notre devoir d'entendre les appels à l'aide, même s'ils nous parvenaient avec beaucoup de distorsion, difficiles à interpréter, comme un cri sous l'eau ?

Elle regarda Jordan qui, d'une main sûre, conduisait la Defender à toute allure sur la piste au-dessus du camping. Elle se demanda pourquoi il faisait tout cela. Avait-il entendu un appel à l'aide, lui aussi ? De qui ?

D'un site à l'autre, ils cherchèrent sans la trouver. Il faisait presque nuit lorsqu'ils s'arrêtèrent à Orongo, leur dernière étape, un vieux village de pierre aux maisons rondes, flanqué par des falaises d'une hauteur de trois cents mètres qui se précipitaient directement dans la mer et, de l'autre côté, par une pente pierreuse qui conduisait à une étrange formation géologique évoquant la marque d'un bombardement ou d'un impact de météorite. En réalité, il s'agissait du cratère d'un volcan, résultat d'une éruption qui avait, en des temps anciens, fait surgir l'île hors de l'eau. Le fond du cratère, arrondi comme une marmite, était tapissé de marécages. On y trouvait également une lagune d'eau douce cristalline – la principale raison pour laquelle le village s'était établi à cet endroit. Hormis cet accès à l'eau douce, le cratère possédait, avec ses parois hautes de deux cents mètres, un climat avantageux, protégé du vent. On y faisait des cultures en terrasses : figues, bananes, mangues, goyaves ; cela ressemblait aux vignobles sur les flancs du Vésuve. Lorsqu'ils descendirent de voiture et que Clara découvrit pour la première fois l'immense trou, elle songea qu'il était beaucoup plus grand que ce qu'elle s'était représenté à partir de photos. Elle trouva beau que les terres les plus fertiles soient souvent situées dans les endroits les plus violents, les plus hostiles, dans la cendre et la boue.

Les arbres avaient disparu, il ne restait que de l'eau et de la pierre, de l'herbe infiniment verte, des flaques de roseaux flottants, un office de tourisme fermé pour la journée ; un morceau de film transparent, peut-être la cellophane d'un paquet de cigarettes, entraîné par la brise le long du sol, se posa sur la chaussure de Clara comme une deuxième peau. Elle le ramassa et le serra dans son poing.

— Elle ne peut pas être en bas, dit-elle en se tournant vers Horst, qui acquiesça. Quelqu'un l'aurait vue, il y a sûrement eu plein de gens ici aujourd'hui.

— L'autre côté, dit Horst en tournant ce qui lui restait de regard vers la mer.

— Tu plaisantes, dit Clara. Si elle est tombée, elle est morte.

C'était d'ailleurs peut-être ce qu'Elif avait voulu. Clara frémit.

— Pas nécessairement, dit Jordan. Avant, les gens descendaient en grimpant.

Vrai. Le précipice conduisait à la mer et, un peu plus loin, dans l'eau, une formation rocheuse de taille moyenne avait autrefois servi de lieu sacré : le rocher aux oiseaux. De jeunes hommes le rejoignaient à la nage pour y chercher les premiers œufs de fulmar de l'année. Celui qui réussissait à en rapporter était couronné homme-oiseau et régnait sur l'île et ses habitants. Ceux qui n'y parvenaient pas, la plupart du temps, mouraient.

Clara rétorqua : ceux qui y parvenaient n'avaient pas grandi à Sunset boulevard.

Jordan se tut. Balançant son sac à dos sur son épaule, il se faufila entre les maisons en direction de la falaise. Encore quelques mètres et il serait englouti par l'obscurité – peut-être disparaîtrait-il lui aussi au fond du précipice. Clara se dépêcha de sortir de son sac une lampe de poche et dirigea le faisceau éblouissant sur le dos de Jordan.

— Reste là, dit-elle à Horst en faisant un signe de tête vers la voiture. Si on n'est pas revenus dans une demi-heure, appelle les secours.

Difficile d'avancer sans trébucher dans le noir ; ils s'approchèrent du précipice à tout petits pas et parcoururent la fin du trajet à genoux, tâtonnant pour s'assurer que le sentier ne s'effondrait pas sous leurs poids. Il disparut finalement, laissant place à de l'herbe sèche. Ils s'arrêtèrent et firent glisser les faisceaux de leurs torches dans la nuit noire. Il régnait un silence profond, un immense néant tremblotant ; soudain, un grattement, comme celui d'un animal en cage, paniqué. Clara eut envie de raconter à Jordan un épisode de son enfance : Matilda et elle avaient été invitées à la maison de campagne d'une camarade de classe à Röstånga pour camper dans le jardin et dévaler le long d'une pente sur des vélos rouillés qui n'avaient plus de freins. Le dernier jour, le petit ami de la mère de leur camarade, un motard dénommé Frans, avait exhorté les trois fillettes à faire le guet devant une remise. Il était sûr qu'un blaireau y avait établi son logis et voulait le tuer pour en faire des pinceaux et les offrir à sa compagne, qui était artiste et peignait de très beaux tableaux, trouvait Clara, des loups qui hurlaient à la lune. Les brosses en poils de blaireau étaient les meilleures, leur avait dit Frans, mais elles coûtaient les yeux de la tête. Des trois fillettes, seule Clara avait réussi à voir l'animal. Postée devant l'une des portes et armée d'un simple balai, elle avait pour instruction de refouler l'animal à l'intérieur s'il se montrait. C'était, Clara s'en rendait désormais compte, complètement délirant de faire affronter ainsi un blaireau à un enfant. Cet animal, s'il se sent menacé, peut devenir extrêmement dangereux et, quand il mord, il ne lâche pas sa proie avant d'avoir entendu ses os se briser. Mais à l'époque, Clara n'avait pas peur, pas avant que le blaireau ne passe son affreux museau à travers un trou dans une planche, à quelques mètres d'elle. L'animal la regarda droit dans les yeux avant de disparaître dans un bosquet : le regard plus terrifiant qu'elle ait jamais vu. Le diable devait ressembler à cela, s'était-elle dit, et l'odeur du blaireau était certainement la même que celle qui régnait en enfer. Frans n'eut jamais de poils de blaireau pour fabriquer des pinceaux et, d'ailleurs, Clara se garda bien de lui dire qu'elle avait vu la bête. Elle ne le confia qu'à Matilda, qui lui fit jurer de ne rien raconter à leurs parents. Leur mère, qui était déjà méfiante vis-à-vis de cette camarade et de l'attirance de sa mère pour les attrape-rêves et les cigarettes Blend jaunes, aurait certainement provoqué un esclandre et elles n'auraient jamais eu la permission de rejouer avec la fillette. Clara avait obéi, mais refusa par la suite de retourner dans cette maison de campagne. Il lui arrivait encore de rêver de crocs qui lui arrachaient la chair sans lâcher prise jusqu'à ce qu'elle se réveille, trempée de sueur.

Cette fois, le bruit ne venait pas d'un blaireau mais d'un être humain, recroquevillé sur une saillie rocheuse à quatre ou cinq mètres en dessous du bord du précipice. Difficile de distinguer quoi que ce soit dans le noir, la paroi ne semblait pas complètement verticale, elle paraissait se précipiter en gradins vers la mer, comme une cascade figée. Clara comprenait comment il était, en théorie, possible de descendre jusqu'en bas, mais comment Elif aurait pu considérer cela comme réalisable, vraiment pas. Cela dit, en bas, quelqu'un agitait les bras à leur intention, et il s'agissait bien d'elle.

Clara dirigea le faisceau de sa lampe sur les deux mains blanches qui remuaient dans la nuit. À y regarder de plus près, la saillie ressemblait plutôt au bord d'une crevasse, et quelqu'un était à demi couché dessus, dans la position d'une diva effondrée.

— Elif ? C'est toi ? Tu vas bien ? appela Clara, prise d'un vertigineux effroi de se précipiter elle-même dans le vide, s'agrippant désespérément à une tige de métal qui allait plus tard se révéler porter un panneau décourageant les visiteurs d'entamer la descente.

Une voix ténue se réverbéra joyeusement entre pierre et mer.

— Clara ! Clarita ! C'est toi ? Vraiment ?

— Mon Dieu ! Tu ne t'es rien cassé ? Comment tu t'es retrouvée là ? Tu veux qu'on appelle une ambulance ?

— Ton nom veut dire lumière, tu le savais ? Lumière et lucidité ! C'est vraiment toi, Clara ?

— Oui, je suis avec Jordan et Horst. On a de la corde, je crois… Tu pourras grimper ? Attends, non, tu n'y arriveras pas. Jordan ?

Celui-ci avait pris de l'avance. Il était équipé de câbles, et même d'une échelle de corde qu'apparemment il trimbalait toujours dans son coffre.

— Mon Dieu… dit encore Clara pendant qu'il attachait l'échelle à la tige de métal. Mais c'est de la folie ! Et si tu tombais ? Tu pourrais te tuer ! Et comment tu vas la remonter ?

— Sur mon dos, répondit Jordan, insouciant. Elle ne pèse quasiment rien.

Il jeta l'échelle, tira plusieurs fois sur le nœud et disparut par-dessus bord. Clara resta seule avec sa lampe de poche. Son cœur battait la chamade. Pendant les quelques minutes qui passèrent avant que Jordan ne réapparaisse, portant Elif comme un sac sur son dos, la vie lui sembla immensément vide. Si Elif emportait Jordan dans la tombe, elle ne le lui pardonnerait jamais. À vrai dire, elle ne pardonnerait jamais plus rien à personne.

— Mais enfin, merde ! cria-t-elle lorsqu'Elif se retrouva affalée à ses pieds, une épave humaine haletante aux genoux écorchés. Comment tu t'es retrouvée là ? Qu'est-ce qui t'est passé par la tête ? Tu as essayé de te suicider ?

Clara s'effondra et attrapa entre ses mains la tête d'Elif, qui ne portait pas de lunettes de soleil – elles avaient dû tomber à l'eau et finiraient certainement dans l'estomac d'un poisson, où elles perdureraient pendant cent ans jusqu'à ce que le poisson meure et que sa chair pourrisse et que seules subsistent les lunettes, prises dans ses côtes, enfermées comme dans une vitrine de musée. Les yeux d'Elif, écarquillés, brillants, rayonnaient, ils rayonnaient de quiétude retrouvée.

— Oh là là… marmonna-t-elle. Qu'est-ce que ça peut bien faire ? Vous m'avez trouvée ! Je ne l'oublierai jamais, de toute ma vie, je te le jure… Et je te le revaudrai, promis. J'ai un plan, *baby*. Crois-moi, j'ai un plan.

Ils rentrèrent à travers la nuit. Le front appuyé contre la vitre humide, Clara pensait à des parcs éoliens. Elle se demandait si c'était comme pour le homard un symptôme de mal du pays. Et si, comme Siobhan, elle aimait cette île parce qu'elle lui rappelait l'endroit d'où elle venait.

Ils étaient presque arrivés au campement lorsque Horst se gara abruptement le long d'un mur et éteignit le moteur.

Il resta immobile, silencieux, ses mains délicates posées sur le volant.

— Horst ? dit Jordan, hésitant.

— Oui ?

— Pourquoi tu t'arrêtes ?

— Il fait noir.

— Il fait nuit, répondit Jordan.

— Ce n'est pas ce que je veux dire.

Jordan attrapa le dossier du siège du conducteur et se pencha en avant. Dans son sommeil, Elif émit un petit geignement de contentement.

— Alors qu'est-ce que tu veux dire ? demanda Jordan.

— Les dernières ombres. Disparues. Maintenant, il fait noir. Je suis aveugle.

Une larme solitaire roula le long de sa joue, douce et imberbe comme celle de l'enfant qu'il était presque encore, mais ni Clara ni Jordan ne la virent. Dans l'obscurité, leurs mains se rapprochèrent comme pour se demander : Et maintenant, que va-t-il arriver ? C'est la fin, alors que va-t-il arriver ?

Les cigales constituent l'une des familles d'insectes les plus largement étudiées du monde, une super famille comprenant plusieurs milliers de subdivisions. Certaines vivent dans le bois ou l'écorce, d'autres, dans le sol où, entre autres passe-temps, elles aspirent la sève des racines.

Certains spécimens peuvent rester enterrés dans le sol pendant treize ou dix-sept ans, se cachant pour ne pas être dévorés. Ainsi, elles rassemblent leurs forces et déséquilibrent la chaîne alimentaire.

Puis : le spectacle.

Elles jaillissent par milliers, une renaissance parfaitement coordonnée de millions de battements d'ailes. Les créatures qui menaçaient de les engloutir sont désormais mortes de faim, et les rares survivantes, incapables de gérer une si brusque augmentation de ressources, finissent étouffées par l'abondance.

Celui qui, par mégarde, déterre une cigale au repos dans le sol peut être amené à croire qu'elle est morte.

Car elle semble inerte ou, du moins, endormie.

Wie schlafen.

Mais elle ne l'est pas. Elle attend, voilà tout. Elle attend de renaître dans toute sa rayonnante splendeur.

Le jour où la terre, d'après des prédictions douteuses, allait s'autodétruire dans un gigantesque embrasement démarra de façon parfaitement ordinaire. Clara se réveilla seule et frigorifiée. La toile de sa tente bleuissait la lueur matinale. "La mer est bleue, se dit-elle en se brossant les dents sous le robinet à l'extérieur de la réception déserte du camping, à cause de la couleur du ciel." "Le ciel est bleu, se dit-elle en réchauffant des pommes de terre dans les braises du feu qu'avaient allumé les autres pour le petit-déjeuner, parce que les ondes lumineuses bleues sont les plus dissolues, les plus fuyantes, les plus heurtées." "La lumière, pensa-t-elle en lavant son assiette en fer-blanc et en l'agitant dans l'air pour qu'elle sèche, est une force compacte dont on ne perçoit toute la beauté que quand elle se heurte à un obstacle et se fragmente à travers le monde." "Le monde, se dit-elle en vérifiant les piles de sa torche, puis en laçant ses chaussures, est un prisme."

Il y avait certainement une érudition triviale à tirer de tout cela.

"Cela dit, l'érudition, songea-t-elle encore en quittant le camping désert et en entamant la marche de dix kilomètres vers Orongo, est une qualité largement surestimée." Dans son désir effréné de comprendre le monde, elle avait passé sa vie, croyait-elle, à essayer d'ordonner, de contrôler, de dominer. D'ailleurs, se dit-elle en voyant le premier oiseau de la journée décoller du guidon d'un vélo cassé, appuyé avec négligence contre une véranda embrumée aux abords de la ville, cette stratégie s'était toujours révélée très mauvaise. Elle ne se sentait jamais aussi impuissante que quand elle recevait des réponses claires à des questions vagues ou ambiguës. Et elle n'avait jamais eu l'impression de dominer autant sa vie qu'en ce matin de grande incertitude, d'invraisemblance, sous cette lumière, cette radiance bleue qui dansait frénétiquement autour d'elle.

À son réveil, le campement était déjà désert, ce qui ne l'avait pas étonnée outre mesure. Les autres avaient prévenu qu'ils partiraient dès l'aube. Horst, totalement aveugle, allait conduire la Defender pleine à craquer jusqu'au cratère. Certains, comme Clara, seraient obligés de marcher. Ils ne l'avaient pas réveillée, mais elle ne s'attarda pas là-dessus. Elle était l'une des leurs, mais seulement en partie. Peut-être l'avaient-ils complètement oubliée. Cette idée n'était pas aussi cuisante qu'elle aurait pu l'être auparavant.

En fait, elle se réjouissait de marcher seule. Elle aimait voir son ombre, sentir sa gourde métallique taper contre sa jambe, se dire que la lumière du soleil qui réchauffait ses mollets avait parcouru un million cinq cent mille kilomètres à travers l'espace pour percuter à cet instant précis son corps vivant qui l'empêchait ainsi d'être absorbée par la terre. Elle aimait ne pas savoir si son corps, le lendemain, ne serait plus. Elle était intimement convaincue qu'il existerait encore, tout comme les murs, les pierres et les courants marins. Elle ne croyait absolument pas que Horst avait le don de prédire la fin du monde ni quoi que ce soit d'autre. Mais ça n'avait pas d'importance. Elle comprenait que, de façon générale, les idées apocalyptiques exercent une puissance d'attraction sur les gens, tout comme les puits ou les gouffres sans fond. On ne pouvait pas se représenter une chute sans fin ni, paradoxalement, un abyme infini – tant qu'on n'avait pas touché le fond.

On ne pouvait pas se représenter un monde sans fin avant d'y avoir sérieusement réfléchi, ni accepter l'infinité de l'espace avant d'avoir tendu la main vers sa paroi la plus éloignée.

En début d'après-midi, elle arriva sur le site de ce que Jordan appelait "le dernier festin". Lui non plus ne croyait pas sérieusement que la mer allait se dresser autour d'eux et les engloutir corps et âme, Clara en était assez convaincue. Quant à ce qu'il aurait voulu, au fond, elle n'en savait trop rien. Depuis que Horst avait entièrement perdu la vue et que les campeurs avaient entamé leur folle cavalcade vers la veillée apocalyptique prévue ce soir-là, Jordan semblait revigoré. Clara se demandait si c'était l'idée d'un dénouement final qui le réjouissait, ou simplement que le train-train du campement soit un peu secoué.

Ils disposaient du bois pour le feu de joie. Ce fut la première chose qu'elle vit en arrivant au sommet du cratère. En fait, il ne s'agissait pas de faire un véritable feu, ce qui aurait été à la fois difficile et indécent sur une île qui avait si peu de ressources arboricoles. Enfin, quelle importance ? se dit Clara en jetant son sac à dos sur le tas, devant les vieilles maisons de pierres construites en hauteur. S'ils croyaient vraiment que le monde tel qu'ils le connaissaient allait être englouti par un gigantesque brasier. Bref, ils appelaient ça un feu mais il s'agissait en fait d'un arbre. Le dernier et le premier. Le buisson-ardent. Clara n'était pas très au fait de la symbolique du phénomène, mais elle était sensible à sa beauté, tout comme à celle du cratère qui avait autrefois été un volcan crachant du feu, puis un jardin plein d'arbres et, finalement, un marécage dans lequel les bottes en caoutchouc pouvaient s'enliser, puis lentement sombrer.

Dans les entrailles de la terre. Le ventre de la baleine.

Au bord du cratère, ils avaient trouvé un bout de terrain relativement stable sur lequel ils avaient commencé à bâtir un grand cercle de pierre – il devait mesurer quatre mètres de diamètre, et le creux dans lequel on allait enfoncer le petit aïto paraissait vraiment tout petit en comparaison.

Il s'agissait d'une sorte d'offrande. Ensuite, ils partiraient. Ils remonteraient le cratère et attendraient en haut en mangeant et en buvant du marsala. Ils admireraient le rocher aux oiseaux et sentiraient les plaques continentales se déplacer sous eux.

Au départ, on voulait planter l'arbre sur le rocher aux oiseaux en faisant l'inverse du rituel initial de l'homme-oiseau. Au lieu de couronner quelqu'un roi de l'île, on la rendrait à la nature. C'était l'idée de Siobhan. Dès le départ, Clara l'avait trouvée nulle, pour ne pas dire présomptueuse, mais elle s'était tue.

De toute façon, la proposition, condamnée par sa propre extravagance, avait été rejetée. Les hommes autrefois en compétition pour apporter le premier œuf de fulmar du rocher aux oiseaux à Orongo s'étaient entraînés à cet exploit pendant toute leur vie. Essayer de parcourir le même chemin avec un arbre sur le dos, c'était de la folie furieuse. Finalement, Horst avait mis le pied sur le frein. Les choses ne devaient pas se dérouler ainsi, avait-il déclaré avec l'autorité indiscutable d'un médium adolescent aveugle. Le monde n'allait pas s'autodétruire dans une déflagration, on le savait bien, mais se résorber avec un petit slurp.

Jordan eut l'air content de la voir arriver. Il était en train de traîner une grande pierre jusqu'au cercle. Sans un mot, Clara se mit à l'œuvre et il accepta son aide en silence. Lorsqu'une heure plus tard, le petit monument fut prêt, les campeurs sortirent du cratère et se répandirent aux quatre vents. Vedrana et Horst s'allongèrent sur le dos, tête-bêche, et contemplèrent les nuages. Horst posa la main sur le ventre de Vedrana ; du coin de l'œil, Clara vit que Vedrana avait posé la sienne sur celle de Horst et caressait du bout des doigts ses phalanges blanches. Siobhan courait pieds nus entre les maisons ; on aurait dit qu'elle rassemblait des fantômes de moutons ancestraux. Bernie et Tina avaient sorti leurs couteaux de leurs gaines et comparaient les longueurs des lames.

Jordan, Elif et Clara décidèrent d'aller se baigner et entreprirent de longer le bord du cratère jusqu'à la plage. Ils passèrent devant le précipice où, quelques jours auparavant, Elif avait été repêchée – elle démentait toujours fermement avoir voulu attenter à ses jours. Elle avait aperçu quelque chose, disait-elle. Un objet qui brillait, enchanteur, dans la crevasse ; on aurait dit de l'or. Puis elle était tombée et avait été sauvée. On était venu à sa recherche, ce qui était totalement incroyable.

Elle s'arrêta au bord ; Clara eut l'impression qu'elle allait refaire le coup de la chute, ne serait-ce que pour revivre l'instant du sauvetage. Les yeux plissés, Elif leva la tête vers le soleil et poussa un soupir de contentement.

— Le grand jour est enfin arrivé, je n'arrive pas à le croire.

— Tu as hâte de mourir ? lui demanda Clara. Dans ce cas, on aurait dû te laisser en bas.

— Mais non ! Je ne parle pas de la mort, Clarita. C'est cette nuit qu'elle doit arriver.

Jordan, qui n'avait jamais entendu parler de la némésis d'Elif, lança un regard interrogateur à Clara. Elif lui boxa amicalement l'épaule.

— Dakota, andouille ! C'est cette nuit qu'elle viendra, sur la tête de ma mère.

Ils se rassemblèrent au crépuscule. La nuit tombait toujours d'un coup, tel un voile sur les yeux – non pas comme dans la mort mais comme avant la naissance. Ils allumèrent leurs lanternes et leurs torches électriques, lacèrent leurs chaussures et entamèrent la descente vers le fond béant du cratère. Horst et Vedrana marchaient en tête, chargés de l'arbre – Vedrana tenait le petit dôme de feuillage et Horst, la racine noueuse. Clara était loin derrière. Dans la lueur vacillante d'une douzaine de torches électriques, elle voyait Horst avancer à tâtons, glissant un pied en avant, puis l'autre, comme s'il rampait, mais debout. Il y eut un scintillement lorsque les faisceaux atteignirent les mares et les flaques au fond de la vallée. Le chemin jusqu'en bas n'était pas très long mais, dans l'obscurité, le temps semblait suspendu. On avait même l'impression de remonter l'histoire, de retourner dans le ventre de la mère, de plonger dans la soupe primitive, d'être projeté dans l'espace intersidéral.

Clara inspira profondément et, sentant l'odeur terreuse de Jordan, comprit qu'il n'était pas loin d'elle dans le noir. Elle repensa au temps suspendu à la galerie de Kottbusser Tor, lorsqu'elle avait fixé son propre visage jusqu'à ce qu'il cesse d'exister, ou devienne autre. Cette expérience du surnaturel, de l'inexplicable, l'avait terrorisée mais, dorénavant, elle se sentait en sécurité, comme quand on enfonce les doigts dans de la terre chauffée par le soleil et qu'on y éprouve la texture de sa propre mortalité sans épouvante, comme si, au contraire, il s'agissait d'une promesse. Eau vive, nuit noire. Celui qui croit en moi n'aura jamais soif. Vie éternelle. Elle s'était toujours demandé si leur mère croyait vraiment à tout cela, en toute sincérité. C'est moi qui suis la résurrection et la vie. D'où il viendra pour juger. Cela l'avait-elle aidée, sa mère, quand la nuit tombait, de se dire que cette vie dérisoire n'était pas la seule, et qu'il y avait un lieu où on lui rendrait sa fille ? Celle qui lui avait été enlevée non pas une fois, mais deux ? Elle reviendra, avait dit Horst. Pure invention, bien sûr, le hasard, un fruit de son imagination. Pourtant, d'une certaine manière, il avait raison. Clara l'avait vue, elle l'avait regardée droit dans les yeux, là, dans ce miroir à la galerie, elle était apparue, les lèvres bleuâtres mais en vie malgré le froid.

Ensuite, elle avait cru l'apercevoir un peu partout, à chaque coin de rue, dans chaque feuille en coupe qui recueillait la pluie.

Ils arrivèrent au fond du cratère et serpentèrent en silence entre les flaques jusqu'au cercle de pierre. Ils n'avaient pas parlé du déroulement précis de la cérémonie, pourtant, ils se déplaçaient avec une fluidité parfaite, comme de l'eau qui ruisselle, comme s'ils avaient répété mille fois ce mouvement dans un rêve partagé. Jordan entra dans le cercle, attrapa l'arbre que portaient Horst et Vedrana et l'enfonça solennellement dans le trou creusé au préalable. Les autres se répartirent autour et dirigèrent lentement leurs faisceaux vers le centre. Siobhan, Sytze et Elif se mirent à genoux et recouvrirent la racine globuleuse de terre. Elles la tassèrent à mains nues, ressortirent du cercle, puisèrent de l'eau dans la flaque la plus proche et la laissèrent s'écouler entre leurs doigts. Les autres se levèrent et en firent autant jusqu'à ce que la terre autour de l'arbre soit saturée d'humidité.

Personne ne rit ni ne pleura. Ensemble, ils remontèrent la pente.

On alluma les camping-gaz, les lampes et les lanternes, on enfila des pulls chauds, on mangea du riz à satiété, puis un gâteau au chocolat et à la gelée d'orange au goût assez bizarre que Horst avait sorti comme par magie de son sac à dos. Silencieuse, Clara écouta les bavardages ordinaires. C'était émouvant, finalement : dans l'attente de leur propre extinction imminente, ces gens ne considéraient pas nécessaire de rompre avec leurs vieilles habitudes. Cela devait avoir un sens. Par exemple, que notre vie quotidienne est telle que nous la désirons et que dans toute sa trivialité, elle a une valeur à nos yeux.

Horst s'assit à côté d'elle, silencieux lui aussi. Le regardant sous cape, Clara se rendit compte qu'il lui rappelait Sebastian. Le même bruit de fond sinistre dans l'âme. Le même calme affecté. La même représentation formidablement gonflée de sa propre importance dans le monde.

— Tu me regardes, dit Horst après un moment.

— Tu sais, tu me rappelles mon frère.

— Sebastian.

— Oui. Lui.

— Je lui ai écrit une carte postale, dit Horst. Il aime les *Jaffa cakes*. Et à proprement parler, il n'est pas ton frère.

Clara tenta de classer rapidement les trois déclarations par ordre d'importance pour décider laquelle digérer la première, mais elle n'en eut pas le temps, car Horst reprit :

— En fait, j'avais à la fois tort et raison.

— À propos de quoi ?

Horst fit un sourire pâlot, mais sans tristesse.

— Rien ne se termine jamais, Clara. Tout change, mais rien ne se termine.

Il attrapa son poignet de ses doigts chauds et continua :

— Je dois t'avouer quelque chose : je voulais que ça se termine. *Alles*. Le monde. Pourquoi existerait-il si je ne peux pas le voir ? Comment pourrait-il exister ? L'obscurité m'envahissait et je la croyais impénétrable.

— Et c'était faux ? demanda Clara.

Le poing de Horst se desserra autour de son poignet ; il lui répondit par un hochement de tête presque imperceptible en direction de Vedrana, qui était assise de l'autre côté des camping-gaz.

— Elle porte un enfant, dit-il en posant doucement sa main sur la joue de Clara. Mon enfant. Je veux que tu saches que c'est une fille. Elle s'appellera Violetta.

Clara inspira profondément le prénom dans ses poumons, ferma les yeux et respira encore. *Tu es un être humain, pas besoin d'en faire plus.*

— C'était donc elle, marmonna Clara, émerveillée, en ouvrant les yeux.

Son regard fut attiré par la silhouette mince de Vedrana, ses yeux bleu clair, le léger sourire de satisfaction qui se dessinait sur ses lèvres.

— Qui devait venir. Revenir.

Horst lâcha la joue de Clara, laissa retomber sa main le long de son corps et haussa presque imperceptiblement les épaules.

— *Vielleicht*. Mais c'était peut-être aussi à elle que je pensais.

— À qui ?

Clara détourna les yeux du ventre de Vedrana, si lisse sous son polo noir qu'il était difficile de s'imaginer qu'il englobait le monde entier.

Quelqu'un appela son nom.

Elif.

D'un pas souple, elle arriva en courant à travers l'obscurité, comme une enfant à laquelle on vient d'offrir sa première bicyclette. Elle bondit dans le cercle de lumière ; Clara vit alors qu'elle n'était pas seule. Derrière elle, une jeune femme aux longs cheveux blonds avançait tranquillement. Elle était vêtue d'un short pied-de-poule. À ses oreilles, des boucles d'un bleu brillant représentant des plumes de paon se balançaient suavement.

— Tu vois, Clara ? Tu vois que j'avais raison ? Alors, tu dis quoi, maintenant, hein ? Tu dis quoi ? Tu vois qui c'est, non ?

Dakota Fanning.

Debout au bord du gouffre, enfin, à quelques centimètres, dans l'obscurité, il semblait en lévitation, comme si l'eau noire et brillante allait se soulever pour toucher ses plantes de pieds – ces semelles de corne crasseuses qui avaient arpenté pierre, terre et braises ardentes, qui savaient apprécier les feuilles mortes en décomposition, l'herbe d'une friche et les bivouacs mouillés de rosée. Comme s'il allait marcher sur l'eau, traverser la mer et s'éloigner d'elle.

Jordan. Au point du jour, Clara s'aperçut qu'il n'était plus assis parmi les autres autour des camping-gaz bourdonnants. Occupée à bavarder avec Elif, elle ne l'avait pas vu disparaître. Elif avait enfin retrouvé sa némésis, sa meilleure moitié, son alter ego blond vêtu d'un short pied-de-poule. Sa sœur, son Ava ressuscitée, revenue d'entre les morts, apparue comme par magie.

La magie, se dit Clara. Shakespeare. Hollywood.

Elif lui avait raconté quelque chose d'encore plus étrange.

— Écoute, Clarita. J'ai de bonnes nouvelles. Ce n'est pas *toi*. Pas mal, hein ?

La magie, Shakespeare, Hollywood.

Car c'était Sebastian, avait dit Elif. L'enfant échangé : Sebastian. Naufragé, mais pas mort.

Elif le savait grâce à ses relations. Plus précisément, elle était en contact avec son père, qui était le patron de Sebastian et avait lui aussi des relations, entre autres la mère des triplés. Après un enchaînement tortueux d'entretiens téléphoniques parsemés de menaces et de flatteries, Elif avait finalement obtenu l'information. Elle la tenait au creux de sa main et la tendait à Clara en guise de cadeau, comme un scarabée en or.

— Et moi qui croyais... dit Clara sans terminer sa phrase, car elle n'était pas sûre de ce qu'elle voulait dire.

Elle avait cru tant de choses.

— Parfois, mon chou, il vaut mieux poser ouvertement la question, dit Elif.

Clara avait levé les yeux. Elle avait vu Dakota Fanning portant un chaton sur ses genoux, absolument véridique, avec un chatoiement tout à fait réel autour de sa tête parfaite. Elle avait vu les mouettes, les nuages en lambeaux, les premiers rayons du soleil. Le monde qui tournait encore. Qui serait un jour anéanti. Mais pas encore. Elle avait vu Jordan au loin, un petit point à l'horizon, et l'avait rejoint.

Mais elle n'osait plus approcher. Elle n'osait pas rester immobile non plus, ni crier ni garder le silence. Le moindre son pouvait dissiper les nuages sous ses pieds comme de la vapeur d'eau.

Peut-être qu'il n'existait pas. Car s'il existait, comment pouvait-il flotter ainsi, suspendu dans l'obscurité, crucifié sur fond de firmament ?

“Toute peur est en réalité la peur de perdre”, se dit Clara.

— Jordan ?

Il se tourna vers elle, absolument véridique, debout sur un sol tout à fait réel. Il était au bord du précipice, les yeux rayonnants, pointant son doigt vers le fond.

— Quoi ? demanda Clara.

— Viens, dit-il en se couchant sur le ventre, juste au bord. Viens voir.

Elle s'allongea à côté de lui. En contrebas, la falaise s'abîmait dans l'océan. La marée descendait. Ici et là, le sable s'élevait comme des nuées de neige au-dessus du sol humide. Étoiles de mer, carapaces de crabes et, dans un coin : un grand homard noir solitaire qui, lentement, très lentement, sortait en rampant d'une crevasse et cheminait vers l'eau.

Tous les amours, même ceux qui sont mal partis, ont une chance de renaître, purs et innocents. C'était au tour de Clara et Jordan.

L'homme qui avait demandé : Tu dors ?

Et la femme qui avait répondu : Il faut que je te pose une question. C'est à propos de ma sœur.

V
LONDRES

Dans la vitrine d'une boutique de musique de Charing Cross Road, il y avait un piano mécanique devant lequel était assise, sur un tabouret, une marionnette de chat couleur marmelade. Ses pattes planaient au-dessus des touches. C'était repoussant, tout simplement ignoble, Matilda n'avait jamais rien vu de plus grotesque de toute sa vie : des yeux vitreux, à juste titre puisqu'ils étaient en verre, un sourire artificiel grimaçant sur un visage figé de faux chat, le piano qui jouait *Le Beau Danube bleu* – bleu ! Cela lui faisait regretter les eaux troubles et jaunâtres de la Spree pour la trente-quatrième fois depuis qu'elle était arrivée à Londres.

Une ville atroce, absolument détestable. Matilda ne parvenait à éprouver rien d'autre. La tortueuse Tamise s'enroulait, grise et dure comme du ciment autour de ses jambes, hachurée d'agaçantes lames de soleil automnal – cours après moi ! Cours après moi ! Tu ne m'attraperas pas ! Elle avait traversé un tas de ponts et, au beau milieu, senti leurs extrémités se soulever et se refermer sur elle comme une mâchoire de fer. L'empire ! La reine ! Comment réduire l'Inde en esclavage ! Mépriser l'Europe, l'Allemagne, Angela ! Tant de crimes impunis, et que faisait-on au lieu d'en répondre ? On construisait des tours de verre qu'on vendait encore et toujours au plus offrant. Matilda, se frottant les yeux à l'aide des manches de son pull, détourna la tête du spectacle grotesque du petit chat dans la vitrine, traversa la rue et entra fermement dans un Superdrug. À l'entrée se succédaient des piles de gros titres creux : une princesse avait donné naissance à un enfant – comment s'appelait-elle, déjà ?… Kate ? Elle était si maigre que les tabloïds avaient redouté qu'elle n'en soit pas capable. Enfin, voilà, la prestation était accomplie, et même pour la troisième fois – quelle bonne fifille ! Debout sur le perron de l'hôpital, elle faisait un signe de la main juste après son accouchement, maquillée comme pour l'abattoir. Ces saloperies mériteraient d'être pissées dessus. Comme ce pays tout entier. Tous les pays mériteraient d'être pissés dessus. Et pourquoi pas se pisser soi-même dessus, tant qu'on y était. Un pet dans l'espace, voilà à quoi se réduisaient nos existences insignifiantes. D'ailleurs, autant ne pas exister. Car quelle chance y avait-il ? Microscopique. Quelle était la probabilité que Matilda, Sebastian et Clara existent ? Négligeable. Des jumeaux, d'accord, mais des triplés… Et même si l'un d'entre eux avait atterri au mauvais endroit, leur mère avait quand même expulsé trois gamins, et en même temps, par-dessus le marché. Sans césarienne, s'il vous plaît. Il y avait de la magie là-dedans. Ou de la manie. Après, on accusait *Matilda* d'être maniaque ! Qui avait dit ça, déjà ? Billy ? Sa pouffiasse d'ex en pleine biture ? Bernarda la chienne, qu'elle voyait parfois en rêve pousser des glapissements déchirants ? L'enfant qui hurlait, avec son trou entre les valvules et son cœur en miroir ? Ou sa mère, qui avait vu le diable de ses propres yeux, un matin, au "bienheureux effroi" ? Ce ne serait quand même pas Kathleen, auprès de laquelle Matilda s'était réfugiée après avoir fui le Västerbotten ? Non, n'importe qui mais pas Kathleen. Elle ne croyait pas en la folie, elle le lui avait dit. Elle ne croyait qu'au cosmos.

Il y avait de nombreux rayons à Superdrug, sûrement un millier. Brosses à dents, lotions antipoux, maquillage, maquillage, maquillage. Matilda fit quelques tours du rayon parapharmacie, puis faux cils, puis rasoirs électriques. Elle avait l'impression de devenir une présence suspecte, cocaïnomane ou voleuse à l'étalage. Pour finir, elle arriva au rayon convoité, se couvrit le nez de sa manche et parcourut des yeux les paquets plastifiés. Son pull avait l'odeur de Kathleen. Normal, il lui appartenait. Quand Matilda avait sonné à sa porte et lui avait menti en la regardant droit dans les yeux, Kathleen lui avait prêté son pull. Qui avait traité Matilda de manipulatrice, déjà ? Eh bien, c'était vrai. Elle avait menti à Kathleen à propos de Billy, de Siri, de tout. Elle lui avait dit être partie volontairement parce qu'il l'avait frappée, et n'avoir nulle part où aller. Comment Kathleen aurait-elle pu savoir que le bleu venait du poing d'un enfant de cinq ans et non de celui d'un homme adulte ? Un ignoble mensonge, bien sûr, mais Kathleen croyait tout ce qu'on lui disait, comme tous les modèles de bonté.

À l'époque, Matilda parvenait encore à se convaincre qu'elle pourrait apprendre la bonté, elle aussi, si elle s'y mettait vraiment à fond et faisait des efforts surhumains pour cultiver sa crédulité – elle nouait des cristaux dans des mouchoirs qu'elle trimbalait dans sa poche, disait "moi aussi" quand Billy lui disait "je t'aime" et avait même répondu à une arnaque nigériane. Elle avait ensuite fait un virement de trente euros à un gentilhomme italien dans la détresse, à qui l'on avait volé son portefeuille à Mogadiscio. Il ne lui avait même pas envoyé une carte postale en remerciement. Qu'avait fait l'escroc de son argent ? Acheté les services d'enfants prostitués ? Fondé un empire international de la drogue ? Démoli sa cuisine presque neuve pour la remplacer par une encore plus neuve, avec des plaques à induction et un distributeur de glaçons ? Emmené sa fille adolescente en week-end à Londres et rempli ses sacs de vêtements en maille Primark fabriqués ailleurs par des enfants ouvriers ? Elle avait raconté tout cela à Kathleen dans une tentative de montrer son vrai visage ou, du moins, sa fausse bonté. Cela dit, en réalité, elle avait toujours su que ses bonnes actions étaient des bluffs visant à se convaincre elle-même qu'elle était convertie, pleine de grâce, une nouvelle Matilda, qu'elle était devenue si bienveillante qu'elle croyait désormais en l'incroyable : la valeur humaine.

Mais Kathleen qui, à sa manière américaine débordante de naïveté, était réellement quelqu'un de bien, l'avait regardée avec empathie et tendresse : "Tu sais, je crois que les gens qui envoient ce genre de mails ont une bonne raison de le faire. Peut-être qu'ils n'ont pas l'intention d'utiliser l'argent exactement comme ils le prétendent, mais qu'ils en ont quand même besoin, n'est-ce pas, sinon, ils ne feraient pas ce genre de choses ? Ils sont forcément désespérés, n'est-ce pas ? Et en réfléchissant bien, tu te rendras certainement compte que tu le savais et que tu as accompli une bonne action en aidant une personne dans la détresse, alors qu'un autre aurait juste cliqué sur « Supprimer ». C'est comme avec les réfugiés syriens. Il ne viendrait pas en Europe s'ils n'y étaient pas obligés, tu ne crois pas ? Il faut quand même remettre les choses en perspective." Matilda en avait eu la nausée. Merde ! Ce n'était quand même pas pareil. Comment Kathleen pouvait dire un truc pareil ? Mais elle était si belle en position de lotus sur son canapé vert mousse, ses cheveux roux flamboyants noués en chignon négligé, rayonnante, entourée d'une aura dorée qui semblait irradier autour de son corps hyper souple et débordant de sympathie, que Matilda, la larme à l'œil, n'avait pu s'empêcher d'acquiescer. Et comme elle s'en était toujours doutée, il régnait chez Kathleen une harmonie colorimétrique totale. Pas seulement parmi ses affaires, ses tissus, ses bols, ses mugs de thé à moitié pleins, mais aussi dans l'atmosphère qui vibrait sereinement dans des tons d'ocre et d'ambre. Matilda s'était sentie en sécurité, convaincue que la couleur qui n'avait pas de nom ne la retrouverait pas ici.

Bien sûr, elle n'avait pas pu résister, en tout cas pas longtemps. Elle avait passé trois nuits sur le canapé de Kathleen, mangé du pumpernickel dans sa cuisine, enduit son corps de ses crèmes Weleda et emprunté ses pulls tricotés, puis elle avait senti qu'il était temps de partir. Non pas que Kathleen semblât vouloir se débarrasser d'elle, au contraire, mais parce que ses questions bienveillantes et ses exhortations opiniâtres à aller voir la police devenaient de plus en plus difficiles à éluder. Comment aurait-elle pu lui expliquer qu'étant donné la nature du problème, la police ne pouvait vraiment pas l'aider ? Qu'on ne pouvait pas prononcer une injonction d'éloignement à l'encontre d'une couleur ? Kathleen l'aurait pris pour une métaphore. Elle se serait mise à parler de l'énergie négative de Billy. Mais Billy n'avait pas d'énergie négative, il était le *soleil* en personne. Malgré tous ses défauts, toutes ses insuffisances, même s'il chiquait en dormant et laissait des traces brunes sur les taies d'oreiller, même s'il défendait son ex-femme envers et contre tout, même s'il simulait un vomissement à chaque fois qu'elle mettait First Aid Kit. Billy était quand même, contrairement à elle, une force positive dans le monde. Et dans sa vie. Et le bien qu'il faisait, elle l'avait étouffé de ses propres mains, éteint comme une flamme entre le pouce et l'index.

C'était la faute de cette couleur qui provenait peut-être d'elle-même. Elle voulait en avoir le cœur net, voilà pourquoi elle avait décidé de venir voir son frère Sebastian qui savait tant de choses, qui avait emmagasiné tant de connaissances sur le cerveau et sur elle. Sebastian qui, contrairement à Billy, à Clara et au reste du monde, ne l'avait jamais jugée, jamais haïe, même si elle avait tout fait pour le mériter.

Matilda tendit un doigt et toucha l'un des paquets sur l'étagère, puis le prit doucement dans sa main. Inutile de lire le descriptif, elle connaissait le fonctionnement. Faire pipi, attendre. Un trait bleu ou deux. Parallèles ou en croix, peu importait. Mais Sebastian n'en savait encore rien. Elle lui avait tout raconté, presque, tout sauf ça, elle n'avait rien dit de l'étrange sentiment d'effroi mêlé d'espoir qui bourdonnait dans son corps depuis quelques semaines, de plus en plus déchaîné, désespéré, comme un insecte enfermé sous un verre retourné, à la fois ivre de sucre et terrorisé. Ni rien sur le fait qu'elle l'avait déjà vécu mais sans le sucre, ni l'espoir, ni la confiance hésitante, ni le bonheur possible.

Elle serra l'emballage, fort, et tenta de faire un pas vers la caisse. S'il n'avait pas été aussi *bleu*. Azur. C'était même le nom de la marque : Azur. Une véritable provocation. Elle examina les autres marques, sachant que certaines produisaient des traits rouges comme du sang délayé, mais il n'y en avait pas en rayon. Tout clignotait en bleu, bleu, bleu jusqu'à ce qu'elle ne puisse plus rester, il y avait un garde là-bas, il la regardait, la soupçonnait d'être exactement ce qu'elle était, quelqu'un de sournois, de perfide, en qui on ne pouvait pas avoir confiance, quelqu'un qui était capable de lever la main sur un enfant mais pas de l'assumer ni de démêler le sordide merdier après l'avoir provoqué, quelqu'un qui ne méritait pas ce qu'au fond, commençait-elle à sentir, oui, à savoir avec certitude, ce qu'en dépit de tout, elle voulait garder.

Et si cela n'avait pas lieu ? Si le trait apparaissait seul, sans son jumeau ? Que faire ? Le garde s'approchait désormais d'elle, et sa grande aura ronde était d'un bleu colérique et glaçant. Elle reposa le paquet sur l'étagère, tourna les talons et ressortit parmi les voitures et les gaz d'échappement, dans une ville qui n'était pas la sienne et une solitude qui l'était.

Sebastian voulait parler à Jennifer Travis. Non, il *devait* lui parler. Sa volonté demeurait trouble, ce qui, de toute façon, n'avait pas grande importance, comme d'habitude. Trois jours étaient passés depuis que Matilda était apparue à l'Institut, assise dans la salle d'attente de Benedict, souffrant d'un déficit apparent de graisse sous-cutanée et parlant de bleu, d'une couleur qui n'existait pas et qui n'était pas le bleu et d'un paon prénommé Göran.

Cette histoire de paon inquiétait beaucoup Sebastian, quasiment plus que le fait que Matilda ait, selon ses propres dires, frappé sa belle-fille. En fait, il avait du mal à croire à cette histoire, c'est-à-dire à l'incident concernant l'enfant – Matilda avait toujours tendance à exagérer, surtout quand elle racontait ses propres mauvaises actions.

Le paon, en revanche… Ce détail le dérangeait. Pourquoi ? Il ne le savait pas exactement, il avait besoin de Travis pour le découvrir, mais lorsqu'il se rendit à son labo, il ne l'y trouva pas. Poussant un soupir, il s'assit sur une chaise et, appuyant sa tête contre un terrarium, écouta le chant grasseyant de quatorze *Zammara tympanum*, une espèce de cigale potelée, vert émeraude, aux ailes diaphanes, brillantes comme des bulles de savon. Il se demanda ce que Travis pouvait bien fabriquer mais ne parvint pas à se concentrer. Matilda surgissait implacablement dans ses pensées, tenant des harangues incohérentes sur des meurtres d'enfants et un mal héréditaire. Il avait déjà entendu le même genre de discours, parfois en d'autres termes mais, cette fois-ci, c'était différent, il le sentait, cela ne ressemblait pas en tout point à ses crises habituelles. Certes, elle était dans un état de grande exaltation quand il était allé la chercher, mais ensuite, en rentrant chez lui, elle s'était calmée. Il lui avait demandé si elle prenait ses médicaments, et elle lui avait répondu hargneusement que oui.

Il avait décidé de ne pas insister. Sans plus intervenir, il l'avait laissée vider son sac, puis l'avait couchée sur le divan. L'observation, avait songé Sebastian, était le point de départ de tout diagnostic sérieux. Il allait la garder en observation, étudier son comportement, vérifier qu'elle prenait effectivement ses médicaments. Et quand il n'aurait plus aucun doute sur la stabilité de son état, il pourrait envisager de lui raconter son effroyable découverte.

— Sebastian ! J'ai fait une *effroyable découverte* !

La porte du labo, poussée de l'intérieur, se referma avec un claquement fracassant qui fit bondir Sebastian. Cachée derrière, Jennifer Travis, les yeux brillants, se mordillait nerveusement la lèvre inférieure.

— Je ne peux pas t'en parler ici, dit-elle. Viens. Je connais un passage secret pour sortir.

Elle l'emmena dans un bar gay de Soho – le seul endroit où, peut-être à tort, elle se considérait à l'abri d'une soudaine intrusion de Corrigan. Ils avaient commandé deux White Russian que Travis avait bus tous les deux pendant que Sebastian tentait désespérément de stopper un ruisseau de larmes. Il ne l'avait jamais vue pleurer – il l'en croyait incapable ; un peu tard pour se détromper, s'avérait-il, car cela signifiait qu'il n'était pas parvenu à piéger Corrigan à temps. Et cette fois, le salopard avait vraiment dépassé les bornes.

— Il… il… sanglota Travis dans la lumière saccadée d'un stroboscope.

— Il quoi ? Qu'est-ce qu'il a fait, Jennifer ? Il a… Il s'en est pris à toi… Hum… D'une manière ou d'une autre ?

— Tu me demandes s'il y a eu des attouchements ? La réponse est non, dit Travis en se séchant les yeux, avant d'éclater à nouveau en sanglots. Pardon, murmura-t-elle, pardon.

— Ce n'est pas grave.

— En fait… ce sont les cigales, Sebastian. Il veut s'en débarrasser ! Pour de bon ! Pas de cachotteries cette fois, il m'a regardé droit dans les yeux et m'a dit : "Maintenant, il faut se débarrasser de cette vermine, Travis !"

Sebastian fronça les sourcils.

— Mais pourquoi ?

— Je ne sais pas, répondit Travis en haussant les épaules. C'est peut-être une démonstration de force. Ou une punition. Parce qu'il croit que je me soucie d'elles.

— C'est vrai, d'ailleurs.

— Possible. Mais vois-tu, ce n'est pas pour ça que je pleure.

— Bien sûr que non, marmonna Sebastian.

Travis leva la tête et fixa un coin de la pièce où un jeune homme vêtu d'un caleçon de cuir orné d'un imprimé "USSR" à travers le fessier avait grimpé jusqu'au plafond à l'aide d'une simple barre verticale, et accomplissait désormais des mouvements d'entrejambe absolument insensés en se tenant aux murs et au plafond comme une araignée.

— En quoi crois-tu que ta sœur soit mêlée à cette histoire ? demanda Travis.

Sebastian tressaillit.

— Ta sœur Matilda. Elle ne s'est quand même pas pointée ici par *hasard*.

— Matilda ? Mais comment tu sais…

Travis leva les yeux au ciel.

— J'en ai parlé avec Corrigan. Il m'a dit qu'elle était synesthète. C'est vrai ?

Sebastian se sentit brusquement mal à l'aise.

— Mais comment sait-il qu'elle est là ?

Travis se moucha dans sa manche et le regarda avec un certain mépris.

— Mais sur quelle planète tu vis, l'ami ? Tu n'as toujours pas compris qu'il savait tout ? En tout cas tout ce qui se passe à l'Institut. Mon Dieu… Je croyais que c'était déjà acquis.

Sebastian ferma les yeux, complètement épuisé. Il essaya de penser à Laura sans vraiment y penser. Plus concrètement, il tenta de s'imprégner de ce qu'il éprouvait habituellement en évoquant le souvenir de sa personne, sans pour autant réellement penser à elle comme à un être humain en chair et en os dans un contexte réaliste puisque ce contexte, la toile de fond, la vie actuelle de Laura, était sans doute une terrasse sur la place d'Espagne. L'évocation du quotidien de Laura avait depuis longtemps cessé de le réjouir. *Il sait tout ce qui se passe à l'Institut.* Son malaise empirait. Mon Dieu. Sebastian eut soudain envie de rire. Comment avait-il pu croire que c'était un secret ?

— Alors ? Elle l'est ?

— Quoi ? dit Sebastian en rouvrant les yeux.

— Synesthète ? Ta sœur ?

— Ah ! Oui… Oui, c'est vrai. Puissance dix, j'en ai bien peur.

Sebastian aurait adoré discuter des symptômes de Matilda et faire d'éventuelles associations entre sa synesthésie et leur vie familiale dysfonctionnelle mais, à ce stade, il avait appris à faire les choses dans l'ordre, particulièrement avec Travis. C'était le seul moyen d'arriver à ses fins.

— Elle a un rapport très compliqué avec ses sens, c'est le moins qu'on puisse dire. Surtout en ce qui concerne les couleurs. Mais Travis, on pourrait se concentrer un peu, s'il te plaît ? Corrigan veut se débarrasser des cigales ? Qu'est-ce que tu veux dire exactement ? Est-ce qu'il t'a donné une explication ?

— Aucune. Optimisation, ce genre de conneries, répondit Travis qui prit une gorgée de son deuxième White Russian, essuya de la mousse sur sa lèvre supérieure et sortit son téléphone. Je ne comprends même pas pourquoi ça m'étonne, il a quand même déjà essayé de les brûler.

— Tu en es sûre ? dit Sebastian, qui avait toujours eu des doutes sur la culpabilité de Corrigan dans l'incendie qui avait presque coûté la vie aux cigales – et à Travis elle-même.

Celle-ci eut une moue de dédain.

— Tiens, dit-elle en lui tendant son téléphone et en déverrouillant l'appareil d'un seul geste. Si tu doutes encore de sa culpabilité. Le dernier corrélat. Enfin l'avant-dernier, il me semble. Je l'ai trouvé dans son bureau alors qu'il venait de m'annoncer qu'il liquidait sans préavis mon projet sur les cigales. Il est allé aux toilettes. Il m'a fait comprendre qu'il était constipé et qu'il y passerait au moins vingt minutes. Comme s'il *voulait* que je le trouve, et que je sache qu'il le voulait. Tu le crois, toi ? Quel salopard… Il nous manipule, Sebastian, depuis le début.

Sur l'écran du téléphone de Travis, Sebastian vit la photo d'une toile. Une affiche, semblait-il. Un motif sombre, grotesque.

— Tu connais cette peinture ? demanda Travis.

— C'est un Goya… marmonna Sebastian.

Pour une raison qu'il ne comprit pas sur le coup, il eut un haut-le-cœur. Goya… *Ce que j'aime chez lui, c'est qu'il n'a pas peur du noir.* Comment avait-il pu être aussi aveugle ? Larkin ! Merde ! Et Woodman ! Toutes ces photographies, la voir pendue là… Pendue, nom de Dieu ! *Alight for the Royal Institute of the Blind…* Et les bulles de savon, Laura qui, un soir, avait fait des bulles de savon et s'était transformée en arc-en-ciel au creux de sa main. Frank Auerbach qui avait passé sa vie à peindre Mornington Crescent. Quelque part dans l'esprit de Sebastian, une petite boule de neige se mit à rouler, à tourner, à tourner. *Tu n'as toujours pas compris qu'il savait tout ? En tout cas tout ce qui se passe à l'Institut.*

— Hé ho ! Sebastian ? Tu es là ? Le tableau s'appelle *Saturne mange ses enfants.* Tu sais pourquoi Saturne a mangé ses enfants ? Parce qu'il en avait peur. Exactement comme Corrigan a peur de nous. C'est un avertissement, une menace.

Il va nous détruire, voilà ce que ça signifie. Et tu sais ce que je crois encore ? Je crois que…

Sebastian était désormais lucide. Il voyait ce qu'il n'avait pas pu, pas su, pas osé voir. Tout était lié, Travis avait raison, l'apparition de Matilda n'était pas un hasard, ni la disparition de Clara – ni même son histoire d'amour délirante avec la femme la plus belle et la plus triste du monde. Ni le fait qu'il ait été ébloui par son sourire au point de ne pas comprendre qu'eux deux, Laura et lui – non, eux tous ! –, n'étaient que des pions dans un jeu bizarre au but mystérieux et à l'issue encore inconnue.

— Non, non, Jennifer. Écoute, dit-il en tapant du poing sur la table. Ça n'a rien à voir avec nous deux. Ni avec les cigales. Ni même avec mes sœurs, en tout cas pas seulement.

— Qu'est-ce que tu veux dire ?

À une table de conférence tout en haut de l'Institut, on faisait tourner un plat de *Jaffa cakes*. À la place d'Espagne, un verre à vin carré tomba et se brisa en mille morceaux contre le pavé. Un chien dénommé Bernarda se retourna dans sa tombe.

— Laura, chuchota Sebastian. Il s'agit de Laura et de moi. Nous sommes le dernier corrélat.

Sebastian mit un bon moment à expliquer à Travis le rapport entre Laura Kadinsky, plus connue à l'Institut comme "la femme sans profondeur", et les événements. Il dut ravaler sa honte. Enfin, il se pencha en avant sur la table haute et, à voix basse, avoua que Kadinsky et lui avaient eu et avaient peut-être encore une *liaison inconvenante*. Brusquement, Travis sembla percuter.

— Ah bon ! s'écria-t-elle en retournant son verre à cocktail vide sur la table dans un geste triomphal. Tout mystère digne de ce nom tourne autour d'une belle femme. *Cherchez la femme* et ainsi de suite. Dire que je ne l'avais pas compris plus tôt…

Un peu malgré lui, Sebastian se sentit obligé d'acquiescer, car tout cela était indubitablement étrange. L'apparition de Laura qui avait déclenché un déchaînement de folie dans sa vie. Tous les détails de leur relation qui correspondaient au corrélat de Travis. Le dégoût systématique de la guenon moraliste vis-à-vis de leur aventure. Il l'avait interprété comme une indignation ordinaire d'ordre moral face à sa mauvaise conduite, une condamnation de cette liaison charnelle avec une femme mariée dans l'espoir – oui, il pouvait désormais l'admettre – qu'elle quitte un jour mari et enfant pour refaire sa vie avec lui. Mais peut-être que la guenon savait quelque chose que lui-même préférait ignorer. Il avait espéré que Laura serait la faille tant chantée par les poètes, celle par laquelle entre un filet de lumière, mais ce n'était peut-être pas le cas – en fait, sûrement pas –, la déchirure que les ongles manucurés de Laura s'étaient acharnés à creuser dans le brouillard dépressif de sa vie avait, en réalité, ouvert la voie au chaos.

Ce n'était pas son intention, du moins ne le croyait-il pas. Ou bien… ? Aussi pénible que lui soit l'idée, il était bien obligé de l'envisager : sa liaison avec Laura n'était-elle qu'une sorte de *piège* ? Une comédie orchestrée de A à Z par Corrigan ? Mais dans quel but ?

— Sebastian… dit Travis en lui essuyant le front avec la serviette qu'il lui avait tendue pour qu'elle essuie ses larmes. Ta Laura… aurait-elle un lien avec les paons ? Parce que j'ai aussi trouvé ça. Enroulé dans la fiche. Et je me suis dit que ce n'était pas un hasard.

Non, songea Sebastian en soulevant de ses doigts tremblants la plume brisée que Travis avait posée sur la table – l'œil bleu profond d'une plume de paon, d'une intensité étouffante à la lumière artificielle du bar. Non, ce n'était pas un hasard.

Quand Sebastian rentra chez lui, ce soir-là, sa sœur était sur le point de se noyer dans ses propres larmes – une vision profondément choquante. Matilda était une hurleuse, pas une pleureuse, et voilà qu'il la trouvait recroquevillée dans sa toute petite salle de bains, sanglotant comme une enfant qui venait de perdre sa possession la plus chère. Il resta un moment interdit sur le seuil, témoin muet d'une scène dont il comprit instinctivement le caractère profondément intime. Elle était perchée sur le couvercle des toilettes, accroupie, les jambes pressées contre le ventre, le front contre les genoux.

— Tilda ? Tilda, qu'est-ce qu'il y a ? dit-il enfin. Il est arrivé quelque chose ?

Elle leva son visage baigné de larmes, familier mais un peu plus pâteux et fatigué que d'habitude.

— Je sais ce que tu dois te dire, mais je te jure, ce n'est pas une crise. C'est la couleur, Sebastian, la couleur. Elle me veut quelque chose. Je croyais savoir quoi, mais je n'en suis plus si sûre. Tu sais quand je l'ai vue pour la première fois ? Quand elle est morte. Je veux dire Violetta. À son enterrement. Mais qu'est-ce que ça veut dire, Babou ? Merde ! Dis-le-moi, toi, au moins !

Mais il en était incapable. Il ne le voulait même pas.

Il lui fit à dîner dans sa kitchenette : pommes de terre au four et carrés de beurre fondant, maïs doré en conserve. Il s'excusa d'être un si médiocre cuisinier, mais Matilda mangea avec appétit. Malgré tout ce qu'il ne savait plus sur sa sœur, il put constater que son goût pour la nourriture couleur rayon de soleil n'avait pas changé. Décidément, si l'on pouvait se nourrir de résine d'arbre ou d'ambre liquide, elle ne mangerait jamais rien d'autre.

Il la regarda. Sa sœur belle et forte. Il se souvint de la première fois qu'elle lui avait parlé de sa synesthésie, un soir juste après son retour du Bangladesh, environ un an avant son départ pour l'Allemagne. Elle avait eu une révélation en lisant un livre de Siri Hustvedt et enfin compris de quoi il s'agissait, lui avait-elle raconté. Pourtant, elle en souffrait depuis toujours, aussi loin que remontaient ses souvenirs et même sans doute avant, car quand elle avait interrogé leur mère, celle-ci lui avait confirmé que bébé, elle aimait déjà tout ce qui était jaune, entre autres un seau en plastique jaune d'or qu'elle s'enfilait sur la tête dès qu'elle le pouvait, c'est-à-dire assez souvent, car Matilda, contrairement aux deux autres triplés, n'avait pas peur de s'éloigner en rampant de sa mère. Elle avait toujours raisonné en couleur, avait-elle dit à Sebastian en ouvrant la fenêtre du salon dans le domicile maternel, qui était aussi leur ancienne villa familiale. C'était en mai et les lilas fleurissaient. Maman Isaksson était à la maison paroissiale, Clara, à Stockholm, Violetta, recroquevillée dans sa propre cage thoracique. Matilda s'était perchée sur le rebord de la fenêtre, avait allumé une American Spirit et tendu le paquet bleu pâle à Sebastian. Un an plus tard, Violetta était morte et Matilda, obligée de passer au paquet jaune d'or même si elles avaient un filtre trop épais à son goût : à ce stade, elle ne supportait même plus le bleu ciel. Mais désormais, assise sur le rebord de la fenêtre, remuant ses orteils nus comme des cils dans le soir tiède, elle lui décrivait la palette merveilleuse des couleurs du Bangladesh et l'étrange sensation de revenir dans une maison où leur père ne vivait plus – en même temps, ça ne l'étonnait pas. Leurs parents avaient toujours été mal assortis, avait-elle dit. Les teintes de leurs âmes juraient. Cela se voyait dans l'atmosphère qui les entourait.

Sebastian l'avait d'abord crue défoncée. Ce n'était pas le cas, se révéla-t-il, car Matilda ne s'était mise à fumer de l'herbe qu'en déménageant à Berlin et, bientôt, Sebastian avait compris qu'elle n'était pas une hippie ordinaire, comme il l'avait toujours pensé, mais réellement synesthète, et que la complexité de sa synesthésie la rendait difficile à cerner. Comme pour de nombreux synesthètes colorimétriques, dans l'esprit de Matilda, les chiffres, les lettres, les unités temporelles, les tons, les bruits, et jusqu'aux plus petites parties du discours comme les phonèmes et les graphèmes, possédaient des couleurs. Mais dans son cas, ça ne s'arrêtait pas là : les sentiments, les personnes, les sensations physiques aussi, et même les actes, qui revêtaient donc dans le psychisme de Matilda un caractère beaucoup plus concret que pour les autres. Elle percevait les sentiments et les idées comme des phénomènes quasiment tangibles. Entre le monde extérieur et son univers intérieur, il y avait une frontière, certes, mais moins nette que pour la plupart des gens. Sebastian avait toujours trouvé cela beau et fascinant, peut-être avait-il même été un peu jaloux de ce don. Elle devait arpenter le monde comme on traverse un océan de joyaux bariolés.

Mais il n'était plus si sûr de l'envier.

— Le bleu te pose encore des problèmes ? lui demanda-t-il quand elle eut terminé son assiette.

Elle fit une moue de dédain.

— Des problèmes ? Je ne le supporte pas. Regarder du bleu me fait mal. Je veux dire physiquement, dans ma tête. C'est comme si on me tranchait le cerveau. Tu ne peux pas comprendre à quel point c'est épuisant, je te jure.

— Et avec cette autre couleur dont tu me parles, tenta Sebastian. C'est différent ?

— Oui, je te l'ai dit. C'est une couleur qui n'existe pas.

— Mais tu l'as vue ?

— Souvent. Depuis l'enterrement. Et ces derniers mois, avec toutes ces embrouilles entre Clara, toi et moi, elle apparaît de plus en plus fréquemment. Et le reste empire aussi. Le bleu, par exemple.

Elle se tut. Puis elle reprit :

— Tu ne t'es jamais dit qu'elle avait les yeux vraiment très bleus ? Pour moi, c'était difficile de la regarder en face. Mais sache que j'ai essayé. J'ai vraiment essayé, pour toi.

Sebastian se leva et retourna dans la kitchenette, où il mit de l'eau à bouillir pour s'occuper les mains. Il avait le tournis et se sentait nauséeux. Une nouvelle pensée lui avait traversé l'esprit : peut-être y avait-il un lien là aussi ? C'est-à-dire entre les yeux bleu azur de Violetta et la cruelle inaptitude de Matilda à endurer cette partie de la palette des couleurs.

— Thé ou café ? demanda-t-il.

— Du thé, merci. Aussi *flotteux* que possible.

Depuis plusieurs jours, voire plusieurs semaines, Sebastian avait été obligé de remettre en question le sens de nombreux faits qu'il avait longtemps pris pour acquis, comme le sentiment que la mort de Violetta ne touchait au fond que lui et qu'il devait en porter seul le fardeau et affronter seul le deuil. Certes, Matilda l'avait aimé à sa manière, Clara, non, et sa mère avait observé d'un air soucieux la masse corporelle en constante diminution de Violetta. Certes, sa mort avait fondamentalement ébranlé la dynamique déjà défaillante de sa famille, plus encore que le divorce de ses parents. Certes, il était ensuite arrivé quelque chose qui semblait avoir rompu le dernier fil ténu qui reliait Clara et Matilda. Mais tout ceci, avait-il bêtement raisonné – enfin, dans la mesure où, encore plongé dans le brouillard et rongé par le deuil, il avait vraiment été capable de raisonner –, serait arrivé de toute façon. La seule existence profondément chamboulée par la mort de Violetta, par le fait qu'elle avait existé et que, du jour au lendemain, elle avait disparu était la sienne. C'était lui qui l'avait aimée, tout de même ! Lui et lui seul. Lui qui l'avait trahie, qui n'avait pas su la sauver. Lui qui avait choisi d'ignorer l'évidence, dans l'espoir que celle-ci disparaîtrait d'elle-même.

Il se figea dans son mouvement et laissa tomber un passe-thé dans l'une des tasses avec un ploc. Mais peut-être Violetta n'avait-elle pas seulement déteint sur sa vie à lui. Peut-être rien n'était-il jamais aussi simple ni aussi compliqué qu'à première vue. Peut-être tous les êtres humains étaient-ils reliés entre eux, formant un motif si complexe qu'en comparaison, les milliards de filaments nerveux du cerveau constituaient un schéma de connexion rudimentaire.

— Babou ? dit Matilda dans son dos. Je voudrais que tu m'inscrives comme patiente dans ton institut. Ou que tu me recommandes à un de tes collègues. Je ne peux plus vivre comme ça.

Il se raidit. Matilda était venue pour ça. Il l'avait su dès l'instant où elle avait mentionné le paon, même si, à ce moment-là, il n'avait pas saisi le lien. Tout était lié. Clara qui lui décrivait des paons dans sa lettre. Tilda, Laura, l'Institut, Corrigan, Travis.

Et puis lui-même. L'homme qui allait nouer tous ces fils entre eux, de force s'il le fallait.

Il comprenait que Tilda puisse croire que l'Institut résoudrait son problème. Comme tous ceux qui se rendaient aux consultations, elle voulait être réparée, elle pensait que le problème se trouvait quelque part dans son cerveau et qu'avec le bon diagnostic et le bon traitement, il pouvait être corrigé. C'était peut-être vrai. Sebastian était bien placé pour savoir que le cerveau de Matilda n'était pas tout à fait comme les autres. Mais lui trouver une place à l'Institut ? Mettre à la disposition de Corrigan un pion de plus pour gagner le jeu insolite dans lequel, pour des raisons mystérieuses, il avait décidé d'attribuer à Sebastian le rôle principal ? Non, merci.

Il était peut-être parano mais, au stade où il en était, il valait mieux rester prudent. D'abord, il devait comprendre le rôle exact que jouait Corrigan dans l'affaire.

— Non, dit-il. Je ne peux pas t'emmener à l'Institut. Impossible. Pas maintenant.

Elle ne répondit pas. Derrière le dos de Sebastian, une chaise racla le sol et une porte claqua.

Il se retourna. Dans l'assiette à moitié terminée de Matilda, une flaque de beurre dorée se figeait, de plus en plus immangeable. Il resta immobile, la tasse de thé de sa sœur dans la main, se sentant innommablement insuffisant.

— Qu'est-ce que tu sais de la vie amoureuse de ton frère ?

Jennifer Travis croisa les jambes, posa sa tasse ébréchée au motif de la Compagnie des Indes orientales et regarda Matilda droit dans les yeux. Celle-ci eut un mouvement de recul instinctif. Elle percevait une légère folie dans le regard de Travis et crut un instant s'observer dans un miroir. Elle avait déjà vu ce grain dans les yeux – sur des photos d'elle-même datant d'avant le Bangladesh.

D'après Sebastian, ça recommençait. Il éludait le sujet, mais elle voyait bien ce qu'il pensait : qu'elle ne prenait pas ses médicaments, qu'elle avait rouvert la brèche et laissé entrer le monde entier, sachant pourtant qu'elle ne le supporterait pas. En réalité, Matilda soupçonnait le contraire : que Sebastian avait perdu pied. Sinon, pourquoi se fier à cette Jennifer Travis qui ne semblait pas capable de distinguer son coude de son genou ?

Lorsque Matilda avait, quelques jours après que Sebastian a refusé de la laisser consulter à l'Institut, reçu un SMS de Travis lui proposant un rendez-vous, elle avait d'abord cru – enfin, elle aurait voulu, comprenait-elle maintenant – que Sebastian lui avait malgré tout décroché une consultation. D'après lui, Travis était leur meilleur élément, et Matilda s'était réjouie qu'il prenne son problème au sérieux. Cependant, elle avait bientôt compris que Jennifer Travis agissait de sa propre initiative. En effet, la rencontre devait avoir lieu dans un café bizarre de Dalston, et Matilda avait reçu l'ordre de ne surtout pas en parler à Sebastian. Faire les choses derrière le dos de son frère, qui était tout de même la meilleure personne que

Matilda connaisse, c'était en contradiction avec ses convictions morales, et elle avait failli annuler.

Finalement, elle s'était quand même décidée à y aller. Par curiosité ou par ennui. Londres la détestait et elle le lui rendait bien. Depuis son arrivée, elle n'avait pas fait grand-chose de plus que de prendre le métro – la ligne jaune, bien sûr, qui tournait indéfiniment en rond. Sous terre, c'était plus facile de fuir les couleurs. Plus facile de s'imaginer qu'elle était à Berlin. En plissant les yeux, les sièges étaient presque les mêmes que sur la U7 entre Rudow et Spandau. Elle avait lu des poèmes de Philip Larkin, le seul livre que possédait Sebastian dans son taudis à part des publications de recherche, mais ils étaient vraiment nuls. *They fuck you up, your mum and dad.* Sans blague… Quel scoop. Elle consacrait ses soirées à convaincre Sebastian de la laisser consulter à l'Institut. Pour être honnête, elle ne comprenait pas très bien ce qu'il y fabriquait. Durant leurs conversations, elle avait souvent l'impression assez effrayante qu'il ne le savait pas très bien lui-même. Et Jennifer Travis ? Était-elle plus au courant ? Matilda, assise dans un fauteuil en velours imbibé de sueur, de poussière et de pot-pourri, en doutait.

— Très peu de choses, avait répondu sincèrement Matilda en réponse à la question de Travis sur la vie amoureuse de Sebastian. Il voit quelqu'un, c'est évident, il rayonne, je veux dire son aura. Mais je ne sais pas de qui il s'agit. Je n'ai vu personne cette semaine, en tout cas. Je lui ai posé la question : il a nié en bloc. Il était entouré d'un halo magenta, comme toujours quand il ment. Pourquoi ça t'intéresse ? Tu n'es pas amoureuse de lui.

— Non, dit Travis en se penchant en arrière avec un soupir qui, chez quelqu'un de plus affecté, aurait paru théâtral.

Lorsque son dos percuta le fauteuil, un nuage de poussière s'éleva autour de sa tête blonde comme une gloriole.

— Je suis incapable d'aimer, reprit-elle. Structurellement, je veux dire, sur un plan purement biologique. Mais j'éprouve de l'admiration pour ton frère, et je suis une maniaque de l'ordre. L'un dans l'autre, voilà pourquoi j'ai besoin de rassembler des informations sur sa vie sexuelle. Sebastian a une patiente qui s'appelle Laura Kadinsky. Il t'a parlé d'elle ?

— Non.

À sa grande surprise, Matilda remarqua qu'elle aurait voulu avoir quelque chose à confier à Jennifer Travis, n'importe quoi, une quelconque petite information à lui offrir.

— Elle souffre de troubles de la vision tridimensionnelle, ajouta Travis. Elle ne voit qu'en à-plat, ce qui la rend incapable de s'orienter dans l'espace. Mais Sebastian est quand même follement amoureux d'elle, à ce que j'ai pu voir.

— Elle a peut-être d'autres qualités, dit Matilda vertement.

— Ce que j'ignore, poursuivit impassiblement Travis, c'est si c'est réciproque et, dans ce cas, ce que ça impliquerait. Elle est mariée.

— Et alors ?

— Sebastian n'est pas du genre à coucher par hasard avec des femmes mariées, il me semble.

— Tu le connais mal. Il est esclave de ses sentiments. Et il est d'une loyauté à toute épreuve, fidèle comme un chien. Ou peut-être comme un blaireau. Quand on le provoque, il mord et ne lâche plus sa proie avant d'avoir entendu les os crisser. Et même alors... Il avait une petite amie qui s'est suicidée, tu es au courant, non ?

— Non. Désolée.

— Elle était anorexique. Elle a fini par se pendre, quand elle n'a plus supporté de vivre. Ils étaient ensemble depuis neuf ans. Neuf ans, tu te rends compte ? Sebastian était encore un enfant quand ils se sont rencontrés, et quand, grâce à elle, ça s'est enfin terminé, il avait vieilli avant l'âge. Je sais que c'est affreux, mais quand j'ai entendu la nouvelle, j'ai sauté de joie. Je me suis dit qu'il était enfin libéré d'elle. C'était tellement horrible, à la fin. Il faisait tout pour elle mais ça ne suffisait jamais, il ne pouvait pas l'aider, mais il refusait de l'accepter.

Les gens sains d'esprit ne comprennent pas que certaines choses les dépassent et que le rapport aux autres n'est pas tout. Finalement, je ne crois pas qu'il est libéré d'elle, pas vraiment. Enfin, est-on jamais libéré des autres, au fond ? Pas moi, en tout cas. Toi non plus, manifestement. À mon avis, nous avons toutes les deux du chemin à faire avant d'arriver au nirvana.

Travis se leva abruptement en balayant de ses genoux une montagne de miettes de scones. Le regard impénétrable, elle se pencha au-dessus de Matilda et lui caressa fugacement les cheveux. De près, Matilda vit enfin la véritable couleur de ses yeux. À une certaine distance, ils paraissaient marron clair mais, en réalité, ils étaient jaune d'or strié de marron. Comme de l'ambre. Et au milieu de chaque œil : une frêle pupille noire qui avait la forme d'un insecte vieux de millions d'années. Un moustique ? Une mouche ? Non… Une cigale, une dans chaque œil. Mille ans de solitude, multiplié par deux.

— Je vais te montrer quelque chose au sous-sol, dit Travis, l'air grave. Mais d'abord, il faut que j'aille faire pipi. Tu n'as qu'à descendre.

Matilda s'exécuta, soudain consciente qu'elle allait faire tout ce que lui demandait Travis – sans raison particulière, simplement parce qu'elle le pouvait.

Difficile de deviner ce que Travis voulait lui montrer tellement le sous-sol était encombré de bricoles en tout genre – pâlies, heureusement, comme les photos d'un vieux magazine entreposé dans un grenier pendant des décennies, sinon, Matilda aurait fait une hémorragie cérébrale –, c'était l'effet que lui faisait les trop-pleins : elle avait la sensation que son cerveau s'écoulait à travers ses narines, le long de son gosier, entre ses jambes et dans les plis de ses genoux. Que son corps se vidait et qu'elle se transformait en une vieille peau de serpent, un préservatif usagé, un chapeau tombé d'une tête, dévalant une rue en solitaire. Mes yeux, mes yeux, demain, puis demain, puis demain, un cheval, un cheval, mon entrejambe pour un cerveau ! – smack ! Elle se mit une gifle. Concentration. Ne pas se démonter, ne pas laisser son esprit s'emballer.

Elle parcourut des yeux le décor. Quelque part dans le lointain, elle entendit le bruit d'une chasse d'eau. Le sous-sol était désert, elle avait l'impression d'être dans une église, ou au vide-grenier d'Ånäset où Billy lui avait acheté une bague au début de leur séjour en Västerbotten. C'était une bague Le Fantôme mais enfin, c'était quand même une bague, ronde comme il se doit : elle allait parfaitement à son annulaire noueux. Ils n'en firent pas un plat, ils rigolèrent, ce n'était pas exactement une demande en mariage, enfin, peut-être un peu quand même et, dans ce cas, elle était parfaite ; à la cafétéria miteuse, on servait du beurre délayé dans le fromage du coin, jaune et poisseux comme du soleil fondu. Bref... Qu'est-ce qu'elle était censée regarder ? Des fleurs en plastique, des bocaux d'apothicaire, des lampes à pied avec des abat-jour en perles. Des photos de vedettes de cinéma dans des cadres en acajou. Une kippa en velours rouge accrochée à un clou. Un fœtus dans du formol. Elle cligna des yeux. C'est-à-dire le fœtus, c'est elle qui cligna des yeux. Puis Matilda. Brusquement, elle disparut. Le bocal était vide.

Comment pouvait-elle savoir qu'il s'agissait d'une fille ? Elle n'avait pas eu le temps de le voir...

Parce qu'il s'agissait d'une projection, bien sûr, elle n'était pas idiote, elle fixa des yeux le bocal vide couvert d'un dépôt de graisse. Mon Dieu... Il ne manquait plus que Bernarda entre en trottinant. Sa bague Le Fantôme lui écorchait le doigt. Des pas approchaient comme de paisibles vaguelettes, à peine perceptibles sur la moquette vert pistache. Une main sur son épaule, l'autre qui pointait du doigt. Là ! Ses muscles se raidirent, son corps s'arqua, se gondola, se fendit au contact inattendu d'un autre être humain. Sa peau était devenue si rêche... Comme le papier à lettre parfumé qu'elle volait de temps en temps à Clara, pour la simple et bonne raison qu'elle le pouvait. Tout ce qui représentait pour elle un quelconque enjeu, songea-t-elle fiévreusement, provoquait toujours cette même réaction : son corps qui se tendait comme un arc, un croissant de lune, un pont entre ciel et terre. L'amour, le soleil, la mort. Le meurtre ? C'était donc ça ? Oui, peut-être. Mais pourquoi ces pensées, pourquoi maintenant ? Oh là, là... Quelle chouineuse ! Quelle petite garce ! S'apitoyer ainsi sur son propre sort ! disait l'éventuel enfant dans son ventre. Tu sais pourquoi tu penses à ça ? C'est parce que Jennifer Travis pointe son doigt manucuré en direction d'une caisse pleine de vinyles, qui est en fait un cercueil assez petit pour contenir tout le chagrin et toute la culpabilité du monde.

— Pourquoi veux-tu que je voie ça ? chuchota Matilda.

— Tu ne le reconnais pas ? répliqua Travis, exaltée.

— Mais pour qui tu te prends, à la fin ? chuchota encore Matilda. Comment tu savais ?

— Sebastian me l'a dit.

Matilda secoua la tête.

— Il n'est pas au courant. Personne ne le sait, sauf J.

— Qui est J ? demanda Travis.

— Quelqu'un qui m'a aimée. Qui aimait le monde. Je l'appelais Jésus. Il ne m'a jamais dit son vrai nom. Seulement J. Parfois, je me dis que c'était peut-être vraiment Jésus. Il avait trente-trois ans. Qu'est-ce que tu fais ? Tu prends des notes ?

Travis avait sorti son téléphone de sa poche et s'était mise à tapoter.

— Ça te dérange ? J'ai une quantité accablante d'information à gérer en ce moment, je ne voudrais pas rater quelque chose.

— Tu n'as qu'à m'enregistrer, dans ce cas.

— Je peux ?

— Oui.

Elle n'avait jamais aimé J, enfin, elle ne le croyait pas, en tout cas. À l'époque, elle était seule, il était sexy, et elle adorait baiser sous le soleil. C'était au Bangladesh. Elle y avait passé deux ans à travailler sur un projet : une école de filles dans les environs de Jessore. J n'aurait pas pu travailler dans la même équipe, elles n'étaient que des femmes à l'école. Il était affecté à un projet agricole financé par l'Agence suédoise de développement et de coopération, dont la finalité exacte avait toujours échappé à Matilda. Leur liaison fut brève et intense et se termina en larmes, mais avant cela, ils avaient beaucoup ri, presque constamment. Cela faisait plus d'un an qu'elle était à Jessore lorsqu'elle l'avait rencontré à une journée de formation sur la violence sexuelle. La situation était d'ailleurs assez démente, se disait-elle avec le recul. Dans une chaleur humide de transpiration, elle écoutait une femme raconter comment on l'avait violée à l'âge de treize ans et forcée à donner naissance à un enfant se présentant par le siège et, pendant tout le temps, elle n'avait eu qu'une idée en tête : que l'homme à côté d'elle la prenne par la main, la conduise derrière une remise et la baise jusqu'au coucher du soleil. C'est d'ailleurs ce qui s'était passé, d'une certaine manière. Américain, il était baraqué comme un frigidaire et faisait deux mètres de haut. Il avait les yeux noisette et sa barbe écorchait l'intérieur des cuisses de Matilda. Si elle avait bien compris, il venait du Vermont, ou peut-être du Maine – il n'avait pas été très clair à ce sujet, mais il parlait beaucoup de feuilles mortes, de leur couleur, de la beauté des automnes chez lui. D'enfants coiffés de bonnets de laine qui balançaient leurs sacs à dos sur des tas de feuilles mortes et s'y roulaient comme de petits animaux. Ils avaient commencé à se fréquenter en septembre, le froid cristallin lui manquait, disait-il. Mais cela en valait la peine, tous les sacrifices en valaient la peine, si on faisait les bons choix. L'humanité pouvait encore s'en sortir, disait-il, à condition que chacun retrousse ses manches et raisonne autrement. Change de mentalité. La terre est un paradis, disait-il, mais nous n'y prenons pas garde. C'était un optimiste sans complications – persuadé que l'humanité était réellement capable d'ignorer les profits personnels à court terme. Il suffisait de lui donner un coup de pouce dans la bonne direction. Pour lui, le travail qu'ils accomplissaient, c'était justement ça : pas un moyen de se déculpabiliser ou de se racheter – en fait, se disait Matilda, la notion de culpabilité devait lui être complètement étrangère – mais de donner l'exemple. Elle le trouvait mignon, un peu niais et, surtout, très reposant. Il lui faisait du bien, il lui donnait l'impression de ne pas être complètement pourrie. Il adorait le sexe et la nourriture, les cigarettes, les nuits étoilées et la vie éternelle. Il était gentil, toujours aimable envers les gens et, lorsqu'une cigale entrait dans sa bouche la nuit et se mettait à striduler, il ne la tuait pas, mais l'attrapait dans ses mains et la relâchait.

Cela faisait quatre mois qu'ils sortaient ensemble, enfin, peu importe le terme qu'on employait, il n'avait jamais été très à cheval sur la définition de leur relation, lorsqu'elle était tombée enceinte. Elle ne l'avait compris qu'encore quatre mois plus tard. Matilda avait ses règles de façon aléatoire depuis plusieurs années ; à Lund, son psychiatre avait dit que c'était lié au stress et elle avait l'esprit trop occupé pour remarquer leur absence. Bon, d'accord, ils ne se protégeaient pas très bien. Difficile de se procurer des préservatifs et, en toute honnêteté, Matilda s'était toujours crue incapable d'enfanter. Elle pensait que la nature aurait, d'une manière ou d'une autre, fait en sorte que quelqu'un comme elle ne transmette pas ses gènes. Petit à petit, ils étaient donc devenus négligents ; le plus souvent, il éjaculait sur sa peau, mais parfois aussi à l'intérieur. Pourtant, elle n'aurait jamais cru… C'est lui qui l'avait compris. Un jour où, pour une fois, ils étaient en congé tous les deux en même temps, ils avaient pris le bus jusqu'à un village au bord du fleuve Bhairab. Ayant retiré tous ses habits sauf sa petite culotte, elle était entrée dans l'eau ocre jaune. Depuis la plage, il l'observait d'un air énigmatique. Elle s'était crue belle. Voilà la raison de ce regard, s'était-elle dit. Sa beauté. Mais elle avait aussi une petite rondeur au niveau du ventre, ses seins étaient devenus gros et lourds, et entre son nombril et le bord de sa culotte courait une ligne brune presque invisible sur sa peau bronzée.

Ensuite, tout était allé très vite, il le fallait. Déjà quinze semaines, avait dit le médecin qu'ils avaient consulté. Elle avait demandé un congé pour rentrer chez elle. Enfin non, pas chez elle. Elle avait pris l'avion pour Stockholm. Elle n'avait pas la force d'expliquer la situation à sa mère, la directrice d'âmes. Elle ne voulait pas qu'on dirige la sienne, elle voulait être allongée dans une salle blanche parmi des machines clignotantes et avoir enfin l'occasion de comprendre qu'elle allait devenir mère. En tout cas, c'est comme ça qu'elle le voyait. Elle pensait vouloir. Elle croyait.

Et puis, elle n'avait plus voulu.

Pas quand on lui avait dit qu'il y avait un souci avec l'enfant.

Ils avaient immédiatement remarqué des troubles cardiaques. Le médecin lui avait fait un schéma : les chambres, les valvules et les parois qui ne fermaient pas hermétiquement. La seule chose que Matilda avait vraiment comprise était que le cœur de l'enfant était en miroir, que quasiment tous ses organes étaient inversés et que ça posait problème. La plupart fonctionneraient quand même, lui avait-on dit, mais le cœur serait un souci. Problématique. Il faudrait faire des opérations. Ce serait pénible. L'issue demeurait incertaine, mais on pouvait garder espoir, avec modération. Et puis, bien sûr, il y avait l'avortement.

On lui avait demandé d'y réfléchir, mais elle avait refusé, elle n'avait pas besoin de réfléchir. Elle avait pris sa décision sur-le-champ, avant même qu'ils aient eu le temps d'essuyer la gadoue transparente sur son ventre. On lui avait conseillé de ne pas prendre de décision intempestive, elle avait encore le temps, mais non. L'enfant était défaillant parce qu'elle l'était elle-même. Comment pourrait-elle s'occuper d'un enfant avec des besoins pareils ? Puis elle avait pris conscience que ça n'avait pas d'importance : malade ou pas, elle ne pouvait pas exposer un enfant à sa personne. Elle était bipolaire, elle le savait. Méchante et égoïste. Alors elle allait faire ce sacrifice, elle allait avorter pour rendre service à l'enfant. À ce stade, elle était dans sa dix-huitième semaine. C'était encore possible de justesse, sans autorisation spéciale. Le médecin sembla trouver sa décision cruelle et précipitée, mais ne fut pas en mesure de lui faire des reproches, Matilda était dans son bon droit. Du point de vue juridique. Trois jours plus tard, elle avorta. Elle avala des pilules pour interrompre la grossesse, erra dans les rues de Stockholm pendant deux jours et se rendit à son prochain rendez-vous.

On lui enfonça alors des pilules dans le bas-ventre et on lui fit une injection de morphine dans la jambe. Cinq heures plus tard, les contractions commencèrent. On l'avait prévenue que cela ressemblerait à un accouchement, dans une moindre mesure, mais Matilda, qui n'avait jamais donné naissance, n'avait pas compris. Ni à quel point elle souffrirait, ni que cela pouvait être encore pire. Quand elle perdit les eaux, elle était seule aux toilettes, vomissant dans le lavabo à cause de la morphine. Elle sentit l'eau couler le long de sa jambe et fut terrorisée à l'idée que l'enfant sorte tout de suite, il était si petit, elle se dit qu'il glisserait hors d'elle comme un poisson et atterrirait par terre, qu'elle serait obligée de le ramasser, de le regarder ou, du moins, de l'enjamber pour sortir.

Elle appuya sur le bouton d'alarme et dut attendre un quart d'heure avant qu'on vienne ; la sage-femme s'occupait d'un vrai accouchement dans la salle à côté, un enfant qui devait vivre et contribuer à créer un paradis sur terre. Elle demanda à Matilda si elle avait envie de pousser. Matilda répondit qu'elle avait envie de mourir. La sage-femme lui demanda si elle avait envie de faire caca. Matilda la regarda, envahie par une haine profonde. Bien sûr, c'était un sentiment profondément injuste. Puis elle eut envie de faire caca et poussa, ou du moins essaya ; après dix minutes, elle eut l'impression qu'un bouchon lâchait et qu'elle se vidait de ses entrailles.

Elle détourna les yeux quand ils l'emportèrent, fixant une lampe. Elle avait l'impression qu'on l'avait mis dans une sorte de boîte. On lui avait demandé si elle voulait le voir. Elle n'avait pas répondu. On lui avait demandé si elle voulait l'enterrer. Elle avait jeté un bassin de lit contre le mur. On lui avait demandé si elle voulait connaître le sexe. Elle avait dit non. Le jour suivant, on lui avait donné un dossier qu'elle devait emporter chez elle et, dans le dossier, le sexe était indiqué quand même. C'était une fille.

A posteriori, elle s'était dit que malgré toutes les questions qu'on lui avait posées, on ne lui avait demandé ni qui était le père, ni ce qu'elle faisait là seule, âgée de seulement vingt-quatre ans, sans personne, pas même accompagnée de sa mère ou de sa sœur, qui aurait dû lui tenir la main. Comme si cela aurait été indiscret ou quelque chose du genre. On lui avait en revanche demandé si elle avait mal, si elle voulait des analgésiques, si elle avait faim. Mais elle était fatiguée, rien de plus. On lui avait mis un cathéter pour rétracter l'utérus et donné des cachets pour interrompre la lactation, puis on l'avait enfin laissée tranquille. Et le pire, le pire de tout, la chose qu'elle ressassait coup sur coup en se réveillant la nuit, quand ses pensées se précipitaient en arrière dans le temps, jusqu'à ce moment où elle avait pris conscience qu'elle était vraiment pourrie de fond en comble, capable d'interrompre un être vivant en se disant que c'était pour le bien de l'enfant alors qu'en fait, il ne s'agissait que d'elle-même, qu'elle ne se sentait pas prête ; le pire était ce qu'elle avait éprouvé à la fin, quand on avait éteint les lampes, que le goutte-à-goutte avait continué à clignoter et que les restes de morphine l'avaient bercée jusqu'au sommeil. Elle s'était sentie euphorique. Heureuse. Rassurée. Invincible.

Bien entendu, ça n'avait pas duré. Ensuite, il y avait eu les sanglots et l'angoisse, puis des flots de larmes quand elle avait décidé de ne pas retourner au Bangladesh, de ne pas retrouver J. Elle lui avait envoyé un mail, voilà tout. Elle avait relaté les faits : que l'enfant était malade et n'existait plus, qu'il fallait oublier, l'oublier. Elle était rentrée à Lund où elle avait passé un moment chez sa mère, dans la grande villa de Professorsstaden. Ensuite, la petite amie de Sebastian était morte. Et Matilda avait eu une dispute monumentale avec sa sœur Clara. Puis elle était partie à Berlin pour commencer une nouvelle vie. Et elle avait frappé une enfant.

Voilà où elle en était.

Jennifer Travis, vingt-neuf ans, papillonnante, d'une intelligence exceptionnelle mais manquant cruellement d'âme, était perplexe. Elle ne s'attendait pas à tant de confidences, elle savait à peine en quoi cela consistait. Elle ne connaissait aucune stratégie pour gérer l'ombre d'une enfant morte ni une petite amie pendue au mur. À la fin de son récit, Matilda la regarda d'un air suppliant, comme si elle attendait d'elle une espèce de réaction. Jennifer comprit alors que la sœur de Sebastian ne détenait aucune véritable information sur rien, encore moins sur la photographie de Francesca Woodman que Corrigan – c'était forcément lui ! – avait fait accrocher ici.

"Amusant, se dit Jennifer en tapotant la main de Matilda comme elle l'avait vu faire à la télévision, à quel point nos regards sur le monde peuvent être différents." Elles se trouvaient toutes les deux devant la même photographie de Woodman, entourées de babioles qui, chacune pour soi, pouvaient être considérées comme une porte ouverte sur un ordre mondial, et Matilda n'avait rien remarqué de tout cela parce qu'un objet en particulier, un petit cercueil blanc, avait constitué l'excuse qu'elle cherchait pour vider son sac – les êtres humains cherchent toujours une bonne raison de parler d'eux-mêmes. Pour Matilda, la présence du petit cercueil blanc à cet endroit précis avait manifestement un sens profond. Pour Jennifer, c'était un hasard et une parenthèse.

Cependant, ce qui étonnait le plus Jennifer n'était pas cette divergence de vues, mais ce qu'elle avait éprouvé en touchant la main de Matilda et même, très franchement, dès l'instant où elle l'avait aperçue dans le café. Un sentiment composite qui en regroupait plusieurs autres, une somme mathématique qu'elle n'avait jamais appréhendée auparavant.

Elle comprit que c'était *de l'amour.*

En effet, il s'agissait certainement d'amour – Jennifer avait tout de même assez souvent examiné le phénomène amoureux pour pouvoir dresser un schéma de ses variantes et de leurs matrices respectives. Elle aurait été capable de les énumérer dans son sommeil, pompette ou à l'envers dans un simulateur d'apesanteur.

Il s'agissait bel et bien d'amour et, à travers sa spontanéité, son surgissement inattendu, brusque et orageux, il était aussi prévisible que la mort.

Jennifer Travis avait un jour lu un recueil de poésie qui présentait l'amour comme "éternellement nouveau", un sentiment que seul pouvait éprouver celui qui, gardant les yeux rivés sur le détail, ne levait jamais le regard pour embrasser la vision d'ensemble. Et Jennifer vivait depuis toujours pour la vision d'ensemble.

— À quoi tu penses ? demanda la sœur de Sebastian – la femme que, manifestement, Jennifer aimait, même si elle ne la connaissait que depuis une heure.

C'était très intéressant.

Et cela ébranlait profondément sa vision du monde.

— Viens, dit-elle à Matilda en la tirant du canapé et en l'entraînant en haut de l'escalier, à travers la saleté diaphane, jusqu'à Balls Pond Road où les pigeons sautillaient dans leurs propres fientes et où les gens faisaient la queue pour acheter du poisson salé et du poulet *jerk* jamaïcain pour le déjeuner.

Matilda s'arrêta derrière deux enfants portant des élastiques multicolores au bout de leurs milles petites tresses et se frotta les yeux. Elle semblait gênée – par la lumière ?

À vrai dire, Jennifer se sentait elle-même assez bouleversée. Elles gardèrent le silence et contemplèrent le monde.

Les bus hurlaient sur Kingsland Road. Des sacs en plastique gonflés d'air dévalaient le long des trottoirs comme des ballons turquoise déformés, arborant le logo des bazars bon marché Poundland. Les machines à expresso sifflaient en chœur. Deux gouttes de pluie tombèrent d'un nuage solitaire au-dessus d'un banc de Dalston Junction. Un policier mâchait du chewing-gum. Une dame qui avait acheté du quatre-quarts à la Déjà Vu Bakery le jeta tout entier aux oiseaux. Une araignée traversa en rampant la selle d'une bicyclette rouge vif à pignon fixe attachée à la grille de condensation d'un frigo abandonné. Le monde n'avait pas changé, se dit Travis. Pourtant, si, c'était un monde tout neuf, parce qu'elle l'était elle-même.

Un être humain tout neuf.

Non, un être humain, tout simplement. Un être humain !

Jennifer faillit en rire. Après avoir découvert qu'elle n'était pas comme les autres, elle avait tenté pendant quelques années de se convaincre que ce n'était pas une différence de nature mais de mesure. Finalement, un être humain n'était rien de plus qu'un algorithme, une fusion de mathématiques et de matière, une belle machine. Mais entre les discours qu'on tenait et son intime conviction, il pouvait y avoir un décalage. Au fond, du point de vue théorique et pratique, Jennifer Travis avait toujours cru en l'âme.

Même si elle en était elle-même dépourvue.

Elle s'était habituée à l'idée. Elle avait peu à peu accepté de n'être qu'une équation – assez complexe, certes – emballée dans du papier-cadeau biodégradable.

Mais celui ou celle qui connaît l'amour, se dit Jennifer en sentant son cœur battre plus fort, éprouve un sentiment parfaitement illogique dont la seule explication, forcément irrationnelle, pourrait être les battements d'ailes de l'âme.

Matilda lui donna un coup de coude.

— Où on va, en fait ? demanda-t-elle.

— À l'Institut, répliqua fermement Jennifer.

Cette réponse sembla réjouir Matilda. Ce qui, à son tour, réjouit Jennifer. Quelle merveille que l'amour, en fin de compte !

— À l'Institut ? Tu vas m'examiner ?

— Oui. C'est impératif. Mais d'abord, tu dois m'aider avec Kadinsky.

Inutile de perdre la tête parce qu'on venait de découvrir que, contre toute attente, on avait une âme. Jennifer fit signe à un bus de s'arrêter.

Il reçut finalement un SMS de Madrid. Laura écrivait : “J’ai fait un rêve, et dans mon rêve, tu étais un beau criminel.” Il répondit : “Quel était mon crime ?” Elle écrivit : “De m’aimer alors que tu n’en avais pas le droit.” Voilà tout. Elle ne lui écrivit plus. Il aurait voulu pouvoir montrer cette correspondance à la guenon moraliste. Pour la première fois, elle aurait eu l’air contente. Détendue. Comme quand un dysfonctionnement est enfin rectifié. Grâce à l’imparfait, se dit encore Sebastian. Ce temps verbal aurait apaisé la guenon. Comme si le crime de Sebastian était relégué au passé parce que Laura en parlait à l’imparfait. Comme si cette pagaille se serait effectivement terminée si en toute sincérité, si vraiment, il ne l’aimait plus.

L’aimait-il encore ? Il n’en savait rien, ni s’il l’avait jamais réellement aimée, ni s’il pouvait éprouver de l’amour pour la femme la plus triste du monde. De l’amour. Quelle abstraction ! Il le dit tout haut à la guenon imaginaire, non, il le hurla en agitant son téléphone comme un maracas : *L’amour, c’est vraiment une abstraction, je te le dis, ça n’existe pas dans le monde matériel, on ne peut ni le peser, ni le mesurer, ni même le jauger à l’œil nu. Comment se positionner par rapport à un truc pareil ?*

Mais la guenon n’était pas là. Il n’y avait personne pour lui répondre.

Madrid. Soleil d'automne, oranges, azalées et Vélasquez. Laura Kadinsky marchait seule dans les salles quasi désertes du Prado, se sentant presque heureuse. Presque. Pas complètement. Laura Kadinsky ne le serait sans doute jamais. C'était, se dit-elle en posant prudemment un talon après l'autre sur le marbre frais, son chemin de croix. Pas facile d'être humain quand même au Prado, on n'était pas heureux.

Elle poussa un grand soupir et passa dans le hall, où Philip et Chloe jouaient à cache-cache dans le vestiaire sous les yeux des employés. Leur avait-il graissé la patte pour avoir leur bénédiction ? Laura ne pouvait que le supposer. Les portes principales étaient ouvertes, donnant sur le parc verdoyant, et elle sentit que la soirée allait être douce et tiède.

— Maman !

Chloe se dépêtra d'un trench-coat apparemment très cher et se jeta dans ses bras. La fillette était chaude et joyeuse, et Laura, presque heureuse. Presque.

Plus tard le même soir. Chloe s'était endormie en travers du large lit d'hôtel, Laura et Philip buvaient du vin sur le balcon. En contrebas, dans la rue, les voitures ronronnaient comme des insectes.

— Philip, je suis malade, dit Laura.

— Je sais.

Elle regarda son mari. Elle n'était même pas étonnée.

— Alors tu sais. Et pourtant, tu n'as rien fait pour m'aider.

— Je croyais que tu recevais déjà toute l'aide nécessaire.

— Qu'est-ce que ça veut dire ?

Il ne répondit pas. Derrière le dôme de gaz d'échappement et d'éclairage urbain, les étoiles s'allumèrent les unes après les autres, invisibles. Philip mit sa main dans sa poche et sortit ses cigarillos.

— On ne peut pas tout avoir, Laura, dit-il finalement en soufflant un rond de fumée dans la nuit. Pas même toi.

La première cigale naquit du désir. Plus précisément lorsqu'Éos, déesse de l'aurore, voulut que son désir soit perpétuellement satisfait, alors et pour toujours. Éos aimait Tithonos, qui allait mourir, parce qu'il était humain et que c'est ce qui arrive aux humains. Ils meurent. Alors Éos demanda à Zeus de rendre Tithonos immortel. C'est parti ! dit Zeus, mais comme Éos avait oublié de lui préciser de rendre son amant éternellement jeune, Zeus omit ce détail.

Ce fut un coup dur pour Éos qui, avec le temps, se retrouva avec un très vieil homme sur le dos. De plus, le vieillard refusait de mourir. Il s'enlaidit, devint courbaturé, ridé, voûté, de plus en plus rabougri, puis complètement ratatiné. Pour finir, il ressemblait à un trognon de pomme, si petit qu'Éos pouvait le tenir dans sa main.

Alors, il se passa quelque chose de merveilleux.

Éos découvrit que Tithonos s'était transfiguré. Il était devenu un beau petit insecte. Un vrai bijou. Il brillait comme de l'or. Éos s'estima malgré tout satisfaite, étant donné les circonstances. Elle pouvait emporter son amant dans sa poche, l'enfiler sur un fil d'or et le pendre à son cou divinement beau et divin.

Elle caressa du bout du doigt sa carapace brillante.

Mais à cet instant, Tithonos déploya ses ailes et s'envola.

Puis elle était réapparue, comme un point d'exclamation tremblotant. Son ombre tomba sur les mains de Sebastian, dont les mouvements somnambuliques au-dessus de son clavier sans fil se figèrent. Il entendit la guenon moraliste pousser, en sa propre absence, un hurlement de frustration, puis se taper la tête contre les barreaux de sa cage disparue. Il fit lentement pivoter sa chaise et croisa le regard de Laura.

— Je ne pensais pas te revoir ici, dit-il.

Laura entra dans le bureau et ferma la porte derrière elle.

— J'ai quand même rendez-vous.

— Oui, mais enfin. Je comptais consacrer mon temps libre à jouer au squash avec Benedict. On nous a installé une salle de squash toute neuve au troisième.

Elle s'assit sur sa table, les mains soigneusement croisées sur ses genoux. Il se souvint de ses épaules : deux coquillages blancs dans lesquels on pouvait entendre le bruissement de la mer. Il se souvint avoir pressé l'oreille contre elles et entendu les battements d'un cœur qui n'appartenait ni à lui ni à elle mais à la lune. Il se souvint avoir effleuré le creux qui reliait son crâne à sa nuque en se disant que c'était la partie la plus intime d'un corps humain, et rougi à l'idée qu'elle le laisse la toucher. Il se souvint que Laura faisait des bruits de lapin quand elle était excitée. Il se souvint qu'elle aimait les feux de cheminée, les chaussures à talons et le musée du Prado, où il n'était jamais allé.

À part cela, il ne se souvenait de rien. Les trois semaines d'absence physique de Laura s'étaient cumulées, devenant une petite boule de verre qu'il pouvait mettre dans sa poche et oublier. Mais elle était là : belle, un petit monde en miniature, une maison de poupée dans laquelle se perdre, un magazine en papier glacé à feuilleter pour perdre son temps. Laura leva ses mains tremblantes et tâtonna dans le vide à la recherche du visage de Sebastian, il s'approcha d'elle et l'aida à retrouver le chemin de ses joues.

— Ton état a empiré, dit-il, honteux d'en éprouver une certaine satisfaction.

Pourquoi cette honte, en fin de compte ? N'est-ce pas humain de vouloir se sentir nécessaire ? N'est-ce pas humain de vouloir faire de l'effet à quelqu'un ?

— Dis mon nom, lui demanda Laura en appuyant son front contre le sien.

— Je ne suis pas sûr de pouvoir t'aider, murmura Sebastian, qui eut brusquement l'impression de s'effondrer. Et je ne sais pas si je le supporterai.

— Dis juste mon nom, s'obstina Laura.

— Laura Kadinsky ?

Elle sourit, son visage était si proche du sien qu'il ne voyait plus que ses dents blanc nacré et les tristes pattes-d'oie au coin de ses yeux. Elle répondit :

— C'est moi.

Après avoir fait l'amour sur la table, vite, efficacement, sans extravagance, Sebastian lui montra les images de son cerveau, qu'il avait passé beaucoup de temps à étudier.

— Il est beau, dit Laura, étonnée de la somptuosité des couleurs. Comme une bulle de savon.

— Il est d'une beauté exceptionnelle, dit Sebastian.

Laura arrangea sa jupe, passa les doigts dans ses cheveux et s'assit avec une précision surprenante sur la chaise que Sebastian avait placée à côté de la sienne. Elle tendit un doigt et effleura avec vénération l'écran, sur lequel une mosaïque de représentations de son cerveau créait un motif complexe de tout ce qui était elle.

— Le problème, expliqua Sebastian avec un profond soupir, c'est aussi qu'il est exceptionnellement normal.

— Tu sais que c'est faux, nia Laura en retirant sa main. Tu sais que je suis quelqu'un de profondément dérangé.

— Ça ne veut pas dire que ton cerveau l'est aussi.

Elle rit froidement.

— Alors quoi ? Qu'est-ce qui est dérangé ? Mon âme ?

Sebastian haussa les épaules.

— Je ne sais pas, Laura. J'ai essayé. J'ai scruté ces images, crois-moi, mais je ne vois rien. Je ne comprends pas ce qui cloche. Sur le plan neurologique, tu es parfaite.

— Sur le plan neurologique, répéta-t-elle, vexée.

— Je veux dire à en juger par ce que je vois là. Mais ça représente un seul point de vue, Laura, et, pour être honnête, mes compétences et mon expérience sont limitées. Tu es mon premier cas vraiment complexe et je… J'ai besoin d'aide. J'envisage de demander à ma collègue Jennifer de me donner un coup de main. C'est-à-dire si tu n'as rien contre. Elle est d'une rare intelligence, tu vois, carrément nobélisable…

— Elle sait…

— Non, mentit Sebastian. Enfin, elle sait que tu… Que je… Que quand tu es avec moi, tu fonctionnes normalement. Mais c'est tout.

Laura soupira et appuya son menton sur sa main. De l'autre, elle arrachait des bouloches de sa jupe en laine.

— Je ne sais pas, Sebastian. Je suis peut-être hystérique… C'est ce que croit Philip. Il pense que ça aiderait si nous faisions encore un enfant. À mon avis, c'est une très mauvaise idée.

— Tu lui as… ?

— Si je lui ai dit ? Oui. À Madrid, je lui ai tout avoué. Enfin, pas que je couche avec toi, mais tout le reste. Ça nous a fait du bien. Ça faisait longtemps que nous n'avions pas été aussi proches. Ensuite, il m'a parlé de mon éventuelle hystérie, ce qui a tout gâché, bien sûr. Je lui ai dit que l'hystérie était un diagnostic franchement ringard, et que s'il croyait sincèrement que c'était mon utérus qui m'empêchait de voir autre chose qu'un hamster en trois dimensions… Tu sais ce qu'il a répondu ?

— Non, répliqua Sebastian d'une voix creuse.

— Il a dit "oui", tout simplement. "En ce qui te concerne, c'est aussi plausible qu'autre chose." Ensuite, il a voulu me mettre enceinte immédiatement. Je ne lui ai pas rappelé que je porte un stérilet. Maintenant, il croit que je suis peut-être enceinte et heureuse, et il est encore plus content de lui que d'habitude. Et voilà que tu débarques et que tu me dis que mon cerveau est parfaitement normal. Qu'est-ce que tu veux que je croie ? Sebastian, qu'est-ce que je dois faire ?

— Il faut qu'on en parle à Jennifer, dit Sebastian en tapant du poing sur sa table, dans un simulacre de détermination.

Laura le détecta et son cœur saigna sur son chemisier. Elle se rendit compte que ce qu'elle aimait en Sebastian, c'était qu'il fasse tout son possible et échoue. Que comme elle, il trébuche systématiquement sur la ligne d'arrivée, parvienne à se relever avec une dignité émouvante et reprenne la course.

— D'accord, dit-elle en entourant de ses deux mains son poing serré, qui lui rappelait plus que jamais un croissant tout juste sorti du four. D'accord, parlons-en à Jennifer. Mais dans ce cas, tu dois tout lui dire. Je ne supporte plus de vivre sans témoins.

Le lendemain des retrouvailles en chair et en os de Sebastian et Laura, ils arrivèrent devant le bureau de Travis. Sebastian serrait la main de Laura, qui était gelée, comme si le sang n'atteignait plus le bout de ses doigts.

— Prête ? lui demanda-t-il.

Il la regarda, la vit hocher la tête, muette, puis redessiner son visage et devenir quelqu'un d'autre, de plus dur.

Il lui lâcha la main et frappa à la porte.

— Sebastian ! Et... Laura Kadinsky, je présume ?

Laura tendit poliment la main à Travis qui, ne la prenant pas, agita la sienne pour leur signaler d'entrer, puis referma la porte derrière eux.

— Bon timing. Je disais justement à Matilda que ce serait sympa de rencontrer la dame en question, et vous voici comme sur commande.

Sebastian avait gardé les yeux fixés sur la main tendue de Laura, mais lorsqu'il entendit le nom de sa sœur, il leva la tête. À côté de la table de Travis, Matilda était effectivement assise sur une chaise, les bras autour de ses jambes repliées, des électrodes sur les mains. La tête appuyée sur ses genoux, elle scrutait Laura d'un air curieux.

— Qu'est-ce que tu fais là ? demanda Sebastian en jetant un regard noir à Travis.

Ils étaient pourtant d'accord, non ? Sur le fait que Matilda devait être tenue à l'écart de tout ceci.

— Ta sœur est prise en charge, ça me fait un petit extra, répondit joyeusement Travis. De sa propre initiative, je tiens à le souligner.

— Corrigan est au courant ?

— Je suppose. Je ne lui en ai pas parlé, mais ça ne veut rien dire. Alors, qu'est-ce qui nous vaut l'honneur ? Laura Kadinsky, ici, dans mon bureau… La femme sans profondeur.

Laura fronça le nez, vexée.

— C'est votre surnom à la cantine, dit Travis. Mais ne le prenez pas mal. En ce qui me concerne, pendant longtemps, je n'ai pas eu d'âme, et on vit très bien quand même.

Elle jaugea Laura des pieds à la tête et tourna autour d'elle comme pour mieux voir si elle avait une face arrière.

— Pour un corrélat, elle est étonnamment insignifiante, marmonna-t-elle. Mais je suis quand même contente que tu me l'aies amenée.

Laura lança un regard interrogateur à Sebastian, qui se sentit obligé d'intervenir.

— En fait, dit-il en attrapant Travis par le bras et en la serrant fort, je n'avance pas beaucoup sur son dossier. Je n'arrive à rien. Voilà pourquoi nous sommes là. Le diagnostic est clair, ainsi que, dans une certaine mesure, le traitement approprié. Mais la cause profonde m'échappe. Et le traitement est de moins en moins efficace, autrement dit, la pathologie fait de la résistance, si l'on peut dire, et… Eh bien… Nous avons besoin de ton aide, Travis. J'ai besoin de ton aide. Jouons cartes sur table : tu auras accès au dossier dans son intégralité, tout est à toi si tu acceptes de me donner un coup de main.

— Cartes sur table ? Qu'est-ce que ça signifie ? demanda Travis en se libérant de l'emprise de Sebastian.

— Ce qu'il essaie de vous dire, c'est que nous couchons ensemble, dit Laura en tambourinant sur l'abat-jour de la lampe de bureau de Travis. Voilà, c'est dit. On peut avancer, maintenant ?

— Oh… Nous étions déjà au courant de ce petit détail, affirma Travis en jetant un coup d'œil à Matilda. En ce qui concerne le dossier, je l'ai déjà. Tu devrais trouver un meilleur mot de passe, Sebastian. Vraiment.

Sebastian et Laura regardèrent Travis, puis Matilda, puis se tournèrent l'un vers l'autre, et, finalement, contemplèrent la vue par la fenêtre. Il y eut un choc ; un oiseau s'écrasa contre la vitre et tomba comme de la neige sur le sol. Laura sursauta.

— On s'habitue, dit Sebastian en passant sa main moite à travers ses cheveux.

Il faisait toujours chaud chez Travis. La cause ? Le terrarium de ses trois plus précieuses cigales se trouvait dans un coin de son bureau. Elles susurraient sourdement. Sebastian se tourna vers Matilda, qui était toujours assise, immobile et attentive.

— Travis, dit-il lentement, tu as mêlé ma sœur à cette histoire ?

— D'une certaine manière, il s'agit de votre famille, Sebastian, alors ça m'a paru normal. En plus, je suis amoureuse d'elle.

— Et ce n'est pas réciproque, ajouta Matilda. Précisons-le.

— Bonne nouvelle, hein ? s'écria Travis en saisissant le visage de Sebastian de ses deux mains.

Laura émit un marmonnement indistinct. Matilda rit. Sebastian fut pris de vertige.

— Je suis humaine, Sebastian ! Douée d'émotion ! N'est-ce pas merveilleux ? jubila Travis en lâchant les joues de Sebastian.

Elle alla s'asseoir à son bureau.

— Formidable, marmonna Sebastian, un peu perdu. Et qu'est-ce que tu penses du dossier de Laura ? Tu y as jeté un coup d'œil ?

— Depuis le premier jour, Sebastian, dit Travis en ôtant ses électrodes à Matilda. Mais je ne m'y suis pas beaucoup intéressée avant que tu te mettes à croire que vous seriez le dernier corrélat. Matilda m'a aidée. Son rapport aux couleurs est vraiment *exceptionnel* !

— Ma sœur est synesthète, expliqua Sebastian à Laura. Dernièrement, elle a inventé une nouvelle couleur. Si l'on peut dire. Elle perçoit une couleur qui n'existe pas.

— Comme c'est puéril, dit Laura. Et impossible, en plus.

Matilda se racla la gorge.

— Pouvez-vous arrêter de parler de moi comme si je n'étais pas là ? En ce qui concerne la couleur…

Travis l'interrompit avec un rire franc et heureux, quasiment un trille, car Laura s'était penchée sur son bureau pour jeter un coup d'œil à une image – il s'agissait évidemment d'un Francesca Woodman – que Travis avait scotchée à côté de son écran, et un éclat d'or était tombé de son décolleté. C'était le pendentif qui avait provoqué l'hilarité de Travis qui, à cet instant, évoquait un oiseau, le bec plein de vers de terre – car le bijou en or de dix-huit carats qui pendait au cou pâle de Laura représentait une cigale, une *Cicada orni* dont le corps potelé, orné de rayures, était équipé de très frêles ailes dorées. Laura attrapa son collier et, effrayée, vociféra :

— Qu'est-ce qu'il y a ?

— Où l'avez-vous trouvé ? demanda Travis sans quitter des yeux le poing serré de Laura, dans lequel elle cachait le bijou.

— Mon mari me l'a offert. Quelle importance ?

— Quand ça ?

— Il y a une semaine. Il me l'a acheté en Espagne. Il est du genre à penser qu'on doit régulièrement offrir des bijoux aux femmes. Je le pense aussi, d'ailleurs, alors je l'ai accepté. Malgré tout.

Laura jeta un regard en coin à Sebastian, qui semblait lui aussi hypnotisé par sa main. Sans doute à cause de la manière dont elle agrippait le bijou, comme s'il s'agissait du crâne délicat d'un nouveau-né. Avec force et douceur. Une infinie sollicitude.

Travis se pencha en arrière sur son siège et leva les yeux vers le visage tantôt perplexe, tantôt offensé de Laura.

— Vous saviez que vous en aviez une dans le cerveau ? dit-elle.

— Une quoi ? demanda Laura en posant instinctivement ses mains sur les côtés de son crâne.

— Une cigale. Comme celle que vous portez autour du cou. Comme celles que j'ai en cage, ici. Le plus bel insecte du monde, à mon avis.

— Dans… Dans mon cerveau ? dit Laura en blêmissant. Elle y… habite ? demanda-t-elle en appuyant le dos de sa main contre sa bouche.

Jennifer Travis se mit à rire.

— Vous êtes timbrée ! Je ne parle pas d'un véritable insecte, évidemment. Mon Dieu ! Même Sebastian l'aurait remarqué si vous aviez un insecte dans le cerveau ! Je veux dire le motif. Regardez. Toi aussi, Sebastian.

Elle fit volte-face, ouvrit une armoire et jeta un tas d'images IRMf sur son bureau. Sebastian tendit la main et frôla du bout des doigts la première.

— Je les ai si souvent regardées, Travis… Si tu as remarqué quelque chose, dis-le tout de suite. Pour ma part, je ne trouverais plus rien de nouveau dans aucune d'entre elles.

— Tu as sans doute raison. Le problème, c'est que tu ne les as pas regardées ensemble.

— Ben si, bien sûr, maugréa Sebastian, vexé.

— Bon, bon, se ravisa Travis en levant les mains en l'air.

Elle fit un signe de tête à Matilda qui, obéissante, se leva, prit le tas et s'approcha du mur.

— Bien sûr que tu les as regardées. Tu les as même peut-être comparées. Mais mal, dit Travis en se raclant la gorge, puis elle reprit : En fait, c'est simple, et même très simple. Le nombre de positions que peuvent occuper seize pièces dans une grille de quatre cases sur quatre est limité. Et puis, il y avait le corrélat, ce qui a accéléré un peu le processus… Mais tout de même, Sebastian. Tout de même.

Travis coinça ses cheveux derrière ses oreilles et dirigea son regard vers Matilda, qui accrochait les images sur le mur en formant justement un carré de quatre images sur quatre.

— C'est Matilda qui l'a vue la première. Elle est jaune, voyez-vous, et tu sais bien comment elle réagit au jaune, n'est-ce pas ?

Cette couleur l'attire comme les excréments attirent certaines mouches. Elle a commencé à s'amuser avec les pièces et…

Travis fit un ample geste alors que Matilda accrochait les deux dernières images bariolées du cerveau de Laura. Un ange passa – même les cigales s'arrêtèrent de chanter. Puis Laura émit un gémissement ébahi, Sebastian produisit un grognement étonné et Travis, un gloussement satisfait. Sans crier gare, une fenêtre s'ouvrit en grand et, dans leur terrarium, les cigales stridulèrent encore plus fort, peut-être sous l'effet d'une perception si subtile qu'elle pouvait être considérée comme un cas de magnétisme animal.

En effet, le motif qui se révélait peu à peu sur le mur avait des ailes. Ces images habituellement tremblotantes des ondes produites par le cerveau, et qui faisaient ici l'objet de seize captures figées, l'équivalent d'un clin d'œil, prises à des intervalles de plusieurs jours ou plusieurs semaines, déployaient les couleurs d'une aurore boréale. En les assemblant, les champs jaune colza qui représentaient une partie de l'activité cérébrale de Laura – autrement dit, ce qui la distinguait d'un pissenlit ou d'une quelconque autre forme vivante sans supplément d'âme – formaient les contours d'une cigale aux ailes déployées, dans ses moindres détails identique à celle qu'elle portait autour du cou.

— C'est incroyable, dit Matilda. Cool, hein ? Je crois que c'est son *prana*. C'est-à-dire sa force vitale.

— Appelez-la comme vous voudrez, en tout cas, elle est bien là, dit Travis.

— Mais… Qu'est-ce que ça signifie ? demanda Sebastian en s'approchant du mur, qui lui paraissait désormais quasiment fluorescent.

— Aucune idée, répondit Travis. Mais je commence à croire que tu avais raison : Laura et toi, vous êtes sans doute le dernier corrélat.

Seule Laura gardait encore le silence. Son absence de réaction attira l'attention des trois autres, qui se tournèrent simultanément vers elle. À reculons, elle s'était approchée de la porte. Elle avait une main sur la poignée, et l'autre, serrée autour de son pendentif. Sebastian reconnut l'expression de son visage, elle était sur le point de fondre en larmes.

Elle ouvrit la porte avec fracas et sortit en courant.

Deux secondes plus tard, ils entendirent le bruit d'un choc suivi d'un cri. Lorsqu'ils se précipitèrent dans le couloir, ils la trouvèrent par terre : sur son front, une entaille saignait et elle avait perdu l'une de ses chaussures. À côté d'elle, il y avait une cage dans laquelle hurlait un singe.

C'était la guenon moraliste.

— J'ai trébuché sur ça, dit Laura d'une voix caverneuse en agitant vaguement la main vers la cage. Qu'est-ce qu'elle faisait là ?

À l'instant précis où Sebastian s'accroupit devant Laura, écartant les cheveux de son front, elle ressentit la douleur et vit le sang qui coulait, goutte à goutte, entre ses doigts écartés, comme de l'eau dans une grotte. Elle se tâtonna doucement le front, trouva l'entaille et appuya dessus. Lorsqu'elle comprit que la douleur ne venait pas en premier lieu de la plaie, mais de son cœur et de son ego, elle se mit à pleurer.

— Sebastian… C'est fini. C'est vraiment fini ? Ne me dis pas que c'est fini, murmura-t-elle aussi bas que possible pour éviter d'être entendue par les autres.

— Chhh… Ne dis rien. Voilà. Bien.

Il la tira vers lui et posa le côté indemne de son visage contre sa blouse blanche. Elle le sentit appliquer une pression ferme, peut-être à l'aide d'un mouchoir, sur sa blessure au front – elle sentit son souffle dans ses cheveux et la chaleur au creux de son cou. Ils restèrent ainsi un moment et, lorsqu'elle leva les yeux, les autres avaient disparu, ainsi que la guenon et sa cage. Sebastian l'aida à se relever sans lâcher le mouchoir.

— Viens, dit-il. On va te mettre un pansement.

Laura pressa à son tour le mouchoir et Sebastian la conduisit dans son bureau, à l'autre bout du couloir. Combien de fois Laura n'avait-elle pas marché, titubé, couru, chancelé jusqu'à cette porte ! Était-ce vraiment la dernière ? Elle n'arrivait pas à le croire, comme quand on est en voyage et qu'on ne peut pas s'imaginer ailleurs. On sait pourtant pertinemment que le temps du départ viendra et qu'une fois de retour, les jours, les semaines ou même les mois qu'on vient de vivre se réduiront à une petite parenthèse, une simple encoche dans le temps.

Sebastian l'assit sur une chaise et alla prendre une trousse de premiers secours dans une armoire. Par réflexe, Laura chercha des yeux la guenon, qu'on avait manifestement déposée ailleurs. Quelqu'un avait dû l'emporter. Laura poussa un soupir de soulagement – elle n'avait jamais aimé cet animal qui la fixait toujours comme si elle était une criminelle de guerre. Sebastian sortit une lingette antiseptique de la trousse et se mit à nettoyer les alentours de la plaie, où le sang commençait à coaguler. Sentant le picotement, Laura s'agrippa au bord de sa chaise pour s'empêcher d'écarter le bras de Sebastian.

— Il faudrait recoller ça, dit-il, l'air soucieux. C'est assez profond.

— Fais-le avec du scotch, dit Laura.

— Tu auras une cicatrice.

— Tant mieux. En souvenir de la fin amère de notre histoire.

Sebastian s'interrompit. Ses bras tombèrent le long de ses côtés comme des serpillières mouillées.

— Pourquoi tu dis ça ?

Laura, ne répondant pas, regarda par la fenêtre. Le jour commençait à tomber. Bientôt, la lune s'élèverait au-dessus des immeubles tel un gros fromage jaune et rond. Ou d'une autre forme. Peut-être aurait-elle des yeux, une bouche et un sourire moqueur, comme dans les livres de Chloe. Peut-être lui tournerait-elle le dos, présentant un grand cratère, un trou sans fond, le chapeau d'un lapin. Plus rien ne lui paraissait déraisonnable, ni raisonnable. Peut-être Dieu existait-il. Peut-être était-elle heureuse, en fin de compte.

Elle se tourna vers Sebastian qui avait toujours les bras ballants, incroyablement beau dans la pénombre. Une question la rongeait depuis des semaines. Elle la lui posa enfin :

— Tu as gardé mes messages ? Mes mails ?

— Oui.

— Bien. Je ne supporte pas l'idée qu'il ne reste plus rien. Ce serait comme si ça n'avait jamais eu lieu.

— Pourquoi est-ce que tes paroles sonnent tout à coup comme des adieux ? demanda Sebastian sur un ton merveilleusement désespéré. C'est ce qu'elles sont ?

— Tu as gardé des copies de ce que tu m'as envoyé aussi ? Moi, je n'ai plus rien, comme tu le comprends certainement. Étant donné Philip. L'abc d'une infidélité réussie, c'est de ne pas se montrer sentimental.

— Je ne veux pas te dire adieu, Laura.

— Moi non plus. Je voudrais que les choses restent ainsi pour toujours. Toi et moi, la vie éternelle dans les interstices. Mais ce n'est pas moi, ce n'est pas nous qui décidons. Tu ne le comprends donc pas ?

Elle voulut prendre la main de Sebastian et la poser sur son front, mais il eut un mouvement de recul. Impossible d'interpréter l'expression de son visage ni sa posture corporelle ; elle comprit soudain qu'elle n'avait jamais su le faire. Sans doute ne l'avait-elle jamais voulu. Sebastian était au sommet de sa beauté lorsqu'il se conformait aux mains tremblantes de Laura. Et maintenant qu'il reculait, haussait les épaules, détournait le regard, il ressemblait à un enfant boudeur qui, pour la première fois, comprend qu'il peut désobéir. Cela la rendit furieuse et désespérée. Elle se pressa les tempes et parla d'une voix aussi menue que possible – après des années d'entraînement avec Chloe, elle savait que la meilleure manière de vaincre quelqu'un qui se rebelle contre ce qu'il considère comme un abus de pouvoir, c'est de se montrer vulnérable. Murmurant presque, elle dit :

— Tu as bien vu ? Ce qu'il y a dans mon cerveau…

Il se tourna. Elle souleva le pendentif en or.

— Ça. C'est ce qu'il y a dans mon cerveau. Tu ne comprends donc pas ce que ça signifie ?

— Non, répondit lentement Sebastian. Et toi ?

— Que je dois rester avec Philip. Ou en tout cas que je vais le faire.

Sa voix se brisa sans qu'elle sache elle-même si elle jouait la comédie ou si c'était sincère. Peut-être les deux. Sebastian ne disait toujours rien. Elle reprit :

— Un jour, tu m'as demandé ce qui m'effrayait le plus au monde, tu te souviens ? On était dans un bar. Tu portais une chemise bleu clair et tu venais de te raser pour moi. On avait mangé des nouilles qui nous avaient semblé fades parce qu'on n'avait qu'une idée en tête : se toucher réciproquement les poignets. Tu avais ce mètre que tu enroulais autour de tes doigts et tu m'as demandé ce qui m'effrayait le plus au monde.

Sebastian ne dit rien, mais elle voyait qu'il s'en souvenait. Bien sûr qu'il s'en souvenait.

— Tu te rappelles ce que j'ai répondu ?

— De perdre le contrôle, répondit Sebastian, qui refusait toujours de la regarder dans les yeux.

— Eh bien, c'était vrai, à l'époque aussi. Mais maintenant, j'ai compris que j'avais déjà perdu le contrôle. Sauf si je n'en ai jamais eu. Sauf si je ne suis qu'un pion dans un jeu démentiel et que tout ce qui m'est arrivé dans la vie n'en est que la conséquence.

À ces paroles, Sebastian tressaillit comme si elle lui avait donné un coup de pied.

— C'est de la folie, dit-il. Des divagations. Complètement délirant. Qu'est-ce que tu essaies de me dire, à la fin ? Que rien de ceci n'a été réel ? C'est ça ?

— Je n'en sais rien.

Sebastian fit une moue de dédain. Pourquoi semblait-il brusquement la haïr alors que, juste avant, il paraissait ne pas pouvoir vivre sans elle ?

— Tu n'en sais rien ? dit-il sinistrement.

— J'ai une cigale dans la tête ! voulut crier Laura, qui ne parvint à produire qu'un geignement de chien. C'est inscrit dans mon cerveau, tu ne comprends pas ? Je ne peux pas me libérer, même si je le désire de toutes mes forces. Ni de Philip ni de rien d'autre. J'avais une raison de choisir cette vie-là et je n'en aurai jamais d'autre. Je croyais que tu pouvais me sauver, mais tu ne le peux pas. Et pourtant, je le voudrais encore !

Elle termina sa tirade en criant, fondit en larmes, puis, sanglotant, tomba de sa chaise et s'étendit de tout son long par terre, les mains sur les yeux. Sa blessure au front palpitait, son entrejambe aussi, un papillonnement envahissait son corps tout entier comme si mille insectes noirs voletaient en elle. Elle sentit à nouveau les mains de Sebastian sur son front. Il mettait du ruban adhésif sur sa plaie. Un jour, celle-ci guérirait et la cicatrice ressemblerait elle aussi à une cigale – plus tard, car pour le moment, c'était un champ de bataille, une bouillie ensanglantée aux bords noircis et rabougris.

— Si tu veux partir, autant que ce soit moi qui partes, dit Sebastian.

Des paroles qui semblaient pleines de solennité, presque empruntées. Où irait-elle, de toute façon, elle qui arrivait à peine à ramper ?

— Je ne veux pas que tu partes. Je veux que tu dises mon nom.

— Laura Kadinsky… Qu'est-ce que tu fabriques ?

Elle eut un vague sourire et regarda tristement ses mains enfoncées sous la blouse désormais ensanglantée de Sebastian, tâtonnant vers l'épaule qui était le centre de son univers.

“Encore un moment, se dit-elle. Juste une respiration.”

Pendant que Sebastian soignait Laura, Matilda et Travis s'occupèrent de la guenon moraliste. Travis était complètement surexcitée ; selon elle, il était impératif "de conduire la guenon en lieu sûr" mais elle ne précisa jamais comment, ni où, ni pourquoi.

Pour finir, elles décidèrent de l'emmener chez Travis. À deux, elles sortirent la lourde cage de l'Institut par la porte de derrière puis, se retrouvant dans Great Ormond Street, passèrent devant l'hôpital pour enfants, où jamais ne chômaient ni le chagrin ni l'effroi, puis les splendeurs de Bloomsbury derrière leurs portes verrouillées, les immeubles vides, les hôtels aux heurtoirs en laiton poli et aux portiers de nuit recroquevillés derrière des poubelles pour fumer leurs cigarettes, le métro de Russell Square, jusqu'à un des arrêts de King's Cross, où elles prirent le bus pour Crofton Park. Travis, en tête, dirigea la cage vers le haut de l'autobus à impériale. Elles la placèrent à l'avant pour que la guenon – dont on ne pouvait pas exclure qu'elle aurait le mal des transports – puisse regarder par la vitre. Elles s'assirent sur le double siège de l'autre côté de l'allée.

Matilda ne comprenait toujours pas bien qui était cette guenon. Lorsque Travis lui raconta qu'il s'agissait d'une créature au sens moral infaillible, elle s'enflamma. N'était-ce pas ce qu'elle avait toujours cherché ? Un être qui possédait le corrigé complet de tous ses actes ? Un confesseur profane ? Un petit rayon d'espoir traversa le sombre monde intérieur de Matilda, l'illuminant d'une lumière chaude. Peut-être, malgré tout, n'était-il pas trop tard pour dresser son ange intérieur et lui apprendre à rester assis.

— Comment s'appelle-t-elle ? demanda Matilda, qui tendit le bras à travers l'allée pour laisser la guenon saisir ses doigts.

Comme un nouveau-né, se dit-elle. Au même instant, une douleur familière jaillit de son coccyx et, lancinante, parcourut sa colonne vertébrale.

— Elle n'a pas de nom, répondit Travis. Nous ne baptisons pas nos animaux de laboratoire.

— Même pas de façon informelle ?

— Elle doit avoir un numéro, mais je ne le connais pas. Tu n'auras qu'à demander à Sebastian.

Matilda libéra son doigt de la poigne de la guenon. Son coccyx lui faisait toujours mal. La gorge brusquement serrée, elle déglutit. Merde alors…

— Je l'appellerai Bernarda, dit-elle en reposant sa main sur ses genoux. Toutes les créatures méritent un nom.

En avait-elle donné un à son enfant en miroir ? Non. Mais il n'était peut-être pas trop tard, se dit-elle tristement pendant que le bus cahotait péniblement à travers le Tower Bridge. Jennifer était un prénom qui en valait un autre. Il lui sembla même beau. Il allait en tout cas comme un gant à un être un peu différent des autres.

Quand elles arrivèrent à Bermondsey, Matilda aida Travis à porter la cage jusqu'à son domicile. Après délibération, elles décidèrent que Bernarda, pour se sentir moins seule, dormirait dans la chambre à coucher de Travis. Matilda aurait mieux fait de partir, elle le savait, le soir tombait et elle n'était pas chez elle, mais elle avait du mal à se séparer de la guenon qui, aussi invraisemblable que cela puisse paraître, semblait carrément l'apprécier. Assise sur le rebord du lit, elle la tenait sur ses genoux lorsque Travis entra, chargée de deux tasses de thé et d'une grappe de bananes.

— Je crois que vous vous trompez sur le sens moral de cette guenon, dit Matilda. Je n'ai pas l'air de la déranger et, franchement, je suis assez pourrie.

Cette remarque ne provoqua en Travis aucune hilarité ni indignation. Elle prit un air songeur.

— Peut-être, dit-elle finalement, que je suis aveuglée par l'amour. Mais je dirais que tu es loin d'être aussi pourrie que tu le crois. D'après ce que j'ai pu observer, en tout cas.

— Il faut que j'y aille, dit Matilda en posant Bernarda par terre. Il se fait tard.

— Reste si tu veux. J'ai une chambre d'amis.

— Hum, dit Matilda. Je ne voudrais pas t'embêter.

— Aucun souci. Ça me ferait plaisir. Tu peux rester quatorze mois si tu veux.

— Pourquoi quatorze mois ? demanda Matilda, perplexe.

— D'après mes calculs, c'est le temps qu'il me faudrait pour m'assurer avec des marges d'erreur statistiquement établies que tu ne tomberas jamais amoureuse de moi. Ensuite, je pourrais reprendre ma vie sans être paralysée par les questionnements du genre : "Et si…" qui constituent le fondement de la plupart des comédies romantiques grand public et qui, vraisemblablement, étant donné la popularité du trope, doivent avoir un ancrage dans la réalité, d'une manière ou d'une autre.

— Je ne suis pas sûre de pouvoir rester quatorze mois, dit Matilda.

— Pas grave. Chaque jour est précieux. Allez, je vais faire ton lit. Après, on mangera quelque chose.

Pendant que Travis préparait la chambre d'amis, Matilda entra dans la cuisine dans l'intention de donner un coup de main et ouvrit le réfrigérateur. Il contenait des œufs et du lait. Dans un placard, elle trouva de la farine et du sel. Un un deux, se dit Matilda. Elle se mit à faire de la pâte à crêpes.

Lorsqu'ayant mis le premier morceau de beurre dans la poêle, elle le regardait fondre, jaune et chaud, sa poche se mit à ronronner.

Elle sortit son téléphone et vit la bulle sur l'icône mail. Inexplicablement, elle sut tout de suite de quoi il retournait.

Elle retira la poêle de la cuisinière.

OBJET :

clara__isaksson@koolaid.com

Tilda,

la fin du monde n'a pas eu lieu. Quelqu'un avait dit que ce serait pour hier soir, mais je ne l'ai pas cru, jamais de la vie. Le monde continue inlassablement de tourner. Sous une forme ou sous une autre, il y aura toujours un lendemain. Je ne sais pas s'il sera agréable. Sans doute pas. Mais tant qu'il y a de la vie, il y a de l'espoir, comme on a coutume de dire, et de la vie, il y en a. On trouve de la vie dans la moindre crevasse, c'est mon analyse. Inutile d'être aveugle pour le voir.

Pardon. Je devrais aller droit au but, mais je ne suis pas douée pour ça, comme tu le sais bien à ce stade. Je suppose que je devrais te dire pardon. De ne pas avoir répondu à tes mails, pour commencer. Et pour ce que j'ai dit tu sais quand. Tu as été horrible, mais j'ai été encore pire. Je ne pensais pas ce que je disais, et en même temps, si.

Ce que j'ai vécu quand elle est morte, je ne sais pas si tu pourras le comprendre un jour. C'était comme si le dernier fil s'était rompu et que tout ce que représentait notre famille se répandait sur le sol. Et j'avais raison, même si le sol était le monde entier. Je ne sais pas si tu penses encore à elle. Je ne veux pas dire à ce qui lui est arrivé, à elle, à Sebastian et à nous, mais à elle en tant que personne. À ce qu'elle était. À la raison pour laquelle elle a fait ça. Franchement, je peux te dire que moi, non, pas vraiment. J'ai toujours eu un peu peur d'elle. Et j'ai toujours eu un peu peur de toi, même quand tu me manquais.

Je sais que tu crois que je n'ai pas envie de rester en contact avec toi. C'est tout à fait vrai, je veux dire par là que c'est entièrement faux. En fait, je t'ai cherchée. Ça peut sembler idiot puisque tu as toujours été là, mais c'est quand même vrai. Je t'ai cherchée à Berlin, mais tu n'étais pas là. Je t'ai cherchée ici, dans l'endroit le plus solitaire du monde (je suis de retour à l'île de Pâques, au cas où tu/vous ne l'auriez pas déjà pigé). Je t'ai cherchée dans les yeux d'un homme dont je croyais qu'il avait été le tien, mais en fait, il se trouve qu'il était à moi. Il s'appelle Jordan. Il te plairait, j'en ai bien peur.

Bref. Hier, j'ai vu un homard gros comme un chat. Le soleil s'est levé et les rochers se sont illuminés de rose et quelqu'un a été sauvé et quelqu'un est revenu et quelqu'un est apparu comme par miracle. Ça peut paraître délirant mais ça a été le moment le plus cohérent de ma vie. C'est tout ce que je voulais te dire. Ne crois pas que ce soit un caprice. Je n'ai plus peur. Alors j'ai l'intention de venir te retrouver, en vrai cette fois-ci.

C

Finalement, le sang coula. Les douleurs lancinantes se confirmèrent. Lent, épais, il s'étala sur la vulve comme une membrane visqueuse – pas un véritable écoulement. Normal, ça commençait toujours comme ça. Matilda et Travis venaient de manger leurs crêpes et de se souhaiter bonne nuit. Matilda s'assit sur son lit pliant, qui avait les mêmes éternels ressorts grinçants que tous les lits pliants partout dans le monde et, sentant la tache humide sur le coton et l'odeur grasse et stagnante des menstrues, elle baissa son legging et sa culotte.

Il pouvait s'agir d'une fausse couche, bien sûr, mais à l'instant où l'idée lui traversa l'esprit, elle eut l'intime conviction que ce n'était pas le cas. Elle n'avait pas spécialement mal. Elle n'avait pas peur. Elle ne ressentait que de la tristesse. Et… De la déception ? Comme le lui avait appris Kathleen, elle matérialisa ses sentiments au creux de sa main pour les tâter. Oui, elle était déçue. Elle pleura. Les larmes tombèrent sur sa culotte. Merde alors… C'était la deuxième fois de sa vie qu'elle perdait un enfant qui n'avait jamais existé. Et en plus, elle avait perdu Billy, Siri et sa vie à Berlin.

Sa culotte finit par être trempée. Elle la retira et en fit une petite boule. Elle voulait la cacher quelque part où même son troisième œil ne la verrait pas, mais c'était impossible, bien sûr. Elle la posa sur le bord du lit.

Elle resta éveillée encore un moment en attendant le saignement. Il vint, parfaitement ordinaire : pas de grumeaux noirs, pas de crampes, rien qui ne ressemble de près ou de loin aux douleurs qu'elle avait éprouvées en donnant naissance à l'enfant dont elle n'avait pas pu, non, pas voulu, s'occuper. La fillette gravement malade. Jennifer. Mais la main sur le cœur – elle posa littéralement sa main sur son cœur, car elle utilisait toujours son corps comme un surligneur – sa maladie n'avait pas été déterminante. Matilda cherchait une issue et l'avait trouvée dans les sourcils froncés du médecin.

Elle ne voulait pas avoir d'enfants pas à ce moment-là, pas avec J., pas de l'autre côté de la planète. Voilà la vérité.

Mais maintenant… C'était autre chose ! Elle avait cru que ce serait pareil, mais pas du tout. Avec Billy, elle voulait un enfant ! Une fille ou un garçon, ou pourquoi pas un bébé poney, qui ferait des bulles de savon à l'aire de jeux de Weichselplatz, du cerf-volant à Tempelhof, se délecterait de compote de pommes à Kita en s'exclamant *"Lecker!"* et aurait une grande sœur qui adorait les dauphins. Elle voulait aller au yoga prénatal de Kathleen et donner naissance à son enfant dans un bassin rempli d'eau, un enfant vivant qui crierait à sa naissance et n'atterrirait pas dans une boîte. Un enfant qui ne finirait pas en cendres. Et elle aurait pu en avoir un, pas tout de suite, manifestement, mais plus tard, le mois suivant, l'année suivante, n'importe quand. Au lieu de ça, elle avait infligé un châtiment corporel à une enfant et s'était enfuie. Merde.

Elle attrapa treize fois son téléphone avant l'aube dans l'idée, avec l'intention, cédant presque à l'impulsion d'appeler Billy pour le supplier de lui pardonner. Elle voulait tout lui raconter : l'avortement, la couleur, l'effroi. Bernarda la chienne, Bernarda la guenon. Le mal qu'elle portait en elle, la marque du diable, ce sentiment obscur brûlé au fer rouge à l'instant où elle était née d'une femme inconnue, devenant l'appendice complètement inutile de son frère et de sa sœur. Prenant la place d'un autre enfant. Serait-elle autre si l'échange n'avait pas eu lieu, ou sa noirceur était-elle héréditaire ? Le genre de questionnement qui aurait fait rire Billy… Arrête ton char, aurait-il dit. Elle aurait tant voulu l'entendre. Elle en avait tant besoin !

Impossible. Pas parce qu'elle n'osait pas le lui demander, mais parce qu'elle n'en avait pas le droit. Elle ne pouvait plus s'imposer dans la vie de Billy et Siri. Les quelques semaines de séparation lui paraissaient déjà des années, et le réflexe de passer le coup de fil faiblissait à chaque fois qu'elle saisissait son téléphone, cela ressemblait à une thérapie d'exposition ; finalement, elle le posa à côté de sa culotte en boule et s'endormit. Possible, pas probable mais possible qu'un jour, elle devienne quelqu'un de meilleur. Peut-être l'était-elle déjà. Mais avant d'en être sûre, elle allait se tenir à carreau. Clara, sa sœur haïe et adorée, avait enfin, enfin donné de ses nouvelles. Elle avait dit qu'elle viendrait, qu'elle allait la trouver. Matilda l'attendrait. À Londres. Elle ferait tout ce que Jennifer lui demandait, tout ce qui s'avérait nécessaire pour comprendre la couleur qui papillonnait dans son cerveau.

Et surtout, elle laisserait Billy et Siri en paix.

Si elle faisait tout cela consciencieusement, peut-être qu'un jour, avant que l'horloge ne s'arrête, elle serait digne d'un enfant.

Jennifer Travis occupait un trois pièces spacieux dans une maison georgienne bien entretenue à Bermondsey. La porte n'était pas verrouillée et Sebastian entra sans frapper. C'était une semaine après le retour de la guenon moraliste et – tout comme Matilda – accueillie dans un nouveau foyer chez Travis, et Sebastian venait leur rendre visite à toutes les deux : à sa sœur et à la guenon.

L'appartement était, tout comme l'immeuble, dans un état impeccable : propre et ordonné à la limite de la maniaquerie, ce qui étonna Sebastian. Il s'était représenté l'antre de Travis comme une urgence sanitaire. Mais peut-être, se dit-il en accrochant sa veste à un crochet métallique brillant, cet intérieur rangé lui permettait-il justement de fonctionner, un point de repère autour duquel son cerveau pouvait emprunter ses trajectoires capricieuses. Les affaires de sa sœur, facilement identifiables car rangées au mauvais endroit, constituaient le seul indice de désordre. Un sac à dos sale jeté sous une chaise. Un pull jaune moutarde aux manches déformées pendu sur un ficus benjamina. Il régnait une odeur de camomille et une autre plus musquée, plus bestiale, que Sebastian reconnut immédiatement : la guenon moraliste. Il ferma la porte, posa ses chaussures sur l'étagère prévue à cet effet et entra.

Dans le lumineux salon, Travis et Matilda faisaient du yoga. L'une en face de l'autre en position de lotus sur leurs tapis respectifs, le yin et le yang, une brune maigre et une blonde pulpeuse, deux fronts lisses et quatre mains posées sur autant de genoux. Cette vision remplit Sebastian de joie et de tristesse. Il l'avait déjà vue auparavant, dans la villa de Professorsstaden, quelques mois après la première crise de Matilda. Elle venait de commencer un traitement mais elle était encore fragile, très fragile. Clara s'occupait d'elle – d'ailleurs, pour être honnête, Matilda n'en avait jamais fait autant pour Clara – malgré sa peur. Sebastian savait qu'elle avait peur. Des sautes d'humeur lunatiques de Matilda, de ses accès de colère. Que Matilda la réveille au milieu de la nuit pour lui raconter ce qu'elle venait de lire sur Internet à propos de l'habitude malsaine de dormir sur un matelas qui contenait trop d'acariens, aussi ne valait-il pas mieux laver immédiatement tous les draps de la maison, ne serait-ce pas rendre service à toutes les personnes concernées ?

Cela lui revenait, maintenant : c'était Clara qui avait incité Matilda à se mettre au yoga. Elle l'avait tracassée, tarabustée, alléchée, tentée jusqu'à ce qu'elle accepte enfin de s'asseoir en tailleur et de compter ses respirations. Elle avait chantonné des mantras si ridicules que Matilda en était tombée par terre de rire, puis elle s'était finalement calmée.

Mais où était passée Clara ?

Comme Matilda, Sebastian avait reçu un mail. Elle disait avoir l'intention de les rejoindre. Mais quand ? Elle ne le précisait pas. Et quelles étaient les chances que le mail provienne réellement de Clara ? Il savait ce qu'aurait dit Travis.

Dans l'embrasure de la porte, Sebastian se racla discrètement la gorge. Travis et Matilda ouvrirent simultanément les yeux.

— Sebastian ! pépia Travis. Que nous vaut cet honneur ?

— On avait dit que je viendrai aujourd'hui. Voir la guenon.

— Bernarda, précisa Matilda. Elle a un nom maintenant.

— Bernarda, répéta Sébastien. Comme notre chienne.

— Comme notre chienne, oui. Mais je ne vais pas la tuer, si c'est ce que tu redoutes.

Travis donna à Matilda une claque sur le bras.

— Oh, là, là ! Qu'elle est bête, tu ne trouves pas ? Moi, si. C'est quelqu'un de formidable, ta sœur, tu le savais ?

— Oui, dit Sebastian.

— Arrêtez votre char, dit Matilda.

Sebastian dut patienter pour voir Bernarda. D'abord, Travis voulut lui raconter les dernières évolutions de la guerre contre Corrigan. En envoyant de la paperasserie ici et là et en invoquant diverses clauses du contrat concernant les droits, les devoirs et les attributions des génies polyvalents – lorsque Sebastian se montra sceptique quant à l'existence d'un tel contrat, Travis sortit d'un tiroir de bureau une liasse qui avait indubitablement l'air authentique, même si les signatures en bas de la feuille étaient inscrites dans une encre qui portait une ressemblance alarmante avec du sang –, elle avait réussi à faire repousser l'expulsion des cigales mais, désormais, tous les prétextes de trêve étaient épuisés et Corrigan avait fixé la date de l'évacuation définitive des insectes au 24 octobre, c'est-à-dire trois semaines plus tard. Impossible de savoir ce qui leur arriverait alors, mais Travis était pessimiste. Elle penchait pour une extermination massive. Peut-être les plus rares seraient-elles embaumées et offertes au muséum d'histoire naturelle (selon Travis, leur collection manquait singulièrement de cigales), enfin bref : un bain de sang. Elle expliqua la situation d'une voix tremblante, et Sebastian vit Matilda poser une main réconfortante sur sa cuisse. Mais, poursuivit Travis courageusement, Matilda et elle avaient un plan. Un plan de libération. Elle lui montra des schémas et des calculs, des horaires et des cartes.

— Et après, qu'est-ce que tu vas en faire ? demanda prudemment Sebastian. Je veux dire, où tu vas les mettre ?

— Ici, je suppose. En tout cas dans un premier temps. Après, on verra. J'envisage de me lancer dans la recherche indépendante. Cet appartement vaut une belle somme d'argent. Je pourrais le vendre et acheter un labo quelque part. Peut-être au pays de Galles. Les maisons y sont effroyablement bon marché. Il y a des moutons aussi. J'aime les moutons, pas toi ?

— Je viendrai te rendre visite, dit Sebastian en songeant que cette idée, malgré quelques obstacles d'ordre pratique, lui semblait une des meilleures que Travis ait jamais eues.

Elle avait besoin de s'éloigner de l'Institut – comme tout le monde, y compris lui-même.

Tous trois se perdirent dans leurs pensées sur la nouvelle vie de Travis dans l'élevage de moutons et la recherche sauvage autofinancée dans le domaine des neurosciences appliquées, puis Travis rassembla les papiers éparpillés sur la table basse et changea de sujet.

— Kadinsky, dit-elle.

Sebastian tressaillit.

— Laura ? Qu'y a-t-il ?

— Elle est mariée.

— Oui, admit Sebastian, penaud. Je le sais très bien.

— Et son mari s'appelle Philip Kadinsky ?

— Oui. Et alors ?

Pour toute réponse, Travis émit un "hum" pensif.

— Parle franchement, dit Sebastian, mais il l'avait déjà perdue.

Elle secoua la main d'un geste rabroueur.

— Il est connu, n'est-ce pas ? Exceptionnellement doué. Peut-être même un génie polyvalent. Voilà à quoi je pensais. Rien d'important. Mais je dois dire que je trouve ça un peu frustrant. Que nous ayons identifié le dernier corrélat, autrement dit Laura et toi, enfin, votre petite *liaison dangereuse*, et que nous ne soyons toujours pas arrivés à la fin du jeu. Ça me dérange. Votre sœur, par exemple, où est-elle ? Toujours disparue !

Sebastian jeta un coup d'œil à Matilda. Manifestement, elle n'avait pas parlé à Travis du mail de Clara. C'était aussi bien, se dit Sebastian en secouant discrètement la tête à l'attention de sa sœur. Travis était déjà en surchauffe, inutile d'en rajouter.

— Bref, reprit celle-ci. Continue ton truc avec Kadinsky. C'est un élément clé, ça ne fait aucun doute.

— Moi qui la prenais pour un être humain, dit Sebastian. Erreur. Et la guenon, elle est où ? Je veux la voir.

— Oh, là, là ! Pas la peine de te vexer ! Fais ce que tu veux ! Mais il serait vraiment souhaitable que tu ne rompes pas avec elle, en tout cas pas encore. Nous sommes tout près du but, je te le promets. Bernarda est dans la chambre à coucher. À gauche dans le couloir.

La porte de la cage était ouverte, et la guenon, assise dans l'embrasure de la fenêtre, à moitié cachée par le rideau. Sebastian fut pris d'une tendresse inattendue en la voyant – comme sa compagnie muette lui avait manqué... Peut-être se faisait-il des idées, mais il lui sembla que les retrouvailles lui firent également plaisir. Elle hissa les commissures des lèvres et tira plusieurs fois sur le rideau.

— Salut, dit Sebastian.

Il s'assit sur le lit impeccablement fait de Travis et tendit la main. La guenon bondit immédiatement de la fenêtre et grimpa sur ses genoux. Il lui donna quelques chips de banane qu'il avait dans sa poche.

— Où tu étais passée ? lui demanda-t-il, sachant pourtant qu'il n'obtiendrait pas de réponse. Quand tu étais partie... Qui t'avait prise ? Corrigan ?

La guenon détourna les yeux. Oui ou non ? Sebastian ne sut interpréter le geste.

— En tout cas, tu m'as manqué, dit-il.

Elle sourit à nouveau. Sebastian jeta un coup d'œil vers la porte, se demandant ce que fabriquaient Matilda et Travis. Depuis le salon, il entendait la voix douce et souple de sa sœur : *la lumière en moi s'incline devant la lumière en toi*. Elles semblaient avoir repris leur séance de yoga, mais Sebastian baissa tout de même la voix.

— Je voulais te poser une question, chuchota-t-il. J'ai besoin de conseils. C'est à propos de Laura.

La guenon ne réagit pas avec son dégoût habituel en entendant le nom de Laura. Elle descendit par terre et s'assit devant Sebastian, comme pour mieux l'écouter. Il lui dit :

— Je ne sais pas quoi faire. D'une certaine façon, je l'aime. Et je crois qu'elle m'aime à sa manière. Ça a peut-être commencé comme un jeu, peut-être que Corrigan y a mis son grain de sel – je n'en sais rien. Je ne sais même pas si ça a une importance, tant qu'elle a besoin de moi.

Il regarda la guenon, qui resta impassible.

— Mais nous ne pouvons pas... poursuivit-il, hésitant. Je veux dire... Je sais qu'il y a d'autres critères à prendre en compte. Des choses qui ne te plaisent pas. Et c'est peut-être mal. Qu'elle soit mariée. Qu'elle ait un enfant. Je sais que c'est mal, d'un certain point de vue. Mais même sans ça... Ce que nous faisons ensemble a quelque chose de profondément problématique, tu comprends ?

La guenon acquiesça lentement, attentive et patiente.

— Je croyais lui faire du bien, mais je ne sais plus trop. Et elle m'a fait du bien pendant un moment, mais maintenant... Nous ne pouvons pas assumer le chagrin de l'autre, tu comprends ?

La guenon acquiesça.

— Il faut donc que je la quitte. Mais que va-t-il lui arriver ?

Tout à coup, la guenon parut contrariée. Elle se mit à faire les cent pas dans la chambre, à tort et à travers, en proie à une évidente agitation. Puis elle bondit sur le rebord de la fenêtre et regarda au-dehors. Sebastian suivit son regard mais ne vit que des voitures, du ciel bleu, des oiseaux.

— Je ne dois pas la quitter ? C'est ce que tu penses ? Que c'est ma responsabilité de rester auprès d'elle ? Elle dit ne pas pouvoir vivre sans moi. Mais je crois qu'elle ne peut pas non plus vivre avec moi, en tout cas pas comme ça.

Sebastian se jeta sur le couvre-lit impeccable. Ainsi étendu sur le dos, il aurait pu s'endormir sur-le-champ. Il en avait envie. Mon Dieu, ôte-moi ce calice. Il entendit la guenon faire un grand bond souple à travers la pièce. Levant les yeux vers la porte, il la vit suspendue, agrippée au chambranle, les orteils tournés vers le monde souterrain.

Il la regarda : singe et femme, belle et grotesque. Elle était son plus grand amour, une plaie suppurante. Elle était ses sœurs, sa responsabilité, sa malédiction, son amante, sa folie, son ancrage. Femme et singe.

Pour la toute première fois, la guenon ouvrit la bouche et parla.

En tout cas, c'est ainsi que Sebastian s'en souviendrait plus tard : des mots étaient sortis de sa gueule comme des rayons de soleil à travers une fissure dans une épaisse couverture nuageuse automnale, le phénomène que leur mère avait coutume d'appeler "lumière des anges", un cadeau inopiné de l'au-delà. Il savait que ce n'était pas possible, et pourtant, si. La guenon ouvrit la bouche, lui parla, et voici ce qu'elle lui dit :

Ce n'était pas ta faute.

Marchant comme un somnambule, il mit presque deux heures pour se rendre au café de Balls Pond Road. Pas une fois il ne ressentit le besoin d'utiliser le GPS de son téléphone. Peut-être s'était-il égaré en chemin, ou peut-être avançait-il lentement, comme un borgne. Bref, il finit par arriver devant la porte en bois peinte en bleu, la vitrine sale et le funeste carillon qui résonnait en cognant le chambranle. Dans le café désert, l'employé, affalé sur le comptoir, avait les yeux fermés et les oreilles pleines de musique. Sebastian passa devant lui sans un mot.

Au sous-sol, tout était disposé comme dans un musée. Le silence régnait – un silence trop profond. En effet, il manquait le bouillonnement de l'aquarium. À part cela, tout était comme d'habitude. Enfin, sauf pour le tabouret, bien sûr : un meuble pliant équipé de jambes de bois ouvragées et d'un siège triangulaire revêtu d'un cuir marron doux et usé, il sentit sa texture rien qu'en le voyant, sans même avoir besoin de le toucher. Le père de Violetta avait le même dans son bureau, appuyé contre des piles de journaux et de magazines littéraires, des années entières de *Res Publica*, *Månadsjournalen* et *BLM*.

Le tabouret se trouvait en face du tableau.

Il s'assit dessus.

Il le déplaça pour s'approcher de l'image.

Il effleura l'image et pencha le front contre sa surface froide.

Il s'appuya contre le mur tellement ses jambes flageolaient.

Il se mordit la lèvre jusqu'à ce que sa bouche s'emplisse de sang.

Jusqu'à ce que ses souvenirs s'emplissent de sang.

Il lui avait acheté une bague – en argent, sachant que l'or lui donnerait l'impression d'être un animal de cirque. Il s'était rendu à son appartement situé dans la Grönegatan, une simple chambre – cuisine mais avec parquet, rebords de fenêtre et une vieille baignoire munie de pattes de lion –, elle avait raclé le parquet au papier de verre pour l'enlaidir, développé des photos dans la baignoire jusqu'à ce que les produits chimiques corrosifs tachent l'émail, vomi dans la cuvette des toilettes en forme de cœur si souvent que son vomi corrosif avait taché l'émail, celui de la cuvette et celui de ses dents. Elle aimait son appartement, elle le trouvait beau. Sebastian le trouvait malsain, voulait l'en sortir et – peut-être – se marier avec elle et – certainement – qu'ils emménagent ensemble, en tout cas, il voulait la sauver, les sauver tous les deux.

Il ouvrit la porte de l'appartement avec la clé qu'elle lui avait donnée très à contrecœur. Il eut l'impression de commettre une transgression, mais cela faisait trois jours qu'elle ne répondait pas au téléphone – depuis ce moment où, assise à côté de lui sur le perron de la bibliothèque Wrangel, elle avait enfoncé un mètre de couturier élimé dans sa main.

Il appela – pas de réponse –, tira le rideau qui séparait l'étroit vestibule de la seule pièce de l'appartement et ne cria pas. Il ne lâcha pas le petit anneau en argent qu'il tenait dans sa main. Il n'y eut pas un son.

Ce jour-là, en revanche, il avait poussé un cri – silencieux, refoulé, mais un cri.

Il était resté immobile, les yeux fixés sur l'image. Double exposition, le corps d'une fille dans celui d'une autre, l'un étrangement beau, l'autre étrangement laid. L'imitation d'une mort qui n'était pas la sienne, et qu'elle s'était pourtant appropriée. Pendue, oui, pendue, comme le photographe aveugle dans un récit qu'il n'avait pas lu, comme endormie, dormant les yeux ouverts. *Wie schlafen*. Plus tard, en étudiant attentivement l'image, il avait vu tous les efforts qu'elle avait consacrés aux détails.

Les jambes nues sous la chemise de nuit.

Le tabouret et l'ombre qu'il projetait.

Le fil électrique de la lampe qu'elle avait été obligée de déplacer, du bord de l'image au centre. La porte fermée.

Sur la porte, un post-it sur lequel il était écrit : rien.

Le plus douloureux, c'est qu'elle avait échoué.

Car la vision qu'elle avait créée n'avait rien de beau.

Elle était ignoble.

Celui qui n'a jamais vu un cadavre ne peut pas se représenter la différence entre un corps inerte et celui qui porte encore la vie dans sa chair. Dire qu'elle avait l'air de dormir était un mensonge – Sebastian n'avait jamais vu une telle raideur dans ses membres, pas même au pire de sa maigreur. Quand elle dormait, son corps était toujours moelleux, ses contours vagues avaient un charme vulnérable. Morte, elle était dure comme de l'os et raide comme de l'acier.

Et pourtant si faible.

L'individu pendu dans l'embrasure de la porte entre la cuisine et la seule pièce de l'appartement de la Grönegatan n'était plus un être humain mais un objet, une chiffe morte. Les yeux grands ouverts injectés de sang, gonflés, la bouche ouverte comme celle d'un poisson, la corde entaillant le cou et la peau flasque sous le menton débordant sur les côtés, bâillant comme des ouïes décollées. Sa chemise – elle appartenait à Sebastian, une vieille chose bleu ciel et usée – avait des taches de sueur incrustées sous les bras. Au moment de la mort, elle avait uriné et déféqué. Les excréments avaient coulé le long de ses jambes, se figeant dans la pilosité digne d'une fourrure qui recouvrait ses cuisses et mollets.

Mais le pire, c'étaient les bras.

La photo tant aimée qu'elle avait essayé d'imiter représentait une femme bien vivante et assez forte pour rester accrochée du bout des doigts à un chambranle de porte.

Il faut une sacrée force physique pour rester ainsi suspendue par ses propres moyens à un chambranle. Même en vie, Violetta n'y serait pas parvenue – encore moins dans la mort, ce qu'elle savait bien. Pour obtenir la forme en Y recherchée, elle avait attaché autour de ses poignets des châles assez longs pour permettre la chute du tabouret, et les avait cloués au chambranle. Ou plutôt le contraire, elle avait dû les clouer d'abord et les nouer ensuite, en ayant pris soin de mesurer au préalable la longueur nécessaire avec le mètre qui lui avait ensuite servi de nœud coulant. Elle était toujours méticuleuse et, pourtant, tout lui échappait. En cela, et en beaucoup d'autres choses, ils se ressemblaient. Ombre et lumière. Elle ne le supportait pas.

Lui, si. C'était toute la différence.

Il pouvait endurer d'avancer en trébuchant dans sa vie comme un malheureux hasard, et s'accommoder de n'avoir aucun contrôle – en réalité, il aimait ça. Il adorait être un simple reflet des souhaits et désirs d'autrui, il y trouvait sa liberté – se laisser dériver sans but précis, faire le bonheur des autres et son propre malheur. Mais Violetta appréhendait les choses autrement.

Savait-elle ? Peut-être. Elle avait eu des paroles qu'il n'avait pas comprises sur le coup et que, désormais, il trouvait étonnamment lucides. Sa fixation sur leur date d'anniversaire, qu'il avait prise pour une représentation romantique d'un destin commun. Sa relation froide, voire haineuse avec ses sœurs. Sa rage disproportionnée lorsqu'un jour, sans lui demander, il lui avait emprunté l'imperméable et le chapeau de son père pour sortir dans le jardin. Quand il était rentré, elle était devenue blême et lui avait hurlé de ne jamais, jamais plus faire semblant d'être quelqu'un d'autre. Il avait mis son effroi sur le compte de la double exposition – le fait qu'un instant, elle ait vu en lui quelqu'un d'autre – mais peut-être n'était-ce pas anodin qu'il ait justement enfilé les habits du père.

Sa moue de dédain lorsque, feuilletant un vieil album photo, il lui avait dit qu'elle ressemblait à sa mère quand elle était jeune. "Le milieu pèse plus lourd que l'hérédité", avait-elle dit.

Comment il avait eu coutume de s'allonger dans le bureau de son père les jours de pluie et de se perdre dans la lecture de vieux *National Geographic* empilés, et ce souvenir clair comme de l'eau de roche de s'être senti surveillé un de ces après-midis et, levant les yeux, de l'avoir découverte dans l'embrasure de la porte, épaules basses, l'air triste.

— Ne t'arrête pas, avait-elle dit. Tu es vraiment dans ton élément.

Puis elle avait levé les mains en imitant un appareil photo et fait semblant d'appuyer sur le déclencheur.

Surinterprétation ? À maints égards, elle était un drôle d'oiseau et son comportement était très souvent irrationnel. Peut-être se souvenait-il de ses lubies avec une telle netteté parce qu'elles s'accordaient parfaitement à son nouveau récit de vie. Peut-être que d'autres instants et d'autres réactions se seraient ordonnés selon un schéma différent.

Quoi qu'il en soit, Violetta était profondément malheureuse lorsqu'ils s'étaient rencontrés, et cela n'avait fait qu'empirer avec les années.

Ce n'était pas ta faute.

Ce n'était pas sa faute.

Il s'était pourtant senti coupable, il avait pensé tenir au creux de ses mains le bonheur de Violetta parce qu'elle l'y avait déposé. Elle répétait si souvent qu'elle ne pourrait pas vivre sans lui qu'il avait fini par le croire. Mais ça n'avait pas suffi. Manifestement, elle ne pouvait pas vivre sans ni avec lui. Elle avait mis fin à ses jours. Elle avait emporté une partie de lui dans sa tombe et rien de tout ce qu'il pouvait faire désormais, pour lui-même ni pour personne d'autre, n'y changerait rien. Il aurait pu lui en vouloir, mais cela aurait été comme de haïr une partie de lui-même.

Il regarda une dernière fois l'image du corps vivant de Francesca Woodman – cette photographe que Violetta, pour une raison impénétrable, avait aimée à mort.

Son premier amour, son grand amour.

La sœur de ses sœurs, sa jumelle de l'ombre.

Tu rêves et, dans ton rêve, c'est la fin du monde. Devant le chantier à côté de la gare de Paddington, tu regardes les ouvriers coiffés de casques en verre. Au-dessus de leur tête flotte une banderole sur laquelle tu lis : *All harm is preventable.* Ils se retournent et miment. Tu sais que ce n'est pas réel, mais aussi que c'est vrai.

Tu rêves et, dans ton rêve, vous traversez à cheval une vallée verdoyante d'Europe de l'Est. Cela t'évoque le rêve de quelqu'un d'autre que tu as vu un jour sur une scène de théâtre.

Tu rêves et, dans ton rêve, un chat joue du synthétiseur. Vêtu d'une chemise turquoise, il pianote *Plus près de toi, mon Dieu.* Tu rêves et, dans ton rêve, tu es le chat et tout le monde te regarde.

Les feuilles s'accrochaient encore aux arbres avec un certain désespoir. On était en octobre, le mois de la chute, *the fall* – Laura Kadinsky insistait depuis l'adolescence pour utiliser ce terme américain plutôt que le britannique *autumn*, ce qui les distinguait n'étant pas, disait-elle, d'ordre culturel, mais lié à une vision du monde et à un état d'esprit. *Autumn* était une belle saison cuivrée d'enfants chaussés de bottes en caoutchouc neuves et *the fall*, le temps chagrin du châtiment et de l'ennui. Il valait alors mieux se cacher, se supprimer ou se surpasser. Bien sûr, Laura ne voulait pas se supprimer, elle s'adorait trop pour pouvoir se représenter un monde privé d'elle-même, mais elle voulait supprimer la saison. L'automne. La souffrance. La lenteur et la luxure (elle pensa à Sebastian), se supprimer ou se surpasser (elle pensa à Dieu), il y avait forcément une issue qui lui permettrait de sortir de ces limbes, il suffisait de la trouver. Mais comment y parvenir lorsqu'on ne mettait pas le pied dehors et qu'on n'arrivait même pas à sa propre cuisine sans s'appuyer de tout son poids contre les murs du couloir ? Voilà la question.

Philip pensait avoir trouvé la solution : une clinique suisse. Après leur voyage à Madrid et les aveux de Laura concernant ses soucis (mais pas sa liaison), Philip était, avec sa détermination habituelle, passé à l'action. Pour lui, il n'existait pas de problème qu'on ne pût résoudre, ni d'argent qu'on ne pût dépenser avec largesse pour une bonne cause, et il avait investi de l'énergie et de longues nuits d'insomnie à la recherche d'un spécialiste qui pourrait aider Laura. Il avait déniché un neurochirurgien réputé, un dénommé Stockhausen (oui, comme le compositeur, avait dit Philip, content de lui), qui possédait une clinique à Schaffhausen (quelle fabuleuse symétrie, avait dit Philip, content de lui) et avait accepté de recevoir Laura et Philip au début du mois de novembre. Tout était prévu : ils prendraient le train, Philip lirait Thomas Mann et Laura voyagerait avec une boîte à chapeau. Ils passeraient trois semaines au sanatorium, comme l'appelait Philip, Stockhausen balancerait un pendule sous les yeux de Laura et lui tâterait le pouls en posant deux doigts sur son poignet. Puis il l'opérerait et elle serait guérie.

Ce ne serait sans doute pas aussi simple, lui avait-elle suggéré – à maintes reprises. Elle avait tout de même pendant plusieurs mois fait l'objet d'examens très poussés dans l'un des meilleurs instituts de neurobiologie du monde, à l'issue desquels on avait seulement pu lui dire qu'elle avait une cigale dans le cerveau.

— Ils sont très forts au LICS, c'est sûr, avait à chaque fois répliqué Philip en mordant à pleines dents son piment. Mais les Suisses sont encore meilleurs. Ils sont toujours les meilleurs.

Laura n'avait rien trouvé à redire. Elle connaissait assez mal la Suisse.

Durant les trois semaines qu'il restait avant leur départ, Laura passa le plus clair de son temps chez elle. Depuis sa rupture avec Sebastian quinze jours auparavant, son état avait encore empiré. Plutôt qu'un abandon, elle préférait y penser comme à une rupture de contrat, une fracture, une infraction – elle aimait l'idée de fraction, de cassure –, c'était ainsi qu'elle le voyait, comme une infraction contre elle-même, contre eux deux, contre la loi de la nature selon laquelle deux corps qui sont attirés l'un vers l'autre doivent être ensemble. Mais une rupture est généralement réciproque. Comme quand deux personnes sont assises à la même table dans un bar, tard le soir, souffrant d'un mal de tête naissant, devant des bières tièdes, fades, et que l'une d'entre elles hausse les sourcils et dit : *Bon, ben, il est peut-être temps de partir.* Et l'autre se contente d'acquiescer en pensant : *Ouf ! Il l'a dit. Je commençais à en avoir plein le dos.*

Ça ne s'était pas déroulé ainsi. Sebastian avait simplement tourné les talons – elle ne l'avait pas vu venir. Elle l'avait appelé pendant tout un après-midi sans réponse. Pour finir, elle était allée se planter en bas de chez lui, tenant son sac à main au-dessus de sa tête pour se protéger de la pluie. Elle avait jeté des cailloux contre sa fenêtre jusqu'à ce qu'il la laisse entrer. Et là, il lui avait dit : *Nous ne pouvons pas assumer le chagrin de l'autre. Ce n'était pas ma faute. Rentre chez toi, Laura, rentre chez toi.* Elle n'était pas rentrée, elle s'était allongée une dernière fois dans son lit. *Rentre chez toi, Laura, rentre chez toi*, avait-il répété après.

Ce qu'elle avait fait.

Mais elle n'y croyait pas vraiment. Cette fois-ci non plus. C'était pourtant bien réel. Elle l'avait appelé cinquante-deux fois sans succès. Puis elle avait arrêté – elle aurait continué si elle était encore parvenue à attraper son téléphone.

Cela ne changea pas grand-chose qu'Essie the Escapist réapparût comme par miracle à peu près à ce moment-là. Un soir pendant le dîner, Philip, qui, pour une fois, était à table avec eux, s'était brusquement figé, un éclair de sauvagerie avait traversé son regard, cette lueur démentielle particulière qui signifiait que ses tympans venaient de capter une dissonance dans le fond sonore. Sans un mot, il était sorti dans le hall. En revenant, il tenait Essie, maigre et mouillée, dans ses mains en coupe – ou, en tout cas, un hamster qui ressemblait beaucoup à Essie. Les taches étaient bien placées et les vibrisses, de la bonne longueur. Cela dit, Laura n'était pas convaincue. Connaissant son mari, elle le savait parfaitement capable de trouver un animal identique à l'évadé de sa fille, de l'affamer, de le tremper dans de l'eau et de mettre en scène un retour en grande pompe, tout cela pour le bonheur de Chloe. Le problème avec les hommes formidables, c'était que de temps en temps, songea Laura, assise dans le canapé à côté d'une Chloe folle de bonheur qui serrait son hamster enveloppé dans une serviette éponge hors de prix et le nourrissait de Cheerios, on oubliait les prouesses dont ils étaient capables. Exposé à la folie au quotidien, on finissait par manquer de recul.

Le fait que, comme tout dans la vie de Laura, Essie lui apparaisse désormais dans la plus plate bidimensionnalité renforça ses soupçons : il s'agissait sans doute d'un imposteur. D'un autre côté, si Essie n'avait pas changé, peut-être Laura n'était-elle plus tout à fait elle-même. Hormis le rongeur, Sebastian avait été son seul raccord fiable à la troisième dimension, et elle n'avait plus accès à lui.

Quelques jours après la rupture de contrat, le dernier pont avait été coupé. Elle avait reçu un coup de fil de l'accueil de l'Institut. Une dénommée Tiffany Temple l'avait informée que, suite à des remaniements dans les groupes de recherche, elle serait dorénavant reçue par un dénommé Mr. Childs et non plus par Mr. Isaksson. Ce Mr. Childs l'avait contactée plusieurs fois indirectement pour lui proposer un premier rendez-vous, mais Laura n'avait pas donné suite.

À quoi bon.

Elle préférait rester chez elle à regarder Sebastian sur YouTube. Elle n'avait trouvé que deux vidéos de lui sur toute la toile. Dans la première, son visage apparaissait au milieu d'une foule – un détail. Il s'agissait de l'un des nombreux films de recrutement du LICS qui, pendant un temps, avaient circulé sur Internet, attirant l'attention de Laura. À l'époque, elle avait cependant raté celui-ci. Ou l'avait-elle simplement oublié ? Était-ce possible que son regard ait un jour glissé sur le visage de Sebastian sans que cela ne la bouleverse ? Elle avait du mal à se l'imaginer. Sa bouche était d'une beauté si extravagante qu'il était quasiment difficile d'en soutenir la vue. Et pourtant, ce n'était pas le visage de Sebastian qui, d'un coup de couteau bien tranchant, avait ouvert la brèche dans laquelle elle pouvait se reposer. C'était sa voix lorsqu'il avait, pour la première fois, prononcé son nom – ce nom qui ne lui appartenait qu'à moitié.

Elle était née Laura Violet Barnes. Longtemps après, quand il était trop tard, elle s'était rendu compte qu'elle n'avait jamais dit son nom de jeune fille à Sebastian – peut-être que leur histoire se serait terminée autrement s'il avait su que, d'une certaine manière, elle portait le même nom que cette femme dont il parlait dans son sommeil, et qu'il avait dû aimer d'un amour impérissable. Elle ne lui avait pas non plus confié qu'elle avait un jour nourri à mort son propre poisson rouge. Ni que la première personne qu'elle avait embrassée était la fille d'un voisin qui la faisait fantasmer lorsqu'il tondait la pelouse du jardin partagé – elle comprenait dorénavant que le baiser avait été une projection ou une sorte de contamination mais, à l'instant où il avait eu lieu, il lui avait paru chargé d'amour. Que, comme tous les enfants, elle trouvait réconfortant l'odeur des draps propres et qu'elle dépensait encore beaucoup trop d'argent en adoucissant. Qu'elle n'avait pas de frères et sœurs et que sa mère lui avait avoué avoir eu des polypes utérins juste après sa naissance – ce qui n'avait jamais ébranlé son intime conviction qu'elle était une enfant si parfaite que ses parents avaient compris qu'un deuxième-né ne pourrait jamais concurrencer leur amour pour elle.

Il y avait tant de choses qu'elle n'avait pas racontées à Sebastian, et qu'il ne lui avait pas demandées. Il ne s'était jamais intéressé à la Laura d'avant leur amour. Il l'avait aimée telle quelle, sans savoir qui elle était. Était-ce la raison pour laquelle il n'était jamais parvenu à déchiffrer son cerveau ? Ni à comprendre ce qu'il avait perdu ?

Et Philip ? Il savait d'où elle venait, mais jamais où elle se trouvait. Comme s'il ne la voyait vraiment qu'après coup, apercevant la silhouette de son âme dans un rétroviseur. Cette pensée la mit mal à l'aise, c'était vertigineux d'être aimée par deux personnes à la fois mais pour des raisons si différentes.

Elle ne regardait pas souvent la première vidéo, peu jouissive et peu douloureuse. Même en faisant un arrêt sur image au moment où le visage de Sebastian passait fugitivement devant l'objectif, même en ravalant sa gêne vis-à-vis de l'observateur implicite qui avait accompagné Laura pendant toute sa vie, le public d'une personne face auquel elle jouait son existence, et en se permettant de fixer simplement les lèvres de Sebastian, leur courbe voluptueuse, ses pommettes hautes typiquement scandinaves, et d'invoquer la sensation qu'elle éprouvait lorsqu'il prononçait son nom avec des voyelles trop rondes, l'image ne parvenait pas à satisfaire son penchant masochiste pendant plus d'un quart d'heure, à une ou deux minutes près. On n'entendait pas Sebastian parler. En outre, après quasiment un an de troubles plus ou moins permanents de la vision tridimensionnelle, Laura était – et cela pouvait se comprendre – lasse des images fixes en deux dimensions.

L'autre vidéo était d'un genre beaucoup plus grossier.

Il était tout jeune, quasiment un enfant. Laura mit plusieurs jours à la trouver, car le nom de Sebastian n'était pas mentionné, contrairement à celui de Violetta, sa petite amie morte – c'est ainsi qu'elle avait fini par trouver le clip. On y voyait Sebastian assis sur un tabouret dans une cuisine, une guitare sur les genoux, croisant ses longues jambes comme une fille.

Sa frange de l'époque lui tombait sans cesse devant les yeux. Derrière lui, sur le rebord d'une fenêtre, il y avait des pots de fleurs ; Laura n'avait encore jamais vu des géraniums d'un pareil rose pâle. C'était une fille qui filmait, elle parlait suédois, supposait Laura, sûrement Violetta ; on voyait sa main filer devant l'objectif – en faisant un arrêt sur image, on distinguait ses doigts minces et le vernis turquoise sur ses ongles. Elle riait beaucoup. Le but était de filmer Sebastian en train de jouer un morceau à la guitare. D'abord, il rechignait ou, en tout cas, faisait semblant. La fille l'exhortait, alternant supplications et moqueries. Il finissait par s'y mettre avec cette voix qu'il avait encore, mais plus frêle, plus enfantine :

If you walk away I walk away
First tell me which road you will take
I don't want to risk our paths crossing one day
So you walk that way, I'll walk this way…

Dans le second couplet, il était rejoint par la voix de la fille qui transformait la chanson en duo, rauque, mélodieuse et un peu lointaine même si elle se trouvait plus près du micro :

And the future hangs over our heads
And it moves with each current event
Until it falls all around like a cold steady rain
Just stay in when it's looking this way…

Ainsi, en visionnant la vidéo, Laura avait découvert que Sebastian savait jouer de la guitare. Qu'il était même assez doué, ou l'avait été, en tout cas, à l'époque où il était un grand petit d'homme aux jambes filiformes, le nez blanc, amoureux d'un ange. L'oreille musicale indiscutable de Sebastian la dérangeait car elle créait un lien entre lui et Philip – c'est-à-dire quelqu'un qui n'était pas elle – et elle n'aimait pas qu'un tel lien existe, elle voulait que les deux hommes continuent à vivre dans des univers parallèles strictement délimités qui ne se chevauchaient pas.

Elle ne pouvait plus entrer dans l'atelier de Philip, chez eux, car il y avait là deux guitares Alhambra, la même marque que celle, avait-elle remarqué, de l'instrument de Sebastian dans la vidéo. Elle y pensait très souvent. C'était une guitare classique, pas de pop. Que faisait-elle entre les mains de ce troubadour adolescent ? Appartenait-elle à la fille ? Jouait-elle du flamenco, comme Philip, parfois, quand il était excité et que Laura n'avait pas envie de baiser ? Cela dit, elle était entre les mains de Sebastian. Plus Laura regardait la vidéo, plus elle était convaincue que cette guitare, en fait, n'existait pas, qu'elle n'était en tout cas pas présente le jour où Sebastian et sa petite amie avaient enregistré ce duo mélancolique. D'une manière ou d'une autre, Laura l'inventait, il devait s'agir d'une projection inconsciente, d'un attribut dessiné par la cigale dans son cerveau, qui changeait ainsi le cours du passé et créait une espèce de faux souvenir. C'était forcément ça, aussi invraisemblable que cela puisse paraître, car autrement, comment expliquer le langoureux quatrième couplet qui lui faisait toujours vomir des larmes :

And Laura's asleep in my bed
As I'm leaving she wakes up and says
I dreamed you were carried away on the crest of a wave
Baby don't go away, come here…

Matilda s'impatientait. Il s'était tout de même écoulé plusieurs semaines depuis que Clara avait promis de la retrouver, et cela n'avait pas encore eu lieu. Cela dit, elle supportait assez bien de vivre ainsi dans l'attente.

Son rapport à la couleur était devenu moins problématique. Pourtant, elle surgissait absolument partout : dans les feuilles mortes, dans les joints des trottoirs, dans la peau grasse des pommes et les bourgeons gonflés des amaryllis à la fenêtre de Jennifer Travis – mais elle ne l'effrayait plus, plus vraiment, elle ne lui faisait plus mal aux yeux. Bien sûr, elle était encore assez agaçante. Elle la réveillait parfois en pleine nuit, tel un globe flottant dans la pièce sombre, comme si elle voulait lui dire quelque chose. S'asseyant à côté de Matilda au petit-déjeuner, elle lui donnait des coups de coude. Un vrai pot de colle, urticante comme une piqûre de moustique – mais elle ne la rendait pas folle. Travis n'était arrivée à rien avec ses questionnaires, ses images IRMf et ses séduisants diagrammes, mais cela n'avait pas grande importance. Matilda avait compris la couleur – elle avait sans doute toujours su ce qu'elle signifiait. Elle était porteuse d'un message et, tôt ou tard, elle le lui dirait.

Il suffisait d'attendre et de calmer son âme impatiente.

Un jour de la mi-octobre, la couleur accompagna Matilda et Sebastian au musée. Sebastian voulait voir une exposition de portraits de Goya au Tate.

— Mais enfin, merde ! Pourquoi ? lui avait demandé Matilda. L'art ne t'a jamais intéressé.

Il avait répondu qu'on peut changer et elle ne l'avait pas contredit, souhaitant elle-même que ce soit vrai.

Elle n'avait pas aimé les peintures. C'était comme si le mec, c'est-à-dire Goya, avait trempé son pinceau dans l'obscurité avant chaque coup, et mis du noir dans toutes ses couleurs. La couleur de Matilda n'appréciait pas non plus. Elle traversa à la hâte les salles d'exposition. Matilda la suivit volontiers, puis prit un café et une pâtisserie pendant que Sebastian terminait sa visite.

C'était une forêt-noire – Berlin lui manquait.

Ils se promenèrent le long du fleuve (qui était toujours affreusement laid, Matilda ne changerait jamais d'avis à ce sujet). Devant Westminster, Sebastian s'arrêta et grimpa sur le muret qui donnait sur l'eau gris carbonique, puis s'assit dos au fleuve en balançant les jambes au-dessus du trottoir. Matilda était assez sûre que ce soit illégal, comme la plupart des choses dans ce pays. Et elle n'avait aucune foutue envie d'enfreindre la loi. L'ancienne Matilda, dont elle essayait de se débarrasser, ne s'en serait pas souciée. Mais désormais, elle faisait des efforts pour se comporter autrement, pour être quelqu'un qui respectait les lois et les règles, quelqu'un qui ne tuait pas les chiens ni ne frappait des enfants innocents.

Mais pour une fois, quelle importance ? On change peut-être, mais pas au point de ne pas pouvoir se permettre une petite rechute de temps en temps. Elle avait envie de s'asseoir à côté de son frère et de balancer les jambes. La seule chose qu'elle aurait désirée encore plus fort, c'était que Clara soit là aussi, qu'elle s'asseye de l'autre côté de Sebastian et crie : "mais fais attention !" quand un derrière s'approchait trop près du bord.

Elle prit son élan et se hissa.

— Elle me manque, dit-elle en regardant ses pieds.

C'était bien d'être honnête. C'était bien de dire ce qu'on ressentait. De communiquer. Fort louable, tout cela, moralement justifié, Bernarda l'aurait confirmé, c'est-à-dire la guenon, pas le chien fantôme. Matilda s'était toujours crue très douée pour ça – pour la communication – parce qu'elle n'arrêtait pas de parler ; elle s'était crue transparente. Mais alors, pourquoi se retrouvait-elle parfois dans des situations indésirables ? Elle n'avait pas communiqué avec Clara, pas vraiment. Ni avec J. Ni même avec Billy. La seule personne avec laquelle elle pouvait vraiment parler à cœur ouvert, c'était Sebastian. Oui, décidément, son frère était quelqu'un de très spécial.

Il ramassa en silence un marron sur le muret et le jeta par-dessus son épaule dans la Tamise. La chute fut si longue avant que le marron n'atteigne l'eau que Matilda n'entendit pas de plouf, comme s'il tombait éternellement.

— Clara ? demanda Sebastian.

— Ben oui, espèce de débile. Qui d'autre ?

Sebastian haussa les épaules.

— Je crois qu'on lui manque aussi, dit-il. Je crois que c'est pénible pour elle. De ne pas savoir, je veux dire. Lequel d'entre nous.

— Ce n'est pas la seule raison, dit Matilda.

— Non. Mais c'en est une. Je crois.

— Franchement, dit Matilda en entortillant sa manche autour de sa main, tu crois que c'est qui ? Je ne serai pas triste si tu me le dis.

— Pourquoi tu serais triste ?

Matilda fit la moue.

— Arrête ! Tout le monde sait que c'est moi. Mais ça va, je l'accepte. Sincèrement. Ce serait quand même un soulagement de l'entendre de la bouche de maman, qu'on puisse se débarrasser de cette histoire. Je lui ai mis la pression, mais elle nie obstinément.

— Si ça ne te fait rien, pourquoi tu as tant besoin qu'elle te le confirme ?

— Parce que j'ai décidé d'essayer de vivre dans la sincérité et l'authenticité, Babou. Mais je n'y arriverai pas seule.

La sincérité, ça ne sert à rien si c'est à sens unique. Billy, par exemple, était toujours sincère avec moi, il était authentique. Et à quoi ça a servi ? Je lui cachais toujours des choses.

— Quelles choses ?

— Toutes les bêtises que j'ai faites.

— Il n'y en a pas eu tant que ça, quand même.

— Tu n'es pas au courant de tout.

Sebastian tripotait les boutons de sa blouse.

— Bref... Si tu y tiens. Je ne crois vraiment pas que ce soit toi, Tilda.

Elle rit.

— Quoi ? Tu crois que c'est toi ? Le petit chéri de maman ? Ça m'étonnerait.

— Pourquoi ?

— Parce que tu es le seul d'entre nous qui sois normal !

— J'ai peut-être un héritage génétique normal, contrairement à vous. Non, mais franchement. Si c'était moi. Ça changerait quelque chose ? Tes sentiments pour moi ne seraient plus les mêmes ?

Elle n'hésita pas une seconde.

— Jamais. Tu es mon frère et je t'aime.

Elle ressentit une vraie jubilation en le disant. *Je t'aime.* Kathleen avait coutume de dire : *Les mots sont les messagers du cœur.*

Elle regarda Sebastian, qui plissa les yeux au soleil. Elle remarqua qu'il commençait à avoir de petites rides au coin des paupières. Elle songea qu'il faisait une tête de plus qu'elle. Et que Clara. Qu'il avait les cheveux blonds. Qu'il avait des contours doux, hormis l'angle dur de la pommette. Elle vit la couleur tourner autour de sa tête, ses mains croisées sur ses genoux, ses grands pieds plats. Pour sa part, elle avait de belles voûtes plantaires bien cambrées. Clara aussi.

— Sebastian, dit-elle lentement. Dis-moi sincèrement : tu crois vraiment que c'est toi ?

Sebastian ne répondit pas.

— Tu as vu assez d'art ? demanda-t-il. Sinon, tu peux m'accompagner demain soir. Une de mes patientes fait une exposition, j'ai promis d'y aller. Travis viendra aussi.

La couleur flottait au-dessus de sa tête, entourant un autre cercle magenta, c'est-à-dire la teinte que prenait son aura quand il mentait ou éludait quelque chose.

Mais comment en être sûre… Peut-être n'était-ce que le soleil d'automne qui donnait à ses cheveux l'air d'être en flammes.

Rien ne se termine jamais, mais tout prend fin.

Voilà pourquoi la bulle de dialogue est le seul cadre narratif valable et la bulle de savon, le seul vrai objet d'art.

Rien n'a de fin, c'est prodigieux.

Exactement un mois après que la fin du monde n'avait pas eu lieu, le cas 3A16:1, alias le "Bébé-toilettes", dont le vrai nom était Esmeralda Lundy, participait au vernissage de sa première exposition personnelle *Mirror Images* à la Whitechapel Gallery. Sebastian arriva tôt en compagnie de Matilda et Jennifer Travis. Ils avaient prévu de partir avant que ça ne devienne trop bondé et, surtout, que la galerie ne soit inondée de gens de l'Institut. Ni Sebastian ni Travis n'avaient envie de se retrouver nez à nez avec la face rougeaude de Corrigan au détour d'un plateau de fromages.

C'était un de ces soirs londoniens où le smog, les lampadaires, les sécrétions tièdes et humides du métro projetées à travers des grilles dans les rues et ruelles donnent à la ville une sensation de pastiche du XIXe siècle. Pour une mi-octobre, il faisait exceptionnellement chaud, et les décorations de Noël apparaissaient déjà dans les vitrines des cafés, renforçant l'impression surréaliste d'être complètement égaré dans l'espace et le temps.

Le fait d'arriver tôt n'avait pas eu l'effet escompté. Dans la galerie déjà pleine, les visiteurs, bouche bée, tenant leur verre de prosecco entre l'index et le pouce, se regroupaient en grappes devant les peintures. La seule différence entre ce vernissage et tous les autres qui se déroulaient au même moment à Whitechapel et dans le monde, c'était qu'à la place du brouhaha habituel, un silence assourdissant régnait dans la salle. Même Matilda, qui avait très peu d'expérience en art pictural et ne s'y intéressait à vrai dire pas du tout, comprit pourquoi. Les grandes huiles de trois mètres sur trois couvraient les murs de lumière à l'état pur – et en même temps d'obscurité à l'état pur – deux extrêmes simultanés. Le plus étrange n'était pas que ces peintures soient grandioses (elles l'étaient), ni d'une grande virtuosité technique (elles l'étaient), ni même anachroniques (elles l'étaient, par exemple dans le choix des sujets : des chevaux cabrés, des hommes pieux en caftan et de petits carrés de tissu mollement pendus aux bras de femmes nues et pulpeuses), mais le fait que, bizarrement, elles donnaient envie de pleurer, de verser de grosses larmes étincelantes comme des diamants.

Jennifer Travis siffla.

— C'est exactement comme au Tate, dit-elle en attrapant un verre de prosecco sur un plateau qui flottait à côté d'elle.

— Ou au Prado, marmonna Sebastian, qui n'avait pas oublié la prédilection de Laura pour les peintres baroques espagnols et leurs héritiers.

Même Matilda n'y semblait pas indifférente.

— Une palette magnifique, dit-elle finalement.

La foule faisait pression depuis la porte d'entrée et le groupe était constamment obligé de se replier vers le fond. Sebastian, qui avait joué un rôle dans cette *success story*, cherchait du regard le visage lourdement maquillé d'Esmeralda. Parmi les rares grandes déceptions de sa vie professionnelle à ce jour, il y avait le fait qu'il n'avait jamais eu complètement accès à son cerveau – peu après le début des examens cliniques, un agent l'avait attrapée au vol et avait mis à sa disposition un grand atelier à Southbank avec vue sur la Tamise. D'après l'intéressée elle-même, dès lors, elle n'avait plus eu le temps de méditer sur le pourquoi ni le comment de ses dons inopinés. Sebastian soupçonnait néanmoins que cette répugnance à se laisser examiner découlait plus de ses peurs que d'un quelconque manque de temps. Il l'avait vu dans ses yeux ; quand il s'était mis à parler de mutations génétiques et de synapses croisées, le regard de la patiente avait vacillé.

— Tu veux dire comme un bug informatique ou quoi ? lui avait-elle demandé.

— Oui, on pourrait dire ça, avait-il répondu en la voyant pincer si fort ses lèvres rose vif que son rouge à lèvres fit des boudins.

— Et si tu me fais faire tous les tests et que vous trouvez la cause du bug, qu'est-ce qui se passera ?

Il lui avait demandé ce qu'elle voulait dire bien qu'il le comprît parfaitement – celui qui trouve quelque chose de cassé voudra tôt ou tard le réparer, personne ne le savait mieux que lui, et Esmeralda Lundy ne voulait pas être réparée. Ayant reçu un don immérité, elle était prête à tout pour ne pas devoir s'en séparer.

Sebastian avait donc lâché prise et clos le dossier du “Bébé-toilettes”, malgré la colère de Corrigan qui avait proféré en hurlant que “la science avait un prix”. D'ailleurs, en voyant Esmeralda au milieu d'un océan de flashes et de canapés, Sebastian se dit qu'au bout du compte, la science ne l'intéressait pas tant que cela. Ce qui l'intéressait, c'était la grâce, quelle que soit la forme sous laquelle elle se manifestait.

Il allait justement se faufiler jusqu'à Esmeralda pour la féliciter lorsqu'il sentit quelque chose de froid et humide se répandre sur son bas-ventre. Pendant un court instant de confusion, le monde perdit ses contours – il eut l'impression d'avoir, encore une fois, fait pipi au lit dans son sommeil, bien que ces incidents gênants aient cessé à l'instant où il avait fait ses adieux à Laura Kadinsky. Puis il sentit quelqu'un grattouiller la jambe de son pantalon à l'aide d'une serviette en papier. À genoux devant lui, un homme à la chevelure touffue et aux longs doigts graciles frottait énergiquement une tache de prosecco sur le pantalon de Sebastian. Des doigts de pianiste, se dit celui-ci, puis, prenant brusquement conscience de l'absurdité de la situation, il fit un pas en arrière. L'homme se releva et écarta sa crinière de ses yeux ; un large sourire espiègle s'étala sur son visage.

Sebastian le reconnut immédiatement, l'ayant vu sur des milliers de photos trouvées en faisant des recherches Google, à une époque où la jalousie dominait son cerveau et tout son corps.

Philip Kadinsky.

Sebastian chercha du regard Travis et Matilda, enfin, n'importe quelle personne pouvant lui éviter une conversation doublement embarrassante, mais elles avaient disparu sans laisser de traces.

Laura et Philip arrivèrent à la galerie de Whitechapel en compagnie d'Emma qui, au grand étonnement de Laura, était parvenue à quitter son mari producteur de télé et fréquentait désormais un artiste conceptuel tchèque qu'elle avait rencontré à la biennale de Kassel. Elle leur en avait parlé pendant tout le trajet en taxi : *Le hasard,* avait-elle pépié, *vous imaginez, quel hasard !* Ajoutons que la biennale de Kassel n'était pas une biennale, en réalité, mais une quinquennale ! Elle n'avait donc lieu que tous les cinq ans ! Quelles chances y avait-il de se rencontrer là-bas et de tomber follement amoureux ? Dans ces conditions ? Énorme !

Laura avait essayé de protester : il n'y avait pas plus de chances de se rencontrer et de tomber follement amoureux à Regent's Park, Ténériffe ou n'importe où, l'amour surgissait, contrairement au désir, toujours par hasard. Mais comme elle n'avait aucune idée de laquelle de ces grandeurs il s'agissait dans ce cas précis, elle avait préféré se taire. D'ailleurs, la seule raison pour laquelle elle avait accepté de partager un taxi avec Emma et de se rendre à la première exposition de sa protégée était que Philip avait fait preuve d'un enthousiasme peu caractéristique en recevant l'invitation. Lui qui ne condescendait jamais à insister, même pour que Chloe remplisse ses obligations, avait pratiquement supplié Laura de l'y accompagner – sortir un peu, faire quelque chose ensemble, boire des bulles, prendre du bon temps ! Pas dans ces termes, bien sûr, mais c'était l'idée. Devant tant d'ardeur inattendue, Laura n'avait pas eu le choix. Elle avait capitulé. Quelque part dans son âme aride, elle sentait qu'un peu d'art lui ferait du bien, peu importe qu'il s'agisse de croûtes, n'importe quoi du moment que c'était déjà plat, qu'on pouvait s'y perdre et peut-être ne jamais en revenir, et ce qu'Emma disait de son petit génie lui sembla malgré tout prometteur.

Elle traversa lentement l'unique salle de la galerie. Seule. Si elle était capable de marcher sans le soutien du bras de Philip, c'était uniquement grâce à la foule qui se pressait autour d'elle. Tous ensemble, se dit Laura, ils formaient une forêt. Elle avait lu dans un ouvrage de vulgarisation scientifique sur la vie émotionnelle des arbres qu'exactement comme les gens, ils sont dépendants les uns des autres. On aurait pu croire qu'un arbre isolé s'en sortirait mieux qu'un autre, qui serait, par exemple, obligé de partager son eau, sa nourriture et son soleil, mais ce n'était pas le cas. Les arbres solitaires ne grandissent pas beaucoup ; autrement, ils s'écrouleraient à la moindre tempête. Les arbres groupés, en revanche, résistent à des vents de force maximale. Quand un arbre a du mal à survivre, ces semblables avoisinants contribuent à canaliser de la nourriture et de l'eau en direction du spécimen malade ou endommagé. Non pas que les arbres possèdent une conscience ni un sens moral, mais ils veulent survivre. Chaque trouée entre les frondaisons est un danger qu'il vaut mieux éviter. Chez les humains, une foule paniquée fonctionne à l'identique : tant que tout le monde est debout, personne ne meurt, mais dès que quelqu'un tombe, d'autres tombent autour de lui comme des ondes ensanglantées à la surface de l'eau, comme les enfants piétinés à mort à la station de métro de Bethnal Green en 1976. Laura ne voulait pas porter une telle responsabilité sur ses épaules et fit en sorte de rester debout, se déplaçant lentement à travers la foule en s'appuyant sur une épaule après l'autre. Ce n'était pas facile de viser juste, mais quand elle ratait l'épaule vers laquelle elle se dirigeait, sa main atterrissait sur une autre. Ce mécanisme que Laura ne devinait que vaguement quelque part en périphérie de son spectre émotionnel limité avait une certaine beauté, et même quelque chose de réconfortant.

Elle voulait traverser la foule parce qu'elle avait aperçu quelque chose lorsque Philip et elle étaient entrés, un tableau qui lui évoquait un souvenir vague mais important pour elle dans un passé indéfini. Il s'agissait d'une sensation plus que d'une idée développée, d'une vision éclair juste avant que sa perspective ne soit bouchée par les gens, les bulles de prosecco, la barbe de trois jours de Philip. Elle avait prudemment épié le monde depuis une position retranchée derrière la joue de Philip. Mais Philip s'était éloigné et, avec un égarement résolu, elle s'était frayé seule un chemin jusqu'au tableau en question. Le revoir aurait été comme de caresser la joue douce d'un enfant, sa rondeur parfaite, le dormeur sans défense. Laura n'arrivait pas très bien à se l'expliquer – son plus grand problème était sans aucun doute cette incapacité à comprendre ses propres motivations émotionnelles profondes – mais elle se sentait responsable vis-à-vis du tableau.

Comme s'il était accroché là uniquement pour qu'elle le voie.

Dès qu'elle se trouva face à lui, elle le reconnut. Inutile de lire la plaque pour confirmer que l'œuvre n'était pas l'original, mais une copie habile d'un tableau qu'elle avait contemplé des douzaines de fois dans des livres d'art et des catalogues d'exposition, mais jamais vraiment vu. Comme de nombreux passionnés d'art possédant un fort penchant romantique, Laura était d'avis que toute œuvre d'une quelconque grandeur était habitée par une qualité impossible à cerner avec des mots, que son essence, indescriptible par nature, n'était perceptible que par un regard subjectif. Cela s'appliquait particulièrement au genre artistique en apparence assez banal du portrait. "À quoi cela sert-il de représenter un être humain alors qu'il y en a six milliards ?" La question avait été posée par un jeune frimeur affublé d'incisives et de prétentions démesurées quand Laura étudiait l'histoire de l'art à l'université.

Sans lever la main, elle avait répondu : *Parce que derrière chaque visage, il y a l'ombre d'un autre, puis d'un autre, puis d'un autre.*

Clara Serena Rubens était la fille aînée du peintre Peter Paul Rubens. Il fit son portrait en 1616 – Clara était alors âgée de cinq ans, et ses cheveux, de la couleur du beurre fondu.

Joues rondes, arc de Cupidon marqué, doigts potelés autour desquels, au grand dépit de sa mère, elle enfilait souvent des Cheerios.

— Vous connaissez l'artiste, demanda l'homme qui était sans aucun doute Philip Kadinsky en haussant un sourcil vers le plafond.

— Oui… Enfin, d'une certaine manière, marmonna Sebastian, gêné.

— Moi pas, dit Philip. Je connais son agent. C'est une amie de ma femme.

— Ah bon.

— Et là-bas, c'est ma femme. Devant le tableau de l'enfant.

— Ah bon. Je vois.

— Elle est pas mal, vous ne trouvez pas ?

— La peinture ? Oui.

— Laura. C'est son nom. Ma femme.

— Ah bon.

— Vous ne la reconnaissez pas ?

Sebastian but une énorme gorgée de prosecco qu'il avala de travers et se mit à tousser.

— C'est l'une de vos patientes, non ? insista Philip. Enfin, ça l'était. Pendant assez longtemps, si j'ai bien compris.

Sebastian fit semblant de fouiller dans ses souvenirs.

— Laura… Laura… Kadinsky ? Mais oui, bien sûr, je le vois. Que c'est Laura. Comment va-t-elle ?

— Pas très bien, dit Philip en vidant son verre. Je crois qu'on peut dire que vous avez échoué.

"Oui, songea Sebastian. J'ai échoué. *Mais ce n'était pas ma faute.*"

— Un peu bizarre, je trouve, poursuivit Philip. Que vous ne l'ayez pas reconnue. D'après ce que j'avais compris, le traitement était assez… approfondi.

Sebastian toussa.

— Ah bon ? Enfin, oui, oui, bien sûr que je l'ai reconnue, dit-il, rougissant. Mais la confidentialité, vous comprenez, c'est important. Vraiment. Les informations doivent rester là où elles sont. Je ne peux pas parler n'importe comment à n'importe qui de mes volontaires.

— Cela dit, je suis quand même son mari. Pas un mari idéal, ce dont je suis sûr que Laura vous aura parlé, mais enfin.

Philip se pencha vers Sebastian.

— J'aimerais savoir comment vous avez fait, Isaksson.

— Je ne comprends pas bien… éluda Sebastian.

— Pour la rendre heureuse !

— Je vous… Eh bien…

— N'ayez pas l'air si effrayé, je ne vous demande pas d'entrer dans les détails. En fait, je ne veux pas les entendre, je ne suis pas masochiste. Vous ne lui avez pas donné de traitement chimique, ça, je le sais, et s'il avait suffi de… Bref, laissez tomber.

Philip fit un pas en arrière et regarda Laura. À contrecœur, Sebastian suivit son regard. Elle se trouvait devant une reproduction de la *Clara* de Rubens ; elle tendait les doigts vers le tableau et, à cet instant, Sebastian remarqua un détail troublant : sa main était stable, son regard, doux et lorsque ses doigts touchèrent le tableau, ils atterrirent exactement là où Sebastian comprit qu'elle avait l'intention de les poser, et firent une caresse le long de la joue ronde de l'enfant.

— Comprenez-moi, je l'aime à la folie, dit Philip. Elle est affreusement difficile à vivre, mais moi aussi, je le suis. Tout ce que je voudrais savoir, c'est comment la rendre heureuse.

— Je n'ai rien fait, marmonna Sebastian sans quitter Laura des yeux.

— Hmm.

Sebastian se tourna vers Philip et le regarda droit dans les yeux.

— Je n'ai rien fait. Je l'ai laissée aux commandes. C'est tout.

— Hmm, répéta Philip Kadinsky, l'air soudain joyeux. Et dire que je n'y avais pas pensé !

Laura se frayait péniblement un chemin à travers la foule. Elle voulait rentrer. Chez elle, retrouver ses jolies choses, son magnolia, son lit, ses draps qui sentaient l'adoucissant. Les joues rondes et douces de Chloe, la marque de naissance derrière son oreille gauche. L'avait-elle toujours ? Et si elle avait disparu ? Depuis quand n'avait-elle pas soufflé sur le ventre de sa fille ? Depuis quand n'avait-elle pas ouvert les yeux et vu, vraiment vu ce qu'il y avait autour d'elle ?

Laura Kadinsky était gâtée, superficielle et égoïste. Elle le savait hors de tout doute raisonnable. Et presque heureuse, ce qui, en y réfléchissant bien, c'est-à-dire vraiment à fond, n'était pas si mal. Et même plutôt bien, étant donné que les gens parfaitement heureux étaient souvent des crétins. Somme toute, elle n'était ni meilleure ni pire qu'une autre : femme, épouse, mère, décoratrice.

Elle était si pressée de sortir de la galerie qu'elle ne remarqua pas la facilité avec laquelle elle trouvait soudain son chemin. Fini les tâtonnements, les trébuchements, les plongeons abrupts vers le sol. Elle parvint à sortir sans provoquer un seul accident et sans blesser personne, y compris elle-même.

Juste avant de franchir la porte, elle aperçut un visage dans la foule qui se reflétait dans la porte vitrée. Elle tressaillit et se retourna. On aurait dit Sebastian. C'était Sebastian.

Mais pas exactement.

Que faisait-il là ? Comme un fantôme tapi dans l'ombre de Philip. Pourquoi n'était-il pas plus beau ?

Finalement, peut-être n'était-il ni meilleur ni pire qu'un autre : bulle de savon, libellule, un homme qu'elle avait aimé autrefois.

Laura poussa la porte et marcha sans chanceler jusqu'au métro.

Sa rencontre avec Philip Kadinsky lui avait donné des sueurs froides. À l'instant où celui-ci l'avait lâché du regard, il en avait profité pour filer. Il fallait maintenant retrouver Travis et Matilda, d'urgence ! Faire connaissance avec le mari de Laura, c'était déjà l'horreur, mais être obligé de parler à Laura elle-même, c'était au-delà de ses forces. Peut-être ne l'aimait-il plus, peut-être ne l'avait-il jamais aimée. En tout cas, un seul regard avait suffi pour faire renaître le désir de lui caresser le cou d'un seul doigt et de la laisser lui mordre les bras comme s'il s'agissait de pain frais.

Le cerveau possède une grande plasticité, il peut désapprendre et réapprendre, mais le corps est obstiné dans son désir. On n'y peut pas grand-chose.

Il trouva Matilda dans un recoin tout au fond de la galerie, le dos tourné à la salle et le visage levé vers un tableau. Il posa la main sur son épaule. Elle ne réagit pas.

— Tu as vu Travis ? Il faut qu'on y aille.

Matilda resta impassible. Il serra sa maigre épaule et la fit pivoter vers lui. Son visage était baigné de larmes, mais elle ne semblait pas triste. Plutôt calme.

— Qu'est-ce qu'il y a ? lui demanda-t-il. Tilda, pourquoi tu pleures ?

— Regarde, dit-elle.

Sebastian leva les yeux vers le tableau. Pour commencer, il eut du mal à fixer le regard, l'image était chaotique, comme une scène démoniaque de Bruegel ou de Bosch – *digne de la place du Tertre !* Comme il avait un jour entendu Laura s'exclamer avec dédain. Cela lui faisait penser aux grands puzzles de sa mère. Elle avait passé leur enfance à faire des puzzles d'au moins deux mille pièces. La table prévue à cet effet se trouvait dans un coin de son bureau. Sebastian ne l'avait jamais prise sur le fait, assise devant un puzzle – comment en aurait-elle eu le temps avec trois enfants et trente mille âmes à sa charge ? Pourtant, les motifs apparaissaient, pièce par pièce. *A posteriori*, Sebastian avait compris qu'elle devait faire ses puzzles quand les enfants dormaient, le soir, mais pendant des années, le phénomène lui avait paru quasiment magique – cette image qui surgissait d'elle-même, en se développant du milieu vers l'extérieur (contrairement à la plupart des gens, sa mère ne commençait pas par le cadre mais par le centre du motif). Elle avait une prédilection pour les reproductions d'art et dédaignait les photos un peu vulgaires du Golden Gate Bridge *by night* ou de sommets alpins fleuris d'edelweiss, et elle ne les vernissait pas pour les conserver ni ne les accrochait dans le hall en témoignage de sa patience. Un jour, le motif était fini, le lendemain, il avait disparu. Les boîtes étaient rangées dans des cartons et montées au grenier.

Il se souvenait particulièrement de *La Tour de Babel* de Bruegel l'Ancien, peut-être parce que c'était un des rares sujets bibliques qu'elle avait choisis. L'image lui revint à l'esprit alors qu'il suivait les doigts de Matilda dans le vide devant le tableau, qui représentait une construction gigantesque en coupe. Un hôpital ? Oui, c'était un hôpital, *higher than the handsomest hotel*. À l'intérieur, on trouvait des livres de poche, du thé, des fleurs pâles, vaniteuses, flatteuses. La multitude de visages – agonisants, nouveau-nés – était écrasante, pourtant, Sebastian vit bientôt le détail qui avait attiré l'attention de Matilda. Dans un coin de la maternité, trois enfants et un chien – trois fillettes et un terre-neuve, plus précisément – étaient assis. L'une des fillettes avait les bras autour du cou du chien, les deux autres se tenaient la main à côté d'elle. Elles portaient de belles robes avec des cols en dentelle et des collants rouges, parce que c'était Noël.

Cela n'apparaissait pas dans le tableau – c'est-à-dire Noël – mais peu importait. Sebastian le savait, car il avait déjà vu ce détail auparavant. Seulement, sur la photo posée sur le piano, dans la villa de Professorsstaden, c'était lui qui enlaçait Bernarda.

— Trois filles, murmura Matilda. C'est toi, n'est-ce pas ? Qui a été échangé.

— Oui.

— Ce tableau m'a tout de suite attirée… La couleur… Sebastian, tu la vois ?

— Non.

— Merde ! Elle est magique ! Et elle est partout, même dans sa fourrure, dit Matilda en effleurant le chien. Je croyais qu'elle me voulait du mal, mais ce n'était pas le cas. Elle voulait me libérer. Kathleen dit toujours que *la voie de la liberté passe par les cinq sens*. Je n'avais jamais bien compris ce qu'elle voulait dire.

— Qui est Kathleen ?

— Ma prof de yoga. Quand est-ce que tu l'as su ?

— Il y a quelques semaines.

— Pourquoi tu n'as rien dit ?

— Parce que… Je n'osais pas.

— Tu croyais que j'allais craquer, c'est ça ?

— Non, répondit sincèrement Sebastian, ce n'est pas ça.

Matilda tendit un doigt et frôla le visage pâle de la fillette, ses yeux bleu azur, son petit nez droit.

— Qui est-ce ?

— Tu le sais.

— Elle a l'air si triste… Comme une ombre.

Elle posa doucement sa main sur son épaule.

— Tilda, il faut qu'on y aille. On en parlera plus tard, je te le promets. Mais je ne peux pas rester ici.

Matilda tressaillit, comme si elle venait de se souvenir de quelque chose d'important. Lorsqu'elle tourna les yeux vers Sebastian, elle avait l'air soucieuse.

— Jennifer n'est plus là, dit-elle. Elle s'est tirée.

— Pourquoi ? Où ça ?

— Elle a parlé avec votre patron... Comment il s'appelle déjà ? Corrigan. Ça l'a rendue complètement dingue. Apparemment, il a changé la date.

— La date ?

— De l'expulsion des cigales. C'est censé avoir lieu demain. Selon Travis. Et puis elle est partie. J'allais la suivre mais...

Matilda balaya le tableau de la main.

Mauvaise nouvelle... Oui, décidément, cela ne présageait rien de bon. Sebastian parcourut rapidement tous les scénarios possibles dans son esprit. Le plus probable était que Travis se soit rendue à l'Institut – ainsi fonctionnait la mécanique de l'amour et de l'obsession.

— À l'Institut, dit-il. Elle a dû décider de mettre en œuvre votre plan de libération plus tôt que prévu.

— Mais ça ne peut pas marcher, protesta Matilda. Pas en une nuit. Le déménagement devait durer une semaine ! En plus, elle est seule. Et nous n'avons pas de voiture. On devait en louer une. Je devais la conduire. Je devais l'aider.

Sebastian secoua la tête.

— Si tu veux l'aider, il faut d'abord la trouver. Et si Corrigan veut vraiment sa peau, tout peut arriver. Tu as une meilleure idée de l'endroit où elle pourrait être ?

Matilda reprit son souffle, le regard à nouveau fixé sur le tableau.

— Non.

À ce moment précis.

Une voix. Toute proche et de l'autre bout du monde.

— Tilda ? Sebastian ?

Avant de se retourner, ils savaient déjà que c'était Clara. Elle les avait enfin trouvés.

Ils prirent un taxi pour l'Institut, Jordan à l'avant et la fratrie à l'arrière : Clara au milieu, comme autrefois dans la vieille Volvo V70 familiale, Sebastian à gauche, Matilda à droite, Violetta, un fantôme dans le rétroviseur. Après des retrouvailles, songea Clara, les gens disent souvent pour les décrire : *Comme si c'était hier* – ce qui est à la fois vrai et faux, comme la plupart des affirmations de ce genre. Car qu'est-ce qui permettait à la fratrie de se serrer ainsi en sandwich, comme si c'était hier ? Que l'eau avait coulé sous les ponts, justement.

Ils avaient changé tout en restant eux-mêmes, ils étaient même devenus plus eux-mêmes.

Peu de choses furent dites durant le trajet jusqu'au lieu de travail de Sebastian. Clara n'avait pas très bien compris pourquoi ils devaient y aller, ni pourquoi il était si urgent de retrouver cette fameuse Jennifer Travis. Mais peu importait, car ils avaient le temps. Le temps d'être pressés, par exemple. Ils pourraient toujours se parler plus tard, ou pas du tout. Il n'y avait qu'à fermer les yeux et à respirer : l'odeur familière de la voiture et de l'obscurité, les odeurs familières de Sebastian (laiteuse) et de Matilda (mielleuse).

La voiture s'arrêta devant l'entrée principale de l'Institut et Sebastian régla la course, puis il conduisit les autres jusqu'à la porte de derrière et leur dit de l'attendre pendant qu'il présentait son badge au vigile. Il prévoyait d'entrer seul, puis de les faire passer par une issue de secours. Il faisait froid, et Clara grelottait dans son coupe-vent d'été. Jordan lui proposa de la tenir dans ses bras mais elle déclina poliment.

Matilda, en revanche, sans lui demander la permission, la serra contre son corps noueux, ce qui lui fit une drôle d'impression – d'après les souvenirs de Clara, Matilda n'avait jamais pris ce genre d'initiative.

— Pardon, chuchota Matilda dans les cheveux de Clara.

— Pourquoi ?

— Pardon d'être ta sœur.

Clara sentit ses muscles raides se détendre.

— Pas grave. Pardon d'être la tienne.

— Je n'arrive pas à croire que tu sois partie à l'autre bout du monde pour t'éloigner de moi.

Un jour, peut-être, Clara lui raconterait. Qu'en fait, c'était exactement le contraire. Un jour, peut-être, elles en riraient. *Moi ? Avec lui ? Enfin, Clara, ç'aurait été plus simple de répondre à mes mails, non ?*

Mais le plus simple n'était pas toujours possible, en tout cas, pas pour Clara. Peut-être que Matilda ne le comprendrait jamais. Peu importait. On pouvait aimer sans comprendre. Comme on aimait la mer. Ou l'espace. Ou quelqu'un.

— Tu es partie la première, dit Clara. Au Bangladesh, à Berlin.

— C'était pour sauver le monde. Enfin, le premier voyage, en tout cas.

— Et moi, je suis partie pour en voir la fin, dit Clara en se lovant contre Matilda. C'est pareil, marmonna-t-elle contre l'épaule pointue de sa sœur. Maintenant, on est tous réunis au même endroit.

— Maman serait vraiment contente si elle le savait.

— Ses agneaux réunis.

— Mais qui est le berger ?

À ce moment-là, la porte s'ouvrit et Sebastian passa la tête.

— On va se disperser, dit-il après avoir fait promptement entrer les autres dans l'immeuble. Toi et moi, Tilda, on se sépare, parce qu'il n'y a que nous qui connaissions les lieux. Clara et moi, on commencera par en haut ; Jordan et toi, par en bas. Passez d'abord dans les labos ; tiens, prends mon badge ; le code, c'est : 11 77 27 92. Tu t'en souviendras ?

— Non.

Sebastian fouilla dans sa poche et en sortit un bout de papier sur lequel il griffonna le code, puis il le fourra dans la main de Matilda.

— On se rejoint dans mon bureau. Tu trouveras, n'est-ce pas ?

— Je crois. Mais c'est vraiment nécessaire de nous disperser ? De toute façon, elle ne va pas nous échapper longtemps.

Sebastian secoua la tête.

— Tu n'as vu qu'une toute petite partie de l'Institut. Tu ne te rends pas compte, c'est énorme. Et labyrinthique. Et bordélique. La seule personne à trouver son chemin partout ici, c'est Travis, et c'est uniquement grâce à sa structure mentale encore plus complexe que l'architecture des lieux. Alors oui, c'est nécessaire. Maintenant, allez-y. Nous, on commence par là-haut. Prenez l'escalier. Travis aime les escaliers.

Avec un soupir découragé, Matilda fit un signe de tête à Jordan et ils se mirent en route. Sebastian et Clara partirent dans l'autre sens et franchirent une porte qui conduisait à l'une des cages d'escalier aux extrémités de l'immeuble.

Ils commencèrent leur ascension en silence. Clara avait dû s'habituer au terrain accidenté de l'île de Pâques, se dit Sebastian, car elle montait les marches deux à deux. Il la suivait en haletant. Après treize ou quatorze escaliers, ils arrivèrent à un palier donnant sur quatre portes et un puits d'ascenseur vide.

— Et maintenant ? demanda Clara.

Sebastian, appuyé contre le mur, reprenait son souffle.

— Je ne sais pas, on choisit au hasard.

— Une chose est sûre : on ne va pas sauter, dit Clara, le regard plongé dans le trou. C'est un vrai danger public. Vous n'avez pas d'intendant responsable de la sécurité des locaux ?

Sebastian s'esclaffa.

— Cet endroit est un asile de fous, Clara.

Sa sœur fit un léger sourire.

Clara… se dit Sebastian en se laissant aller à un instant de gratitude. De retour. Clara qui avait été si gentille envers lui après l'enterrement de Violetta. Pourtant, il l'avait repoussée, comme il le faisait toujours quand on ne voulait pas l'exploiter. Clara qui ne lui demandait rien. D'une certaine manière, les choses avaient été plus simples avec Matilda : elle avait pleuré, crié et exigé des réponses. Comment avait-il pu ne pas s'apercevoir que sa propre petite amie voulait mourir ? Pourquoi ne l'avait-il pas fait interner de force ? Était-ce vrai qu'elle ne pesait plus que quarante-quatre kilos ? Et qu'est-ce que c'était que cette couleur bizarre qui flottait au-dessus de son cercueil comme une aura maléfique ? Clara avait pris la défense de Sebastian, mais il n'avait pas voulu écouter. Matilda avait dit des choses horribles à Clara aussi, il ne se souvenait plus exactement quoi. À l'époque, il était trop occupé par son propre grésillement intérieur.

— Qu'est-ce que Matilda t'avait dit, au fait ? Après l'enterrement, demanda-t-il à Clara, qui balançait les jambes, assise au bord de l'abyssal puits d'ascenseur.

— Tu ne t'en souviens pas ? répondit-elle avec un étonnement sincère.

— Tous mes souvenirs de l'époque sont flous.

— Elle m'a traitée de minable. De lâche, de petite souris, et d'un tas d'autres choses qui étaient vraies.

— Mais pourquoi elle a dit ça ?

— Le chagrin, je suppose. Parce que Violetta avait fait ce qu'elle avait fait. Contre toi. Elle t'a toujours aimé le plus.

— Ça m'étonnerait.

— Pourquoi ? On n'est pas obligé d'aimer autant tous ses sœurs et frères. On ne les a pas choisis, finalement.

— Justement, protesta Sebastian. Voilà pourquoi on doit tous les aimer autant. Parce que c'est tout ce qu'on a en commun – d'être frères et sœurs. Parce que c'est une relation privilégiée.

— Comment ça, privilégiée ? On est simplement trois personnes qui ont grandi ensemble tout à fait par hasard.

Sebastian resta silencieux.

— Ce n'est pas ce que je voulais dire… reprit Clara. Je crois simplement que la famille, c'est autre chose. Que le sang. Voilà ce que je pense. Ce n'est quand même pas une opinion spécialement controversée, de nos jours. Enfin, j'oubliais… tu as toujours été un brin conservateur.

Elle le taquinait. Sebastian trouva cela réjouissant, mais il n'était pas prêt à lâcher le sujet maintenant qu'il était enfin parvenu à le saisir.

— C'est pour ça que tu ne lui as pas parlé depuis ? À cause de ce qu'elle a dit ?

Clara se mit à rire et s'interrompit aussitôt.

— Non. Vraiment pas. Ce n'était pas à cause de Tilda.

— Ah bon ? Elle a l'air de le croire.

— Je sais. Mais elle a tort, parce que la pire, c'était moi. Tu ne l'as pas vue, tu n'étais pas là, c'était plus tard, le soir, tu dormais, maman aussi. Je suis arrivée dans la cuisine, Tilda faisait des mots croisés. Des foutus mots croisés. Je ne sais pas pourquoi ça m'a énervée à ce point, mais… c'est un fait. J'ai trouvé ça tellement dérisoire. Et injuste. Tu sais bien, elle qui se soucie toujours de tous les problèmes du monde, les injustices, les génocides et Dieu sait quoi. Et dès qu'il y avait une crise à la maison, elle ne se sentait absolument pas concernée. Enfin, sauf quand la crise, c'était elle, ce qui était souvent le cas.

— Tu sais bien que ce n'est pas vrai. Tu sais qu'elle s'en souciait.

— Oui, maintenant, je le sais. À l'époque aussi, je suppose. Mais ça n'avait pas d'importance, j'avais tellement besoin de vider mon sac, de régler mes comptes avec elle, et tout à coup, l'occasion s'est présentée, tu comprends ?

— Et qu'est-ce que tu lui as dit ?

— Un tas de choses. Du vrai. Et du faux. Par exemple… soupira Clara. Que ç'aurait été mieux. Pour tout le monde, je veux dire pour la famille. Pour toi. Et pour moi. Si c'était elle qui s'était suicidée. Je lui ai demandé comment elle pouvait avoir des problèmes psychiatriques pendant dix ans sans même faire une tentative.

Sebastian en eut le bec cloué. Que ce genre de paroles puisse sortir de la bouche de Matilda… Oui, peut-être. Mais de Clara ? Il était abasourdi.

— Maintenant, tu comprends pourquoi je ne pouvais pas la regarder dans les yeux après ça ? Je veux dire, j'aurais voulu, mais… c'était impossible. Je me disais que ça passerait peut-être si j'attendais. Alors j'ai attendu. Elle a déménagé. Et après… Je ne sais pas.

Clara haussa les épaules.

— Ce n'était pas facile d'être sa sœur. Je ne t'apprends rien. Mais finalement, c'était encore plus difficile de ne pas l'être. Et en même temps, je ne décolérais pas. Je lui en voulais. Parce qu'elle m'avait fait dire toutes ces choses. Parce que toutes les petites vexations qu'elle m'avait infligées au fil des ans auraient dû peser plus lourd que quelques paroles égarées, mais ne le faisaient pas et, tout à coup, l'affreuse, c'était moi. Comme si… Je m'étais toujours dit qu'on était diamétralement opposées. Et brusquement, il s'avérait que non.

— Tu es toujours en colère ? demanda Sebastian.

— Non. Pas contre elle en tout cas. Pas contre toi non plus. D'ailleurs, je ne l'ai jamais été. Je ne suis même pas en colère contre Violetta, même si je devrais. J'avais si peur d'elle, pendant tout le temps où vous étiez ensemble… J'avais l'impression qu'elle était un ignoble trou noir qui allait engloutir toute ma famille, mais je n'avais pas compris pourquoi. C'était comme si elle m'avait volé ma place avant même d'entrer dans nos vies.

— Clara, il faut que je te dise quelque chose…

Clara l'arrêta en levant sa main, projetant ainsi une ombre sur le mur faiblement éclairé par un réverbère brumeux à travers la fenêtre.

— Je sais. Tu n'as pas besoin de me le dire. Que Violetta était le chaînon manquant dans notre famille, je l'avais compris depuis longtemps, bien avant que maman nous envoie ce mail.

— Qu'est-ce que tu veux dire ? Tu savais que Violetta et moi, nous avions été échangés à la maternité ?

Le rire bref de Clara fit des échos dans le puits vide de l'ascenseur.

— Bien sûr que non, ce serait absurde. Je veux dire qu'elle comblait un vide dans notre famille et que quand elle est morte, ça nous a brisés. Papa et maman ont divorcé, et nous sommes tous partis chacun de notre côté. Nous avions besoin d'elle. Ou plutôt, vous. Après, quand maman nous a raconté cette histoire d'échange, eh bien… je ne m'y attendais pas. Vraiment pas.

Cette fois, elle eut un rire bref, fugace, presque en apesanteur.

— Je croyais que c'était moi. Tu piges ? Franchement, quel nombrilisme ! Je me disais que ça expliquerait pas mal de choses. Entre autres pourquoi Matilda et moi, on s'entendait si mal.

— Et moi, je ne croyais pas que ça puisse être moi, dit Sebastian. Pas vraiment. Faut-il être aveugle… C'est Travis qui l'a vu. Pas moi.

Clara effleura doucement la joue de Sebastian.

— Si tu savais comme ça m'a rendue hystérique quand je me suis rendu compte que c'était Violetta… Je veux dire…

Clara haussa les sourcils et fit une grimace. Sebastian comprit brusquement ce qu'elle voulait dire.

— Clara, quelle horreur ! Mon Dieu ! (Puis il ajouta :) Mais comment tu le savais ? Que c'était elle.

— Tu t'es déjà regardé dans une glace, je veux dire pendant très longtemps ? Fixement ?

— Non…

— Ne le fais pas. Tu ne sais pas ce que ça pourrait déclencher. Tilda est au courant ?

— Oui.

Il y eut un silence. Puis Sebastian dit :

— On devrait se remettre à chercher Travis.

D'un bond, Clara se releva et brossa son pantalon.

— Une famille, c'est un système comme tous les autres, Sebastian. Son but est de nous apporter le réconfort et la stabilité. Mais ça n'a pas de sens si le système n'est pas investi de quelque chose de plus précieux. L'amour. La confiance. Ce genre de choses. Si ces liens-là existent, peu importe qui fait partie de la famille ni comment.

— On dirait Tilda quand elle était polyamoureuse.

— Elle ne l'est plus ?

— Je ne crois pas. Elle m'a l'air de faire une fixation sur Billy, mais je crois que c'est fini.

— Dommage. Il avait l'air bien.

Clara posa la main sur une poignée de porte. Et appuya.

— Tu viens ? dit-elle.

Sebastian regarda son dos, qui lui sembla plus droit qu'avant.

— Tu n'es pas exactement comme je t'ai connue, Clara.

Se retournant très légèrement, elle répondit :

— J'ai découvert l'endroit le plus solitaire du monde, Sebastian. Et je ne m'y suis pas sentie seule du tout.

Elle ouvrit et, ensemble, ils reprirent leur ascension.

Pendant ce temps, Matilda et Jordan avançaient en tâtonnant à travers le monde souterrain. Matilda avait plusieurs fois accompagné Jennifer à son labo, mais peinait à retrouver le chemin dans le noir. Il aurait fallu une fichue lampe frontale ou, en tout cas, une lumière intérieure, un troisième œil plus puissant. La présence de Jordan la dérangeait comme un brin d'herbe sous la plante du pied ou des crevasses au talon qui se mettent à gratter juste au moment où on s'endort. Pourquoi ne disait-il rien ? Et qu'est-ce qu'il voulait à Clara ? Merde… Il avait l'air d'un mec à peu près bien qui ferait un gendre tout à fait correct, mais comment en être sûre ? S'il s'avisait de faire du mal à Clara, elle le tuerait. Aïe ! Merde ! Elle avait foncé dans un mur. Elle sentit son nez se plier et son menton s'écorcher contre la pierre et le plâtre.

— Ça va ? chuchota Jordan.

— Pourquoi tu chuchotes, espèce de trou du cul ?

— Je croyais qu'il fallait rester discret.

Matilda se frotta le menton avec la manche de son pull et dit avec dédain :

— La seule personne qu'il peut y avoir au sous-sol, c'est Jennifer et crois-moi, elle veut qu'on la trouve.

— Tu as l'air de bien la connaître.

— Pas vraiment, rétorqua Matilda. C'est juste qu'on dirait un nouveau-né.

Elle sortit son téléphone de sa poche, mit en route la fonction lampe et leva la plaque lumineuse sous le menton de Jordan. La lumière rayonnait comme une gloriole autour de sa tête, les ombres projetées par ses cils coulaient comme des larmes le long de ses joues. Son sourire lui donnait l'air macabre.

— Tu me rappelles quelqu'un que j'ai connu, dit-elle.

Jordan ricana.

— Ah bon ?

— Il s'appelait J et c'était vraiment un bon coup.

— Dans ce cas, ça ne peut pas être moi. Au mieux, je suis médiocre.

— Comme la plupart des gens.

Matilda éteignit sa lampe et ils restèrent immobiles dans le noir, en silence.

— J'aimerais vraiment que ce soit moi qui la trouve, dit Matilda tout bas.

— Dans ce cas, on devrait continuer à chercher.

La porte qu'avait choisie Clara conduisait à une nouvelle cage d'escalier. Après avoir grimpé vingt-deux étages, ils parvinrent à une nouvelle porte qui menait à un toit en terrasse dont Sebastian ne connaissait même pas l'existence. Un peu perdus, ils parcoururent des yeux la surface noire et déserte – il ne semblait pas exister d'autre chemin pour retourner dans l'immeuble que celui par lequel ils étaient arrivés.

Clara s'approcha du bord et se pencha au-dessus du muret haut d'environ un mètre. Depuis Russell Square, on entendait la lamentation solitaire d'une alarme de voiture, le bruissement lointain des fontaines, le doux grondement de la circulation sanguine d'une mère dans l'oreille d'un nourrisson. Clara ferma les yeux et tendit l'ouïe. Les claquements mouillés de baskets qui bâillaient, les pattes d'un chien sur du parquet le premier dimanche ensoleillé de l'année, juste avant Pâques, la stridulation d'une cigale parmi les azalées devant La Chascona où avait vécu Pablo Neruda. Un seau plein d'étoiles versées dans la mer, atterrissant une à une avec un crépitement. Des cierges magiques piqués dans de belles portions de glace au four les réveillons du nouvel an 1996, 1997, 1998, 2002 et, pour la dernière fois, 2007. En contrebas, elle vit les façades éteintes se dresser comme des falaises de l'autre côté de l'abîme, les forteresses imprenables des riches, elle entendit les pleurs ravalés d'une femme de diplomate qui se mordait le poing, enfermée dans une salle de bains munie d'un double lavabo et de savon parfumé au cèdre et à la mélisse citronnée. Elle pensa à Elif au bord du précipice, ne rêvant pas de devenir oiseau mais un être humain digne qu'on le cherche. Elle pensa à Jordan, à ses défauts, ses lacunes, tout son amour. Elle pensa à Violetta, qui était morte et ressuscitée. À Horst qui, insensé après avoir perdu un sens, était tout de même sorti vainqueur de la lutte. Que faisait-il en ce moment ? Elle n'en savait rien, et peu importait. Elle était ici, sa vie était ici. Elle pensa à la Terre, qui, une fois que le dernier être humain aurait acheté sa dernière bouteille d'eau gazeuse dans le dernier aéroport avant le dernier vol pour la dernière plage de sable blanc, existerait encore longtemps. Elle entendit un grondement souterrain, c'était le métro, la lave et le magma, la révolte, le nez enrhumé, la grâce.

Puis, soudain, comme une sirène d'alarme : des vibrations et le plic-ploc artificiel d'un téléphone portable.

— Clara ! rugit Sebastian, un peu plus loin. Il y a une porte ici, je crois qu'elle débouche sur le couloir de la direction. Viens.

Clara agita son téléphone qu'elle venait de sortir de sa poche arrière.

— C'est maman !

— Maman ?

— Qui appelle. Je dois répondre.

— Rappelle-la plus tard !

— Mais si elle est malheureuse ou mourante ? Vas-y, je te rattraperai.

— Tu ne me trouveras jamais.

— Je te trouverai, Sebastian. Vas-y.

Derrière la porte, il y avait un espace perdu, un mètre carré de surface inutile couverte de poussière, de plumes d'oiseaux, de numéros de téléphone oubliés, d'anniversaires, de traumatismes refoulés et d'une ou deux pulsions maléfiques, désarmées et rangées dans un tiroir sans serrure. À l'autre bout, encore une porte et derrière, un couloir au bout duquel il y avait encore un couloir, qui était justement celui où Sebastian avait, plusieurs mois auparavant, tâché de rassembler son courage avant son premier rendez-vous avec Corrigan. Cette fois-ci, il était plongé dans le noir, éclairé par la seule lueur d'une fenêtre qui rampait sur le sol sous forme de rayures obliques et grimpait le long des murs – on eût dit les traces pataudes d'un énorme oiseau, un corbeau, un paon ou un fulmar.

Pas à pas, Sebastian parcourut le long couloir à l'élégante sobriété. Il se dirigeait vers une porte à l'autre extrémité en essayant de lire les plaques au passage. Lorsqu'il y parvenait, les noms ne lui disaient rien. Presque arrivé, il buta sur une obscurité compacte, quasi fluorescente, qui se déversait à travers la fente d'une porte entrebâillée. Sebastian compta les bureaux et, consultant son plan mental du bâtiment, conclut qu'il devait se trouver devant celui de Corrigan.

Il maudit en silence l'imprudence de Travis. Entrer par effraction sur son propre lieu de travail, c'était une chose, mais dans le bureau du grand patron, cela pouvait entraîner un licenciement, voire des poursuites en justice. Travis se porterait comme un charme en prison, Sebastian n'en doutait pas, mais il n'avait pas envie d'être accusé de complicité. Il s'approcha doucement de la porte, tendit l'oreille et chuchota à travers la fente :

— Travis ? Qu'est-ce que tu fais ?

Une chaise de bureau roula sur le sol. Un singe glapit. Une lampe s'alluma.

— Isaksson ? Entrez, soyez gentil. Je vous attendais, dit Corrigan en ouvrant grand la porte.

Matilda et Jordan tâtonnaient le long des souterrains, d'un labo à l'autre. Matilda tendait l'oreille pour entendre le chant des cigales – ces vibrations sourdes que Jennifer s'obstinait à appeler "chants" bien que, selon Matilda, elles sonnaient plutôt comme un bruit de moteur. Un jour, elle l'avait avoué à Jennifer qui, comme d'habitude, avait choisi d'interpréter cette description comme une métaphore plutôt que de s'en offenser. *Ah, oui, le moteur du monde*. Matilda n'entendait aucun bourdonnement. En revanche, elle perçut un pianotement hésitant, quelques tons solitaires qui dégringolèrent à travers l'atmosphère comme des gouttelettes de lumière colorées : jaunes, vertes, violettes. Bleues. Elle regarda la note bleue s'éloigner en flottant, se désintégrer et disparaître. Ce ne fut même pas douloureux.

— C'est du piano ? dit Jordan.

— On dirait.

— Travis sait jouer du piano ?

— Ça m'étonnerait. Mais je n'en sais rien.

Ils se dirigèrent vers le bruit.

— On dirait *Plus près de toi, mon Dieu*, dit Jordan.

Matilda ne répondit pas, elle venait de trouver d'où venait la musique. À travers une vitre qui séparait un labo du couloir, une faible lueur bleue brillait. Ils appuyèrent le front contre le verre pour mieux voir : sur un tabouret au milieu de la pièce, un chat assis devant un synthétiseur appuyait sur les touches du clavier de ses pattes maladroites. Jordan siffla, ébahi.

— Mais qu'est-ce qu'ils fabriquent, dans cet Institut ?

— Je crois, dit Matilda en levant lentement la tête, que personne n'en a la moindre foutue idée.

Ils furent surpris par un fracas, puis un rire, suivi d'un nouveau fracas et d'un nouveau rire, et ainsi de suite, selon un schéma si simple et des intervalles si réguliers que même Philip Kadinsky n'aurait pas trouvé à redire. Sur des accords parfaitement symétriques, on distinguait un sifflement flottant, un bourdonnement croissant, comme le ronronnement d'un moteur ou le bruissement de la mer dans le coquillage que Jordan avait gardé dans sa poche depuis son départ de l'île de Pâques et qui s'écrasa contre le sol en ciment brut avec le tintement d'une ampoule qui explose.

Matilda tira Jordan par la manche et, à travers l'obscurité, ils se précipitèrent vers le bruit.

Ils trouvèrent Travis assise par terre dans son laboratoire, jambes croisées, mains sur les genoux, paumes tournées vers le haut. *Sukhasana*, se dit Matilda en sentant brusquement une envie presque douloureuse de retrouver cette position simple et évidente du corps dans le monde même quand il – le monde, le corps – était sur le point de s'effondrer ou de ressusciter, peu importait. "Mort et renaissance, se dit Matilda. Mais qu'est-ce qu'elle fabrique, cette belle folle ?"

En fait, remarqua-t-elle en observant les alentours, c'était assez évident. Le long des murs, sur les tables et les bancs, les terrariums qui avaient autrefois contenu la collection de cigales de Jennifer Travis étaient grands ouverts – des cubes de verre vides, béants. Sur le sol, les couvercles de plastique noir éparpillés, pour certains craquelés, miroitaient comme des plaques d'ardoise noires à la lumière de centaines de néons clignotants. L'air était épaissi par les ailes, des strates successives d'arc-en-ciel, des écailles de poisson.

Jennifer ouvrit soudain les yeux, écarta des mèches de cheveux de son visage et sourit de toute la rondeur de ses joues de hamster.

— La lumière en moi s'incline devant la lumière en toi, dit-elle en mettant les mains devant la poitrine, puis devant le front et en hochant légèrement la tête. Vous arrivez à pic. J'ai besoin d'aide pour ouvrir les fenêtres.

Jordan et Matilda regardèrent autour d'eux, perplexes – ils étaient tout de même au sous-sol. Mais Travis ne mentait pas. Juste en dessous du plafond, il y avait une rangée de soupiraux que Jordan, qui était très grand, parvint péniblement à ouvrir. Travis, ravie, se mit à attraper au vol les insectes et, les mains en coupe, à les jeter vers les étroites ouvertures. Ils décollaient de ses paumes comme des confettis et parvinrent tous à sortir, sans exception.

— Tu es sûre que c'était une bonne idée ? demanda Matilda. Tu crois qu'ils survivront ?

Travis se figea, une main tendue vers la nuit au-dehors. Elle resta silencieuse, pensive. Puis elle dit :

— Tu sais, on ne peut pas tout prévoir avec une absolue certitude. Parfois, il faut y aller au feeling.

Ébloui par la soudaine clarté, Sebastian fut obligé de s'appuyer au mur pour ne pas tomber. Corrigan l'attrapa en riant sous le bras et le conduisit dans son bureau, où il le plaça dans un fauteuil en cuir noir.

— Bernarda… dit Sebastian, car elle était là, perchée sur une étagère.

Lorsqu'il prononça son nom, elle bondit par terre et grimpa sur ses genoux.

— Qui ça ? demanda Corrigan.

— La guenon. Qu'est-ce qu'elle fait ici ? Elle devrait être à Bermondsey.

Corrigan haussa les épaules.

— Aucune idée, Isaksson. Elle a dû prendre le bus.

Il s'approcha d'une armoire d'archivage et en sortit une bouteille de cognac, deux verres et deux cigares. Sebastian aurait, conformément à la tradition, préféré du thé et des *Jaffa cakes*, mais il sentit que ce n'était pas le moment de protester.

— En fait, vous ne devriez pas être ici non plus, Isaksson. C'est contre le règlement.

— Pardon, dit Sebastian en prenant le verre que lui tendait Corrigan, mais je cherche Travis…

Corrigan alluma un cigare et s'installa à son bureau, les pieds sur la table.

— Je sais, je l'ai vue tout à l'heure. Elle a filé à SKL. Enfin, si elle a trouvé son chemin. Les rotations, vous savez. Allons, fumez-moi ça.

Sebastian attrapa le cigare qui fendait l'air et fit plusieurs valeureuses tentatives pour l'allumer malgré le mécontentement que lui signalait Bernarda. Le cigare se montra d'abord récalcitrant, puis une incandescence apparut enfin au bout, une lueur sale et charnelle. Sebastian tira prudemment et se mit à tousser. Ça ne ressemblait pas du tout à de la fumée de cigarette.

— Je... Pourquoi vous m'attendiez ? Et comment... Comment saviez-vous que j'allais venir ? demanda-t-il entre des quintes de toux.

— Je vous l'ai déjà dit : j'ai croisé Travis. Vous vous déplacez presque toujours en paire. Alors j'ai présumé que vous vous pointeriez. Ça fait au moins trois minutes que je vous attends ici, alors venons-en aux faits, voulez-vous ?

— Heu... oui. Bon, d'accord.

— Alors ?

— Je ne suis pas sûr de comprendre de quoi il s'agit, *sir*, avoua Sebastian en posant son cigare dans l'énorme cendrier en verre que Corrigan lui tendait à travers la table.

— Bien sûr que vous ne le comprenez pas. C'est justement le problème, pas vrai ? Vous croyez qu'il existe une question à laquelle vous devez trouver la réponse, mais quelle est la question ? Ça vous rappelle quelque chose, Sebastian ?

— À propos de... ?

— De la question.

— Vous me posez une question sur la question ?

— Vous me demandez si je vous pose une question sur la question ? La réponse est oui.

— Je ne suis pas sûr de vous suivre, *sir*.

— Écoutez, Sebastian : quand on a une question, et qu'on ne sait pas en quoi elle consiste, alors, est-ce qu'on a vraiment une question ?

— Peut-être... On se demande quelle peut bien être la question, ce qui, en soi, est une question.

— En effet. Mais s'agit-il d'une question importante ?

— Pardon ?

— Pour parler simplement, Isaksson : une question qui n'est pas formulée ne peut pas raisonnablement être qualifiée de question, puisque à proprement parler, elle n'existe pas. C'est ce que j'essaie de vous faire comprendre. Mais peut-être n'êtes-vous pas très philosophe.

— Sans doute pas, en effet.

— Travis et vous, vous avez quelque chose dans le collimateur.

— Oui. Mais je ne suis pas sûr de savoir de quoi il s'agit.

Corrigan s'esclaffa.

— Je crois qu'elle non plus !

À ce stade, Sebastian crut bon de protester.

— Cela dit, Travis a sans doute… Elle a fait certaines réflexions sur… Sur les activités de l'Institut. Elle se demande à quoi elles servent. À qui elles profitent. Je crois que c'est la question qu'elle se pose. Et moi aussi, peut-être. En partie, en tout cas.

— À quoi elles servent ? Les activités ?

— Oui.

— Mais enfin, c'est tout de même évident, Sebastian.

— Je n'irai pas jusque-là.

— À rien, bien sûr !

— Excusez-moi, mais je ne comprends pas…

— Au début, d'accord, c'était utile. Il y avait des projets ambitieux, pointus, tout le tralala. Vous saviez que j'étais l'un des fondateurs, n'est-ce pas ? Non, bien sûr, vous ne le saviez pas, c'est confidentiel. Missionné par la vieille dame en personne. Elle en a vu, des choses. Deux guerres mondiales. Elle a tout vécu de l'intérieur, en coulisses : les intrigues, les tractations. Le facteur humain est toujours plus déterminant qu'on ne le croie dans le déroulement des événements. On peut dire qu'au fil des ans, elle a développé une certaine curiosité pour le psychisme humain. Ses mécanismes, pour ainsi dire.

— Excusez-moi, mais vous parlez de…

— De la reine, naturellement, Isaksson. *Her Majesty the Queen*. On se connaît depuis longtemps, voyez-vous, alors elle a fait appel à moi. Ses instructions étaient très brèves : "Corrigan, a-t-elle dit, maintenant, je veux que vous me trouviez la solution."

— La solution à quoi ?

— À tout le tralala : la vie a-t-elle un sens, l'âme existe-t-elle, l'univers est-il fini, l'être humain est-il bon ou mauvais… Tout ça.

— C'était votre mission ?

— Un certain Kadinsky a vaguement participé au projet aussi. Un jeune garnement, à l'époque. Il avait à peine atteint la majorité sexuelle. À la base, il a fait des études littéraires, je crois, mais c'est un homme d'une intelligence renversante. Il sait tout faire. Vous le connaissez ? Philip Kadinsky. Il a écrit quelques opéras plutôt sympas, si ma mémoire est bonne.

— Oui, je sais qui c'est. Sa femme a… a été ma patiente. Enfin, vous le savez sûrement.

— La femme de Kadinsky ? Merde alors ! De quoi souffre-t-elle ?

— Sincèrement ? Je n'en sais rien. Je n'ai jamais réussi à le trouver.

— Évidemment. La plupart des gens ont une araignée au plafond, c'est pour ainsi dire l'état normal de l'espèce humaine. Il faut rarement considérer ça comme pathologique. Ce que j'essaie de vous dire, Isaksson, c'est que ces dernières années, je suis arrivé à certaines conclusions qui, pour ainsi dire, sapent tout le projet. Contrairement à vous, j'ai toujours su quelle était la question, et maintenant que j'ai, dans une certaine mesure, trouvé la réponse, il n'y a plus aucune raison de continuer, vraiment aucune, de mon point de vue.

— Quelle était la question ?

— S'il y a un système dans la folie.

— Et il y en a un ?

— Bien sûr que non. Sinon, ça ne serait pas de la folie. En revanche, Isaksson, il y a de la folie à croire au système. Ne vous gênez pas pour me citer. Il n'y a qu'à voir Travis.

— C'est-à-dire… J'allais justement vous demander… Travis croit… Vous savez, le puzzle des cigales ?

— Ah, oui, son petit hobby, oui, oui.

— Elle croit que vous tirez les fils. Que c'est vous qui… eh bien… qui en êtes l'instigateur…

— Pour quoi faire ?

— Pour… La faire psychoter, je suppose…

Corrigan s'esclaffa.

— Comme si elle avait besoin de mon aide pour ça ! Enfin, Isaksson, cigales par-ci, cigales par-là… Saviez-vous, au fait, qu'une cigale ne peut pas chanter par une température ambiante de moins de vingt-cinq degrés Celsius ? Elles sont très humaines, à leur façon.

Corrigan avala une grande lampée de cognac et regarda par la fenêtre.

— Vous n'avez pas répondu à ma question, insista Sebastian. Êtes-vous mêlé au puzzle ?

— Vous êtes-vous jamais demandé si ce puzzle existait vraiment, Sebastian ?

— Si le… Comment ?

— Ce que j'essaie de vous dire, Isaksson, c'est que nous venons d'en voir un exemple assez éloquent : Kadinsky et sa femme – touché, n'est-ce pas ? Sans doute dans l'ignorance de leurs contacts respectifs avec nous, ici, à l'Institut, ils vivent ensemble, partagent le même lit, les mêmes sécrétions corporelles, la plus grande intimité que deux êtres humains puissent partager, enfin, vous voyez ce que je veux dire. Un hasard ? La plupart des gens vous diraient que non. Trop invraisemblable. Dans cette ville de plusieurs millions d'habitants, dans ce monde de plusieurs milliards, comment est-ce possible que ce soit un simple hasard ?

— En fait, je crois qu'il est au courant qu'elle…

— Peut-être. Peut-être qu'il l'a toujours su, ou pas. Ce que je vous dis, c'est que les êtres humains sont rationnels ou, en tout cas, voudraient l'être. On aimerait croire à un monde ordonné, pas vrai ? Le contraire est effrayant.

Sebastian frémit.

— Mais écoutez-moi bien, maintenant, Isaksson : cet ordre n'existe pas. Tout ce qu'il y a, c'est un foutu chaos. Quand on a décortiqué le cerveau autant que je l'ai fait, on le sait. Tout ce qu'il y a là-dedans, c'est une ignoble bouillie, dit-il en cognant son index contre sa tête. Dans chacun des crânes qui se baladent sur cette foutue planète. Les synapses naissent et meurent avant que vous n'ayez le temps de souffler une bougie. La petite ampoule s'allume et paf, elle explose. Et le monde n'est qu'un reflet de ça.

— Mais… dit Sebastian. Et les corrélats ? Les corrélats de Travis, qu'elle a trouvés… Et Laura…

Il se mordit la langue, mais en fait, ce n'était pas nécessaire. Corrigan ne faisait plus attention à lui. La chaise sur laquelle il se balançait retomba avec fracas sur le sol. En deux grandes enjambées, il avait rejoint la fenêtre.

— Merde, Isaksson… Ce que c'est beau ! Merde ! dit-il en écrasant le bout incandescent de son cigare contre la vitre.

En réalité, ce n'était pas très beau, mais quelle importance : les insectes moirés qui s'élevaient dans le ciel comme un rideau déchiré, le cliquetis d'un store vénitien qui faisait clignoter les réverbères et la lueur des téléviseurs ici et là. C'était un spectacle grotesque, effroyable, un sombre feu d'artifice de chair et de carapaces.

Et pourtant. Elles ronronnaient comme un moteur.

Ce n'était pas très beau, ni très laid, mais quelle importance qu'on ne puisse pas leur donner de valeur esthétique définie, les cerner, en faire des schémas, en tirer des bilans, les ranger dans des cases et des colonnes, ou que Sebastian soit incapable de décrire ce qu'il éprouvait en les voyant : de la terreur à l'état pur ou du bonheur à l'état pur. On eût dit un tableau de Goya, grotesque et rayonnant.

Bernarda quitta Sebastian et rejoignit en silence Corrigan. Sebastian prit soudain conscience qu'ils étaient deux inconnus l'un pour l'autre et que, par hasard, ils contemplaient la même magie tragique. Il se sentit brusquement très, très seul.

Mais aussi heureux.

Car il n'était pas seul. Il avait des sœurs. Il avait une guenon qui aimait les chips de banane et les poèmes de Harriet Löwenhjelm et qui, à cet instant précis, s'agrippa à son genou. Il avait derrière lui deux histoires d'amour malheureuses et Dieu sait combien devant lui. Il avait le don de donner aux autres l'impression d'être pris en compte, il avait un cœur, il avait dans son cerveau cent vingt mille kilomètres de nerfs qui pouvaient désapprendre et réapprendre pendant toute une vie.

Et il avait une amie qui, à cet instant, se précipitait à travers la porte d'entrée de l'Institut, brandissait ses bras vers le ciel et se mettait à danser dans un nuage d'ailes et de pattes crépitantes.

— Travis, Travis, Travis... ricana Corrigan. Qu'est-ce qu'elle va bien pouvoir faire, maintenant ?

Sebastian n'eut pas le temps de répondre, car dans le couloir, il entendit des pas et bientôt, Matilda et Jordan apparurent.

Ça alors… se dit Matilda. Même cette foutue guenon, avec sa ruse habituelle, s'était frayé un chemin jusqu'ici. Sebastian était à la fenêtre et Bernarda accrochée à sa jambe. Il la hissa sur sa hanche.

— On l'a trouvée, dit Matilda, haletante. Jennifer. Dans son labo. Elle les a lâchées.

Sebastian fit un signe de tête vers la fenêtre.

— Je sais. Regardez.

Matilda s'approcha. L'homme aux cheveux roux debout à côté de son frère se tourna vers elle sans se présenter. Inutile, elle avait compris qu'il s'agissait du patron.

— L'été des blaireaux, dit-il.

— Pardon ? fit Matilda.

— Ce n'est pas comme ça qu'on dit en suédois ? Le beau temps qui n'en finit plus. L'été indien.

— Je n'ai jamais entendu cette expression, dit Matilda, légèrement agacée.

Elle voulait regarder le spectacle de Jennifer en paix. C'était magnifique. Elle n'aurait jamais cru que des insectes puissent être aussi beaux.

Corrigan fit un signe de tête en direction des cigales.

— Aujourd'hui, elles chantent, mais demain, il pleuvra. Et elles mourront.

— D'accord, dit Matilda en s'asseyant au bureau. Vous pouvez vous taire, maintenant ? Je voudrais parler à mon frère.

Corrigan leva les mains en l'air dans un geste de capitulation.

— Pas de souci, pas de souci ! En ce qui me concerne, mission accomplie.

Il fit des mouvements de sourcils que Matilda ne parvint pas à interpréter, puis se jeta dans son canapé en cuir noir et se cacha la tête sous un coussin.

Matilda et Jordan avaient à peine eu le temps d'expliquer comment ils avaient trouvé Travis lorsque la porte s'ouvrit brusquement : Clara apparut. À l'unisson, ils se tournèrent vers elle – sauf Corrigan, qui semblait s'être assoupi. Entourée d'une aura de jubilation pailletée, elle agita son téléphone sous le nez de Matilda.

— Papa ! s'écria-t-elle. Je veux dire maman, elle a appelé ! À propos de papa ! Il est revenu !

Bernarda fit une galipette. Sebastian cligna trois fois des yeux. Matilda fronça les sourcils.

— Papa ? dit-elle. Et il faudrait s'en réjouir ?

— Tu ne comprends pas ! dit Clara, exaltée. Il est avec Billy !

Bernarda fit une nouvelle galipette. Matilda cligna trois fois des yeux. Sebastian fronça les sourcils.

— Mon Billy ? dit lentement Matilda.

— Oui ! Et Siri. Ils sont chez maman. Tous les trois.

— Mais comment… dit Matilda.

Clara s'assit à côté de sa sœur sur le bureau, prit sa main dans la sienne et caressa ses poings fermés.

— Qu'est-ce que tu veux dire par là ? Pourquoi papa et Billy sont chez maman ? demanda Sebastian. Je n'y comprends rien.

Clara se tortilla.

— Heu… Je ne sais pas très bien… C'est en rapport avec l'ex-femme de Billy. Elle s'appelle Käthe, c'est bien ça ? Eh bien, papa la connaît et…

Matilda s'esclaffa brusquement.

— Papa et Käthe ? Mais c'est de la folie.

— Bref, Billy est chez maman, parce qu'il voulait te voir et a pensé que tu y étais peut-être. Ça, c'est sûr.

— Avec son ex-femme qui, comme par hasard, est la nouvelle flamme de papa ?

— Peut-être pas exactement… Enfin, si.

Matilda se mit à rire devant l'absurdité de la situation mais aussi, songea-t-elle, de bonheur pur et simple. Billy était parti à sa recherche ! Et il l'avait trouvée, par des voies détournées mais il l'avait trouvée ! Il l'attendait chez sa mère, dans la villa de Professorsstaden ! Et Siri l'attendait – cette petite fille qu'elle aimait même si elle n'en avait pas le droit.

— Ne pleure pas, Tilda, dit Clara.

— Je ne pleure pas.

— Si, tu pleures.

— Non.

— Si.

— La ferme… dit-elle sans grande conviction.

Puis, ayant séché ses dernières larmes sur la manche de son pull, elle ajouta avec dédain :

— Je chiale comme une Madeleine. On croirait que quelqu'un est mort.

Elle se couvrit la bouche. Quelqu'un était bien mort, quelqu'un dont le souvenir encore pendu dans l'encadrement de la porte jetait son ombre sur le visage de Sebastian.

Mais Sebastian riait. Et elles se mirent toutes à rire : Clara, Matilda et la guenon moraliste, *alias* Bernarda.

Elles ne s'arrêtèrent qu'au lever du jour. Matilda ouvrit la fenêtre, s'assit sur le rebord et sortit de sa poche un paquet d'American Spirit jaune clair.

— Dommage qu'on n'ait pas de glace, dit-elle en lançant le paquet à Sebastian, qui s'assit à côté d'elle.

— Tu sais, dit Matilda à Clara, notre frère a une liaison avec une femme mariée. Une aventure en bonne et due forme : hôtel, cachotteries et tout le tralala. On ne l'aurait pas cru, hein ?

— Avait une liaison, corrigea Sebastian en faisant tomber sa cendre sur les toits. C'est fini.

Matilda posa sa tête sur l'épaule de son frère.

— Pardon, dit-elle. Je ne savais pas. Tu es triste ?

Il haussa son épaule libre.

— Non, répondit-il. Seulement fatigué.

— Franchement, elle avait l'air épuisante, conclua Matilda. Carrément accaparante.

Elle sentit Sebastian tressauter en émettant un dernier rire fourbu mais heureux.

Elle vit la tête de Clara sur les genoux de Jordan, qui s'était assis par terre. Elle la sentit en sécurité.

Elle vit qu'un fœtus de neuf semaines, de l'autre côté de la Terre, avait tout juste décidé de devenir une fille dénommée Violetta.

Elle vit Violetta lâcher enfin l'encadrement de la porte, rassembler son ombre et se faufiler hors de la pièce.

Elle vit la couleur, un feu d'artifice dans le ciel, une étoile qui scintilla une dernière fois en guise d'adieu, et disparut.

En bas, dans la rue, elle vit Jennifer Travis courir le long du trottoir, les bras tendus vers le ciel qui s'éclaircissait, sa blouse blanche flottant au vent comme des ailes dorées.

Ils s'étaient si souvent retrouvés ainsi. Lui dans l'encadrement de la porte, elle sur le canapé, la nuit déroulée comme un store devant la fenêtre.

— Tu avais disparu, dit Philip en jetant son manteau à ses pieds.

— Depuis trois heures, dit Laura. Où tu étais passé ?

— J'ai mis un moment à le découvrir.

— Quatre heures.

— D'accord. Ça ne m'a pas pris quatre heures. Une. Mais je n'osais pas rentrer.

— Pourquoi ? demanda Laura en faisant mine de ne pas fouiner.

— J'avais peur que tu ne sois pas là.

— Qu'est-ce que tu aurais fait ?

Philip haussa les épaules et ricana.

— Je suppose que je me serais marié avec Gisèle.

Elle attrapa un coussin et le lança sur lui.

— Quoi ? rit Philip. Chloe la connaît. Ce serait quand même mieux qu'avec une ballerine de vingt-trois ans.

Elle laissa sa tête retomber en arrière sur le canapé.

— On me propose un travail, dit-elle. À Madrid.

— À Madrid ?

— Oui. Juste une mise en scène, mais c'est déjà ça. Lorca. *La Maison de Bernarda*. Au Teatro de la Zarzuela. Je voudrais qu'on y aille.

— Et la Suisse ?

Philip s'assit sur la table basse, croisa les jambes et défit le lacet de sa chaussure en cuir italienne méticuleusement cirée. Laura adorait les chaussures en cuir italiennes bien cirées.

— Tant pis pour la Suisse, dit-elle. Je n'en aurai pas besoin si je peux travailler.

Philip ôta sa chaussure et la jeta par-dessus son épaule.

— D'accord, dit-il.

— D'accord ?

— D'accord. Si c'est ce que tu veux. On déménage.

— Et tes affaires ? Ton anoblissement et tout ça.

— Oh, dit Philip en jetant son autre chaussure par-dessus son épaule. La reine attendra. Si c'est ce que tu veux, on y va.

Il se pencha en avant et lui fit un bisou sur le front. Puis il se leva et alla à la cuisine.

— Un cocktail ? cria-t-il.

Laura resta silencieuse. Puis elle lui répondit :

— J'ai menti. On ne m'a pas du tout proposé de travail à Madrid.

— D'accord.

— Je voulais juste voir ce que tu répondrais.

Il passa la tête par la porte.

— J'ai dit oui.

— Tu le maintiens ?

— Oui.

Il revint avec deux gin-tonics et lui en tendit un. Laura regarda autour d'elle. Dans l'appartement, tous les objets alignés contre les murs semblaient soudain en relief, l'entourant d'une tridimensionnalité familière.

— On n'aura qu'à prendre un meublé, dit-elle. On ne va pas trimbaler tout ça.

— C'est toi qui vois.

— Et on mettra Chloe dans une école privée. Il paraît que les écoles espagnoles sont affreusement nulles.

— Une chance qu'on soit riches, dit Philip.

— Une sacrée chance, dit Laura en buvant une gorgée.

— On baise ?

— Volontiers, dit Laura.

Dans sa chambre à coucher, entre ses draps frais, enveloppée dans un parfum d'adoucissant, Laura Kadinsky posa ses jambes sur les épaules de son mari et vit ses pieds se dessiner contre le mur : noueux, fermes et tout à fait réels.

Tu rêves.

Dans ton rêve, tu es un piano atonal.

Tu vois une couleur flotter au-dessus ton nez. Mais elle n'existe pas. Si, elle existe.

En te réveillant, tu vois une bulle de savon.
Tu la vois éclater et, du même coup, donner naissance à une nouvelle bulle.

Tout a une fin, c'est prodigieux.

Merci

Johan & Harriet.
Maman & papa.
Håkan, Elise & Linda.

OUVRAGE RÉALISÉ
PAR CÉDRIC CAILHOL INFOGRAPHISTE
REPRODUIT ET ACHEVÉ D'IMPRIMER
EN MARS 2021
PAR NORMANDIE ROTO IMPRESSION S.A.S.
À LONRAI
POUR LE COMPTE DES ÉDITIONS
ACTES SUD
LE MÉJAN
PLACE NINA-BERBEROVA
13200 ARLES

DÉPÔT LÉGAL
1re ÉDITION : AVRIL 2021
N° impr. : 2100908
(Imprimé en France)